BASTEI
LÜBBE
TASCHENBUCH

Weitere Titel der Autorin:

Das tiefe Blau des Meeres
Der Leuchtturm auf den Klippen
Der Hortensiengarten
Café Engel. Eine neue Zeit

Titel auch als Hörbuch erhältlich

MARIE LAMBALLE

CAFÉ ENGEL

SCHICKSALHAFTE JAHRE

ROMAN

BASTEI LÜBBE TASCHENBUCH

BASTEI LÜBBE TASCHENBUCH
Band 17833

Dieser Titel ist auch als Hörbuch und E-Book erschienen

MIX
Papier aus verantwortungsvollen Quellen
FSC
www.fsc.org
FSC® C083411

Originalausgabe

Textredaktion: Ulrike Strerath-Bolz, Friedberg
Titelillustration: © Ildiko Neer/Trevillion Images; © akg-images
Umschlaggestaltung: www.buerosued.de
Satz: two-up, Düsseldorf
Gesetzt aus der Bembo
Druck und Verarbeitung: CPI books GmbH, Leck – Germany
ISBN 978-3-404-17833-9

1 3 5 4 2

Sie finden uns im Internet unter www.luebbe.de
Bitte beachten Sie auch: www.lesejury.de

HILDE

März 1951

Es knallt wie ein Schuss. Geschirr klirrt, der Fußboden zittert, die Wände vibrieren. Drüben bei der Drehtür rieselt Putz von der Decke. Drei, vier Sekunden lang, dann hört es auf. Hilde steht wie erstarrt neben der Kuchentheke, das Tablett mit zweimal Frühstück für Tisch sieben fest in den Händen.

Im Gastraum schreit eine Frau hysterisch: »Die Russen kommen … Panzergranaten … In den Keller …«

Ein Kind fängt laut an zu weinen. Gemurmel. Erstaunte Ausrufe. Blicke zur Decke des Cafés, wo die Hängelampen schwanken. Jemand beginnt zu lachen.

»Ein Erdbeben! Ja, gibt's das denn auch?«

Das ist der Hans Reblinger. Ein Erdbeben nur.

Hilde ist erleichtert, zugleich beginnt ihr Herz, heftig zu klopfen, es hämmert geradezu, reagiert erst jetzt auf den ausgestandenen Schrecken. Einige Gäste stehen auf und laufen auf die Wilhelmstraße hinaus. Der Bunte, der in seiner Ecke im Korb liegt, ist nicht einmal aus dem Schlaf erwacht.

»Ein Erdbeben! Ja, so was!«, sagt Finchen, die Serviererin.

Sie steht hinter der Kuchentheke und hält mit beiden Händen die Porzellanplatte mit der Schoko-Sahne-Torte fest, die sie gerade aus der Vitrine genommen hat. Jetzt stellt sie die Torte ab, nimmt das Kuchenmesser aus dem Wassergefäß und beginnt, drei Stücke abzuschneiden. Doch schon beim ersten Schnitt hält sie inne.

»Ach du lieber Gott! Haben Sie das gesehen, Frau Perrier?«

Hilde serviert erst einmal das Frühstück, es ist schon nach zehn, die beiden jungen Schauspielerinnen müssen gleich rüber zum Theater, weil die Proben anfangen. Zwei frische Brötchen, ein Klecks Butter, Marmelade, Honig, eine Tasse Bohnenkaffee. Das Ganze für neunzig Pfennige – eigentlich legen sie da drauf, aber die Gagen der Anfängerinnen sind halt klein, und sie wollen doch, dass die Künstler hier im Café Engel zu Hause sind. Zumindest will Hildes Vater das, der Heinz.

»Da wünsch ich trotzdem einen guten Appetit. Lasst es euch schmecken.«

»Danke schön … Haben Sie das schon gesehen?«

Die junge Schauspielerin, Karin Langgässer heißt sie, zeigt mit dem Finger zur Kuchentheke hinüber, und als sich Hilde jetzt umdreht, traut sie ihren Augen kaum. Durch das Vitrinenglas zieht sich ein Muster, wie mit einem grauen Stahlstift eingeritzt. Es ähnelt einem Spinnennetz.

»Nein!«, sagte Hilde leise.

Hinter der Theke stellt Finchen die Torte zurück; sie schaut Hilde mit bekümmerter Miene entgegen.

»So was aber auch«, meint sie, als Hilde das Vitrinenglas mit den Fingern prüft. »Hat alle Bombenangriffe unbeschadet überstanden, und jetzt, bei dem kleinen Wackler, da geht es kaputt. Ach Gott, wenn die Frau Koch das sieht …«

Im Café wird jetzt laut geredet, die Drehtür ist ständig in Bewegung, weil die Gäste wieder zurückkommen. Drüben im Quellenviertel sei eine Ruinenmauer umgefallen; um ein Haar wäre eine Frau mit zwei Kleinkindern zu Schaden gekommen. Ein abgestelltes Fahrrad mit zwei Einkaufstaschen sei umgefallen, und beim Café König nebenan lägen mehrere Dachziegel auf dem Trottoir. Die letzte Nachricht hat auch Mama mitbekommen, die jetzt aus der Küche in den Gastraum tritt, noch die bemehlte Schürze umgebunden, weil sie den Marmorkuchen vorbereitet hat.

»Schau mal draußen nach, Hilde«, sagt sie besorgt. »Nicht, dass bei uns auch Dachziegel runtergefallen sind.«

»Ein Wunder wär's nicht«, erwidert Hilde.

Draußen scheint ganz harmlos die Vorfrühlingssonne. Auf den Bänken am Warmen Damm sitzen die Leute in Mantel und Hut und lassen sich die winterblassen Gesichter bescheinen. In den Beeten blühen gelbe und weiße Krokusse, die ersten Tulpen strecken ihre lindgrünen Köpfchen aus der Erde. Drüben vor dem Café König stellen zwei Kellner doch tatsächlich Tische und Klappstühle auf, ein Junge sammelt die kaputten Dachziegel in einen Eimer. Hilde nickt den Kellnern zu und denkt sich, dass ganz bestimmt keiner in der Märzenkälte draußen Kaffee trinken wird. Oder etwa doch? Das Café König, das sich vor zwei Jahren in einem provisorischen Gebäude gleich neben dem Café Engel eingerichtet hat, ist ihr und ihrer Familie ein Dorn im Auge. Nicht, dass sie etwas gegen Konkurrenz hätten, die belebt das Geschäft, wie man so schön sagt. Es gibt eine ganze Menge größerer und kleinerer Cafés in Wiesbaden, Gott sei Dank ist das so, es geht endlich aufwärts nach den schlimmen Nachkriegsjahren. Aber der Egon Mayer-Schulte, dem das Café König gehört, legt es darauf an, ihnen die Gäste abspenstig zu machen. Mit allen Mitteln versucht er das, und nicht immer auf die feine englische Art.

Während sie noch die frisch verputzten Mauern ihres Hauses mustert und einen Riss entdeckt, hört sie plötzlich ihren Namen.

»Eh! Hilde, ma petite colombe. Alles in Ordnung? Es hat einen Bums getan …«

Sie schaut hoch und entdeckt ihren Ehemann am Dachfenster von Sofia Künzels Wohnung. Jean-Jacques hat sich einen spitzen Hut aus Zeitungspapier auf die schwarzen Krauslocken gesetzt; Addis graues Haupt, das jetzt neben ihm auftaucht, wird von einem blau-weiß gefleckten Taschentuch bedeckt, das an allen vier Enden geknotet ist. Die beiden renovieren die Wohnung der Künzel, während die Mieterin im Konservatorium Klavierunterricht gibt.

»Das war ein Erdbeben«, ruft Hilde nach oben. »Ist bei euch alles heil geblieben?«

»Fast«, sagt Addi. »Nur ein Eimerchen weißer Farbe …«

»Ach du Schreck … umgefallen?«

Jean-Jacques lacht fröhlich. Er ist ein Mensch, der alles mit Leidenschaft tut. Lieben, lachen, streiten, zornig sein, sich versöhnen.

»Was denkst du!«, ruft er. »Ich hab ihn aufgefangen!«

»Den Eimer …«, bemerkt Addi grinsend. »Die Farbe nicht.«

Seufzend geht Hilde rasch wieder ins Café zurück. Einige Gäste wollen zahlen, Finchen deckt ab und bürstet die Krümel von den weißen Tischdecken. Papa ist heruntergekommen, er war oben bei August, um ihn abzuhören. Hildes Bruder August war nicht in britischer, wie zunächst vermutet, sondern in russischer Kriegsgefangenschaft, aus der er erst vor einem knappen Jahr entlassen wurde. Schlimm hat er da ausgesehen, hohlwangig und grau im Gesicht, fast hätten sie ihn nicht wiedererkannt. Aber unter Mamas Pflege hat er sich gut erholt und sein Jurastudium in Frankfurt sofort wieder aufgenommen. Jetzt lernt er für eine wichtige Klausur, da ist er ungemein eifrig. Er will so schnell wie möglich auf eigene Füße kommen, um den Eltern nicht mehr auf der Tasche zu liegen.

Papa ist über die beschädigte Vitrine ganz verzweifelt. Immer wieder schüttelt er den Kopf, fährt mit den Händen über das Glas und jammert, dass es schwer sein wird, einen Glaser zu finden, der die gebogene Scheibe ersetzen kann.

»Jetzt ist endlich eine neue Vitrine fällig, Papa«, sagt Hilde im Vorübergehen. »Mit elektrischer Beleuchtung und eingebauter Kühlung. Wie in Amerika.«

Papa macht eine wegwerfende Handbewegung, was so viel bedeutet wie: Kommt ja gar nicht infrage. Auch Mama hält nichts davon. In diesem Punkt sind die Eltern sich leider einig: Alles soll so bleiben, wie es immer gewesen ist. Jede, auch die allerkleinste Neuerung muss Hilde mit Zähnen und Klauen erkämpfen. Dabei sehen die Eltern doch auch, dass ihnen die Gäste davonlaufen. Drüben bei König, da ist es weitläufig und hell, große Fenster und Kübel mit exotischen Pflanzen – so was gefällt den Leuten heutzutage …

»Kümmere dich lieber um das Mittagessen«, schlägt Papa vor, um das leidige Thema »Neuerungen« zu beenden.

Hilde schüttelt den Kopf und trägt das Geschirr in die Küche.

»Mama ist heute dran …«

Die Zeiten, als Mama jeden Abend für alle Hausbewohner gekocht hat, sind lange vorbei. Sofia Künzel und Julia Wemhöner sorgen für sich selbst, auch Hubert Lindner hat ein Zimmerchen gefunden und erscheint nur noch selten im Café. Luisa wohnt mit ihrem Ehemann Fritz Bogner in einer kleinen Wohnung im Bergkirchenviertel und hilft hin und wieder im Café aus. Edith von Haack und ihre Angestellte Grete Kruse sind letztes Jahr in einer kleinen Neubauwohnung untergekommen; seitdem hat man nichts mehr von ihnen gehört. Worüber niemand im Hause Koch so richtig traurig ist. Dafür sitzt jetzt außer August auch Wilhelm, Hildes zweiter Bruder, mit am Tisch. Er kam schon Ende '46 aus amerikanischer Kriegsgefangenschaft zurück und hat inzwischen die Frankfurter Schauspielschule abgeschlossen. Den Eltern zuliebe hat Wilhelm – nach langem Zögern – ein Engagement am Wiesbadener Theater als jugendlicher Held angenommen. Wie es scheint, ist er dort sehr erfolgreich, zumindest, was das weibliche Theaterpublikum betrifft, denn es erscheinen im Café Engel häufig junge und ältere Damen, die mit sehnsüchtigen Augen nach dem Herrn Willi Koch fragen. Und dann ziehen sie ein Programmheft aus der Handtasche und legen es verschämt auf den Tisch. Sie hätten doch so gern ein Autogramm von ihm.

Gegessen wird um halb eins pünktlich, mal oben bei Hilde und Jean-Jacques, die inzwischen Augusts ehemalige Wohnung bezogen haben, mal unten bei den Eltern. Inzwischen sind sie acht Personen in der Familie, denn Hilde hat schon Ende 1946 Zwillinge geboren, Frank und Andi sind fast fünf, nächstes Jahr zu Ostern kommen sie in die Schule.

Mama wirft einen Blick auf die alte Standuhr im Gastraum und behauptet, es sei doch erst Viertel vor elf, sie habe noch genügend Zeit zum Kochen.

»Da irrst du leider, meine Liebe«, sagt Papa, der auf seine Armbanduhr schaut. »Es ist halb zwölf.«

»Was?«

Sie ist stehen geblieben, die gute alte Uhr. Das Erdbeben hat ihren Perpendikel angehalten, und nun zeigt sie die Zeit, zu der heute die Erde für einige Sekunden bebte. Viertel vor elf.

Mama ist bei aller Tatkraft doch abergläubisch. Sie schlägt die Hand vor den Mund und flüstert beklommen: »Wenn das nur nichts Schlimmes zu bedeuten hat …«

»Klar hat das was zu bedeuten«, versetzt Hilde ironisch. »Heute wird das Mittagessen nicht pünktlich fertig.«

»Das glaubst auch nur du!«, gibt Mama zurück, streift die Schürze ab und eilt durch die Küche hinauf in die Wohnung.

Tatsächlich steht um halb eins die gefüllte Suppenschüssel im Wohnzimmer auf dem Esstisch. Es ist für zehn Personen gedeckt, denn Addi und Luisa sind heute mit dabei. Luisa war mit den Zwillingen im Kurpark, sie will nur einen kleinen Happen zu sich nehmen, bevor sie hinunter ins Café läuft, um Finchen zur Seite zu stehen. Heinz sitzt schon am Tisch, während Mama in der Küche noch rasch Pfeffer, Salz und die allseits beliebte Maggiflasche holt und Hilde den gestern gekochten Schokoladenpudding mit bunten Streuseln dekoriert. Aus der Wohnung über ihnen hört man energische Kinderstimmen.

»Die sind sauber, Papa!«

»Sauber? Montre voir! Wo sind die sauber?«

»Na, überall … Guck doch … oben … unten … zwischen …«

»Die sind dreckig. Wir gehen jetzt alle zusammen ins Bad. Papa muss auch Händewaschen. Regarde: ganz weiß von Farbe.«

»Weiß ist aber nicht dreckig … weiß ist sauber …«

»Allon, allons … pas de discussion …«

Hilde runzelt die Stirn. Ihr Jean-Jacques ist ein liebevoller, aber zuweilen auch herrischer Vater. Er kann mit seinen Söhnen herumtollen, Kissenschlachten veranstalten, beim Kindergeburtstag letztes Jahr hat er zur größten Begeisterung aller Kinder beim Sackhüpfen und Topfschlagen mitgemacht. Dann wird er zu Hildes drittem Kind, einem fröhlichen, übermütigen Knaben, der mit den Söhnen Fußball spielt und unbedingt gewinnen will. Aber manchmal, ganz plötzlich, kann er streng sein, zornig sogar, dann ist eine Grenze überschritten, und die Jungen haben zu gehorchen. Hilde gefällt das nicht, sie findet, dass er seine Stimmungen besser im Griff haben sollte – aber so ist er nun einmal.

Mama klopft an Augusts Zimmertür, öffnet sie einen Spalt und fragt etwas. Dann kommt sie kopfschüttelnd zurück und seufzt.

»Was soll das nur werden? Er will wieder nichts essen. Immer nur lernen, lernen, lernen. Er wird noch krank werden, der arme Junge.«

»Er wird nicht gleich verhungern, Mama«, bemerkt Hilde.

»Er muss doch essen! Wo er so lange hat hungern müssen.«

Hilde schluckt eine bissige Bemerkung herunter. Seitdem August und Wilhelm wieder bei ihnen sind, ist Mama pausenlos besorgt, ihren Jungen könnte es an etwas fehlen. Augusts Studium wird bezahlt, Wilhelm war drei Jahre auf der Schauspielschule und hat zu Hause gewohnt und gegessen, und auch jetzt, da er Geld verdient, zahlt er keinen Pfennig für Kost und Logis bei den Eltern. Haben die beiden irgendwann einmal etwas für das Café getan? Gäste bedient? Lebensmittel eingekauft? Oder letztes Jahr mitgeholfen, als der Nebenraum neu gestrichen wurde? Mitnichten! August hat sich zwar angeboten, aber da hat Mama gleich abgewinkt. Und Wilhelm? Der findet doch immer einen Dreh, um nicht arbeiten zu müssen. Hilde und ihr Jean-Jacques, die können sich ja den Rücken verrenken. Und Addi natürlich, der liebe Kerl. Der ist sowieso das Faktotum des Café Engel, jetzt noch mehr als je zuvor, weil Julia Wemhöner, seine Lebenspartnerin, wieder eine Stelle als Theaterschneiderin hat.

Luisa kommt dazu, sie hat sich umgezogen, trägt schon das schwarze Kleidchen und die weiße Schürze, um gleich hinunterzulaufen. Fritz hat heute Probe im Theater, er spielt ersatzweise im Orchester mit, eine feste Stelle hat er leider noch nicht bekommen. Gleich darauf erscheint Jean-Jacques mit den beiden Jungen, Addi ist bei ihnen, er hat noch weiße Sprenkeln im Gesicht und im Bart.

Hildes Söhne sehen beide dem Vater ähnlich, sie haben dunkle Augen und krauses dunkelbraunes Haar. Die Leute sagen, die Zwillinge von der Hilde schauen aus wie zwei kleine Franzosen. Charakterlich sind sie jedoch sehr unterschiedlich. Frank, der zwei Minuten älter ist, gibt stets den Ton an, während sein Bruder Andi, der eigentlich Andreas heißt, lieber im Hintergrund bleibt. Sie hängen sehr aneinander; wenn sie mit anderen Kindern spielen, halten sie zusammen wie Pech und Schwefel.

»Wo ist Onkel Willi?«, will Frank wissen, während er sich auf seinen Stuhl setzt. Dann sieht er den Suppentopf und zieht einen Flunsch. »Schon wieder Rindfleischsupp!«

»Rindfleisch macht stark!«, behauptet Opa Heinz.

»Das ist aber so hart zwischen den Zähnen …«, lässt sich Andi leise vernehmen.

Mama teilt die Suppe aus. Es ist Gemüse darin, Reis und Kochfleisch. Das ist tatsächlich recht zäh: Auch wenn man es noch so lange kocht, will es nicht weich werden. Bekümmert schaut sie auf die beiden leeren Stühle – auch Wilhelm ist nicht zum Essen gekommen, er hat noch Probe im kleinen Haus, dem neu aufgebauten Schauspielhaus bei den Kolonnaden, das erst letztes Jahr im Dezember eröffnet wurde. Das ehemalige Residenztheater wurde bei den Bombenangriffen völlig zerstört.

Man wünscht allseits guten Appetit und beginnt zu essen. Es wird über das Erdbeben geredet, Luisa und die Kinder haben es im Kurpark gar nicht bemerkt. Opa Heinz muss den Enkeln erklären, was ein Erdbeben ist.

»Da wackelt die Erde ein bisschen …«

»Warum?«

»Weil sie mal husten muss, die Erde.«

»Hat sie eine Erkältung?«

Papa fühlt die Blicke aller Erwachsenen auf sich gerichtet. Er räuspert sich verlegen, weil er nicht weiß, wie er das Phänomen »Erdbeben« wissenschaftlich erklären soll. So ganz genau weiß er es selber ja auch nicht. Und er will den Enkeln keine Angst machen.

»Ja, die Erde hat sich erkältet. So was passiert manchmal im Frühling.«

Frank schiebt die Fleischstückchen auf den Tellerrand, Andi sammelt sorgfältig alle Zwiebelstückchen und die klein geschnittenen Karotten aus seiner Suppe.

Addi berichtet vom Fortgang der Renovierungsarbeiten in der Wohnung der Künzel. »Wir könnten längst fertig sein, wenn die Dame nicht so viel Krempel hätte. Ihr glaubt ja gar nicht, was sich da oben alles stapelt! Allein die Noten, die alten

Theaterkostüme, die Perücken, Kästen voller Theaterschminke, künstliche Blumen aus Papier und jede Menge seidener Nachthemdchen mit Spitzen dran …«

»Lieber Addi!«, ruft Vater Heinz entsetzt aus. »Bitte, etwas mehr Diskretion! Die Besitztümer meiner Mieterin gehen mich nichts an, und über ihre Reizwäsche möchte ich auch nichts wissen …«

Hilde schaut Luisa an, beide müssen sich das Lachen verbeißen. Jean-Jacques grinst ganz unbefangen und meint: »Frau Künzel in seidenes Nachthemd – das zu sehen, würde mir gefallen …«

»Warum, Papa?«, will Frank neugierig wissen.

»Da hast du es!«, meint Mama vorwurfsvoll zu Jean-Jacques.

Der überlegt kurz und erklärt den Söhnen dann: »Weil seidenes Nachthemd ist schön zu sehen. Glänzt wie Silber.«

»Warum hat Mama kein silbernes Nachthemd?«

»Weil wir sind arme Leute. Und jetzt iss dein Suppe!«

Mama kann es nicht lassen, sie füllt einen Teller und trägt ihn hinüber zu August. Er wohnt in dem ehemaligen »Bubenzimmer«, während Wilhelm in Hildes Mädchenzimmer eingezogen ist. So hat Mama ihre beiden Jungen nun wieder bei sich in der Wohnung, worüber sie sehr glücklich ist.

»Aber Mama …«, hört man August stöhnen.

»Du musst doch was essen, Junge!«

Zufrieden kehrt sie zum Tisch zurück, ohne sich um Hildes vorwurfsvollen Blick zu kümmern. Papa nickt ihr zu, er findet es in Ordnung, dass sie August bemuttert, wo er bei den verdammten Russen so viel hat durchmachen müssen. Jean-Jacques lächelt. Woran er jetzt denkt, weiß Hilde nicht, vielleicht an seine eigene Mutter, die Hilde bisher nicht kennengelernt hat. Immer wenn sie vorschlägt, seine Familie einzuladen oder zu besuchen, wehrt er ab.

»Wir sind keine armen Leute«, lässt sich Frank wieder vernehmen. »Bei uns gibt es Pommfritz. Die kann nur Papa machen, und die schmecken sooo gut.«

Jetzt hat er einen wunden Punkt im Familiengefüge getroffen, denn die Einführung dieser in schwimmendem Öl gebackenen Kartoffelstreifen war seinerzeit eine kleine Sensation in Wiesbaden. Zeitweise wurden Mamas Torten alt, weil alle Gäste Jean-Jacques' Pommes frites mit Mayonnaise essen wollten. Und die Küche roch – so behauptet Mama – wie ein stinkiger Ölkanister. Überall klebte dieser ölige Geruch, an den Möbeln, an den Kleidern, in den Haaren, sogar die Unterwäsche roch danach. Mama hat nie verstanden, wie man überhaupt mit Öl kochen und backen kann, weil das doch ein minderwertiges Fett ist und niemals die gute Butter ersetzen kann. Aber leider waren die Gäste anderer Ansicht, und der Umsatz mit Pommes und Mayonnaise sprach eine deutliche Sprache. Inzwischen haben sich auch andere Leute in Wiesbaden auf die Herstellung von Pommes frites verlegt, und es gibt sie im Café Engel nur noch am Abend. Weil sich die Nachbarn über die Küchendünste beschweren, sagt Mama.

»Bei König sind die Pommes jetzt um fünf Pfennig billiger als bei uns«, bemerkt Hilde.

»Woher weißt du das?«, will Jean-Jacques wissen.

»Steht auf der Tafel beim Eingang …«

»Grand filou!«, zischt Jean-Jacques wütend.

»Meinetwegen können sie sie verschenken«, knurrt Mama. »Wer möchte noch Suppe? Addi? Luisa, du bist doch nicht etwa schon fertig? Es gibt noch Schokoladenpudding mit Streuseln!«

Jubel bei Andi und Frank, auch Papa strahlt, ebenso Addi. Jean-Jacques macht sich nicht viel aus Süßigkeiten. Frank legt seine ausgesonderten Rindfleischstückchen unauffällig auf Addis Teller, Andi schiebt die Zwiebel- und Karottenscheiben nach. Der Papa kann da hart sein – wer nicht alles aufgegessen hat, bekommt keinen Nachtisch.

»Danke, Tante Else«, wehrt Luisa ab und steht auf. »Ich geh dann schnell runter. Soll ich den Marmorkuchen glasieren?«

»Das wäre wunderbar, Luisa … Die Obststückchen können auch in die Vitrine … ach Gott, die ist ja kaputt …«

»Da muss schnellstens etwas Neues her, Mama«, meldet sich Hilde zu Wort. »So können wir keine Torten hineinstellen. Schaut ja aus wie zu Kriegszeiten.«

»Wir brauchen keine neue Vitrine«, sagt Papa eigensinnig. »Wir lassen eine neue Scheibe einsetzen. Ganz einfach.«

Jetzt geht wieder der Streit um die Neuerungen los, die nach Meinung der Eltern völlig unnötig sind und nur Geld kosten. Nein, das Café braucht keine größeren Fensterscheiben, auch der Nebenraum und die Drehtür bleiben, wie sie sind, und die alten Fotos darf niemand anrühren, sonst wird Papa endgültig wütend. Er regt sich dann so auf, dass er ganz rot im Gesicht wird und Hilde fast Angst um ihn bekommt.

»Das sind große Künstler, die haben es nicht verdient, in Vergessenheit zu geraten. Dem Mimen flicht die Nachwelt keine Kränze, heißt es. Aber ich, Heinz Koch, ich flechte diesen Meistern der Theaterbühne Lorbeerkränze, und das werde ich tun, solange ich lebe!«

Die Anschaffung eines elektrischen Kühlschranks wird zumindest in Erwägung gezogen, allerdings kostet solch ein Gerät fünfhundert Mark, und das ist viel Geld. Jean-Jacques' Dauervorschlag, ein Auto anzuschaffen, wird wie immer abgeschmettert. Schließlich hat Wilhelm, dieser Schelm, ein gebrauchtes Auto gekauft und kann damit auch Fahrten für das Café erledigen. Und wozu brauchen sie überhaupt ein Auto? Mehl, Zucker, Fett und alles andere werden geliefert, und für Kleinigkeiten reicht das Fahrrad. Hilde sieht die Mundwinkel ihres Jean-Jacques resigniert herabsinken. Sie weiß, dass sie heute Abend mit ihm wieder einmal über das Thema »Familienbetrieb« diskutieren wird. Dabei kennt er es doch von daheim, da haben sie ein Weingut, das jetzt sein Bruder gemeinsam mit den Eltern bewirtschaftet. Die gleiche Geschichte wie im Café Engel: Besitzer sind die Eltern, und die bestimmen, was angeschafft wird. Die Jungen dürfen arbeiten und ihre Meinung sagen, aber entscheiden tun die Alten. Zumindest, solange sie den Betrieb nicht übergeben haben, und das tun manche bis zuletzt nicht. Ihrem Jean-Jacques passt das nicht, und Hilde kann ihn gut verstehen, da ziehen sie beide am gleichen Strang. Wenn sie noch eine Weile durchhalten – irgendwann werden die Eltern schon einsehen, dass sie recht haben. Dann wird umgebaut und neu ausgestattet, Hilde hat schon alles genau im Kopf. Die Eltern werden sich wundern, wie ihnen die Gäste die Bude einrennen werden.

Der Schokoladenpudding besänftigt die Gemüter – außerdem finden alle, dass man vor den Kindern nicht streiten sollte. Jean-Jacques hat sich heute vorbildlich gehalten, findet Hilde. Das Auto hat er nur kurz erwähnt, damit die Eltern wissen, dass er die Idee nicht aufgegeben hat. Gestritten hat er nicht. Sie schenkt ihm ein Lächeln, das er erwidert. Zärtlich sind seine Augen. Und begehrlich dazu, sie sprechen von allerlei Dingen, die man vor anderen nicht laut sagen kann. Hilde spürt, wie sich die feinen Härchen in ihrem Nacken aufstellen. Ach, sie haben vor lauter Arbeit kaum Zeit füreinander! Das muss anders werden. Die Jungen wollen nachher im Hof mit den Nachbarskindern spielen, da hätten sie beide für eine kleine Weile freie Bahn …

Gerade als Mama ein Schälchen mit Pudding für August zurechtmacht, kommt er aus seinem Zimmer, den gefüllten Suppenteller in der Hand.

»Tut mir leid, Mama. Ich kann heute Mittag nichts essen. Heb es mir für den Abend auf, bitte.«

Mama ist ganz verzweifelt. Er hat kaum zwei Löffel Suppe gegessen und will auch keinen Nachtisch haben.

»Nein, August – so geht das wirklich nicht!«

Er stellt den Teller vorsichtig auf den Tisch und nimmt seine Mutter in die Arme. Wie dünn er immer noch ist! Heute scheint er Hilde ganz besonders blass, vermutlich ist es die Aufregung wegen der morgigen Klausur. Dabei ist er so klug, ihr älterer Bruder. Bisher hat er alle Prüfungen mit Auszeichnung bestanden.

»Mach dir doch nicht immer solche Sorgen, Mama«, sagt er leise. »Mir geht es gut. Ich werde heute Abend etwas essen. Jetzt mache ich einen kleinen Spaziergang …«

Mama ist nur halb beruhigt. Frische Luft ist ja gesund, aber mit leerem Magen herumlaufen, das taugt doch nichts. August lässt sich auf keine weiteren Gespräche ein, er nimmt Mantel und Hut vom Garderobenständer, nickt den anderen zu und verlässt die Wohnung.

»Was habe sie bloß aus ihm gemacht, die dreckigen Russen«, seufzt Mama. »Ein fröhlicher, gesunder Bursche ist unser August gewesen. Und jetzt ist er nur noch ein Schatten seiner selbst …«

»Nun übertreib aber nicht, Else«, wehrt Papa ab. »Es geht doch aufwärts mit ihm. Wenn auch langsam.«

Im Gegensatz zu Wilhelm, der viel und blumig über seine Zeit als Kriegsgefangener in den USA erzählte, hat August kaum etwas berichtet. Nur, dass er in mehreren Lagern gewesen sei, zuletzt in Kazan, ganz im Osten, wo die Kosaken zu Hause sind. Was er dort hat arbeiten müssen und wie man die Gefangenen behandelt hat – davon lässt er bis heute kein einziges Wort verlauten.

»Er kann nicht reden«, hat Jean-Jacques einmal zu Hilde gesagt. »Wenn Leben gar zu schlimm war – du kannst nicht erzählen. Das ist wie Wand in Kopf, verstehst du?«

Das hat Hilde eingeleuchtet. Sie selbst hat lange gebraucht, bis sie ihrem Liebsten von der Fehlgeburt berichtet hat, und sie fragt sich, ob auch er Dinge vor ihr geheim hält, weil er es nicht fertigbringt, sie ihr mitzuteilen. Mamas ständiges Gejammer, dass August nicht essen will, geht ihr auf die Nerven. Kann man einen Menschen, der Schreckliches erlebt hat, denn wieder auf die Beine bringen, indem man ihn mit Essen vollstopft? Aber Mütter sind wohl so. Hoffentlich wird sie selbst nicht auch einmal solch eine Futter-Mutter.

Jean-Jacques hilft ihr, den Tisch abzuräumen. Als sie fertig sind und Mama in der Küche schon das Spülwasser einlässt, legt er den Arm um Hildes Taille.

»In eine Viertelstunde …«, raunt er ihr ins Ohr. »Oben bei uns im chambre … Wirst du kommen, Madame Perrier?«

Papa hat das natürlich mitbekommen. Er fummelt sich gerade eine Zigarre aus dem eingelegten Zigarrenkasten und steckt sie in die Brusttasche seiner Jacke. Dann geht er hinunter ins Café, allerdings nicht ohne dem »jungen Paar« ein verständnisinniges Grinsen zu gönnen. Hilde ist das peinlich – Jean-Jacques scheint es nicht zu stören.

»Vielleicht …«, sagt sie kokett zu ihm.

Er lacht leise und küsst sie auf den bloßen Hals.

»Wenn eine Frau sagt ›vielleicht‹, dann ist das ›Ja‹.«

Woher er nur immer diese Sprüche hat? Sie macht sich kichernd los und geht in die Küche, um das Geschirr abzutrocknen, während er hinunter in den Hof läuft und mit den Jungen eine Runde Fußball spielt. Durchs Küchenfenster kann sie sehen, wie er den ausgeleierten Lederfußball herumkickt, von seinen Söhnen angefeuert. Es sind mehrere Nachbarskinder dazugekommen, hoffentlich bleiben Mamas Blumenkästen heil, darin sind schon zwei gelbe Osterglocken aufgeblüht.

»Hat dir Luisa nichts gesagt?«, will Mama wissen.

»Was soll sie gesagt haben? Ist sie etwa wieder …«

Mama hebt die Schultern, sie will keine Gerüchte in die Welt setzen. Schon gar nicht über Luisa, die so ein liebes Mädel ist und im Januar schon die zweite Fehlgeburt hatte.

»Der Fritz hat neulich so was angedeutet. Und dass er hofft, es klappt dieses Mal …«

Hilde seufzt. Sie würde es Luisa so wünschen, dass sie endlich ein Kind in den Armen halten darf. Fritz wäre ganz sicher ein wunderbarer Papa. Aber bisher hat Luisa kein Kind austragen können, gegen Ende des dritten Monats hat sie es beide Male verloren.

»Manchmal klappt es ja, wenn man gar nicht mehr daran denkt«, meint Mama. »Bei dir war das auch so, Hilde. Da haben Heinz und ich geglaubt, mit den beiden Jungen sei es nun getan. Aber auf einmal war ich wieder schwanger.«

Hilde findet, dass das kein Vergleich ist, aber sie sagt es nicht. Stattdessen überlegt sie, warum Luisa ihr nichts von der neuen Schwangerschaft erzählt hat. Vielleicht, weil es so viel zu tun gibt und man nur selten einmal zusammensitzt, um einfach miteinander zu reden. Das Café hat täglich von neun Uhr am Morgen bis spät in die Nacht geöffnet. Einen Ruhetag können sie sich nicht leisten, weil ja so viele Leute von dem Betrieb leben müssen.

»So, das war's«, vermeldet Mama. »Die Töpfe wisch ich mit dem Spültuch trocken. Kannst dann ja wieder runtergehen …«

Hilde lässt ihre Mutter in dem Glauben, dass sie sofort hinunter ins Café läuft, um Luisa und Finchen zu helfen. Stattdessen eilt sie mit klopfendem Herzen in ihre Wohnung hinauf und hat das Gefühl, etwas ganz und gar Verbotenes zu tun. Dabei will sie nur ein halbes Stündchen mit ihrem Ehemann allein sein. Am hellen Tag – wie unsittlich. Aber gerade deshalb ist es so ungemein aufregend. Ihr ist schon ganz heiß, wenn sie sich vorstellt …

Er ist vor ihr da, steht im Schlafzimmer vor den Ehebetten und hat nur noch die Unterwäsche an. Sein Blick ist hungrig, sie erschauert und kommt sich vor wie damals, als sie heimlich eine Nacht miteinander verbrachten und dann für lange Zeit auseinandergerissen wurden.

»Komm«, sagt er. »Ma chérie … viens …«

Sie geht auf ihn zu, die erste Umarmung, der erste wilde Kuss ist das Schönste, auch wenn danach noch weitere Genüsse folgen. Hilde ist eine temperamentvolle Liebhaberin, sie steht ihrem Jean-Jacques in nichts nach.

»Warte … ich mache Vorhänge zu …«, murmelt er.

»Damit alle wissen, was wir hier tun …«

»Aber ich will Dämmerung … ist besser für Liebe …«

Männer sind schon Spinner, aber sie lässt ihn gewähren, öffnet schon mal die Knöpfe an ihrer Bluse, hakt den Rock auf, will ins Bett schlüpfen … Schließlich haben sie nur ein halbes Stündchen …

»Mon Dieu!«, ruft er plötzlich und beugt sich aus dem Fenster.

»Was ist? Bleib vom Fenster weg, du hast doch nur die Unterwäsche an!«

»Das ist dein Bruder … drüben bei den Bäumen … Platanen …«

Sie hört an seiner Stimme, dass etwas geschehen ist. Ausgerechnet jetzt.

»Was ist mit ihm?«, fragt sie gereizt.

»Er liegt am Boden … Leute stehen dort … ein Mann kniet bei ihm …«

»Um Gottes willen«, flüstert Hilde.

Aus ist es mit dem Schäferstündchen. Sie ziehen sich hastig an, laufen die Treppen hinunter, durch den Flur auf die Straße hinaus. Was ist passiert? Ein Unfall? Ein Herzinfarkt? Hirnschlag?

»Er darf nicht tot sein«, flüstert Hilde vor sich hin, während sie neben ihrem Mann über die Fahrbahn läuft. »Lieber Gott, bitte, mach, dass er am Leben ist … Bitte!«

Sie kniet neben August auf den Boden, befühlt seine Schläfe, sieht das Blut, das von seiner linken Wange in den Staub der Straße tropft.

»Kennen Sie den Mann?«, fragt jemand.

»Das ist mein Bruder.«

»Er ist am Leben«, sagt Jean-Jacques, der dicht neben ihr hockt und Augusts Puls fühlt. »Schau … er macht die Augen auf.«

August blinzelt zunächst, dann schaut er mit verwunderten Augen zu ihr auf.

»Was ist …«, stammelt er. Dann verzieht er das Gesicht, fährt sich mit der Hand an die Wange, sieht das Blut an seiner Hand und will sich aufsetzen.

»Doucement«, sagt Jean-Jacques. »Sachte … Warte, ich helfe … Stütz dich auf mein Arm …«

Er bringt August auf die Beine, und sie gehen langsam, Schritt für Schritt über die Straße. Als sie die andere Seite erreicht haben, zittern Augusts Beine so heftig, dass Jean-Jacques ihn kurzerhand durch den Hauseingang trägt.

»Nur der Kreislauf … nicht weiter gefährlich … sag Mama nichts davon …«, fleht August. »Sie regt sich sonst fürchterlich auf.«

SWETLANA

Smolensk, Februar 1949

Trotz der brüllenden Kopfschmerzen ist sie eingenickt. In ihrem Kopf hämmert der Rhythmus des Zuges, dieses dumpf klappernde Ra-ta-ta-ta … Ra-ta-ta-ta … immer im Vierertakt, warum, das weiß sie nicht. Es ist auch gleich, Hauptsache, der Zug bewegt sich voran, muss nicht schon wieder irgendwo auf einem verschneiten Feld anhalten, weil eine Weiche klemmt oder etwas auf den Schienen liegt.

»Mama«, jammert Mischa. »Mir ist so heiß …«

Sie fährt aus dem Schlummer und begegnet den gierigen Augen des Tataren, der ihr gegenüber auf der hölzernen Bank sitzt. Sie fahren in der dritten Klasse, ohne Heizung, Holzbänke, der Fußboden klebt, weil die Leute ständig ausspucken, es riecht nach allerlei menschlichen Ausdünstungen. Draußen ziehen verschneite winterkahle Wälder vorüber, dazwischen ein Dörfchen, der Schnee drückt die Häuser tief in die Ebene hinein. Ist das noch Polen? Oder sind sie endlich in Russland?

»Du hast Fieber, mein Schatz«, sagt sie und legt die Hand auf die Stirn ihres Sohnes. »Trink einen Schluck Wasser … Beim nächsten Halt mache ich uns Tee …«

Zwei Wagen weiter gibt es einen Samowar. Dort kann man sich heißes Wasser holen, den Tee und das Gefäß muss man selbst mitbringen. Es ist alles sehr primitiv in diesem Zug, aber Swetlana ist zufrieden. Schlimm ist nur, dass Mischa, ihr sechsjähriger Sohn, krank ist, und sie weiß nicht, was daraus entstehen wird. Dennoch ist diese Fahrt zurück in die Heimat eine Reise voller Hoffnung, die Rückkehr in die Freiheit, in den Schoß ihrer Familie in Smolensk. Acht Jahre war sie fort, ein Opfer des Krieges, von den Deutschen zusammen mit vielen anderen in einem Viehwagen zur Arbeit abtransportiert. Ostarbeiter nannte man sie, im »Landgrabenlager« bei der Firma Kalle hat sie arbeiten müssen. Damals war sie sechzehn, ein ahnungsloses Mädchen. Seitdem ist viel geschehen, aber sie hat sich durchgebissen, hat überlebt, und nun wird alles anders werden. In der Heimat will sie neu anfangen, Mischa soll in eine russische Schule gehen, die ungeliebte deutsche Sprache vergessen, ein Russe werden. Und auch für sie selbst wird sich etwas finden. Eine Arbeitsstelle. Vielleicht sogar eine eigene Wohnung. An einen Ehemann mag sie gar nicht denken, sie hat noch einen anderen im Kopf, der war nicht gut, aber sie war in ihn verliebt. Dumm ist sie gewesen, auch einsam und verzweifelt, das hat er ausgenutzt, aber Liebe war es doch. Liebe ist eine Verrücktheit, niemand kann sie erklären, niemand weiß, wohin sie fällt. Sie überkommt dich und macht mit dir, was sie will.

Mischa trinkt brav ein wenig Wasser aus der Blechflasche. Es ist geschmolzener Schnee, den sie bei jedem Halt in die Flasche stopft, weil ihre Wasservorräte nach zwei Tagen zu Ende waren. Nun sind sie schon den dritten Tag unterwegs, es ist früher Nachmittag, das Licht nimmt ab, gleich wird jemand die beiden Laternen anzünden, die den Wagen bei Dunkelheit mit trübem Schein erfüllen. Swetlana hasst die Nächte in diesem stinkenden Waggon, wo Männer und Frauen durcheinander hocken und liegen und es immer wieder zu dreisten Annäherungsversuchen kommt. Aber sie kann sich wehren, auch wenn sie dünn ist, sie hat Kraft, und wenn sie wütend wird, muss sich ihr Gegner in Acht nehmen. Und dann sind sie ja auch zu dritt, denn links neben ihr sitzt Sonja Armatowna, die ist über siebzig, rund wie ein Fässchen und schlagkräftig wie ein Boxer. Sieben Kinder hat sie gehabt von drei Männern, jetzt hat sie zwölf Enkel, aber keinen Mann mehr, der Krieg hat sie alle ins Grab gerissen.

Der Krieg und der Wodka, jedes zu seiner Zeit. Sie ist in Warschau zugestiegen und will nach Smolensk zu einer ihrer Töchter. Und drüben, neben dem hässlichen Tataren sitzt Jekaterina, die zusammen mit Swetlana aus dem *Displaced Persons Camp* in Wiesbaden entlassen wurde, um zurück in ihre Heimat zu reisen. Jekaterina ist klein und sehr dünn, sie hat rötliches Haar und hellblaue Augen, die immer entzündet sind. Swetlana hat sie erst richtig wahrgenommen, als sie im Camp zur Abreise antreten mussten, neu eingekleidet, geduscht und mit den notwendigsten Dingen in einem kleinen Koffer ausgestattet. Jekaterina ist ein Wesen, das sich unsichtbar machen kann, sie wird einfach nicht beachtet, niemand kann sich erinnern, je mit ihr gesprochen zu haben. Aber in diesen zwei Tagen, die sie miteinander im Zug verbracht haben, hat Swetlana die kleine Jekaterina schätzen gelernt, gemeinsam mit Sonja sind sie nun eine verschworene Dreiergruppe, sie helfen einander, teilen die Lebensmittel, und eine passt auf die andere auf.

Die restlichen Reisenden im Waggon sind Männer, fünf an der Zahl, drei junge und zwei alte. Alle sind mager und zerlumpt, einige wohl auch krank, was sie nicht davon abhält, die Frauen zu belästigen. Sie sind Leidensgenossen, waren ebenfalls zur Arbeit nach Deutschland verschleppt und kehren nun zu ihren Familien zurück.

»Den Tee werde *ich* machen, wenn wir halten«, sagt Jekaterina, und sie beugt sich vor, damit Swetlana sie besser verstehen kann. »Du bleibst bei deinem Sohn, Swetlana. Ich hole Tee für uns alle drei.«

»Danke«, sagt Swetlana und lächelt Jekaterina an. »Ich habe noch Kekse zum Tee.«

»Ich habe auch was zum Tee«, lässt sich Sonja vernehmen. »Das wird uns wärmen …«

Sonja hat in ihrer Tasche zwei Flaschen Wodka, die hat sie aus Warschau von dem Sohn mitgebracht. Eine davon ist schon zur Hälfte geleert. Den Männern im Waggon gibt sie keinen einzigen Schluck ab, weil sie weiß, welche Folgen das hat. Aber die haben sich selber mit Wodka eingedeckt, ganz gierig sind sie, endlich wieder nach Lust und Laune trinken zu können.

Der nächste Halt ist die Grenze. Dort werden ihre Entlassungspapiere kontrolliert, die Zöllner sind gnädig und übersehen den Wodka, immerhin sind sie ja Sowjetmenschen, die aus der deutschen Gefangenschaft in ihre Heimat, in die Arme von Mütterchen Russland zurückkehren, da drückt man beide Augen zu.

»Ein Hübsche bist du«, sagt einer der Zöllner zu Swetlana. »Wirst viel Unheil anrichten mit deinem Gesicht.«

Swetlana lacht und sagt, dass es eine Schande sei, was er für einen Unsinn rede.

»Helle Augen und schwarzes Haar und ein Mund wie reife Kirschen …«, summt er und grinst sie frech an.

»Zu viele Kirschen machen Bauchweh«, sagt sie ebenso frech.

Er lacht und findet den Witz gut.

Am Abend und in der Nacht fahren sie durch die Ukraine, immer wieder hält der Zug aus unerklärlichen Gründen an, flackerndes Laternenlicht gleitet draußen an den Fenstern vorbei, man sieht Schatten, die sich im Schnee bewegen, Türen werden aufgerissen und zugeschlagen, dann rollt der Zug wieder an. Es geht weiter. Gottlob, es geht weiter. Swetlana hat den fiebernden Mischa auf ihren Schoß genommen, seine heiße Wange ruht an ihrer Schulter, sein schmaler Jungenkörper wärmt sie wie ein Ofen. Sie streichelt ihm den Rücken, singt ihm Kinderlieder ins Ohr, tröstet ihn, ist erleichtert, wenn er für kurze Zeit einschläft. Dann lehnt sie erschöpft den Kopf an die harte Trennwand, spürt das Ruckeln und Vibrieren des Zuges und wünscht sich ein Bett herbei. Ein Lager, um sich auszustrecken. Ein weiches Kissen unter dem Kopf. Ein kühles, feuchtes Tuch auf die schmerzende Stirn legen, wie Mama es früher immer tat, wenn jemand in der Familie Kopfschmerzen hatte. Mama – wie freut sie sich darauf, ihre Mutter wiederzusehen. Sie in die Arme zu schließen und mit ihr zu weinen. Vor Freude und auch vor Trauer, denn sie hat erfahren, dass ihr Vater vor einem Jahr an seiner Kriegsverletzung gestorben ist. Boris, ihr älterer Bruder, ist aus dem Krieg zurückgekommen, er hat inzwischen geheiratet, und sie haben zwei Kinder. Ihre beiden Nichten, die sie noch nie gesehen hat. Auch die Schwägerin Irina kennt sie nicht. Manchmal wird ihr ein wenig bang, weil sie ihren Lieben so fremd geworden ist und sich daheim so viel geändert hat.

Am Morgen sehen sie die ersten ukrainischen Dörfer. Wie viele verbrannte Häuser es hier noch gibt! Auch in den Städten sieht man Ruinen, aber es wird fleißig gebaut, vor allem in den Gegenden, wo die Regierungsgebäude stehen.

Erst am späten Nachmittag, als es schon wieder dunkel wird, fährt der Zug in den Bahnhof von Smolensk ein. Sie steigen aus und stehen ratlos auf dem kalten, halbdunklen Bahnsteig herum. Zwei Frauen haben auf ihre Männer gewartet, das Wiedersehen ist herzzerreißend, Sonja muss die Tränen abwischen, Jekaterina schaut verlegen zur Seite. Dann kommt Sonjas Tochter mit Ehemann und zwei Kindern, um die Oma abzuholen. Sonja umarmt die Reisegefährtinnen, sie küssen sich zum Abschied und versprechen, einander zu besuchen. Sonja und ihre Familie verschwinden in der Dunkelheit des Bahnhofsgebäudes, man hört sie noch eine Weile reden und lachen, dann sind sie fort. Ein Bahnangestellter scheucht die letzten Reisenden vom Bahnsteig. Es ist nicht erlaubt, sich hier aufzuhalten, im letzten Monat sind mehrere Leute erfroren, die sich auf eine Bank zum Schlafen gelegt hatten.

Swetlana trägt Mischa eine Weile auf dem Arm, dann wird er ihr zu schwer, und weil er sich weigert, von Jekaterina getragen zu werden, muss er laufen. Es geht ihm heute besser, das Fieber ist fast weg, und er hat großen Hunger, aber Swetlana hat nur noch einen Rest Zwieback übrig. Vor dem Bahnhofsgebäude bleiben sie stehen und versuchen, sich zu orientieren. Sie wissen, dass Smolensk in Trümmern lag, die Deutschen haben es zusammengeschossen, in Brand gesteckt, alle Häuser zerstört. In der schwachen abendlichen Beleuchtung sieht man kaum etwas davon, die meisten Häuser scheinen heil, einige sind eingerüstet, nur hie und da entdecken sie gezackte Mauerreste, die auf eine Ruine hinweisen. Sie nehmen den Jungen in die Mitte und gehen langsam voran, die Simona Petliuri Straße entlang, dann rechts in die Ziljanska hinein. Dann bleibt Jekaterina stehen.

»Dort wohnt meine Schwester«, sagt sie zu Swetlana und zeigt auf ein mehrstöckiges Haus, das im Schein der Straßenlaterne nur unvollständig zu sehen ist. »Sie wartet auf mich.«

Noch ein Abschied, dieses Mal mit Tränen, denn Jekaterina hat Swetlana und den kleinen Mischa liebgewonnen. Vielleicht, weil sie so wenige Freundinnen in ihrem Leben gehabt hat, eigentlich gar keine.

»Du kommst uns mit Mischa besuchen, versprich es, Swetlana!«

»Aber natürlich, Kitti … Du und deine Schwester, ihr seid uns immer willkommen …«

»Und wenn du einmal in Not bist … Wir sind für dich da. Ihr könnt bei uns wohnen, solange ihr wollt …«

»Ach, Kitti … du bist süß! Ich besuche dich so bald wie möglich. Komm gut nach Hause, meine Kleine. Und grüß deine Schwester von mir. Lass dich küssen, Kitti …«

Mischa will auf keinen Fall von Jekaterina geküsst werden, schon Sonjas überschwängliche Küsserei hat er schrecklich gefunden. Immerhin darf Jekaterina ihn umarmen, das hält er gerade noch aus, aber küssen kommt nicht infrage. Schon deshalb, weil Jekaterinas Gesicht ganz nass von ihren Tränen ist und ihre Augen so eklig rot entzündet sind.

Jekaterina dreht sich mehrmals um und winkt ihnen zum Abschied. Schließlich gehen sie weiter, weil sie frieren. Es liegt kein Schnee, aber der Wind ist kalt, und die Dunkelheit lastet wie eine schwere, nasse Decke auf der Stadt.

»Mama, ich kann nicht mehr laufen!«

»Nur noch ein kleines Stück, Mischa …«

Die mehrstöckigen Häuser zeichnen sich wie schwarze Blöcke vor der grauen Dämmerung ab. Hie und da sieht man beleuchtete Fenster, eine Lampe über einem Toreingang. Swetlana hat Mühe, sich an den Weg zu erinnern, zumal es dunkel ist und sie zuletzt vor sieben Jahren hier entlanggelaufen ist. Der Zufall hilft ihr, sie erkennt den Hauseingang an dem rostigen Eisengitter, das in der Nacht mit einer Kette abgeschlossen wird.

»Wir sind da, Mischa.«

Sie hat ihrer Mutter einen Brief geschrieben und die ungefähre Zeit ihrer Ankunft mitgeteilt, also wird man sie erwarten. Im schwachen Licht der Laterne sucht sie nach der Türklingel. Da steht tatsächlich noch der Name ihres Vaters, Petr Kovaleva. Sie ist gerührt, das kleine Schildchen ist das gleiche wie damals, als sie noch ein Kind war. Als wäre die Zeit stehen geblieben.

Sie muss mehrmals läuten, bis endlich jemand herunterkommt, um das Eisengitter aufzuschließen. Im dämmrigen Flur erkennt sie ihren Bruder Boris nicht sofort, er hat sich verändert, ist breiter geworden, das Haar dünner, die Wangen hängen ein wenig herunter.

»Swetlana! Mein Gott! Du bist das. Komm herein … Ist das dein Sohn? Wie groß er schon ist …«

Sie kann seine Schnapsfahne riechen, noch bevor sie einander umarmen. Er schiebt sie gleich wieder von sich und schaut ihr ins Gesicht.

»Eine Schönheit bist du geworden. Damals hast du immer ausgeschaut wie ein mageres Hühnchen …«

Lachend geht er voraus, um Mischa kümmert er sich nicht.

Er hat ihn nicht einmal begrüßt. Das verletzt Swetlana. Mischa ist ein uneheliches Kind, das ist eine Schande, aber es war Krieg, und außerdem kann der Junge ja nichts dafür. Das Treppenhaus riecht noch genau wie damals, eine Mischung aus feuchten Kleidern, Kohlgemüse, saurer Milch und den Düften, die aus den Latrinen in den Zwischenstöcken dringen. Swetlana muss Mischa hinter sich herziehen; er weint und will nicht weitergehen.

Oben an der Wohnungstür steht eine alte Frau, schwarz gekleidet, gebeugt, das dünne graue Haar am Hinterkopf zusammengesteckt. Swetlana braucht einen Moment, um ihre Mutter wiederzuerkennen.

»Mama!«, sagt sie leise.

Dann liegen sich Mutter und Tochter in den Armen, ein Moment, von dem sie beide lange geträumt haben und der nun so ganz anders wahr wird, als sie es beide glaubten, denn sie sind nicht mehr die Gleichen. Vor sieben Jahren war Swetlanas Mutter eine energische, tatkräftige Frau – nun ist sie eine Greisin, von der Lungenkrankheit gezeichnet. Swetlana aber, das schüchterne, dünne Hühnchen mit den großen Kinderaugen, hat sich zu einer schönen jungen Frau entwickelt.

»Svetotschka … meine Kleine … Bist du zurückgekommen zu deiner Mutter … Ach, solche Freude …«

»Und das ist Mischa, mein Sohn. Er ist schon sechs und soll bald in die Schule kommen …«

Mama tätschelt Mischa die Wange. »So ein großer Junge … Mein Enkelsohn bist du … Komm zu uns herein, Mischa …«

Die Wohnung kommt Swetlana viel kleiner und enger vor als früher. Auch riecht es furchtbar muffig, wahrscheinlich lüften sie jetzt im Winter nicht, damit die Wärme nicht verloren geht. Es gibt drei Zimmer, das größere diente als Wohnzimmer, früher schliefen dort in der Nacht die Eltern. Die beiden anderen Räume sind sehr klein, es passen jeweils gerade ein Bett und ein

Schrank hinein. Eines gehörte ihr und ihrer Schwester Natalja, in dem anderen schlief Boris.

Jetzt ist alles anders. Im Wohnzimmer steht eine unbekannte Frau, das ist Irina, die Ehefrau ihres Bruders Boris. Sie ist groß und hat hängende Brüste, ihr Gesicht ist fleischig, die Augen klein und schwarz. Swetlana sieht sofort den feindseligen Ausdruck in Irinas Gesicht, und sie begreift, dass sie nicht willkommen ist. Irina und Boris bewohnen jetzt das Wohnzimmer, ihre beiden Töchter teilen sich einen der kleinen Räume, in dem anderen wohnt ihre Mutter.

»Setzt euch und trinkt Tee«, lädt Irina sie ein und zeigt auf das Sofa. »Wir haben zwei Tage lang auf euch gewartet.«

Es klingt so, als hätte sie den Tee so lange warm halten müssen und sei darüber rechtschaffen verärgert. Swetlana zieht den Mantel aus, wickelt Mischa aus dem wollenen Tuch, das sie um ihn geschlungen hat, nimmt ihm die Mütze ab.

»Schöne neue Sachen habt ihr an«, bemerkt Irina neidisch. »Haben die Deutschen euch die geschenkt?«

»Nein. Die Amerikaner.«

Swetlana hat keine Lust, Irina weitere Auskünfte über ihre Vergangenheit zu geben. Es geht diese Person nichts an, sie soll sich um ihren eigenen Dreck scheren. Der Tee ist heiß und schmeckt etwas ranzig; sie tut Marmelade in Mischas Teeglas, damit er ihn trinkt.

»Lange könnt ihr nicht hierbleiben«, sagt Irina. »Ihr seht ja, wie eng es ist. Und durchfüttern können wir euch auch nicht.«

»Lass doch«, wehrt Boris ab. »Das findet sich schon alles.«

Mama ist in der Küche, wie es scheint, bereitet sie etwas zu essen vor. Boris schenkt Wodka ein, um auf ihre Rückkehr zu trinken.

»Auf den Generalsekretär der Kommunistischen Partei! Den großen Stalin! Auf unsere Zukunft!«

Swetlana hat nicht viel Gutes über Stalin gehört, weder daheim in Smolensk noch später in Deutschland. Aber das war sicher Propaganda. In Deutschland wurde immer gegen die Sowjetunion gehetzt, weil die Deutschen schreckliche Angst vor den Russen haben. Also trinkt sie mit auf den großen Josef Stalin und merkt gleich, dass ihr von dem Wodka schwindelig wird. Kein Wunder, sie hat den ganzen Tag über nur ein paar Kekse gegessen und etwas Tee getrunken. Boris erzählt, dass er Arbeit in einem Kombinat hat, dass sie neue Häuser bauen, gute Arbeit leisten und das Land wieder hochbringen.

»Die Oblast Smolensk ist stolz darauf, sich nach dem großen vaterländischen Krieg und dem Sieg über die Faschisten aus den Trümmern des Krieges zu erheben.«

Swetlana nickt. Der Satz klingt ziemlich einstudiert – müssen sie den auswendig lernen? Mama bringt Bliny, die sie mit Fisch und Kohlgemüse gefüllt hat, und Irina ruft ihre Töchter herbei, sie sollen mitessen. Die Mädchen sind fünf und vier Jahre alt, zart und flachsblond mit hellblauen Augen. Sie begrüßen ihre neue Tante höflich, nehmen sich scheu einen gerollten Pfannkuchen und setzen sich dicht aneinandergedrückt auf einen Stuhl. Während sie essen, starren sie Mischa an wie ein Wesen von einem fremden Stern. Mischa kaut hungrig, verschlingt zwei Bliny und greift nach dem dritten Stück.

»Zwei sind genug«, sagt Irina und zieht den Teller mit den Bliny weg. »Hast du deinem Sohn nicht beigebracht, sich höflich zu benehmen, wenn er zu Gast ist?«

Swetlana weiß, dass es unklug ist, aber wenn es um Mischa geht, kann sie ihren Zorn nicht bremsen.

»Er hat zwei Tage lang nichts essen können, weil er Fieber hatte«, erwidert sie. »Aber wenn ich gewusst hätte, dass du so geizig bist, hätten wir besser gar nichts gegessen.«

»Nun … nun …«, sagt Boris, und er legt seine Hand auf Irinas Schulter. »Lasst uns nicht streiten … Wo sie doch gerade erst gekommen ist …«

Mama sagt kein Wort; sie schaut nur starr vor sich hin, und Swetlana begreift, dass sie ihre kranke Mutter aufs Altenteil abgeschoben haben, Mama hat hier nichts mehr zu sagen, es regiert die Schwägerin.

»Wer streitet denn hier?«, keift Irina. »Ich lasse mich in meiner eigenen Wohnung nicht beleidigen. Bin ich geizig? Tee habe ich ihnen gegeben, Marmelade und Zucker, Bliny haben sie gegessen, mit Kohl und Fisch gefüllt ...«

Nun regt sich die Mutter doch. Sie hebt den Kopf und sieht Irina mit bösen Augen an.

»Was regst du dich auf? Das wurde alles von meinem Geld bezahlt, mit meiner Rente hat du gestern eingekauft!«

Irina holt Luft, um etwas zu erwidern, aber Boris ist schneller, er schlägt mit der Faust auf den Tisch und brüllt: »Ruhe jetzt. Meine Schwester ist zurückgekommen. Das ist ein großer Tag. Und du hältst dein Maul, Irina!«

Swetlana spürt, das Mischa neben ihr erzittert. Er hat Angst vor dem tobenden Onkel, aber er weint nicht. Vielleicht, weil die beiden Mädchen ihn immer noch mit großen Augen anschauen.

Weil Irina jetzt kuschen muss, lässt sie ihren Ärger an ihren Töchtern aus.

»Was sitzt ihr da und glotzt? Ab ins Bett mit euch. Und wehe, wenn ihr an der Tür lauscht!«

Die Mädchen flüchten davon, Irina steht auf und schließt persönlich die Tür hinter ihnen, dann setzt sie sich wieder auf ihren Platz. Niemand wagt mehr zu essen, Boris trinkt seinen Tee aus, Mama starrt wieder vor sich hin.

»Hat ja lange gedauert, bis du den Weg nach Hause gefunden hast«, fängt Irina wieder an. »Der Krieg ist doch schon seit vier Jahren zu Ende. Hat es dir so gut gefallen bei den Faschisten in Deutschland?«

Swetlana schaut zu Boris hinüber, aber der scheint sich an

dem anzüglichen Ton, in dem die Frage gestellt ist, nicht zu stören. Was für eine Hexe hat er da geheiratet!

»Ich war nicht freiwillig dort, das wisst ihr«, sagt Swetlana unwillig. »Nach dem Krieg haben die Amerikaner uns in Lagern zusammengefasst und versorgt. Aber weil sehr viele Menschen von den Deutschen verschleppt wurden, dauerte es eben lange, bis Mischa und ich an der Reihe waren und aus dem Lager entlassen wurden.«

Boris nickt und nimmt sich die letzte Blin, kaut bedächtig und schaut dann auf den kleinen Mischa. Er ist blond und hat graublaue Augen. Für sein Alter ist er groß gewachsen.

»Und der da?«, fragt er mit einer Kopfbewegung in Mischas Richtung. »Hat der einen deutschen Vater?«

»Ja.«

Swetlana erfährt, dass alle deutschen Soldaten Schweine seien. Sie hätten hier in Smolensk gehaust wie die Wilden, jedes Mädel von der Straße geholt, nicht mal vor Kindern und alten Frauen hätten sie zurückgeschreckt.

»Irina kann davon erzählen«, sagt Boris mit verhaltener Wut.

»Will sie aber nicht«, gibt Irina zurück. »Gibt nicht viel zu erzählen. Krieg ist Krieg. Augen zu und an was anderes denken. Geht vorbei.«

Swetlana schweigt. Sie weiß sehr gut, wovon Irina spricht, schließlich hat sie Ähnliches erlebt, zweimal ist sie nur knapp einer Vergewaltigung entkommen, den meisten ihrer Leidensgenossinnen ist es schlimmer ergangen. Er hat sie geschützt, ihr Geliebter. Das konnte er, weil er der Lagerleiter war.

»Aber ich hab kein Kind bekommen«, fährt Irina fort. »Weil ich nicht wollte. Nicht von einem dreckigen Faschisten.«

Swetlana begreift nicht gleich. Wird ihr jetzt vorgeworfen, dass sie Mischa nicht abgetrieben hat? Weil er einen deutschen Vater hat? Aber was Irina nun sagt, klingt noch viel irrwitziger.

»Aber wenn eine Spaß daran hat, sich von einem Deutschen vögeln zu lassen, dann kriegt sie halt ein Kind.«

Boris packt Irina am Arm und rüttelt sie. »Was soll das? Wie kommst du darauf, dass sie Spaß dabei hatte?«

»Sonst hätte sie kein Kind bekommen«, sagt Irina seelenruhig. »Das weiß doch jeder, dass eine Frau nur empfängt, wenn sie Spaß dabei hat.«

»Wer hat dir denn diesen Blödsinn erzählt?«, regt sich Swetlana auf.

»Niemand. Das ist so.«

Boris schaut seine Frau ungläubig an, aber Irinas überzeugte Miene macht Eindruck auf ihn. Mama schüttelt den Kopf, sagt aber nichts. Swetlana hat es jetzt satt. Sie ist hier nicht willkommen, das hat man ihr deutlich gezeigt. Ihre Rückkehr in den Schoß der Familie, von der sie all die Jahre geträumt hat, die sie so sehr ersehnt hat, ist ganz anders verlaufen als gedacht. Sie ist eine riesengroße, bittere Enttäuschung. Aber Swetlana ist keine, die sich still und leise in ihr Schicksal fügt. Wenn sie ohnehin schon gemein zu ihr sind, dann will sie ihnen auch einen Grund dafür geben.

Sie legt vorsorglich den Arm um Mischa, bevor sie antwortet.

»Du hast ganz recht, Irina«, sagt sie mit kühlem Lächeln. »Ich hatte Spaß dabei. Weil ich mich in diesen Deutschen verliebt hatte. Und weil ich unbedingt mit ihm schlafen wollte. Und ich schwöre dir, dass diese eine Nacht mit meinem deutschen Liebsten besser war als alle Nächte, die du jemals mit meinem Bruder gehabt hast!«

Einen Moment lang sind sie still vor Verblüffung. Irinas Gesicht zieht sich in die Länge, weil ihr Kinn heruntergefallen ist, Boris' Augen quellen so weit hervor, dass man befürchten muss, sie würden gleich in sein Teeglas fallen.

»Faschistenhure!«, sagt Boris mit heiserer Stimme. »Raus aus meiner Wohnung. Verschwinde, du Dreckstück. Verdirbst mir meine unschuldigen Kinder …«

Draußen ist es bitterkalt, mehrere Grad unter null. Aber das ist Swetlana im Augenblick gleich. Sie lässt sich nicht beleidigen, schon gar nicht von dieser dummdreisten Irina, die sich hier breitgemacht und die Herrschaft an sich gerissen hat. Als Papa noch am Leben war, da hätte sie das nicht geschafft, diese Tyrannin. Swetlana rafft ihren Mantel an sich, schlingt das Tuch um Mischa, setzt ihm hastig die Mütze auf.

»Keine Sorge«, schreit sie den Bruder an. »Wir gehen auch so. Hier in dieser Wohnung stinkt es zum Himmel vor Selbstgerechtigkeit!«

Es fliegen noch einige böse Beleidigungen und Widerworte hin und her, dann steht sie mit Mischa unten im dunklen Hausflur. Aber sie kann nicht hinaus, weil die Kette verschlossen ist, die das Gitter zusammenhält. Wütend rüttelt sie am Gitter, dann muss sie sich um Mischa kümmern, der in einer Ecke des Flurs kauert und laut schluchzt. Sie hockt sich neben ihn, schlingt die Arme um ihn und will ihn trösten, doch er stößt sie zurück und weint umso lauter.

»Du bist schuld … Immer schreist du alle an … Immer machst du Streit …«

Sie lässt ihn schimpfen, wartet, bis er sich beruhigt hat, und wischt ihm die Tränen ab.

»Wir gehen jetzt zu Jekaterina. Da können wir die Nacht über bleiben …«

»Wir gehen nicht … wir können nicht raus … Gitter ist zu …«

»Ich läute jetzt an einer Wohnung und bitte die Leute, uns aufzuschließen. Das ist ganz einfach, Mischa …«

»Gar nicht …«, knurrt er.

Sie steht auf und will zu einer der Wohnungstüren im Erdgeschoss gehen, da hört sie Schritte auf der Treppe. Ist es Boris? Aber nein, die Schritte sind leicht und zögerlich.

»Swetlana? Bist du da?«

Es ist ihre Mutter. Das Licht geht für einen Moment an, da steht Mama auf dem Treppenabsatz, hält sich am Geländer fest und schaut suchend nach unten.

»Wir sind hier, Mama. Kannst du uns aufschließen?«

»Kommt«, befiehlt ihre Mutter. »Alle beide. Ihr schlaft bei mir.«

Es klingt entschlossen, fast so wie früher. Trotzdem zögert Swetlana. Sie hat keine Lust, zu Kreuze zu kriechen. Von Irina dort oben in der Wohnung mit höhnischen Worten empfangen zu werden.

»Willst du deinen Sohn erfrieren lassen? Komm jetzt. Ich bin müde, und es fällt mir schwer, die Treppen zu gehen.«

Swetlana gibt nach. Sie darf Mischa, der gerade das Fieber überstanden hat, nicht noch einmal der nächtlichen Kälte aussetzen. Oben in der Wohnung ist es jetzt still, Boris und Irina sind im Wohnzimmer, sie haben die Tür geschlossen. Der Raum, in dem ihre Mutter wohnt, war früher Boris' Zimmer, es ist winzig klein, und sie schlafen zu dritt in Mamas Bett.

Gegen Morgen wacht Swetlana auf, es ist noch dunkel, sie hört die regelmäßigen Atemzüge ihres Sohnes. Ihre Mutter liegt neben ihr, sie hustet, ihr Körper ist seltsam leicht und ausgetrocknet.

»Stimmt das, was du gestern gesagt hast? Hast du ihn wirklich geliebt?«, will die Mutter wissen.

»Ja, Mama.«

Sie spürt einen kleinen Gegenstand in ihrer Hand, ihre Mutter hat ihr etwas zugeschoben.

»Dein Vater hat mir Kette und Anhänger zur Hochzeit geschenkt«, flüstert ihre Stimme. »Es ist Gold mit zwei Perlen darin. Ich habe es über den Krieg gerettet, und jetzt gebe ich es dir. Verkauf es und nimm das Geld. Du wirst es brauchen, Svetotschka …«

Sie umarmen sich und weinen dabei, denn sie wissen, dass sie einander nicht wiedersehen werden. In aller Frühe machen sich Swetlana und Mischa fertig, um die Wohnung zu verlassen.

Unten schließt sie die Kette mit dem Schlüssel auf, den ihre Mutter ihr gegeben hat, und legt ihn wie versprochen auf einen Mauervorsprung. Als sie das Gitter aufschiebt und mit Mischa auf die Straße tritt, weiß sie, dass sie jetzt endgültig frei ist. Frei von aller Hoffnung und mutterseelenallein.

WILHELM

März 1951

Er verbeugt sich immer wieder, lächelt, breitet die Arme aus, bückt sich, um einen Blumenstrauß, ein kleines Kästchen mit Schleife darum, zwei rote Rosen aufzuheben, die man ihm auf die Bühne geworfen hat. Dann muss er schnell davon, weil der nächste Schauspieler sich verbeugt, das ist Kollege Sandberg, der den Cléante gespielt hat, aber der bekommt lange nicht so viel Applaus wie Willi Koch als dümmlich-eingebildeter Thomas Diafoirus. Er hat den Vogel abgeschossen, seinem Affen Zucker gegeben, und sein Publikum hat es ihm gedankt. Der arme Genzler hat heute als Argan total versagt – da musste doch einer die Aufführung retten. Das hat Willi Koch übernommen.

Als er sich später abschminkt, kommt Dr. Seitz in die Garderobe. Wieder einmal ist er stocksauer, der Herr Regisseur. Zischt ihn an von wegen Eigenmächtigkeiten, die seine Inszenierung gesprengt hätten und die er noch schwer bereuen würde. Die größte Bosheit hebt er sich für den letzten Satz auf.

»Sie sind halt ein Komiker. Wenn Sie nur den Mund aufmachen, fangen die Leute schon an zu lachen!«

Das verdirbt ihm fast den schönen Abend. Weil es einfach nicht wahr ist: Er kann zwar den Clown geben, aber eigentlich will er ins Charakterfach. Zumindest später mal. Doch als er dann mit den Kollegen beisammensitzt und den Abend mit einigen Gläsern Wein ausklingen lässt, hat er das dumme Geschwätz schon wieder vergessen. Die Karin Langgässer schwärmt ihn schon lange an, heute Nacht bringt er sie nach Hause und bleibt noch ein Weilchen. Wie das so ist unter Kollegen. Er kommt erst in den frühen Morgenstunden heim, schleicht auf Socken in sein Zimmer und schafft es gerade noch, seine Hosen ordentlich über die Stuhllehne zu hängen, damit die Bügelfalten drinbleiben. Dann fällt er todmüde ins Bett.

Gegen zehn Uhr am Vormittag wacht er auf, streckt sich wohlig, schiebt das Kopfkissen zurecht und lauscht auf die Geräusche im Haus. Unten im Café sind sie schon wieder an der Arbeit. Bienenfleißig, die Eltern und sein Schwesterlein Hilde. Stehen jeden Morgen um sieben auf der Matte, um alles vorzubereiten: Brötchen reinholen, Kaffee kochen, den Ofen anheizen, die alten Zeitungen gegen die neuen austauschen und was noch alles zu tun ist. Er kennt es noch von früher, als Bub musste er häufig mithelfen, den Müll raustragen, ausfegen, auch mal die Tische abwischen oder die Kuchenvitrine putzen. Er hat schon früh gewusst, dass diese Schinderei nichts für ihn ist, wohl aber das Theater. Da war er schon als Kind immer auf Freikarte, die bekam Papa von den Künstlern zugesteckt, und wenn die Eltern keine Zeit hatten, saß Wilhelm im Zuschauerraum. Er war nicht wählerisch, hat alles angeschaut und angehört: Oper, Konzert, Schauspiel, Vorträge, Dichterlesungen. Und er hat früh begriffen: Das ist seine Welt.

Unten auf der Wilhelmstraße scheint schon lebhafter Autoverkehr zu sein, es wird hemmungslos gehupt. Vor dem Café stehen zwei Frauen, die sich laut über das Erdbeben unterhalten, das gestern früh die Gemüter erschreckt hat. Er hat da gerade Probe für das Molnár-Stück gehabt, wo er einspringen soll, und hat kaum etwas gemerkt. Nur oben im Schnürboden haben die Stricke und Taue so komisch geschwankt, das war schon unheimlich. Er streckt sich noch einmal ausgiebig und steigt dann gähnend aus dem Bett. Auf dem Weg ins Badezimmer entdeckt er seinen Bruder August, der im Wohnzimmer am Frühstückstisch sitzt und sich an einem Becher festhält. Vermutlich ist darin Mamas altbewährter Gruseltee: Kamille, mit Pfefferminz gemischt.

»Morgen, August«, ruft er im Vorübergehen. »Na? Geht's wieder?«

August schaut nur kurz auf und sagt müde: »Morgen, Wilhelm …«

O weh, denkt Wilhelm und verkrümelt sich ins Badezimmer. Der arme Kerl schaut ja aus wie ausgespuckt. Hat ihn richtig böse erwischt gestern. Wahrscheinlich steckt ihm die Eva noch in den Knochen, diese dumme Kuh, die sich mit einem Kerl aus ihrem Heimatdorf zusammentut, während August in russischer Kriegsgefangenschaft ist. Den Karl-Egon – oder wie er auch immer heißt, der Dummbauer – hätte sie eigentlich gleich heiraten können, sie kannte ihn doch, seitdem sie zusammen im Sandkasten gespielt haben. Aber nein – sie muss erst seinem Bruder den Kopf verdrehen, sich von ihm heiraten lassen und dann feststellen, dass sie doch lieber den Karl-Egon hätte. Die Scheidung im November, die hat August ziemlich mitgenommen. Da hat er sich wie ein Wilder auf seine Bücher geworfen und nur noch gelernt. Konnte ja auf die Dauer nicht gut gehen.

Wilhelm rasiert sich sorgfältig, lächelt in sein Spiegelbild, probiert verschiedene Gesichtsausdrücke – zornig, verlegen, unbefangen, lüstern – und findet sich fantastisch. Was heißt hier Komiker? Den Hamlet will er eines Tages spielen. Unbedingt will er das. Aber für die kommende Spielzeit haben sie einen Haufen Gäste engagiert, die brillieren in den großen Rollen, da haben die hauseigenen Künstler kaum noch eine Chance. Der Gründgens kommt auch wieder, ausgerechnet der, den kann er nicht ausstehen. Leider ist er ein verflucht guter Hamlet. Nichts zu wollen.

Er zieht sich an, wählt den warmen Pullover, weil er nachher noch Probe hat, und auf der Probebühne ist es kalt. Vorher muss er rasch zur Theaterschneiderei, da bekommt er einen Anzug nach der Mode der Zwanziger genäht. Für das Molnár-Stück. Natürlich wieder eine Inszenierung seines Lieblingsregisseurs

Dr. Seitz, das wird die reine Freude werden, dem Mistkerl kann er doch nichts recht machen.

Er setzt sich zu August an den Tisch. Natürlich hat Mama für ihn gedeckt und auch Kaffee gekocht, wie jeden Morgen steht die Kanne auf dem Stövchen. Vier Brötchen liegen im Korb, die Butterdose ist noch zugedeckt – August hat also nichts gegessen, sondern nur seinen Tee getrunken.

»Was machst du denn für Sachen, Bruderherz?«, fragt er mitleidig. Schwager Jean-Jacques hat ihm gestern erzählt, dass August drüben unter den Platanen ohnmächtig geworden ist. Den Eltern haben sie nichts davon gesagt, weil Mama sonst alle Sturmglocken läuten würde.

»Nur der Kreislauf«, murmelt August. »Hab zu viel am Schreibtisch gesessen die letzten Wochen.«

Wilhelm sagt erst mal nichts dazu. Er schenkt sich Kaffee ein, rührt Milch und Zucker hinein, bestreicht zwei Brötchenhälften mit Butter und legt geräucherten Schinken drauf. Den kauft Mama immer, weil sie weiß, dass er Räucherschinken für sein Leben gern isst. So gut, wie er daheim versorgt wird, so kriegt er es nirgendwo, das weiß er. Trotzdem will er nicht für längere Zeit hier am Theater bleiben. Aus verschiedenen Gründen. Vor allem, weil er Erfahrungen sammeln will, andere Bühnen und Künstler kennenlernen, auch mal ins Filmgeschäft reinschauen. Er wird dieses Jahr neunundzwanzig – da will er nicht am Staatstheater Wiesbaden versauern.

»Hat Papa die Zeitung mit nach unten genommen?«, fragt er und schaut sich suchend um.

»Vermutlich«, meint August lächelnd. »Suchst du die Kritik von gestern Abend?«

Wilhelm tut gleichgültig. Zuckt die Schultern und meint, die wäre sowieso noch nicht drin, so schnell sei die Gerda Weiler nun auch wieder nicht. »Und außerdem schreibt sie ja doch immer das Gleiche …«

Die mollige blonde Gerda war früher mal Opernsängerin, jetzt schreibt sie Kritiken, um mit ihrer mageren Rente über die Runden zu kommen. Willi Koch – wie er sich an der Bühne nennt – ist ihr besonderer Liebling: So klein auch die Rolle ist, in der er auf der Bühne steht, sie bedenkt ihn stets mit einer lobenden Erwähnung.

Wilhelm trinkt seinen Kaffee aus, um rasch hinunterzulaufen, aber dann sieht er das blasse, zusammengefallene Gesicht seines Bruders, die schmalen Finger, mit denen er krampfhaft den Henkel des Bechers hält. Es tut ihm weh, dass es August so schlecht geht. Immer war er der größere, der klügere, war erfolgreich in der Schule, das große Vorbild des jüngeren Bruders. Und jetzt hat es ihn so böse erwischt.

»Denk doch nicht mehr an Eva«, rät er ihm. »Aus und abgehakt. Es gibt andere Frauen. Solche, die anständig sind …«

August schaut ihn überrascht an, dann schüttelt er den Kopf. »Ich denke nicht mehr an Eva«, sagt er. »Wirklich nicht. Es ist, wie du sagst: Aus und vorbei. Man muss in die Zukunft sehen …«

Wilhelm glaubt ihm nicht so recht. Aber er weiß auch nicht, wie er ihm helfen könnte.

»Geh doch mal zu einem guten Arzt«, rät er ihm. »Vielleicht brauchst du eine Kur. Oder ein Medikament. Sechs Jahre in russischer Gefangenschaft – da kann einer schon krank werden.«

August lächelt ganz komisch vor sich hin. »Da könntest du recht haben, Wilhelm. Aber ich weiß nicht, ob es ein Medikament dagegen gibt.«

Auf einmal begreift Wilhelm, was mit seinem Bruder los ist. Es ist der Krieg, der ihn eingeholt hat. Er kennt das von sich selbst, man träumt ganz wirres Zeug, sieht die toten Gesichter der Kameraden, die zerschossenen Körper im Schlamm, die Partisanen, die sie an die Bäume gehängt haben und die da wie Gliederpuppen im Wind baumeln. Gruselig ist das. Bilder aus einer anderen Welt. Damals war sie real, die Welt des Krieges, in der die Gesetze der Bibel und der Menschlichkeit keine Gültigkeit haben. Jetzt ist der Krieg vorbei, aber in ihren Träumen lebt er noch. Bei ihm selbst sind solche Träume zum Glück selten geworden. Aber August hat es schlimmer erwischt. Viel schlimmer.

»Du kommst nicht davon los, wie?«, fragt er leise. »Von den Bildern, meine ich.«

August schaut ihn prüfend an. Früher haben sie über alles miteinander reden können, hatten keine Geheimnisse voreinander. Jetzt ist August verschlossen; kaum ein Wort hat er über diese sechs Jahre in Russland verlauten lassen.

»Träumst du auch davon?«, fragt er leise. »Von all den Dingen, die sie jetzt so schnell vergessen wollen?«

»Manchmal«, gibt Wilhelm zu. »Es wird aber besser.«

August nickt vor sich hin. Lächelt seinen Bruder an, legt ihm die Hand auf die Schulter. Wilhelm ist ganz gerührt. Am liebsten würde er ihn umarmen, aber er spürt, dass August das nicht will.

»Du hast viel Glück gehabt«, meint der Bruder. »War sicher auch kein Zuckerlecken bei den Amerikanern. Aber Russland war schlimmer … Da warst du kein Mensch mehr … nur noch ein Arbeitssklave … weniger wert als eine Kakerlake …«

Er will noch mehr sagen, aber er kann nicht weitersprechen. Fährt sich mit der Hand übers Gesicht und schweigt. Starrt vor sich hin.

Wilhelm sucht nach Worten. »Aber du hast es überlebt, August«, sagt er. »Du hast dich nicht kleinkriegen lassen. Darauf kommt es an. Du brauchst nur etwas Zeit, um darüber hinwegzukommen.«

August atmet tief ein und aus, lehnt sich zurück, nickt vor sich hin. »Vielleicht hast du recht, Wilhelm. Ich hab mich wie ein Verrückter auf mein Studium gestürzt und geglaubt, über der Arbeit alles andere vergessen zu können. Aber das war wohl ein Irrtum. Ich hab die Klausur heute verpasst, und stell dir vor: Es ist mir egal.«

»Gut so«, stimmt ihm Wilhelm bei. »Mach einfach mal ein paar Monate lang gar nichts. Ruh dich aus, lies schöne Bücher, oder wir fahren mal mit meinem Auto in den Rheingau. Kannst auch ins Theater gehen, die ›Entführung aus dem Serail‹ kann ich dir sehr empfehlen. Kriegst Freikarten von mir!«

»Ach, Wilhelm!«, sagt August und lacht sogar ein bisschen. »Ich dank dir. Und sag den Eltern nichts davon. Du weißt schon, was ich meine.«

»Ehrensache, Bruderherz!«

Für einen Moment ist es wie früher. Er und August sind ein verschworenes Brüderpaar, halten zusammen gegen den Rest der Welt, verraten niemandem ihre kleinen Geheimnisse.

In der Küche sind jetzt Geräusche zu vernehmen, Hilde ist die Treppe hinaufgestiegen, die den Back- und Arbeitsraum des Cafés mit der Wohnung der Eltern verbindet. »Da schau an«, sagt sie und steht bei der Küchentür, die Arme in die Seiten gestemmt. »Der Herr Kammerschauspieler hat geruht, sich aus den Federn zu erheben. Hat das Frühstück gemundet? War der Kaffee nicht zu abgestanden?«

»Alles wunderbar!«, gibt Wilhelm mit strahlendem Lächeln zurück.

»Schön!«, sagt sie grantig. »Dann kann ich ja den Tisch abräumen.«

»Aber nein, Schwesterherz. Das machen wir schon, August und ich.«

»August braucht nichts zu tun, er ist noch nicht wieder auf den Beinen. Aber falls du, mein kleiner Bruder, noch überschüssige Kräfte hast: Oben bei der Künzel wird renoviert, da werden dringend fleißige Hände gebraucht.«

»So ein Pech«, ruft Willi scheinbar bekümmert aus. »Ich muss gleich weg zur Kostümschneiderin und dann auf die Probebühne. Sonst immer gerne, Schwesterlein …«

Sie schnaubt verärgert und verschwindet wieder in der Küche, weil sie Kartoffeln für das Mittagessen holen will.

»Tja«, sagt Wilhelm und klopft seinem Bruder noch mal feste auf die Schulter. »Ich muss dann mal los. Halt die Ohren steif, Brüderlein.«

Er stellt sich in Positur und rezitiert: »Königin! O Gott – das Leben ist doch schön!«

August grinst erwartungsgemäß, er kennt das Schiller-Zitat inzwischen, weil Wilhelm häufig solche Sprüche von sich gibt. Mit »Schmackes«, wie man hier sagt.

Wilhelm zieht den Mantel über und setzt den Hut auf – in letzter Zeit gefällt er sich mit Hut ganz ausgezeichnet. Es macht ihn reifer, tiefgründiger, bringt ihn dem Charakterdarsteller näher. Von wegen Komiker! Frechheit, so was!

Als er auf dem Bürgersteig steht und wartet, bis er die Straße überqueren kann, flüstert es hinter ihm.

»Das ist doch der …«

»Klar ist der das …«

»Jetzt frag ihn doch!«

»Frag du doch!«

»Meine Güte, da ist doch nichts dabei!«

Zwei junge Mädel stehen hinter ihm beim Café und trauen sich nicht, ihn anzureden. Er lässt drei Autos vorüberfahren und wartet. Na los, meine Damen. Nur zu. Ich beiße nicht.

»Ach, entschuldigen Sie bitte. Sind Sie nicht der Herr Koch vom Theater?«

Er dreht sich zur Seite und erblickt das süßeste, bezauberndste Wesen der Welt. Braune Kulleraugen, honigblonde Löckchen und eine hinreißende, kleine Stupsnase.

»Erwischt!«, sagt er und lächelt sie an. »Womit kann ich Ihnen dienen, gnädiges Fräulein?«

Bei »gnädiges Fräulein« wird sie ganz rot vor Verlegenheit. Wilhelm schätzt sie auf höchstens sechzehn, Schülerin, Mädchen aus gutem Hause. Die Eltern wahrscheinlich eifrige Theatergänger und haben das Töchterlein mitgenommen. Also durchaus Leute mit Geld, denn die Eintrittskarten sind teuer, das kann sich nicht jeder leisten.

»Wenn Sie so liebenswürdig wären …«

Sie hält ihm eine Postkarte und einen Stift vor die Nase. Er nimmt beides und schaut sich erst einmal die Karte an. Grandios. Ein Foto aus der Molière-Inszenierung, solche Karten werden an den Theaterabenden im Foyer verkauft. Und natürlich ist es eine Szene, in der er als Diafoirus genau im Mittelpunkt steht. Albern schaut er aus in dem bunten Kostüm, das Gesicht grell weiß geschminkt. Aber den Leuten scheint es zu gefallen. Es kommt eben auf die Ausstrahlung eines Künstlers an, die Aura, das Charisma. Entweder man hat es oder man hat es nicht. Er, Willi Koch, hat es.

»Gern«, sagt er und schreibt noch einen netten Satz dazu. »Waren Sie denn in der Aufführung?«

Leider schiebt sich jetzt die Freundin dazwischen, eine mollige Brünette mit Brille und pickeliger Stirn. Ja, sie sei schon zweimal in dem »Eingebildeten Kranken« gewesen, einmal mit ihren Eltern und einmal mit ihrer Freundin. Und sie wollten auch den Molnár sehen, weil er da jetzt eine Rolle übernehmen würde.

»Woher wissen Sie das denn?«, erkundigt er sich mit leichtem Erstaunen.

»Von meinem Onkel Rudi. Der ist auch am Theater. Der macht da die Regie …«

Wilhelm starrt die pickelige Brünette an und begreift, weshalb sie mit ihrer Freundin ins Theater gehen kann. Sie bekommt Freikarten. Von ihrem Onkel Rudi. Von Dr. Rudolf Seitz, dem Menschenquäler.

»Sie müssen ihn doch kennen …«

»O ja, wir kennen uns gut … Dann wünsche ich den Damen viel Freude bei den kommenden Aufführungen. Noch einen schönen Tag!«

Er lupft den Hut und macht eine kleine höfliche Verbeugung, schenkt der niedlichen Blonden einen eindringlichen Blick und überquert die Straße. Kann einem grauen Volkswagen »Käfer« gerade noch geschickt ausweichen. Im Vorraum des Theaters studiert er die Probenpläne, stellt fest, dass er morgen und übermorgen Stellprobe hat, und läuft dann eilig den langen Flur entlang Richtung Schneiderei. Vorsichtshalber klopft er an, es könnte ja sein, dass eine der Operndamen gerade in Unterwäsche dort drinnen steht – je nach Alter und Volumen wäre der Anblick unter Umständen schwer zu ertragen.

»Herein, wenn's kein Schneider ist«, ruft es von drinnen.

Das ist die Julia Wemhöner, die haben seine Eltern im Krieg vor den Nazis versteckt. Jetzt hat sie wieder ihre Stellung im Theater, und das ist gut so, denn die Julia ist genial. Das sagen alle – Sänger, Schauspieler, Regisseure und sogar der Intendant.

»Nur ein Koch!«, witzelt er und geht hinein.

Julia Wemhöner steht über den langen Schneidetisch gebeugt und schiebt ein Schnittmuster auf der Stoffbahn hin und her. Eine zierliche Person mit dichter rötlicher Lockenpracht und schönen braunen Augen. Sie ist ungemein attraktiv, obgleich sie schon Mitte vierzig sein muss. Die Brille stört überhaupt nicht, sie gibt ihr etwas Magisches, den Nimbus einer Zauberin. Und zaubern kann sie tatsächlich. Julia Wemhöner zaubert mit Stoff, Schere und Nadel.

»Ach, der Willi. Seien Sie gegrüßt«, sagt sie und lässt das Schnittmuster liegen. »Wir haben den Anzug geändert – schlüpfen Sie mal rasch hinein.«

Sie geht zu einem der Kleiderständer, die in größerer Zahl im Raum herumstehen. Sie sind streng nach den Opern und

Theaterstücken sortiert und werden vor den Aufführungen in den Garderobenflur gerollt, damit sich jeder sein Kostüm herunternehmen kann. Wilhelms Anzug ist von edlem Grau mit sacht schimmernden Nadelstreifen, dazu gehören eine passende Weste und ein Strohhut. Ein Anzug aus dem Fundus, vermutlich wurde er noch vor dem Krieg angefertigt. Das Theater muss sparen, denn die Subventionen fließen nicht mehr so üppig wie in alten Zeiten, und außerdem ist leider ein erheblicher Zuschauerschwund zu verzeichnen. Die Kinos, von denen es in Wiesbaden mittlerweile dreizehn Stück gibt, nehmen dem Theater das Publikum weg. Vor allem die jungen Leute gehen lieber in die Lichtspielhäuser als ins »Kleine Haus« bei den Kolonnaden. Weil das Kino billiger ist und man außerdem im dunklen Zuschauerraum noch allerlei andere Sachen tun kann, die im Theater nicht möglich sind.

Es ist ein bisschen komisch, sich vor einer Frau auszuziehen, die man attraktiv findet. Aber Julias Interesse an Wilhelm beschränkt sich ausschließlich auf den Anzug; sie prüft das Rückenteil der Jacke, steckt an den Ärmeln noch etwas ab und schüttelt dann ärgerlich den Kopf.

»Das hatte ich doch alles schon mal abgesteckt«, murmelt sie undeutlich, weil sie ein halbes Dutzend Stecknadeln zwischen den Lippen hält. Sie hat sehr hübsche, volle Lippen, findet Wilhelm. Wie seltsam, dass sie mit Addi Dobscher zusammenlebt; der ist zwar eine Seele von Mensch, aber doch viel zu alt für Julia.

Die beiden scheinen auch nicht mehr viel gemeinsam zu haben – Julia ist den ganzen Tag hier im Theater, oft sogar am Abend, um den Künstlern beim Ankleiden zu helfen. Und Addi macht sich im Café Engel nützlich. Wilhelms Eltern haben erzählt, dass Addi Julia damals in seiner Wohnung versteckt hat – vielleicht bleibt sie ja aus Dankbarkeit bei ihm.

»So!«, sagt sie und tritt einen Schritt zurück, um den Sitz

der Jacke noch einmal zu mustern. »Drehen Sie sich mal um! Langsam. Die Arme bitte heben. Na ja, spannt immer noch ein wenig … Allzu viel sollten Sie nicht herumhampeln …«

»Ich kann die Jacke ja offen lassen«, meint er. »Schauen wir mal, was dem Dr. Seitz dazu einfällt.«

Sie nickt und winkt ihm, dass er den Anzug wieder ablegen kann.

Während er sich umzieht, kommt Annelie Kupke herein, Julias Kollegin. »Alles in Ordnung?«, fragt sie mit Blick auf Wilhelm.

»Überhaupt nicht«, schimpft Julia. »Ich hatte die Ärmel doch am Ansatz abgesteckt. Wieso wurde das nicht genäht?«

Annelie ist gut zehn Jahre älter als Julia, blassgesichtig mit spitzem Kinn. Sie arbeitet seit über zwanzig Jahren hier, hat damals gemeinsam mit Julia angefangen und ihren Posten – im Gegensatz zu Julia – niemals verloren.

»Woher soll ich das wissen?«, gibt sie beleidigt zurück. »Frag doch Claudia.«

Julia schweigt, aber man sieht ihr an, dass sie zornig ist. Sie ist eine Perfektionistin, Pfusch und schlampige Arbeit kann sie nicht ausstehen. Claudia ist die Neue. Wilhelm hat schon gemerkt, dass die arme Claudia es nicht leicht hat, weil sowohl Julia als auch Annelie der Ansicht sind, dass ihre Aufträge zuerst erledigt werden müssen.

Annelie greift sich ein Kostüm von einem der Kleiderständer und geht damit hinaus. Sie schließt die Tür geräuschvoll hinter sich.

»Morgen ist er fertig«, sagt Julia und hängt den Anzug auf einen Kleiderbügel.

»Das reicht ja«, gibt er beschwichtigend zurück. »Ich bin erst übermorgen dran. Sind in dieser Spielzeit sowieso nur noch zwei Aufführungen.«

Sie nickt ihm freundlich zu, schiebt die Brille zurück und

begibt sich wieder an den Schneidetisch. Er schaut auf die Uhr – Mist, er sollte längst auf der Probebühne sein. Da ist jetzt gleich ein Anschiss von Onkel Rudi fällig.

Er verabschiedet sich und eilt durch den Flur Richtung Probebühne. Grübelt darüber nach, weshalb er zu dieser Rolle so wenig Motivation verspürt, und kommt zu dem Schluss, dass es am Regisseur liegt. Flüchtig schaut er die beiden Frauen an, die ihm entgegenkommen. Es sind Annelie Kupke und Claudia, die Neue. Er grüßt rasch, aber sie sind so in ihr Gespräch vertieft, dass sie es kaum wahrnehmen. Ungewollt hört er einen Teil ihrer Unterhaltung mit.

»Wenn ich's dir sage! ›Warum wurde das nicht genäht?‹ Genau in dem Ton. So von oben herab. Weißt ja, wie.«

»Glaubt sie jetzt, ich sei schuld?«, stöhnt Claudia.

»Die hat doch immer was zu meckern. Wenn du mich fragst: Die haben sie vergessen zu vergasen …«

»Psst! So was darfst du nicht sagen, Annelie …«

»Na, ist doch wahr!«

Wilhelm bleibt abrupt stehen, will seinen Ohren nicht trauen. Was hat sie gesagt? Was für eine bodenlose Gemeinheit! Er dreht sich um, aber da sind die beiden schon in der Schneiderei verschwunden. Er schaut auf die Uhr. Keine Zeit, Dr. Seitz wartet auf ihn. Aber wenn er diese Annelie mal allein antrifft, dann wird er ihr die Meinung geigen. So, dass Julia es nicht mitbekommt, versteht sich …

JEAN-JACQUES

April 1951

Wie seine Hilde an ihrem Café Engel hängt! Man könnte sie nur mit Gewalt davon losreißen, und wenn man das täte, würde ein Stück von ihr im Café zurückbleiben. Ihr Herz. Vielleicht auch ihre Seele. Jean-Jacques liebt seine Hilde, er will ihr nicht wehtun – soll sie an ihrem Café hängen, das kann er gut verstehen. Auch er fühlt sich mit diesem Betrieb verbunden, arbeitet mit, gibt seine Ideen hinein, manchmal streitet er auch darum, aber immer tut er es zum Wohl des Café Engel.

Doch trotz allem muss er sich nach sechs Jahren Ehe eingestehen, dass ihm etwas fehlt. Es sind die Weinstöcke. In den kommenden Wochen falten sie ihre zarten Blätter aus den Knospen; der Weinberg, der vorher braunrot war, färbt sich sacht lindgrün. Am Morgen liegen noch die Nebel darauf, dann bricht die Sonne durch, und wenn man durch die Reihen der Weinstöcke geht, kann man die Knospen knisternd platzen hören. Zumindest hat er sich das immer eingebildet. Hier in Deutschland wächst ein anderer Wein als unten in der Provence, es sind andere Rebsorten, weniger Rotwein, mehr Weißwein. In den vergangenen Jahren haben sie sich nur selten einen Ausflug in den Rheingau gegönnt; erst als Wilhelm zurückkam und sich – einfach so – einen gebrauchten Volkswagen kaufte, da ist er öfter mal mit dem Schwager hinausgefahren, und er hat sich in die Landschaft verliebt. Was für gewaltige Hänge an den Ufern des Flusses! Und selbst in den steilsten und allersteilsten Lagen haben sie noch Weinstöcke gepflanzt. Manchmal nur drei oder vier Reihen, aber es lohnt sich, weil die Sonne die Reben dort oben verwöhnt.

Wilhelm ist kein Kind von Traurigkeit, er ähnelt seinem Vater, der voller Begeisterung für alles Schöne ist und das Leben genießen kann. Jean-Jacques mag seinen Schwager gern, tut sich oft mit ihm zusammen, um gemeinsam eine kleine Tour zu unternehmen. Dann fahren sie am Fluss entlang, gehen ein wenig durch die Weinberge und kehren in den kleinen Weinorten zu einem Schoppen ein. Jean-Jacques trinkt sich gründlich und sachverständig durch die verschiedenen Sorten, schmeckt das Schiefergestein, das dem schweren Rheinwein seine besondere Würze gibt. Der Weiße ist fantastisch, sie kaufen in mehreren Weingütern probeweise ein paar Flaschen für das Café. Wilhelm findet wie Jean-Jacques, dass man dort einen anständigen Wein anbieten sollte und nicht das Zeug, das seine Mutter immer beim gleichen Händler bestellt. Der Rotwein allerdings kann sich nicht mit dem aus der Provence messen. Da fehlt die Sonne. Vielleicht liegt es aber auch an der Sorte, Jean-Jacques ist sich da nicht sicher.

Nur eines weiß er ganz genau: Dieses breite Flusstal ist unübertrefflich schön. Die bewaldeten Inseln im Rhein, die steilen Höhen mit den verfallenen Burgen und die fröhlichen kleinen Weinorte haben sein Herz erobert und eine große Sehnsucht in ihm geweckt.

Und dann kommt der Tag, an dem er weiß, dass er handeln muss.

»Gerade jetzt, Jean-Jacques«, sagt Hilde und schüttelt energisch den Kopf. »Nein, das geht nicht. Wo jetzt draußen bedient werden muss, da kann ich nicht einfach einen ganzen Tag lang blaumachen!«

Sie sitzen am Frühstückstisch, gleich wird sie nach unten laufen und die Drehtür des Cafés aufschließen. Er bleibt ganz ruhig. Sich aufzuregen hat keinen Sinn, dann wird sie störrisch. Er muss es anders anfangen, sie beim Gefühl packen. Wenn er das richtig macht, ist sie wie Wachs in seinen Händen.

»Aber schau, mon trésor … Gerade jetzt im ersten Frühling ist es dort so schön! Denk doch an die garçons … Sie sollen ihre Heimat kennen und lieben. Das ist sehr wichtig für ganzes Leben!«

Sie ist noch nicht überzeugt. Auch Schwiegermutter Else schaut skeptisch, bemerkt, dass sie inzwischen um jeden Gast kämpfen müssen, weil das Café König nebenan am Nachmittag einen Geiger spielen lässt. Nur Papa Heinz stimmt ihm bei.

»Er hat recht, Hilde. Wir haben damals viel zu wenig miteinander unternommen. Im Nu sind die Kinder groß, und dann ist es zu spät.«

Die Jungen, von denen die Rede ist, sind Jean-Jacques leider keine große Hilfe. Andi wischt sich die Marmelade mit dem Handrücken vom Mund, Franz dreht Kügelchen aus dem weichen Inneren des Brötchens. Für die Tauben hinten im Hof.

»Wir wollen aber Fußball spielen …«, verkündet er.

»Wir spielen Fußball unterwegs«, sagt Jean-Jacques. »Und wir machen Picknick am Ufer vom Fluss.«

»Mit saucissons?«, will Frank wissen.

»Mit Würstchen und Kuchen!«

Die beiden Jungen schauen sich an, beide sind noch skeptisch.

»Der Andi muss im Auto immer kotzen«, mault Frank.

Jean-Jacques hat das Gefühl, einen schweren Karren den Berg hinaufschieben zu müssen. Wie schade, dass Wilhelm noch schläft! Aber da kommt ihm zum Glück sein Schwiegervater zu Hilfe.

»Dann müsst ihr das Fenster offen lassen. Und immer mal anhalten und aussteigen. Da geht das schon … Du bist doch schon groß, Andi, oder?«

Andi findet es peinlich, dass ihn jetzt alle anschauen. Er sagt nichts, aber man sieht, dass er gern unter den Tisch abtauchen würde.

»Nächstes Jahr kommt ihr beide in die Schule«, sagt Jean-Jacqes. »Grands garçons! Dann bekommt chaqu'un einen Tornister und eine Schulbrezel.«

Die Brezel ist überdimensional groß und mit einer bunten Schleife versehen. Sie besteht aus Hefeteig und wird nach dem ersten Schulgang gemeinsam mit der Familie verspeist. Das haben die beiden schon bei den Nachbarn gesehen, und natürlich wollen sie auch solch eine Riesenbrezel haben. Die ist so schwer, dass ein Erstklässler sie mit beiden Händen halten muss, wenn er sie hochhebt.

»Siehst du, ma colombe«, wendet sich Jean-Jacques wieder an Hilde, die schon das abgegessene Geschirr zusammenräumt. »Nächstes Jahr sind unsere Söhne in der Schule. Da können wir nicht so einfach wegfahren. Viens, ma chouchou … Ich will dir dein schöne Heimat zeigen, parce que je l'aime beaucoup …«

Hildes Bewegungen werden langsamer. Sie ist schon nahe daran nachzugeben. Aber sie wäre nicht seine Hilde, wenn sie gleich kapitulierte. Natürlich kommt da noch ein kleiner Stich.

»Ich wünschte, du würdest uns auch einmal *deine* schöne Heimat zeigen, mein Schatz.«

»Später«, sagt er. »Wenn die Jungen ein wenig älter sind. C'est si loin d'ici …«

Damit gibt sie sich ausnahmsweise zufrieden. Es ist ein schwieriges Thema, das er so weit wie möglich vermeidet. Er hat nur wenig Kontakt zu seiner Familie; ab und zu schreibt er einen Brief, dann kommt nach Wochen eine Antwort, immer von seiner Mutter. Der Vater hat ihm seine übereilte Abreise nie verziehen, er will nichts mehr von ihm wissen. Pierrot hat vor zwei Jahren ein Mädchen aus Nîmes geheiratet, sie haben eine kleine Tochter. Marcel, der Sohn von Pierrot und der verstorbenen Margot, muss dieses Jahr in die Schule gekommen sein. Er ist der Liebling des Großvaters, und wie Jean-Jacques seinen Vater kennt, wird er so lange leben, bis er sein Anwesen dem Enkel übergeben kann. Der Streit setzt sich also fort. Seine Mutter fragt niemals nach Hilde und ihrer Familie, sie will nur wissen, ob es den Enkelsöhnen gut geht, die deutsche Verwandtschaft ist ihr zuwider, das weiß Jean-Jacques. Würde er mit Hilde in Villeneuve auftauchen, schlüge seiner Frau offener Hass ins Gesicht. Der Krieg ist erst sechs Jahre vorbei – man hat die Opfer nicht vergessen, weder in seiner Familie noch in den anderen Familien des Ortes. Das mag er seiner Hilde aber nicht so deutlich sagen. Sie soll seine Familie nicht verachten oder gar hassen. Die Zeit wird die Wunden heilen, die der Krieg geschlagen hat, so hofft er. Die junge Generation, die jetzt heranwächst, soll davon unbelastet sein. Er sorgt dafür, dass seine Jungen ein wenig Französisch lernen. Eines Tages werden sie ihren Cousin Marcel kennenlernen und auch ihre kleine Cousine, Pierrots Tochter. Vielleicht werden sie den Hass überwinden, der die Nationen entzweit hat … un jour … eines fernen Tages …

Aber sie leben jetzt. Und Jean-Jacques will in diesen Tagen eine Entscheidung herbeiführen. Es ist wichtig.

»Morgen«, sagt er in schmeichelndem Ton. »Ich frage Guillaume wegen Auto. Luisa will im Café Dienst tun toute la journée …«

Das war ein Fehler, das merkt er, kaum, dass er den Satz ausgesprochen hat. Jetzt riecht seine Hilde den Braten.

»Du hast sie also schon gefragt? Das ist ja unerhört. Ein ausgeklügelter, hinterhältig geplanter Überfall ist das!«

Aber er hört an ihrer Stimme, dass sie gleich lachen muss. Er hat gewonnen.

»Man muss an allen Kurbeln drehen, mon chou, wenn man dich haben will einen ganzen Tag«, scherzt er und passt sie an der Tür ab. Sie wehrt sich, als er sie küsst, aber er weiß, dass der Widerstand nicht ernst gemeint ist. Sie muss immer ein wenig ihre Krallen zeigen, seine Hilde. Er liebt das an ihr. Es wird niemals langweilig mit Hilde, sie streiten und versöhnen sich, sie lieben sich, und am nächsten Morgen wirft sie mit dem nassen Waschlappen nach ihm.

»Und überhaupt ist es noch viel zu kalt für ein Picknick«, schimpft sie weiter. »Aber schön, ich bin keine Spielverderberin. Nur wenn es regnet, dann bleiben wir daheim.«

»Wenn es regnet – d'accord!«

Er hat gestern den Wetterbericht im Radio gehört. Für die kommenden Tage ist »heiter bis wolkig« angekündigt. Für morgen braucht er »heiter«. Unbedingt braucht er gutes Wetter für seinen Plan. Mit Wilhelm ist er wegen des Autos schon seit gestern einig – aber das darf Hilde nicht wissen. Heute wird er die Regale im Keller bauen, die Mama Else schon so lange haben will, und am Nachmittag geht er ein wenig mit August durch den Kurpark, bevor er am Abend seine Pommes bäckt.

Armer Kerl, der August. Zuerst hatten sie ja geglaubt, er sei in britische Gefangenschaft geraten, das hatte ihnen ein amerikanischer Bekannter erzählt. Aber leider hatte er sich geirrt, man hatte den Namen verwechselt oder was auch immer. Im Sommer '46 kam eine Karte von August aus einem Kriegsgefangenenlager im Ural. Das war ein großer Schrecken für die ganze Familie. Dann hieß es warten und hoffen. Die Nachrichten trafen nur spärlich ein, die Gefangenen durften nur eine bestimmte Anzahl von Wörtern auf eine Karte schreiben, und wer nicht genügend arbeitete, durfte gar keine Nachricht nach Hause schicken. Erst im Mai letzten Jahres haben sie August heimfahren lassen. Und nun kommt er einfach nicht auf die Füße, liegt in seinem Zimmer und starrt die Decke an. In der Nacht kann er nicht schlafen, am Tag ist er zu Tode erschöpft. Dabei ist er ein so kluger und feiner Mensch. Aber ein großer Schweiger ist er eben auch, ganz anders als sein Bruder Wilhelm. Der ist ein offener, fröhlicher Bursche, ein wenig eitel und sehr von sich selbst überzeugt. Aber er hat ein gutes Herz, der Guillaume.

Jean-Jacques fühlt sich wohl bei den Kochs. Sie sind jetzt

seine Familie, er mag sie alle, jeden auf seine Art. Er ist hier viel glücklicher, als er es in seiner eigenen Familie in Villeneuve gewesen ist. Leider ist das so. Zum Glück ist das so.

Und was ihm zu seinem Glück noch fehlt, das will er sich erwerben.

Am nächsten Morgen scheint die Sonne – insoweit hat er schon gewonnen. Wilhelm hat das Auto direkt vor dem Café abgestellt, der blaue Lack glänzt – er hat seine »blaue Windsbraut« gestern sogar noch gewaschen und innendrin etwas Ordnung gemacht. Was auch dringend nötig war.

Hilde läuft noch unten im Café herum, gibt Luisa Anweisungen, ermahnt Finchen, den Kaffee nicht zu stark zu kochen – gestern hat sich ein Gast beschwert, er habe Herzklopfen bekommen.

»Wenn die Muckefuck wollen, müssen sie es sagen«, murmelt Finchen beleidigt. »Bei uns gibt's guten Bohnenkaffee.«

Mama Else packt den Picknickkorb, belegt Brote, füllt Thermoskannen mit Kaffee und heißem Kakao und legt den Zwillingen die Jacken und Mützen zurecht. Mützen sind ihrer Ansicht nach sehr wichtig, damit sich die beiden keine Ohrenentzündung holen. Trotz Sonnenschein weht doch ein kühler Wind. Kurze Hosen, die die beiden so gern anziehen wollen, kommen überhaupt nicht infrage.

Jean-Jacques hat alle Hände voll zu tun, bis seine kleine Familie endlich im Auto sitzt. Hinten die Zwillinge mit dem Picknickkorb zwischen sich, Hilde vorn auf dem Beifahrersitz, eine Karte des Rheingaus auf den Knien, vor ihren Füßen eine Tasche mit Notfallutensilien, wie Zitronenbonbons, Limonade, Tabletten gegen die Reisekrankheit oder Tüten für bestimmte Fälle. Als sie starten, stehen Mama Else und Papa Heinz vor dem Café und winken. Auch zwei Gäste, der Hans Reblinger und der Sigmar Kummer, der junge Redakteur vom »Wiesbadener Tagblatt«, bleiben stehen und schwenken fröhlich die Hüte.

»Gott, wie peinlich«, sagt Hilde. »Jetzt weiß die ganze Straße, dass wir heute blaumachen. Und das mitten in der Woche!«

»Die spielen jetzt Fußball ohne uns«, sagt Frank traurig auf der Rückbank.

»Können sie gar nicht«, meint Andi. »Wir haben unseren Fußball doch mitgenommen.«

»Die nehmen bestimmt den alten vom Karlchen.«

»Der hat doch keine Luft mehr …«

Jean-Jacques steuert den VW durch den morgendlichen Verkehr. Sie fahren Richtung Schierstein, von dort aus will er ein Stück rheinaufwärts fahren.

»Ihr werdet heute viel Schönes sehen«, erklärt er seinen Söhnen. »Fußball spielen könnt ihr morgen wieder …«

»Mir ist schlecht …«, sagt Andi.

»Was?«, regt sich Hilde auf. »Jetzt schon? Wir sind doch gerade erst fünf Minuten unterwegs.«

»Kotz bloß nicht auf den Picknickkorb«, mahnt ihn sein Bruder besorgt. »Wenn du das machst, ess ich die Würstchen nicht.«

»Halt an!«, kommandiert Hilde, die die Tüten aus ihrer Tasche gewühlt hat. »Ich setz mich besser nach hinten zu Andi, und Frank kann nach vorne.«

Jean-Jacques muss einsehen, dass ein Ausflug mit Familie etwas anderes ist als eine kurzweilige Spritztour mit Schwager Wilhelm. Er fährt an den Bordstein und hält an, Hilde springt aus dem Wagen, kippt die Lehne des Beifahrersitzes zurück und zerrt Andi heraus. Keine Sekunde zu früh, sie kann ihm gerade noch die Tüte vor den Mund halten. Passanten bleiben stehen und schütteln die Köpfe, ein kleines Mädchen mit Schulranzen sagt laut: »Igittigitt!« Frank erklärt, dass er von jetzt an auf keinen Fall mehr neben seinem Bruder sitzen will, weil er sonst auch kotzen muss. Hilde sagt nichts, sie ist mit Andi beschäftigt, wischt ihm mit einem feuchten Tuch den Mund ab, streicht ihm übers Haar, fragt, ob es jetzt besser geht.

Er nickt. Leichenblass ist der, der arme Kerl. Jean-Jacques fragt sich, ob sie die Jungen nicht besser daheimgelassen hätten.

Sie sortieren sich neu. Frank ist stolzer Beifahrer, den Picknickkorb vorn zwischen den Füßen, Hilde sitzt mit der Notfalltasche hinten bei dem blassen, schweigsamen Andi. Die Fenster vorn sind, so weit es geht, heruntergekurbelt, damit frische Luft hereinweht.

»Jetzt kommen wir an den Rhein, vous pouvez voir des bâteaux«, verkündet Jean-Jacques, um die Stimmung zu heben. »Da sind Schiffe zu sehen.«

Auf der Uferstraße ist zum Glück wenig Verkehr. Sie fahren langsam, Jean-Jacques vermeidet jede Erschütterung, geht sanft in die Kurven, und wenn er mal bremsen muss, tut er es gefühlvoll. Immer wieder schaut er in den Rückspiegel. Hilde hat den Arm um ihren Sohn gelegt, sie zeigt ihm alle möglichen Dinge, an denen sie vorbeifahren, macht Witze, lässt ihn erzählen. Jean-Jacques ist wieder mal stolz auf seine Hilde. Sie nörgelt nicht, sondern geht die Lage tatkräftig an. Wenn sie sich mal für eine Sache entschieden hat, dann macht sie es auch richtig. Frank, der neben ihm sitzt, hat keinen einzigen Blick für den majestätisch dahinfließenden Fluss, er ist ganz und gar mit den Autos beschäftigt.

»Das ist ein Opel Kapitän, Papa!«

»Der schwarze da vorn? Ein Ford Taunus …«

»Der hinter uns, Papa!«

»C'est un Kapitän. Richtig. Regarde, voilà un bâteau auf dem Rhcin …«

Andi findet das Schiff – einen Kohlefrachter – »pas mal«, er erklärt, auch mal auf einem Schiff mitfahren zu wollen. Frank schaut nur flüchtig hin und bemerkt, es sei eine »lahme Ente«.

»So ein richtiges Motorschiff«, ruft er mit beiden Armen gestikulierend. »Das ist ganz, ganz schnell, und das Wasser spritzt soooo hoch …«

Hilde stimmt das Lied vom »Kleinen Segelschiffchen« an, Jean-Jacques singt das »Petit navire« auf Französisch mit und freut sich, dass Andi den französischen Text noch weiß. Früher hat er seinen beiden Söhnen am Abend gern Geschichten erzählt und ihnen vorgesungen. Auf Deutsch, aber auch auf Französisch. Jetzt tut er es viel zu selten; er nimmt sich vor, seine Zwillinge wieder öfter zu Bett zu bringen.

»Il était un petit navire … qui n'avait ja…ja… jamais navigué …«

Jetzt endlich macht der Ausflug Spaß. Hilde singt kräftig mit, auch Andi brüllt aus Leibeskräften, Frank dirigiert mit ausholenden Bewegungen, Jean-Jacques muss aufpassen, dass er das Lenkrad gut festhält.

»Das ist ein Borgward Hansa!«

»Nein, ein Opel Olympia, Papa!«

Unfassbar, wie gut Frank über Autotypen Bescheid weiß. Die eigenen Kinder sind doch voller Überraschungen.

»Jetzt hat er uns überholt!«

»Fahr doch mal schneller, Papa!«

»Plus vite!«

»Du fährst wie ein Tattergreis!«

Das ist Hilde. Sie ist ebenfalls der Autobegeisterung verfallen und feuert ihn an, mehr Gas zu geben.

»Jetzt hat uns sogar ein Lastwagen überholt …«

»Los, Papa! Drück auf die Tube … Den kriegen wir!«

Gerade eben hat er sich noch bemüht, langsam und ruhig zu fahren, jetzt ist die Stimmung umgeschlagen. Es macht ihm Spaß, er fährt den Wagen aus, kommt über die achtzig Stundenkilometer, neunzig, hundert …

»Hurra! Wir haben ihn!«

»Lahme Krücke!«

»Schlappschwanz!«

»Müde Schnecke!«

»Hört auf, den Leuten eine lange Nase zu machen«, schimpft Hilde, der es jetzt zu bunt wird. »Frank! Lass das Grimassenschneiden.«

Sie fahren wieder langsamer, passieren Eltville, er biegt ab Richtung Kiedrich.

»Schaut doch, die Weinberge! Sind die nicht schön?«, schwärmt er.

»Das sind doch nur kahle Stöcke, Papa.«

Er stellt fest, dass seinen Söhnen noch die rechte Begeisterung für den Weinbau fehlt. Kein Wunder, wenn sie tagein, tagaus im Hof Fußball spielen oder im Kurpark den Goldfischen zuschauen. Er sucht eine passende Wiese aus, fährt in einen Feldweg hinein und hält an.

»Picknick!«

Es ist ein schöner Platz, man kann von hier aus den Fluss in der Ferne glitzern sehen, ringsum die Weinberge, vor ihnen ein kleiner Ort, von dem sie nur die roten Dächer und den spitzen Kirchturm wahrnehmen. Die Weinstöcke sind tatsächlich noch kahl, aber die Knospen werden bald aufspringen; noch ein paar Sonnentage, dann ist es so weit. Am Boden zwischen den Weinstöcken sprießt es in üppigem Grün, das sind Kräuter, die man ernten kann, um sie mit Quark verrührt zu essen. Wilder Schnittlauch, Pimpernell, Sauerampfer und wie sie noch alle heißen. Dieser Kräuterquark schmeckt köstlich zu dem dunklen Brot, das es hier in Deutschland gibt. Hilde und die Jungen sollen es kennenlernen, es schmecken und seine Freude daran teilen.

Einstweilen teilt Hilde belegte Brote und Würstchen mit Senf aus, die zwar kalt sind, aber trotzdem wunderbar munden. Andi mampft schon das zweite Würstchen, keine Spur mehr von Übelkeit, es war bestimmt nur die Aufregung. Die Limonade findet reißenden Absatz, den heißen Kakao will momentan niemand, dafür trinken Hilde und Jean-Jacques ein Tässchen

Kaffee. Den Kuchen, den Mama Else zum Nachtisch eingepackt hat, lassen sie noch im Picknickkorb, dafür holt Jean-Jacques jetzt den Fußball aus dem Kofferraum und hofft sehr, dass der Besitzer der Wiese nicht in der Nähe ist. Denn jetzt wird ein Turnier ausgetragen.

»Mama, du musst ins Tor!«

Hilde ziert sich nicht, sie macht die Torfrau, fängt sogar mehrere Schüsse geschickt ab und holt sich grüne Grasflecken auf der hellen Bluse. Wenn Jean-Jacques allerdings auf ihr Tor schießt, hat sie keine Chance.

»Das war viel zu fest!«, beschwert sie sich und kickt den Ball quer über die Wiese, dass die Jungen ordentlich rennen müssen.

Nach einer halben Stunde sind die Eltern erschöpft, die beiden Söhne noch lange nicht. Trotzdem wird das Turnier beendet, beim Stand von dreizehn zu elf für Andi und Papa. Frank und Hilde reden von »Schummelei«, drei Schüsse der Gegner gingen neben und nicht in das Tor. Hilde teilt Limonade und Kuchen aus, den Kakao will immer noch keiner, die Eltern trinken die Thermoskanne mit dem Kaffee leer.

»Wer muss mal Pipi?«

Alle. Der Papa und die Jungen erledigen das auf der Wiese, Hilde hockt sich hinter das Auto, was soll's, sie sind in der freien Natur. Danach geht es weiter, sie fahren nach Kiedrich, laufen ein wenig im Ort herum, setzen den Weg fort und kommen in Erbach wieder an den Rhein. Das Benzin geht zur Neige, mit dem letzten Tropfen erreichen sie eine Tankstelle kurz vor Eltville und tanken den Wagen voll. Es ist später Nachmittag, die Sonne zeigt sich nur noch ab und zu, wirft lange, schräge Strahlen, die die Augen blenden.

»Lass uns einkehren«, schlägt Jean-Jacques vor. »Es kann doch nicht sein, dass wir hier herumfahren, ohne einen Wein gekostet zu haben …«

Hilde schaut kurz auf die Uhr, aber sie ist einverstanden.

»Es ist so ein schöner Tag«, sagt sie. »Gut. Trinken wir einen Schoppen und essen eine Kleinigkeit dazu. Schließlich wollen die Weinschänken auch was verdienen.«

Er findet das Gebäude recht schnell, und es gefällt ihm auf Anhieb. Das Wohnhaus ist aus rötlichen Natursteinen erbaut, die ihn an seine Heimat erinnern. Es ist zweistöckig mit einem niedrigen Spitzdach, die Fenster weiß gestrichen, auf drei Seiten von einem Garten umgeben. Auf der Hofseite hat man einen flachen Anbau angesetzt, dort ist das Weinlokal. Davor ein überdachter Platz, von Weinranken überwachsen, die jetzt die ersten Blättchen herausstrecken, darunter Tische und Stühle. Nur wenige Gäste sitzen an zwei Tischen, es sind ältere Leute, die Wein trinken und dazu Käse, Wurst und Schinken essen.

Sie entscheiden sich, besser hineinzugehen, weil es bald zu kühl sein wird, und betreten den Gastraum. Es ist ein wenig dämmrig hier, Gäste gibt es keine, alles schaut ein wenig vernachlässigt aus, so als sei das Anwesen noch im Winterschlaf.

Der Wirt lässt sich erst nach einer Weile blicken. Er hat eine grüne Schürze umgebunden und schiebt ein spitzes Bäuchlein vor sich her. Sein Gesicht ist schwammig, Wangen und Kinn hängen schlaff herunter. Sie bestellen zwei Viertel Rheinwein, für die Jungen Coca-Cola, dazu eine Wurstplatte mit Brot für vier Personen. Er schreibt alles sorgfältig auf einen Block und geht damit davon.

»Die haben wohl nicht oft Gäste«, meint Hilde, die sich ungeniert umschaut. »Alles recht nett eingerichtet, aber wohl schon lange nicht mehr renoviert.«

Er sieht es auch so. Dabei ist die Lage mitten im Ort recht vorteilhaft, aber wie es scheint, fehlt es dem Besitzer an Energie und guten Einfällen. Jetzt, wo es den Menschen immer besser geht und gelinder Wohlstand einkehrt, haben viele das Geld für einen Ausflug oder einen kurzen Urlaub am Rhein. Da muss man investieren, wenn man mitverdienen will.

Die Jungen trinken ihre Cola, ein seltener Genuss, denn daheim im Café Engel dürfen sie das »amerikanische Klebzeug« nicht trinken, weil die Oma es für ungesund hält. Was im Keller des Hauses an Coca-Cola lagert, ist allein für die Gäste bestimmt.

»Da ist eine Katze!«, sagt Andi und deutet mit dem Finger zum Fenster. Man kann von hier aus in den Hof schauen, und dort sitzt tatsächlich eine große graue Katze auf einem Weinfass.

»Dürfen wir raus?«

»Aber erschreckt sie nicht. Und lasst euch nicht kratzen.«

Jean-Jacques ist ganz zufrieden, dass die Zwillinge für ein Weilchen draußen sind. Er trinkt Hilde zu und sieht ihr an, dass sie glücklich und gelöst ist. Das freut ihn. Er streichelt ihre Hand, ihre Augen sinken ineinander, tauschen Botschaften aus, aufregende Versprechen, die am Abend und in der Nacht eingelöst werden sollen. Dann serviert der Spitzbäuchige die Wurstplatte und das Brot, und Hilde schaut in den Hof, ob sie die Jungen irgendwo sieht. Da die beiden jedoch mit der grauen Katze beschäftigt sind, gehen die Eltern schon mal die Wurstplatte an. Hausmacher-Wurst, stark gewürzt und schmackhaft. Allerdings auch sehr fett.

»Es gehören mehrere Anbauflächen zu dem Weingut«, sagt Jean-Jacques kauend. »Die meisten liegen östlich von hier, nicht allzu steil, gut zu bearbeiten.«

Hilde hört auf zu kauen und schaut ihn aufmerksam an.

»Woher weißt du das denn so genau?«

Er tut ganz harmlos. Ein Bekannter ihres Bruders Wilhelm, auch ein Schauspieler, stammt von hier und hat es erzählt.

»Ach, so ist das …«

»Ja. Seine Eltern hatten gehofft, dass einer der drei Söhne einmal das Weingut übernehmen würde. Aber zwei sind im Krieg gefallen, und den dritten zog es zur Bühne.«

»Ach, wie traurig«, sagt sie und legt sich ein Essiggürkchen aufs Schinkenbrot.

»Ja«, stimmt er bei. »Und deshalb steht das Gut nun zum Verkauf.«

Er lässt den Satz einige Sekunden lang im Raum stehen und lächelt Hilde an. Sie begreift rasch, sie ist eine Schnellmerkerin, seine Hilde. Ihre Augen werden auf einmal weit, und ihr Blick erstarrt.

»Du … du denkst doch nicht etwa …«

»Es ist eine günstige Gelegenheit, Hilde«, legt er los. »Ein Schnäppchen – comme on dit. Wilhelms Kollege sagt, er will auf seine Eltern einwirken, dass sie mit dem Preis noch heruntergehen …«

»Das glaubst du doch selber nicht!«

»Mais si! Sie wollen es niemandem aus dem Ort geben – wegen Verwandten, die es nicht bekommen sollen. Aber weil ich etwas vom Wein verstehe …«

Hilde legt das angebissene Brot zurück auf den Teller und holt Luft. Das tut sie immer, bevor sie in den Kampf zieht.

»Du bist ja wohl völlig übergeschnappt!«, sagt sie mit halblauter Stimme, damit man es hinten in der Küche nicht hört.

»Ich bin bei klarem Verstand, Hilde«, hält er dagegen. »C'est une chance, qu'il faut prendre. Und es ist mein größter Wunsch.«

Ihre Züge werden hart, er hat eine Grenze überschritten.

»Nein!«, sagt sie. »Nicht mit mir, Jean-Jacques. Und nicht von unserem Geld.«

Die Zwillinge kommen in die Wirtsstube gestolpert, beide sind hungrig und machen lange Hälse nach der Wurstplatte.

»Lass uns zu Hause in Ruhe reden, Hilde!«

»Da gibt es nichts zu reden.«

Abgeblitzt. Er hätte es wissen müssen. Aber die Hoffnung stirbt zuletzt. Er ist nicht bereit aufzugeben. Der Rest des Ausflugs liegt im Schweigen. Auf der Heimfahrt schlafen die Zwillinge auf der Rückbank, ein unentwirrbares Knäuel aus langen Beinen, dünnen Armen und zwei dunkel belockten Knabenköpfen.

»Habt ihr Streit, Mama und du?«, fragt Andi beklommen, als sie vor dem Café aussteigen.

»Nein!«, sagt Jean-Jacques düster.

Er weiß, dass der Junge ihm nicht glaubt. Kinder haben ein feines Gespür.

AUGUST

Mai 1951

Es ist wie ein schwarzes Tuch. Weich und zugleich undurchdringlich legt es sich auf sein Gemüt, erstickt das Tageslicht, tötet alle Freude, verdunkelt, verdüstert, bringt ihn dem Gedanken näher, dieses Dasein abzuschütteln. Er wird es nicht tun, schon um der Eltern willen nicht, aber auch, weil er die Hoffnung behält, dass dieser Zustand irgendwann endet. Es ist eine Krankheit, so viel ist ihm klar, eine Überreiztheit seiner Nerven, es kam ohne Vorwarnung, hat ihn ganz und gar in Besitz genommen und wird ihn eines Tages wieder freigeben. Hoffentlich. Der große schwarze Vogel, der auf seinem Rücken sitzt und seine dunklen Flügel über seine Seele legt, wird sich eines Tages lautlos aufschwingen und in sein düsteres Reich zurückkehren.

Es ist nicht immer gleich. Am heftigsten ist es am Morgen, dann spürt er es, noch bevor er erwacht, und muss lange mit sich kämpfen, um den Mut zu finden, aus dem Bett zu steigen. Um die Mittagszeit wird es etwas besser, dann wagt er es, hinüber in den Kurpark zu gehen, auf den Wegen langsam dahinzuschreiten, sich für eine Weile in die Sonne zu setzen, um den Spaziergängern zuzuschauen. Manchmal schafft er es, am Abend ein wenig zu lesen. Nichts Anstrengendes, auch nichts, was mit seinem Studium zu tun hat. Die Zeitung. Ein heiteres Buch aus der Bibliothek seines Vaters. Einmal hat er sogar ein altes Kinderbuch aufgeschlagen, aber das hat er gleich wieder zugeklappt, weil ihm allzu viele glückliche Erinnerungen entgegenschlugen. Gegen zehn Uhr am Abend verspürt er eine bleierne Müdigkeit, fällt in einen totenähnlichen Schlaf, um irgendwann in der

Nacht zu erwachen, in heller Panik, schweißgebadet, verfolgt von grausigen Bildern, vom Dröhnen der Panzergeschosse, von Jubelrufen und verzweifelten Todesschreien.

Mama hat nicht geruht, bis er zu Dr. Walter gegangen ist, um sich gründlich untersuchen zu lassen. Herausgekommen ist dabei nicht viel. Der Blutdruck etwas zu niedrig, das Herz normal, die Lunge ohne Geräusche. In der Wade steckt ein Granatsplitter, der macht jedoch keinen Ärger, die Wunde am Oberarm, die von einem Durchschuss stammt, ist gut verheilt. Eine Röntgenaufnahme der Lungen erbrachte keinen Befund, der Zahnarzt hat eine Füllung im Backenzahn unten links erneuert, der Augenarzt stellte eine leichte Weitsichtigkeit fest, er soll beim Lesen eine Brille tragen.

»Körperlich sind Sie kerngesund«, erklärt der Hausarzt und zuckt mit den Schultern. »Vielleicht etwas überarbeitet. Gönnen Sie sich ein Semester Pause.«

In der Klinik, wo er geröntgt wurde, fasst der diensthabende Arzt, ein echter Kommisskopf, das Ergebnis auf seine Art zusammen: »Sie haben gar nichts, Mann. Reißen Sie sich mal zusammen und schaffen Sie was! Faulenzer kann unser Land nicht gebrauchen!«

Er hat es niemandem erzählt, weil er sich schämt. Er ist gesund, könnte arbeiten und bringt doch nichts zustande. Wie kann es sein, dass die Nerven eine solche Macht über einen Menschen haben, ihn vollkommen lähmen, ihm die Freude am Dasein nehmen?

Er hat oft Lust, sich zu verkriechen, in den Taunus zu fahren, sich irgendwo in einem Dörfchen einzumieten, wo niemand ihn kennt, keiner nach ihm fragt. Oder wenigstens seine Zimmertür in der Wohnung der Eltern hinter sich abzuschließen. Aber das kann er denen, die ihn lieben, nicht antun. Und dabei ahnen sie nicht, wie sehr sie ihn alle mit ihrer Fürsorge quälen. Vor allem seine Mutter.

»Du hast wieder kaum etwas gegessen, August! So kann das nicht weitergehen.« – »Sieh doch mal, wie schön die Sonne scheint, August. Setz dich doch ein wenig hinaus zu den Gästen, trink einen Kaffee und unterhalte dich. Es tut dir gar nicht gut, immer so allein in deinem Zimmer zu sitzen!«

Noch schlimmer ist es, wenn sie eine Begleitung für ihn organisiert. Natürlich hat sie letztlich doch erfahren, dass er vor ein paar Wochen drüben unter den Platanen für einen Moment ohnmächtig geworden ist, und nun sorgt sie dafür, dass er möglichst nicht allein spazieren geht. Es ist gar nicht so einfach, durch die Maschen ihres geschickt gewebten Fürsorgenetzes zu schlüpfen.

»August? Hättest du Lust, mit Jean-Jacques ein wenig durch den Park zu laufen? Er braucht dringend frische Luft, hat er mir gesagt.«

Er muss gute Miene zum bösen Spiel machen. Hildes französischer Ehemann ist ein netter Bursche, aber sie sind nicht auf der gleichen Wellenlänge. Jetzt, da er krank ist, schon gar nicht. Er weiß genau, dass Jean-Jacques ihn nur begleitet, um Hilde und der Schwiegermutter einen Gefallen zu tun, und er ahnt, dass Jean-Jacques weiß, dass er es weiß. Also gehen sie verlegen nebeneinander her, Jean-Jacques redet viel, mischt Deutsch und Französisch miteinander, gestikuliert dabei mit den Händen und gibt sich redlich Mühe, seinen Begleiter aufzuheitern. August hört schweigend zu, lächelt aus Höflichkeit, ringt sich hie und da eine Bemerkung ab und wünscht sich sehnlich, dass dieser Spaziergang bald zu Ende geht. Er schätzt Jean-Jacques' Bemühungen, auch sind seine Geschichten meist unterhaltsam und lebhaft vorgetragen. Aber sie berühren ihn nicht. Das ist nicht Jean-Jacques' Schuld, es liegt an seinen Nerven.

Ein wenig besser ist es, wenn sein Vater ihn begleitet. Dann gehen sie durch die Stadt, besehen die wieder aufgebauten Häuser, das Rathaus, das man ziemlich stillos und eilig zusammengeflickt hat, kaufen beim Zigarren-Engel ein oder betrachten die ausgestellten Bühnenfotos in den Schaukästen der Kolonnaden. Papa ist wegen seiner Beinprothese kein großer Spaziergänger, er redet auch nichts Überflüssiges, schaut nur ab und an zu ihm hin, lächelt, und manchmal klopft er ihm auf die Schulter.

»Wird doch, Junge ... Siehst schon viel besser aus ...«

Papa hat nichts dagegen, allein zurück zum Café zu gehen, auch wenn er sich dabei vermutlich Mamas Unmut einhandelt.

»Bist ja erwachsen, wie? Lass dir ruhig noch ein wenig die Sonne auf die Nase scheinen. Mich ärgert schon wieder mein Fuß. Komisch, was? Ist doch in Frankreich geblieben, der dumme Fuß. Aber hier tut er mir trotzdem weh.«

Dann bleibt August noch ein Weilchen auf einer Bank im Park sitzen, schließt die Augen und versucht, die Sonne auf der Haut zu spüren. Für ein paar Minuten empfindet er dabei Erleichterung, meist stören ihn jedoch die Stimmen der anderen Spaziergänger. Vor allem Kindergeschrei ist ihm unangenehm, er bekommt Herzklopfen davon und ergreift die Flucht.

Hin und wieder nimmt sich Wilhelm die Zeit, ihn in seinem Zimmer zu besuchen. Sein Bruder Wilhelm ist der Einzige, mit dem er sich gern unterhält, wenn auch nur kurz, aber doch mit viel Interesse und Freude. Sein Bruder strahlt so viel Lebensfreude aus, er hat einen Beruf erlernt, der ihn ganz und gar erfüllt, und er ist erfolgreich auf der Bühne. August gönnt es ihm, er freut sich mit Wilhelm, wenn der ganz aufgeregt zu ihm ins Zimmer kommt, um ihm eine Kritik aus dem »Wiesbadener Tagblatt« vorzulesen.

»... wendig und eloquent überzeugte Willi Koch auch in dieser Rolle sein Publikum. Applaus auf offener Szene wurde ihm nach diesem Auftritt zuteil.«

August erfährt, dass der Regisseur Dr. Seitz die spontanen Einfälle seines Bruders nicht ausstehen kann, dass Willis augenblickliche »Flamme« Karin in der kommenden Spielzeit nach

Hamburg wechseln wird, dass Willi nächste Woche bei den Münchner Kammerspielen vorsprechen will.

»Aber das darf hier noch keiner wissen.«

»Ich schweige wie ein Steinzeitgrab, Bruderherz.«

Dann hält Wilhelm ihm vor, dass er noch nicht im Theater gewesen ist, und August versucht, es ihm zu erklären. Er kann es in der Enge des Zuschauerraums nicht lange aushalten, hat immer das Gefühl, eingesperrt zu sein und davonlaufen zu müssen.

»Dann verschaffe ich dir einen Platz oben in einer der Logen. Da kannst du auch während der Vorstellung raus auf den Flur gehen. Mensch, die ›Entführung‹ kommt nur noch ein einziges Mal vor den Maifestspielen. Und dann ist Sommerpause!«

Er verspricht es ihm, geht aber doch nicht hin, weil er sich nicht dazu aufraffen kann. Wilhelm ist ihm nicht böse. Zuckt nur die Schultern und meint, es sei schade. Aber inzwischen laufen schon die Maifestspiele, und Willi ist pausenlos drüben im Theater, um den berühmten ausländischen Gästen bei den Proben zuzuschauen.

Manchmal glaubt er, eine Erleichterung zu spüren. Das Tuch, das auf ihm liegt, hebt sich, gibt ihm ein wenig Luft. Der schwarze Vogel schickt sich an aufzufliegen. Dann wagt er es, seine Bücher aus dem Schrank zu nehmen, die Aufzeichnungen aus den Vorlesungen aufzuschlagen und sich in juristische Fragestellungen zu vertiefen. Doch es währt nie lange, meist muss er schon am folgenden Tag für das bisschen Licht mit doppelt tiefer Beklemmung bezahlen. Zu früh, denkt er dann. Ich muss geduldiger sein, mir mehr Zeit geben. Das Studium kann warten, erst muss ich gesund werden. Aber es ist bitter, die Bücher wieder weglegen zu müssen und das Ziel, auf das er hingearbeitet hat, in weite Ferne rücken zu sehen.

»Du brauchst eine Aufgabe!«, sagt seine Schwester Hilde. »Es ist besser, etwas zu tun, als immer nur herumzusitzen oder spazieren zu gehen.«

Da hat sie im Prinzip nicht unrecht. Hilde ist eine praktische Natur, und sie hat auch gleich eine Idee.

»Etwas, was du mit deinen Händen tust. Du könntest zum Beispiel Addi beim Renovieren helfen. Er will im Treppenhaus alle Stufen und das Geländer abschleifen und neu lackieren.«

»Du weißt, dass ich zwei linke Hände habe, Schwesterlein.«

»Klar weiß ich das. Aber Addi sagt, das stört ihn nicht.«

Er probiert es aus. Schleppt sich am Nachmittag ins Treppenhaus, wo Addi mit Schleifpapier gelbliche Staubwolken erzeugt. Es geht für eine Weile gut, er schafft beinahe eine ganze Stufe, dann bekommt er Herzklopfen und muss eine Pause machen. Er zwingt sich trotzdem, die Arbeit zu Ende zu führen, schleift sorgfältig die Ecken aus, bürstet den Staub weg, wischt feucht nach.

»Prima!«, sagt Addi. »Die kann ich nachher lackieren.«

Zum ersten Mal seit langer Zeit ist er mit sich zufrieden. Er liest noch ein wenig und schläft durch bis zum frühen Morgen. Dann allerdings spürt er wieder die schwere dunkle Last, die ihn schon seit Wochen peinigt.

»So ein Unfug!«, regt sich Mama auf, als sie beim Mittagessen seine zerschundenen Finger sieht. »Das ist doch nichts für dich, Junge. Hast du wenigstens Jod draufgemacht?«

»Pack ihn doch in Watte und stülp eine Glasglocke über ihn«, meint Hilde sarkastisch. »Arbeit ist eine gute Ablenkung von trüben Gedanken, das weiß doch jeder.«

Papa bemerkt, dass schon Johann Wolfgang von Goethe vom tätigen Leben sprach und dass seine Tochter ein kluges Mädel sei.

»Ist mir eine große Hilfe, der August«, bestätigt Addi eifrig.

Die Gespräche machen August nicht gerade glücklich, aber er beschließt, wenn irgend möglich, die Arbeit fortzusetzen. Zum Glück sind noch viele Stufen übrig, die auf eine Renovierung warten. Wenn sie in diesem Tempo weiterarbeiten, werden sie vermutlich mehrere Wochen brauchen.

Seine Cousine Luisa bekommt er nur selten zu Gesicht. Ab und zu sitzt sie mittags mit am Tisch, da ist sie eher schweigsam und läuft noch vor dem Nachtisch davon, weil sie unten im Café aushilft. Manchmal geht sie mit den Zwillingen hinüber in den Kurpark oder zu einem der Spielplätze. Die befinden sich auf ehemaligen Trümmergrundstücken; wenn es geregnet hat, steht dort das Wasser in tiefen Pfützen, und die Sandkästen, die die Stadt hat einrichten lassen, sind voller Lehm und Schmutz. Trotzdem lieben die Zwillinge die Spielplätze, aber Hilde erlaubt nicht, dass sie ohne Aufsicht dort herumtoben.

»Ihr seid doch keine Straßenkinder!«

Als August aus der Kriegsgefangenschaft zurückkam, war er erstaunt, eine völlig unbekannte Cousine zu Hause vorzufinden. Luisas Geschichte hat ihn bewegt, die Flucht im eisigen Winter, der Tod ihrer Mutter, die beständige Angst vor den Soldaten der Roten Armee. Luisa ist so ganz anders als seine Schwester Hilde, sie ist ein stilles, sanftes Mädchen, das mehr beobachtet als redet. Auch äußerlich unterscheidet sie sich von der blonden, lebhaften Hilde – Luisa hat seidiges dunkles Haar und wunderschöne blaue Augen. Seit einigen Jahren ist sie mit Fritz Bogner verheiratet, den kennt August noch gut, denn Fritz hat früher öfter im Café Engel Geige gespielt. Inzwischen hat er ein Studium am Frankfurter Konservatorium abgeschlossen und spielt in verschiedenen Orchestern. Gelegentlich auch im Orchester des Staatstheaters, doch dort leider nur aushilfsweise, eine feste Anstellung hat er bisher nicht bekommen. Bevor er krank wurde, hat August gern ab und zu ein paar Worte mit Luisa gewechselt. Er mag ihre ruhige, freundliche Art, ihr Zögern, bevor sie eine Antwort gibt, ihre Schüchternheit, die mit Klugheit und Einfühlungsvermögen einhergeht. Seit er krank ist, hat er sie kaum zu sehen bekommen.

»Luisa?«, sagt Hilde, als er nach der Cousine fragt. »Die ist leider krank.«

»Hoffentlich nichts Schlimmes«, meint er erschrocken.

Hilde seufzt, sagt aber nichts weiter über Luisas Krankheit. »Es geht ihr schon besser. Nächste Woche will sie wieder im Café aushelfen.«

Am Wochenende regnet es in Strömen. August liegt lange im Bett und schaut an die Zimmerdecke, versucht, ein Buch zu lesen, und legt es wieder weg. Addi hat die beiden oberen Treppen lackiert. Solange der Lack trocknet, darf nicht geschliffen werden, weil sich der Staub sonst auf den frischen Lack setzt. August ist ruhelos, er schaut kurz ins Café, wo sich die Gäste drängen, die Schirmständer quellen über, die Luft ist feucht und rauchgeschwängert. August zieht sich rasch wieder zurück. Erst jetzt begreift er, wie sehr er die Spaziergänge im Kurpark braucht. In seinem Zimmer glaubt er, nicht mehr atmen zu können. Es ist zu klein, zu eng, er ist hier eingesperrt wie in einer Gefängniszelle. Hastig zieht er den Mantel über, greift sich im Flur einen Schirm und geht aus dem Haus.

Auf der Wilhelmstraße sind nur wenige Fußgänger zu sehen. Alle haben es eilig, verbergen ihre Gesichter unter Kapuzen oder tief herabgezogenen Hüten. Vorüberfahrende Autos lassen das Wasser in den Pfützen aufspritzen, in einem Schaukasten leuchtet ein grünes Plakat, das auf das Pfingstturnier in Biebrich hinweist. Ein amerikanisches Armeefahrzeug hält an der Ampel, die drei GIs im Inneren lachen und klopfen einander auf die Schultern. August überquert die Straße und betritt die Grünanlage »Zum Warmen Damm«, folgt einem der schmalen, verschlungenen Wege, vorbei an leeren Bänken, gebeugten Trauerweiden und knorrigen alten Bäumen, die Krieg und Bombenhagel wie durch ein Wunder überlebt haben. Er ist allein hier, kein Spaziergänger weit und breit, alle scheuen die Nässe und den unangenehm kalten Wind. Nur drüben am Bühneneingang des Theaters ist Bewegung. Eine Oper steht an, Sänger und Musiker finden sich ein. August geht am Theater vorbei hinüber in den menschenleeren Kurpark, folgt einem Pfad, der am Weiher entlangführt, dann einen Schlenker durch den Park macht, um schließlich auf der anderen Seite des Weihers zurück zum Kurhaus zu gelangen. Überall im Gebüsch verborgen stehen einsame Bänke, grüne Verstecke, die bei schönem Wetter Zuflucht vor den lauten Spaziergängern bieten. Auch jetzt, im dichten Regen, schützt das junge Laub vor der Nässe, und August steht minutenlang still, um auf den kleinen See zu schauen und den Geräuschen des Regens zu lauschen. Es hört sich an, als sauge die Natur das Wasser durstig in sich hinein. Knisternd laufen die Tropfen an den Baumstämmen hinunter, fallen von Blatt zu Blatt, sickern gluckernd und schmatzend in den Boden ein. Wenn es nicht so nass wäre, würde er sich jetzt auf eine Bank setzen, um diese belebte Stille eine Weile zu genießen.

Als er sich gerade zum Weitergehen wenden will, entdeckt er am gegenüberliegenden Ufer eine Spaziergängerin, die sich ebenfalls nicht vom Regenwetter hat abschrecken lassen. Sie hat sich sogar auf eine Bank gesetzt, hält den Schirm über sich und schaut gedankenverloren auf den Weiher. Er freut sich ausnahmsweise über diese Gesellschaft – noch ein einsamer Mensch hier im Regen, er ist also nicht ganz allein. Langsam setzt er den Weg fort. Das Wasser ist längst durch seine Hosenbeine gedrungen, und da der Wind den Schirm immer wieder umstülpt, breitet sich auf Schultern und Rücken kühle Feuchtigkeit aus. Auch die Schuhe haben nicht viel abgehalten, er hat nasse Füße und macht sich nun nicht mehr die Mühe, den zahlreichen Pfützen auszuweichen, sondern läuft mitten hindurch. Es erinnert ihn an ferne Zeiten, als er mit Wilhelm auf verbotenen Grundstücken im Regen herumlief, um in einem Gartenteich Kaulquappen für sein Aquarium zu fangen. Wie lange ist das her, dass er als unbefangener Junge mit dem Bruder die Gegend durchstreifte? Besser nicht nachrechnen. Vorbei ist vorbei.

Als er die andere Seite des Weihers erreicht, schaut er – wie zufällig – in den Seitenweg hinein und stellt fest, dass die einsame Spaziergängerin immer noch auf der Bank sitzt. Er kann von ihr nur die Beine und den großen grünen Regenschirm sehen, doch da wird der Schirm nach hinten geschoben, und er erkennt ihr Gesicht.

»Luisa!«

»Ach, du bist das!«, sagt sie erleichtert.

»Ja, ich bin das ...« Er zögert einen Augenblick, weil er sich nicht aufdrängen will, dann geht er die wenigen Schritte zu ihrer Bank und bleibt vor ihr stehen.

»Du wirst dich erkälten auf der nassen Parkbank!«, warnt er sie lächelnd.

»Und du wirst dir einen Schnupfen holen mit deinen nassen Schuhen«, gibt sie zurück.

»Darf ich mich für drei Minuten zu dir setzen?«

»Auch für vier. Wenn du dir unbedingt einen nassen Hintern holen willst ...«

»Warum nicht? Es ist der einzige Teil an mir, der bisher trocken geblieben ist.«

»Ja, dann ... Bitte sehr!«

Er lässt sich neben ihr nieder, hält den Schirm über sich, und sie schauen beide auf den Weiher, dessen Oberfläche sich unter dem Regen kräuselt. Eine Weile bleiben sie stumm, jeder hängt seinen Gedanken nach, um sie herum rauscht der Regen, tropft von den Bäumen und von ihren aufgespannten Schirmen. Es ist angenehm, neben Luisa zu sitzen und zu schweigen, weil sie nichts von ihm verlangt, keine Anstalten macht, ihn mit irgendwelchen Geschichten zu unterhalten. Sie ist einfach da, eine sanfte, leise Komplizin seiner Einsamkeit.

»Liebst du den Regen?«, fragt sie nach einer Weile.

»Früher nicht. Aber jetzt mag ich ihn.«

»Ich auch«, sagt sie leise. »Er hat etwas Erlösendes.«

Was für ein komisches Gespräch, denkt er. Aber sie hat recht.

»Er löst den Kummer und spült ihn davon«, sagt er.

Sie nickt. Er muss seinen Schirm ein wenig anheben, um ihr Gesicht zu sehen. Sie hat ein Tuch um das Haar geschlungen, ein paar nasse Strähnen hängen ihr in die Stirn. Als sie bemerkt, dass er sie anschaut, lächelt sie.

»Weißt du, was ich oft gedacht habe, August?«

Er weiß es natürlich nicht, wartet schweigend, dass sie weiterredet.

»Du findest es sicher sentimental. Wie wir Frauen manchmal eben sind. Aber ich sag's dir trotzdem.«

Sie hat ihn neugierig gemacht. Seit Wochen ist er zum ersten Mal wieder auf etwas neugierig. Es muss der Regen sein. Oder …

»Ich habe mir gedacht, dass du dich einmal richtig verlieben solltest. Verstehst du? So rettungslos und bis über beide Ohren. Ich glaube, dann wärst du mit einem Schlag gesund.«

Er starrt sie ungläubig an, weiß nicht recht, ob dieser Ratschlag ernst gemeint ist, dann muss er lachen. Tatsächlich, er lacht. Allerdings nur ganz kurz, dann wird er wieder ernst. »Ein ungewöhnlicher Ratschlag. Hättest du denn auch die passende Liebste für mich?«

Jetzt muss Luisa ein wenig lachen. Sie schüttelt den Kopf. Nein, leider kann sie ihm in diesem Punkt nicht weiterhelfen. »Da musst du dich schon selber umschauen.«

Er schüttelt den Kopf, schmunzelt über ihre seltsamen Ideen, findet sie aber irgendwie lieb. Sich verlieben. Ja, wenn das so einfach wäre. Er schaut gedankenvoll auf das Wasser, entdeckt eine Schar brauner Enten, die im Wurzelwerk einer Esche Zuflucht vor dem Regen gefunden haben. Er fröstelt in den feuchten Kleidern und wendet sich Luisa zu, um sie zu fragen, ob sie nicht besser aufbrechen sollten. Da entdeckt er, dass an ihren Wangen Tropfen hängen. Regentropfen? Aber nein, es sind Tränen!

»Luisa«, fragt er leise. »Was ist los?«

Sie fährt sich mit dem gekrümmten Zeigefinger über die Wangen und wischt die Tränen fort.

»Haben sie es dir nicht erzählt?«

»Du warst krank«, sagt er angstvoll.

»Ich hab mein Baby verloren. Zum dritten Mal schon.«

Eine Welle tiefen Mitgefühls erfasst ihn. Er legt den Arm um sie, streichelt ihr tröstend die Schulter, drückt sie an sich.

»Das tut mir so leid, Luisa. Ich wusste es nicht. Wann ist es passiert?«

»Letzte Woche … es kam ganz plötzlich, mitten in der Nacht … Fritz hat sofort ein Taxi geholt, und wir sind zur Klinik gefahren. Aber es war schon zu spät. Ich werde wohl niemals ein Kind haben.«

»Wer hat das gesagt?«

»Der Arzt«, schluchzt sie. »Er meinte, es sei eine angeborene Schwäche im Unterleib, dagegen könne man nichts tun.«

August verspürt einen gelinden Zorn gegen diesen Arzt in sich aufsteigen. Dieser Kerl, der einer Frau so einfach alle Hoffnung nimmt, so einer hat seinen Beruf verfehlt! Der gehört auf den Bau. Zum Steineklopfen. Wie der Grobian, der ihn so unverschämt angeredet hat.

»Lass dir doch nichts einreden, Luisa«, tröstet er. »Eines Tages wirst du ein Kind auf die Welt bringen, daran glaube ich ganz fest. Und du musst auch daran glauben. Vielleicht musst du dich einfach nur etwas mehr schonen in der Schwangerschaft. Nicht so viel herumlaufen, im Café die Gäste bedienen, mit den Zwillingen spielen. Und sucht euch einen anderen Arzt, das vor allen Dingen!«

Er spürt, dass er sich in Rage redet. Luisas Unglück berührt ihn tief, er will ihr Mut machen, sich nicht damit abzufinden und weiter für ihr Ziel zu kämpfen. Sie ist noch jung – warum soll sie aufgeben?

Sie hört ihm zu, schaut ihn dabei ein wenig verwundert an und legt für einen Moment den Kopf an seine Schulter. Sein Regenschirm kippt zur Seite und rollt davon, aber das ist ihm jetzt gleich.

»Versprich mir, dass du nicht aufgeben wirst, Luisa!«

»Du hast ja recht«, sagt sie. »Fritz hat das auch gesagt. Ach, ich brauche noch ein wenig Zeit … nein, ich gebe nicht auf, August.«

Er nickt zufrieden, drückt sie kurz an sich, als müsste er sie ein letztes Mal wachrütteln, dann steht er auf, um seinen windgebeutelten Schirm einzufangen.

Bis zum Ausgang des Parks laufen sie nebeneinander her, dann trennen sie sich – Luisa wohnt oben im Bergkirchenviertel, August geht im Eilschritt über die Wilhelmstraße zum elterlichen Haus. Er fühlt sich so gut wie lange nicht mehr, das schwarze Tuch ist fort, der Regen hat es davongespült. Den ganzen Abend denkt er über Luisa nach, überlegt, wie er sie noch hätte trösten, welche Ratschläge er ihr hätte geben können.

Kurz vor dem Einschlafen fällt ihm wieder ihr seltsamer Vorschlag ein. Sich verlieben. Hals über Kopf und rettungslos. Du liebe Zeit – das wäre ganz sicher nichts für ihn. Er ist keiner, der sich freiwillig in solch ein Abenteuer stürzen würde.

Er schläft die Nacht über ruhig und fest. Am folgenden Morgen liegt das schwarze Tuch wieder auf ihm wie eine zweite Haut.

JULIA

Juni 1951

Er platzt in die Theaterschneiderei, als wäre er hier zu Hause. Schaut sich kurz um und steuert geradewegs auf sie zu.

»Frau Wemhöner! Ich habe mit Ihnen zu reden!«

Julia zuckt zusammen, Dr. Seitz hat eine helle, durchdringende Stimme, die ihr durch Mark und Bein geht. Schneidend ist der richtige Ausdruck dafür.

»Bitte sehr, nehmen Sie doch Platz …«, sagt sie verstört.

Er ignoriert das Angebot, stellt sich vor sie hin und stützt beide Hände auf den Zuschneidetisch. Dass dort ein Schnittmuster liegt, das mit Stecknadeln am Stoff befestigt ist, stört ihn überhaupt nicht.

»Was ist das für ein Fummel, den Sie da für Frau Dubois genäht haben?«

Er hat einen schlechten Atem, der Herr Regisseur. Julia weicht ein wenig zurück, weil sie geruchsempfindlich ist. Dr. Rudolf Seitz legt Wert auf sein Äußeres, er pflegt eine dunkelblonde Künstlertolle, trägt eine Hornbrille nach neuester Mode und achtet auf seine Figur. Schlank, sportlich, schneidig. Er hätte einen guten Offizier abgegeben, über seine Vergangenheit während des Kriegs weiß man so gut wie nichts. Aber er ist weder bei den Schauspielern noch bei den Theaterangestellten beliebt. Nur der Intendant hält große Stücke auf ihn. Warum auch immer.

»Ich weiß nicht, was Sie meinen, Herr Dr. Seitz.«

Er reißt den rechten Arm hoch, wobei das Schnittmuster an seiner Hand festklebt und auseinanderreißt. Eine Stecknadel bohrt sich in seinen Handballen.

»Au!«

»Passen Sie bitte auf, das sind Kostüme für die kommende Spielzeit.«

Er ist einen Moment lang still, weil er an seinem Handballen lutscht. Julia sieht nicht hin, weil sie es eklig findet, wenn jemand sein eigenes Blut saugt. Stattdessen versucht sie, das zerrissene Schnittmuster zu retten. Vielleicht kann man es noch zusammenkleben, aber eigentlich mag sie so etwas nicht. Sie wird es wohl leider neu anfertigen müssen.

»Frau Dubois sieht unmöglich aus!«, schimpft er weiter, während er sein Taschentuch auf die Hand presst. »Wie eine fette Wanze. Was soll dieser alberne Mantel?«

Jetzt ist Julia in Schwierigkeiten. Es gibt da Dinge, die sollten noch nicht so offen gesagt werden. Obgleich er es eigentlich wissen müsste.

»Frau Dubois hat mich ausdrücklich gebeten, ihr einen Mantel zum Abendkleid zu nähen.«

Er vollführt eine ruckartige Kopfbewegung, die sein Befremden über diese Antwort ausdrücken soll. »Sie hat Sie gebeten? Das ist ja die Höhe! Hören Sie mal zu, Frau Wemhöner: Frau Dubois hat Sie nicht um irgendwelche Änderungen an der Garderobe zu bitten. Wo kommen wir da hin, wenn hier jeder anzieht, was er will? Die Kostüme werden von der Regie in Absprache mit Maskenbildner und Kostümbildner festgelegt – das sollte Ihnen ja wohl bekannt sein. Und Sie, Frau Wemhöner, Sie haben nur zu nähen, was man Ihnen vorgibt!«

Im Prinzip hat er da leider recht. Nur nicht in der Praxis. Weil die Adele Nimmerlein früher immer alles mit Julia besprochen hat. Aber seitdem die Adele im Ruhestand ist und diese Neue, die Elke Naab, als Kostümbildnerin hier arbeitet, gibt es leider keine Absprachen und keine Zusammenarbeit mehr.

»Wenn Ihnen der Mantel nicht gefällt, dann sollten Sie das mit Frau Dubois …«

»Darum geht es nicht!«, fällt er ihr ins Wort. »Falls Sie es nicht bemerkt haben – es gibt eine Gesamtkonzeption. Und in diese Konzeption, die ich als Regisseur zu verantworten habe, passt dieser Mantel nicht! Frau Dubois soll ihren Partner verführen, das Abendkleid ist extra eng geschnitten, um ihre Körperformen zur Geltung zu bringen.«

Julia schweigt. Das Abendkleid hat sie schon zweimal ändern müssen, aber das scheint dem Scharfblick des Herrn Dr. Seitz entgangen zu sein.

»Noch einmal Klartext zum Mitschreiben«, fährt er fort und legt das Taschentuch sorgfältig zusammen, bevor er es wieder einsteckt. Damit es nicht die Hosentasche ausbeult, man könnte ja sonst was von ihm denken.

»Wenn ein Schauspieler – wer auch immer – irgendwelche Sonderwünsche bezüglich seiner Garderobe hat, dann haben Sie das vorher mit mir zu besprechen. Haben wir uns verstanden, Frau Wemhöner?«

Sie hasst diesen Befehlston. Nie zuvor hat jemand sie hier in ihrem geliebten Theater derart rüde behandelt. Jetzt sagt sie es doch – schließlich muss er es irgendwann sowieso erfahren.

»Ich nehme an, Sie wissen, dass Frau Dubois im sechsten Monat schwanger ist«, sagt sie in harmlosem Ton.

Er glotzt sie blöde an. Schiebt die Brille auf die Nasenspitze, um ihre Gesichtszüge deutlicher zu erkennen. Denkt er vielleicht, sie macht sich einen Scherz mit ihm?

»Sie ist … was?«

»Sie bekommt Ende September ein Kind. Hat sie Ihnen das nicht gesagt?«

»Ein Kind?«, fragt er angeekelt. »Von wem?«

»Da müssen Sie sie schon selber fragen.«

Sylvia Dubois ist nicht verheiratet, sie hat mit einem Industriellen zusammengelebt, von dem sie sich jedoch – zumindest sagte man das – vor einigen Monaten getrennt hat.

»Unglaublich«, sagt er. »Hinter meinem Rücken ... wir haben noch zwei Aufführungen ... Körperliche Reize ... Haha ... Verführerische Rundungen ... haha ... Das ist ein Irrenhaus!«

Er verabschiedet sich nicht, sondern geht hastig durch die Mitte ab. Julia ist froh, dass er weg ist. Sie hat ein schlechtes Gewissen, weil sie nun die Katze aus dem Sack gelassen hat. Auf der anderen Seite kann sie sich nicht beschimpfen lassen, nur weil Frau Dubois ihre Schwangerschaft aus welchen Gründen auch immer geheim halten will.

Aus dem Nebenzimmer kommt Kollegin Annelie. Sie trägt das Kostüm des Belmonte aus der »Entführung« auf einem Bügel, rauscht wortlos an Julia vorbei und hängt das gute Stück an den Ständer. Eine Naht war geplatzt. An entscheidender Stelle. Man hatte den Schaden in der Pause notdürftig geflickt, jetzt ist die Naht wieder fest und sicher genäht. Julia, die das Kostüm genäht hatte, konnte sich die Sache nicht erklären. Lag es am Garn? Aber das war ganz neu und keineswegs billig.

»Na?«, fragte Annelie. »Hatte der Seitz ein Problem?«

Es klingt keineswegs anteilnehmend in Julias Ohren. Eher höhnisch. Voll klammheimlicher Freude, dass Julia sich Ärger eingehandelt hat.

»Frau Dubois' Mantel hat ihm nicht gefallen ...«

Annelie zuckt die Schultern. »Ich hab dir gleich gesagt, dass das Ärger gibt. Hättest ruhig mal auf mich hören können.«

Die Wahrheit ist, dass Annelie wütend war, weil Frau Dubois nicht sie, sondern Julia ins Vertrauen gezogen hat. Dass Julia die bessere Schneiderin ist und immer eine gute Idee bereithält, weiß jeder Darsteller im Theater. Und genau das ist es, was Annelie immer wieder auf die Palme bringt.

»Hat Herr Habicht gesagt, wann er zur Anprobe kommen will?«, erkundigt sich Julia, um von Seitz abzulenken.

»Ich glaube, er wollte heute kommen ... Um halb elf ... Na, so was! – das ist ja schon gleich ...«

Typisch Annelie. Man muss ihr alles aus der Nase ziehen, freiwillig gibt sie nichts weiter. Auch das ist eine Methode, der Kollegin das Leben schwerzumachen. Julia sucht ein Weilchen nach dem Büchlein, in dem sie immer die Körpermaße der Künstler notiert, um das zerstörte Schnittmuster neu anzufertigen. Gerade hat sie es zwischen den Stoffballen gefunden, wo es eigentlich nichts zu suchen hat, da klopft schon der Bariton Adolf Habicht an die Tür der Schneiderei. Fast alle klopfen zuerst an, nur gewisse eingebildete Regisseure platzen einfach herein.

»Grüß Sie! Ich hab nur ganz wenig Zeit ... muss gleich zur Probe«, sagt Habicht.

Julia mag den Sänger gern, er hat keine Allüren wie mancher andere, ist aber ein großer Könner, der demnächst die Partie des Hans Sachs in den »Meistersingern« übernehmen wird. Er spricht stets mit vollklingender Stimme, man hört sofort, dass er von Beruf Sänger ist.

»Geht ganz schnell. Nur einmal hier hineinschlüpfen ...«

Die weite Bluse passt problemlos, auch die Ärmel haben die richtige Länge. Die Weste ist allerdings ein ganzes Stück zu weit.

»Hab ich denn seit der letzten Anprobe so viel abgenommen?«, scherzt der Sänger. »Das wäre ja erfreulich.«

Er hat kein einziges Gramm abgenommen, das weiß Julia. Sie hat einfach falsch abgesteckt. Wie das möglich war, das versteht sie selbst nicht.

»Es tut mir sehr leid, aber das muss noch einmal geändert werden.«

Habicht ist ein Menschenfreund. Er lacht und meint, er käme doch gern hierher. Es sei immer wieder nett, von solch zarten Fingern betastet zu werden. Und weil Julia jetzt rot wird, freut er sich und eilt davon.

»Na?«, sagt Annelie, die im Hintergrund an der Nähmaschine gesessen hat. »Hat was nicht gestimmt?«

Julia hält die Weste noch in der Hand und grübelt darüber nach, wieso sie sie zu weit genäht hat. Aber sicher, sie erinnert sich, dass sie gestern beim Nähen schon das Gefühl hatte, es könne nicht stimmen. Auf der anderen Seite hatte sie die Nähte doch genau nach Anprobe abgesteckt!

»Alles in Ordnung«, ruft sie Annelie zu.

»Dann ist's ja gut!«

Drüben surrt wieder die Nähmaschine. Julia will die Weste beiseitelegen, um zunächst das beschädigte Schnittmuster neu anzufertigen, dann entdeckt sie etwas, was sie stutzig macht. Da steckt eine Nadel im Stoff, eins von diesen kleinen Dingern, die sie nicht leiden kann, weil sie zu kurz sind und sich schlecht herausziehen lassen. Auch diese hat sich in den Stoff hineingebohrt und wurde ganz offensichtlich übersehen.

Und jetzt begreift Julia. Sie hat die Weste ganz richtig abgesteckt. Aber jemand muss ihre Stecknadeln herausgezogen und an eine andere Stelle gesteckt haben. Dabei hat er eine Nadel vergessen, vielleicht weil er oder sie es eilig hatte.

Julia steht fassungslos vor dem Zuschneidetisch, hält die Weste des Hans Sachs in ihren Händen und begreift die Welt nicht mehr. Wer tut denn so etwas? Und warum? Claudia kann es nicht gewesen sein, sie hat seit Montag die Grippe. Wer hat sonst noch hier in der Schneiderei zu tun? Elke Naab, die Kostümbildnerin. Die Putzfrau. Und ihre Kollegin Annelie.

»Gehst du heute Mittag wieder ins Café Engel?«, ruft Annelie herüber. »Ich finde es ja bei König viel schöner. Nicht so muffig.«

Julia überlegt kurz, dann nimmt sie das Maßband und misst genau nach, was sie gerade eben abgesteckt hat. Auf den Millimeter genau. Sie notiert es sich auf einem Zettel und steckt ihn in die Rocktasche.

»Ich fühle mich im Café Engel wohler«, ruft sie hinüber.

»Na ja – du gehörst ja auch zur Familie, wie?«

Sie gibt keine Antwort, hängt die Weste an den Kleiderständer und zieht sich die Jacke über.

»Ich bin dann kurz zum Essen weg …«

»Mahlzeit!«

Die Nähmaschine rattert weiter. Julia geht hinaus und schließt die Tür hinter sich. Bleibt einen Moment stehen und lauscht. Sie näht immer noch. Na schön, sie hat genügend Zeit. Eine Dreiviertelstunde mindestens. Julia holt tief Luft und überlegt, ob sie wirklich im Café Engel ein Stück Kuchen essen sollte. Eigentlich hat sie keinen Appetit, die Ereignisse des Vormittags sind ihr auf den Magen geschlagen. Besser, sie geht rasch hinüber in ihre Wohnung und legt sich ein halbes Stündchen hin. Vielleicht ist ja Addi da, dann können sie einen kleinen Plausch halten. Nein, sie wird ihm nichts von ihren bösen Vermutungen erzählen, er regt sich sonst viel zu sehr auf, der Gute. Addi ist wie ein Vater zu ihr, ein großer Bruder, ein lieber Freund. Alles das ist er für sie, und das ist nicht wenig. Sie ist damit zufrieden.

Das Café Engel hat Tische und Stühle nach draußen gestellt, die jetzt um die Mittagszeit gut besetzt sind. Unter den gelben Sonnenschirmen sitzen sommerlich gekleidete Menschen, meist Berufstätige, die ein Stück Kuchen oder einen Salat mit Ei als kleine Mittagsmahlzeit zu sich nehmen. Drei gelbe Sonnenschirme haben vor dem Café Engel Platz, dann werden sie von den roten Sonnenschirmen des Café König abgelöst. Das Café König verfügt über eine längere Straßenfront, sie können sieben rote Schirme aufstellen. Dazu gibt es neben dem Café König einen freien Platz – dort stand einst das Hotel Kaiserhof. Da bisher kein Neubau die Lücke ausfüllt, kann der Herr Mayer-Schulte, der Besitzer vom Café König, auch hier noch seine Tische und die knallroten Sonnenschirme aufbauen. Im Hochsommer, wenn die Leute abends aus dem Theater kommen, hängen dort bunte Lampions, und viele Gäste kommen, um noch ein Glas Wein zu trinken oder eine Kleinigkeit zu essen. Im Café Engel dagegen wird es an den Abenden immer stiller. Leider. Julia ist traurig darüber, weil ihr die Kochs sehr am Herzen liegen. Aber ändern kann sie es auch nicht.

Sie öffnet die Eingangstür und steigt die Treppen hoch. Unten ist das Holz noch dunkel und fleckig, weiter oben hat Addi schon geschliffen und lackiert, da sind Stufen und Geländer schön hell, und man kann die Maserung im Holz erkennen. Addi lackiert immer zuerst die linke Hälfte der Stufen, dann wartet er, bis der Lack trocken ist, um die andere Hälfte zu lackieren. Das macht er schlau, denn sonst könnten sie nicht hinauf in ihre Wohnung gehen. Das Geländer klebt noch ein wenig. Sie bleibt auf dem Treppenabsatz im zweiten Stock stehen, um ihre Hände zu betrachten. Ach je – da ist klebriger Lack an ihrem Zeigefinger. Hoffentlich steht oben in der Wohnung noch die Flasche mit dem Terpentin, die hat Addi in letzter Zeit oft benötigt …

Unten knarrt die Eingangstür, sie vernimmt Schritte im Treppenhaus. Unbekannte weibliche Schritte, das sind spitze, genagelte Absätze, die trägt weder Sofia Künzel noch Luisa, und Hilde schon gar nicht. Julia beugt sich neugierig über das Geländer und erkennt die Schauspielerin Karin Langgässer. Sie steigt zum ersten Stock hoch und läutet an der Wohnungstür. Wie merkwürdig! Was sucht denn die Karin Langgässer in der Wohnung der Kochs?

Die Wohnungstür wird geöffnet, und Julia sieht Wilhelm. Seine Miene drückt wenig Begeisterung aus. Vorsichtshalber zieht sie sich vom Geländer zurück, schließlich mag sie keine fremden Gespräche belauschen. Sie kann sich allerdings auch nicht dazu entschließen weiterzugehen, denn die Treppenstufen knarren so laut.

»Du? Was willst du denn hier?«, hört sie Wilhelms Stimme.

»Das ist ja eine nette Begrüßung! Ich wollte dich besuchen, mein Schatz. Komme ich etwa ungelegen?«

Julia verspürt einen kleinen Stich im Magen. Das ist sehr

dumm, aber es gibt dumme, unpassende Empfindungen, die man trotz aller Bemühungen nicht loswird. Sie mag Wilhelm gern, sehr gern sogar. Und deshalb bekümmert es sie, dass er ständig in irgendwelche Liebschaften verwickelt ist. Nun also auch die Karin Langgässer. Na, die wird auch noch merken, dass der Willi Koch nicht treu sein kann.

»Wir essen gleich zu Mittag.«

»Ach so. Und da wollt ihr keine unangemeldeten Gäste haben. Ich verstehe.«

»Das ist bei uns so eine Familiensache, Karin. Wir essen immer zusammen, meine Mutter findet das wichtig.«

»Schon gut, schon gut. Ich will mich nicht aufdrängen. Ich wollte dir nur rasch erzählen, dass du einen Termin hast.«

»Was für einen Termin?«

»Thalia-Theater in Hamburg. Ich habe mit zwei, drei Leuten gesprochen und dir einen Termin zum Vorsprechen gemacht. Nächste Woche Mittwoch um elf. Pünktlich. Was sagst du jetzt?«

Julia steht immer noch auf dem Treppenabsatz im zweiten Stock und wagt sich nicht zu rühren. Jetzt auf keinen Fall, dazu hat sie schon zu lange gelauscht. Nach Hamburg! So weit fort. Ach Gott!

»Das ist … wirklich lieb von dir, Karin«, hört sie Wilhelm sagen. Es klingt verlegen, nicht gerade vor Freude jauchzend, wie Karin wohl erwartet hat.

»Tu ich doch gern für dich, Schatz. Wenn es klappt, dann sind wir beide in Hamburg, würde dir das gefallen?«

»Warten wir es ab, Karin. Du, ich muss jetzt rein, die sitzen schon am Tisch. Wir reden später, ja?«

»Natürlich. Ich war nur so aufgeregt, als ich das Telegramm bekam, und musste es dir sofort sagen …«

»Lieb von dir … Bis nachher dann …«

»Küsschen …«

Man hört einen kleinen Schmatz, dann schlägt die Tür zu,

und es ist still. Wie es scheint, steht Karin noch ein Weilchen auf der Stelle, dann sind wieder ihre Schritte zu vernehmen. Dieses Mal nicht ganz so hart, sie geht langsamer, setzt die Füße behutsamer auf die Stufen. Julia wartet, bis unten die Eingangstür knarrend ins Schloss fällt, dann steigt sie hinauf zu ihrer Wohnung. Sie hat ein schlechtes Gewissen, denn sie hat ein Gespräch mitangehört, das sie nichts angeht. Oben schließt sie ihre Wohnung auf, zieht die Jacke aus und schlüpft aus den Schuhen.

»Addi?«

Keine Antwort – er ist vermutlich unten bei den Kochs beim Mittagessen. Müde streckt sie sich auf ihrem Bett aus, schließt die Augen und überlässt sich ihren Gedanken. Wilhelm hat also einen Termin zum Vorsprechen beim Thalia-Theater in Hamburg. Das hat die Langgässer so eingefädelt, damit er in ihrer Nähe ist – ganz klar. Jeder weiß, dass Karin Langgässer in der kommenden Spielzeit nach Hamburg wechselt. Julia ist sich fast sicher, dass Wilhelm den Termin ungenutzt verstreichen lassen wird. Weil er keiner ist, der sich für längere Zeit an eine Frau binden mag. Auf der anderen Seite wäre das Thalia in Hamburg für ihn eine große Chance. Julia dreht sich seufzend auf die Seite, knäult das Kopfkissen zurecht und zieht die Knie hoch. Es ist ihr auch zu Ohren gekommen, dass Wilhelm bei den Münchner Kammerspielen vorgesprochen hat. Das Ergebnis kennt sie nicht – aber eines ist klar: Er wird nicht mehr lange in Wiesbaden bleiben, der Willi Koch. Er darf es gar nicht, weil es für seine Karriere besser ist zu wechseln. Sie mag ihn gern, wünscht ihm nur das Beste. Er ist kein schlechter Schauspieler, obgleich sie der Ansicht ist, dass er eher ins heitere Fach tendiert. In komischen Rollen gefällt er ihr am besten.

Wie auch immer – sie wird ihn unendlich vermissen. Tatsächlich ist sie ein wenig in den jungen Mann verliebt, das muss sie sich jetzt eingestehen. Wie merkwürdig. Sie ist Mitte vierzig, ihre Liebesgeschichten liegen lange zurück, waren alle noch vor dem Krieg, und sie hat keine glücklichen Erinnerungen daran. Eigentlich dachte sie, dass sie diese Dummheiten ein für alle Mal hinter sich gelassen hat. Das ist sicher auch richtig. Dieses kleine bisschen Verliebtheit in den gut aussehenden, charmanten Willi, das wird vorübergehen. Schließlich ist sie – sie rechnet im Kopf nach – siebzehn Jahre älter als er, sie könnte seine Mutter sein. Ja, es ist wohl doch eher ein mütterliches Gefühl, das sie ihm gegenüber hegt. Zumindest vom Alter her. Vom Empfinden her ist es eher … erotisch. Meine Güte – an so etwas darf sie gar nicht erst denken. Auch nicht davon träumen. Das ist ja furchtbar lächerlich und ein bisschen Mitleid erregend noch dazu. Eine alte Frau, die einen jungen Mann begehrt. Weg mit solchen Gedanken! Julia steht auf und läuft hinüber in die Küche, füllt ein Glas mit kaltem Wasser und trinkt es in einem Zug aus. Dann steht sie ein Weilchen gegen den Küchenschrank gelehnt, hält das Glas noch in der Hand und schaut aus dem Dachfenster. Sie sieht ein Stück vom Theater, das immer noch Bombenschäden aufweist, daneben den klaren blauen Himmel. Ein Flugzeug zieht vorüber, ein kleiner bleistiftgrauer Pfeil, der plötzlich in der Sonne aufblitzt und dann hinter dem Theater verschwindet. Für einen Moment denkt sie wieder an die Jahre zurück, als sie ein Schatten war, in diese Wohnung eingesperrt, dazu verurteilt, keine Geräusche zu machen, sich niemals am Fenster zu zeigen. Hätte man die Jüdin Julia Wemhöner hier entdeckt, wäre das für alle Hausbewohner, aber vor allem für Addi Dobscher schlimm ausgegangen. Jetzt, sechs Jahre nach Kriegsende, kommt ihr diese Zeit unwirklich vor. Wie ein böser Traum, aus dem sie längst erwacht ist, der seine Schrecken jedoch noch lange Zeit behält.

Als sie Addis schwere Schritte auf der Treppe hört, stellt sie erleichtert das Glas in den Spülstein.

»Julia? Ach, da bist du. Hast du was gegessen?«

Er schaut in die Küche und ist gleich um sie besorgt. Sie isst viel zu wenig, deshalb nimmt sie auch nicht zu, bleibt immer so dünn wie zu Kriegszeiten. So geht das nicht weiter. Er macht ihr jetzt ein Rührei und dazu ein Schinkenbrot, keine Widerrede.

»Aber ich muss doch gleich wieder rüber in die Schneiderei …«

Er hat schon die Bratpfanne in der Hand, stellt sie ab und zündet den Gasherd an. Nimmt vier Eier aus dem Vorratsschrank und schlägt sie in eine Schüssel.

Julia resigniert. »Ein Rührei – gut. Aber kein Schinkenbrot.«

Listig legt er zwei Scheiben Schinken in die Bratpfanne, lässt sie anbraten und gießt dann die gequirlten Eier drauf. Es riecht eigentlich gar nicht so schlecht, jetzt bekommt sie doch Appetit.

»Und?«, fragt er, als sie vor ihrem gefüllten Teller sitzt. »Läuft alles gut drüben?«

Er sitzt ihr gegenüber, hat die Arme aufgestützt und schaut zufrieden zu, wie sie isst.

»Ja«, sagt sie kauend. »Alles normal … Stell dir vor, der Dr. Seitz hat sich heute wegen des Mantels von Frau Dubois beschwert.«

Sie erzählt ihm die Geschichte, und sie lachen beide darüber. Addi hat Dr. Seitz nicht mehr am Theater erlebt, aber er kann mit ähnlichen Erlebnissen aufwarten. Ja, die »Doktorregisseure«, die konnte keiner leiden. Hatten in Theaterwissenschaft promoviert und kamen mit einer großartigen Konzeption daher, die sie auf Gedeih und Verderb durchboxen wollten. Ohne Rücksicht auf die Darsteller. Julia isst den Teller beinahe leer – nur eine halbe Scheibe Schinken bleibt übrig.

»Zu salzig …«

»Ach was!«, sagt er, spießt den Schinken auf die Gabel und steckt ihn sich in den Mund.

Julia schaut auf die Uhr und stellt fest, dass es höchste Zeit ist. Zieht die Schuhe an, die Jacke, gibt Addi ein Abschiedsküsschen und läuft die Treppen hinunter. Erst als sie zum Bühneneingang hineingeht, fällt ihr wieder der Zettel ein. Er steckt in ihrer Rocktasche und knistert ein wenig, wenn sie sich bewegt. Sie nimmt ihn heraus, faltet ihn auf und besieht die Zahlen. Warum ist sie so misstrauisch? Sie schämt sich und knüllt das kleine Stück Papier zusammen. Da sich jedoch auf die Schnelle kein Papierkorb findet, in den sie es werfen kann, nimmt sie das Papierknäuel mit in die Schneiderei.

Es ist niemand da – Annelie ist noch in der Mittagspause. Julia zieht die Jacke aus und hängt sie an den Haken, schlägt das Notizbuch auf und blättert darin, um die Maße des Schauspielers zu finden, dessen Schnittmuster sie neu erstellen muss. Während sie die Seiten umschlägt, zieht etwas ihren Blick wie magisch an. Die Weste des Hans Sachs. Hing sie nicht vorhin andersherum am Ständer, mit dem Rückenteil nach vorn? Sie lässt das Notizbuch sinken und steht auf. Nimmt die Weste vom Bügel und besieht die abgesteckten Nähte. Sie sind breiter, das sieht sie auf den ersten Blick. Sie zieht das Maßband zurate, entfaltet den Zettel, vergleicht. Fast ein Zentimeter. Wenn sie die Weste so nähen würde, wäre sie zu eng. Stoff verschnitten. Ein böser Anfängerfehler, der das Theater unnötig Geld kostet.

Sie fühlt sich hilflos. Wie soll sie hier noch arbeiten?

SWETLANA

Smolensk, September 1949

»Gib mir die Tasse dort, Mädelchen. Ach, der Tee ist schon kalt …«

Anna Karlowa liegt auf dem Diwan, drei dicke Kissen stützen ihren Rücken, der dennoch vom vielen Liegen ganz wund ist. Zweiundachtzig Lenze zählt die alte Dame, das Gehen fällt ihr schwer, die Augen wollen verlöschen, ihr kleiner Körper ist krumm und leicht. Nur ihr Geist ist immer noch hellwach, und ihre Willenskraft hält den schwachen Leib am Leben.

»Warten Sie«, sagt Swetlana. »Ich fülle heißes Wasser nach.«

Sie nimmt der alten Dame den Becher aus der Hand, keine Sekunde zu früh, denn Anna Karlowa kann ihn nicht mehr halten.

»Früher«, sagt Anna mit ihrer hohen Greisenstimme. »Früher habe ich fünf große Brote getragen. Die Säcke mit dem Roggen hab ich mir auf die Schulter geworfen und ab damit auf den Dachboden. Schneller als die Männer bin ich gelaufen, hab mehr geschafft als der Knecht!«

Swetlana hantiert am Samowar und achtet darauf, dass der Tee nicht zu heiß ist, damit man ihn trinken kann, ohne sich zu verbrühen. Anna Karlowa wohnt im gleichen Haus wie Jekaterina und ihre Schwester Natalja, bei denen Swetlana seit drei Monaten untergekommen ist. Die alte Dame ist deutschstämmig, ihre Vorfahren folgten seinerzeit einem Aufruf der großen Zarin Katharina, siedelten sich bei Odessa in einem kleinen Dorf an und betrieben Landwirtschaft. Viel ist seitdem geschehen. Mütterchen Katharina hat die Schwarzmeerdeutschen beschützt, später kamen schlimme Zeiten, da wurden die deutschen Aussiedler zu Feinden erklärt. Ganz übel erging es ihnen im letzten Krieg, und auch jetzt ist der große Josef Stalin kein Freund der Deutschen. Anna Karlowa ist schon vor Jahren mit Mann und Kindern aus ihrem Dorf geflohen, auf vielen Umwegen hat das Schicksal sie hierher nach Smolensk geführt, wo sie ihren Mann und zwei ihrer Kinder verloren hat.

»Es ist Zucker drin. Trinken Sie, ich halte die Tasse fest.«

»Dank dir, Mädelchen. Trinken kann ich noch alleine …«

Swetlana stützt den Becher trotzdem ein wenig, gerade so, dass Anna Karlowa es nicht bemerkt. Sie hat Brot mit Butter und Marmelade bestrichen und in kleine Würfel geschnitten, jetzt stellt sie der alten Frau den Teller auf den Bauch, sodass sie sich die Bröckchen nehmen kann. Sie hat nur noch vier Zähne im Mund, aber sie kommt damit gut zurecht.

»Haben sie dir nun endlich deinen Pass ausgestellt?«, fragt sie kauend und langt schon nach dem nächsten Stückchen.

Swetlana schüttelt den Kopf. Nein. Sie hat schon dreimal auf dem Passamt nachgefragt, aber man hat sie vertröstet: Es sei nötig, ihre Papiere noch einmal gründlich zu prüfen. Man würde sie benachrichtigen.

»Es ist zum Verzweifeln«, sagt sie. »Ich bekomme keine Anstellung, solange ich keinen Pass habe. Ich kann kein Geld verdienen, Mischa und ich liegen meiner Freundin und ihrer Schwester auf der Tasche.«

»Das ist nicht gut«, sagt Anna Karlowa, und sie kaut eine Weile, weil sie nachdenken muss. Dann schaut sie Swetlana mit ihren hellen Augen an. Augen, in denen nur noch wenig Sehkraft ist und die doch voller Leben sind.

»Weißt du, was ich glaube, Mädelchen? Die denken, dass du eine Spionin der Deutschen bist. Deshalb dauert es so lange. Weil sich der Geheimdienst eingemischt hat. So sind sie, die Russen. Misstrauisch. Und es wird immer schlimmer …«

»Aber das ist doch völliger Blödsinn!«, regt Swetlana sich auf.

Die alte Frau kichert vor sich hin, dann verschluckt sie sich und muss husten. Der Teller hüpft auf ihrem Bauch, und Swetlana eilt herbei, um die restlichen Brotstückchen zu retten.

»Bist ein gutes Mädelchen … Weiß gar nicht, was ich ohne dich täte … Stell nur wieder hin, jetzt hab ich genug gehustet …«

Swetlana geht täglich morgens und abends für jeweils eine Stunde hinauf zu Anna Karlowa, um ihr etwas zu essen zu machen und die Wohnung in Ordnung zu halten. Am Abend hilft sie der alten Frau beim Zu-Bett-Gehen, meist sitzt sie dann noch ein Weilchen bei ihr und liest ihr aus der Bibel vor. Es ist eine deutsche Familienbibel, die der Urahne einst mit nach Russland genommen hat und die durch alle Wirrnisse und Verfolgungen gerettet wurde. Vorn stehen die Namen aller Familienmitglieder drin, die Eheschließungen, die Kindstaufen, die Sterbedaten. Anna Karlowa kann die Bibel selbst nicht mehr lesen, ihre Augen sind zu schwach. Darum ist sie so froh, dass Swetlana ihr daraus vorlesen kann, denn Swetlana kann Deutsch sprechen und auch lesen.

»Ich gehe jetzt wieder hinunter«, sagt Swetlana. »Will noch rüber zur Baranowa.«

Die Baranowa wohnt mit ihrem Sohn im ersten Stock in einer Vierzimmerwohnung, sie ist wohlhabend, hat eine gute Position in einem Betrieb, auch den Sohn, der etwas dümmlich ist, hat sie dort untergebracht. Swetlana putzt zweimal in der Woche ihre Wohnung. Viel bekommt sie nicht dafür, aber es ist besser als gar nichts.

»Da nimm den Deckel von der blauen Dose, Mädelchen. Nun mach schon. Sind drei Rubelchen drin, einer davon ist für dich …«

Swetlana weigert sich. Von Anna Karlowa, die selber so wenig hat, will sie kein Geld nehmen.

»Nun nimm schon. Hat der Wladimir gestern gebracht, morgen will er wiederkommen, mein Söhnchen ...«

Wladimir erscheint in unregelmäßigen Abständen bei seiner Mutter, bringt ihr Geld, trinkt mit ihr Tee und verschwindet wieder. Was er beruflich macht und woher das Geld stammt, hat Anna Karlowa ihr nie erzählt. Swetlana fischt einen Rubelschein aus der blauen Keramikdose und steckt ihn ein.

»Ich kaufe dafür ein und mache euch morgen Soljanka ...«

»Aber nur wenn du mit uns isst, Mädelchen ... Du und dein Mischa ...«

»Mal sehen ...«, ruft Swetlana und läuft die Treppen hinunter. Die Baranowa wartet schon an der Wohnungstür, sie gibt Swetlana niemals einen Schlüssel, sondern lässt sie höchstpersönlich in die Wohnung, um ihr noch verschiedene Anweisungen zu geben. Wenn Swetlana mit Putzen fertig ist, muss sie die Tür hinter sich ins Schloss ziehen.

»Hinten in der Kammer sind Spinnen, die machst du weg. Und pass auf, dass du auf dem Schreibtisch nichts durcheinanderbringst, wenn du Staub wischst. Den bunten Teppich trägst du nach unten und klopfst ihn aus ...«

Swetlana hasst diese fette Person mit den rot gefärbten Haaren, die sich die winzigen Schweinsäuglein immer kohlschwarz umrandet, weil sie sonst in ihrem feisten Gesicht untergehen würden. Sie hat den Kommandoton an sich, den Swetlana aus dem deutschen Arbeitsdienst kennt. Da gab es auch solche Megären, die Freude daran hatten, andere Frauen zu erniedrigen. Vor allem solche, die jünger und hübscher waren als sie selbst. Wenn Swetlana nicht so dringend Geld brauchte, würde sie der Baranowa gern mal die Meinung sagen. Oder ihr einen festen Tritt in ihren prallen Hintern verpassen.

»Und ich will auf dem polierten Tisch kein Stäubchen sehen!«

Teure Möbel hat sie. Und ganz sicher kommen die nicht

aus Russland, der Schreibtisch ist auf jeden Fall aus England, das hat sie selbst einmal gesagt. Beziehungen sind alles, wer die hat, der kann sich etwas leisten. Und die Baranowa hat sie. Swetlana rollt den Teppich zusammen und schleppt ihn nach unten, Dort lässt sie ihren Zorn daran aus, klopft darauf herum, dass die Staubwolken zum blauen Himmel emporwallen. Oben hat sie die Fußmatte in die Tür geklemmt, damit sie nicht zufällt. Jetzt die Böden wischen, die Spinnen in der Kammer beseitigen, dann aufräumen und Staub wischen. Die Arbeit ist stupide, geht ihr aber leicht von der Hand. Es ist viel besser, etwas zu tun zu haben, als untätig herumzusitzen und vom Geld der Freundin zu leben. Sie denkt darüber nach, ob Anna Karlowa mit ihrer Vermutung recht haben könnte. Hält man sie tatsächlich für eine deutsche Spionin? Dauert es deshalb so lange, bis man ihr endlich einen Pass ausstellt? Es ist scheußlich, so zu leben. Nicht arbeiten zu können, nicht dazuzugehören, eine Fremde in ihrer Heimat zu sein. Ach, sie hatte sich so auf Smolensk gefreut, ihr Zuhause! Hier wollte sie ein neues, das richtige Leben beginnen. Aber wie es scheint, will ihre Heimat sie gar nicht haben.

Sie wirft noch einen Blick in die Runde, geht durch alle Zimmer, rückt dies und das zurecht, dann nimmt sie die Kopeken an sich, die abgezählt für sie auf der Kommode liegen, und zieht die Tür hinter sich zu.

Unten hat Jekaterina einen Eintopf aus Kochfleisch, Kartoffeln und Rüben zubereitet. Dazu trinken sie Apfelsaft, den sie mit Wasser verlängern. Er stammt aus dem kleinen Garten am Stadtrand, den Natalja bisher allein bewirtschaftet hat. In diesem Jahr haben sie dort zu dritt gepflanzt und gejätet. Natalja ist zwei Jahre älter als Jekaterina und sieht ihr sehr ähnlich. Sie arbeitet in einem der vielen staubigen Büros der Stadtverwaltung, wo sie irgendwelche Bescheinigungen ausstellt. Mit dem Amt, das die Pässe ausstellt, hat sie nichts zu tun, und sie kennt dort leider auch niemanden. Tatsache aber ist, dass man sich in Swetlanas Fall jede Menge Zeit lässt.

»Es geht alles seinen Gang, Swetlana«, sagt Natalja. »Die Reihenfolge muss eingehalten werden, verstehst du? Einer nach dem anderen, niemand wird vergessen.«

Inzwischen glaubt Swetlana nicht mehr so recht an diese Versicherung. Jekaterina und Natalja sind liebenswerte Menschen – aber die alte Anna Karlowa kennt das Leben. Sehr wahrscheinlich hat sie recht mit ihrer Vermutung. Swetlana schweigt darüber, weil sie den Freundinnen nicht wehtun will. Sie ist den beiden Schwestern unendlich dankbar. Ohne Umschweife haben sie sie und Mischa bei sich aufgenommen, ihr nie ein böses Wort gesagt, auch wenn es eng in der Zweizimmerwohnung ist und Swetlana nur wenig zur Haushaltskasse beitragen kann. Jekaterina und Natalja sind freundliche, sanfte Mädchen, die gealtert sind, bevor sie jung waren. Kein Mann hat sich je für die unscheinbare Natalja interessiert, und auch Jekaterina wird vermutlich unverheiratet bleiben. Umso eifriger kümmern sich beide um den sechsjährigen Mischa, sie füttern ihn, nähen und stricken für ihn, spielen mit ihm Karten und erlauben, dass er sich unter dem Tisch aus Kissen und Decken eine »Höhle« baut.

Seit einigen Wochen geht Mischa in die Schule, das wurde immerhin geregelt, auch wenn seine Mutter immer noch keinen Pass der UdSSR besitzt. Mischa geht nicht gern in die Schule, jeden Morgen denkt er sich neue Gründe aus, um daheim bleiben zu dürfen, aber Swetlana ist unerbittlich. Ihr Sohn soll hier aufwachsen, die Schule durchlaufen und einen Beruf erlernen. Er soll ein echter Russe werden, und seinen deutschen Vater soll er vergessen. Was aus ihr selbst wird, ist zweitrangig, wichtig ist nur Mischas Zukunft. Wenn sie es schafft, den Sohn auf einen guten Weg zu bringen, wird sich gewiss auch für sie selbst ein Platz im Leben finden.

Jekaterina hat die Portionen für Natalja und Mischa schon beiseite gestellt, denn die beiden kommen erst am späten Nachmittag nach Hause. Sie selbst ist ebenso wie Swetlana noch ohne Arbeit, sie führt den Haushalt und kümmert sich um den Garten.

»Es wird sich schon etwas ergeben«, sagt sie immer.

Swetlana wundert sich oft über die beiden Schwestern, die sich so bereitwillig in ihr Schicksal fügen und darauf vertrauen, dass der Staat für sie sorgen wird. Sie selbst besitzt dieses Vertrauen nicht, was ihr Leben nicht gerade erleichtert, denn sie macht sich täglich neue Sorgen. Eine Spionin. Warum ist sie nicht gleich darauf gekommen? Das passt genau ins Bild. Deshalb hat man ihr so seltsame Fragen gestellt, als sie den russischen Pass beantragte. Sie haben die Papiere, die man ihr in Deutschland ausgestellt hat, einbehalten, sodass sie und Mischa momentan überhaupt keine Ausweisdokumente besitzen.

Jekaterina füllt ihr den Teller mit Eintopf und lächelt dabei. Sie ist glücklich und zufrieden mit ihrem momentanen Leben; sie hat ihre Schwester und ihre einzige Freundin bei sich, dazu den kleinen Mischa, für den sie wie eine Mutter sorgen kann.

»Schmeckt es dir?«, fragt sie. »Ich hab Petersilie aus dem Garten hineingetan. Und auch die Rüben und Zwiebelchen …«

Swetlana hat den Geschmack kaum wahrgenommen, weil sie in ihre Gedanken versunken ist. Jetzt bekommt sie ein schlechtes Gewissen, weil sich Jekaterina doch immer solche Mühe mit dem Kochen gibt.

»Es schmeckt wunderbar. So richtig nach eigenem Garten …«

Jekaterina freut sich über das Lob. Sie erzählt, dass die Rüben nun bald aus der Erde müssten und dass sie noch einmal Radieschen geerntet hätte. Auch mit den Birnen schaue es gut aus, und der Apfelbaum hinge voller Früchte.

»Wenn es nur noch einmal regnet«, schwatzt sie weiter. »Die

Erde ist viel zu trocken, immer muss man gießen, die Zisterne ist schon fast …«

Sie unterbricht sich, weil es an der Wohnungstür läutet. Jekaterina steht auf, um zu öffnen. Vermutlich ist es Warwara Iwanowa, die Nachbarin von gegenüber, die sich ein Ei oder etwas Tee pumpen will. Zurückgegeben hat sie noch nie etwas, die geizige Person, aber Jekaterina und ihre Schwester sind gutmütige Menschen.

Vor der Wohnungstür steht jedoch nicht Warwara Iwanowa, das hört Swetlana sofort. Es ist eine Kinderstimme, die ganz aufgeregt irgendetwas erzählt, was Swetlana nicht verstehen kann. Gleich darauf wird die Tür wieder geschlossen, und Jekaterina kommt zurück in die Küche. Ihrem Gesicht nach ist irgendetwas geschehen, womit sie nicht gleich herausrücken mag.

»Iss in Ruhe zu Ende, Swetlana«, sagt sie. »Danach musst du in die Schule laufen, es ist etwas mit Mischa.«

»Mit Mischa? Was ist mit ihm?«

»Das hat die Kleine nicht gesagt. Reg dich nicht auf. Er wird irgendwas angestellt haben. Wie die Buben nun mal sind …«

Swetlana legt den Löffel hin, der Appetit ist ihr vergangen. Sie springt auf und zieht den Mantel an, die Schuhe. Mischa. Etwas mit ihm ist nicht in Ordnung. Ihr Herz klopft so heftig vor Aufregung, dass ihr ganz schwindelig ist.

»Ich esse später fertig …«

Draußen regnet es, ein sanfter Spätsommerregen, der der Natur wohltut, aber unangenehm feucht in den Stoff ihres Mantels einsickert. Die Schule ist nicht weit, zwei Querstraßen nur, Mischas Schulweg dauert nur zehn Minuten. Sie geht über den stillen Schulhof, betritt das Gebäude und vernimmt das summende Geräusch, das entsteht, wenn die Kinder im Chor Sätze nachsprechen müssen.

Der Hausmeister hat schon auf sie gewartet. »Genossin Kovaleva?«

»Das bin ich. Was ist mit meinem Sohn?«

»Er hatte einen Unfall.«

Der Boden unter ihren Füßen will sich auftun. Mischa ist tot. Von einem Auto überfahren. Auf der Treppe gestürzt und das Genick gebrochen …

»Kommen Sie mit.«

Er geht voraus durch einen schmalen Gang, öffnet eine Tür, da liegt Mischa auf einer Pritsche. Das blonde Haar steht ihm vom Kopf ab, an Wange und Stirn hat er weiße Mullverbände.

»Ist er …« Swetlanas Stimme versagt, sie kann die Frage nicht aussprechen.

Der Hausmeister begreift, was sie sagen will, und versucht, sie zu beruhigen. »Er hat Pech gehabt, Genossin. Es gab eine Prügelei, wie das bei Jungen manchmal vorkommt, und es hat ihn erwischt.«

Auf Zehenspitzen nähert sie sich der Pritsche, berührt Mischas Wange, fühlt seinen Puls, streichelt sein verwuscheltes Haar. Er bewegt sich nicht. Liegt mit geschlossenen Augen und entspannten Gesichtszügen da wie ein kleiner Engel.

»Er ist bewusstlos. Was haben sie mit ihm gemacht?«, regt sie sich auf.

Dem Hausmeister ist die Sache sichtlich unangenehm. Eine Lehrerin hat in der Pause die Aufsicht gehabt, aber sie hat nicht rechtzeitig eingegriffen, auch er selbst ist zu spät gekommen.

»Wie kann so etwas in einer Schule passieren?«, schimpft sie. »Er ist bewusstlos! Er muss in eine Klinik gebracht werden. Wollen Sie, dass er stirbt? Warum tun Sie nichts?«

Sie ist außer sich. Fasst den Mann bei seinem Kittel, krallt sich fest, rüttelt ihn so lange, bis er sie zurückstößt.

»Lassen Sie das, Genossin. Er war vorhin ja noch bei Bewusstsein. Ich gehe hinauf und rufe eine Klinik an. Bleiben Sie hier. Und nehmen Sie sich zusammen.«

Er läuft davon, und sie geht zurück zu ihrem Sohn, streichelt ihn, spricht leise mit ihm, ruft seinen Namen, fühlt immer wieder seinen Puls, der sehr rasch, aber regelmäßig geht.

»Sie kommen mit einem Krankenwagen«, wird ihr verkündet.

Eine Ewigkeit sitzt sie neben dem bewusstlosen Jungen, kühlt seine Stirn, reibt die Pulsadern, redet auf ihn ein, beobachtet voller Angst seine zitternden Augenlider. Dann wieder geht sie wie ein eingesperrtes Tier in dem winzigen Raum auf und ab, schaut aus dem kleinen Fensterchen auf den gepflasterten Pausenhof, wo jetzt die Kinder fröhlich umherlaufen, Hüpfspiele machen, in Grüppchen stehen und schwatzen. Eine Prügelei, wie sie unter Jungen vorkommt, hat er gesagt. Da draußen auf dem Hof sind alle Kinder manierlich, sie spielen und lärmen, aber sie prügeln sich nicht.

Dann, endlich, kommt der Krankenwagen, ein klappriges Fahrzeug, das offensichtlich noch aus Armeebeständen stammt, und sie tragen Mischa fort. Zuerst will man sie nicht mitnehmen, aber als sie wütend wird und zu toben beginnt, darf sie doch einsteigen. Sie hockt auf einem Notsitz, kann Mischa nicht sehen, dafür hört sie die Gespräche, die der junge Sanitäter mit dem Fahrer führt. Es geht um das Wochenende, der Sanitäter will mit seiner Freundin hinaus an einen See fahren und zelten, der Fahrer hat ein Gartenhaus, wo er am Sonntag mit Freunden zusammen seinen Geburtstag feiern will. Ob sich jemand um Mischa kümmert, weiß sie nicht. Alles kommt ihr vor wie ein Albtraum, aus dem sie gleich erwachen wird. Wie kann so etwas sein? Heute früh hat sie Mischa noch ausgeschimpft, weil er beim Frühstücken getrödelt hat, hat ihn gedrängt, nun endlich loszugehen, damit er nicht zu spät kommt. Ihr fällt ein, dass Mischa sich über seine Mitschüler beklagt hat, auch über die Lehrer, die ihm vorwerfen, ein schlechtes Russisch zu sprechen.

»Nazi sagen sie zu mir. Faschist. Dreckiger Deutscher …«

»Lass sie reden und kümmere dich nicht darum«, hat sie ihm geantwortet.

Sie hat ihn in die Schule geschickt, weil sie darauf vertraute, dass er dort gut aufgehoben ist. Aber das war ein Irrtum. Sie haben ihn bewusstlos geschlagen, und die Lehrerin hat ihm nicht helfen können. Oder sie wollte ihm nicht helfen – wer kann das so genau wissen? Swetlana sitzt eine endlose Zeit in einem grauen Flur und wartet, Mischa wird von Ärzten untersucht und behandelt, niemand kümmert sich um sie, niemand will ihr Auskunft geben. Sie klopft an Türen, wird unwirsch zurückgewiesen, sie beharrt, wird zornig, sie sei die Mutter, sie müsse wissen, was mit ihrem Sohn ist, sie hat ein Recht darauf. Sie nehmen ihre Personalien auf, wollen ihre Papiere sehen und schauen sie misstrauisch an, als sie erklärt, noch keinen Pass zu haben. Aus Deutschland – aha. Sie wurde verschleppt – soso. Und der Vater des Kindes? Ein Deutscher. Ach!

»Warten Sie draußen, Genossin. Der Arzt wird mit Ihnen sprechen.«

»Ich will zu meinem Sohn!«, schimpft sie. »Ich will ihn sehen!«

»Er ist jetzt in Behandlung. Wenn Sie weiter so schreien, müssen wir die Polizei holen und Sie abführen lassen, Genossin!«

Sie beruhigt sich, hockt zusammengekrümmt auf einem Stuhl im Flur und wartet. Irgendwann kommt Jekaterina, umarmt sie, weint mit ihr, bringt ihr Tee und Brot, damit sie etwas zu sich nimmt. Als Swetlana nicht zurückkam, ist sie zur Schule gelaufen und hat alles erfahren. Sie hat Natalja einen Zettel hingelegt und ist mit dem Bus zur Klinik gefahren, um Swetlana beizustehen.

Endlich ruft man sie ins Behandlungszimmer. Der junge Arzt bittet sie, Platz zu nehmen, und erklärt, dass Mischa eine Gehirnerschütterung und mehrere Prellungen erlitten hat. Der linke Arm ist gebrochen, man hat den Bruch gerichtet und geschient.

»Er ist wieder bei Bewusstsein – Sie können jetzt zu ihm. Aber nur zehn Minuten.«

Mischa sieht erschreckend zart und bleich aus zwischen den weißen Laken. Sein Kopf ist jetzt verbunden, der linke Arm angewinkelt und eingegipst. Der Junge schaut mit weit offenen Augen an die Zimmerdecke, doch als Swetlana ihn anspricht, gibt er ihr Antwort.

»Hast du Schmerzen, Mischa?«

»Nein, Mama.«

»Bald bist du wieder gesund.«

»Sie haben gesagt, du wärst eine Deutschenhure, Mama. Aber das ist nicht wahr, oder?«

»Nein, das ist eine gemeine Lüge.«

»Ich schlage sie alle tot, wenn sie dich beleidigen.«

»Schlaf jetzt, Mischuschka. Morgen bin ich wieder bei dir.«

Schweigend sitzt Swetlana neben Jekaterina im Bus. Als sie nach Hause kommen, wartet Natalja schon ungeduldig, aus Jekaterinas Zettel ist sie nicht schlau geworden. Swetlana kriecht in ihr Bett, sie will allein sein, überlässt es Jekaterina, der Schwester zu erzählen, was geschehen ist. Während drüben die beiden Frauen leise und aufgeregt miteinander flüstern, sitzt Swetlana in ihrem Bett, umklammert die angezogenen Knie mit den Armen und grübelt.

Es ist alles meine Schuld, denkt sie. Warum habe ich mich mit einem Deutschen eingelassen? Andere sind vergewaltigt worden, da ist es nicht ihre Schuld, wenn sie schwanger werden. Aber ich habe es freiwillig getan, weil er mir gefallen hat, weil ich mich nach einem Mann gesehnt habe. Und nun muss mein Kind dafür so bitter bezahlen.

Vor Erschöpfung schläft sie ein, verbringt eine unruhige Nacht voller schlimmer Träume und erwacht vor Tagesbeginn. Es ist noch dunkel, aber drüben im Badezimmer rauscht Wasser, weil Natalja aufgestanden ist und sich für die Arbeit fertig macht. In Swetlanas Kopf ist über Nacht ein Entschluss gereift, er steht jetzt vor ihr, so fest und unumstößlich, dass sie selbst darüber verwundert ist.

In diesem Land will sie nicht bleiben. Man hat ihr Kind fast totgeschlagen, vielleicht wird Mischa einen lebenslangen Schaden davontragen. Dieses Land kann nicht mehr ihre Heimat sein.

Sie sagt Jekaterina nichts von diesem Entschluss, weil sie selbst noch nicht weiß, wie sie ihn umsetzen soll. Nur der alten Anna Karlowa erzählt sie davon, als sie ihr aus dem Bett hilft und ihr ein Frühstück zubereitet. Die alte Frau schlägt die Hände über dem Kopf zusammen, als sie von Mischas Unglück hört, dann sagt sie schlicht und einfach: »Fahr zurück nach Deutschland, Swetlana. Was willst du hier? Ihr werdet immer fremd sein, euer Schicksal hängt an euch wie ein Schatten. Und glaub mir, Swetlana, es ist nicht gut, als Fremde in einem Land zu leben. Ich weiß, wovon ich rede.«

Swetlana versteht. Sie versteht noch ein wenig mehr, als die alte Frau ihr sagen kann. Sie weiß, dass sie nun überall fremd sein wird, ganz gleich, wohin sie geht. Hier in Smolensk und auch in Deutschland.

»Warte, bis Mischa wieder gesund ist«, rät ihr Anna Karlowa. »Dann macht ihr euch auf die Reise.«

Ach, die gute Alte. Sie hat wohl selbst Sehnsucht nach dem Land, aus dem ihr Urgroßvater einst ausgewandert ist. Aber inzwischen ist der »Eiserne Vorhang« gefallen, so einfach ist das nicht mit einer Einreise nach Deutschland. Schon gar nicht, wenn man keine Papiere besitzt.

»Ich werde mit Wolodja reden«, sagt Anna Karlowa, während sie ihren Tee schlürft. »Er kann dir helfen, mein Söhnchen.«

»Wie sollte er mir helfen?«

Die alte Frau stellt die Teetasse mit zitternder Hand auf dem Tisch ab. Sie lächelt vor sich hin. Ein seltsam zufriedenes, ein wenig verschlagenes Lächeln, das Swetlana noch nie an ihr gesehen hat.

»Mein Wolodja ist ein Künstler«, sagt sie mit Stolz. »Bilder hat er gemalt, auf der Akademija ist er gewesen, aber dann haben sie ihn fortgejagt und gesagt, er ist ja ein Deutscher. Seine Kunst hat er jedoch nicht vergessen, er ist ein Meister, Swetlana. Ein großer Meister!«

»Wie schön«, meint Swetlana und schaut auf die Uhr, weil sie in die Klinik zu Mischa fahren will. »Dann hast du ja einen begabten Sohn, Anna Karlowa.«

»Den habe ich, Mädelchen. Er wird dir einen Pass machen. Einen deutschen Pass wird er für dich herstellen. Damit könnt ihr nach Deutschland reisen.«

HILDE

Wiesbaden, Juni 1951

Hilde ist eine Kämpferin, keine Frage. Sie lebt auf, wenn sie Widerstände spürt, wenn sie sich reiben kann, wenn sie sich durchsetzen muss. Aber momentan kommt es einfach zu dick, da hat sie oft das Gefühl, gegen die berühmten Windmühlen zu reiten.

Schon am frühen Morgen geht es los. Da nutzt ihr Liebster die morgendliche Zweisamkeit, um seinen Wünschen Nachdruck zu verleihen. Nach dem Motto: Steter Tropfen höhlt den Stein.

»Weißt du, was, ma petite colombe? Deinem Vater gefällt meine Idee, er hat gesagt, wir sollen das Gut kaufen. Er liebt den Rheingau und auch den guten Wein …«

Gerade eben lagen sie in zärtlicher Umarmung, haben den frühen Morgen zu einer kurzen Liebesbegegnung genutzt – jetzt ist Hildes Leidenschaft schlagartig abgekühlt. Schon wieder dieses Thema! Kann er sie nicht endlich damit in Ruhe lassen?

»Papa würde auch das Biebricher Schloss kaufen, wenn du es ihm schmackhaft machst, Jean-Jacques. Aber er hätte keine Ahnung, wie er das Geld dazu auftreiben sollte.«

Listig schlingt er noch einmal den Arm um sie, küsst sie in die Halsbeuge, wo sie so empfindlich ist.

»Dein Bruder Wilhelm hat mit seinem Kollegen gesprochen. So eine Chance kommt nie wieder, hat er gesagt. Jamais!«

Hilde stöhnt auf und macht sich von ihm los. Wilhelm, der ist doch genau so ein Luftikus wie Papa. Tolle Ideen im Kopf, aber die Füße nicht auf dem Boden.

»Tous les gens, die am Abend aus dem Theater kommen«, redet Jean-Jacques weiter. »Die wollen noch ein Glas Wein trinken. Un bon vin. Von unserem eigenen Weingut. Ich sehe schon das Schild an der Tür, ma chérie. ›Auserlesene Weine aus eigener Herstellung‹.«

»Woher weißt du, dass dieses Weingut überhaupt mit einem anständigen Tropfen aufwarten kann?«

»Parce que c'est moi qui le fait. Weil ich den Wein mache.«

Sie dreht die Augen zur Zimmerdecke und steigt aus dem Bett. Das fehlte gerade noch, dass ihr Eheliebster Wochen und Monate in Eltville auf seinem Weingut zugange ist und sie das Café alleine schmeißen muss. O nein, sie braucht ihn hier an ihrer Seite, die verrückte Idee mit dem Weingut soll er nur schnell vergessen.

»Ich mag jetzt nichts mehr davon hören, Jean-Jacques. Wir haben wirklich andere Sorgen.«

Die Zwillinge sind längst aus ihren Betten und wieder einmal in Nachthemden hinunter zu den Großeltern gelaufen, weil sie dort mit Kuchen zum Frühstück verwöhnt werden. Mama nimmt immer die Kuchenreste aus dem Café mit hinauf, um daraus Schokoladenkugeln oder Rumkugeln herzustellen. Damit nur ja nichts umkommt. Hilde trinkt nur rasch einen Kaffee, dann geht sie mit der Mutter hinunter, um die Drehtür des Café Engel zu entriegeln. Addi ist schon dabei, draußen die Tische und Stühle aufzubauen, die sie am Abend im überdachten Durchgang zum Treppenhaus unterstellen. Hilde mustert den Sommerhimmel mit kritischem Blick: Graue Wolken ziehen vor der Sonne vorüber, es ist noch nicht entschieden, ob es heute ein Sonnentag oder ein Regentag werden will. Vielleicht auch beides, bei einem Regenschauer müssen sie in aller Eile die Sonnenschirme wegräumen und die Tischdecken retten.

Unfassbar! Drüben bei König sitzen schon Gäste an den Tischen und nehmen ihr Frühstück ein. Hilde versteht die Welt nicht mehr. Es ist fünf Minuten vor neun. Beide Cafés öffnen doch pünktlich um neun Uhr.

»Hast du gesehen?«, sagt Addi, der drei Sonnenschirme heranschleppt. »Die machen jetzt schon um acht auf.«

Wieder so eine hinterhältige Bosheit von diesem Mayer-Schulte. Macht einfach eine Stunde früher auf. Jetzt, im Sommer, scheint um acht schon die Sonne, da fängt er ihnen die Frühstücksgäste weg.

Addi hat spioniert, er weiß noch mehr zu berichten.

»Und sie haben jetzt auch ein kleines Frühstück für neunzig Pfennige auf der Karte. Da sind sogar ein Scheibchen Wurst und Käse dabei.«

»Das rechnet sich doch gar nicht!«, wundert sich Hilde.

Addi zuckt die Schultern und stellt die Schirme auf. Hilde beeilt sich, die Tischdecken, Speisekarten und Aschenbecher zu holen. Wahrscheinlich sparen die drüben am Kaffee, kochen eine dünne Plempe, sodass sie noch ein mageres Scheibchen Wurst und Käse dazugeben können. Sie muss gleich mit Mama reden, so geht das nicht weiter. Mama kocht einen Kaffee, in dem der Löffel stehen bleibt; das kostet einen Haufen Geld, und die Kunden bekommen den Herzkasper davon.

Finchen erscheint zur Arbeit, gut gelaunt und frisch onduliert wie immer. Sie geht in die Küche, um dort die weiße Schürze um die umfangreiche Taille zu binden und das Häubchen zu stecken. Über die neuesten Bosheiten des Herrn Mayer-Schulte ist sie bereits im Bilde, sie hat unterwegs eine Freundin getroffen, die es ihr brühwarm erzählt hat.

»Und stellt euch nur vor, da sitzt doch die Jenny Adler mit dem Alois Gimpel ganz fröhlich unter einem roten Sonnenschirm beim Frühstück.«

Alois Gimpel ist Korrepetitor und zweiter Kapellmeister drüben am Theater und seit einiger Zeit mit der Sopranistin Jenny Adler liiert. Bisher zählten sie zu den treuesten Gästen des Café

Engel, aber wie es scheint, haben sie sich nun anders orientiert. Mama tut einen tiefen Seufzer. Hildes Vorschlag, den Kaffee dünner zu kochen, lehnt sie kategorisch ab.

»Hier im Café Engel gibt es einen anständigen Kaffee, Hilde. Das haben meine Eltern schon so gehalten, und das wird so bleiben, solange ich hier noch etwas zu sagen habe.«

Finchen stimmt ihr eifrig zu. Ein guter Kaffee sei ein Aushängeschild, das wüssten die Gäste zu schätzen, und wem der Kaffee zu stark ist, der kann ja ein Kännchen Wasser dazubestellen.

»Auf diese Weise verkaufen wir die doppelte Menge Kaffee fürs halbe Geld!«, stöhnt Hilde.

Aber gerade jetzt kommt Papa die Treppe herunter, und natürlich stärkt er die Position der Gegenpartei. Das Café Engel steht für einen guten Kaffee, das war immer so. Jean-Jacques geht durch die Küche und nickt freundlich in die Runde, er hat heute wenig Lust, seiner Ehefrau beizustehen, auch wenn er ihrer Meinung ist. Stattdessen nimmt er den Einkaufszettel, den Mama gestern geschrieben hat, und macht sich auf den Weg.

Die Zwillinge kommen in Nachthemden herunter, Hilde packt ihre Jungen mit raschem Griff und eilt mit ihnen nach oben. Waschen und Zähneputzen ist angesagt, Haarekämmen, Anziehen. Erst dann darf im Hof gespielt werden. Nachher kommt Luisa und geht mit ihnen auf den Spielplatz.

»Mama, der Andi hat den Ball aufs Dach geschossen.«

»Was für ein Dach?«

»Na, das von drüben … von dem Schuppen …«

Der Schuppen gehört zum Café König, dort stellen die Nachbarn immer ihre Klapptische und -stühle unter. Ausgerechnet dorthin musste Andi, dieser Unglückswurm, den Fußball befördern!

»Wartet, bis der Papa wiederkommt, der holt ihn euch herunter.«

Unten im Café warten sie noch auf die ersten Gäste. Papa regt sich über den neuesten Coup der Konkurrenz auf, dann lobt er den Glaser, der eine neue Scheibe ins Kuchenbuffet eingepasst hat, die viel schöner und klarer sei als die alte. Anschließend vertieft er sich ins »Wiesbadener Tagblatt« und lässt sich einen Kaffee servieren. Papa ist ein Gemütsmensch, er regt sich auf, jammert ein wenig, dann beruhigt er sich wieder und vertraut darauf, dass schon alles so weitergehen wird wie gewohnt. Hilde verteilt Blumenvasen mit frischen Rosen auf den Tischen, trägt drei davon nach draußen, stellt sie auf die Klapptische und schielt hinüber zur Konkurrenz. Dort sitzen schon mindestens zehn … nein, sogar dreizehn Gäste an den Außentischen. Liegt das am aufdringlichen Knallrot der Sonnenschirme, dass die Gäste davon angezogen werden? Jetzt kommt schon wieder ein älteres Ehepaar und setzt sich an einen Tisch des Café König. Dabei haben die nicht mal Blumen auf den Tischen stehen, dafür aber bunte Reklameblätter. Hilde geht unauffällig zu einem rot beschirmten Tisch und schaut sich das gedruckte Blatt an.

»Freitagnachmittag treten bei uns wieder die Zigeunergeiger auf«, ruft jemand zu ihr herüber. »Schauen Sie doch mal rein, Frau Perrier.« Egon Mayer-Schulte steht drei Tische entfernt von ihr und schaut mit süffisanter Miene zu, wie sie spioniert.

Sie zwingt sich zu einem Lächeln. »Das würde ich ja gerne tun, aber leider ist bei uns im Café so viel los, dass ich wohl keine Zeit dazu finden werde …«

Wie sie diesen geschniegelten und gebügelten Menschen hasst. Immer im dunklen Anzug mit Fliege, das Haar perfekt geschnitten und zurückgekämmt – vermutlich klebt er es mit Pomade am Kopf fest. Silbergraue Schläfen und ein dunkles Oberlippenbärtchen – ein richtiger Gigolo. Im Winter haben sie immer Tanzabende veranstaltet, das ist für sie gar kein Problem, weil sie genügend Platz haben. Bei König können locker zehn bis fünfzehn Paare gleichzeitig auf der Tanzfläche schwofen – im Café Engel ist es schon mit fünf Paaren zu eng, deshalb haben sie die Tanznachmittage aufgegeben.

Hilde rückt die Blumenvasen zurecht und schaut noch einmal über die Wilhelmstraße, ob nicht doch noch Gäste auf das Café Engel zusteuern – aber es sieht nicht danach aus. Resigniert kehrt sie ins Café zurück, wo Finchen sich zu ihrem Chef an den Tisch gesetzt hat, um einen Blick in die Zeitung zu werfen. Mama ist in der Küche und dekoriert die Schoko-Sahnetorte. Hoffentlich verkaufen sie die heute noch – bei diesem Wetter halten sich die Sahnetorten in der Vitrine nicht lange. Weil sie keine Kühlung hat, das antike Stück.

Gegen halb elf trudeln die ersten Gäste ein, der Hans Reblinger mit dem Zeitungsschreiber Sigmar Kummer. Sie setzen sich nach drinnen, weil es ihnen heute draußen zu warm ist. Auch die Karin Langgässer ist mit einer Kollegin gekommen, später taucht auch noch Julia Wemhöner mit der jungen Claudia Breimann auf, die vor einem halben Jahr neu in der Theaterschneiderei angefangen hat. Aber viele andere Angestellte vom Theater gehen jetzt zu König hinüber, weil die auch Suppen und kleine Gerichte anbieten. Das will Mama nicht, weil dann die Marlene auch vormittags kommen müsste.

Ach, sie machen es ihr wirklich schwer. Papa schwatzt mit dem Hans Reblinger, Mama bastelt an ihren Torten herum, Finchen bedient zwei junge Frauen, die draußen sitzen und Coca-Cola trinken. Alle sind glücklich, die Sonne scheint, im Kino gibt es »Tarzan«, und im Kurpark finden wieder regelmäßig Kurkonzerte statt. Im Café Engel scheint die Welt in Ordnung. Nur Hilde läuft mit unzufriedenem Gesicht herum, weil sie weiß, dass sie, wenn es so weitergeht, über kurz oder lang in den roten Zahlen sein werden. Das Café muss acht Personen ernähren, dazu sind drei Angestellte zu bezahlen, auch wenn die nur stundenweise arbeiten.

»Ich möchte, dass wir uns heute Nachmittag zusammensetzen und über die Zukunft des Café Engel beraten«, sagt sie zu ihrer Mutter.

»Was gibt es denn da zu beraten, Hilde?«, wundert sich Mama.

»Eine ganze Menge!«

Mama hält gar nichts davon. Da geht es doch sicher wieder um die Neuerungen, die Hilde einführen will, und darüber mag sie nicht schon wieder streiten. Und der Papa auch nicht.

Aber Hilde lässt nicht locker, das tut sie niemals, und ihre Mutter weiß das. »Ich werde mich mit August und Wilhelm auf jeden Fall zusammensetzen, und Jean-Jacques wird auch dabei sein«, sagt sie kühl. »Papa und du – ihr seid herzlich eingeladen, ebenfalls eure Meinung kundzutun.«

Mama ist fassungslos über diese Zwangsmaßnahme. So geht das mit den Kindern. Erst zieht man sie mühsam groß, füttert und wickelt sie, schickt sie in die Schule, bezahlt ihnen die Ausbildung … Und dann wachsen sie einem plötzlich über den Kopf. Da will das Ei klüger sein als die Henne!

Hilde ist wild entschlossen, einen neuen Vorstoß zu unternehmen. Während sie das Mittagessen zubereitet – Blumenkohl, Kartoffeln und Bratwürste –, legt sie sich im Kopf schon mal einen Plan zurecht: Die grundlegenden Dinge müssen geregelt werden – der Kleinkram ergibt sich dann von selbst.

Während Blumenkohl und Kartoffeln vor sich hin garen, geht sie rasch hinunter in die Wohnung der Eltern und klopft an Augusts Zimmertür. »Ja?«, sagt er mit heiserer Stimme und räuspert sich. Hat er noch geschlafen? Um halb zwölf Uhr mittags?

»Darf ich reinkommen? Ich muss etwas mit dir besprechen …«

»Moment …«

Sie hört, dass er aus dem Bett aufsteht und im Zimmer herumläuft, vermutlich zieht er sich rasch etwas über, weil es ihm peinlich ist, um diese Zeit noch im Schlafanzug zu sein.

»Komm rein, Hilde.«

Sein Zimmer ist sorgfältig aufgeräumt, sogar das Bett hat er in aller Hast gemacht. Auf den Regalen stehen die Bücher wie die Soldaten, die Akten und Hefte auf dem Schreibtisch sind in Stapeln sortiert, jeder Bleistift liegt an seinem Platz. August war schon immer sehr ordentlich, aber Hilde hat das Gefühl, dass seine Ordnungsliebe nun zu einer Manie geworden ist.

»Es geht um die Zukunft des Cafés, August. Ich habe für heute Nachmittag den Familienrat einberufen.«

Sie erklärt ihm, was sie vorhat, und August ist ganz ihrer Ansicht. Er hat sogar noch ein paar eigene Vorschläge, die vor allem die Buchführung und die Lieferanten betreffen.

»Du stehst mir also bei, Brüderlein?«

Er nickt und fährt sich mit der Hand über die Stirn. »Soweit ich es kann, Hilde. Die Hitze macht mir etwas zu schaffen.«

Hilde bedankt sich und eilt davon, weil sie gehört hat, dass jemand zur Wohnungstür hereingekommen ist. Das kann nur Wilhelm sein, die Eltern, die jetzt unten im Café sind, würden die Küchentreppe nehmen.

Tatsächlich läuft er ihr genau in die Arme. »Ah – Hilde, die wilde«, witzelt er. »Was treibt dich denn um? Hast du den armen August aus dem Bett geworfen?«

Er hat gesehen, dass das Frühstück, das Mama für seinen Bruder hingestellt hat, noch unberührt ist. Das bedeutet, dass August wieder eine schlechte Nacht hatte.

»Er leidet unter der Hitze.«

Wilhelm macht ein ungläubiges Gesicht, denn es ist keineswegs heiß, sondern einfach nur angenehm sommerlich warm. Er sagt aber nichts, weil August sie hören kann.

»Pass auf, Wilhelm«, sagt sie. »Ich brauche deine feinfühlige Unterstützung beim Familienrat heute Nachmittag.«

Er macht eine abwehrende Armbewegung. »Sonst immer gern, Schwesterlein. Aber heute Nachmittag habe ich Probe …«

»Dann kommst du eben später. Dringende Familienangelegenheit!«

Er windet sich. »Das geht nur bei neunzigsten Geburtstagen, Goldenen Hochzeiten oder Beerdigungen.«

»Wenn du mir nicht hilfst, können wir das Café Engel demnächst beerdigen!«

»Na schön«, seufzt er. »Dann opfere ich mich …«

Hilde hat kein Mitleid. Ihr Bruder ist ein Schlawiner. Was soll er jetzt noch proben, wenn er in der kommenden Spielzeit sowieso in München ist? Das hat er den Eltern inzwischen gebeichtet, und besonders Mama ist ganz unglücklich darüber. Ein Rendezvous hat der liebe Willi wahrscheinlich. Und in so einem Fall – das findet Hilde – ist die Familie auf jeden Fall wichtiger.

»Pass auf«, erklärt sie mit gesenkter Stimme. »Der Plan geht so: Ich presche vor – die Eltern regen sich auf und weigern sich. Dann kommt Jean-Jacques und erklärt, dass die Sache ja doch zwei Seiten hat und dass die Bedenken der Eltern nicht von der Hand zu weisen sind. Das ist Strategie – Mama und Papa freuen sich über so viel Verständnis, sie sind nun versöhnlich gestimmt und bereit, ein kleines Stückchen nachzugeben. Dann hat August seinen Auftritt, er stützt meine Forderung, geht sogar noch einen Schritt weiter. Da ist Mama dann schwer mit sich am Ringen, weil sie August doch nicht widersprechen mag. Und wenn wir so weit sind, brauchen wir dich, Brüderlein. Du bist unsere Geheimwaffe, gibst der Sache den letzten Stoß. Mit deinem weltberühmten Charme wirst du unser Boot schließlich in den sicheren Hafen steuern.«

Wilhelm verbeißt sich das Lachen. »Kompliment, Schwesterlein. Ein Gefechtsplan, der einem Napoleon Bonaparte alle Ehre gemacht hätte!«

»Lass die Witze«, knurrt Hilde. »Es geht um die längst überfällige Modernisierung – also, streng dich an.«

»Zu Befehl, Frau Generalfeldmarschall!«

Hilde verdreht die Augen, dann fallen ihr der Blumenkohl und die Kartoffeln ein, und sie rennt, so schnell sie kann, nach oben. Dort ist zum Glück Luisa in der Küche, die mit den Zwillingen vom Spielplatz zurückgekommen ist.

»Ist er matschig?«, fragt Hilde, womit sie den Blumenkohl meint.

»Gut durchgekocht«, gibt Luisa lächelnd zurück. »Ich mache schnell eine weiße Soße, dann fällt es nicht so auf.«

»Du bist ein Goldstück. Kommst du um drei zum Familienrat? Es geht um die Zukunft des Café Engel.«

Aber Luisa kann nicht kommen, weil sie Fritzens schwarzen Anzug am Ärmel flicken muss. Er spielt heute Abend im Kurhaus bei einem Sinfoniekonzert mit, da muss alles perfekt sein, weil die Musiker vorn auf der Bühne sitzen und von den Zuhörern gesehen werden.

Das Mittagessen verläuft ziemlich ruhig, nur die Zwillinge können wieder einmal nicht still sitzen. Frank bekleistert sein Hemd mit Blumenkohl, Andi füttert heimlich den Bunten, der zu jeder Mahlzeit unter dem Tisch zu finden ist. August ist sehr bleich und sagt kein Wort. Man kann sehen, wie sehr er sich zwingen muss, wenigstens die kleine Portion zu essen, die Mama ihm auf den Teller gelegt hat. Er verabschiedet sich auch bald und geht zurück in sein Zimmer.

Mama seufzt leise. »Vor ein paar Wochen habe ich ja geglaubt, es ginge wieder aufwärts mit ihm …«

Hilde ärgert sich wieder einmal, dass niemand auf sie hört. Warum wird nichts unternommen, um August zu helfen? Es muss doch irgendwo in Deutschland einen Arzt geben, der sich mit solchen Zuständen auskennt. Eine Klinik. Ein Medikament. Aber Mama glaubt, sie braucht ihn nur gut zu füttern, dann wird er schon gesund.

Nach dem Essen hat sie gerade noch Zeit, ihren Eheliebsten in ihre Strategie einzuweihen. Der ist gewillt, ihr zur Seite zu stehen, wird aber etwas abgelenkt, weil die Zwillinge an ihm herumzerren.

»Papa, du musst den Ball holen!«

»Das ist der Schuppen von Café König … Warum müsst ihr ihn gerade dorthin werfen?«

»Der ist ganz von selber geflogen …«

Hilde verbietet jegliche Klettereien um die Mittagszeit. Gegen Abend, wenn es dämmrig wird, kann Jean-Jacques es versuchen. Jetzt ist sowieso Mittagsruhe, und nachher dürfen die Zwillinge ausnahmsweise unten im Café eine Cola trinken. Damit sie den Familienrat nicht stören.

Um drei Uhr finden sich zunächst nur Hilde und Jean-Jacques am Wohnzimmertisch ein, kurz darauf erscheint Wilhelm, eine Flasche Rheinwein unter dem Arm.

»Quelle bonne idée!«, lobt Jean-Jacques erfreut.

»Jetzt am hellen Nachmittag?«, nörgelt Hilde.

August erscheint nur für drei Minuten. Ihm ist schwindelig, er muss sich leider hinlegen.

»Es tut mir leid, Hilde.«

»Schon gut …«

Damit wäre ein wesentlicher Punkt ihres Plans schon mal hinfällig. Aber es wird auch so klappen, sie hat ja noch zwei Helfer an ihrer Seite. Papa erscheint mit seinem Zigarrenkasten unter dem Arm, besieht das Etikett der Weinflasche und nickt sachverständig.

»Da hast du mal eine richtig gute Idee gehabt, Hilde«, lobt er seine Tochter und setzt den Korkenzieher an.

So weit, so gut. Mama kommt als Letzte, sie ist unzufrieden, weil Finchen unten im Café allein ist und gerade neue Gäste gekommen sind.

»Fangen wir an, dann sind wir schneller fertig«, sagt Hilde.

»Ich bin der Meinung, dass wir entscheidende Schritte unternehmen müssen, um konkurrenzfähig zu bleiben, sonst sehe ich schwarz für die Zukunft.«

Es klappt alles genau so, wie sie es geplant hat. Neue Fenster? Den Nebenraum einbeziehen? Eine neue Kuchentheke? All diese Ideen sind den Eltern nicht neu – sie weisen sie kategorisch zurück. »Um mir diesen Unsinn anzuhören, hätte ich nicht herkommen müssen«, schimpft Mama. »Unten ist jede Menge zu tun.«

Dann kommt Jean-Jacques' Auftritt. Er soll die Eltern bestätigen, damit eine wohlwollende Stimmung entsteht und die Bereitschaft zu Zugeständnissen wächst.

»Hilde hat recht!«, ruft er aus. »In diesem Monat hatten wir wieder weniger Gäste als im Mai. Et ça continue. Es geht so weiter. Bis gar niemand mehr zu uns kommt. Es ist muffig im Café Engel, sagen die Leute. Altmodisch. Langweilig!«

Hilde versucht, ihm unter dem Tisch einen Tritt zu geben. Was macht er denn nur? Er soll Mama und Papa doch recht geben. Aber er schimpft immer weiter, sodass die Eltern ganz entsetzt sind.

»Wer braucht die alten Fotos? Personne ne sait, wer darauf zu sehen ist. Helle Wände muss ein Café haben. Und kleine Sessel in bunten Farben. Wie drüben im Café König …«

Jetzt hat er alles verdorben, der Dummkopf. Papa ist wütend, weil er seine Künstlerfotos beleidigt hat, Mama regt sich wegen der bunten Sesselchen auf. Ob man denn jede alberne Mode mitmachen müsse?

»Glaubt ihr wirklich, dass die Kundschaft ins Café Engel kommen wird, um auf diesen unbequemen Plastikstühlen zu sitzen? Wo man im Sommer mit dem Hintern dran festklebt …«

Anstatt über Grundsätzliches zu reden, streiten sie jetzt über Plastiksessel, Wandleuchter und – das war ja wohl klar – über ein besseres Weinsortiment. Hildes Tritt unter dem Tisch landet versehentlich bei Wilhelm, der schmerzvoll das Gesicht verzieht und dann auf die Uhr schaut.

»Es geht doch hier um Wichtigeres«, ruft Hilde dazwischen. »Vor allem muss die Wand zwischen dem Gastraum und dem Nebenraum rausgenommen werden. Damit das Café großzügiger und moderner wirkt. Meinetwegen können wir die Künstlerfotos ja wieder aufhängen, nur nicht gleich vorne, besser weiter hinten …«

Alles zu spät. Papa findet es beleidigend, dass Hilde seine Idole nach hinten hängen will, Mama ruft entsetzt aus, dass ein solcher Umbau jede Menge Dreck machen würde.

»Das ist völlig unmöglich«, bestätigt Papa. »Schon wegen der Statik. Das ganze Haus könnte einstürzen!«

Jean-Jacques wirft sich mit großer Leidenschaft in den Streit, er behauptet, die Statik sei kein Problem, man könne auch eine oder zwei »pilastres« einbauen, um die Decke zu stützen.

»So bekommen wir une grande pièce, einen großen Raum, Papa«, ruft er. »Und wir können dort machen Musik. Oder auch Theater. Eine Weinprobe mit Rheingauer Wein aus Eltville – da kommen die Leute gelaufen …«

Das wird ja immer absurder, denkt Hilde verzweifelt. Jetzt ist er schon wieder bei seiner Idee mit dem Weingut. Wenn er gleich noch davon anfängt, ein Gut kaufen zu wollen, stehen die Eltern auf und lassen uns hier sitzen.

»Jetzt hört doch mal zu«, ruft sie in die Runde. »Wir alle wollen doch im Grunde das Gleiche. Wir wollen unserem Café wieder auf die Beine helfen …«

»Nicht auf diesem radikalen Weg!«, sagt Papa. »Nicht mit mir!«

»Mit mir auch nicht«, ruft Mama. »Und außerdem muss ich jetzt runter ins Café.«

Aus, denkt Hilde. Und ich hatte es so schön geplant. Sie schaut Wilhelm an, der angestrengt seine Fingernägel mustert. Er ist ihre letzte Hoffnung.

»Aber das klingt doch richtig gut«, sagt er und lächelt Mama an, die gerade vom Stuhl aufgestanden ist. »Eine kleine Bühne hinten im Café. Gefällt mir. Da hätte ich jede Menge Ideen …«

Mama schaut ihn zweifelnd an, Papa greift nach seinem Zigarrenkasten und klemmt ihn unter den Arm.

»Du, Wilhelm?«, fragt er. »Willst du da etwa auftreten?«

»Warum denn nicht?«, meint Wilhelm und zuckt die Schultern. »Rezitationen. Ein wenig Kabarett mit Kollegen. Kleinkunst eben. So in eigener Regie, das würde mir Spaß machen …«

Auf einmal sind alle still. Mamas Blick wird ganz weich, und Hilde weiß, was sie jetzt denkt. Wenn ihr Wilhelm hier im Café Engel auftreten kann, dann wird er sicher oft nach Wiesbaden kommen. Vielleicht gar nicht erst nach München gehen …

»Wir können natürlich auch Musiker holen. Den Fritz zum Beispiel. Auch wenn der jetzt viel zu tun hat. Oder wir lassen den Hans Reblinger einen Vortrag halten.«

Jetzt ist auch Papa begeistert. Geradezu entflammt ist er. Künstler im Café Engel – das war immer seine Leidenschaft. Und nun auch noch sein eigener Sohn, sein Wilhelm. Das ist die Krönung seines Lebenswerks.

Hilde ist vollkommen verblüfft von dieser überraschenden Wendung. Auch wenn sie von Kabarett und Theater im Café Engel wenig hält – auf diese Weise kommen der erhoffte Umbau und die Renovierung zustande. Und das ist die Hauptsache.

»Wir können ja mal den Alois Grundmann fragen«, sagt Mama und schaut Papa fragend an. Der nickt. Der Alois Grundmann ist Stammgast im Café, er hat ein Bauunternehmen, das inzwischen sein Sohn übernommen hat.

Hilde nimmt sich vor, die Sache zu beschleunigen und den Herrn Grundmann besser selbst zu fragen. Aber das sagt sie jetzt nicht, sie nickt Mama bestätigend zu und meint, das sei eine sehr gute Idee.

Damit ist die Sitzung aufgehoben. Die Eltern gehen hinunter ins Café, Wilhelm eilt zu seiner »Probe« davon, und Hilde nimmt sich ihren Eheliebsten vor.

»Musstest du schon wieder von dieser verrückten Idee anfangen«, schimpft sie. »Weinproben im Café Engel! Warum machen wir nicht gleich eine Schänke aus dem Café!«

Er ist beleidigt. Schließlich war er es, der die zündende Idee mit der Bühne hatte, die schließlich alles zum Guten gewendet hat. Und sie schimpft schon wieder!

»Du bist undankbar! Ich habe eine Frau ohne Herz geheiratet!«

»Und ich habe einen Mann ohne Verstand geheiratet!«

Der Streit kann nicht weiter eskalieren, weil jetzt die Zwillinge die Treppe hinaufpoltern und an der Wohnungstür klingeln. Jean-Jacques macht ihnen auf, während Hilde die Gläser und Aschenbecher in die Küche räumt.

»Maintenant? Na schön. Ich hole die große Leiter …«

Hilde schüttelt den Kopf, schreitet aber nicht ein. Hat sie nicht gesagt, er soll besser bis zum Abend warten, bevor er auf das Schuppendach vom Café König klettert? Jetzt tut er es am Nachmittag, wo man es aus den Fenstern der umliegenden Häuser sehen kann. Sicher nur, um sie zu ärgern.

Sie spült die Gläser in der Küche, und weil das Küchenfenster auf den Hof hinausgeht, kann sie beobachten, was sich dort tut. Jean-Jacques schleppt die lange Holzleiter quer über den Hof und lehnt sie gegen den Schuppen. Der ist aus Holz gebaut und mit einem Dach aus Wellblech gedeckt, das sich zum Hof hin neigt, damit das Wasser in die Regenrinne ablaufen kann. Eigentlich hätte der Fußball in den Hof hinabrollen müssen, aber er hängt irgendwo auf dem Wellblechdach fest. Jean-Jacques ermahnt seine Söhne, die Leiter nicht zu betreten, sondern sie nur festzuhalten, und steigt dann hinauf. Geschickt ist er ja, ihr Eheliebster, das muss man ihm lassen. Schon ist er oben auf dem

Dach, balanciert vorsichtig über das Wellblech, bückt sich jetzt, um den Fußball mit der Hand anzustoßen …

Da passiert es. Es geht so schnell, dass sie es kaum begreift. Jean-Jacques rutscht rückwärts das Dach hinunter, stößt dabei die Leiter mit den Füßen um und kann sich gerade noch mit beiden Händen an der Regenrinne festklammern. Da hängt er gut zwei Meter über dem harten Hofpflaster. Hilde fällt vor Schreck das Weinglas aus der Hand, sie rennt aus der Wohnung, die Treppe hinunter in den Hof. Gott sei Dank, die Zwillinge sind unversehrt. Sie stehen neben der abgestürzten Leiter und schauen nach oben. Dort hält sich der Papa an der Regenrinne fest, die sich jetzt allerdings bedenklich nach unten biegt.

»Ich fang dich auf, Papa …«

»Mama, der Papa, der hängt da oben …«

Hildes Herz schlägt bis zum Hals, dennoch bleibt sie ruhig. Sie fasst die Leiter und stellt das schwere Teil wieder gegen die Schuppenwand, sodass Jean-Jacques sie erreichen kann. Keinen Augenblick zu früh, denn kaum hat er sich daran festgeklammert, bricht die Regenrinne endgültig ab und fällt scheppernd auf den Hof.

Als er leicht verschrammt, aber doch heil neben ihr steht, umschlingt sie ihn und fängt an zu schluchzen.

»Was machst du nur für Sachen?«, weint sie. »Ich bin fast gestorben vor Schreck.«

Er sagt kein Wort, sondern streicht ihr sanft über den Rücken und hält sie fest an sich gedrückt. Ein paarmal küsst er ihre Wange, sie kann seinen aufgeregten Atem spüren und mag ihn gar nicht wieder loslassen.

»Aber Papa!«, ruft Frank. »Der Fußball ist wieder da. Der ist runtergerollt, weil du so gezappelt hast.«

LUISA

Juni 1951

»Heißt es ›der Haus‹ oder ›die Haus‹, Tante Luisa?«

Der achtjährige Michael hat sein Schreibheft neben Luisas Nähzeug auf dem Wohnzimmertisch ausgebreitet und schwitzt über den Hausaufgaben. Er ist der Sohn der Nachbarin. Seine Mama muss viel arbeiten, manchmal sogar noch am Abend, deshalb ist Michael so oft bei den Bogners. Luisa mag den blonden Jungen, sie hilft ihm bei den Hausaufgaben, einmal hat sie ihn mit zum Spielplatz genommen, weil sie dort Hildes Zwillinge beaufsichtigt hat. Aber Michaels Mutter möchte nicht, dass ihr Sohn auf dem Spielplatz herumtobt. Sie hat große Angst, er könnte sich verletzen.

»Es heißt ›das Haus‹, Michael«, sagt Luisa.

Sie schneidet den Faden ab und wendet den Ärmel von Fritzens schwarzer Anzugsjacke, um nachzuprüfen, ob die Naht auch nicht zu sehen ist.

»Das Haus«, murmelt der Junge. »Das blöde Haus. Und es heißt auch ›das Mädchen‹, nicht wahr, Tante Luisa?«

»Ja, Michael. Das Mädchen. Das Haus. Das Kind. Das Land …«

Michael verzieht das Gesicht und gibt einen Stoßseufzer von sich.

»Das Mädchen. Aber ich muss sagen: die Erika. Die Karin. Ja?«

»Richtig.«

»Das ist komisch«, sagt er und seufzt. »Dann schreibe ich jetzt: ›Das Mädchen wohnt in das Haus‹ … Nein … ›in den Haus …‹«

»In *dem* Haus … das ist ein Wem-Fall …«

»Ein Wem-Fall«, knurrt er und schreibt den Satz in sein Schulheft. Er schreibt langsam und drückt den Bleistift dabei so fest auf das Papier, dass mal wieder die Spitze abbricht. Michael schreibt nicht gern – in den Schulfächern Lesen und Schreiben hat er schlechte Noten. Auch im Fach Handschrift hat er nur eine Vier. Dafür ist er Klassenbester im Rechnen und in Sport.

Luisa mustert den geflickten Ärmel und ist zufrieden. Leider ist er jetzt ein wenig enger geworden, aber zum Glück ist es der linke, da ist es nicht so schlimm. Mit dem rechten Arm führt Fritz den Geigenbogen, da wäre ein zu enger Ärmel hinderlich. Trotzdem ist nicht zu übersehen, dass sie über kurz oder lang einen neuen Anzug kaufen müssen. Oder wenigstens eine Jacke. Der schwarze Anzug ist für einen Orchestergeiger Berufskleidung, der muss gut sitzen und darf auf keinen Fall abgeschabt oder sichtbar geflickt sein. Fritz hat schon beim Trödler hinten in der Altstadt nachgeschaut – aber die Anzüge, die dort hängen, stinken fürchterlich nach Mottenkugeln, und altmodisch sind sie auch. Und dann weiß man nicht, wer die früher getragen hat, welches Schicksal an ihnen hängt. Fritz hat entschieden, dass er solch einen Anzug nicht haben will. Ein neuer muss her, auch wenn er teuer ist.

Luisa hängt die geflickte Anzugjacke auf einen Bügel und trägt sie hinüber ins Schlafzimmer. Die Zweizimmerwohnung, die sie gemietet haben, ist winzig klein, mit Küche und Badezimmer knapp vierzig Quadratmeter, die Toilette ist im Zwischenstock, sie teilen sie mit drei anderen Mietparteien. Das Bergkirchenviertel ist eine Gegend der kleinen Leute, man wohnt und arbeitet eng beieinander, auf den Gassen spielen und lärmen die Kinder, und die alten Leute sitzen an den Fenstern, um das Tagesgeschehen zu beobachten. Wenn Fritz Geige übt, hören manche Nachbarn ganz verzückt dabei zu, andere beschweren sich über den Lärm. Der Schuster Jensen hat sogar einmal einen Stiefel gegen das Fenster geworfen. Aber da war er betrunken, und er hat sich am folgenden Tag mit schlechtem Gewissen entschuldigt.

»Magst du mal schauen, ob ich viele Fehler gemacht habe, Tante Luisa?«, fragt Michael und schiebt das Schulheft zu ihr hinüber. Luisa stellt ihm eine Schale mit Schokokugeln vor die Nase, die gibt Tante Else ihr immer mit. Dann nimmt sie sich das Schulheft vor und findet noch vier dicke Fehler. Da brauchen sie den Radiergummi, das macht besser Luisa, weil Michael gerade mit vollen Backen Schokoladenkugeln kaut und auch seine Hände sehr »schokoladig« aussehen.

»So viele Fehler!«, stöhnt er. »Deutsch ist eine schwere Sprache, Russisch ist viel leichter.«

Er streicht das blonde Haar zurück, das ihm immer in die Stirn fällt. An der Schläfe hat er eine Narbe, eine unregelmäßige rote Linie, die oben im Haaransatz verschwindet. Da ist er einmal hingefallen, hat seine Mutter erzählt. Michaels Mutter kommt aus Russland, lebt aber schon seit zwei Jahren in Wiesbaden und verdient ihren und Michaels Lebensunterhalt mit Putzen. Sie hat mehrere Putzstellen. Bei Privatleuten und im Paulinenstift putzt sie tagsüber, im Konservatorium und bei Linde muss sie am späten Nachmittag und auch am Abend arbeiten. Michael besitzt einen Hausschlüssel, nach der Schule geht er ganz allein in die Wohnung und wärmt sich das Essen auf, das seine Mama am Abend vorher gekocht hat. Wenn Luisa zu Hause ist, sitzt er gern bei ihr und erzählt alles Mögliche, es sprudelt nur so aus ihm heraus, denn seine Mama ist am Abend immer so müde, dass sie schon beim Essen einschläft. Nur am Sonntag arbeitet sie nicht, da frühstücken Mutter und Sohn gemütlich miteinander, und dann gehen sie aus. Sie besuchen das Landesmuseum oder spazieren durch den Kurpark. Michael bekommt ein Eis gekauft, und oft gehen sie nachmittags ins Kino, wo sie Cowboyfilme anschauen. Den Wilden Westen findet Michael ganz toll. Wenn er groß ist, will er nach Amerika fliegen und ein Cowboy werden. Vor allem, weil Cowboys nicht zur Schule gehen müssen. Sie müssen nur reiten können und mit dem Colt schießen. Und Lasso werfen. Das hat Michael schon mit der Wäscheleine geübt, es ist gar nicht so einfach.

Seine Mama hält leider nichts von diesen Künsten. Michael muss gute Noten nach Hause bringen, er soll übernächstes Jahr aufs Gymnasium gehen und später Abitur machen. Dann wird er in Frankfurt Medizin studieren und Arzt werden. So hat sich das seine Mama gedacht, dafür arbeitet sie hart und putzt bis in die Nacht hinein. Nur für ihren Michael tut sie das, weil ihr Sohn für sie der wichtigste Mensch auf der Welt ist.

»Aber du bist doch noch jung«, hat Luisa einmal zu ihr gesagt. »Denkst du denn nicht auch ein bisschen an dich selbst?«

Swetlana hat nur gelacht. Ein hartes Lachen, das Luisa wehgetan hat, denn sie hat ein feines Gespür für den Kummer anderer Menschen.

»An mich?«, hat sie geantwortet. »Mein Leben ist gelebt. Aber Michael hat seines noch vor sich. Und ich will, dass er glücklich wird.«

Luisa ist entsetzt. Was mag mit dieser schönen jungen Frau geschehen sein, dass sie so erbarmungslos mit sich selbst ist? Luisa schätzt sie auf höchstens Mitte zwanzig. Da fängt das Leben einer jungen Frau doch erst an!

Heute Abend muss Michael wieder eine Weile allein bleiben und auf seine Mama warten, denn Luisa hat von ihrem Ehemann eine Freikarte für das Sinfoniekonzert im Kurhaus bekommen, und natürlich will sie hingehen. Wie üblich kommt Fritz erst spät von der Probe. Er ist aufgeregt, erzählt von Unstimmigkeiten unter den Kollegen, da gäbe es solche, die sich für besser als andere hielten und nicht bereit seien, mit ihm einen Notenständer zu teilen.

»Ich will auch Geige spielen lernen!«, sagt Michael dazwischen.

Aber Fritz hat ihn vor lauter Aufregung gar nicht gehört, und deshalb antwortet er nicht. Luisa ist bekümmert über seinen Bericht – es ist immer das Gleiche mit ihrem Fritz. Er spielt so gut, besser als viele andere, die drüben im Theaterorchester auf ihren Pöstchen sitzen. Aber er hat im Krieg auf dem rechten Auge eine starke Sehbehinderung davongetragen, und das nagt an seinem Selbstvertrauen. Er kann sich nicht darstellen, ist immer viel zu bescheiden und lässt sich zur Seite schieben. Später ärgert er sich dann schrecklich über sich selbst und leidet darunter, wenn andere die Position bekommen, die er angestrebt hat. Dann muss Luisa trösten und ihm neue Hoffnung geben, ihm versichern, dass es eines Tages ganz sicher mit der Anstellung im Theaterorchester klappen wird.

»Du bist mein guter Geist«, sagt er dann zärtlich zu ihr. »Wenn ich dich nicht hätte, wäre ich längst verzweifelt.«

Luisa macht ihm rasch eine Kleinigkeit zu essen, und während sich Fritz nun doch ein wenig mit Michael unterhält, geht sie hinüber ins Schlafzimmer, um sich für das Konzert umzukleiden. Groß ist die Auswahl in ihrem Kleiderschrank zwar nicht, aber da sie bei Julia Wemhöner nähen gelernt hat, hat sie sich aus den abgelegten Sachen, die Hilde ihr geschenkt hat, mit wenig Aufwand einige sehr hübsche Kleider gearbeitet. Sie trägt gern dunkle Farben, liebt schlichte Zuschnitte, die ihre hübsche Figur betonen. Ach ja – sie ist sehr schlank, und das wird sie auch bleiben, denn mit dem so ersehnten eigenen Kind wird es nichts werden. Sie mustert sich kritisch im Wandspiegel, dann kämmt sie das lange braune Haar durch und steckt es am Hinterkopf hoch. Natürlich wäre ein Schmuckstück schön, es würde das schlichte Kleid beleben. Eine Kette oder eine Brosche. Doch sie besitzt nichts außer ihrem Ehering. Die Ringe hat damals Onkel Heinz bezahlt, das war ihm wichtig, weil sie doch die Tochter seiner geliebten Schwester Anneliese ist, die auf der Flucht bei Rostock den Tod gefunden hat. Ihre Ehebetten und der Kleiderschrank wurden von den Schwiegereltern finanziert. Was Fritz mit seinem Geigenspiel als Einspringer in verschiedenen Orchestern verdient, reicht gerade für die Miete und zum Leben. Meist sind sie froh, dass Luisa im Café Engel noch ein paar Mark dazuverdient.

»Du willst also Geige lernen«, hört sie Fritz drüben zu Michael sagen. »Kannst du denn gut singen?«

»Wieso?«, fragt der Achtjährige zurück. »Ich will doch geigen und nicht singen.«

»Aber musikalisch musst du schon sein … Sing mir mal nach …«

Fritz singt eine Melodie aus der Beethoven-Sinfonie, die sie heute Abend spielen werden. Keine leichte Aufgabe für einen kleinen Jungen. Aber Michael gelingt es, mit heller, klarer Knabenstimme die Melodie fehlerlos nachzusingen.

»Das ist doch ganz leicht …«, behauptet er, als Fritz ihn lobt. »Zeigst du mir jetzt, wie man Geige spielt?«

Fritz erklärt ihm, dass man das Geigenspiel nur im Laufe mehrerer Jahre mit stundenlangem täglichen Üben erlernen kann. »Und außerdem brauchst du dazu eine Geige.«

Das mit dem jahrelangen Üben glaubt Michael nicht so recht, dass er eine Geige braucht, sieht er allerdings ein. Eine Geige ist sehr teuer, die wird die Mama ihm nicht kaufen können.

»Warte ab«, tröstet ihn Fritz. »Ich schau mich mal um. Vielleicht treibe ich ein einfaches, preiswertes Instrument auf, für den Anfang mag das reichen … Bist du fertig, Luisa? Wir müssen gleich los!«

Sie schlüpft rasch in die Schuhe, die seidenen Strümpfe spart sie sich, es ist ja Sommer, da friert man nicht. Seidene Strümpfe sind immer noch sehr teuer, und sie besitzt nur ein einziges Paar, das sie hütet wie einen Schatz. Ach, das liebe Geld! Nun gibt es überall in Wiesbaden so viele schöne Dinge zu kaufen, täglich werden Geschäfte eröffnet, neue Angebote verlocken die Käufer. Aber wenn man so wenig verdient und sich immer einschränken muss, macht es wenig Freude, durch die Langgasse zu gehen, wo sich Laden an Laden reiht. Das kleine schwarze Samttäschchen fürs Theater hat ihr Tante Else zum Geburtstag geschenkt, da passen gerade ein Taschentuch, ein Kamm, ein paar Groschen für alle Fälle und die Theaterkarte hinein.

»Hübsch schaust du wieder aus, mein Schatz!«, freut sich Fritz und eilt ins Schlafzimmer, um sich seinerseits konzertfertig zu machen.

»Tschüs dann …«, sagt Michael traurig und packt seinen Schulkram zusammen. Luisa schneidet es ins Herz, dass der Junge nun ganz allein drüben in der Wohnung auf seine Mama warten muss. Hoffentlich kommt sie bald, sie putzt heute Abend bei Linde, da kommt noch die Anfahrt mit der Straßenbahn dazu. Wie schwer das ist, einen Jungen ganz allein großziehen zu müssen. Michaels Vater ist im Krieg gefallen, ein Schicksal, das der Junge mit unzähligen Kindern in ganz Europa teilt.

Luisa und Fritz gehen nebeneinander durch die engen Gassen. Manchmal fasst er ihre Hand, dann lächeln sie einander zu. Sie freut sich, ihn heute im neu eröffneten, festlichen Kurhaussaal auf der Bühne bewundern zu können. Natürlich ist er nur einer von vielen, und leider spielt er nur in der zweiten Geige – trotzdem ist es eine große Sache, bei diesem Konzert mitzuwirken. Der Weg zum Kurviertel hinunter führt sie durch unterschiedliche Welten, die hier eng beieinander liegen. Von den schmalen, dunklen Gässchen des Bergkirchenviertels zur geschäftigen Langgasse, wo Läden und Kaufhäuser die Kundschaft anlocken und reger Autoverkehr herrscht. Von dort aus geht es durch eine Querstraße hinüber auf die prächtige Wilhelmstraße. Hier ist Wiesbaden Kurstadt: Cafés und teure Geschäfte reihen sich aneinander, man blickt auf Grünanlagen, bestaunt das Kurhaus, das Staatstheater, beneidet die Mieter der stattlichen Backsteinvillen um den wundervollen Blick über Anlagen und Kurpark.

»Bis später, mein Schatz«, sagt Fritz und drückt noch einmal ihre Hand. Einen Kuss auf offener Straße – auch nur auf die Wange – wagen sie beide nicht, so etwas ist ungehörig, das tut man nicht.

»Toi, toi, toi!«, sagt Luisa und deutet ein Spucken über die linke Schulter an. So ist der Brauch unter den Künstlern, eigentlich eine dumme, abergläubische Angelegenheit – aber fast alle nehmen es sehr ernst.

Fritz eilt mit seinem Geigenkasten zum hinteren Eingang des Kurhauses. Luisa schaut ihm eine Weile nach. Als sie sich vor sechs Jahren das Jawort gaben, war sie fest davon überzeugt, dass sie bald eine kleine Familie sein würden. Zwei Kinder hat sie mindestens haben wollen, gern auch drei oder vier, wenn Fritz eine gesicherte Position im Wiesbadener Theaterorchester haben würde und sie alle ernähren könnte. Aber das Schicksal hat es anders gewollt.

»Luischen! Wie schön, dass du auch hier bist! Spielt der Fritz im Sinfonieorchester mit?«

Das ist Sofia Künzel, die oben bei Kochs in einer Dachwohnung wohnt und inzwischen im Städtischen Konservatorium Gesang und Klavier unterrichtet. Die Künzel ist stets laut und geradeheraus – Luisa mag sie trotz aller Macken gern.

»Ach, es ist höchste Zeit, dass einer von den Tattergreisen im Theaterorchester mal für einen jungen Musiker Platz macht!«, sagt sie laut und schüttelt Luisa die Hand. »Das habe ich auch neulich zu meinen Schülern gesagt, Jungs, hab ich gesagt, da kleben viel zu viele Mumien an ihren Stühlen …«

Luisa ist ihr lautes Gerede ein wenig peinlich, weil sich die Leute schon zu ihnen umdrehen. Zum Glück entdeckt die Künzel jetzt zwei ihrer Schüler unter den Konzertgängern. Sie winkt ihnen zu und eilt davon. Luisa lässt sich von Strom des

Publikums die Treppe hinauf zum Eingang treiben, zeigt ihre Karte vor und betritt das Foyer des Kurhauses. Lange Zeit war das Kurhaus den Amerikanern vorbehalten, die dort ihren Club hatten, jetzt ist der große Saal, der im Krieg schwer beschädigt war, endlich fertig restauriert und der Öffentlichkeit übergeben. Luisa hat einen Platz im hinteren Teil des Parketts; wegen der üppigen Blumendekoration kann sie nur einen Teil der Bühne sehen, aber das ist nicht so schlimm, sie muss ihren Fritz ja nicht die ganze Zeit über anstarren.

Oben auf den Emporen versammelt sich die Hautevolee der Stadt: die Industriellen, die für die Renovierungsarbeiten gespendet haben, und natürlich die Politiker, Oberbürgermeister Redlhammer mit Gattin, die Herren Stadtverordneten mit ihren Ehefrauen, auch die Vertreter der amerikanischen Besatzer. Der frisch wiederhergestellte Saal wirkt auf Luisa ungemein prächtig, fast protzig mit den dicken Säulen aus grauem Stuckmarmor, den goldfarbigen Kapitellen, der weißgoldenen Kassettendecke und den schweren dunkelroten Samtvorhängen im Hintergrund. Was für ein kostbarer Rahmen für ein Konzert. Und ihr Fritz wird gleich dort oben sitzen mit seinem geflickten Anzug und in der zweiten Geige spielen. Jetzt betreten die Musiker die Bühne, gehen einer nach dem anderen ruhig und gemessen zu ihrem Sitz, wo das Instrument schon bereitliegt. Das wirre, atonale Geräusch, das entsteht, wenn sie ihre Instrumente stimmen, wird hörbar, das leise Schwatzen im Publikum erstirbt. Luisa liebt diese Minuten, wenn das Orchester sich auf den großen Moment vorbereitet, wenn der erste Geiger den Kammerton vorgibt und alle sich darauf einstimmen, wenn die Oboisten noch rasch ein anderes Stimmblatt einsetzen, die Blechbläser das Kondenswasser aus dem Instrument pusten und die Geiger ihre Notenständer zurechtrücken. Es ist ein Augenblick höchster Anspannung und Vorfreude, eine Sammlung aller Kräfte für das anstehende musikalische Geschehen. Sie muss sich ein wenig recken, um Fritz links in der zweiten Reihe sehen zu können. Er stimmt seine Geige, ist mit dem Ergebnis noch nicht zufrieden.

Jetzt brandet Applaus auf, Musikdirektor Otto Schmiedtgen im schwarzen Frack betritt die Bühne, verneigt sich vor dem Publikum und wendet sich dann seinen Musikern zu. Luisa schließt die Augen, um die Musik ohne Ablenkung genießen zu können. Viele der Melodien kennt sie, Fritz hat sie geübt, immer wieder gespielt, ihr auch viel über dieses Werk des großen Beethoven erzählt und ihre Begeisterung geweckt. Seit sie mit Fritz verheiratet ist, hat sie eine Menge über Musik erfahren. Eine Tür zu einer Welt voller Schönheit hat sich für sie aufgetan, wofür sie ihrem Mann unendlich dankbar ist.

In der Pause geht sie ins Foyer, um sich ein wenig die Füße zu vertreten und Bekannte zu treffen. Sie unterhält sich ein Weilchen mit Addi Dobscher, der im schwarzen Anzug so ganz anders aussieht als in dem gewohnten grauen Arbeitskittel – fast wie ein englischer Lord oder ein reicher Bankier. Dann entdeckt sie ihren Onkel Heinz inmitten einer Gruppe von Theaterfreunden, und natürlich eilt er sofort auf sie zu, umarmt sie und sorgt dafür, dass sie ein Glas Sekt bekommt.

»Meine hübsche Nichte Luisa«, stellt er sie einem amerikanischen Bekannten vor. »Ihr Ehemann spielt im Orchester mit. Ein hochbegabter junger Geiger. Sie werden ihn demnächst im Café Engel hören können …«

Luisa erfährt überrascht von den bevorstehenden Umbauten und den geplanten »Künstlerabenden« im Café Engel, die – so gesteht Onkel Heinz – noch in den allerersten Anfängen liegen, ja, eigentlich gerade erst gestern beschlossen wurden. Aber sie könne den Fritz ja schon einmal vorbereiten, im Herbst soll die erste Veranstaltung stattfinden.

»Und natürlich bekommt er ein Honorar«, sagt Onkel Heinz leise zu ihr. »Das versteht sich doch von selbst.«

Luisa nippt an ihrem Sekt, spürt, wie er ihr ins Blut geht und einen leichten, angenehmen Schwindel erzeugt. Tante Else ist bei ihr, erzählt allerlei Geschichten von den Zwillingen, gestern haben sie den Fußball bei König auf den Schuppen geschossen, und der Papa musste hochklettern, um ihn wieder herunterzuholen.

»Die beiden sind unser Sonnenschein«, schwärmt Tante Else. »Wo der August uns doch so viel Kummer macht und der Wilhelm bald nach München geht …«

Luisa nickt und lächelt, lässt sich nicht anmerken, wie traurig diese Worte sie machen. Wie glücklich ist Hilde, dass sie die beiden Jungen hat! Und dabei hat sie damals gefürchtet, nach der Fehlgeburt keine Kinder mehr zu bekommen. Die Sorge war unnötig – kaum war Jean-Jacques einigermaßen wieder genesen, da war die Hilde in Umständen. Im Oktober sechsundvierzig haben die beiden nach allerlei Papierkrieg deutscher und französischer Ämter endlich heiraten können. Das haben sie dann in aller Stille und im engsten Familienkreis gefeiert, denn Hildes Bauch war so dick, dass sie kaum noch laufen konnte. Drei Wochen später waren dann die Zwillinge da. Zwei winzige rosige Babys; Luisa hat ihnen kleine hellblaue Mützchen aus weicher Wolle gestrickt.

»Die hebe ich für dich auf«, hat die Hilde ihr damals versprochen. Das hat sie auch getan, die beiden kleinen Strickmützchen liegen in Luisas Kleiderschrank. Ganz hinten unter den Wintersocken. Damit sie ihr nicht so oft in die Hände fallen.

»Luisa! Sei gegrüßt. Was für ein hübsches Kleid!«

Da steht Julia Wemhöner vor ihr, trägt ein elegantes schwarzes Kostüm, das aufregend mit ihrem roten Haar kontrastiert.

»Oh, ich habe ein wenig geschnippelt und ein paar Nähte versetzt. Wie ich es bei dir gelernt habe …«

Julia freut sich, sie findet, dass Luisa viel zu wenig aus ihrem Talent macht, und geht davon, um einen Bekannten zu begrüßen, einen jungen Sänger, den Luisa schon einmal in einer Mozart-Oper gehört hat. Eine Glocke ertönt und kündigt an, dass der zweite Teil des Konzerts nun beginnt und das Publikum gebeten wird, seine Plätze wieder einzunehmen. Luisa beeilt sich, den Sekt auszutrinken. Als sie das leere Glas vom Mund absetzt, sieht sie auf einmal Wilhelm Koch neben einer der bunten Stucksäulen stehen. Er wirkt sehr entspannt, fast lässig, hat eine Hand in die Jackentasche gesteckt und lächelt. Neben ihm steht eine seiner jungen Kolleginnen, Karin Langgässer ist ihr Name, eine hochgewachsene, sehr schlanke blonde Frau. Sie redet auf Wilhelm ein, scheint ihm irgendetwas Wichtiges erklären zu wollen, doch er hört gar nicht zu, ist von irgendetwas anderem gefesselt. Luisa folgt seinem Blick und entdeckt – Julia Wemhöner. Sie stellt ihr leeres Weinglas auf einem der weißen Tische ab, hat sich dabei zur Seite gewendet und lächelt Wilhelm an. Dann geht sie langsam in den Saal, um sich auf ihren Platz zu setzen. Sie hat einen schönen Gang, findet Luisa. Weich und elegant, sehr weiblich. Wie seltsam, dass ihr das an Julia bisher noch nie aufgefallen ist.

Nach dem Konzert wartet Luisa vor dem Künstlereingang auf ihren Fritz. Er ist müde und zugleich aufgewühlt; auf ihren Vorschlag, im Café Engel noch ein Glas Wein zu trinken, geht er nicht ein. Er ist wütend, weil sein Kollege, der erst den Mund so voll genommen hat, sich am Abend zahlreiche Schnitzer erlaubt hat, die möglicherweise auf ihn, Fritz, zurückfallen können. Schweigend gehen sie miteinander heimwärts, überqueren die Langgasse, die nun fast leer vor ihnen liegt, nur drüben vor dem Kino stehen ein paar Leute, die die Spätvorstellung angeschaut haben. Erst als sie durch die Gassen im Bergkirchenviertel laufen, fasst Fritz ihre Hand.

»Sei mir nicht böse. Ich hab mich geärgert, aber nun ist es gut. Lassen wir uns den schönen Abend nicht verderben.«

Im Hauseingang zieht er sie an sich und küsst sie. Eng umschlungen steigen sie die Treppen hinauf, stören sich nicht an den Gerüchen, die auf sie einströmen, weil sie schon ganz und gar miteinander beschäftigt sind. Oben in ihrer Wohnung ist es stickig. Luisa öffnet alle Fenster, um die kühle Nachtluft einzulassen, Fritz stellt den Geigenkasten an seinen Platz und findet noch eine halbe Flasche Rotwein in der Speisekammer.

»Im Grunde sind wir doch glückliche Menschen«, meint er, als sie miteinander am Tisch sitzen und den Wein trinken. »Wir haben uns, Luisa. Wir sind gesund und glücklich miteinander. Dazu haben wir die Musik und eine Menge lieber Freunde.«

Sie trinkt ihm zu und meint, dass er ja im Grunde recht hat. Dann schaut sie eine Weile aus dem offenen Fenster in den Nachthimmel. Neben dem spitzen Dach des gegenüberliegenden Fachwerkhauses steht die silberne Mondscheibe. Sie leuchtet unfassbar hell, lässt die grauen Dachschindeln schimmern und den schmalen gemauerten Schornstein deutlich hervortreten.

»Mir geht etwas im Kopf herum, Fritz«, sagt sie ganz leise. »Ich muss immer wieder daran denken.«

»Sag's mir, Liebste …«

Sie beißt sich auf die Lippen, weil es bedeutet, dass sie mit etwas abgeschlossen hat. Mit einer Hoffnung, von der sie weiß, dass sie sich nicht mehr erfüllen wird.

»Ich muss immer an die beiden Kinder denken, die ich damals in Wismar mitgenommen habe. Elke und Jobst. Ob wir sie nicht finden und zu uns nehmen könnten?«

WILHELM

Juli 1951

Er hat gewartet, bis seine Mutter nach dem Mittagessen wieder hinunter ins Café gegangen ist, dann hat er den ledernen Reisekoffer vom Schrank gehoben. Was für ein antikes Stück. Er pustet den Staub weg, hustet und wischt mit dem Finger über die bunten, schon ziemlich verblassten Aufkleber. St. Moritz. Paris. Amsterdam. Du liebe Güte – welcher seiner Vorfahren hat denn solche Reisen unternommen? Seine Großeltern? Möglich. Dann hat das gute Stück allerdings ein biblisches Alter. Das würde auch sein Gewicht erklären – der Koffer wiegt schon ohne Inhalt einige Kilo. Wilhelm öffnet den Kleiderschrank und wirft alles, was er mitnehmen will, auf sein Bett. Socken, Unterwäsche, drei Hemden, zwei Pullover. Taschentücher – braucht er die überhaupt? Auf jeden Fall die Winterschuhe, Pantoffeln und ein Paar Straßenschuhe. Puh – wenn er den Wintermantel auch noch in den Koffer stopft, dann ist der voll. Er braucht wohl zusätzlich seinen Rucksack. Einfacher wäre es natürlich, mit seinem Auto runter nach München zu fahren. Aber das gehört ihm nicht mehr. Er ist nun mal ein guter Mensch, ja, das ist er wirklich.

Seufzend macht er sich daran, die Sachen im Koffer zu verstauen, ärgert sich darüber, dass die Winterschuhe so viel Platz wegnehmen, und kommt auf die geniale Idee, sie mit Socken und Unterhosen vollzustopfen. Wo sind denn die Textbücher? Ah – drüben auf dem Schreibtisch. Die darf er auf keinen Fall vergessen, er ist gleich in fünf Rollen besetzt; leider ist nur eine Hauptrolle dabei, die anderen sind Chargen. Aber immerhin.

Er ist gespannt auf die Arbeit in München. Die Kammerspiele sind als anspruchsvolle Bühne bekannt, an der ein modernes Repertoire gespielt wird. Leute wie Fritz Kortner, der aus seinem amerikanischen Exil zurückgekommen ist, inszenieren hier – Wilhelm empfindet es als eine Ehre und große Chance, an dieser Bühne spielen zu dürfen. Er hat ziemliches Lampenfieber gehabt, als er vor einigen Wochen zum Vorsprechen nach München fuhr, hat im Zug immer wieder seinen Text memoriert und plötzlich das Gefühl gehabt, mit seiner Bewerbung zu hoch gegriffen zu haben. Aber als er die großartige Jugendstilfassade des Theaters gesehen hat und ihm drinnen die Theaterluft entgegenwehte, da wusste er, dass er in seinem Element ist. Er hat die vier Herren und die Dame, die seine Leistung beurteilten, kaum wahrgenommen, so war er in seiner Rolle drin. Und prompt hat es geklappt.

»Das war ja recht ansprechend, junger Mann«, bekam er gesagt. »Ich denke, wir haben Aufgaben für Sie.«

Mama war natürlich tief bestürzt, als er mit der Nachricht zurückkam, dass er nun bald nach München übersiedeln würde. Aber sein Vater war begeistert. Der Kortner zurück in Deutschland. Nun geht es mit dem Theater wieder bergauf!

»Fritz Kortner ist einer von den ganz Großen, Wilhelm«, hat er gesagt. Und dann musste Wilhelm das Foto bewundern, das Fritz Kortner lange vor dem Krieg im Café Engel mit seiner Unterschrift geadelt hat.

Er legt die Rollentexte auf die Pullover und hält einen Augenblick inne. Waren da nicht Schritte zu hören? Oder hat er sich getäuscht? Der Abschied von Mama wird nicht leicht werden, aber es ist in jedem Fall besser, wenn sie ihn nicht beim Kofferpacken erwischt. Weil sie dann vermutlich allerlei unnützen Kram anschleppt, den er »unbedingt« mitnehmen muss. Solche Überflüssigkeiten wie Leibbinden, gestrickte Handschuhe oder Angora-Unterhemden. Er überlegt einen Moment, dann entschließt er sich, rasch zu August hinüberzugehen, um unter vier Augen von seinem Bruder Abschied zu nehmen. August zu verlassen fällt ihm momentan am schwersten, denn er weiß, dass sein Bruder die Gespräche mit ihm vermissen wird. Sein Zustand ist schwankend; mal steht er auf, geht durch den Kurpark oder sogar in die Stadt, um eine Kleinigkeit einzukaufen, einmal saß er sogar unten im Café und las die Zeitung. Meist schlägt die gute Stimmung aber schon am folgenden Tag ins Gegenteil um, dann liegt er bis zum Nachmittag in seinem Zimmer, hat die Vorhänge zugezogen und kann weder essen noch schlafen. Auf Hildes Betreiben haben sie einen Nervenarzt in Frankfurt aufgesucht, der hat ihm ein Beruhigungsmittel verordnet und gesagt, man müsse Geduld haben. Aber das Medikament macht August nur müde, er schläft davon ein, und wenn er aufwacht, geht es ihm noch schlechter als vorher.

»Ach, Wilhelm – kommst du, um Lebewohl zu sagen?«, fragt sein Bruder und setzt sich im Bett auf. »Ich hab schon gehört, dass du packst.«

Ach herrje – und dabei hat er sich doch so bemüht, leise zu sein! Er geht zu seinem Bruder ins Zimmer und setzt sich auf den Schreibtischstuhl. August hat mit ihnen zu Mittag gegessen, dann musste er sich wieder zurückziehen. In seine »Hundehütte«, wie Hilde sein Zimmer inzwischen nennt.

»Tja – morgen früh geht es los«, sagt Wilhelm. »Eine tolle Chance – ich hoffe, ich kann was draus machen.«

August lächelt ihm aufmunternd zu.

»Das wünsche ich dir, Bruderherz. Ich glaube fest daran, dass in dir etwas Besonderes steckt. Ein großes Bühnentalent.«

»Ach du!«, sagt Wilhelm gerührt und gibt August einen freundschaftlichen Schubs. »Nun übertreib mal nicht.«

»Doch doch«, beharrt August. »Aus dir kann etwas werden, Wilhelm. Du darfst dich nur nicht verzetteln. Vor allem privat – wenn du weißt, was ich meine …«

Klar weiß Wilhelm, was sein Bruder da meint. Seine zahlreichen Liebschaften haben dem braven August nie gefallen. Er ist nun einmal etwas spießig, sein großer Bruder.

»Keine Sorge«, meint er großspurig. »Ich werde mir bestimmt keine Ehefrau mit sieben hungrigen Kindern ans Bein binden …«

August muss ein wenig lachen. Nein, so hat er das auch nicht gemeint.

»Ich dachte eher an deine kurzlebigen Geschichten. Was ist eigentlich mit der attraktiven Blonden, die dir einen Vorsprechtermin in Hamburg besorgt hat?«

Wilhelm winkt ab. Karin ist ein liebes Mädel. Mit einer hübschen Figur gesegnet, aber nicht besonders romantisch veranlagt. Eher eine krasse Realistin. Und sehr ehrgeizig.

»Was soll mit ihr sein? Sie ist vorgestern nach Hamburg abgereist, und ich wünsche ihr alles Glück dieser Erde. Kein Groll, keine Abschiedstränen. Gute Freundschaft unter Kollegen. So ist das am Theater, Bruderherz. Da denkt eine Frau nicht gleich daran, in den Hafen der Ehe einzulaufen, sonst ist es aus mit dem Beruf!«

August nickt verständnisinnig – ähnliche Vorträge hat Wilhelm ihm schon öfter gehalten. Er ist nicht seiner Ansicht, aber er hat auch keine Lust, darüber zu streiten. Was hätte er ihm denn Gutes über die Ehe erzählen können? Eva hat ihn verlassen – so sieht seine Eheerfahrung aus.

»Dann machen wir es kurz, Wilhelm. Ich nehme an, dass es heute Abend noch einen rührenden Abschiedsumtrunk im Familienkreis geben wird. An dem ich allerdings nicht teilnehmen werde. Sagen wir einander Adieu. Ich wünsche dir das Beste, Wilhelm … das Allerbeste …«

Sie umarmen einander, und Wilhelm klopft ihm auf die Schulter.

»Bin ja nicht aus der Welt, Brüderlein. Nur da unten im tiefsten Bayern. Wenn ich euch wieder besuche, werdet ihr mich vermutlich kaum noch verstehen, weil ich bayrisch rede wie ein alter Bierkutscher.«

»Und schreib mal. Schick deine Kritiken, damit Papa sie in seine Mappe einkleben kann …«

»Besser, du kommst mich mal besuchen, August. Damit wir beide München unsicher machen können.«

»Ja, das wäre was …«, meint August ohne große Überzeugung. Dann geht Wilhelm aus dem Zimmer und schließt die Tür hinter sich. Das Bild des Bruders, der blass und hohlwangig auf seinem Bett sitzt und ihm tapfer zulächelt, verfolgt ihn noch lange. Verdammter, dreckiger Krieg. Was hast du mit den Menschen gemacht? Warum lässt du sie nicht wenigstens jetzt, da wir schon sechs Jahre im Frieden leben, aus deinen Krallen?

Er lässt den halb fertig gepackten Koffer stehen und beschließt, erst mal hinüber ins Theater zu gehen. Erstens muss er seinen Schminktisch noch leer räumen, dann will er sich von einigen Angestellten dort verabschieden, und schließlich muss er seinen Schrankschlüssel abgeben. Er hat Pech, unten an den Außentischen des Café Engel sitzt der Hans Reblinger mit dem Sigmar Kummer, und die Ida Lenhardt ist auch dabei. Da muss er sich noch rasch verabschieden und erzählen, wie sehr er sich auf seine neue Aufgabe bei den Münchner Kammerspielen freut, dass er seine Zeit in Wiesbaden aber als eine wichtige Periode in seinem Leben betrachtet und – man kann ja nie wissen, wie das Leben so spielt – vielleicht irgendwann einmal ans Wiesbadener Staatstheater zurückkehren wird. Finchen, die dreimal Kaffee mit Schuss serviert, zerdrückt ein paar Tränchen und meint, sie kenne den Wilhelm doch von Kindesbeinen an, habe ihn sozusagen mit großgezogen. Ein rechter Lausebengel sei er immer gewesen. Wilhelm wird es langsam peinlich, er nickt in die Runde und eilt davon.

Im Theater ist jetzt nicht viel los, die Proben für die kommende Spielzeit laufen gemächlich an. Stellproben, Leseproben, die Kostüme werden genäht, die Dekoration vorbereitet. Er räumt die wenigen Utensilien, die sein Privateigentum sind, aus dem Schminktisch und steckt sie in die Hosentasche. Den schwarzen Schnurrbart, den er im Molnár-Stück getragen hat, klebt er an den Spiegel, malt mit schwarzem Augenbrauenstift zwei Augen darüber, mit Schminke einen roten Mund darunter, dann verlässt er den Tatort, um noch rasch in der Schneiderei vorbeizuschauen.

Dort ist es verdächtig still; keine Nähmaschine rattert, der Zuschneidetisch steht einsam und verlassen zwischen den Kleiderständern. »Hallo?«, ruft er in den schweigenden Raum hinein. »Die Damen von der flotten Nadel? Keine da?«

Drüben im Nebenzimmer ist Bewegung zu hören, eine Schere fällt herunter, eine Frauenstimme flucht leise.

»Ach, der Herr Koch … Was wollen *Sie* denn noch hier?«

Es ist Annelie, die ältere Kollegin von Julia Wemhöner.

»Ich wollte nur Adieu sagen … Ist Frau Wemhöner nicht hier?«

Annelie schüttelt den Kopf, sie scheint heute besonders schlecht gelaunt. »Die hat heute frei … Tja, dann wünsche ich Ihnen eine gute Zeit in München. Hoffentlich läuft alles nach Wunsch.«

Sie will sich wieder in ihr Kabuff zurückziehen, da fällt Wilhelm ein, dass er noch etwas loswerden will. Dazu ist heute die letzte Gelegenheit.

»Ach, Frau Kupke … Ich wollte Ihnen noch etwas sagen.«

Sie dreht sich um und nimmt sogar die Brille ab. Vielleicht hört sie dann besser, so was soll's ja geben.

»Ich hab da vor einigen Wochen zufällig eine Äußerung von Ihnen gehört. Die fand ich nicht in Ordnung.«

Ihre Miene zeigt Verblüffung und wechselt dann zu Feindseligkeit. »Bitte?«

»Ich zitiere: *Die haben sie wohl vergessen zu vergasen!*«

Wenn sie könnte, würde sie ihn jetzt verprügeln. Er sieht, wie sie rot anläuft, das Kinn wird noch spitzer und beginnt zu zittern.

»So was habe ich nie gesagt!«, stößt sie hervor.

»Dann habe ich das wohl geträumt«, meint er lächelnd. »Komisch, dass man so lebhaft träumen kann. Aber ich bin sehr froh, dass Sie das nicht gesagt haben. Es wäre nämlich ein absolutes Unding gewesen, finden Sie nicht auch?«

Sie starrt ihn voller Wut an, es sieht aus, als wollte sie ihm gleich ins Gesicht springen. »Ich habe keine Ahnung, wovon Sie reden!«, zischt sie. Dann schlägt sie die Tür hinter sich zu.

Wilhelm ist mit sich zufrieden. Soll sie sich über ihn ärgern, das hat sie sich redlich verdient, die Gewitterziege. Auf jeden Fall wird sie es sich in Zukunft gut überlegen, bevor sie ihre Dreckschleuder wieder einschaltet. Er atmet tief und befreit, fühlt sich als der Held des Tages und begibt sich ins Büro, um dort seinen Schlüssel zu hinterlegen. Formular ausfüllen, unterschreiben, den Damen vom Büro eine gute Zeit wünschen – ach ja, da sind noch ein paar Briefe von heißen Verehrerinnen gekommen. Sogar eine Schachtel mit einem Abschiedsgeschenk. Ein silberner Zigarrenschneider. Den wird er heute Abend gleich Papa schenken, der braucht so was. Er zieht mit gut gefüllten Jackentaschen davon, schlägt die Tür des Künstlereingangs hinter sich zu. Und dann ist er draußen.

Morgen steht es im »Wiesbadener Tagblatt«, denkt er heiter:

Unser Willi Koch verlässt das Wiesbadener Staatstheater. Eine Ära geht zu Ende.

Er muss über sich selber lachen, schiebt den Strohhut schräg und überlegt, was er mit dem angefangenen Nachmittag tun könnte. Wie schade, dass er Julia Wemhöner nicht angetroffen hat. Aber vielleicht sieht er sie heute Abend noch im Treppenhaus. Sollte er ihr ein kleines Abschiedsgeschenk kaufen? Ein paar Blümchen. Ein Buch? Parfüm? Alles Blödsinn, das passt nicht zu Julia. Es müsste etwas Besonderes sein. Vielleicht doch ein Buch? Einen Gedichtband? Vielleicht Rilke? Rilke ist immer gut. Er lenkt seine Schritte hinüber zur Langgasse, um in der Buchhandlung Vaternahm nach einem Rilke-Band zu fragen, und läuft doch tatsächlich zwei jungen Damen in die Arme, die unbedingt ein Autogramm von ihm haben wollen.

»Ach, Herr Koch«, seufzt die eine und verdreht die Augen. »Dass Sie uns verlassen, das ist ein schwerer Schlag!«

»Nie werden wir Ihren Diafoirus vergessen«, schwärmt die andere. »Ich habe selten so gelacht!«

»Ach ja?«, meint Wilhelm, wenig begeistert. »Wie mich das freut …«

Natürlich sollen sie lachen, es ist ja auch eine komische Rolle. Aber eigentlich ist er kein Komiker. Er ist ein Charakterdarsteller. Das wird sich in München erweisen!

»Vielen Dank, meine Damen«, sagt er charmant und lupft den Strohhut. Dann strebt er eilig davon und hätte beinahe die Dame in Schwarz angerempelt, die vor einem Hutgeschäft steht und in die Auslagen starrt.

»Können Sie nicht aufpassen?«, fährt sie ihn an.

»Bitte tausend Mal um Ent… Julia! Sie sind das! Ich bin gerade unterwegs zu Ihnen … gewissermaßen … also zumindest in Gedanken …«, er bricht ab, weil er merkt, dass er ins Schwimmen gerät. Wie hübsch sie ist, wenn sie so ärgerlich schaut.

»Wilhelm!«, sagt sie kopfschüttelnd. »Immer so stürmisch. Fast hätten Sie mich über den Haufen gerannt.«

Unter ihrem spöttisch-heiteren Blick wird er verlegen, was sonst gar nicht seine Art ist. Julia hat etwas an sich, das ihn zum kleinen Jungen macht. So eine liebenswerte, leicht ironische Überlegenheit. Ach, sie ist überhaupt eine tolle Frau.

»Ich sagte ja schon, ich war in Gedanken …«

»So, so«, meint sie lächelnd.

»Ich habe an Sie gedacht, Julia.«

»Und schon stehe ich leibhaftig vor Ihnen? Passiert Ihnen das öfter?«

Natürlich glaubt sie ihm nicht. Das kommt davon, wenn man seinen Ruf als Herzensbrecher weghat. Und dabei hat er die reine Wahrheit gesprochen.

»Nur bei Ihnen …«

Jetzt hat er zu dick aufgetragen. Sie lacht ihn aus und wendet sich wieder dem Schaufenster zu. Will sie etwa einen dieser Hüte kaufen? Die schauen alle etwas spießig aus, Marke Kochtopf mit Hahnenfeder in fadem Mausgrau.

»Etwas … aus der Mode gekommen, oder?«, fragt er vorsichtig.

»Ja. Sie wollen das Geschäft aufgeben.«

Er wird trotzdem nicht schlau aus ihr.

»Und da wollen Sie die Restbestände billig fürs Theater erwerben?«

Er steht neben ihr, beschattet die Augen mit der Hand und starrt auf die leicht angestaubte Auslage.

Jetzt dreht sie den Kopf und schaut ihn mit einem verschmitzten Lächeln an. »Können Sie ein Geheimnis bewahren, Wilhelm Koch?«

»Viele. Mein Herz ist eine Mördergrube.«

Sie schaut ihn strafend an. Tatsächlich, wenn sie so streng blickt, hat sie etwas von einer Lehrerin. Eine äußerst verführerische rothaarige Lehrerin.

»Ich überlege, ob ich dieses Geschäft mieten soll«, gesteht sie ihm.

Er ist zunächst verblüfft, dann denkt er sich seinen Teil. Klar – bei dieser »liebenswerten« Kollegin in der Theaterschneiderei ist es nur zu verständlich, dass sie nach Alternativen sucht. Auch er selbst ist heilfroh, seinen Lieblingsregisseur Dr. Seitz los zu sein.

»Wollen Sie etwa Hüte machen?«

Sie lacht. »Warum nicht? Nein – vor allem will ich Mode machen. Für die betuchten Damen der Gesellschaft. Mode nach Maß – das ist schließlich mein Metier.«

Sie schaut ihn herausfordernd an, und er gibt sich keine Mühe, seine Begeisterung zu verbergen. »Das hört sich großartig an, Julia. Vielleicht hätten Sie das schon längst tun sollen, anstatt sich mit dieser Schnepfe Annelie herumzuärgern.«

»Mag sein …«

Sie sagt nichts weiter zu diesem Thema, jammert ihm nichts vor, behält ihren Ärger für sich. Aber es muss einiges vorgefallen sein, um Julia Wemhöner, die so eng mit dem Theater verbunden ist, zu diesem Schritt zu drängen. Jetzt ärgert er sich, dass er vorhin nicht deutlicher geworden ist. Er hätte der Kupke auch mit einer Anzeige drohen können. Um ihr zumindest ein paar schlaflose Nächte zu bereiten.

»Wissen Sie was?«, fragt er Julia. »Ich würde Sie gern zu einem Kaffee einladen. Heute ist doch mein letzter Tag in Wiesbaden.«

»Ja, richtig«, sagt sie und wirkt tatsächlich ein wenig bekümmert. »Morgen geht's schon nach München, oder?«

Er ist hin und her gerissen. Dass er sie an seine Abreise erinnern muss, zeugt nicht gerade davon, dass sie Tag und Nacht an ihn denkt. Auf der anderen Seite wirkt sie jetzt ehrlich betrübt, und das versöhnt ihn wieder.

»Ins Café Engel?«, fragt sie.

»Ach nein. Gehen wir lieber zu Bossong. Ich kann Mamas traurigen Blick so schlecht ertragen. Und dann sind da so viele Bekannte …«

Das versteht sie. Sie biegen in eine Seitenstraße ein, wo das Café Bossong in einem Eckhaus untergebracht ist, und weil draußen alle Tische belegt sind, setzen sie sich drinnen an einen Fenstertisch. Es ist angenehm kühl hier, ein wenig dämmrig und fast leer. Nur hinten sitzt ein älterer Herr beim Bier, nicht weit von ihm essen zwei ältere Frauen Sahnetorte. Wilhelm stellt mit raschem Blick fest, dass es hier eine beleuchtete und auch gekühlte Kuchenvitrine gibt. Hilde hat schon recht – bei diesem Wetter ist das wirklich praktisch.

Sie bestellen Kaffee und sind sofort ins Gespräch vertieft.

»Dann stehen wir also beide vor einem neuen Anfang«, meint Wilhelm. »Wie haben Sie sich das Geschäft denn vorgestellt?«

Sie erzählt ihm, dass ihre Idee noch in den Anfängen steckt. Sie hat den Laden gestern besichtigt, er besteht aus mehreren Räumen, die ineinander übergehen, die beiden mittleren sind ohne Tageslicht, der hintere geht auf einen kleinen Hof hinaus. Dort könnte zugeschnitten und genäht werden, die mittleren Räume wären gut ausgeleuchtet für die Anprobe geeignet, vorne würde sie einige Modelle dekorieren und die Kundinnen empfangen, erste Gespräche führen, vielleicht Kataloge zeigen oder rasche Zeichnungen anfertigen.

Sie hat Geld gespart, davon könnte sie die ersten harten Monate überleben.

»Ein Wagnis ist es dennoch«, meint sie und seufzt.

»Wer nicht wagt, der nicht gewinnt!«

Er macht ihr Mut, bietet sich an, anlässlich einer Modenschau den Conférencier zu machen. Sie lacht und meint, das würde wohl noch ein wenig dauern, bis sie eine eigene Modenschau gestalten könnte.

»Immerhin – ich nehme Sie beim Wort, Wilhelm.«

»Das können Sie, Julia.«

Es wird ihm heiß, so nah bei ihr, so tief im Gespräch, so unvermittelt ihren Blicken, ihren Gesten ausgesetzt. Das ist etwas anderes als die jungen Dinger vom Opernchor, die ehrgeizigen Schauspielerinnen oder die Mädels vom Ballett. Julia hat ein Schicksal hinter sich, sie ist schon Mitte vierzig, eine Frau mit Lebenserfahrung, und doch wirkt sie oft wie ein kleines Mädchen. Sie ist romantisch, kann sich begeistern, kann sich hingeben, und zugleich weiß sie sich erstaunlich gut zu beherrschen.

Während er ihr von den Münchner Kammerspielen erzählt, beobachtet er ihre Mimik, in der sich seine eigene Vorfreude spiegelt, und er fühlt sich verstanden. Sie sind auf einer Wellenlänge: Was auch immer er sagt, sie kann etwas hinzufügen, was auch immer sie erzählt, er kann es ergänzen. Sie lachen miteinander, sie ist unbefangen und heiter, wie er sie noch nie erlebt hat.

»Es ist nett mit Ihnen«, sagt sie schließlich und streicht über seinen Arm. »Wie schade, dass Sie morgen abreisen. Ich werde Sie vermissen.«

Die Berührung ist freundschaftlich gemeint, ein wenig mütterlich und sehr liebevoll. Trotzdem hat es ihn erwischt, er steht plötzlich unter Strom, muss sich zusammenreißen, weil auf einmal ganz verrückte Wünsche in ihm aufsteigen.

»Ist ja nicht für immer«, stottert er und schaut vor Verlegenheit auf seine Armbanduhr. »Ach je – schon so spät. Meine Eltern warten auf mich. Für die Abschiedszeremonie …«

»Dann aber hurtig. Sie dürfen sie auf keinen Fall warten lassen. Ihre Eltern sind wunderbare Menschen, Wilhelm.«

Er besteht darauf, sie einzuladen, und sie müssen beide lachen, weil er auf der Suche nach Kleingeld allerlei Zeug aus seinen Hosentaschen befördert. Briefe, weiße Schminke, einen silbernen Zigarrenschneider, mehrere Gummibänder, eine blonde Haarlocke, mit einem rosa Seidenband zusammengebunden …

»Lassen Sie mich raten«, sagt sie. »Von Karin? Ach nein, das passt nicht zu ihr. Von Irene? Nein, die ist nicht naturblond. Ich weiß: von Sabinchen. Die hübsche Kleine vom Ballett …«

Es ist ihm peinlich, er will nicht, dass sie ihn für einen Bruder Leichtfuß hält. Das ist er nämlich nicht. Zumindest nicht immer. Eigentlich gar nicht mehr. Weil es ihm auf einmal ernst ist. Deshalb lacht er auch nicht über ihren Scherz, sondern grinst nur etwas mühsam.

»Böse?«, fragt sie, während sie durch das Café zum Ausgang gehen.

»Aber nein …«

»Es tut mir leid. Ich bin zuweilen eine Spötterin. Es war nicht böse gemeint, Wilhelm.«

Draußen fällt die Sonne mit grellem Licht über sie her, sie müssen blinzeln, die Intimität des kühlen, stillen Innenraums ist zerrissen.

Sie reichen einander die Hände zum Abschied, Wilhelm verspricht, ihr zu schreiben, wünscht ihr alles Gute für ihr Projekt, verspricht, zur Eröffnung ihres Geschäfts zu kommen. Natürlich nur, wenn er sich freimachen kann …

Dann gehen sie auseinander. Julia in Richtung Langgasse, er in Richtung Wilhelmstraße. An der Kreuzung bleibt er stehen und dreht sich um, kann ihren roten Haarschopf noch für einen Moment zwischen den Passanten leuchten sehen, dann ist sie in der Menge untergetaucht.

Eine zarte Berührung nur. Ihre Hand, die über seinen Arm gleitet. Das war alles. Aber es hat ein Feuer entfacht. Zahllose Wünsche geweckt, eine wilde Flut von Bildern im Kopf erstehen lassen, die er nun mit sich herumschleppen wird. Etwas Wunderbares und zugleich Qualvolles hat von ihm Besitz ergriffen. Julia – die ferne, unerreichbare Geliebte.

SWETLANA

August 1951

Sie hat wahnsinnige Angst gehabt, mit diesem falschen Pass zu reisen. Woher konnte sie wissen, ob Wolodjas Arbeit gut oder schlecht war? Er hat einen echten Pass verwendet, woher er den hatte, wollte sie gar nicht erst wissen. Ein Heftchen mit einem Einband aus blauer Pappe, darauf ist in schwarzen Lettern gedruckt:

Vorläufiger Reisepass für deutsche Staatsangehörige

Innen steht zu lesen: *Ausgefertigt in Wiesbaden, amerikanisch besetzte Zone.*

Der Pass ist ausstellt auf

Swetlana Stammler, geborene Kovaleva

Stammler war der Name von Mischas Vater. Gerhard Stammler, Unteroffizier der Wehrmacht. Er ist 1944 an die Ostfront abkommandiert worden und irgendwo gefallen. Swetlana besitzt noch eine Feldpostkarte aus Brandenburg, die er ihr geschickt hat. Die bewahrt sie auf. Für Mischa.

»Du hast Glück«, hat Wolodja zu ihr gesagt. »Es gibt seit Mai neue Pässe in Westdeutschland. Aber die haben erst wenige Leute, deinen habe ich auf das Jahr 1948 ausgestellt.«

Wolodja hat dichtes graues Lockenhaar, helle Augen und einen kurzen Vollbart. Er vergisst nicht zu erwähnen, dass er normalerweise dreitausend Rubel für solch eine Arbeit bekommt.

»Aber für eine gute Freundin meiner Mutter ist es umsonst.«

Was für ein herzzerreißender Abschied von Jekaterina und Natalja! Sie haben Swetlana angefleht zu bleiben. Sich nicht ins Unglück zu stürzen. Die Kontrollen an den Grenzen seien scharf. Wenn die sowjetischen Zöllner es nicht merken, dann die polnischen. Die Amerikaner sowieso. Und die Deutschen überhaupt. Es ist Wahnsinn, was sie vorhat. Und dazu noch mit dem Jungen. Unverantwortlich!

»Ins Gefängnis werden sie dich sperren. Nach Sibirien schicken. Oder gleich erschießen …«

»Sie werden dir Mischa wegnehmen. In ein Heim stecken sie ihn. Dann siehst du dein Kind nie wieder.«

Aber Swetlana hat den Anblick ihres verprügelten Jungen nicht vergessen. Mischa ist wieder gesund geworden, eine Narbe an der Schläfe ist ihm jedoch geblieben, die wird er sein Leben lang tragen.

Fort, nur fort aus diesem Land, das nicht mehr ihre Heimat ist.

Und dann war alles viel einfacher, als sie geglaubt hat. Keiner der Grenzbeamten stellt ihr Fragen, keiner starrt sie misstrauisch an, sie schauen nur auf das Foto und vergleichen es mit ihrem Gesicht – aber das Bild hat Wolodja mit seiner eigenen Kamera aufgenommen und bearbeitet, dazu einen wunderschönen Stempel darübergemalt. Er ist wohl doch ein Künstler, Anna Karlowas Jüngster.

Nach drei Tagen und drei Nächten Zugfahrt, mehrmaligem Umsteigen und verschiedenen ungeplanten Aufenthalten ist sie in Wiesbaden. Spät am Abend kommt sie mit dem Zug aus Frankfurt an, steigt aus und steht mit Mischa auf dem dunklen Bahnsteig.

»Ich will nie, nie, nie wieder Zug fahren, Mama!«, sagt Mischa, der sich während der Reise immer wieder übergeben musste. Der Kleine schaut krank und abgemagert aus, sie sind beide von der langen Reise todmüde. Was also tun, am späten Abend in einer Stadt, die nicht gerade auf sie und ihren Sohn gewartet hat? Sie weiß sich keinen anderen Rat, als sich einer Patrouille der amerikanischen Besatzer anzuvertrauen. Man bringt sie und Mischa ins Hauptquartier. Und jetzt erst beginnen die Probleme. Freimütig erzählt sie ihre Geschichte, weist ihren Pass vor und bittet darum, mit ihrem Sohn in Deutschland bleiben zu dürfen. Das erweist sich als nicht so einfach. Sie wird für mehrere Tage mit Mischa zusammen festgehalten, in einer Gefängniszelle einquartiert und täglich mehrmals mithilfe eines Dolmetschers befragt. Sie begreift, dass die Amerikaner sie für eine sowjetische Spionin halten, versucht verzweifelt, diesen Verdacht zu zerstreuen, und fürchtet, zurückgeschickt zu werden. Was dort mit ihr und Mischa geschehen würde, mag sie sich gar nicht vorstellen. Doch sie hat Glück. Schließlich darf sie bleiben, sie erhält sogar einen neuen Pass, und die Besatzer verschaffen ihr eine kleine Wohnung im Wiesbadener Bergkirchenviertel. Swetlana weiß, dass sie unter Beobachtung steht, denn das Misstrauen der Amerikaner ist nicht erloschen, aber sie ist jetzt offiziell Bürgerin der Stadt Wiesbaden, und zwar als Swetlana Stammler, Witwe des Gerhard Stammler. Da das Rathaus von Bomben getroffen wurde, sind dort viele Akten verbrannt – ihre Heirat mit Gerhard Stammler im Jahr 1942 kann weder bezeugt noch dementiert werden. Mischa gilt somit als ehelich geboren.

Man beschloss, er solle noch ein Jahr in den Kindergarten gehen, bevor er nächste Ostern eingeschult wird. Zu Swetlanas Erleichterung verträgt er sich gut mit den deutschen Kindern.

Swetlana ist glücklich und zufrieden. Sie hat viel riskiert, und sie hat gewonnen. Nicht so sehr für sich selbst hat sie das getan, sondern für ihren Sohn, der es einmal besser haben soll. Jekaterinas Sorgen waren unbegründet, Anna Karlowa hat recht gehabt. Ach, sie würde ihren lieben Freundinnen in Smolensk so gerne schreiben, aber vorläufig wagt sie es nicht. Wegen dieser dummen Spionagegeschichte hat sie Angst, Jekaterina und Natalja in Verdacht zu bringen.

Monate sind vergangen, ein Jahr, zwei Jahre. Inzwischen fühlt sich Swetlana in Wiesbaden sicher, wenn auch nicht wirklich zu Hause. Mischa, den sie nun Michael nennt, damit nichts mehr auf seine osteuropäische Herkunft hindeutet, geht inzwischen in die zweite Klasse. Er hat mehrere gute Freunde, doch er darf sie nicht mit nach Hause bringen, und Swetlana gefällt es auch nicht, wenn er bei seinen Freunden eingeladen ist. Weil sie sich ja nicht revanchieren kann. Swetlana ist nicht wie andere Mütter den ganzen Tag über zu Hause – sie muss arbeiten. Sie spricht zwar inzwischen schon recht gut Deutsch, aber man hört an ihrer Aussprache, dass es nicht ihre Muttersprache ist. Dazu kommt, dass sie nichts gelernt hat, keine Ausbildung hat; es bleibt ihr nichts anderes übrig, als putzen zu gehen. Der Verdienst ist schmal, sie hat mehrere Putzstellen, muss mit der Straßenbahn in der ganzen Stadt herumfahren und kommt am Abend müde nach Hause.

»Die anderen spielen draußen Verstecken und Abschlagen«, mault Mischa. »Ich will auch mitmachen.«

Aber das verbietet sie ihm. Er ist kein Straßenkind, soll nicht mit den anderen draußen herumtoben, Fußball spielen oder gar in den Ruinengrundstücken herumwühlen. Swetlana hat Angst um ihren Sohn. Er könnte einen Sprengkörper finden, der explodiert. Solche Dinge passieren immer wieder, man liest es in der Zeitung, die Nachbarin erzählt es ihr. Es werden auch spielende Kinder von Autos überfahren. Oder von fremden Männern angesprochen und mitgenommen. Nein – Michael hat einen Schlüssel, der hängt an einem Band um seinen Hals. Damit kann er in die Wohnung gehen, sich sein Essen aufwärmen und seine Hausaufgaben machen.

»Wir denken immer an den kleinen Mischa«, schreibt Jekaterina. »Schick doch einmal ein Foto, damit wir wissen, wie er jetzt aussieht.«

Sie schreibt regelmäßig lange Briefe an die Freundinnen und an Anna Karlowa; auch Michael verfasst einige Zeilen, was ihm schwerfällt, denn er schreibt nicht gern. An den Namenstagen, an Ostern und zu Weihnachten schicken sie einander kleine Geschenke. Swetlana vermisst die Freundinnen sehr, sie hat in Deutschland niemanden gefunden, der so vorbehaltslos und liebevoll für sie eingetreten wäre wie die beiden Schwestern in Smolensk. Höchstens ihre Nachbarin Luisa, die sich hin und wieder um Michael kümmert. Luisa ist eine sanfte, sehr freundliche Person, aber Swetlana hat dennoch Vorbehalte. Das liegt daran, dass Luisa dem Jungen allerlei Dinge einredet, die Swetlana nicht gefallen.

»Spielst du denn nie mit deinen Freunden, Michael?«

»Hast du Lust, mit mir ins Schwimmbad zu fahren?«

»Ach, du musst doch nicht in allen Fächern der Beste sein!«

Seitdem Michael zu Luisa und Fritz hinübergeht, hat er begonnen, sich gegen Swetlanas Vorschriften zu sträuben.

»Ich will auch mal mit meinen Freunden spielen. Und nächste Woche bin ich zu einer Geburtstagsfeier eingeladen. Bei meinem besten Freund.«

Swetlana gibt nach. Sie kauft ein Geschenk und bringt Michael mit der Straßenbahn zur Geburtstagsfeier, holt ihn am Abend wieder ab. Das kostet sie zwei Putztermine – aber sie wird nacharbeiten. Schlimm nur, dass er nun öfter eingeladen wird. Und dann steht auch sein eigener Geburtstag im April an. Zehn Freunde will er einladen, auch Mädchen sind dabei. Wenn schönes Wetter ist, dann können sie in einen Park gehen und Ballspiele machen. Aber wenn es regnet, hat sie elf Kinder in ihrer engen Wohnung!

»Ich helfe dir«, hat Luisa gesagt. »Ich kann Spiele organisieren, und ich backe dir einen Kuchen.«

Das hat sie auch getan. Die wimmelnde Geburtstagsgesellschaft lief fröhlich von einer Wohnung zur anderen, bei Swetlana gab es Kakao und Kuchen, bei Luisa und ihrem Mann Fritz wurden allerlei spannende Wettspiele gemacht, es gab sogar kleine Preise zu gewinnen.

»Das war mein schönster Geburtstag«, hat Michael am Abend gesagt, als sie ihn ins Bett brachte. »Warum kann der Fritz nicht mein Papa sein?«

»Weil du einen anderen Papa hast. Das weißt du doch …«

Sie hat ihm allerlei Lügen über seinen Vater erzählt, weil sie nicht will, dass er die Wahrheit erfährt. Dass sein Vater sich wahnsinnig gefreut habe, als er geboren wurde. Dass er den Namen »Michael« für ihn ausgesucht hätte. Dass er ihn im Arm hielt und sich kaum von dem kleinen Sohn trennen konnte, als er wieder ins Feld musste. Nichts davon ist wahr. Gerhard hat sie einmal im Krankenhaus besucht, wo sie entbunden hat. Als sie nach der Geburt zurück im Arbeitsdienst war, hat er dafür gesorgt, dass sie das Kind bei sich behalten durfte. Das war es dann aber auch. Ende '44 haben sie ihn dann in den Osten geschickt, da hat er ihr noch einmal geschrieben, dann ist er gefallen. Das hat sie im Lager erfahren, weil es am Schwarzen Brett gestanden hat.

»Aber mein Papa ist tot!«, beharrt Michael. »Da könnte der Fritz doch jetzt mein Papa sein.«

»Er kann dein großer Freund sein, aber nicht dein Papa.«

»Warum?«

»Weil er doch sonst mit mir verheiratet sein müsste.«

Das leuchtet Michael ein. Fritz ist mit Luisa verheiratet. Aber die beiden haben keine Kinder. »Warum nicht?«, fragt er.

»Sie werden bestimmt irgendwann Kinder haben.«

Swetlana weiß von Luisas Fehlgeburten, und es tut ihr sehr leid, aber es ist nicht einfach, Luisa zu trösten, weil sie nicht darüber sprechen will. Wenn die Rede darauf kommt, schwenkt sie rasch auf ein anderes Thema um.

»Stell dir vor, Swetlana: Fritz hat eine Geige für Michael aufgetrieben. Einer seiner Schüler im Konservatorium gibt das Geigenspiel auf, und die Eltern möchten die Geige verkaufen.«

Das ist wieder eine von diesen Verrücktheiten, die sie dem Jungen in den Kopf setzen. Es ist ja schön, dass Michael musikalisch ist, deshalb muss er aber nicht unbedingt ein Instrument spielen. Noch dazu eine Geige, da gibt es Ärger mit den Nachbarn, das muss der Fritz Bogner doch am besten wissen. Und außerdem hat sie kein Geld, um so etwas Unnützes wie eine Geige zu kaufen. Das bisschen, was sie jeden Monat zurücklegen kann, soll für Michaels Studium sein. Ein Medizinstudium ist sehr teuer, da muss sie frühzeitig mit dem Sparen beginnen, denn auf ein Stipendium kann sie sich nicht verlassen.

»Fünfzig Mark – das ist nicht zu viel, Swetlana. Es ist eine gute Geige, das ist wichtig.«

»Es geht nicht. Ich hab das Geld nicht. Leider. Ich danke euch trotzdem für eure Mühe.«

Aber jetzt wird offenbar, wie sehr Michael schon unter dem Einfluss der beiden steht. Als sie ihm verkündet, dass es nichts wird mit dem Geigenunterricht, wird er bockig. Stampft mit dem Fuß auf, fängt an zu schreien, und als sie ihn zurechtweist, heult er so laut, dass alle Nachbarn es hören müssen.

»Ich … will … aber!«

Sie hat ihn nie geschlagen, so, wie es andere Eltern tun. Jetzt ist sie kurz davor. Wie zornig er ist! Sie packt seine Handgelenke und hält sie fest. Er zappelt und tritt sogar nach ihr.

»Du bist nicht meine Mama … Ich will, dass Luisa meine Mama ist!«

Jetzt rutscht ihr doch die Hand aus; er bekommt die erste Ohrfeige seines Lebens. Oh, wie weh ihr dieser Satz tut! Das ist nun der Dank für ihre Liebe. Für alle Sorgen und Mühen. Dafür, dass sie Tag und Nacht arbeitet, damit es ihm gut geht und er im Leben vorankommt. *Du bist nicht meine Mama!*

»Geh ins Bett! Ich will dich heute nicht mehr sehen!«

Wortlos dreht er sich um und geht ins Schlafzimmer. Er weint nicht, stumm sitzt er auf dem Bett, verblüfft darüber, dass sie ihn geschlagen hat. Dabei ist das etwas ganz Normales, alle Kinder bekommen Ohrfeigen, und in der Schule werden die Störenfriede mit einem hölzernen Lineal auf die Fingerspitzen geschlagen. Manche Jungen prahlen sogar damit, dass der Vater sie gestern ordentlich verhauen hat. Trotzdem leidet sie unter dem erschrockenen Gesichtsausdruck ihres Sohnes. Ach, sie will doch nur, dass er es gut hat. Ein sorgloses, schönes Leben soll er haben. Ein guter Mensch soll er werden. Ein Arzt, wie es ihr Vater gewesen ist. Muss er dazu Geige spielen können?

In der Nacht muss Michael spucken. Sie muss mehrmals aufstehen, ihm den Kopf halten, Tee kochen, das Bett frisch beziehen, den Fußboden wischen. Am Morgen hat der Junge Fieber und kann nicht zur Schule gehen. Sie selbst fühlt sich wie gerädert, sagt bei zwei Putzstellen ab, und als Michael eingeschlafen ist, legt sie sich noch einmal für ein halbes Stündchen ins Bett, bevor sie mit ihm zum Arzt geht. Wenn sich daraus nur keine schlimme Krankheit entwickelt!, denkt sie sorgenvoll. Einer seiner Freunde hat die Masern, daraus kann eine Lungenentzündung oder gar Diphterie werden. Ziegenpeter hat Michael zum Glück schon gehabt, aber vielleicht sind es ja die Windpocken? Sie muss ihn gleich auf rote Pickel oder Hautausschläge absuchen … Belastet von all diesen Sorgen, fällt sie in einen unruhigen Schlaf, träumt von der Bahnreise durch das winterliche Polen, sieht verschneite Ebenen, niedrige Holzhäuser, Fichtenwälder, die unter der Schneelast ächzen. Der Zug muss ständig abbremsen, er gibt seltsam knirschende Geräusche von sich, die Räder kreischen auf den Metallschienen, sie schreien geradezu, es klingt jammervoll wie das Weinen einer jungen Katze …

»Michael?«

Sie ist aus dem Schlaf hochgefahren und starrt hinüber in sein leeres Bett. Ist er ins Badezimmer gelaufen, weil er sich wieder übergeben musste? Sie steht auf, hat schon die Klinke der Badezimmertür in der Hand, da hört sie es wieder. Ein langes zirpendes, kreischendes Geräusch, das schließlich in einen Ton übergeht. Der Ton zittert, wird heiser, bricht ab. Er kommt aus der Nachbarwohnung, vermutlich eine Geige. Aber es kann auf keinen Fall Fritz Bogner sein, viel eher ein Anfänger, der gerade seine ersten Versuche auf dem Instrument …

»Michael? Michael! Mischa!«

Sie streift hastig Bluse und Rock über, reißt die Wohnungstür auf und steht im Treppenhaus. Da! Da ist der Ton wieder. Dieses Mal viel klarer, keine winselnde Katze, eher ein weinendes Kind.

»Nicht so fest«, hört sie die Stimme ihres Nachbarn. »Du musst nur so viel Druck geben, wie der Bogen braucht, um die Saite zum Klingen zu bringen. Hast du es gehört? Probier es noch mal …«

Es knirscht, dann erklingt ein schöner, sauberer Ton. Bricht ab, wird neu angesetzt, dieses Mal lauter, gepresster …

»Probier es aus. Spitz deine Ohren, du hörst selbst, ob es gut ist. Das ist die G-Saite. Die hat die tiefsten Töne. Diese ist die D-Saite. Dann kommt die A-Saite. Und die E-Saite ist für die ganz hohen Töne. Die ist aus Metall, siehst du?«

Swetlana muss sich an die Wand lehnen, so sehr steigt der Zorn in ihr hoch. Fritz gibt Michael Geigenunterricht! Ohne ihre Erlaubnis tut er das. Verführt ihr Kind zu solch unsinnigem Tun, macht ihr den Jungen abspenstig, rebellisch, treibt einen Keil zwischen sie und ihren Sohn. Noch dazu jetzt, wo Michael krank ist. Sie holt tief Luft, dann geht sie die drei Schritte über den Flur und läutet bei Bogners an der Wohnungstür. Sie läutet mehrmals, weil sie so wütend ist.

Als Luisa öffnet, fällt sie regelrecht über sie her.

»Was tut Michael hier? Wieso er spielt Geige? Ich hab gesagt, dass ich das nicht will! Michael! Leg sofort Geige zurück und komm her! Du bist krank, wir müssen zum Arzt gehen!«

Michael hat sich die kurze Hose über das Nachthemd gestreift. Es schaut komisch aus, weil die Hemdzipfel aus den Hosenbeinen heraushängen. Er weint nicht, als sie so laut schimpft und fordernd den Arm nach ihm ausstreckt. Ganz langsam nimmt er die Geige herunter, schaut Fritz Bogner fragend an, dann reicht er ihm das Instrument. Den Bogen legt er vorsichtig auf einen Stuhl.

»Ich bin rübergegangen, weil mir langweilig war, Mama«, sagt er. »Ich wollte dich nicht wecken, weil du doch so müde bist.«

Sie schweigt. Alle sehen sie vorwurfsvoll an. Ihr Zorn sinkt in sich zusammen, und das schlechte Gewissen meldet sich. Michael ist aufgewacht und wollte sie nicht wecken, weil er meinte, sie brauche ihren Schlaf. Das ist doch lieb und rücksichtsvoll von ihm. Warum schreit sie hier herum? Weil Fritz Bogner ihm gezeigt hat, wie man einer Geige Töne entlockt?

»Bitte, seien Sie Michael nicht böse«, sagt Luisa mit sanfter Stimme. »Er war nur neugierig. Er ist ein so kluger Junge und will alles wissen. Darauf sollten Sie stolz sein, Frau Stammler …«

Swetlana spürt die Wärme in Luisas Rede. Dass Michael gelobt wird, macht sie glücklich. Ja, sie ist stolz auf ihren Jungen, aber sie hat auch große Angst um ihn.

Dann sagt Luisa etwas, das ihr zu Herzen geht: »Ich wünschte, wir hätten einen Sohn wie Michael.«

Das Eis ist gebrochen, Swetlanas Zorn fließt dahin, sie ist auf einmal tief gerührt und umarmt die Nachbarin.

»Es tut mir leid … es tut mir so leid … Ich war so zornig, weil er war doch ganze Nacht krank … und dann er steht hier und spielt Geige!«

Luisa ist zuerst überrascht, dann legt auch sie die Arme um

Swetlana. »Sie machen sich viel zu viele Sorgen, Swetlana. Die sind ganz unnötig. Er ist begabt. Und er hat solche Freude daran …«

Swetlana schluchzt ein wenig, sie nickt, lässt sich überreden, am Tisch Platz zu nehmen, eine Tasse Kaffee mitzutrinken. Sie sieht, wie ihr Sohn hoffnungsvoll lächelt, und als er sich neben sie setzt, stellt sie fest, dass er kein Fieber mehr hat. Ist er wieder gesund? Dann braucht sie vielleicht gar nicht mit ihm zum Arzt zu gehen.

Fritz Bogner hat ein schlechtes Gewissen. Er entschuldigt sich bei ihr, bittet sie, sein Tun nicht als Eingriff in ihre Erziehung zu sehen. Das wollte er auf keinen Fall.

»Mischa wollte so gern wissen, wie man die Töne auf der Geige erzeugt, und da habe ich ihm gezeigt, dass es nicht so einfach ist, wie es aussieht. Nicht wahr, Michael?«

Michael schüttelt energisch den Kopf. »Nein. Es ist ganz einfach. Man muss es nur können.«

Fritz und Luisa schmunzeln über diese Antwort, und auch Swetlana muss ein wenig lächeln.

»Vor allem muss er haben gute Noten in Schule …«, bemerkt Swetlana.

»Daran würde ihn das Geigenspiel nicht hindern«, sagt Luisa Bogner. »Im Gegenteil. Ein Instrument zu lernen ist ein guter Ausgleich zur Schule. Und wenn er Freude daran hat und fleißig übt, kann er später mit anderen gemeinsam musizieren …«

Swetlana widerspricht nicht, obgleich sie das gern tun würde, aber sie sieht die Hoffnung in Michaels Gesicht, und sie hat nicht das Herz, sie ihm zu nehmen.

»Fünfzig Mark ist viel Geld«, sagt sie leise. »Und der Unterricht kostet doch auch. Das kann ich nicht bezahlen …«

Einen Moment lang sind sie alle still. Michael schaut beklommen auf die Geige, die Fritz zurück in den Geigenkasten gelegt hat. Luisa schaut ihren Mann auffordernd an.

Der nickt lächelnd. »Wegen des Unterrichts müssen Sie sich keine Sorgen machen, Frau Stammler …«

Aber Swetlana hat ihren Stolz. Sie will nicht, dass ihr Nachbar, der selbst nicht viel Geld hat, ihren Sohn umsonst unterrichtet. Sie wird ihm etwas dafür bezahlen.

»Die Geige … Könnte man vielleicht noch handeln? Wenn nicht – nun ja, notfalls müsste es gehen.«

»Mama!«, schreit Michael und fällt ihr glücklich um den Hals, küsst sie auf die Wangen. »Die beste Mamutschka der Welt …«

»Wissen Sie was?«, meint Luisa. »Ich frage mal meinen Onkel, der ist der Besitzer vom Café Engel. Vielleicht könnten Sie dort aushilfsweise servieren? Würde Ihnen das gefallen?«

»Das … das wäre ja wunderbar!«

Swetlana kann es kaum glauben. Sie hat schon mehrfach versucht, eine bessere Arbeit als das ewige Putzen zu finden. Aber bisher ist das immer gescheitert. Vor allem, weil ihr Deutsch noch etwas holprig war. Aber das ist jetzt schon viel besser.

Es ist ein glücklicher Tag in ihrem Leben. Sie bedankt sich herzlich, Michael schmiegt sich zärtlich an seine Mama, Luisa und Fritz umarmen sie zum Abschied. Sie ist über ihren Schatten gesprungen, dabei hat sie ihr Kind glücklich gemacht und neue Freunde gefunden. Ja, sie war viel zu misstrauisch. Luisa und Fritz sind so unfassbar liebe Menschen, wieso hat sie das nicht gleich gespürt? Wie konnte sie nur glauben, die beiden wollten ihr Michael abspenstig machen? Sie wollten ihr und ihrem Kind helfen. Aus reiner Freundlichkeit und Menschenliebe. Und dabei hat die arme Luisa doch selbst solchen Kummer.

Swetlana macht rasch ein Frühstück für sich und den Sohn, dann schreibt sie ihm eine Entschuldigung für die ersten beiden Stunden, und er geht zur Schule. Sie selbst bringt die Wohnung in Ordnung und geht dann auf die Bank, um das Geld für die Geige abzuheben. Mit den fünfzig Mark im Portemonnaie klingelt sie um die Mittagszeit bei Bogners an der Wohnungstür.

»Stellen Sie sich vor«, sagt Luisa strahlend. »Ich war gerade eben unten im Café Engel, und die Hilde hat gesagt, Sie sollen gleich einmal vorbeikommen. Es wäre nur zweimal in der Woche, aber für den Anfang ist das doch nicht schlecht, oder?«

Swetlana ist begeistert. Sie gibt Luisa das Geld und erfährt, dass Fritz tatsächlich noch einmal mit der Besitzerin reden will. Vielleicht geht sie mit dem Preis ein wenig herunter.

»Ich hole Geige heute Abend ab. Ist Ihnen das recht?«

»Wunderbar. Warten Sie, ich muss mir nur andere Schuhe anziehen, dann gehen wir zusammen zum Café Engel. Sie werden sehen, mein Onkel Heinz und die Tante Else sind wunderbare Menschen …«

Swetlana muss um zwei Uhr bei einer Kundin sein, um die Wohnung zu putzen, aber das ist noch zu schaffen. Gemeinsam gehen sie durch die Altstadt, reden über alles Mögliche, wie gute Freundinnen es tun. Swetlana erfährt, dass Fritz Bogner auf eine Stellung beim Theaterorchester hofft, dass er momentan in mehreren Ensembles spielt, die überall im Rheingau auftreten, und daher schrecklich viel unterwegs ist. Dass Luisa aus Ostpreußen stammt und ihre Mutter im Krieg verloren hat. Sie erzählt Luisa von ihren Freundinnen in Smolensk, von ihrer Mutter, die so krank ist und schon lange nicht mehr geschrieben hat. Dann stehen sie auch schon vor dem Café Engel, wo heute zahlreiche Gäste unter den gelben Sonnenschirmen an den Außentischen sitzen. Swetlana bewundert die mollige Serviererin, die mit sicheren Bewegungen und einem Lächeln die Kaffeetassen und Kuchenteller vor die Gäste hinstellt. Ob sie das auch schafft? Schwer ist es ja nicht, sie wird sich große Mühe geben, diese Arbeit so gut wie möglich zu machen. Wie schön wäre es, nicht mehr die Putzfrau zu sein, sondern von den Menschen wahrgenommen und freundlich behandelt zu werden.

»Kommen Sie mit …«

Luisa geht mit ihr durch die Drehtür ins Café hinein. Dort

gibt es wesentlich weniger Gäste, vermutlich liegt das am schönen Sonnenschein, der die Menschen nach draußen lockt. Hier im Gastraum sitzen nur drei Personen an einem Fenstertisch, zwei Männer und eine ältere Frau. Sie sind in ein Gespräch vertieft, das wohl nicht erfreulich verläuft, denn alle drei zeigen düstere Mienen. Luisa stört sich nicht daran, sie geht auf den Fenstertisch zu und redet die dort Sitzenden freundlich an.

»Einen schönen guten Tag, Tante Else, Onkel Heinz. Darf ich euch einen Moment stören?«, fragt Luisa. »Dies ist Frau Stammler, meine Nachbarin. Ich hatte mit Hilde ausgemacht, dass sie als Aushilfe zweimal in der Woche hier einspringen könnte …«

Einer der beiden Männer – der ältere – schaut Swetlana an, nimmt die Brille herunter und lächelt. Was für ein warmes Lächeln er hat! Der andere Mann scheint wenig interessiert, dafür starrt die ältere Frau sie jetzt prüfend an und will wissen, ob sie schon Erfahrung in diesem Beruf hat.

»Nein, bisher nicht«, sagt Swetlana, und sie spürt, wie sie unter diesem prüfenden Blick unsicher wird und auf einmal die deutschen Worte vergisst. »Aber ich will lernen. Ich bin … fleißig … und gute Arbeit …«

Die ältere Frau runzelt die Stirn. Sie schaut verunsichert zu Luisa, die lächelt und erklärend meint: »Frau Stammler kommt aus Smolensk, Tante Else. Aber sie kann schon sehr gut Deutsch …«

»Eine Russin?«, sagt die Frau, die Luisa gerade mit Tante Else angeredet hat. »Dann tut es mir leid. In unserem Café möchte ich keine russische Bedienung. Dieses Land hat meinem Sohn zu viel angetan.«

»Aber, Tante Else … Ich hatte doch mit Hilde gesprochen …«

»Es tut mir leid, Luisa … Wir sind gerade in einer Besprechung wegen der Renovierungsarbeiten …«

Swetlana sieht, dass der freundliche ältere Mann den Kopf schüttelt und etwas sagen will, aber sie ist viel zu tief verletzt, um noch länger hier zu stehen. Sie wollen keine Russin einstellen. Weil Russland ihrem Sohn zu viel angetan hat. Fragt sie nicht, was die Deutschen den Russen angetan haben? Warum ist sie denn eine Fremde in ihrer Heimat geworden? Weil die Deutschen sie damals gewaltsam hierher verschleppt und als Arbeitssklavin missbraucht haben!

»Das kann ich nicht begreifen«, sagt Luisa, die ihr auf die Straße hinaus gefolgt ist. »Warten Sie hier, ich rede mit Hilde. Meine Tante hat sich über die Renovierungskosten geärgert, das war alles. Ich bringe das in Ordnung, Swetlana!«

Swetlana bleibt stehen und fasst Luisas Hand.

»Sie meinen es gut, Luisa«, sagt sie. »Aber es geht nicht. Ich will das nicht. Jetzt nicht mehr.«

So nimmt dieser Tag, der bisher so glücklich verlief, ein böses Ende.

JEAN-JACQUES

Das Mittagessen bei den Schwiegereltern ist heute alles andere als friedlich. Jean-Jacques sieht, wie August unter dem gerade ausgebrochenen Streit leidet – aber seine Hilde prescht mal wieder los wie eine Herde Wildpferde.

»Wieso hat mir niemand Bescheid gesagt? Ich war nur für ein paar Minuten oben in der Wohnung, weil Andi ein Pflaster auf sein Knie brauchte. Wie stehe ich jetzt vor Luisa da? Wo ich doch schon alles mit ihr abgesprochen hatte!«

»Mama, ich will kein totes Huhn essen!«, lässt sich Andi verlauten. Es gibt heute gebratene Hähnchen mit Reis und Salat.

»Das ist nicht totes Huhn«, sagt Jean-Jacques zu seinem Sohn. »Das ist ein petit coq, der ist schön braun und knusprig.«

Andi schaut angewidert zu, wie sein Bruder das Hühnerbein abknabbert und dabei vor Wonne die Augen verdreht.

»Ich will auch kein coq essen …«

Sein Lamento wird von Elses Verteidigungsrede übertönt. Dass sie – nach allem, was die Russen ihrem Sohn angetan hätten – nicht bereit sei, ausgerechnet eine Russin einzustellen.

»Schon wegen unserer Gäste. Da gibt es viele, die nicht vergessen haben, wie die Russen mit den deutschen Frauen umgesprungen sind. Gerade Luisa müsste das doch wissen!«

»Mama!«, stöhnt Hilde. »Der Krieg ist vorbei! Dein Schwiegersohn ist ein Franzose, und deine Enkel sind eine deutsch-französische Produktion! Warum kann unsere Serviererin keine Russin sein?«

Jetzt muss Jean-Jacques doch grinsen, weil seine Hilde das

so energisch sagt. Deutsch-französische Produktion! Natürlich hätte sie auch sagen können: Französisch-deutsche Produktion. Aber er ist ja nicht kleinlich.

»Das ist doch etwas ganz anderes«, wehrt sich Else und nimmt Frank den abgenagten Hühnerknochen aus der Hand, damit er ihn nicht aufs weiße Tischtuch legt. »Franzosen, Engländer, Amerikaner – das sind zivilisierte Menschen. Aber die Russen …«

Jetzt hält es August nicht mehr aus. »Es tut mir leid, Mama«, sagt er langsam, wie es seine Art ist. »Aber ich kann dein Verhalten nicht verstehen. Vor allem Luisa gegenüber ist es mir sehr unangenehm. Schließlich kennt sie doch diese junge Frau, und wenn sie sie uns empfiehlt, dann sollten wir ihr vertrauen.«

Er macht eine Pause, weil er heute mit Gleichgewichtsstörungen zu kämpfen hat. Papa räuspert sich, schiebt den Reis auf seinem Teller zurecht und äußert vorsichtig: »August hat nicht ganz unrecht, Else. Auch ich fand, dass du gestern etwas … schroff gewesen bist. Was doch sonst gar nicht deine Art ist, meine Liebe!«

Mama Else fühlt sich nun von allen Seiten angegriffen. Und deshalb wird sie böse.

»Dann hättest du gestern ja etwas sagen können, Heinz. Aber wie immer hast du dich vornehm zurückgehalten, damit ich mir den Mund verbrenne!«

Bevor Papa auf den Vorwurf antworten kann, ergreift August wieder das Wort. »Ich bitte dich, Mama! Was hat diese junge Frau damit zu tun, dass ich in Russland kämpfen musste und in russische Kriegsgefangenschaft geraten bin? Ist das vielleicht ihre Schuld? Gewiss nicht. Ich bin der Ansicht, dass wir Grund haben, uns zu entschuldigen. Zumindest bei Luisa. Aber eigentlich auch bei dieser jungen Russin …«

Er hat sich bei dieser Rede sehr anstrengen müssen, jetzt sitzt er schwer atmend am Tisch und starrt vor sich hin. Else betrachtet ihn voller Sorge. »Reg dich bitte nicht so auf, August«, sagt sie leise. »Ich gebe ja zu, dass ich gestern etwas überreagiert habe. Das lag an dem Gespräch mit Herrn Grundmann. Dieser vollkommen überflüssige Umbau geht mir auf die Nerven!«

Da ist nun Papa Heinz ganz auf der Seite seiner Frau, und Hilde, die gerade August zustimmen will, kommt gar nicht erst zu Wort.

»Einen Statiker brauchen wir«, stöhnt Papa. »Einen Architekten, der eine ordentliche Stange Geld kosten wird. Weil das Haus ja durch die Bombeneinwirkung möglicherweise instabil ist und es gefährlich sein kann, eine Wand herauszunehmen. So ist das, wenn man euch auch nur den kleinen Finger reicht, Hilde. Dieser Umbau bringt nicht nur eine Menge Unbequemlichkeiten, er wird auch viel teurer als gedacht. Da frage ich mich wirklich, ob wir das nicht besser sein lassen. Nicht wahr, Else?«

»Da hast du ein wahres Wort gesprochen, Heinz!«

Hilde bekommt ihre Zornesfalte zwischen den Augen; die hat sie von ihrer Mutter geerbt.

»Jetzt, wo wir uns längst einig waren, wollt ihr einen Rückzieher machen? Das kommt überhaupt nicht infrage!«, stöhnt sie. »Natürlich geht so ein Umbau nicht wie das Brezelbacken, und Komplikationen sind immer möglich. Aber da müssen wir eben durch … Jean-Jacques, nun sag du doch auch mal etwas!«

Sie schaut ihn auffordernd an, und er holt tief Luft. Soll er, oder soll er nicht? Aber irgendwann muss es ja sein, und eigentlich ist der Moment jetzt sehr günstig.

»Ich habe gesehen ein Café Bauer in Biebrich«, sagt er. »Das war klein und alt. Tu le connais, Mama …«

Mama Else und Papa Heinz kennen das Café natürlich. Sie winken ab. Ach, das Café Bauer, das war eher eine Bäckerei mit drei kleinen Tischlein. Sie wundern sich, dass es überhaupt noch existiert.

»Gestern habe ich gesehen – es ist ganz neu. Wunderschön! Ganz magnifique! Und wisst ihr, wer es hat umgebaut?«

»Doch nicht etwa Grundmann?«

Er nickt triumphierend. Er war drinnen, hat es sich angesehen und gefragt. »Ich zeige es euch … Wir fahren gleich dorthin. Mama und Papa und ich. In mein neues Auto!«

Hilde plinkert mit den Augendeckeln, Papa Heinz schaut Mama Else fragend an, weil er glaubt, schlecht gehört zu haben. Else lässt den Hühnerschlegel sinken.

»Auto? Was für ein Auto?«

Jean-Jacques setzt ein strahlendes Lächeln auf. Auch die Zwillinge schauen ihn mit großen Augen an.

»Haben wir ein Auto, Papa?«, fragt Frank begeistert. »Hurra! Wir haben ein Auto!«

»Sei mal ruhig, Frank«, sagt Hilde. »Der Papa will uns etwas erklären.«

»Nun«, sagt Jean-Jacques und blickt triumphierend in die Runde. »Ich habe gekauft die ›blaue Windsbraut‹. Auto von Wilhelm. Er hat mir gegeben, weil er in Munich kein Auto braucht. Ich habe sie gebracht zu Freund von Wilhelm, der ist Bühnenmaler. Nun hat sie goldene Engel auf den Türen.«

August muss lachen, dann steht er mühsam von seinem Stuhl auf und klopft Jean-Jacques freundschaftlich auf die Schulter, bevor er in sein Zimmer geht.

»Du Schlawiner«, sagt Hilde. »Kein Wort hast du mir davon erzählt!«

Er küsst sie auf die Wange und sagt, dass er sie habe überraschen wollen.

»Mama und Papa!«, ruft er dann feierlich. »Ich lade ein zu Premiere. Erste Fahrt mit unsere Firmenauto. Ich habe getauft ›fliegende Engel‹.«

Heinz ist von seiner Begeisterung sofort angesteckt, Else braucht noch ein Weilchen. Das kam für sie allzu überraschend.

»Eigentlich«, sagt sie zögernd. »Eigentlich brauchen wir ja kein Auto.«

»Nun komm!«, sagt Papa Heinz und legt ihr den Arm um die Schultern. »Gib deinem Herzen einen Stoß, Mädel. Er hat es doch für das Café getan. Der ›fliegende Engel‹, Else! Und wir beide fliegen jetzt damit Premiere!«

Mama Else seufzt, aber weil ihr Heinz so begeistert ist, will sie ihm die Freude nicht verderben. Sie merkt jedoch an, dass es im Café viel zu tun gäbe und dass Finchen um fünf Schluss machen würde.

»Aber Luisa kommt doch heute Nachmittag!«, sagt Papa Heinz. »Komm, Elsa, du mein geliebtes Weib …«

Jean-Jacques weiß, dass er gewonnen hat. Wenn Papa Heinz pathetisch wird und anfängt, Opern zu singen, wird Mama Else weich. Jetzt singt er aus dem Lohengrin »Mein lieber Schwan …«, und Mama Else schüttelt zwar den Kopf, aber lachen muss sie doch.

»In fünf Minuten stehe ich mit dem ›ange volant‹ vor dem Café!«

Papa Heinz steht auf, um seinen Hut zu holen, Mama Else behauptet, sich umziehen zu müssen, sie sei ja in »Räuberzivil«, so könne sie sich nicht im neuen Firmenauto zeigen. Hilde räumt den Tisch ab, zeigt ihm dann lächelnd die Faust mit dem Daumen nach oben und verschwindet in Mama Elses Küche. Dafür hängen jetzt seine beiden Söhne an ihm.

»Papa, wir wollen mitfahren!«

»Heute nicht … Heute ist nur für alte Leute …«

»Manno!«

Er läuft im Eilschritt aus dem Haus und durch die Burgstraße zum Schlossplatz, wo er den Wagen abgestellt hat. Der Motor stottert ein wenig beim Anspringen, aber Wilhelm hat gesagt, das habe nichts zu bedeuten, das sei nur eine Macke, nichts weiter. Jean-Jacques hat einen französischen Führerschein, der stammt noch aus seiner Zeit als Soldat, vermutlich muss er bei Gelegenheit die deutsche Fahrprüfung ablegen. Aber das ist eine Formsache, weiter nichts. Er fährt hinüber zur Taunusstraße und biegt dort rechts in die Wilhelmstraße ein, links ist das Kurhaus mit den Kolonnaden, das Staatstheater im neobarocken Stil liegt gleich daneben, auf der anderen Straßenseite ist das Café Engel. Er hält frech direkt vor den gelben Sonnenschirmen und freut sich, weil einige der Stammgäste überrascht auf den Wagen deuten.

»Nein, so was!«

»Café Engel auf Rädern!«

»Bringt ihr uns den Kuchen jetzt ins Haus?«

Finchen fällt vor Überraschung fast das Tablett aus den Händen, seine beiden Söhne stehen ganz vorn – fast schon auf der Straße – und mustern das Auto fachmännisch.

»Ohne Engel war es schöner!«, sagt Andi leise.

»Jetzt ist das ein Mädchen-Auto«, findet Frank.

Jean-Jacques ärgert sich über seine Söhne, die ein solch freches Mundwerk haben. Von wegen »Mädchen-Auto«! Gleich wird er die Schwiegereltern mit achtzig Sachen über die Straße fliegen lassen. Er weiß schon, wohin. Aber das sagt er ihnen noch nicht. Jetzt kommen die beiden durch die Drehtür, Mama Else hat sich richtig fein gemacht, den hellen Rock und die grüne Seidenbluse angezogen, Papa Heinz schwingt elegant den Spazierstock, den Strohhut hat er schräg aufgesetzt, das gibt ihm etwas Verwegenes. Jean-Jacques ist den beiden beim Einsteigen behilflich, Mama Else besteht darauf, hinten zu sitzen, Papa Heinz muss wegen der Beinprothese sowieso auf den Beifahrersitz.

»Bisschen eng«, sagt Papa Heinz, als sie alle glücklich im Wagen sitzen. Er muss die Knie anwinkeln, aber er behauptet, das mache ihm nichts aus. Mama Else fragt, ob hier etwa geraucht worden wäre. Sie habe Wilhelm immer vor Frauen gewarnt, die rauchen und mit rot lackierten Fingernägeln herumliefen.

»Ich mache Fenster runter«, sagt Jean-Jacques. »Papa, du musst kurbeln, noch etwas … jetzt ist fertig.«

Jean-Jacques startet, die Stammgäste tauschen Bemerkungen, seine beiden Söhne winken und brüllen irgendetwas, was er nicht versteht. Hilde ist nicht zu sehen, vermutlich hat sie in der Küche zu tun. Er fährt die Wilhelmstraße entlang und hält auf den Hauptbahnhof zu, dann geht es hinüber auf die Biebricher Allee. Ein zarter, aber penetranter Duft von Kölnisch Wasser umweht seine Nase – offensichtlich ist Mama Else auf dem Rücksitz bemüht, den Wagen zu desinfizieren.

Auf der Biebricher gibt er Gas, der Tacho steigt auf 80 Stundenkilometer, Papa Heinz bekommt glänzende Augen. Mama Else stöhnt, er solle doch bitte nicht so schnell fahren, sonst würde ihr schlecht. Der Duft nach 4711 verdichtet sich, und er drosselt das Tempo. Nur nicht überfordern.

In Biebrich parkt er unweit des umgebauten Café Bauer und lässt seine Passagiere aussteigen, stützt Papa Heinz, der mit der Prothese immer mal wieder Ärger hat, bietet galant der Schwiegermama den Arm. Wie erwartet, finden die beiden den Umbau nicht schlecht, das Café wirkt heller und moderner mit den großen Glasscheiben, und außerdem kann man die Fenster hübsch dekorieren. Mehr Gäste als früher haben sie auch. Hineingehen wollen die beiden allerdings nicht, nur mal eben durch die Scheibe schauen.

»Für Bauer ist das gar nicht schlecht«, meint Mama Else.

»Hat sich ganz gut gemacht«, bestätigt Papa Heinz herablassend.

Jean-Jacques muss innerlich grinsen. Natürlich sind die beiden davon überzeugt, dass das Café Bauer nicht mit dem Café Engel zu vergleichen ist. Da liegen Welten dazwischen. Allein schon die Lage. Und dann die Torten, alles fette Buttercreme und – wie Mama Else sogar aus der Entfernung feststellen kann – uralt. Allerdings ist die Kuchenvitrine beleuchtet, und sie hat eine Kühlung.

»Hässlich schaut die aus«, findet Papa Heinz. »Wäre auch viel zu klein für uns.«

»Da passen ja höchstens zwei Torten hinein.«

»Das mag für Bauer ausreichen – aber doch nicht für uns!«

Papa Heinz merkt es natürlich sofort. Auch wenn er selten aus dem Café Engel herauskommt, so hat er doch einen recht guten Ortssinn. Er dreht sich um, versucht, etwas durch das geteilte Rückfenster, das man »Brezel« nennt, zu erkennen, dann runzelt er die Stirn.

»Du musst drehen, Jean-Jacques. Hier geht's in Richtung Eltville.«

Jean-Jacques bemüht sich, einen unbefangenen Ton anzuschlagen.

»Oh, ich dachte, wir schauen nach dem alten Papa Rhein. Das muss man tun, de temps en temps … Nur eine kleine Runde, dann sind wir wieder zurück im Café …«

Papa Heinz findet die Idee schön, schließlich ist es Sommer, die Natur steht in voller Blüte, und wegen seines Beins kommt er doch so selten raus. Mama Else will ihm ja das Vergnügen gönnen, aber sie seufzt, dass die Schwarzwälder Kirsch noch dekoriert werden muss und dass Hilde dazu bestimmt keine Zeit hat.

»Meine Hilde macht das schon!«, sagt Jean-Jacques vollmundig.

Er biegt auf die Straße ein, die am Rhein entlangführt, und fährt extra langsam, damit seine Mitfahrer den in der Sonne blinkenden Fluss und den üppigen Uferbewuchs bewundern können. Lastkähne schippern vorüber, an sandigen Stellen baden Halbwüchsige in Unterhosen, Angler halten ihre Ruten geduldig ins Wasser.

»Als ich klein war«, hört er Mama Else von der Rückbank, »da haben wir mit den Eltern immer im Rhein gebadet. Schön war das. Und hat keinen Eintritt gekostet wie im Kleinfeldchen. Da zahlt ein Erwachsener schon fünfzig Pfennige und Kinder die Hälfte …«

Papa Heinz nickt dazu freundlich – zu dieser Zeit war er noch drüben in Rauschen bei Königsberg und hat in der Ostsee gebadet. Ach, wie lange ist das her. Schon gar nicht mehr wahr.

Jean-Jacques biegt bei Eltville ab und fährt gemächlich durch den Ort, macht seine Mitfahrer auf die Weingüter aufmerksam, wo der gute Rheinwein ausgeschenkt wird, und kommt auch an dem Anwesen vorbei, das zum Verkauf steht. Sie haben geöffnet – was für ein Glück. Unter den schattigen, von Weinlaub überwachsenen Arkaden sitzen Gäste, ein blondes Mädchen in weitem Rock und heller Bluse bringt bunte Teller mit Käse und Brezeln.

»Lasst uns ein Gläschen Rheinwein trinken … Ich lade euch ein … wir müssen doch den ›fliegenden Engel‹ gebührend feiern …«

Die beiden müssen nicht lange überredet werden. Das Anwesen gefällt ihnen, vor allem der hübsche Innenhof mit den Weinfässern, und auch das Haus, das aus Sandstein erbaut ist.

»Wie schön ist doch unsere Heimat«, sagt Papa Heinz, als sie unter dem Weinlaub an einem Tisch Platz genommen haben. »Wir sitzen viel zu oft daheim, Else. Nur immer arbeiten – das verengt die Wahrnehmung, verdüstert das Hirn. Wir müssen uns öffnen, um die Schönheit dieser Erde wahrzunehmen …«

Else freut sich sichtlich, dass ihr Heinz so glücklich ist. Sie selbst kann sich nicht so recht entspannen, ihr Misstrauen ist geweckt.

»Das ist doch nicht etwa dieses Weingut, von dem neulich die Rede war, Jean-Jacques?«

»Welches Weingut meinst du, Mama?«, tut er harmlos.

Aber Mama Else ist nicht aus Dummsdorf, sie lässt sich nicht so einfach verschaukeln.

»Das Weingut, das du unbedingt kaufen wolltest!«

Jetzt muss er mit der Sprache heraus, aber er wiegelt ab. »Doch, doch, Mama. Das hier ist das Gut, das zum Verkauf steht. Ein wirklich schönes Anwesen, n'est-ce pas?«

Jetzt schaut sie genauso vorwurfsvoll, wie ihn Hilde manchmal ansieht. Mutter und Tochter. Wer sagte doch, man solle sich die Mutter anschauen, wenn man die Tochter heiraten will?

»Ich hoffe, du hast diese Schnapsidee aufgegeben!«

»Aber bien sûr, Maman. Es ist zu teuer, leider. Ich weiß …«

Mama Elses Misstrauen lässt sich nicht so leicht besänftigen, aber weil er so eifrig versichert, aus reiner Begeisterung für den deutschen Wein hier zu sein, beruhigt sie sich.

Sie bestellen jeder einen kleinen Schoppen, dazu einen Imbiss, ein wenig Schinken, Gürkchen, Weißkäse mit Schnittlauch, frische Brezeln. Jean-Jacques erzählt von dem Wein in der Provence, wo die Sonne auf die roten Trauben herunterbrennt und der Mistral sie kühlt, von den Morgennebeln und von der Erntezeit, wenn die ganze Familie, dazu noch Freunde und Verwandte, an der Arbeit sind.

»Mon père, mein Vater, macht einen guten Rotwein. Und auch einen Rosé. Und ich habe bei ihm gelernt von Kind an …«, lobt er seine Fähigkeiten. Papa Heinz nickt dazu, hält das Glas hoch und fängt an, von einer Hexe zu erzählen. Die Lorelei. Sitzt auf dem Felsen und macht, dass alle Männer im Rhein ertrinken. Warum? Weil sie ihr blondes Haar kämmt. Wie das auch Hilde jeden Morgen tut.

»Jetzt, wo wir ein Firmenauto haben«, meint Heinz, vom Wein beflügelt. »Da können wir doch öfter Ausflüge machen. Was meinst du, Else? In den Taunus. Zum Gasthof Tenne – weißt du noch? Oder nach Assmannshausen in die ›Krone‹.«

Mama Else findet, dass man es – auch wenn der Wein gut schmeckt – damit nicht übertreiben sollte. Weil das Benzin viel Geld kostet. Und wenn man auswärts essen geht, kostet das auch.

»Vergiss nicht, dass die jungen Leute umbauen wollen, Heinz. Da können wir nicht auf großem Fuß leben …«

Jean-Jacques bemerkt, dass sie ja für das Café Engel Reklame machen, wenn sie unterwegs sind. Weil unter dem goldenen Engel auf den Türen doch Name und Adresse vom Café aufgedruckt sind.

Aber Mama Else ist der Meinung, dass man es nicht lesen kann, weil er viel zu schnell fährt.

»Ja, wenn wir ein eigenes Weingut hätten«, sagt Jean-Jacques mit unschuldigem Lächeln, und er leert sein Glas. »Dann brauchten wir nicht zu bezahlen und müssten den Wein für das Café auch nicht kaufen …«

Mama Else mahnt zum Aufbruch. Es geht schon auf vier Uhr, um fünf hat Finchen Dienstschluss, und ab sechs werden die ersten Pommes frites geordert.

»Hilde wird sich wundern, wo wir abgeblieben sind …«

Jean-Jacques ist vorerst zufrieden. Man kann nicht zu viel auf einmal verlangen, immerhin hat er ihre Begeisterung für den Rheingau und den Wein neu entfacht, der Boden ist bereitet. Jetzt muss er nur dranbleiben. Er ist mit dem Besitzer des Weinguts in Verhandlungen, und es schaut gar nicht so schlecht für ihn aus. Außerdem hat er schon – ganz vorsichtig – mit der Nassauischen Landesbank Kontakt aufgenommen, weil die doch Pfandbriefe zum Kauf von Immobilien vermitteln. Das Problem ist nur, dass er Franzose ist und seine französische Staatsbürgerschaft auch nicht aufgeben will. Deshalb wird es für ihn mit dem Pfandbrief schwer. Seine Hilde und ihre Eltern müssen dabei sein, sonst geht es nicht. Er weiß, dass es nicht einfach sein wird, aber er ist von der Idee mit dem Weingut wie besessen. Das Café Engel ist Hildes Sache, sie wird es einmal erben, weil ihre Brüder es nicht haben wollen. Aber er ist nicht wie Papa Heinz, der sich gutmütig dem Diktat seiner Frau unterordnet. Er, Jean-Jacques Perrier, ist ein Winzer, er braucht etwas Eigenes, sonst kann er auf Dauer neben seiner Hilde nicht bestehen. Bei aller Liebe, nein, das kann er nicht.

»Das war eine sehr nette Idee«, sagt Mama Else, als er vor dem Café Engel hält und den beiden beim Aussteigen hilft. Es ist halb fünf, die Außentische sind noch gut besetzt. Finchen ist nicht zu sehen, vermutlich hat sie drinnen zu tun. Papa Heinz ist noch vom Wein erfüllt, er grüßt die Stammgäste mit überschwänglichen Gesten und setzt sich zum Zeitungsmann Kummer an den Tisch, um ihm vom schönen Rheingau vorzuschwärmen.

»Da sind Sie ja wieder«, bemerkt die Alma Knauss, die heute ausnahmsweise unter den gelben Sonnenschirmen Platz genommen hat. »Jetzt bekommt man wohl endlich mal etwas serviert!«

Mama Else ist entsetzt, fragt nach der Bestellung und eilt durch die Drehtür ins Café, Jean-Jacques macht eine kleine Verbeugung und schenkt Alma Knauss sein schönstes Lächeln.

»Je suis désolé, Madame … Es tut mir sehr leid …«

Weil sie für männlichen Charme empfänglich ist, lächelt sie zurück und erklärt, dass er, der Herr Perrier, ja nichts dafür kann.

»Ihre Frau ist wohl etwas überlastet …«

Er fährt den Wagen wieder zum Schlossplatz, sucht einen passenden Parkplatz und eilt mit bösen Vorahnungen zum Café Engel zurück. Hilde kommt ihm mit gefülltem Tablett entgegen, ihr Gesicht ist rot vor Anstrengung, sie blickt ihn nur kurz an, kneift zornig die Augen zusammen und geht an ihm vorbei. Au weia! Er begibt sich in die Küche. Dort ist Mama Else mit Kaffeekochen beschäftigt, und auch sie hat für ihn kein freundliches Wort.

»Wo ist Luisa?«, erkundigt er sich harmlos.

»Nicht gekommen. Finchen musste eine Stunde früher gehen. Hat sich den Fuß vertreten und muss zum Arzt.«

O weh. Da war seine Hilde mindestens eine Stunde lang ganz allein. Dazu die Zwillinge, die ständig etwas anstellen und eigentlich beaufsichtigt werden müssen. Er bindet sich die Schürze um und gibt Öl in den großen Topf. Die Kartoffeln hat Mama Else heute früh schon geschnitten und in Wasser gelegt, wenn gleich eine Bestellung kommt, muss er die Portion gut abtrocknen, bevor er sie ins heiße Fett gibt.

Es wird ein langer Abend, die Gäste haben Sitzfleisch, sie genießen das warme Sommerwetter, doch die Bestellungen halten sich in Grenzen. Drüben bei König spielt wieder das Zigeunertrio, später wird sogar getanzt, das können die veranstalten, weil sie auf dem Trümmergrundstück genügend Platz haben.

»Ewig geht das auch nicht«, sagt der Hans Reblinger. »Wenn die Häuserzeile wieder hochgezogen wird, ist es mit dem Tanzen vorbei.«

Ein schwacher Trost. Gegen elf ist Sperrstunde, da sitzen im Café Engel schon längst keine Gäste mehr. Mama Else macht die Kasse, Papa Heinz hat sich schon gegen zehn Uhr zurückgezogen, die Marlene, die um halb sieben gekommen ist, hat um halb neun schon nichts mehr zu tun gehabt.

Die Zwillinge schlafen sanft und selig, als Jean-Jacques und Hilde hinauf in die Wohnung gehen. Dem Zustand des Zimmers nach zu urteilen, haben sie zum Einschlafen eine ordentliche Kissenschlacht veranstaltet. Hilde geht schweigend ins Badezimmer und macht sich nachtfertig, er trinkt noch ein Glas Wasser in der Küche und überlegt, wie er sie am besten versöhnt. Er konnte ja schließlich nicht ahnen, dass Luisa nicht kommt. Wie ärgerlich! Aber das geht auf Mama Elses Konto.

»Ein Herr Bichlinger hat nach dir gefragt.«

Hilde steht bei der Tür im kurzen Nachthemd, es ist das hellblaue mit den kleinen Knöpfchen, das er so mag. Ihr Tonfall verheißt allerdings alles andere als eine aufregende Liebesnacht. Er begreift sofort. Lothar Bichlinger ist der Besitzer des Weinguts. Wieso kündigt sich dieser Mensch nicht vorher an? Platzt einfach ins Café Engel hinein – ist das eine Art?

»Et alors?«

»Nun – ich habe ihm gesagt, dass die Sache erledigt ist. Wir kaufen sein Weingut nicht.«

Jetzt steigt in ihm aber gewaltig der Zorn hoch. Wie kann sie so eigenmächtig Entscheidungen fällen? Einfach absagen! Ohne mit ihm Rücksprache zu halten!

»Da ist das letzte Wort noch nicht gesprochen, Hilde.«

Jetzt stehen sie sich gegenüber, beide überzeugt, im Recht zu sein, beide voller Zorn, keiner denkt daran nachzugeben.

»Du weißt genau, dass ich es nicht will!«

»Und du musst wissen, dass ich es brauche. Ich kann nicht leben als der Diener vom Café Engel.«

Ein Wort gibt das andere. Sie bemühen sich, leise zu sprechen, um die Kinder nicht zu wecken. Aber auch wenn sie flüstern, der Streit wird immer heftiger.

»Warum hast du mich dann geheiratet?«

»Weil ich dich liebe. Aber ich kann so nicht leben.«

»Das bildest du dir doch alles nur ein!«

»Mach nur die Augen zu, wenn du nicht sehen willst.«

»Ich sehe, dass du mich anlügst und hinter meinem Rücken gegen mich arbeitest!«

»Und was tust du?«

Sie dreht sich um, lässt ihn stehen und geht ins Schlafzimmer. Als er ihr folgt, ist sie schon im Bett, hat sich in ihre Steppdecke gewickelt und zur Wand gedreht. Er bleibt einen Moment vor dem Bett stehen, dann streckt er den Arm aus und berührt ihre Schulter. Sie zuckt zusammen, schüttelt ihn ab.

»Lass mich in Ruhe!«

Gut, denkt er. Wenn sie es so will. Er trägt Decke und Kopfkissen hinüber ins Wohnzimmer, macht sich auf dem Sofa ein Lager und legt sich schlafen.

Er kann Hilde weinen hören. Es schneidet ihm ins Herz, aber er bleibt liegen. Dieses Mal soll sie den ersten Schritt tun.

LUISA

August 1951

»Haben Sie eine Katze?«

Frau Grulich aus dem Parterre braucht mal wieder ein Ei, sie will für morgen einen Kuchen backen, weil ihr Mann da doch Geburtstag hat.

»Eine Katze?«, lacht Luisa. »Aber nein. Das ist der Michael, der übt auf seiner neuen Geige.«

Frau Grulich beugt sich ein wenig vor, um in Luisas Wohnung hineinzuspähen.

»Ist schon schlimm, dass die Frau Stammler den armen Jungen immer allein lässt. Was ist das nur für eine Mutter!«

Luisa hat ihr schon häufig erklärt, dass Swetlana ihren Lebensunterhalt verdienen muss – aber das geht in Frau Grulichs Kopf nicht hinein. Sie erzählt immer wieder das Gleiche.

»Dann wünsche ich gutes Gelingen für den Kuchen«, sagt Luisa und reicht ihr das Hühnerei.

»Ach – nur so'n kleiner Sandkuchen … Was Besseres können wir uns ja nicht leisten. Der Staat kennt ja keine Gerechtigkeit. Mein Herrmann hat sich aufgeopfert für unser Land, und dafür kriegt man dann einen Tritt in den Hintern …«

»Einen schönen Abend …«

Luisa ist froh, als sie draußen ist. Herrmann Grulich war Staatsanwalt unter den Nazis, jetzt hat er Berufsverbot und muss froh sein, dass er überhaupt eine Altersversorgung bezieht. Fritz hat gesagt, dass man mit den Grulichs kein Mitleid haben muss.

»Ist sie weg, die olle Schabracke?«, fragt Michael, ohne den Bogen abzusetzen.

»So etwas darfst du nicht sagen, Michael«, tadelt Luisa.

»Die schimpft immer, wenn ich die Treppe rauflaufe. Ich sei zu laut, sagt sie …«

Seitdem Swetlana ihm die Geige gekauft hat, ist er kaum noch von seinem Instrument zu trennen. Luisa hat ein wenig Sorge, dass er seine Hausaufgaben schlampig erledigt, denn kaum ist er aus der Schule zurück, hört sie schon, wie er die Geige stimmt. Fritz hat ihm dazu eine kleine Stimmpfeife geschenkt, die ihm die vier Töne vorgibt, und Michael verbringt eine Menge Zeit damit, an den Wirbeln der Geige herumzuschrauben, bis er endlich zufrieden ist. Meist kommt er dann mit seiner Geige zu ihr hinüber und übt die Stücke, die Fritz ihm in der Geigenschule angekreuzt hat. Michael kommt rasch voran, vor allem die rhythmischen Dinge fallen ihm leicht, dazu besitzt er ein gutes Gehör. Leider kein absolutes, wie es sein Lehrer Fritz Bogner hat, der sich alle Töne merken kann und weiß, wie sie klingen. Aber um ein Instrument gut zu spielen, reicht auch ein ganz normales musikalisches Gehör.

»Jetzt spiele ich ein Lied, Luisa … Hör zu!«

Luisa ist froh, dass Michael jeden Nachmittag bei ihr verbringt. Sie mag vorerst nicht ins Café Engel gehen, weil sie zu ärgerlich auf Tante Else ist und fürchtet, mit ihr in Streit zu geraten. Ach, es ist solch eine dumme, unglückliche Geschichte. Da war nun endlich das Eis zwischen ihr und Swetlana gebrochen, für einige kurze Stunden sind sie wie Freundinnen miteinander umgegangen, und nun ist alles wieder vorbei. Wenn Swetlana nach Hause kommt, klingelt sie nur kurz bei Luisa, wünscht einen guten Abend und nimmt Michael mit hinüber. Keine herzliche Umarmung, kein Wort über ihre Enttäuschung, nur ein abweisendes Lächeln, wenn Luisa davon anfängt.

»Ist nicht Ihre Schuld, Luisa. Ich habe schon vergessen.«

Aber sie hat nichts vergessen, sonst wäre sie nicht so verändert. Gestern hat sie fünf Mark auf den Tisch gelegt, das sei das Geld für den Unterricht, und als Luisa es ihr zurückgeben wollte, hat sie es nicht nehmen wollen.

»Das ist auch für Sie, Luisa. Weil Michael ist immer bei Ihnen und nimmt Ihre Zeit …«

Luisa hat nur den Kopf geschüttelt, aber sie war verletzt. Sie kümmert sich um Michael aus reiner Freundschaft und nicht, weil sie Geld dafür haben will.

»Hausaufgaben sind wichtiger«, fügt Swetlana hinzu. »Muss nicht so viel Geige üben.«

Luisa wird erst jetzt klar, wie wichtig ihr diese Freundschaft ist und wie sehr sie ihr fehlt.

Fritz kommt an diesem Abend wieder spät nach Hause. Er ist bester Stimmung, weil er mit zwei Kollegen auf einem großen Weingut bei Bacharach gespielt hat und ihre Musik sehr gelobt wurde.

»Wenn wir Glück haben, werden sie uns weiterempfehlen. Dann könnten wir vielleicht einmal ein richtiges Konzert veranstalten, statt immer nur Beiwerk für Weinproben oder irgendwelche Festveranstaltungen zu sein.«

Luisa freut sich über seinen Erfolg. »Es geht aufwärts«, sagt sie zu ihm. »Wenn ihr Konzerte spielt und Erfolg habt, kommen die besseren Angebote, und auch die Honorare werden höher.

»Ach, das Geld …«, sagt er und seufzt. »Wichtig ist mir vor allem, gute Musik zu machen. Den Meistern zu dienen, die solch große Werke geschaffen haben.«

»Aber ganz umsonst solltest du auch nicht spielen müssen, Fritz. Das können die Meister ja nicht wollen.«

Da muss er lachen. Er nimmt sie in die Arme und meint scherzhaft, das Geld müsse eben sie verdienen. Er sei ein verträumter Künstler und tauge nicht für diese Welt.

»Morgen gehe ich wieder ins Café Engel«, sagt sie.

»Tu das«, gibt er leise zur Antwort, und er streicht ihr zärtlich das Haar aus der Stirn. »Nicht wegen des Geldes. Aber ich mache mir Gedanken, weil ich dich so oft allein lassen muss.«

»So ein Blödsinn! Mir geht es gut.«

Im Café Engel hat sich während der drei Tage, die sie zu Hause geblieben ist, eine Menge verändert. Vor dem Gebäude steht der dunkelblaue Volkswagen, der bisher Wilhelm Koch gehörte. Die Fahrertür öffnet sich, und Jean-Jacques steigt aus, legt den Beifahrersitz um und hebt mehrere aufeinandergestapelte Schachteln heraus. Luisa läuft eilig herbei, um ihm behilflich zu sein.

»Bonjour, Luisa!«, freut er sich. »Wie schön, dich zu sehen! Alles wieder gut? Schau einmal, unser neues Auto. Mit goldene Engel auf den Türen!«

Jean-Jacques ist ein fröhlicher, unkomplizierter Mensch. Er zeigt ihr stolz das neue Firmenauto, drückt ihr zwei Schachteln in die Hände und erklärt, dies seien Tapetenmuster und Muster für den Fußboden. »Für den Umbau. Wir müssen jetzt viele Dinge entscheiden, weißt du. Oh, die Hilde wird froh sein, dass du wieder da bist!«

Ein wenig übertrieben kommt ihr seine Begeisterung schon vor. Und sie hat sich nicht getäuscht. Als sie Hilde in der Küche begrüßt, spürt sie sofort, dass etwas zwischen den beiden nicht stimmt. Hilde ist ziemlich verhalten; erst als Jean-Jacques mit seinen Schachteln im Nebenraum verschwunden ist, taut sie auf.

»Das mit deiner Bekannten tut mir wahnsinnig leid, Luisa«, sagt sie. »Es ist alles so unglücklich gelaufen …«

»Ja, es ist schade – ich glaube, es war einfach der falsche Zeitpunkt.«

»Wir haben darüber gesprochen, und ich denke, dass …«

Da kommt Jean-Jacques in die Küche zurück und erzählt mit strahlender Miene, dass Mama Else von den Tapetenmustern ganz begeistert sei und Papa Heinz schon den neuen Fußboden ausgesucht hätte.

Hilde zuckt die Schultern und dreht sich weg. Wie es scheint, ist sie an dieser Nachricht nicht interessiert.

»Ich fahre mit den garçons ins Schwimmbad, mon trésor!«, vermeldet er betont fröhlich und läuft davon.

»Denkst du auch daran, dass das Benzin Geld kostet?«, ruft sie ihm nach.

Luisa bindet sich die weiße Schürze um und steckt das Häubchen im Haar fest. Sie macht sich keine großen Sorgen um die beiden, denn Streit und Versöhnung sind in dieser temperamentvollen Beziehung normal. Vermutlich werden sie schon heute Abend wieder friedlich beieinandersitzen und wie die Täubchen miteinander turteln. Luisas Ehe mit Fritz verläuft völlig anders, sehr viel ruhiger und harmonischer. Bisher hat es noch keinen einzigen wirklichen Streit zwischen ihnen gegeben, höchstens mal eine kleine Reiberei, die aber schnell beigelegt wird. Über längere Zeit einander gram zu sein, das würde keiner von ihnen aushalten.

»Männer sind doch wie Kinder, sie brauchen ein Spielzeug«, bemerkt Luisa lächelnd. »Der eine hat seine Geige, der andere sein Auto.«

»Und der dritte braucht gleich ein ganzes Weingut!«, schnaubt Hilde ärgerlich.

Ach herrje! Dieser Streit war doch schon längst beigelegt, denkt Luisa.

»Tja – ich geh dann mal nach draußen und helfe Addi.«

Nein, die Stimmung im Café ist heute wirklich nicht wie sonst. Auch Addi ist recht einsilbig und für seine Verhältnisse ungewöhnlich ernst.

»Geht es dir gut, Addi? Du bist so still.«

»Wie man's nimmt«, knurrt er.

Nachdem die Tische, Stühle und Sonnenschirme aufgestellt

sind, pfeift er nach dem Bunten und geht mit ihm hinüber in die Anlage. Luisa wischt die Tische ab, legt die Decken auf und stellt Aschenbecher und Blumenvasen auf. Da sich noch keine Gäste blicken lassen, schaut sie rasch hinüber in den Nebenraum, wo Tante Else und Onkel Heinz über den Musterkartons sitzen.

»Luisa!«, ruft Onkel Heinz und streckt die Arme nach ihr aus. »Wie habe ich dich vermisst, mein Mädchen! Und unsere Gäste erst. Der Kantor Firnhaber hat schon dreimal nach dir gefragt und macht sich Sorgen um deine Gesundheit …«

Wenigstens Onkel Heinz hat sich nicht verändert, er ist herzlich wie immer, nimmt sie in die Arme und zeigt ihr den Fußboden, den er ausgesucht hat. Holzparkett, schwimmend verlegt und versiegelt.

»Das kommt ja gar nicht infrage«, sagt Tante Else. »Wir nehmen Linoleum, das kann man feucht aufwischen. Außerdem ist es billiger.«

Dann legt sie den Musterkarton zur Seite, schaut Luisa an und zeigt auf einen Stuhl.

»Nun setz dich mal, Mädel. Wir haben drei Takte miteinander zu reden.« Luisa ist erleichtert, denn der Ton ist versöhnlich. Tante Else macht keine langen Worte, das ist nicht ihre Art. »Ich bin da neulich ein wenig übers Ziel hinausgeschossen. Das tut mir jetzt leid. Sag deiner Bekannten, sie kann bei uns anfangen.«

Damit wendet sie sich wieder den Tapeten zu, während Onkel Heinz ergänzend meint, die junge Russin sei eine ungewöhnlich schöne Frau, da müsste sich der Mayer-Schulte vom Café König schon etwas einfallen lassen, wenn er mithalten wolle.

»Vielen Dank, Tante Else«, sagt Luisa vorsichtig. »Ich werde es ihr ausrichten. Ich weiß allerdings nicht, ob sie kommen wird, weil sie …«

»Wenn sie beleidigt ist, dann soll sie eben wegbleiben!«, versetzt Tante Else, ohne sie anzusehen.

Luisa schweigt dazu. So ist die Tante nun einmal, und sie wird sich nicht mehr ändern. Soll sie Swetlana wirklich dieses halbherzige Angebot überbringen? Wohl besser nicht – es könnte nur zu einer neuen Enttäuschung für die junge Russin werden.

Luisa gibt sich heute große Mühe; sie will ihre Abwesenheit wiedergutmachen. Sie bedient die Gäste drinnen und draußen, hilft Tante Else beim Dekorieren der Torten, kocht frischen Kaffee und putzt am Abend die Küche blitzblank. Hilde bringt die Zwillinge zu Bett und liest ihnen eine Geschichte vor, Jean-Jacques sitzt bei den Schwiegereltern und diskutiert mit ihnen über Steinfußböden und weißen Innenputz. Die Versöhnung des Paares ist wohl auf die Nacht verschoben worden. Luisa verabschiedet sich, lehnt Jean-Jacques' Angebot ab, sie mit dem Auto nach Hause zu fahren, und geht zu Fuß, wie sie es gewohnt ist.

Zu ihrer Überraschung ist Fritz schon zu Hause, er hat den Tisch gedeckt und für sie beide Pfannkuchen gebacken.

»Du bist ein Schatz!«, sagt sie und küsst ihn. »Ich habe einen Bärenhunger.«

Er freut sich, dass seine Überraschung geglückt ist, und serviert ihr stolz seine gefüllten Pfannkuchen, einen mit Käse, den anderen mit Marmelade. Dazu trinken sie Rheinwein, den er heute zusätzlich zu seinem Honorar geschenkt bekommen hat.

»Hast du Michael gesehen?«

»Leider nicht«, berichtet Fritz bedauernd. »Swetlana war kurz hier und hat mir erklärt, dass ihr Sohn vorläufig nicht mehr Geige spielen soll, weil die Fingerkuppen an der linken Hand ganz wund seien.«

Luisa tut einen tiefen Seufzer. Das hört sich nach einem weiteren Rückzug an.

»Ich habe versucht, ihr zu erklären, dass das ganz normal ist«, fährt Fritz fort. »Mit der Zeit bildet sich Hornhaut auf den Fingerkuppen. Aber sie wollte davon nichts hören.«

»Natürlich nicht«, sagt sie bitter. »Sie will einfach nicht, dass Michael bei uns ist, das ist alles.«

Fritz ist ein Weilchen still, trinkt nachdenklich seinen Wein und holt dann tief Atem.

»Ich hab noch eine Überraschung für dich«, sagt er dann ein wenig zögerlich. »Ich war auf der Post und habe herumtelefoniert. Wegen der beiden Kinder, von denen du gesprochen hast.«

Sie starrt ihn überrascht an. Er hat tatsächlich Schritte unternommen, ihr Fritz. Und dabei hatte sie den Eindruck, dass ihm ihre Idee gar nicht gefiel.

»Du meinst Elke und Jobst?«

»Ja«, nickt er. »Ich habe mehrere Kinderheime in der Kasseler Umgebung angerufen und bin tatsächlich fündig geworden.«

Jetzt ist sie ganz aufgeregt, schiebt die abgegessenen Teller zusammen und stützt die Arme auf den Tisch.

»Erzähl!«

Fritz berichtet, dass die beiden in einem kleineren Kinderheim leben, das von katholischen Schwestern geführt wird. Er hat mit der Leiterin gesprochen, die Namen und das Alter der Kinder stimmen, der Junge ist inzwischen neun Jahre alt, das Mädchen elf.

Luisas Herz klopft rasch und unruhig. Sie erinnert sich an die Zeit mit dem dreijährigen Jobst und seiner fünfjährigen Schwester im Flüchtlingslager in Neustadt, wo sie unter primitivsten Umständen lebten und beinahe verhungert wären. An die abenteuerliche Flucht mit dem geheimnisvollen »Karl Brenner«, an den schrecklichen Moment, als sie in der Nähe von Kassel den Amerikanern direkt in die Arme fuhren und man sie ins Gefängnis brachte. Damals hat man die Kinder von ihr getrennt.

Sie erinnert sich noch schmerzlich an das verzweifelte Weinen des kleinen Jungen.

»Neun und elf Jahre«, sagt Fritz gedehnt. »Das sind natürlich keine kleinen Kinder mehr. In wenigen Jahren sind es junge Erwachsene, Luisa.«

Natürlich hat er recht. Aber Luisa ist der Meinung, dass man wenigstens nach ihnen sehen sollte. Vielleicht können sie die beiden ja trotzdem zu sich nehmen, ihnen die Nestwärme einer Familie bieten, die sie im Heim ganz sicher nicht haben.

»Es sind so liebe Kinder«, sagt sie mit mütterlichem Lächeln. »Und es war so hart für uns, als wir voneinander getrennt wurden.«

Fritz hat gewusst, dass sie so reagieren würde. Er hat in der kommenden Woche einen Tag frei, morgen wird er in der »Villa Clara« anrufen und sie beide ankündigen.

»Aber mach dir keine allzu großen Hoffnungen, Luisa«, warnt er sie. »Es sind sechs Jahre vergangen, das ist eine lange Zeit.«

Sie brechen früh am Morgen auf und müssen dann unter dem Regenschirm zum Bahnhof laufen, denn ausgerechnet jetzt geht ein heftiges Sommergewitter auf die Stadt nieder. Mit nassen Schuhen und feuchten Kleidern steigen sie in den Zug nach Kassel, sitzen im Abteil nebeneinander, und weil sie allein sind, halten sie sich an den Händen. Luisa versucht, ihre Aufregung zu verbergen, aber Fritz, der ein feines Gespür hat, weiß, wie es ihr ums Herz ist.

»Was für ein schlimmes Wetter«, seufzt sie, als der Wind den Regen gegen die Zugfenster drückt.

»Die Landwirtschaft ist froh darüber«, meint Fritz, dessen Eltern in Lenzhahn einen Bauernhof betreiben. »So hat jedes Ding eben seine zwei Seiten.«

Es ist schön, ihn wieder einmal einen ganzen Tag lang für sich zu haben. Sie plaudern über die neuesten Entwicklungen im Café Engel, über Wilhelm Koch, der einstweilen nichts von sich hören lässt, auch über August Koch, dessen Genesung nur langsame Fortschritte macht. Nach einer Weile packt Luisa den Picknickkorb aus, und sie essen belegte Brote, trinken Milchkaffee aus der Thermoskanne, zum Nachtisch gibt es für jeden eine reife Birne.

Als sie nach mehreren Stunden endlich in den Kasseler Bahnhof einfahren, muss Fritz seine Luisa wecken. Sie hat in der Nacht vor Aufregung kaum schlafen können, nun ist sie, an seine Schulter gelehnt, todmüde eingeschlummert.

Auch in Kassel hängen die Regenwolken tief. Sie sind froh, dass sie den großen Schirm haben, denn sie müssen eine ganze Weile auf die Straßenbahn warten. Schwester Aglaja hat Fritz den Weg zur »Villa Clara« genau beschrieben, an der Haltestelle »altes Feld« müssen sie aussteigen und der Straße nach links herunter folgen, dann finden sie das Kinderheim nach knapp hundert Metern auf der linken Seite.

»Da!«

Fritz hebt den Regenschirm ein wenig an und deutet mit dem Arm auf ein graues, verwinkeltes Gebäude, das zwischen den hohen Bäumen fast verschwindet. Auf dem kleinen Vorbau, der die Haustür überdacht, sind die Buchstaben: V LLA C ARA zu lesen. Das Haus macht einen etwas verwunschenen Eindruck, findet Luisa. Aber das mag an dem trüben Regenwetter liegen; wenn der Himmel blau ist und die Sonne scheint, ist es sicher ein sehr hübsches altes Häuschen.

Man hat sie erwartet. Als sie die Eingangsstufen hinaufsteigen und Fritz vorsorglich schon mal den Regenschirm zusammenklappt, öffnet sich die Tür, und die Gestalt einer weiß gekleideten Nonne erscheint. Luisa staunt über den seltsamen Kopfputz, der keine Ähnlichkeit mit einem Nonnenschleier hat, sondern eher einer überdimensionalen gestärkten Schwesternhaube ähnelt. Das Gesicht der Nonne ist glatt, der Haaransatz dunkelblond. Sie kann dreißig oder auch fünfzig Jahre alt sein, es ist schwer zu schätzen.

»Willkommen in der Villa Clara«, sagt sie mit kräftiger Stimme und reicht ihnen die Hand. »Gott der Herr hat Sie an den rechten Ort geführt, lieber Herr Bogner. Und das ist die Frau Gemahlin? Ein herzliches Willkommen auch Ihnen, Frau Bogner. Ich bin Schwester Aglaja, die Leiterin. Stellen Sie den Schirm dort ab, wir haben frisch gewachst.«

Der Händedruck der frommen Schwester ist mindestens so kraftvoll wie ihre Stimme. Sie gehen durch einen hell gestrichenen Flur, der mit grauem Linoleum ausgelegt ist und stark nach Bohnerwachs riecht. Rechts steht eine Tür halb offen, man schaut in einen lang gestreckten Raum mit niedrigen Fenstern, der von einer großen Anzahl weißer Betten angefüllt ist. Sie stehen in drei Reihen dicht nebeneinander, jedes Bett ist sorgfältig gemacht, das Kopfkissen aufgeschüttelt, die Zudecke glatt gezogen.

»Wie beim Kommiss«, murmelt Fritz, und Luisa muss ihm recht geben.

»Wo sind denn nun die Kinder?«, fragt Luisa. »Man hört sie ja gar nicht.«

Schwester Aglaja steht jetzt vor einer altmodisch geschnitzten Tür, ihre Hand liegt auf der geschwungenen Türklinke aus Messing.

»Kinder soll man auch nicht hören, Frau Bogner«, sagt sie lächelnd. »Die Älteren sind noch in der Schule, und die Kleinen werden oben von Schwester Lydia und Schwester Benedicta beschäftigt. Leider ist das Wetter heute schlecht, sonst könnten die Kinder im Garten arbeiten.«

Sie öffnet die Tür, und Luisa bestaunt das reich ausgestattete Büro, das ohne Zweifel einmal einem wohlhabenden Industriellen oder einem Adeligen gehört hat. Hohe dunkle Bücherschränke im Barockstil, ein ausladender Schreibtisch, mit

Schnitzereien geschmückt, eine Standuhr im gleichen Stil, auf dem Boden dunkelrote, weiche Teppiche.

»Nehmen Sie doch bitte Platz …«

Die Stühle für Besucher sind ebenfalls schön geschnitzt, jedoch ohne Polster und eher unbequem. Schwester Aglaja hat sich auf dem Schreibtischsessel niedergelassen, eine Brille aufgesetzt und die vor ihr liegende schwarze Akte aufgeschlagen.

»Jobst von Waldenau, hier eingeliefert den 23. Juno 1945, drei oder vier Jahre alt, blond, schmächtig, blaugrüne Augen, ein Leberfleck in der linken Leiste …«

Sie schiebt die Brille auf die Nasenspitze, um das vor ihr sitzende Paar anzuschauen.

»Ist das das gesuchte Kind?«

Luisa nickt. Ja, das Alter und das Datum stimmen. Den Nachnamen von Waldenau kennt sie nicht, an den Leberfleck kann sie sich nicht erinnern.

»Er hat eine Schwester namens Elke …«

Schwester Aglaja schiebt die Brille wieder hoch und fährt mit dem Finger über das Papier in der Akte.

»Elke von Waldenau. Eingeliefert am gleichen Tag. Schwester des Jobst von Waldenau. Geboren um 1940. Blond, grüne Augen, schmächtig, vorlautes Wesen, falsch und lügnerisch.«

Luisa runzelt die Stirn. »Von den letztgenannten Eigenschaften habe ich nichts bemerkt, Schwester Aglaja. Wenn es möglich ist, würde ich die Kinder gern sehen. Ich hoffe sehr, dass sie sich an mich erinnern.«

Die Schwester ist über das Zusammentreffen vor sechs Jahren im Bilde, Fritz hat am Telefon davon erzählt. Jetzt schlägt sie die Akte zu und nimmt die Brille ab, verstaut sie sorgfältig in einem Klappetui aus dunklem Leder.

»Nun«, sagt sie dann. »Gottes Wege sind wunderbar. Ich kann Ihnen mitteilen, dass Jobst und Elke schon vor zwei Jahren von ihrem leiblichen Onkel, dem Bruder ihres Vaters, abgeholt und wieder in die Familie aufgenommen wurden. Man hat ihre Fotos auf den Listen des Roten Kreuz entdeckt.«

Sie lächelt Fritz und Luisa strahlend an, als sei dieser glückhafte Ausgang ihr persönliches Verdienst. Ein Goldzahn blinkt auf.

»Die Kinder sind gar nicht mehr hier?«, fragt Fritz mit aufkommendem Zorn. »Wieso haben Sie mir das nicht gleich am Telefon gesagt? Dann hätten wir diese unnütze Reise nicht auf uns genommen.«

»Nun, nun …«, sagt Schwester Aglaja und hebt begütigend die Hände. »Alles, was auf Erden geschieht, ist Gottes Fügung. Und deshalb glaube ich fest daran, dass auf diesem unserem Zusammentreffen der Segen des Herrn ruht.«

Luisa ist ebenso wütend wie Fritz. Was auch immer diese schlaue Nonne im Sinn hat, es ist eine Frechheit, sie auf diese Weise hinterlistig hierher zu locken.

»Wenn Jobst und Elke wieder bei ihrer Familie sind, bin ich froh und zufrieden«, sagt sie. »Wir verabschieden uns dann, Schwester.«

Sie will aufstehen, aber da hält die Stimme der Schwester sie zurück.

»Wie schade, liebe Frau Bogner. Ich hatte gehofft, einem unserer anderen kleinen Schützlinge eine liebevolle Familie vermitteln zu können. Möchten Sie nicht noch ein Weilchen bleiben? Das Mittagessen ist in wenigen Minuten fertig, dann können Sie im Speisezimmer einen Blick auf unsere Schützlinge werfen. Ach, es sind herzzerreißende Schicksale darunter …«

Luisa, eben noch fest entschlossen, auf der Stelle die Villa zu verlassen, zögert nun. Ja, sie würde gern ein Kind bei sich aufnehmen. Sie sehnt sich danach, ein kleines Wesen mit all ihrer Liebe zu umgeben, täglich und stündlich für dieses Kind da zu sein, durch diese Fürsorge ihrem Leben einen Sinn zu geben.

Auch wenn ihr die Art und Weise, wie sie hierher gelockt

wurden, nicht gefällt, so ist es ja nicht die Schuld der Kleinen – es ist einfach nur die Intrige dieser Person mit der weiß gestärkten Haube.

»Wie alt sind denn die jüngeren Kinder?«, erkundigt sich Fritz, der Luisas Empfindungen versteht.

»Zwischen drei und fünf Jahren. Aber bevor wir in diese Richtung denken, habe ich noch einige Fragen an Sie, lieber Herr Bogner.«

Verständlich. Natürlich müssen sie wissen, wem sie ihre Kleinen anvertrauen, ob sie dort gut aufgehoben sind, ob die Familie sich ein Kind überhaupt finanziell leisten kann.

»Bitte sehr!«, sagt Fritz. »Fragen Sie.«

Die Schwester zieht sich einen Schreibblock heran, öffnet das vor ihr stehende gläserne Tintenfass und taucht die Stahlfeder ein. Wie vor hundert Jahren, denkt Luisa fasziniert.

»Sie sind also als Kirchenmusiker tätig, lieber Herr Bogner. Bei welcher Gemeinde?«

Luisa schaut Fritz irritiert an. Der schüttelt den Kopf.

»Aber nein, das ist ein Irrtum. Ich bin Musiker, ich spiele Geige.«

»Ach!«, sagt Schwester Aglaja enttäuscht. »Sagten Sie nicht, dass Sie in Oppenheim in der Kirche musiziert hätten?«

»*Vor* der Kirche, Schwester. Auf dem Weinfest habe ich mit zwei Kollegen zum Tanz aufgespielt.«

Diese Erklärung versetzt die Schwester in gelindes Entsetzen. »Zum … Tanz? Ja so … Dann sind Sie so etwas wie Tanzmusiker? Spielen auf Jahrmärkten?«

»Ich hoffe, demnächst eine Stelle im Orchester des Staatstheaters Wiesbaden zu erhalten.«

Luisa ist verblüfft über den Ton der festen Überzeugung, in dem Fritz diesen Satz ausspricht. Es hört sich so an, als hätte er die Stelle bereits so gut wie sicher. Die fromme Schwester ist allerdings auch von dieser Nachricht nicht angetan.

»Im Theater«, sagt sie abfällig und zieht die Oberlippe hoch, sodass man den goldenen Zahn wieder blitzen sieht. »Wie vereinbaren Sie das mit Ihrem katholischen Glauben, Herr Bogner?«

»Ich bin evangelisch, Schwester Aglaja.«

Luisa begreift sofort, dass diese Aussage ihren Absichten den Todesstoß versetzt. Fritz ist evangelisch, auch sie selbst gehört der evangelischen Kirche an, sie haben evangelisch geheiratet und sind nicht bereit, eventuell adoptierte Kinder im katholischen Glauben zu erziehen.

»Das ist sehr bedauerlich«, äußert die Schwester, und sie tut einen tiefen, bekümmerten Atemzug. »In diesem Fall ist es mir unmöglich, Ihnen einen meiner Schützlinge anzuvertrauen. Sie verstehen: Wir sind eine Einrichtung der katholischen Kirche und sehen streng darauf, dass unsere Schützlinge im wahren Glauben aufwachsen.«

Fritz und Luisa sind wie vor den Kopf gestoßen. Gibt es so etwas? Sie haben die falsche Konfession, er hat den falschen Beruf, und daher kann man ihnen kein Kind anvertrauen.

Luisa fasst sich als Erste; sie steht auf und nimmt seine Hand. »Gehen wir, Fritz. Wir haben hier nichts zu suchen.«

Jetzt springt auch er auf, nickt der weiß gekleideten Nonne kurz zu und verabschiedet sich. »Danke für Ihre Mühe, Schwester. Ich bedauere sehr, am Telefon falsch verstanden worden zu sein. Für Ihre Arbeit wünsche ich weiterhin Gottes Segen!«

»Den wünsche ich Ihnen ebenfalls. In reichem Maße …«

Was sie weiter sagt, hören sie nicht mehr. Hand in Hand gehen sie den Flur entlang, es riecht jetzt nach Gemüsesuppe, mit Bohnerwachs gemischt. Luisa will wegschauen, doch die Versuchung ist zu groß. Im Vorübergehen sieht sie die Kinder im Speisezimmer an zwei langen Tischen stehen. Alle, auch die Kleinsten, haben die Köpfe gesenkt und die Hände gefaltet. Man vernimmt die Stimme von Schwester Benedicta, die laut das Vaterunser spricht. Die Kinder sprechen es Zeile um Zeile nach …

»Da waren ganz kleine dabei«, sagt Luisa, als sie draußen im Regen stehen und Fritz mit dem Schirm kämpft, der sich nicht aufklappen lassen will. »Einer davon sah aus wie der kleine Jobst damals …«

Fritz spannt das Regendach mit einem festen Ruck über ihr auf. »Denk nicht mehr dran, Luisa. Wir sind evangelisch, und ich bin ein Tanzmusiker. Solchem Gesindel vertraut man kein Kind an!«

Sie starrt ihn an, dann merkt sie, wie es um seine Mundwinkel zuckt, und auf einmal findet auch sie diese ganze Geschichte unfassbar komisch. Sie brechen in Gelächter aus, wiederholen abwechselnd, was die fromme Schwester gesagt hat, und müssen erneut darüber lachen. Schließlich legt Fritz den Arm um Luisa, und sie gehen unter ihrem großen Schirm zurück zur Straßenbahnhaltestelle.

Die Rückfahrt scheint ewig zu dauern, zweimal müssen sie umsteigen, stehen auf nassen Bahnsteigen und frieren wie die Schneider. Die Heiterkeit, in der sich ihre Enttäuschung aufgelöst hat, ist längst verflogen. Wortkarg und traurig sitzen sie nebeneinander im Zug und fühlen sich in den feuchten Kleidern herzlich unwohl. Zudem sind sie nicht allein, ein schwatzendes älteres Ehepaar begleitet sie, das hart gekochte Eier und Leibniz-Kekse verzehrt. Später steigen weitere Reisende dazu, starren aus den Fenstern in die verregnete Landschaft und schweigen sich an.

Als sie am Abend am Bahnhof Wiesbaden aussteigen, fühlen sie sich wie gerädert. Wenigstens hat es aufgehört zu regnen. Sie haben eine halbe Stunde Fußweg bis zu ihrer Wohnung, dann wollen sie nur noch eine Kleinigkeit essen und zu Bett gehen.

Doch als Fritz gerade die Speisekammer durchforstet und Luisa die feuchte Kleidung wechselt, klingelt es an der Wohnungstür. Draußen steht Michael und hüpft vor Aufregung auf einem Bein.

»Meine Mama hat für uns alle gekocht!«, ruft er laut.

Swetlana steht vor ihrer Wohnungstür und lächelt sie an. »Russisches Essen. Borschtsch und Bliny. Kommt herein und esst mit uns … Bitte … Ich freue mich …«

WILHELM

September 1951

Er hat sich München ganz anders vorgestellt. Großstädtisch. Offen. Auch schnelllebig. Aber das war ein Irrtum. Die Münchner sind wie diese protzigen Gebäude, die hier überall herumstehen. Breit und solide, fest gemauert, bodenständig. Der Bayer kommt dem Fremden eher grantig entgegen, er schaut misstrauisch und redet in einer Sprache, die zwar entfernt ans Deutsche erinnert, für Wilhelm aber vollkommen unverständlich ist. Mit Absicht tun sie das, die Bayern. Damit er, der Hesse aus Wiesbaden, sie nicht verstehen kann. Sie können nämlich durchaus hochdeutsch reden. Wenn sie wollen.

»Grüß Gott, der junge Herr Koch … Mögen's vielleicht ein Ei zum Frühstück heut? Sind ganz frisch, grad gestern auf dem Viktualienmarkt gekauft.«

Er wohnt möbliert, wie sich das für einen jungen Schauspieler gehört. Fünfzehn Quadratmeter, mit altertümlichen Möbeln vollgestellt, ein Fenster zum Hof, ein Waschbecken mit Wandschirm, ein Kanonenöfchen, von dessen Leistungsfähigkeit er sich bisher noch nicht überzeugen konnte. Die Toilette ist über den Hof, die benutzt er gemeinsam mit dem Rest der Familie und zwei anderen Mietern. Teuer ist es auch – fast die Hälfte seines Verdienstes geht fürs Wohnen drauf, im Winter gibt's noch einen Zuschlag fürs Heizen. Dafür ist aber das Frühstück mit dabei.

»Ein Ei? Aber gerne doch. Wachsweich, wenn's geht.«

»Ja, freilich. Wie immer. Gelt, die Künstler, die san allweil hungrig. Hab i recht?«

»Das ist wohl wahr, Frau Gruber …«

Schon ist sie wieder in ihrer Küche verschwunden und mengt dort herum. Wilhelm sitzt im Wohnzimmer der Grubers, wo sie den drei Mietern das Frühstück serviert, er ist wie immer der Letzte, gleich wird ihr Ehemann, der Korbinian Gruber, hereinkommen, die Zeitung an sich reißen und demonstrativ im Sessel Platz nehmen. Korbinian Gruber ist im Gegensatz zu seiner blond gefärbten Ehegattin ein echt bayerischer Grantler: Bierbauch mit Halbglatze, buschige dunkle Augenbrauen. Vermutlich nimmt er es seinen Untermietern persönlich übel, dass sie allmorgendlich sein Wohnzimmer beschlagnahmen und er währenddessen in der Küche bleiben muss. Dabei leben die Grubers gar nicht schlecht, sie haben unten noch den Laden an einen Friseur vermietet, der macht der Gruberin immer kostenlos die Haare.

»Gelt, für den ›Sommernachtstraum‹, da kriagn wir doch wieder zwei schöne Karten, Herr Koch. Wo wir doch zu ihren Bewunderern gehören, der Korbinian und ich …«

»Freilich, ich denke dran«, sagt Wilhelm und klopft mit dem Eierlöffel auf dem braunen Hühnerei herum. Steinhart. Hat die Frau denn keine Eieruhr?

»Der Herr Krumbichel, der wo vor Ihnen hier gewohnt hat, der hat uns immer Karten in der ersten Reihe gegeben. Aber da verrenkt man sich ja s'Gnack, da will er nimmer sitzen, hat mein Korbinian gesagt …«

Ansprüche auch noch, denkt Wilhelm, schält das harte Ei, bestreut es mit Salz und muss den ersten Bissen mit einem guten Schluck Kaffee herunterspülen, weil das trockene Eigelb ihm im Hals hängen bleibt. Der Kaffee ist allerdings gut, das muss er der Gruberin lassen. Nicht ganz so stark wie im Café Engel, wo mitunter der Löffel in der Tasse steht, aber annehmbar. Und gute Brötchen können sie hier auch backen – nur, dass die Semmeln genannt werden.

»Mei, eh ich's vergess': Da ist auch Post für Sie gekommen, Herr Koch …«

Er legt die Semmel, von der er gerade abbeißen will, wieder auf den Teller und spürt, dass er Herzklopfen hat. Der Kaffee. Ohne Zweifel, der Kaffee. Es kann kein Brief sein, die legt sie doch immer auf die Flurkommode. Aber vielleicht hat sie das ja dieses Mal vergessen. Nein, sie kommt mit einem Paket zurück. Mamas wöchentliche Futterration. Inzwischen ist sie ihm hoch willkommen, weil sein Geld davonfließt, als hätte er ein Loch im Portemonnaie. Bei den Preisen zeigt sich München als echte Großstadt, da kann nicht mal Frankfurt mithalten. Das Essen in den Gasthäusern ist hier allerdings gut und reichlich.

»Dankschön, Frau Gruber …«

Einen Hauch Bayerisch hat seine Sprache ja schon bekommen. Die Umgangssprache. Im Theater proben sie Shakespeare, selbstverständlich in schönstem Hochdeutsch. Er beendet sein Frühstück, weil jetzt Herr Gruber eintritt und ihm die Zeitung vor der Nase wegreißt. Dabei hat er nicht einmal drin gelesen, er war mit seinen eigenen Gedanken beschäftigt.

In seinem Zimmer erwarten ihn das ungemachte Bett und verschiedene Kleidungsstücke, die er im Raum verteilt hat. Seufzend entschließt er sich aufzuräumen, er glättet das Federbett und rollt den Pyjama zusammen. Zu Hause hat das immer Mama gemacht, das war ihm zwar auch nicht recht, aber praktisch war es doch. Jetzt bringt die Gruberin sein Zimmer dreimal die Woche in Ordnung, und es passt ihm gar nicht, wenn sie an seinem Pyjama herumfummelt. Den Schreibtisch mit seiner Post hat er vorsichtshalber verschlossen. Ja, die Post. Heute wieder nichts. Nur das Paket. Kein Brief, keine Postkarte, auch kein Telegramm. Julia hat ihm bisher nur ein einziges Mal geschrieben, eine Ansichtskarte von Wiesbaden mit dem Staatstheater und dem Kurhaus darauf. Dazu wenige, dürre Worte.

Lieber Wilhelm,
ich hoffe, Sie haben sich in München inzwischen eingelebt und fühlen sich im neuen Ensemble wohl. Damit Sie Ihre Heimat nicht ganz vergessen, schicke ich Ihnen ein Foto von unserer ehemaligen Wirkungsstätte.
Viele Grüße auch von Addi
Julia

Er hat sich zwar über die Nachricht gefreut, aber eigentlich hätte er mehr erwartet. Zumindest einen Brief. Und nicht immer diese förmliche Anrede. Aber wie es scheint, ist sie mit ihren eigenen Angelegenheiten beschäftigt und hat keine Zeit, lange Briefe zu schreiben. Oder sie hat ihn einfach nur als »nette Bekanntschaft« abgetan. Vermutlich ist es das. Die Intimität ihres langen Gesprächs im Café Bossong hat er sich nur eingebildet, die Beglückung war allein auf seiner Seite, für Julia war es ein ganz normaler Nachmittag. Wie deprimierend das ist! Bisher sind die Mädels ihm nachgelaufen, er hat jede haben können, die ihm gefiel. Nun ja, fast jede. Einige Male waren die Eltern dazwischen, aber das Mädel hätte schon gerne …

Julia Wemhöner aber lässt ihn auflaufen. Sieht in ihm nur den netten Wilhelm Koch, Sohn der Familie, die ihr damals das Leben gerettet hat und der sie noch immer zutiefst dankbar ist. Hat sie sich etwa nur aus Dankbarkeit seinen Eltern gegenüber mit ihm getroffen? War sie deshalb so offen zu ihm? Weil sie ihn ja seit Jahren kennt, auch schon zu der Zeit, als er noch zur Schule ging und mit August bei der HJ im Zeltlager war. Ach je – das ist nun wirklich schon sehr lange her.

Wie auch immer – er wird nicht aufgeben. Geduld heißt die Devise. Julia ist etwas Besonderes, eine ganz ungewöhnliche, großartige Frau, die läuft einem Wilhelm Koch nicht nach, die will erobert werden. Er hat ihr schon zweimal geschrieben – das war vielleicht unbedacht, schaut aus, als wollte er sie bedrängen – aber die Briefe sind nun einmal fort. Einen dritten Brief zu schreiben wäre lächerlich. Er ist kein Bittsteller, er will respektiert werden. Wenn sie es nicht für nötig hält, ihm zu schreiben, dann kann auch er sich zurückhalten.

Aber er muss schon ziemlich oft an sie denken. Mehrfach hat er sogar von ihr geträumt. Wenn er durch München geht, den Englischen Garten anschaut, das Rathaus mit dem Glockenspiel, die Residenz, das Hofbräuhaus – immer fragt er sich, was sie wohl dazu sagen würde. Dann ist es, als ob sie neben ihm herginge, und er redet in Gedanken mit ihr.

Sie hat gekündigt, das immerhin geht aus der Karte hervor. Weil sie von »unserer ehemaligen Wirkungsstätte« schreibt. Aber hat sie tatsächlich diesen Hutladen gemietet? Ist sie dabei, ihre Pläne in die Tat umzusetzen? Wird sie ihm wenigstens zur Eröffnung eine Einladung schicken? Hatte sie ihm das nicht versprochen?

Er hat seinem Bruder August einen Brief geschrieben und ihn gebeten, sich nach Julia zu erkundigen. Ganz diskret. Weil Mama und Hilde sonst vielleicht auf dumme Gedanken kämen. Auf August ist Verlass. Sie haben immer zusammengehalten wie Pech und Schwefel. Das ist auch heute noch so. Wenn er nur endlich einmal antworten würde, sein Bruder. Mama schreibt zwar, dass es ihm »unverändert« geht, aber Wilhelm macht sich trotzdem – oder gerade deswegen – Sorgen.

Überhaupt ist er in München alles andere als glücklich. Das liegt vor allem an seiner Theaterarbeit, die hier überhaupt nicht zu seiner Zufriedenheit verläuft. War er damals, als er zum Vorsprechen nach München fuhr, noch locker und selbstsicher, so hat er jetzt bei den Proben für die anstehende Spielzeit heftig zu kämpfen. Natürlich nicht in den Nebenrollen, in denen er besetzt ist, da gibt es wenig Probleme. Aber der Lysander im »Sommernachtstraum« will ihm überhaupt nicht gelingen. Dabei hat er gerade mit dieser Rolle bei der Abschlussvorstellung der Frankfurter Schauspielschule geglänzt, er hat sie für seine Paraderolle gehalten. Aber hier in München fehlt ihm auf einmal alles, was damals mit selbstverständlicher Leichtigkeit abrufbar war. Das Feuer. Die Verliebtheit. Der Charme. Nichts springt über, er rumpelt durch den Text wie ein tumber Tor, verkrampft sich, bemüht sich und macht damit alles nur noch schlimmer. Nein, es liegt nicht an der Regie, das muss er ehrlich zugeben. Auch die Kollegen haben Geduld gezeigt, geben gute Ratschläge, muntern ihn auf. Aber natürlich wirkt sich sein Versagen auch auf die Partner aus. Er hat das Gefühl, die ganze Inszenierung zu blockieren. Nachher ist wieder Probe, ach, er mag schon gar nicht mehr hingehen. Wenn dieser Knoten doch endlich mal platzen würde!

Und natürlich regnet es heute wieder mal. Verzagt schaut er zum Fenster hinaus, wo das Wasser vom Dach herabrinnt und sich in einer breiten Pfütze auf dem Hofpflaster sammelt. Auch der Regen ist anders in München. »A Schnürlregn« sagen sie dazu, es regnet Bindfäden. Jetzt vermisst er doch schmerzlich sein Auto, das er in einem Anfall von Leichtsinn seinem Schwager verkauft hat. Weil er halt so ein lieber Kerl ist, der Jean-Jacques, hat er sich überreden lassen, und jetzt muss er zu Fuß hinüber zum Theater laufen. Er braucht nur zehn Minuten dafür – das ist der Vorteil an dieser Wohnung. Aber in zehn Minuten kann einer trotz Schirm ganz ordentlich nass werden.

»Kaum tragen durch den Wald dich noch die Füße«, memoriert er, während er die Maximilianstraße entlanggeht und immer wieder den Schirm heben muss, um nicht mit einem anderen, ebenfalls beschirmten Passanten zusammenzustoßen. *»… und ich gesteh' es, ich verlor den Pfad … wollt Ihr, so lasst uns ruhen, meine Süße …«*

»Ja, so passen's doch auf!«, kreischt eine Frauenstimme.

Jetzt wäre er beinahe in den Stand einer Blumenverkäuferin gelaufen. Er kann sich gerade noch mit einem kühnen Sprung über einen Bottich mit gelben Rosen retten. Was die Blumenfrau ihm an Unfreundlichkeiten nachschreit, kann er zum Glück nicht verstehen, das ist Bayerisch für Eingeweihte. Er ist froh, in den Arkaden des Theatergebäudes verschwinden zu können, geht durch den Künstlereingang hinein und läuft gleich der Gesine Winterholler in die Arme, der Sekretärin des Intendanten.

»Grüß Gott, Herr Koch. Stellen Sie sich vor, der Krug ist die ganze kommende Spielzeit in Wien, einfach so – ein Angebot vom Burgtheater. Aber klar, wer will so was ausschlagen?«

Neid steigt in ihm auf. Am Wiener Burgtheater aufzutreten ist der Wunschtraum vieler junger Schauspieler. Der Krug ist allerdings nicht mehr jung, er hatte die Rolle des Zettel im »Sommernachtstraum« übernommen, da war er verflucht gut, wie Wilhelm festgestellt hat. Und jetzt spielt er vermutlich Nestroy an der Burg, der Glückspilz.

»Und wer muss jetzt ganz schnell einen Ersatz finden?«, redet Gesine weiter. »Die Winterhollerin, ist ja klar. Möglichst bis gestern. Aber ich hab da schon jemanden im Auge …«

»Da darf man wohl gespannt sein«, scherzt er und späht schon zum Stiegenhaus hinüber, wo er gleich einen Spurt einlegen wird, weil er wieder mal zu spät ist.

»Einer von den ganz Großen. Wenn ich den kriege, wird mir der Schweikart auf Knien danken …«

Hans Schweikart ist der geplagte Intendant des Theaters. Die Winterhollerin eilt mit flatterndem Rock in ihr Büro, während Wilhelm die Treppen zur Bühne hinauffliegt. Das Haus hat im Krieg einen Treffer abbekommen, der ausgerechnet Bühne und Zuschauerraum erwischt hat. Alles wurde nach Kriegsende hastig wieder hochgezogen, damit wenigstens gespielt werden konnte. Jetzt erst beginnen die Restaurierungsarbeiten, um den ursprünglichen Zustand wiederherzustellen. Was natürlich für den Theaterbetrieb problematisch ist, aber da müssen sie eben alle durch.

»Der Koch ist da!«, vermeldet Kollegin Susanna, die die Hermia spielt. »Pass auf, Willi, die haben so ein Geraffel auf die Bühne gestellt. Jessas na. Die reine Baustelle hier …«

Wilhelm betritt den Bühnenraum mit frohgemutem Lächeln, was zwar nicht seiner Stimmung entspricht, aber seine guten Absichten dokumentiert. Bruno, der Regisseur, ist im Gespräch mit dem Oberon und der Angeline, die den Puck verkörpert. Auch die Assistentin Annie steht dabei, vermutlich haben sie gerade eben von den neuesten Entwicklungen erfahren.

»Verdammter Drecksladen!«, macht Bruno seiner Empörung Luft. »Ich schmeiß auch gleich alles hin. Burgtheater! Ich lach mich tot!«

Dann sieht er, dass Wilhelm auf der Bühne steht, und beruhigt sich. »Machen wir halt weiter. Zweite Szene. Ab Auftritt Hermia und Lysander. Wo ist die Hermia? Auftritt von rechts … Hermia, du bist aufgeregt, es ist schon Abend, dir ist klar, dass ihr euch verlaufen habt, du schaust dich um …«

Sie macht das wunderbar, seine Kollegin. Gute Schauspielerin, dazu noch sehr hübsch, schöne Figur, sehr ehrgeizig. Wenn er so weitermacht, spielt sie ihn an die Wand …

Er wartet, bis sie ihr stummes Spiel absolviert hat, dann kommt sein Auftritt. Lysander, der mit der geliebten Hermia aus Theben geflohen ist, will seine Liebste im dunklen Wald natürlich beschützen. Aber weil er ein Mann ist, will er auch noch etwas anderes von ihr. Und weil sie ein gut erzogenes Mädel ist, geht sie nicht darauf ein. Entführen, ja. Sex erst nach vollzogener Trauung.

Er setzt sich in gelinden Trab, umläuft die Stehleiter mit dem darunterstehenden »Geraffel« und ruft der Geliebten zu: *»Kaum tragen durch den Fuß euch noch die Wälder …«*

Er bricht erschrocken ab, weil Hermia ihn mit seltsam starrem Blick anschaut. Ach, verdammt. Der Text sitzt seit Jahren fest in seinem Kopf, wie kann das sein, dass er so einen Quatsch redet?

»Tschuldigung …«

»Noch mal!«, sagt Bruno mit Gleichmut.

Wilhelm geht zurück. Geht durch den imaginären Wald, streckt den Arm nach der Geliebten aus, der Text passt jetzt, er kommt gut in die Rolle hinein …

»… wollt Ihr, so lasst uns ruhen, meine Süße … bis tröstend sich das Licht des Tages naht …«

Hermia lächelt. Süß kann sie lächeln. Verführung und Zurückweisung in einem einzigen Lächeln. *»Ach ja, Lysander, sucht für euch ein Bette …«*

»Aus!«, ruft Bruno. »Nicht ganz schlecht bis dahin. Willi, dein lüsternes Grinsen passt nicht. Du bist ein wohlerzogener Held, du bist nicht lüstern, du hast Sehnsucht nach ihr, die du aber tapfer beherrschst …«

»Wie? Lüstern?«, wundert sich Wilhelm. »Ich grinse lüstern?«

Fragend schaut er Susanna an. Der ist es etwas peinlich, aber sie nickt.

»Also, ich sollte eher unsicher, unruhig wirken …«, schlägt er vor.

»So was in der Richtung. Noch mal. Denk daran, dass sie die Frau deiner Träume ist. Du hast sie entführt, um sie heiraten zu dürfen, und jetzt sitzt ihr hier in dem verdammten Wald fest, wo die Elfen und allerlei Gezücht herumspuken …«

»Alles klar.«

Wilhelms anfänglicher Schwung ist wieder mal weg. Lüstern. Er muss nachher mal im Spiegel kontrollieren, ob sein Grinsen lüstern wirkt.

»Und komm mal gelaufen … du hast die Gegend erkundet und kehrst jetzt zurück zu deiner Hermia … Genau so … Renn mal los, kannst ruhig etwas außer Atem sein, der Wald ist schließlich dunkel und unheim…«

In diesem Moment tut es einen lauten Krach, Hermia schreit auf, die Assistentin schlägt die Hände vors Gesicht, Bruno tut einen Sprung zur Seite, weil die Stehleiter wankt, mehrere Werkzeuge und Blecheimer fallen polternd auf die Bühnenbretter. Weißer Nebel steigt auf und umhüllt die Szene.

»Willi!«, kreischt Hermia.

Wilhelm ist beim Waldlauf gegen die verdammte Stehleiter gerannt, hat sie ins Schwanken gebracht und sich dann daran festgeklammert. Jetzt steht er und hält die Leiter mit beiden Händen, damit sie den Regisseur nicht erschlägt.

»Tut mir … tut mir wahnsinnig leid …«, stottert er. Dann muss er husten, weil in einem der Eimer Gipspulver war, das jetzt die Umgebung vernebelt.

Schweigen ringsum. Von hinten laufen zwei Handwerker herbei, drei Schauspielkollegen kommen von links, starren auf die Szene. Wilhelm steht immer noch wie festgebacken, er ist von oben bis unten weiß bestäubt, und er muss fürchterlich niesen.

»Genial!«, sagt Bruno.

Hermias Miene versteinert, sie will etwas sagen, bringt es aber nicht heraus. Ihre Schultern zucken, dann fängt Bruno an zu lachen, und sie kann sich nun auch nicht mehr zurückhalten. Das Gelächter steckt die Kollegen an, die Arbeiter im Hintergrund sind erleichtert, fangen ebenfalls an zu lachen. Von allen Seiten prasselt es gnadenlos auf Wilhelm herab.

Das ist das Ende. Wilhelm fühlt es nur, denken kann er nicht, sein Gehirn ist noch nicht wieder eingeschaltet.

»Mensch!«, sagt Bruno. »Weißt du eigentlich, dass du der geborene Komiker bist?«

Wilhelm stellt die Leiter gerade hin. Er hat genug. Für heute und überhaupt. Dieser Satz gibt ihm den Rest. Schluss. Aus. Warum ist er nicht nach Hamburg ans Thalia gegangen?

Sie sehen ihm an, dass er fix und fertig ist. Hermia geht zu ihm, fragt besorgt, ob er verletzt sei, zieht ein Papiertaschentuch heraus und wischt ihm das Gesicht ab. Die Arbeiter sammeln ihr Zeug zusammen, werden von den Schauspielern beschimpft und schimpfen auf Bayerisch zurück, was einige der Schauspieler aber verstehen und entsprechend beantworten.

»Hör mal zu«, sagt Bruno und fasst ihn am Arm. »Annie, hol mal den Oberon und die Angeline, wir machen gleich mit Akt zwei, erste Szene weiter.«

Er zieht Wilhelm in eine Ecke, staubt mit einigen freundschaftlich-väterlichen Schlägen dessen Hemd ab und grinst. Bruno ist an die fünfzig, hat als Schauspieler angefangen; auch jetzt übernimmt er hie und da noch Gastrollen. Er weiß, wie es Wilhelm zumute ist.

»Pass mal auf, Willi«, sagt er leise und blinzelt ihn an. »Ich hab da eine Idee. Aber nur, wenn du einverstanden bist.«

Wilhelm sagt gar nichts. Er will jetzt keine Ideen hören. Er will einfach nur weg, irgendwohin, wo es keine Bühnen und keine Stehleitern gibt.

»Hast du schon mal den Zettel studiert?«

Damit meint er nicht irgendein Blatt Papier, sondern jenen Handwerker namens Zettel aus den »Rüpelszenen« des »Sommernachtstraums«. Eine Paraderolle für einen Komiker. Aber Wilhelm ist kein Komiker. Er ist jugendlicher Held mit Tendenz zum Charakterdarsteller, Herrgott noch mal!

»Den … Zettel?«

»Das ist *deine* Rolle, Junge. Wir probieren das mal morgen um neun. Wenn die anderen noch nicht da sind.«

Wilhelm schluckt. Hustet. Räuspert sich. Bruno schaut ihn auffordernd an. Er meint es tatsächlich ernst.

»Aber … die Winterhollerin engagiert gerade irgendeinen weltberühmten Star für die Rolle!«

Bruno macht eine wegwerfende Handbewegung. Die Winterhollerin redet viel. Und engagieren kann die niemanden. Das macht der Intendant in Absprache mit dem Regisseur. Da hat er, Bruno, ein Wörtchen mitzureden.

»Lass es uns versuchen, Willi. Ich glaub an dich. Wirklich, du hast es drauf. Hast du nicht in Wiesbaden den Diafoirus gegeben?«

»Ja, aber … das war nur ausnahmsweise!«

Bruno schlägt ihm so fest mit der Hand auf die Schulter, dass der Gips aufstaubt.

»Jetzt gehst du heim, nimmst ein Bad und schaust dir den Text an. Wir sehen uns morgen um neun. Machen wir's so, Junge?«

Wilhelm nickt. Er spürt, dass Bruno es gut mit ihm meint, auch wenn er vorhin über ihn gelacht hat. Das war nicht böse gemeint, die Situation *war* einfach urkomisch. Zumindest für die anderen. Er selber wird noch ein Weilchen brauchen, bis er darüber lachen kann. Den Zettel spielen. Was für eine verrückte Idee. Auf der anderen Seite ist das eine richtig gute Rolle. Eine Hauptrolle, wenn auch für einen Komiker.

Er geht in die Künstlergarderobe und zieht dort Hemd und Hose aus, klopft die Kleidungsstücke kräftig aus, dass es nur so staubt, dann zieht er sich wieder an und verlässt das Theater.

Den Zettel! *»Lasst mich den Löwen auch spielen«*, das ist der berühmteste Satz, den er zu sprechen hat. Ein theaterbesessener plumper Handwerker. Urkomisch. Verflucht komisch. Ist er selbst das nicht auch? Wilhelm Koch, Sohn eines Kaffeehausbesitzers? Sohn eines Handwerkers, der sich zum Theater berufen fühlt?

Düstere Grübeleien erfüllen ihn, als er durch die Straßen zu seiner Wohnung läuft. Erst als er triefend vor Nässe vor der Eingangstür steht, bemerkt er, dass er seinen Schirm zwar mitgenommen, aber nicht aufgespannt hat. Jetzt aber schnell raus aus den Kleidern und das Zeug auswaschen, bevor sich der restliche Gips mit dem Regenwasser zu einer festen Pampe verbindet.

Er hängt die nassen Kleidungsstücke über die Stuhllehne. Im Hof kann man momentan keine Wäsche aufhängen, es regnet immer noch. Die Pfütze hat sich zu einem See ausgewachsen, von dem ausgehend ein breiter Bach zum Hofausgang hinunterstrudelt.

Der Zettel. Klar, wenn er den spielt, kann sich das Theater den prominenten Star sparen. Den Lysander werden sie einem der Kollegen geben, er weiß schon, wem. Es tut ihm weh, dass man ihm die Rolle wegnimmt, er hat versagt, daran führt kein Weg vorbei.

Aber nun ja, der Zettel. Ganz witzige Rolle. Bekommt viele Lacher. Kann man was draus machen. Dafür muss man freilich auch ein Weilchen mit einem Eselskopf herumlaufen. Da stört dann wenigstens sein angeblich lüsternes Grinsen nicht, weil es keiner sehen kann … Verdammt, das alles gefällt ihm nicht.

Zum Trost öffnet er das Paket seiner Mutter, packt Dosenwurst, Marmorkuchen, Salami, Corned Beef und Rumkugeln aus, macht sich erst mal über die Salami her, dann über das Corned Beef aus der Dose, zum Schluss gibt's ein paar Rumkugeln. Als er die Tüte mit den Rumkugeln wieder in den Karton legen will, entdeckt er die Briefe. Einer von Mama, der andere von August.

Endlich! Sein Bruder hat ihm geschrieben. Gespannt reißt er den Umschlag auf, entfaltet den Brief.

Mein lieber Wilhelm,
wie ich vermute, hast du Dich wieder einmal in eine dumme Geschichte verstrickt und meine wohlgemeinten Ratschläge diesbezüglich in den Wind geschrieben. Nun gut – Du bist erwachsen, und ich bin Dein Bruder. Soweit ich Auskunft geben kann, will ich es tun.
Julia hat – zu Papas größtem Entsetzen – ihre Stellung im Theater gekündigt. Sie selbst habe ich nicht gesprochen, aber Addi hat ein paar Sachen erzählt, die nicht nett klangen. Offensichtlich haben sich dort nicht alle Kolleginnen über ihre Rückkehr gefreut. Inzwischen hat sie in der Langgasse – dort, wo früher ein Hutgeschäft

war – einen Laden gemietet, wo sie wohl eine Art Modeatelier führen will. Addi hat sich halb kaputt gearbeitet, um den verkommenen Laden zu renovieren. Jetzt ist alles fertig, nur die Kundschaft lässt wohl auf sich warten. Mama war neulich dort, es hat ihr aber nichts gefallen. Zu mondän, hat sie gesagt. Und auch zu teuer. Ich sehe Julia so gut wie gar nicht, weil ich meist in der Wohnung bin, dafür sitzt Addi oft bei uns am Mittagstisch. Er ist allerdings recht wortkarg, wenn wir nach Julias Geschäft fragen. Was der Grund dafür ist, wissen wir nicht …
Mir geht es unverändert, mal besser, mal wieder etwas schlechter. Mein Studium hoffe ich dennoch weiterführen zu können, es wäre schade, es ganz aufzugeben.
Ich hoffe, bald Dein Lob in allen Münchner Zeitungen zu lesen, und wünsche Dir für die anstehenden Aufführungen toi, toi, toi.
Dein August

Ist er jetzt schlauer? Nicht viel. Sie hat das Geschäft eröffnet, aber die Kundschaft bleibt aus. Vielleicht braucht sie ein wenig Aufmunterung?

Ich schreibe ihr, denkt er entschlossen. Verflixt, und wenn ich es nie wieder tue … ich schreibe ihr jetzt einen Brief.

SWETLANA

Oktober 1951

»Frau Stammler!«, schallt es hinter Swetlana auf der Treppe. Es klingt in ihren Ohren wie ein Pistolenschuss. Sie zuckt zusammen und dreht sich um. Auf dem Treppenabsatz steht die Grulich aus dem Parterre, sie hat ein Tuch um das ergraute Haar gebunden, vermutlich will sie die Treppe putzen.

»Guten Tag, Frau Grulich …«

Die Grulich stemmt herausfordernd die Arme in die Hüften.

»Was ich Ihnen die ganze Zeit schon sagen wollte: So geht das nicht weiter mit Ihrem Bengel. Jetzt stampfen schon ganze Horden die Treppen hinauf, man kommt nicht mehr zur Ruhe!«

Swetlana ist todmüde, sie hat bis spät in der Nacht bei Linde geputzt, am frühen Morgen hat Michaels Lehrer sie in der Schule zu einem Gespräch bestellt. Jetzt also noch Frau Grulich.

»Es kommt nicht wieder vor, Frau Grulich. War nur wegen Ferien.«

Doch Frau Grulichs Zorn ist noch nicht besänftigt. Sie erklärt, dass ihr Mann schwer herzkrank sei und keinen Lärm vertragen könne. Er habe sich für sein Land geopfert, und das sei nun der Dank. Swetlana kennt die Sprüche, daher geht sie weiter und hat es eilig, ihre Wohnungstür aufzuschließen.

»Und das Gejaule von der Geige, das hört jetzt auf!«, kreischt ihr die Grulich hinterher.

Swetlana schließt die Tür geräuschvoll, stellt ihre Tasche ab und sinkt auf den nächsten Stuhl. Wenn sie doch wenigstens eine Stunde schlafen dürfte, aber das geht nicht. Gleich kommt Michael aus der Schule, sie muss ihm rasch etwas zu essen machen, dann steht schon der nächste Termin an. Sie muss pünktlich sein und gut arbeiten, darf an den Fensterscheiben keine Schlieren hinterlassen, kein Stäubchen übersehen, jede Ecke muss peinlich sauber gewischt sein. Auf keinen Fall darf sie weitere Kunden verlieren, sonst kann sie bald nicht einmal mehr ihre Miete bezahlen. Müde erhebt sie sich, trägt ihre Einkäufe in die Küche und setzt einen Topf mit Kartoffeln auf. Dazu gibt es Krautsalat, der ist noch von gestern übrig, und gebackene Leberwurst. Heute Abend wird sie erst spät nach Hause kommen, aber Luisa ist da, sie wird sich um Michael kümmern und ihn auch ins Bett bringen. Ach, es ist gut, eine solche Freundin zu haben. Das dumme Missverständnis mit dem Café Engel ist längst vergessen. Luisa und Swetlana besuchen einander täglich, oft kochen sie gemeinsam, und wenn Luisas Ehemann Fritz ausnahmsweise am Abend zu Hause ist, sitzen sie zu viert beieinander. Fast wie eine kleine Familie.

Die Gespräche mit Luisa und Fritz bringen Swetlana immer wieder neue, überraschende Erkenntnisse. Hat sie bisher mit ihrem Schicksal gehadert und die Deutschen für all ihr Unglück verantwortlich gemacht, so hat Luisas Geschichte sie davon überzeugt, dass man das niemals sagen kann: »Die Deutschen« oder »Die Russen«. Jeder Mensch ist anders, es gibt böse und gute Menschen, das hat mit ihrer Nationalität nichts zu tun. Luisa ist eine Deutsche, aber sie ist ein guter Mensch, und der Krieg hat ihr viel angetan. Ja, eigentlich ist das Schicksal rauer mit ihr umgegangen als mit Swetlana, denn Luisa musste erleben, wie ihre geliebte Mutter erschossen wurde. Und auch Fritz ist solch ein lieber und hilfsbereiter Mensch, obwohl er doch ein deutscher Soldat gewesen ist, der gegen ihre Heimat Russland marschiert ist.

»Was ist das für eine verrückte Sache, der Krieg«, hat Swetlana gesagt. »Warum gehen Menschen aufeinander los, die doch eigentlich Freunde sein können?«

Darüber haben sie lange geredet und doch keine Antwort gefunden. Aber es tut wohl, unter Freunden zu sein, einander zuzuhören und Dinge erzählen zu können, die die Seele belasten. Swetlana hat die Geschichte von dem Kinderheim »Villa Clara« gehört, und sie hat den Zorn und die Enttäuschung ihrer Freunde gut verstehen können.

»Ihr müsst geduldig sein«, tröstet sie. »Eines Tages werdet ihr haben eigene Kinder.«

Doch sie weiß, dass Luisa die Hoffnung aufgegeben hat. Seit der letzten Fehlgeburt stellt sich pünktlich die monatliche Blutung ein, keine Spur von einer Schwangerschaft. Es ist wohl so, wie der Arzt ihr gesagt hat: Sie wird aller Voraussicht nach nicht mehr schwanger werden.

»Ärzte können sich irren«, sagt Swetlana mit großer Überzeugung.

Ja, sie weiß inzwischen sehr viel über das Leben ihrer Freunde, sie kennt auch Fritzens große Hoffnung, eine feste Stellung am Theater zu erlangen. Die beiden sind ihr gegenüber offen, lassen sie an ihrem Leben teilhaben. Sie selbst ist nicht ganz so freigebig, vor allem ihre Existenzsorgen verbirgt sie sorgfältig vor Luisa und Fritz. Sie ist stolz, will sich nicht helfen lassen, auf keinen Fall würde sie ihre Freunde um Geld bitten. Viel eher zeigt sie sich großzügig, bezahlt den Geigenunterricht, lädt die Freunde zum Essen bei sich ein und kauft kleine Geschenke für Luisa, die sich so oft um Michael kümmert. Bisher war das ja auch alles im Rahmen, sie hatte sogar ein wenig Geld am Monatsende übrig, um es aufs Sparkonto zu tragen, aber dann kamen wieder die Sommerferien. Sechs lange Wochen, in denen Michael keine Schule hat, sondern den lieben langen Tag zu Hause ist. Sie kann ihren Sohn nicht die ganze Zeit über allein lassen, und ebenso wenig ist es möglich, ihn auch vormittags zu Luisa zu schicken. Zumal die jetzt wieder häufig im Café Engel arbeitet. Also hat sich Swetlana entschlossen, die Vormittagsarbeit vorerst aufzugeben und ihre Kunden auf die Zeit nach den Ferien zu vertrösten. Das hat im vergangenen Jahr gut geklappt, weil zwei ihrer reichen Kundinnen verreist waren und sie sowieso nicht benötigten. Sie hat Michael zum Spielplatz begleitet, ist sogar einmal mit ihm ins Schwimmbad gefahren, sie sind auf dem Weiher im Kurpark gerudert, und wenn es geregnet hat, haben sie in der Wohnung Spiele gemacht. Sie hat seine Lieblingsgerichte gekocht und ist erst am Nachmittag zur Arbeit gefahren. Dann ist Michael entweder hinüber zu Luisa gegangen, oder er hat Geige geübt und sich in der Wohnung beschäftigt.

Es ist eine schöne Zeit gewesen. Sie hat sich ihrem Sohn widmen können, anstatt ihn am Morgen hastig zur Schule zu schicken und am Abend das schlafende Kind in seinem Bett vorzufinden. Ja, die Mütter, die zu Hause bei ihren Kleinen bleiben können, weil der Ehemann das Geld verdient, die sind schon zu beneiden, hat sie gedacht. Mein Kind wächst heran, und ich merke es vor lauter Arbeit kaum. Die Zeit geht so rasch vorbei! War er nicht gerade noch ein tapsiger Zweijähriger, der ihr zärtlich die Ärmchen um den Hals legte, wenn sie ihn hochnahm? Jetzt ist er acht, sein Körper hat sich gestreckt, er geht ihr schon fast bis zur Schulter, und wenn sie versucht, ihn zärtlich an sich zu drücken, windet er sich, weil er das »peinlich« findet.

Als die Ferien zu Ende sind, ist sie ein wenig traurig, aber es hilft ja nichts, sie muss Geld verdienen. Doch in diesem Jahr sind ihre Kunden weniger geduldig gewesen.

»Tut mir leid, aber Sie sind zu unzuverlässig, Frau Stammler! Wir haben eine andere Putzhilfe eingestellt.«

Sie muss von vorne anfangen, sich neue Putzstellen suchen, auch geringere Entlohnung akzeptieren, weil sie das Geld dringend braucht. Dazu kommt, dass gerade jetzt neue Kosten anfallen, mit denen sie nicht gerechnet hat. Für das neue Schulhalbjahr braucht Michael zusätzliche Bücher, Schreib- und

Rechenhefte, Bleistifte und Stahlfedern. Das alles ist vordringlich, sie muss das Geld vom Sparkonto nehmen, denn nicht alle ihre Kunden bezahlen sie regelmäßig. Wenn sie daran denkt, dass der Winter vor der Tür steht, wird ihr ganz schwindelig, denn Michael passt in die warmen Sachen vom vergangenen Jahr nicht mehr hinein. Weder in die Schuhe noch in die Hosen; allerhöchstens könnte man die beiden wollenen Pullover noch einmal verwenden, wenn man die Ärmel auftrennt und neu strickt. Aber eine warme Jacke für den Winter ist unumgänglich, die alte ist viel zu kurz, und Swetlana will auf keinen Fall, dass ihr Sohn frieren muss.

Fast wäre sie auf dem Küchenstuhl eingeschlafen, aber jetzt ist der Kochlöffel, den sie zwischen Topf und Deckel geklemmt hat, herausgefallen, und der Kartoffeltopf beginnt zu zischen und zu spucken. Sie schaltet die Flamme aus, gießt das Kochwasser ab und stellt die fertig gekochten Kartoffeln wieder auf den Herd. Jetzt noch rasch die Wurst in die Pfanne geben, gleich wird Michael hier sein.

Er lässt sich heute Zeit, ihr Sohn, kommt eine Viertelstunde später als gewohnt, sodass ihnen nur wenig gemeinsame Zeit bleibt. Sie ist ärgerlich, denn sie hat mit ihm zu reden.

»Wasch dir die Hände … Ich war heute in der Schule, Michael.«

Er weiß offensichtlich, worum es geht, und trödelt beim Händewaschen. Als er sich schließlich vor seinen gefüllten Teller setzt, muss Swetlana schon wieder auf die Uhr sehen.

»Was war das für eine Prügelei, von der man mir erzählt hat?«, forscht sie.

Michael stochert in den Kartoffeln herum, spießt ein Stück auf die Gabel und pustet, weil es heiß ist.

»Nun?«, drängt sie ungeduldig.

Er lässt die Gabel sinken und verzieht missmutig den Mund. »Die haben angefangen!«

Swetlana seufzt. Wie es aussieht, muss sie ihm jedes Wort aus der Nase ziehen. »Wer sind ›die‹?«

Sie bekommt einige Namen zu hören. Der Peter und der Jörg und der Dieter. Die Gerlind war auch dabei. Die hat immer nur albern herumgelacht.

»Aber um was ging es denn nun?«

Er legt die Gabel hin und stützt beide Arme auf. Sie ist erschrocken, wie zornig er sie jetzt anschaut. »Die lachen, weil ich Geige spiele. Die haben gesagt, ich sei ein Zigeuner, die würden auch immer geigen. Und dann haben sie mich nachgemacht …«

Swetlana begreift. Zum Schulfest vor Ferienbeginn hat er seine Geige mitgenommen und ein Stück vorgespielt. Es war die Idee seines Klassenlehrers, es gab auch zwei Mädchen, die Klavier gespielt haben, mehrere Blockflöten, ein Junge hat sich sogar mit einem gewaltig großen Akkordeon abgemüht.

»Ich kann verstehen, dass dich das ärgert, Michael. Aber deshalb darf man niemanden schlagen.«

»Ich war das nicht. Das war der Gerd. Weil der mein Freund ist. Deshalb hat er mich verteidigt.«

»Dann hättest du ihn zurückhalten müssen.«

Michael tut einen tiefen Seufzer, schaut hungrig auf die Leberwurst, aber er lässt die Gabel liegen.

»Hab ich ja«, behauptet er. »Aber da waren schon die anderen da. Und dann haben sich auf einmal alle gehauen.«

Mitten auf dem Schulhof haben sie aufeinander eingeschlagen, andere Schüler und Schülerinnen standen um sie herum, wichen nur unwillig zur Seite, als der Klassenlehrer Herr Krekel herbeikam und energisch eingegriffen hat. Es hat etliche Beulen und Blutergüsse gegeben, auch aufgerissene Lippen und blutende Nasen; einer hat sogar eine Bisswunde am Arm. Michael hat nur ein paar Schürfwunden davongetragen. Er sei hingefallen, hat er Swetlana vorgeschwindelt.

»Warum hast du nicht die Wahrheit gesagt?«

Er schiebt die Unterlippe vor. »Weil du dich immer so aufregst, Mama.«

»Nun hab ich es von deinem Lehrer hören müssen und mich erst recht aufgeregt.«

Swetlana muss wieder auf die Uhr schauen. Sie hat keine Zeit mehr, muss weitere Gespräche verschieben. Herr Krekel ist der Ansicht, dass Michael auf dem besten Weg ist, ein Schläger zu werden. Der Junge hat schon mehrfach andere Kinder verletzt, und leider hat er einen Kreis enger Freunde und Bewunderer um sich geschart, die es ihm gleichtun wollen.

»Ich muss jetzt gehen. Iss in Ruhe zu Ende und spül deinen Teller ab. Luisa kommt erst gegen fünf, dann kannst du zu ihr hinübergehen. Und nicht vor drei Uhr Geige üben – Frau Grulich hat sich gerade eben beschwert.«

»Och, die alte Seekuh!«

Sie schimpft, dass man so etwas nicht sagen darf, aber natürlich merkt sie, dass er sie nicht ernst nimmt. Was ist nur aus ihrem kleinen Jungen geworden? Sie weiß nicht aus noch ein vor Sorgen. Ein Schläger, hat der Lehrer gesagt. Das kann sie nicht glauben. Doch nicht ihr Sohn! Nicht Michael, der noch vor zwei Jahren selbst beinahe totgeschlagen wurde …

»Morgen ist Sonntag, da reden wir weiter, Michael …«

Sie schläft tief wie eine Tote in dieser Nacht und wacht mit einem dumpfen Gefühl im Kopf auf. Michael ist schon aufgestanden, es riecht nach Kaffee und gerösteten Weißbrotscheiben, aus der Küche ist Geschirrgeklapper zu vernehmen. Er hat Frühstück für sie beide gemacht – was für ein netter Einfall!

»Du darfst noch nicht kommen«, ruft er ihr entgegen, als sie im Nachthemd im Wohnzimmer erscheint. »Das ist eine Überraschung, Mama. Geh noch mal ins Bett!«

Sie geht stattdessen ins Bad und zieht sich an; dann kehrt sie ins Wohnzimmer zurück, um den Frühstückstisch gebührend zu bewundern. Die Weißbrotscheiben sind zwar leicht angebrannt und der Kaffee sehr dünn – aber der gute Wille zählt.

»Das hast du wunderbar gemacht, Michael!«

Natürlich hat sie ihn durchschaut, den kleinen Schlaumeier. Während des Frühstücks kommt sie wieder auf das Gespräch von gestern – sie hat es nicht vergessen, wie er vielleicht gehofft hat. Aber es geht glimpflich ab. Sie verhängt keine Strafe, sondern redet ihm eindringlich ins Gewissen und nimmt ihm das Versprechen ab, niemals wieder ein anderes Kind zu schlagen.

»Aber wenn der anfängt …«, mault er.

»Auch dann nicht.«

»Dann denken die, ich wäre ein Feigling!«

»Du bist nur der Klügere, Michael.«

Diese Philosophie leuchtet ihm wenig ein, das sieht sie ihm an. Dennoch verspricht er ihr jetzt, was sie hören will, gibt ihr sogar die Hand drauf, und damit ist die leidige Angelegenheit für ihn erledigt.

»Was machen wir heute?«, fragt er unternehmungslustig.

Sie fühlt sich trotz Kaffee immer noch wie gerädert – hoffentlich hat sie sich keine Erkältung eingefangen. Tut der Hals nicht beim Schlucken weh? Ein wenig, aber vielleicht gibt sich das.

Es ist ein kühler Tag, graue Wolken verhängen die Sonne, möglich, dass es regnen wird. Sie schlägt einen Besuch im Museum vor, Michael will nach Frankfurt in den Zoo. Aber dafür reicht ihr Geld nicht – also einigen sie sich auf eine Bootsfahrt auf dem Kurparkweiher und anschließend Kakao und Kuchen. Allerdings nicht im Café Engel, dorthin bringen sie keine zehn Pferde mehr. Nie wird sie vergessen, wie beleidigend die ältere Frau sie abgewiesen hat. *Eine Russin? Nein. Dieses Land hat meinem Sohn zu viel angetan.*

Wegen des trüben Wetters sind heute nur wenige Besucher im Kurpark. Der Wind bewegt die Bäume und kräuselt die

Oberfläche des Weihers. Ein älteres Ehepaar geht langsam den sandbestreuten Weg entlang. Der Mann muss seinen Hut festhalten, den ihm eine Windbö fast vom Kopf gerissen hätte. Eine Gruppe Amerikaner ist ihnen am Bootssteg zuvorgekommen, sie mieten sämtliche Boote für eine halbe Stunde, kein einziges ist mehr für Michael und Swetlana übrig.

»Dann müssen wir eben warten«, meint sie. »Du kannst ja inzwischen die Enten füttern. Ich setze mich dort drüben auf die Bank und schaue dir zu.«

Sie haben eine Tüte mit trockenen Brotresten mitgenommen, die Swetlana zu diesem Zweck sammelt. Michael nimmt das Entenfutter an sich und geht zum Ufer hinunter. Die Enten, die seine Absicht ahnen, kommen von allen Seiten angeschwommen und streiten sich noch im Wasser um die besten Plätze.

Michael dreht sich noch einmal zu Swetlana um, bevor er mit der Fütterung beginnt. »Aber dieses Mal will ich ganz alleine rudern, Mama!«, ruft er ihr zu.

»Wenn du das schaffst«, sagt sie lächelnd und setzt sich auf die Bank. Während sie zusieht, wie er die Brotstücke austeilt und von allen Seiten bedrängt wird, spürt sie, wie die Müdigkeit sie überkommt. Das unangenehme Kratzen im Hals, dieser Schmerz beim Schlucken, ist nicht besser geworden, sondern schlimmer. Ach, ein Unglück kommt eben selten allein. Sie darf gerade jetzt auf keinen Fall krank werden, sonst würde sie die beiden neuen Putzstellen, die sie inzwischen angetreten hat, gleich wieder verlieren. Noch schlimmer wäre es, wenn sie Michael anstecken würde – dann müsste er zu Hause bleiben und würde Unterricht versäumen. Sie beschließt, nach dieser Bootsfahrt und dem anschließenden Kuchenessen sofort mit Michael nach Hause zu gehen, um sich zu Bett zu legen. Schlafen ist die beste Medizin.

Ohne dass es ihr bewusst ist, sind ihr die Augen zugefallen. Sie sieht auf einmal ihr altes Kinderzimmer vor sich, den braunen Kleiderschrank, den Wandteppich, die Ikone mit dem Christusbild daneben. Auf einmal ist ihr Papa da. Er ist jung, hat schwarzes Haar und eine goldgeränderte Brille. Ihr Papa ist Arzt gewesen, er untersucht sie, klopft ihr die Brust ab, macht ein bedenkliches Gesicht und sagt etwas zu Mama. Sie ist erst vier oder fünf Jahre alt, aber sie kann die Worte verstehen.

»Hoffentlich keine Lungenentzündung!« Dann bekommt sie eine Spritze, die tut ganz furchtbar weh, sie weint und schreit, aber Papa lächelt sie an und sagt: »Ist gleich vorbei.« Als der Schmerz nachlässt, weint sie noch ein bisschen, dann schläft sie ein …

»Mama!«

Hat jemand nach ihr gerufen? Sie blinzelt, sieht jedoch nur den Weiher und die windbewegten Bäume. Sie schließt wieder die Augen und sinkt zurück in ihren träumenden Dämmerzustand.

»Mama, ich kann rudern …«

Das ist Michael. Sie erschrickt, weil sie jetzt auf einmal Schreie vernimmt. Drüben auf dem Weiher ist ein Ruderboot gekentert, im Wasser schwimmt ein Mensch, zappelt herum, das Wasser spritzt auf.

»Mischa!«

Sie springt so schnell von der Bank auf, dass ihr schwarz vor Augen wird. Einen Moment glaubt sie, ohnmächtig zu werden, doch sie fängt sich und läuft zum Bootssteg. Der Bootsverleiher, ein alter Mann, steht dort und gestikuliert wild mit den Armen.

»Verdammter Lausebengel! Mein schönes Boot. Und die Ruder hat er auch verloren …«

»Er kann nicht schwimmen!«, schreit Swetlana verzweifelt.

Sie steigt ins Wasser, ihr ist alles gleich, sie muss ihr Kind vor dem Ertrinken retten! Bis zu den Knien ist sie schon hineingewatet, der Boden ist sumpfig, sie steckt mit den Schuhen im

Morast, da springt jemand vom Bootssteg aus ins Wasser. Ist es der Bootsverleiher? Aber nein, der steht immer noch auf dem Steg und jammert vor sich hin. Im Wasser ist ein anderer, er krault mit kräftigen Zügen zu dem gekenterten Boot, das mit dem Kiel nach oben im Wasser treibt. Jetzt hat er den Jungen erreicht. Es sieht aus, als würden die beiden miteinander kämpfen, denn Michael will sich an seinem Retter festklammern. Der Mann umfasst ihn schließlich mit einem Arm und zieht ihn mit sich zum Steg, Dort haben sich inzwischen Helfer versammelt, die den Jungen hochziehen und dann auch seinem Retter behilflich sind, aus dem Wasser zu kommen. Klatschnass sitzen die beiden auf dem Steg. Der Bootsverleiher redet auf sie ein, wendet sich auch immer wieder an die Umstehenden und deutet mit weit ausholenden Bewegungen zu seinem Ruderboot, das langsam zur Mitte des Weihers hintreibt. Swetlana kommt sich lächerlich und überflüssig vor. Sie kämpft sich mühsam aus dem Uferschlick heraus, zieht die Schuhe aus, um sie auszuspülen, dann läuft sie zum Bootssteg.

»Jetzt stellen Sie sich nicht so an mit Ihrem Boot!«, hört sie die zornige Stimme des nassen Lebensretters. »Warum haben Sie nicht verhindert, dass der Junge einfach losgerudert ist? Um ein Haar wäre er ertrunken!«

»Ich? Bin ich für anderer Leute Kinder verantwortlich? Ich habe einer Amerikanerin beim Aussteigen aus dem Boot geholfen!«

Swetlana hat weiche Knie, als sie über den Steg zu ihrem Sohn geht. Er hat den Schrecken schon ganz gut weggesteckt, aber als er sie sieht, schaut er sie schuldbewusst von unten herauf an. »Das wollte ich nicht, Mama. Ich wollte bloß mal die Ruder probieren!«

Sie steht stumm neben ihm, noch wie erstarrt bei der Vorstellung, dass er vor ihren Augen hätte ertrinken können.

»Sie sind die Mutter?«, fährt sie der Lebensretter an. »Wissen

Sie, dass Sie sich strafbar gemacht haben? Verletzung der Aufsichtspflicht. Dafür können Sie ins Gefängnis wandern, junge Frau!«

»Richtig!«, schreit der Bootsvermieter. »Die Frau ist schuld. Und das Boot, das werden Sie mir ersetzen. Und den Verdienstausfall auch. Namen und Adresse will ich jetzt von Ihnen!«

Ihr schwirrt der Kopf. Sollen Sie doch machen, was sie wollen, solange Michael nur am Leben ist. Sie diktiert dem Bootsmenschen ihren Namen, ihre Adresse, Telefon hat sie nicht. Einen Arbeitgeber auch nicht. Sie muss ihren Ausweis zeigen. Jetzt zittern ihr die Hände von dem ausgestandenen Schrecken.

»Mama, mir ist kalt …«

Sie zieht ihre Jacke aus, wickelt sie um den nassen Sohn, nimmt ihn bei der Hand und zieht ihn mit sich fort. Die Leute, die sich am Ufer versammelt haben, sagen ihr unfreundliche Dinge, als sie an ihnen vorbeigeht.

»Man muss auf seine Kinder aufpassen, junge Frau!«

»Das wird Sie eine schöne Stange Geld kosten …«

»Ja, wenn man seine Kinder nicht anständig erzieht, passieren solche Sachen …«

Sie tut, als hätte sie nichts gehört, und beschleunigt ihre Schritte. Michael läuft neben ihr her. Wenn sie warten müssen, bevor sie eine Straße überqueren können, hüpft er von einem Bein aufs andere, weil ihm kalt ist.

»Bist du böse, Mama?«

Sie verneint. Ein Fieberschauer schüttelt sie.

»Bitte, tu so etwas nie wieder …«

AUGUST

»Um Gottes willen! August!«

Er hat wieder einmal Pech gehabt. So leise wie irgend möglich hat er die Wohnungstür aufgeschlossen, ist auf Zehenspitzen in Richtung Badezimmer gegangen, die nassen Schuhe in der Hand. Aber gerade als er die Türklinke schon in der Hand hat, kommt Mama aus der Küche. Ihrem mütterlichen Scharfblick entgeht nichts. Schon gar nicht der triefend nasse Zustand ihres erwachsenen Sohnes.

»Nichts von Bedeutung, Mama«, sagt er und will ins Bad schlüpfen. Aber da steht sie schon vor ihm, befühlt seine Jacke, das Hemd, will ihm das feuchte Haar aus der Stirn streichen.

»Du bist ja nass bis auf die Haut, Junge. Und wie das riecht … So … so moderig …«

»Bitte, lass das doch, Mama!«

Er schüttelt ihre Hand ab und geht ins Bad, um den Badeofen anzuschalten. Ein heißes Bad kann er jetzt gut gebrauchen, auf dem kurzen Weg vom Kurpark zum Elternhaus hat sich die Kälte in seine Glieder gefressen. Erinnerungen an unbarmherzige Märsche in nasser Montur durch das eisige Russland steigen in ihm auf.

»Wie ist das denn passiert?«, jammert Mama vor der Badezimmertür. »Bist du etwa in den Weiher gefallen?«

Er zieht das nasse Zeug aus und schlüpft in den Bademantel, weil der alte Gasboiler ein Weilchen braucht, um das Wasser zu erhitzen.

»Ja«, ruft er seiner Mutter zu. »Dumme Geschichte. Ich bin

ausgerutscht. Ist aber weiter nichts passiert. Wasser hat ja bekanntlich keine Balken.«

Es ist auf jeden Fall besser, Mama nicht die Wahrheit zu sagen. Die würde gleich der gesamten Familie und allen Gästen die dramatische Geschichte erzählen, wie ihr Sohn unter Einsatz seines Lebens im Parkweiher ein Kind gerettet hat. So etwas wäre ihm sehr unangenehm.

»Ausgerutscht?«, fragt Mama ungläubig. »Wie ist denn so etwas möglich? Sagst du mir auch die Wahrheit, August? Bist du vielleicht wieder ohnmächtig geworden? Mein Gott – du sollst doch nicht allein spazieren gehen!«

Der Badeofen rauscht jetzt ziemlich laut, sodass er Mamas weitere Vorhaltungen nicht mehr verstehen kann. Aber vermutlich erzählt sie, dass Papa mehr Bewegung braucht und Addi sowieso mit dem Bunten im Park herumläuft, da hätte er doch Begleitung genug.

»Machst du mir bitte einen Kaffee, Mama? Und eine Kleinigkeit zu essen?«, ruft er laut.

Das hätte ihm gleich einfallen sollen. Jetzt eilt Mama in die Küche, um ihrem Jungen einen kräftigen Imbiss zuzubereiten. Ein Gefühl der Zärtlichkeit überkommt ihn. So sind sie, die Mütter. Da macht es keinen Unterschied, ob einer sechs Jahre oder schon fast dreißig Jahre alt ist – er bleibt immer ihr kleiner Junge.

Nach dem heißen Bad und ausgiebigem Haarewaschen fühlt er sich ausgesprochen wohl, den Bademantel legt er in die Wäsche. Hat doch ein etwas fauliges Gerüchlein, das Wasser im Parkweiher. Gut, dass er nicht lange nachgedacht hat und sofort gesprungen ist. Im Wohnzimmer hat die Mutter schon für ihn gedeckt: heißer Kaffee, belegte Brote und sogar ein Stück Sahnetorte, das hat sie eben noch rasch von unten aus dem Café geholt.

»Danke, Mama. Geh ruhig wieder hinunter. Es geht mir glänzend, das Bad hat mir richtig gutgetan.«

Sie schaut ihn zweifelnd an, rückt den Teller mit den Broten zurecht, dann geht sie. Am Sonntagnachmittag ist im Café Engel meist Betrieb, da kommen viele Alleinstehende, die der Einsamkeit entfliehen, Bekannte treffen und sich ein Stück Torte gönnen. August widmet sich erst einmal dem Kaffee und den belegten Broten. Er ist richtig hungrig, was daran liegt, dass er zu Mittag kaum etwas essen konnte. Seit ein paar Tagen hatte ihn die widerliche Niedergeschlagenheit, dieses schwarze Tuch, das sich auf die Seele legt, wieder heftig geplagt. Er hat es auf den beginnenden Herbst geschoben, obgleich der nur langsam einsetzt und das Laub sich noch dunkelgrün an den Bäumen hält. Jetzt auf einmal fühlt er sich wie befreit. Keinerlei düstere Gedanken, auch kein dunkles Tuch auf der Seele. Stattdessen verspürt er eine angeregte, beinahe heitere Stimmung und die ganz ungewohnte Empfindung, mit sich zufrieden zu sein. Ja, er hat rasch und richtig reagiert, ein junges Menschenleben gerettet. Er ist kein Angeber, wird nicht damit herumprahlen, aber so ganz für sich allein ist er stolz auf sich. Und das ist ein gutes Gefühl. Er isst die Brote auf, verspeist auch noch die Torte und geht in sein Zimmer, setzt sich an den Schreibtisch und nimmt seine Aufzeichnungen aus den Vorlesungen zur Hand. Er schafft fast zehn Seiten, schlägt verschiedene Dinge nach, macht sich Notizen. Lange ist es ihm nicht mehr so leichtgefallen, sich auf seine Arbeit zu konzentrieren. Erst gegen acht, als es draußen langsam dunkel wird, macht er Schluss und geht hinunter ins Café, um einen Dämmerschoppen einzunehmen. Auch das hat er sich lange Zeit nicht mehr gegönnt, weil er den Alkohol schlecht vertragen hat, die trüben Stimmungen wurden dadurch noch heftiger.

Unten sind nur noch wenige Gäste. Er setzt sich zu seinem Vater, Hilde räumt die Tische ab, Mama ist in der Küche zugange. Jean-Jacques kommt mit vorgebundener weißer Schürze in den Gastraum und bringt ihm das Bier, klopft ihm auf die Schulter.

»Besser hier bei uns sitzen als immer nur oben allein, wie? Weißt du, was? Ich mache dir Pommes frites, d'accord? Extra für dich mache ich die ganz besonders kross …«

Sein Magen ist in Ordnung, allerdings weiß er nicht, wie sich diese ungewohnte Völlerei in der Nacht auswirken wird. Er beschließt, dass er es drauf ankommen lässt. Wenn es ihm schon einmal gut geht, dann will er es auch genießen.

Papa, der sonst eigentlich eine Frohnatur ist, braucht heute Trost. In wenigen Tagen wird es nun Ernst mit dem Umbau, sie werden das Café eine Weile schließen müssen, und was das Schlimmste ist: Alles muss ausgeräumt werden.

»Es wird nicht mehr das Gleiche sein, August«, sagt er kummervoll. »Die Räume, die noch die großen Künstler gesehen haben, die Tapeten, die ihren Atem in sich tragen – alles kommt weg. Jahrzehntelang haben die Fotos hier an den Wänden gehangen – jetzt muss ich sie wegpacken, und es bleiben nur die weißen Flecken zurück …«

August kennt den Vater, er ist immer ein wenig überschwänglich, aber dass er unter den Neuerungen leidet, versteht er sehr gut. Vielleicht hätte Hilde doch etwas rücksichtsvoller vorgehen können. Aber er, August, kann sich da kein Urteil erlauben, also tröstet er den Vater, so gut er kann.

»Die großen Meister der Vergangenheit bleiben unvergessen, Papa. Aber es kommen doch auch die aktuellen Künstler zu uns. Waren letztes Jahr nicht die Käthe Dorsch und der Bassermann im Café? Auch der Gründgens hat bei uns wieder Schokoladentorte gegessen.«

Tatsächlich hat er Erfolg. Jetzt erzählt der Vater in gewohnter Begeisterung von der wunderbaren Käthe Dorsch, und er hofft, dass im kommenden Jahr die Paula Wessely hereinschauen wird, weil das Theater in der Josephstadt ein Gastspiel in Wiesbaden geben wird. Mit Paul Hörbiger und Ernst Deutsch.

»Da siehst du. Und bis dahin ist das Café Engel bildschön

renoviert, und alle Fotos hängen wieder an den Wänden! Die alten und dazu auch die neuen.«

Sie essen beide von den leckeren Pommes frites und benutzen dabei zu Hildes Entsetzen die Finger. Später setzt sich Jean-Jacques zu ihnen und erzählt allerlei heitere Geschichten, Hilde geht hinauf in die Wohnung, sie will nach den Zwillingen sehen. Täuscht er sich, oder meiden sich die beiden? War da nicht diese Sache mit dem Weingut, das Jean-Jacques kaufen wollte? Aber die Geschichte ist doch längst bereinigt, oder? Auch August ist übrigens der Ansicht, dass es eine verrückte Idee war. Ach, er täuscht sich bestimmt – Jean-Jacques zumindest ist fröhlich wie immer.

In der Nacht kann er schlecht schlafen. Ihm liegen die Pommes frites im Magen, dazu die zwei Bier, die er getrunken hat, weil es so nett und gemütlich war. Er steht auf, setzt sich an den Schreibtisch und liest noch ein wenig. Die dumpfe Stimmung, die ihn so häufig plagt, hat ihn nicht befallen, und darüber ist er froh. Aber er ist unruhig, muss immer wieder an das Geschehen vom Nachmittag denken. Auf einmal ist er gar nicht mehr mit sich zufrieden. Ganz im Gegenteil, jetzt hat er das Gefühl, sich ganz und gar falsch verhalten zu haben.

Warum hat er die Mutter des Jungen so angeschrien? Welches Recht hatte er dazu? Gar keines, das muss er sich im Nachhinein eingestehen. Er war aufgeregt, hatte sich über den Bootsvermieter geärgert, der nur über sein davontreibendes Boot jammerte, während beinahe ein Kind ertrunken wäre. Und weil er denn schon einmal zornig war, hat er die Mutter des Jungen auch gleich beschimpft. Immer wieder sieht er sie jetzt vor sich. Einfach gekleidet war sie, ein Tuch lose um den Kopf geschlungen, schwarzes Haar bauschte sich darunter. Ihr Gesicht war sehr blass und eigentümlich starr. Helle Augen, von dunklen Wimpern umrandet, die Wangenknochen breit, der Mund weich. Wieso steht ihm das jetzt so deutlich vor Augen? Er hat sie doch kaum angesehen. Oder doch? Den starren Ausdruck in ihrem Gesicht hat er in seiner Aufregung als Gleichgültigkeit gedeutet – aber kann es nicht vielmehr Entsetzen gewesen sein? Hat sie nicht ihre Jacke ausgezogen und sie um den Jungen gewickelt? War das nicht eine mütterliche, liebevolle Handlung? Nein – er hat sich geirrt, sie ist keineswegs gleichgültig gewesen, ganz im Gegenteil. Sie war starr vor Angst um ihr Kind. Wie konnte er sie da so anfahren? Ihr noch Vorwürfe machen? Er hätte sie verteidigen sollen, als dieser Geizkragen von Bootsverleiher Schadensersatz für sein klappriges Ruderboot von ihr verlangte.

Er muss sich bei ihr entschuldigen. Dieser Gedanke lässt ihn nicht mehr los. Sie soll ihn nicht als rechthaberischen Schreihals in Erinnerung behalten! Auch der Junge soll das nicht von ihm denken. Er wird zu ihr gehen und ihr die Sache erklären. Gleich morgen früh wird er das erledigen. Zum Glück hat er ja mitgehört, als sie dem Bootsmenschen Namen und Adresse gegeben hat. Er kennt Wiesbaden gut, seine Heimatstadt, in der er aufgewachsen ist. Die Gasse, die sie genannt hat, liegt oben im Bergkirchenviertel, höchstens eine Viertelstunde zu Fuß von hier. Er wird einen Spaziergang unternehmen und die Sache erledigen.

Als er so weit mit seinen Überlegungen gekommen ist, fühlt er sich endlich erleichtert und zugleich todmüde. Er schläft sofort ein, gleitet in einen tiefen, traumlosen Schlaf und erwacht erst gegen neun Uhr am folgenden Morgen.

Kein schwarzes Tuch, kein düsterer Schleier. Er blinzelt vorsichtig in das Morgenlicht, das durch die Schlitze der Fenstervorhänge blitzt. Draußen scheint die Sonne – ein heller, klarer Oktobertag, man hört die Autos auf der Wilhelmstraße vorüberfahren, ein Lumpensammler schwingt seine Glocke und ruft – *Eisen, Lumpen, Papier!* Auf dem Fensterbrett sitzt ein Spatzenpaar und zwitschert um die Wette. Er denkt an sein Vorhaben und steht eilig auf, um sich zu rasieren und anzukleiden.

Natürlich ist er der Letzte beim Frühstück – alle anderen sind schon unten im Café. Wie schade, dass Wilhelm nun in München ist, der hat ihm früher immer beim Frühstück Gesellschaft geleistet, weil er ebenfalls spät aufgestanden ist. Sie schreiben sich regelmäßig, die Brüder; oft beklagt sich Mama, dass August viel häufiger mit Post aus München bedacht wird als sie. Wie es scheint, hat Wilhelm inzwischen einen beachtlichen Erfolg bei der Premiere des »Sommernachtstraums« errungen, allerdings nicht in der Rolle, in der er ursprünglich besetzt war. Sein Bruder ist zwar froh über die guten Kritiken – auf der anderen Seite aber auch wieder nicht. Weil er eben kein Komiker sein will. Dabei ist er fantastisch gut in solchen Rollen, August hat ihn ja seinerzeit im »Eingebildeten Kranken« gesehen.

Vater hat heute ausnahmsweise die Zeitung hiergelassen, daher nimmt sich August das »Wiesbadener Tagblatt«, um einen kurzen Blick hineinzuwerfen. Auf der Lokalseite stößt er auf eine Notiz, die ihn veranlasst, die Kaffeetasse, die er gerade an den Mund setzen will, wieder abzustellen.

Gestern Nachmittag kam es im Wiesbadener Kurpark zu einem dramatischen Vorfall. Ein Spaziergänger sah zufällig, wie ein etwa siebenjähriger Knabe aus einem Ruderboot in den Weiher stürzte. Da der Junge offensichtlich nicht schwimmen konnte, sprang der mutige Passant ohne Zögern in den Weiher und rettete dem Kind das Leben. Die Kurdirektion weist in diesem Zusammenhang noch einmal darauf hin, dass Minderjährige nur in Begleitung ihrer Eltern zu Fahrten in den Ruderbooten zugelassen sind.

Unfassbar, denkt er. Die Presse ist doch schneller, als man glaubt. Zum Glück werden die Namen nicht genannt, aber natürlich wird Mama ihm nachher neugierige Fragen stellen. Zu dumm. Aber leider nicht mehr zu ändern. Er beendet das Frühstück hastig. Zieht den Mantel über und muss ein Paar Schuhe seines Vaters ausleihen, weil seine eigenen – obgleich Mama sie mit Zeitungspapier ausgestopft hat – immer noch feucht sind.

Draußen ist es nicht so warm, wie es die Morgensonne hoffen ließ, ein kühler Herbstwind bewegt die großen Platanenblätter, und einige Passanten tragen bereits ihre Wintermäntel. Unter den Platanen steht Addi und wartet geduldig, dass der Bunte seine morgendlichen Geschäfte erledigt. August nickt ihm freundlich zu, lässt aber keinen Zweifel daran, dass er unbegleitet unterwegs sein will. Addi versteht – er ist keiner, der sich aufdrängt. Er schaut August nach, der in Richtung Kurpark davongeht, und bewegt sich dann mit dem Bunten an der Leine wieder hinüber ins Café Engel.

Der Bootsverleiher sitzt auf einer Bank beim Steg und zählt sein Wechselgeld. Als August ihn anspricht, erkennt er ihn zunächst nicht wieder.

»Das Boot? Ach ja – das dieser Lausebengel mir ruiniert hat. Das liegt da vorn am Steg.«

August schaut sich das Ruderboot kurz an – es steht etwas Wasser darin, aber einen Schaden kann er beim oberflächlichen Betrachten nicht erkennen.

»Dann ist es ja zum Glück nicht gesunken. Ist es denn beschädigt?«

Der Bootsverleiher erklärt, dass zwei junge Leute hinausgerudert seien, die hätten das Boot an Land gezogen. Klar habe er einen ordentlichen Schaden dabei erlitten, es täte einem Boot auf keinen Fall gut, wenn es kieloben auf dem Wasser triebe. Auch die Ruder hätten gelitten, die müsse er erst mal gründlich trocknen, weil sich oben sonst das Holz verziehe.

»Na, und dann hatte ich ja ordentlich Verdienstausfall. Den beiden jungen Leuten habe ich natürlich etwas gegeben, jeder hat eine Mark bekommen. Umsonst gefahren sind sie außerdem. Nee, da will ich Schadensersatz haben, der steht mir zu!«

Das hat August befürchtet. Aber er hat sich schon seine Argumente zurechtgelegt.

»Da wäre ich an Ihrer Stelle aber vorsichtig«, sagt er im Ton eines freundlichen, sachkundigen Beraters. »Nicht, dass Sie sich bei der Gelegenheit ins eigene Fleisch schneiden.«

Der Bootsverleiher schaut ihn misstrauisch an. Langsam dämmert ihm wohl, dass er diesen jungen Mann schon einmal gesehen hat.

»Sind Sie nicht der von gestern?«

»Von gestern bin ich nicht«, sagt August lächelnd. »Aber Sie haben recht, ich war gestern hier und habe den Vorfall miterlebt.«

»Klar!«, ruft der Bootsverleiher und klatscht sich mit der Hand gegen die Stirn. »Sie sind doch ins Wasser gesprungen. Mensch, das war in letzter Minute. Da haben Sie aber auch Schaden erlitten. Der Anzug, die Schuhe – ist doch alles ruiniert, wie?«

August bleibt gelassen. »Das ist so eine Sache – jedenfalls in Ihrem Fall. Die Gerichte sind da sehr genau. Könnte Sie die Lizenz kosten, wenn herauskommt, dass Sie einem Minderjährigen ein Boot gegeben haben.«

»Aber das habe ich ja gar nicht. Der hat sich einfach reingesetzt, der Lausebengel!«

»Nun ja – aber das hätten Sie verhindern müssen. Ist ja verboten, nicht wahr? Stand heute wieder in der Zeitung.«

Der Bootsverleiher schiebt die Kappe schräg und kratzt sich hinter dem Ohr.

»Mich geht das ja eigentlich nichts an«, fährt August fort. »Aber weil ich Jurist bin, wollte ich Ihnen den guten Rat geben.«

»Vielleicht haben Sie ja recht«, knurrt der Bootsverleiher. »Schönen Dank auch, Herr … Herr …«

August greift an seinen Hut und nickt dem Mann freundlich zu. »Da wünsche ich noch gute Geschäfte … Ist ja schönes Wetter heute …«

Das wäre erledigt. Er hat sein Möglichstes getan, um diesen Menschen davon abzuhalten, die junge Mutter zu verklagen.

Zufrieden macht sich August auf den Weg ins Bergkirchenviertel, um die gestern gefasste Absicht auszuführen. Er schreitet kräftig aus, keine Spur mehr von Müdigkeit oder Schlaffheit – das Ziel zieht ihn voran. Ja, es war ganz sicher falsch, sich in seinem Zimmer zu vergraben und die Welt draußen zu lassen. Kein Wunder, dass er schwermütig geworden ist. Jetzt, da das Leben ihn durch einen Zufall wieder gepackt hat, fühlt er sich viel besser, ja, er glaubt fast, wieder gesund zu sein. Der Wind, der ihm in den engen Gassen ins Gesicht weht, tut ihm wohl, es gefällt ihm, sich dagegenzustemmen, beim raschen Gehen außer Atem zu geraten. Wie kräftig sein Herz klopft! Da zeigt sich doch, dass er zum Stubenhocker geworden ist. Wenn er diese Mission erfüllt hat, wird er regelmäßig Sport treiben, Laufen, Radfahren, vielleicht auch Gewichtheben. Da ist die Gasse, die er gesucht hat, auch die Hausnummer ist rasch gefunden, jetzt muss er noch das Stockwerk herausbringen, aber das ist kein Problem. Er bleibt vor dem Haus stehen, setzt den Hut fester, den der Wind ihm fortreißen will, und wartet, dass das Herzklopfen nachlässt, bevor er die Treppen hinaufsteigt.

Die Namen stehen an den Wohnungstüren. Elektrische Türklingeln, wie im Elternhaus schon lange üblich, gibt es hier nicht, nur die altmodischen Drehklingeln. Wie war doch der Name? Kammler? Wie dumm, er hätte es sich aufschreiben sollen. Spengler? Auch nicht. Aber wenn er ihn auf dem Türschild liest, wird er sich erinnern. Im Erdgeschoss wird er nicht fündig. Er steigt in den ersten Stock hinauf, und da steht der Name gleich an der linken Wohnungstür. Stammler! Natürlich. Einen Vornamen hat sie auch genannt, der klang slawisch. Hier an der Tür steht allerdings nur der Nachname. Stammler. Plötzlich wird ihm bewusst, dass sie vermutlich verheiratet ist. Natürlich ist sie das. Wieso hat er die ganze Zeit über angenommen, dass sie allein mit dem Jungen lebt? Vielleicht, weil sie gestern ihren Ehemann nicht erwähnt hat? Aber das kann andere Gründe haben. Nun – das ist gleich. Er wird tun, was er sich vorgenommen hat.

Er rückt den Hut zurecht, klopft sich ein welkes Blatt von der Jacke, dann betätigt er die Klingel. Nichts geschieht. Er klingelt ein zweites Mal, dann resigniert er. Vermutlich ist sie einkaufen gegangen, und der Junge ist in der Schule. Wie dumm, das hätte er sich doch denken können. Er wird den Besuch auf den Nachmittag verschieben müssen und hoffen, dass er dann mehr Glück hat. Enttäuscht will er sich wieder zur Treppe wenden, da öffnet sich rechts von ihm eine Wohnungstür.

»August? Na so was! Du bist es wirklich! Wolltest du zu uns? Komm doch herein!«

Verblüfft steht er vor seiner Cousine Luisa. Wie ist das möglich? Natürlich ist ihm bekannt, dass sie und Fritz eine kleine Wohnung im Bergkirchenviertel gemietet haben – aber ausgerechnet im gleichen Haus und sogar im gleichen Stockwerk mit dieser Frau Stammler?

Er leistet ihrer Aufforderung Folge, geht mit ihr in die Wohnung, die ihm sehr eng und niedrig erscheint. Ein kleines Wohnzimmerchen, daneben ein zweiter Raum, wohl das Schlafzimmer, eine Küche, daneben das Bad. Die Fenster sind klein und lassen nicht viel Licht herein. Weil die Gasse so schmal ist, kann man dem Mieter im Haus gegenüber auf den Esstisch schauen.

»Setz dich doch, August. Magst du einen Kaffee? Nein? Oder vielleicht ein Glas Apfelsaft? Den hat Fritz aus Lenzhahn von den Eltern mitgebracht.«

Er ist verwirrt, grübelt über dieses Rätsel nach und lässt sich zu einem Apfelsaft überreden. Luisa trägt eine Kittelschürze, um das Haar hat sie ein Tuch gewickelt – sie hat gerade die Fenster geputzt.

»Tut mir leid, dass ich dich störe …«

»Ach, Unsinn!«, sagt sie. »Ich freue mich, dass du mich einmal besuchst. Wie es aussieht, geht es dir besser. Habe ich recht?«

Sie wickelt das Tuch ab, unter dem sie das dichte braune Haar zu einem Zopf gebunden hat. Wie hübsch sie ist, seine Cousine. Und wie glücklich die beiden doch sind … *Raum ist in der kleinsten Hütte für ein glücklich liebend Paar* … Irgendwie ist das wohl doch wahr …

»Ja, es geht mir besser«, gesteht er. »Ich habe mich entschlossen, in Zukunft ein wenig Sport zu treiben und häufiger an die Luft zu gehen.«

»Eine gute Idee!«

Es hilft nichts, er muss mit der Wahrheit heraus. Luisa und Fritz haben sicher keine Zeitung abonniert, aber es kann sein, dass sie es im Café Engel liest. Und außerdem kann es sein, dass der Junge es herumerzählt.

»Außerdem habe ich gestern im Kurpark zufällig deine Nachbarin kennengelernt.«

»Swetlana?«

Luisa schaut ihn seltsam an. Frauen sollen ja mit einem sechsten Sinn ausgestattet sein, wenn es um gewisse Dinge geht. Ach du liebe Zeit – das muss er ihr ganz schnell ausreden. Natürlich hat er keinerlei persönliches Interesse an dieser jungen Frau. Es geht nur darum, sich zu rechtfertigen. Die Dinge geradezurücken. Damit kein falsches Bild entsteht …

»Swetlana – heißt sie so mit Vornamen? Ich habe sie als Frau Stammler kennengelernt.«

Luisa schaut ihn immer noch mit intensivem Blick an. Wie beharrlich sie doch ist! Leider ganz und gar auf der falschen Fährte.

»Du hast Swetlana im Kurpark kennengelernt? Einfach so? Seid ihr euch beim Spazierengehen über den Weg gelaufen?«

Er räuspert sich. »Gewissermaßen … Bitte, Luisa, ich möchte nicht, dass darüber geredet wird. Der Junge war ins Wasser gefallen, und ich habe ihn herausgezogen.«

Luisa nimmt erschrocken die Hände vors Gesicht. »Um Gottes willen! Wie oft habe ich ihr gesagt, sie soll mit Michael ins Schwimmbad gehen, damit er schwimmen lernt. Und hat sie es getan? Ein einziges Mal ist sie dort gewesen. Natürlich hat das nicht ausgereicht … Ach du liebe Güte! August – dann bist du ja ein Lebensretter! Ein Held!«

Er findet ihre Begeisterung ziemlich übertrieben. Nein, er sei kein Held, ganz und gar nicht. Im Gegenteil. »Ich habe mich einfach scheußlich benommen, Luisa. Ich habe sie angebrüllt, was ihr einfällt, nicht richtig auf den Jungen aufzupassen. Und dann bin ich davongelaufen. Deshalb bin ich jetzt hier. Ich möchte mich bei ihr entschuldigen.«

Luisa starrt ihn einen Moment lang an, dann lächelt sie. »Das ist großartig von dir, August. Ich habe Swetlana heute noch nicht gesehen, sie arbeitet viel. Aber Michael kommt nachher aus der Schule.«

Sie arbeitet also. Jetzt bedrängt ihn eine neugierige Frage, er spricht sie aber nicht aus, weil er fürchtet, dass Luisa sie falsch verstehen würde.

»Ich nehme an, du weißt, wer Swetlana Stammler ist?«, fragt Luisa in seine Gedanken hinein.

Er muss wohl einen recht schafsdämlichen Gesichtsausdruck haben, denn sie fängt an zu lachen. »Meine Güte – August. Du hast doch die Geschichte vor zwei Monaten auch mitbekommen. Ich hatte mit Hilde abgemacht, dass Swetlana bei euch arbeiten kann. Aber deine Mutter hat es verhindert.«

Da fällt es ihm wie Schuppen von den Augen. Swetlana Stammler ist die Russin, um die in der Familie gestritten wurde. Für die er sich am Mittagstisch – und da ist er jetzt wirklich stolz auf sich – so energisch eingesetzt hat.

»Das hast du nicht gewusst?«, lacht Luisa. »Nein, so etwas. Und dann ziehst du Michael aus dem Parkweiher. Wenn das nicht Schicksal ist, dann weiß ich wirklich nicht …«

Jetzt endlich bekommt er zu hören, was ihn so brennend interessiert. Swetlana lebt allein mit ihrem Sohn, sie hat kein leichtes Leben, weil sie ihr Geld als Putzfrau verdient. Er ist betroffen, spürt, wie ihn das Schicksal dieser jungen Frau mehr und mehr in seinen Bann schlägt, wie Zorn, Mitleid und Schuldgefühle abwechselnd in ihm aufsteigen, während Luisa erzählt. Eine junge Russin, nach Deutschland verschleppt, zur Arbeit gezwungen, vielleicht auch vergewaltigt, auf jeden Fall hat sie im Lager einen Sohn geboren. Von den Amerikanern zurück in die Sowjetunion geschickt, kann sie in der Heimat nicht mehr Fuß fassen, sie kommt mit ihrem Kind zurück nach Deutschland, schlägt sich mühsam durch. Wo auch immer sie ist, in Russland oder in Deutschland – sie ist eine Fremde. Und ausgerechnet seine Mutter hat ihr das mit der ihr eigenen Vehemenz an den Kopf geworfen!

»Das ist allerdings ein schicksalhaftes Zusammentreffen«, gibt er zu, als Luisa ihren Bericht beendet hat. »Ich denke, dass ich da im Namen meiner ganzen Familie einiges wiedergutzumachen habe.«

Luisa ist skeptisch. »Weißt du, August … vielleicht wäre es besser, wenn du vorerst nicht erwähnst, dass du etwas mit dem Café Engel zu tun hast. Swetlana ist sehr empfindlich, vermutlich würde sie sofort panisch reagieren und dich noch an der Wohnungstür abweisen.«

Er ist betroffen. Natürlich will er nicht gleich abgewiesen werden, er kommt doch mit den besten Absichten. Auf der anderen Seite mag er ihr nichts vormachen, würde ihr sehr viel lieber die Wahrheit sagen.

»Das kannst du ja tun«, meint Luisa. »Nur nicht gleich zu Anfang. Swetlana ist in ihrem Leben oft enttäuscht worden. Es ist wichtig, dass sie zuerst Vertrauen zu dir fasst.«

»Möglich«, murmelt er.

Als er Luisa lächeln sieht, kommt er sich albern vor. Was mag sie von ihm denken? Es geht doch nur darum, sich für seine Unbeherrschtheit zu entschuldigen. Daran liegt ihm viel, das würde er in einem anderen Fall auch tun.

»Nicht, dass du denkst, ich sei persönlich an Swetlana – ich meine, Frau Stammler – interessiert. Das ist natürlich nicht der Fall. Ich sehe sie rein als Mensch. Ein Mensch, dem Unrecht widerfahren ist, das ich zum Teil mit zu verantworten habe …«

Luisa hört auf zu lächeln. Sie nickt und ist nun ganz ernsthaft. »Ich verstehe, August. Soll ich ihr von deinem Besuch erzählen, wenn ich sie sehe?«

Er schüttelt energisch den Kopf. »Ich komme heute Nachmittag noch einmal vorbei. Ist sie dann zu Hause?«

»Erst gegen Abend. Besser, du kommst nächsten Sonntagvormittag.«

»Erst am Sonntag? Na gut, das ist wohl besser, als am Abend bei ihr anzuklopfen. Das könnten die Nachbarn am Ende falsch deuten. Luisa, ich danke dir, es war schön, mit dir so offen zu reden.«

Auf dem Rückweg nimmt er sich vor, Swetlana einen kurzen Brief zu schreiben und seinen Besuch am kommenden Sonntag anzukündigen.

Swetlana – was für ein schöner Name, denkt er. Svet bedeutet Licht, das weiß er noch von seinem unfreiwilligen Russlandaufenthalt.

Die das Licht bringt. Swetlana …

HILDE

26. Oktober 1951

Es ist noch vor sieben, aber Hilde ist schon wach. Sie hat schlecht geschlafen. Kein Wunder! Jetzt, da es endlich ernst wird mit dem so mühsam erkämpften Umbau, hängt wieder einmal alles an ihr. Jede Kleinigkeit muss sie bedenken, die nötigen Schritte einleiten, die anstehenden Vorarbeiten organisieren, jedem seine Aufgabe zuweisen. Auch die finanzielle Planung scheint auf einmal ihre Sache zu sein, denn Mama tut seit einiger Zeit so, als ginge sie das alles nichts an. Und ihr lieber Ehemann ist ihr auch keine große Stütze – ganz im Gegenteil. Jean-Jacques beschäftigt sich hauptsächlich mit den Zwillingen, oder er sitzt mit den Eltern zusammen, erzählt lustige Geschichten und hört dem Vater zu, der von alten Zeiten und großen Künstlern schwärmt. Wenn sie ihn daran erinnert, dass Schränke verschoben und Gläser in Kartons verpackt werden müssen, tut er, als hätte er nichts gehört.

Überhaupt hat er sich sehr zu seinem Nachteil verändert, findet Hilde. Diese verrückte Idee mit dem Weingut! Himmel – wie hat er sich das wohl vorgestellt? Schon finanziell wäre es ein Irrsinn gewesen. Und dann hätte es die Familie auseinandergerissen. Er auf seinem Weingut und sie hier im Café Engel, was soll das denn für eine Ehe sein? Gar keine! Und auch sonst wäre es Unsinn. Einen Betrieb wie das Café Engel kann man nur aufrechterhalten, wenn zwei Leute an einem Strang ziehen. So, wie es Papa und Mama immer getan haben …

Jean-Jacques liegt neben ihr. Auch er ist wach, aber er hat die Augen geschlossen und bewegt sich nicht. Sie kann seinen Atem hören, in der Morgendämmerung sieht sie sein Profil, seine Lider zittern ein wenig, die Lippen sind fest aufeinandergepresst.

»Jean-Jacques? Bist du wach?«, flüstert sie.

Keine Antwort. Sie ist verletzt. Er ist wach, er hat sie gehört, aber er will nichts von ihr wissen. Sonst rutscht er bei solchen Gelegenheiten zu ihr hinüber, und sie nutzen die wenigen Minuten, bis die Zwillinge bei ihnen einbrechen, zu ein paar schnellen Zärtlichkeiten. Dabei ist er stets die treibende Kraft gewesen, sie hat sogar manchmal geschimpft, wenn er allzu dringlich geworden ist, weil doch die Kinder gleich kämen. Aber dass er nun so gar keine Anstalten mehr macht, sie zu umarmen, gefällt ihr auch nicht. Überhaupt ist es in ihrer Ehe recht still geworden. Am Abend sitzt er im Wohnzimmer, blättert in der Zeitung und trinkt Rotwein, während sie sich schon ins Bett legt und meist auch gleich einschläft. Kein Spur mehr von Leidenschaft – er schlüpft irgendwann ins Ehebett, während sie schläft. Manchmal glaubt sie, er wartet extra, bis sie eingeschlafen ist, um sie nicht berühren zu müssen. Ach ja – das verflixte siebente Ehejahr. Dabei ist es bei ihnen noch gar nicht so weit, sie sind erst fünf Jahre verheiratet. Am 26. Oktober 1946 war der große Tag, da war sie hochschwanger mit den Zwillingen, sie haben die Hochzeit gerade eben noch über die Bühne gebracht, bevor die Kinder das Licht der Welt erblickten.

Hoppla – ist heute nicht der sechsundzwanzigste?

Sie schlüpft aus dem Bett und läuft hinüber ins Wohnzimmer, wo ein Kalender an der Wand hängt. Natürlich! Heute ist Freitag, der 26. Oktober. Ihr Hochzeitstag! Da wird er doch ganz sicher mit einer hübschen Überraschung kommen, wie jedes Jahr. Und sie muss schnell doch die Schachtel mit der silbernen Krawattennadel in Geschenkpapier einwickeln. Die hat sie schon vor Monaten für ihn gekauft, ein edles Stück mit einer gefassten Perle in der Mitte.

Sie ist jetzt richtig froh, dass die Zwillinge aufgewacht sind und mit Hallo in das Eheschlafzimmer einbrechen. Soll er ein wenig mit ihnen herumtoben, das macht er ja gern, da wird er wieder zum kleinen Jungen, ihr Jean-Jacques. In der Zeit kann sie rasch sein Geschenk einpacken und mit einer hübschen Schleife dekorieren. Soll sie es ihm auf den Frühstückstisch legen? Ach nein – sie wird es hervorzaubern, sobald er ihr sein Geschenk überreicht. So haben sie es bisher immer gehalten. Erst hat sie ganz überrascht getan, dass er daran gedacht hat, und dann hat sie aus einer Schublade das vorbereitete Gegengeschenk genommen.

Obgleich unten im Café jede Menge Arbeit ansteht, deckt sie den Frühstückstisch liebevoll, legt Schinken, Wurst und Käse auf einen Teller, dekoriert hübsch mit Petersilie und fächerförmig geschnittenen Essiggürkchen und macht ein Glas Erdbeermarmelade auf, die er so gerne isst. Sie hat die gute Damast-Tischdecke aufgelegt, dazu bekommt jeder eine passende Stoffserviette. Es sind die letzten Reste des alten Bestands, der während der Nachkriegsjahre fast ganz auf dem schwarzen Markt verhökert wurde. Sie hat sogar noch vier Kaffeelöffelchen mit dem eingestanzten Engel gerettet, die sollen heute zu Ehren kommen.

Jean-Jacques und seine Söhne lassen auf sich warten. Sie planschen fröhlich im Badezimmer herum, als ob das Wasser nichts kosten würde, laufen als drei Nackedeis durch den Flur ins Kinderzimmer, wo sie sich eine Kissenschlacht liefern. Anschließend bequemt sich das Trio, endlich in die Kleider zu steigen, die Zwillinge erscheinen mit nassem Haar und von Seifenschaum geröteten Augen am Frühstückstisch, während der Herr Papa sich noch rasieren muss. Hilde schaut schon wieder auf die Uhr. Um acht will der Bauunternehmer vorbeikommen, um die Dicke der Zwischenwand noch einmal nachzumessen, außerdem müssen sie wegen der neuen Fenster reden. Wenn man schon die alten Fenster herausnimmt und die Maueröffnung erweitert, könnte man auch zwei hübsche Erker aus Glas bauen.

Die würden wunderbar mit der alten Drehtür harmonieren und außerdem mehr Licht ins Innere bringen.

»Mama, dürfen wir schon anfangen? Der Papa rasiert sich …«

Eigentlich wollte sie das Frühstück gemeinsam beginnen, aber die Jungen sind hungrig und zappeln auf ihren Plätzen herum. Frank hat schon seinen Milchbecher umgeworfen, Andi bohrt sich mit dem Stiel des Kaffeelöffels in der Nase.

»Jean-Jacques? Wo bleibst du? Wir wollen frühstücken!«

»Je viens … komme gleich … Eeeh … merde …«

»Jetzt hat er sich geschnitten«, sagt Frank fachkundig.

»Merde heißt Scheiße auf Deutsch«, doziert Andi.

»Solche Ausdrücke will ich nicht hören!«, schimpft Hilde.

»Hat Papa aber gesagt …«

Sie entschließt sich, ebenfalls mit dem Frühstück anzufangen, damit sie wenigstens etwas im Magen hat, wenn gleich der Bauunternehmer Grundmann kommt. Als sie die Brötchen für die Jungen aufschneidet und die Hälften verteilt, erscheint endlich ihr frisch rasierter Ehemann, schaut wohlgefällig über den Frühstückstisch und setzt sich auf seinen Platz.

»Ist wie bei reichen Leuten«, bemerkt er heiter und schmiert Erdbeermarmelade auf sein Brötchen. »Hat jemand seinen anniversaire? Geburtstag?«

Er schaut in die Runde, grinst und legt noch einen Löffel Marmelade obendrauf.

So ein Scherzbold, denkt Hilde und wartet darauf, dass er endlich sagt: »Oder haben wir vielleicht – anniversaire de mariage, Hochzeitstag?«

Doch Jean-Jacques kaut in aller Ruhe sein Marmeladenbrötchen, trinkt Milchkaffee und unterhält sich mit seinen Söhnen über deutsch-französische Kraftausdrücke.

»Merde kann man schon mal sagen«, meint er. »Salauds ist nicht nett … petit con – das sagt man gar nicht. So etwas will Mama nicht hören …«

»Niemand will so etwas hören«, sagt Hilde nervös.

Es ist acht Uhr – unten klingelt pünktlich Herr Grundmann, für Hilde ist das Frühstück beendet. Sie trinkt rasch ihren Kaffee aus, wirft die Serviette auf den Teller und läuft aus der Wohnung.

Da hat er es also verpasst, ihr Jean-Jacques. Zum ersten Mal nach fünf Jahren. Eigentlich viel zu früh. Wenn sie zwanzig oder dreißig Jahre verheiratet wären, da kann einer schon mal vergesslich werden. Allerdings hat Papa seinen Hochzeitstag mit Mama noch nie vergessen!

Bauingenieur Grundmann hat es eilig. Er lehnt den angebotenen Kaffee ab und moniert, dass ja so gut wie nichts ausgeräumt sei.

»Nächste Woche Montag fangen wir an, Frau Perrier. Da muss hier alles weg sein und die Möbel mit Tüchern abgedeckt. Gibt jede Menge Feinstaub.«

Hilde versichert ihm, dass bis nächste Woche alles ausgeräumt ist, und erfährt, dass sie eine Stütze einbauen müssen. Die wird aus Eisen sein, man kann sie aber ummauern und tapezieren.

»Wie breit?«

Er zeigt ungefähr mit den Händen. Es gefällt ihr nicht, weil sie eigentlich einen großen Raum haben will.

»Das kann man doch schön mit Pflanzen dekorieren. Oder Sie machen Spiegel dran …«

Er schlägt vor, auch mehrere große Spiegel an den Wänden zu verteilen, aber das muss sie erst mit Papa absprechen, weil dann der Platz für seine Künstlerfotos schrumpft. Aber Spiegel wären toll, sie vergrößern den Raum und reflektieren das Licht.

»Ich brauche dann noch den endgültigen Kostenvoranschlag«, verlangt sie.

»Kriegen Sie ja … hab halt wenig Zeit im Moment …«

»Sonst kann ich den Auftrag nicht erteilen, Herr Grundmann.«

Da ist sie knallhart. Sie muss wissen, woran sie ist, und den Voranschlag mit den Eltern besprechen, schließlich sind sie ein Familienbetrieb, da kann sie nicht allein entscheiden. Das sieht Grundmann ein. Er notiert die gemessene Wanddicke, steckt dann Notizbuch und Zollstock ein und empfiehlt sich. Hilde geht durch Gastraum und Nebenraum, die demnächst zu einem einzigen großen Raum vereinigt sein werden. Im Geiste stellt sie schon die Tische, ärgert sich über die Stufen, die im hinteren Bereich zu einer schmalen Bühne hinaufführen sollen. Mama hat darauf bestanden, diese Schnapsidee umzusetzen, die Wilhelm ihr in den Kopf gesetzt hat. Dabei geht natürlich der Platz für mindestens drei Tische zu je vier Sitzplätzen verloren. Das macht zwölf Gäste weniger. Aber wenn es um ihre Jungen geht, ist mit Mama nicht zu reden. Wilhelm muss seine Bühne haben! Und August soll studieren und Rechtsanwalt werden. Hat man sie, Hilde, irgendwann mal gefragt, ob sie studieren will? Ob sie überhaupt irgendwelche Wünsche an die Eltern hat? Nein, hat man nicht. Weil sie das Café einmal weiterführen will, durfte sie von Kind an dort arbeiten. Oft mehr als zehn Stunden am Tag.

Was ist mit mir los?, denkt sie. Warum rege ich mich auf? Ich wollte das Café Engel von Anfang an haben, und jetzt wird es sogar nach meinen Wünschen umgebaut. Da sollte ich mich doch eigentlich freuen.

Aber so rechte Freude kommt heute nicht auf. Wieso ist eigentlich Mama nicht hier unten? Sie weiß doch, dass Grundmann um acht kommen wollte. Voller böser Ahnungen steigt Hilde die Küchentreppe hinauf in die elterliche Wohnung. Oben angekommen, stellt sie fest, dass die Küche leer und unbenutzt ist, kein Kaffee gekocht, kein Frühstück gemacht, die Brötchen hängen noch im Beutel an der Wohnungstür, wo der Bäckerjunge sie heute früh hingehängt hat.

»Mama? Papa?«

»Ich bin hier!«

Ihr Vater sitzt im Wohnzimmer, er hat die alte Hausjacke über den Schlafanzug gezogen und liest das »Wiesbadener Tagblatt«. Der Blick, mit dem er Hilde empfängt, zeugt von abgrundtiefem Elend.

»Wo ist Mama?«

»Krank.«

Hilde kann es nicht fassen. Solange sie denken kann, war ihre Mutter nie krank. Höchstens ein wenig erkältet, aber das hat Mama nicht daran gehindert, Familie und Café zu dirigieren.

»Was hat sie denn?«

Papa tut einen tiefen Seufzer und faltet die Zeitung wieder zusammen. »Sie sagt, ihr Herz sei angegriffen. Sie möchte heute im Bett bleiben.«

»Ihr Herz?«

Hilde bekommt es mit der Angst. Wenn es Mama am Herzen hat, ist das bestimmt gefährlich, denn das Herz ist ganz dicht am Leben. Sie klopft an die Schlafzimmertür.

»Mama?«, sagt sie leise. »Mama, darf ich reinkommen?«

»Wenn's sein muss …«

Es klingt eher verstimmt als krank, findet Hilde. Mama liegt im Bett, das Haar auf Lockenwickler gedreht und mit einem rosafarbenen Tuch umwickelt. Sie ist etwas blass, die Mundwinkel sind nach unten gezogen.

»Soll ich Dr. Walter anrufen, Mama?«

»Unsinn! Ich brauche ein bisschen Ruhe, das ist alles.«

Hilde gefällt das nicht. Mit einem kranken Herzen ist schließlich nicht zu spaßen.

»Was hast du denn für Beschwerden, Mama? Hast du Schmerzen?«

Die Mutter tut einen langen Seufzer, dann umfasst sie mit der linken Hand ihr rechtes Handgelenk. Seufzt noch einmal.

»Der Puls ist viel zu schnell. Außerdem habe ich Herzrasen. Ich denke, in diesem Zustand tut es mir nicht gut, Gläser und

Geschirr in Kisten zu packen. Fangt schon mal ohne mich an. Ich komme, sobald es mir besser geht.«

Da ist wohl vorerst nichts zu machen, denkt Hilde, und sie schließt leise die Schlafzimmertür hinter sich. Sie kann schließlich den Arzt nicht gegen den Willen ihrer Mutter holen. Vielleicht hat Mama recht, und sie braucht wirklich nur ein wenig Ruhe. Es ist ja auch keine Kleinigkeit, die jahrzehntealte festgefügte Ordnung der Dinge unten im Café zu zerstören. Am besten, sie wartet ein wenig und geht später noch einmal zu ihr hinauf. Schließlich muss sie auch den Auftrag an die Baufirma mit ihrer Mutter besprechen.

»Was habe ich dir gesagt?«, bekommt sie vorwurfsvoll von ihrem Vater zu hören. »Das kommt nur von dieser verdammten Bauerei. Wenn wir alles beim Alten gelassen hätten, wäre Else gesund und fröhlich wie immer. Aber du musstest ja deinen Kopf durchsetzen, Hilde!«

Das hat ihr gerade noch gefehlt, wo sie sowieso schon ein schlechtes Gewissen hat. Aber wie immer in solchen Situationen reagiert sie trotzig. »Dann solltest wenigstens du, Papa, mir unten zur Hand gehen. Die Fotos müssen von den Wänden und in Kartons verpackt werden. Montag kommen die Arbeiter der Baufirma und reißen die Wand ein.«

Papas Reaktion auf diese Nachricht ist heftig. Er wird ganz blass, das Zeitungsblatt fällt ihm aus der Hand.

»Diesen Montag schon? Ich dachte, es wäre noch ein wenig Zeit.«

Jetzt würde sie ihm gerne vorhalten, dass sie doch alles lang und breit miteinander besprochen und dabei den Kalender zurate gezogen haben. Damit der Umbau zügig über die Bühne geht und sie das Café nicht so lange schließen müssen. Aber Papa ist nun einmal Papa, er lebt im Wolkenkuckucksheim und nicht auf dieser Erde. Also beschränkt sie sich darauf, kurz die Augen zu rollen und einen leisen Seufzer auszustoßen.

»Diesen Montag, Papa. Heute ist Freitag, in drei Tagen geht es los.«

Er sagt nichts, aber er macht den Eindruck eines schwer geschlagenen Mannes.

»Pass auf, Papa. Ich mache euch beiden jetzt ein schönes Frühstück, und während ihr euch stärkt, fange ich unten schon mal an. Einverstanden?«

»Frühstück wäre nicht schlecht. Ein Schlückchen Kaffee wird Else guttun …«

Hilde ist anderer Ansicht, aber das sagt sie nicht, um Papa nicht aufzuregen. Sie läuft hinauf in ihre Wohnung und plant im Kopf diesen Tag neu, da er offensichtlich nicht wie vorgesehen verlaufen wird. Jean-Jacques und die Zwillinge können unten schon mal mit dem Einpacken anfangen, die Kartons müssen dann hochgetragen und in Wohnungen und Treppenhaus gestapelt werden. Sie selbst wird den Eltern Frühstück machen, und dann soll Papa endlich seine Fotos von den Wänden nehmen. Schließlich hat er gesagt, dies sei allein seine Angelegenheit.

Aber oben in ihrer Wohnung trifft sie weder Mann noch Kinder an. Der Frühstückstisch ist abgeräumt, auf der Tischdecke ist außer einigen Marmeladeflecken und Brötchenkrümeln nur ein Zettel zurückgeblieben.

»Wir sind Spielplatz und plus tard Zirkus. A ce soir …«

Sie muss sich erst einmal hinsetzen und die kurze Nachricht noch einmal lesen. Ihr Ehemann ist also mit den Zwillingen auf und davon, sie wollen zu dritt Spaß haben, während ihr hier die Arbeit über den Kopf wächst. Das schlägt doch dem Fass den Boden aus! Sie knüllt wütend den Zettel zusammen und wirft ihn in eine Zimmerecke. Nicht nur, dass er ihren Hochzeitstag vergessen hat, er drückt sich auch noch hinterlistig vor der Arbeit. Dabei weiß Jean-Jacques ganz genau, dass die Handwerker bald kommen und unten alles ausgeräumt werden muss!

Na warte, denkt sie wütend. Komm du mir nach Hause!

Sie schaut in die Küche – natürlich haben sie das Geschirr nicht abgewaschen! Sie nimmt den Teller mit den Wurst- und Käseresten mit hinunter und macht für Papa ein schönes Frühstück, stellt Mamas Frühstück auf ein Tablett und will es ihr ins Schlafzimmer bringen.

»Lass mich das machen, Hilde!«

Wie rührend, denkt sie. Alte Liebe rostet nicht. Jetzt trägt er ihr das Frühstück aufs Zimmer, schmiert ihr ein Brötchen und redet ihr gut zu, wenigstens ein Schlückchen Kaffee zu trinken. Bitter stößt ihr auf, dass es ihrem Eheliebsten offensichtlich egal ist, ob sie unter der Arbeit erstickt oder sich an einem Karton verhebt. Es hilft nichts, sie wird jetzt anfangen, die guten Gläser zu verpacken, zu diesem Zweck hat sie schon wochenlang das »Wiesbadener Tagblatt« gesammelt. Wenn das Buffet und die Schränke leer sind, werden sie in den vorderen Gastraum geschoben und mit alten Tüchern abgedeckt, damit sie von den Bauarbeiten so wenig wie möglich abbekommen. Später, wenn der Fußboden verlegt wird und die Wände neue Tapeten bekommen, wird man die Möbel leider hin und her schieben müssen. Ach ja – wenn es doch nur schon Montag wäre und die Dinge endlich vorangingen …

In der Küche stapeln sich Kartons, Reisekoffer und Holzkisten – die hat Addi von überall her zusammengetragen. Hilde nimmt sich einen Koffer und beginnt, die Tischdecken und Servietten aus dem Buffet hineinzulegen. Unglaublich, wie schnell so ein großer Koffer doch voll ist. Draußen vor der Drehtür stehen die Adele Nimmerlein, Julias ehemalige Kollegin, und die Gerda Weiler, die immer so schöne Theaterkritiken schreibt. Sie lesen das Schild »Wegen Umbau bis 4. November geschlossen«, reden miteinander und versuchen, durch die Glaseinsätze der Drehtür in den Gastraum zu schauen. So ein Ärger, denkt Hilde. Die gehen jetzt natürlich rüber zu König. Hoffentlich schmeckt ihnen der wässrige Kaffee nicht!

Addi kommt herein, gefolgt von dem Bunten, sie haben ihre Morgenrunde hinter sich gebracht.

»Morgen, Hilde«, sagt er und schaut sich um. »Ziemlich leer hier, wie? Ist man gar nicht gewohnt, so gar keine Gäste …«

»Übernächste Woche ist Neueröffnung, dann ist hier alles brechend voll, Addi. Könntest du diesen Koffer schon mal hochtragen? Aber pass auf, er ist schwer. Sind Tischdecken drin.«

»Klar«, sagt er und hebt den Koffer auf, als wäre er leer. »Aber dann muss ich leider los. Julia braucht unbedingt die Ankleidekabinen mit den Vorhängen. Sonst müssen sich die Kundinnen immer in der Schneiderei umziehen, und die beiden Schneiderinnen müssen so lange ins Büro flüchten.«

Hilde steht mit hängenden Armen vor dem halb leer geräumten Buffet und begreift, dass auch Addi heute keine Zeit für das Café Engel hat. Was ist denn nur los? Hat sich hier alles gegen sie verschworen? Sie läuft hinauf in die Wohnung der Eltern, wo der Frühstückstisch noch gedeckt ist. Die Schlafzimmertür steht halb offen. Papa sitzt neben Mama im Bett, zwischen den beiden steht ein Tablett mit Kaffeetassen und abgegessenen Tellern. Die Eltern sind ins Gespräch vertieft. Als sie Hilde an der Schlafzimmertür sehen, verstummen sie.

»Es tut mir leid, Hilde«, sagt Papa. »Aber ich werde die Fotos heute nicht einpacken können. Deine Mutter fühlt sich nicht wohl, ich möchte sie jetzt nicht allein lassen.«

Hilde sagt erst einmal gar nichts. Sie dreht sich um und geht zurück ins Wohnzimmer, bleibt dort hilflos stehen, und während ihr schon die Tränen herunterlaufen, fängt sie laut an zu schimpfen.

»Das ist ja großartig! Eine tolle Familie sind wir! Erst wird der Umbau beschlossen, alle sind einverstanden, und wenn es ernst wird, dann ist keiner da …«

Jetzt muss sie innehalten, weil sie zu schluchzen beginnt. »Wenn das so ist …«, heult sie. »Dann schmeiße ich auch alles hin … Sucht euch eine andere Dumme … Ihr könnt das Café Engel haben … Ich suche mir eine Stellung … dann seht ihr mich nie wieder …«

Die Eltern im Schlafzimmer sind von ihrem Ausbruch vollkommen überrascht. Sie sitzen nebeneinander wie zwei verschreckte Hühner und bringen kein Wort heraus. Dafür öffnet sich hinten im Flur eine Tür.

August erscheint im Schlafanzug. »Was ist denn hier los? Hilde! Meine Güte, du weinst ja, Schwesterlein …«

Er geht zu ihr und nimmt sie in die Arme. Hält sie fest, während sie sich laut und heftig an seiner Schulter ausheult.

»Alle lassen mich allein«, schluchzt sie. »Jean-Jacques ist mit den Jungen weg, und Addi muss zu Julia, und Papa will bei Mama bleiben …«

August hört sich alles in Ruhe an. Auch Papa beginnt nun zu erklären, führt ins Feld, dass Mama sich nicht wohlfühle und er bei ihr bleiben müsse.

»Ich verstehe«, sagt August schließlich. »Dann ist doch alles ganz einfach, Hilde. Ich gehe mit hinunter und helfe dir.«

»Du?«, krächzt sie und schnieft. »Du bist doch krank!«

»Aber nein«, sagt er lächelnd. »Ich brauche Bewegung. Und bevor ich noch einmal drüben in den Weiher springe, helfe ich dir lieber beim Packen.«

Mama hat überall herumerzählt, dass ihr Sohn August jener Spaziergänger gewesen ist, der das Kind aus dem Weiher gerettet hat. Nicht alle haben es ihr geglaubt, schon gar nicht alle Gäste. Hilde hat es durchaus geglaubt, nicht zuletzt deshalb, weil es August so unangenehm ist, davon zu reden. Er ist kein Angeber, ihr Bruder August. Wäre Wilhelm so etwas passiert, dann wüsste es schon die halbe Stadt, und man hätte ihm den Lebensretterorden in Gold am roten Samtband verliehen.

August zieht sich rasch an. Das Frühstück will er unten einnehmen, Hilde soll ihm ein Brötchen fertig machen und einen Kaffee einschenken. Getröstet geht Hilde mit dem Tablett nach unten, stellt es auf einen der Tische und beginnt, die guten Weingläser in Zeitungspapier einzuwickeln und in einem Karton zu verstauen. Morgen kommt jemand, der die alte Kuchenvitrine gekauft hat – das wissen die Eltern zwar, aber es ist besser, wenn sie nicht gerade unten im Café sind, wenn das gute Stück abtransportiert wird.

»So, Schwesterlein. Ich harre deiner Aufträge.«

August steht mit hochgekrempelten Hemdsärmeln bereit. Tatsächlich schaut er irgendwie gesünder aus. Fröhlicher. Er lächelt sogar unternehmungslustig. Die Geschichte letzten Sonntag im Kurpark hat ihn verändert. Er hat einem Kind das Leben gerettet, und das ist großartig, wo er doch selbst nicht gesund ist. Unerhört, dass diese Leute sich nicht einmal bei ihm bedankt haben. Was für ungehobelte Menschen es doch gibt.

»Erst mal frühstücken!«, ordnet sie an.

»Das mache ich zwischendrin … Soll ich mal die Cognacschwenker einpacken?«

»Ja … Aber ganz vorsichtig, die sind total empfindlich.«

Während sie arbeiten, schildert sie ihm, wie großartig alles sein wird, wenn es erst fertig ist. Die verspiegelte Säule. Und der große Raum. Die neue Kuchenvitrine mit Beleuchtung und Kühlung. Und vielleicht – wenn die Eltern mitspielen – die Glaserker. Sie redet sich richtig in Begeisterung und hält erst inne, als Papa im Gastraum erscheint.

»Na, dann will ich mal …«, sagt er und setzt die Brille auf. »Hast du Zeitungspapier und einen Karton für mich, Hilde?«

Sie macht nicht viele Worte, läuft herum und bringt, was er benötigt, staubt die gerahmten Fotos ab, bevor sie in Zeitungspapier gewickelt werden, und hört sich geduldig seine Geschichten an. Eine Stunde später taucht Mama auf, überblickt die Lage und äußert, dass August sich auf keinen Fall überanstrengen sollte. Dann beginnt sie, die Bestecke nach oben zu tragen.

»Das muss hinterher alles gründlich gespült und poliert werden!«, droht sie an, während sie die kleinen Milchkännchen aus dem Wandregal in einen Koffer räumt.

Hilde ist fast versöhnt. Sie kommen gut voran, es wird geredet, auch gescherzt und gelacht. Mama ist wie verwandelt, sie schaut immer wieder zu August hinüber, der gemeinsam mit Papa schon mal einen Schrank verschiebt. Um die Mittagszeit bringt Hilde belegte Brote und den restlichen Marmorkuchen, sie kochen Kaffee und sitzen zu viert am Fenstertisch. Mama findet die Idee mit den Glaserkern nicht übel, Papa ist sogar begeistert, und auch August meint, es würde sicher mehr Licht und auch bessere Sicht nach außen bringen.

»Wir müssen nur genau abklären, wo unser Grundstück endet und wo das Trottoir beginnt«, meint er. »Damit wir uns keinen Ärger mit der Stadt einhandeln.«

Hilde stößt ihn mit dem Ellenbogen an. »Schaut euch das an«, flüstert sie. »Der platzt ja wohl vor Neugierde.«

Draußen steht Herr Mayer-Schulte im dunklen Herbstmantel, den Hut ins Gesicht gezogen. Er mustert eindringlich das Schild an der Drehtür, dann versucht er, in eines der Fenster hineinzuschauen, zieht sich aber gleich wieder zurück, als er bemerkt, dass er beobachtet wird.

»Spionieren will der«, meint Mama.

»Unglaublich«, regt sich Papa auf. »Schaut einfach durchs Fenster!«

August meint gelassen, es sei ja nicht verboten, sie seien ein Café und kein Privathaus.

»Dem werden noch die Augen übergehen!«, behauptet Hilde.

Am Nachmittag haben sie alle Schränke, Regale und auch das Buffet ausgeräumt, und während Mama oben die Kartons beschriftet und sortiert, machen sich Papa und August daran, das schwere Buffet von der Wand abzurücken.

»Das ist ja wohl angewachsen«, schimpft August.

»Junge, das steht seit fast siebzig Jahren an dieser Stelle«, behauptet Papa.

»Noch einmal!«, kommandiert Hilde, die auch Hand anlegt. »Zuuugleich …«

Sie schaffen nur ein kleines Stück, aber immerhin hat sich das Möbelstück bewegt. Draußen klopft jemand an der Drehtür. Dort steht der Hans Reblinger mit dem Zeitungsschreiber Sigmar Kummer, der Alois Gimpel ist auch dabei. Sie machen aufgeregte Zeichen, man solle ihnen öffnen.

»Es wird doch nichts passiert sein?«, flüstert Mama.

Als Hilde die Drehtür aufschließt, erklären die Herren, sie seien bereit anzupacken, wenn es ein gutes Glas Wein dafür gäbe. Man sei doch schließlich Stammgast und mit dem Café Engel so gut wie verwandt, da könne man nicht mitansehen, wie sich der Heinz Koch mit seiner Kriegsverletzung so schinden müsse. Und drüben bei König würde es ihnen sowieso nicht gefallen.

Nun kommt Schwung in die Sache. Hilde packt die Weingläser wieder aus, Else dirigiert die schwitzenden Möbelträger, Papa lässt es sich nicht nehmen, trotzdem mit anzufassen. Vor allem das Klavier liegt ihm am Herzen, dass es ja vorsichtig behandelt wird. Kein Buffet, kein Schrank und schon gar kein Regal kann der gesammelten Kraft von fünf Männern widerstehen, und Hilde krönt die gemeinsame Leistung, indem sie die Möbel mit alten Tüchern abdeckt.

»Da sind ja eure roten Tischdecken dabei«, wundert sich der Heinz Reblinger. »Sind die nicht zu schade?«

»Ach«, sagt Mama. »Die haben wir schon lange nicht mehr benutzt. Gut, dass sie endlich wegkommen.«

Hilde schmunzelt, denn sie kann sich noch gut erinnern, wie sie diese Deckchen aus alten Hakenkreuzfahnen genäht haben.

Danach sitzen sie fröhlich bei Ingelheimer Rotwein zusammen und freuen sich über die getane Arbeit. Morgen können sie schon die Tapeten abreißen. Der Herr Kummer berichtet, dass es in diesem Jahr wieder einen Andreasmarkt zu Weihnachten geben wird, Hans Reblinger ist bereit, zur Neueröffnung des Café Engel eine Rede zu halten, und Alois Gimpel will dazu Klavier spielen.

Wie sie so im besten Trinken und Schwatzen sind, tut sich die Tür auf, und Jean-Jacques erscheint mit den Zwillingen. »Wo man trinkt, da lass dich ruhig nieder!«, ruft er fröhlich aus und setzt sich dazu. Mama holt ihm ein Glas, Papa schenkt ihm Wein ein. Nur August bemerkt, dass man ihn hier bei der Arbeit sehr vermisst habe.

»Oh, j'ai promis zu gehen in den Zirkus mit meine Jungen …«, sagt Jean-Jacques heiter, als sei das die selbstverständlichste Sache der Welt.

Hilde sagt kein Wort. Sie steht auf und erklärt, sich um die Kinder kümmern zu müssen, dann geht sie mit den Zwillingen hinauf. Die beiden sind noch hin und weg von dem, was sie gesehen haben, außerdem hat der Papa ihnen zwei Tüten mit gebrannten Mandeln gekauft, sodass sie nichts zu Abend essen mögen. Hilde steckt die beiden in die Badewanne und schrubbt sie ordentlich sauber, während sie ohne Punkt und Komma weiterreden. Pferde haben sie gesehen. Und jeder durfte eine Runde auf einem Pony reiten. Und eine wunderschöne Prinzessin sei auf einem Seil balanciert. Und der Clown hätte eine rote Nase gehabt …

»Mama, warum haben wir kein Pony?«

»Mama, dürfen wir deine Wäscheleine haben?«

»Mama, ich will Cowboy werden, wenn ich groß bin …«

Sie ist heute nicht bei der Sache, gibt nur kurze Antworten und wartet ungeduldig, bis die beiden endlich in ihren Betten liegen. Eine kleine Geschichte. Küsschen, Gute-Nacht-Wünsche – schnell noch etwas zu trinken bringen. Dann ist Schlafenszeit.

»Kommt der Papa noch mal?«

»Vielleicht …«

Ihr Mann wartet im Wohnzimmer auf sie – mit einem gewaltigen Blumenstrauß. »Ich habe vergessen … mon trésor … je suis désolé … ich bin verzweifelt …«

Er bringt das so überschwänglich und dazu noch so glaubhaft hervor, dass sie weich wird. Eigentlich ist sie ja entschlossen gewesen, ihn links liegen zu lassen, keine Entschuldigung zu akzeptieren. Aber er schafft es wieder einmal, sie rumzukriegen, nimmt sie in die Arme und erklärt, er könne es sich nicht verzeihen, sie solle ihn kräftig ohrfeigen, das hätte er verdient. Hilde muss lachen, sie tut ihm den Gefallen, allerdings fallen die Ohrfeigen sehr sanft aus, es sind fast Liebkosungen. Nun bekommt auch er sein Geschenk, und er freut sich wie ein Kind – genau so eine Krawattennadel habe er sich gewünscht, woher sie das nur gewusst habe? Dann – wie ist es anders möglich – öffnet sich die Tür des Kinderzimmers, zuerst nur einen Spalt weit, dann ganz. Die Zwillinge behaupten, es sei zu laut, um schlafen zu können, und ihr Papa reitet mit beiden noch eine Runde über den Wohnzimmerteppich. Danach müssen sie die Krawattennadel suchen, die bei dem wilden Ritt verloren ging und sich schließlich unter dem Sofa wiederfindet.

Später, als Hilde schon im Bett liegt, kommt er zu ihr und küsst sie. »Lass uns ein kleines Mädchen machen, mon chou«, flüstert er ihr ins Ohr.

Sein Atem riecht nach Wein, und sie spürt auf einmal eine bleierne Müdigkeit. Etwas ist nicht in Ordnung mit diesem raschen Ehefrieden, aber sie ist jetzt zu müde, um darüber nachzudenken.

»Morgen«, murmelt sie und zieht die Decke hoch. »Ich muss jetzt schlafen.«

LUISA

November 1951

Ein kühler, verregneter Novembersonntag. Luisa kämpft mit dem kleinen Ofen, der mal wieder nicht zieht und den Raum mit Rauch füllt. Immer das Gleiche, wenn es regnet. Hoffentlich gibt es dieses Jahr genug Kohlen, im vergangenen Jahr mussten sie frieren, weil das Brennmaterial in Wiesbaden knapp und sehr teuer war.

Fritz kommt ins Wohnzimmer, entdeckt sie vor dem Ofen kniend und hockt sich neben sie.

»Will er wieder nicht? Schau mal, du hast vergessen, die Klappe zu öffnen. Siehst du, jetzt brennt es …«

»Ach herrje!«, ärgert sie sich über sich selbst. »Schon wieder! Warum bin ich nur solch ein Schussel?«

Er küsst sie und behauptet, solche profanen Sachen seien nun einmal sein Ressort, während sie, Luisa, für die schönen Dinge des Lebens zuständig sei. Dann stellt er fest, dass seine Hände voller Ofenschwärze sind, und läuft rasch zum Waschbecken, um das anhängliche Zeug loszuwerden, weil er schon das gute weiße Hemd anhat. In einer halben Stunde muss er weg, er hat eine wichtige Probe, darf im Theaterorchester wieder einmal einspringen, und weil es schon das sechste oder siebente Mal ist, will er heute vorsichtig beim Orchesterleiter wegen einer Festanstellung nachfragen.

»Ich will ja niemanden verdrängen«, meint er mit schlechtem Gewissen. »Aber es ist auch nicht in Ordnung, dass jemand auf einer festen Stellung sitzt und sich ständig vertreten lässt, weil er ›indisponiert‹ ist.«

Luisa hat ihn in dieser Haltung bestärkt. Es kann doch nicht sein, dass Fritz für ein geringes Entgelt die Arbeit tut und der andere kassiert sein Gehalt fürs Nichtstun. Trotzdem ist Fritz heute nervös, er mag den älteren Herrn, den er so oft vertritt, und es ist nicht seine Art, sich auf diese Weise eine Stellung zu besorgen. Aber er kann auch nicht für den Rest seines Lebens von der Hand in den Mund leben. Die Hoffnung auf gut bezahlte Konzerte hat sich erst einmal zerschlagen; das Streichquartett, das sich zusammengefunden hatte, ist wieder auseinandergebrochen, weil der Cellist und die zweite Geige sich mit dem Kontrabass zerstritten haben. Für den Winter sieht es mit Aufträgen nicht gut aus. Fritz wird im Konservatorium Unterricht geben, doch die Bezahlung ist kümmerlich, und es fehlen Schüler. Geige lernen nur wenige Kinder, die meisten haben Klavierunterricht oder spielen Flöte.

»Ich arbeite doch im Café Engel«, tröstet Luisa. »Da kann ich auch ein wenig beitragen.«

»Wenn sie nur endlich mit dem Umbau fertig wären«, seufzt Fritz. »Eigentlich wollten sie doch morgen wieder eröffnen, oder?«

Ja, so war es geplant. Aber leider haben sich Komplikationen ergeben, es musste eine weitere Stütze eingebaut werden, dann hat sich ein Wasserschaden an der Wand zur Küche aufgetan, der die ganze Zeit über unbemerkt geblieben ist. Und zu allem Überfluss hat der Glaser die Scheiben für die Erker falsch gemessen, das hat den Bau noch einmal um zwei Tage verzögert. Jetzt können sie froh sein, wenn sie Montag in einer Woche fertig sind, was aber keineswegs sicher ist. Auch für Luisa ist das schlimm, weil sie in dieser Zeit nichts verdient. Das Geld ist knapp, zumal Fritz neue Schuhe braucht, eine teure Anschaffung. Und auch der schwarze Anzug weist immer mehr dünne Stellen auf – es wird über kurz oder lang nötig sein, einen neuen zu kaufen. Von welchem Geld, das wissen sie beide noch nicht.

»Vielleicht war es doch eine glückliche Fügung, dass sie uns keines ihrer Heimkinder anvertraut haben«, hat Luisa traurig gesagt. »Wo es jetzt bei uns so knapp ist – wie hätten wir da noch ein Kind ernähren können?«

»Es kommen auch andere Zeiten«, hat er sie getröstet. »Und dann werden wir ein eigenes Kind haben, Luisa.«

Eine schöne Hoffnung, aber eben nur eine Hoffnung. Heute früh hat sie wieder ihre Regel bekommen – die Diagnose des Arztes bestätigt sich leider, sie wird nicht mehr schwanger.

Es klingelt an der Wohnungstür. Swetlana steht davor, an ihrer Seite Michael mit dem Geigenkasten. »Vorsichtig, Luisa«, sagt sie und streckt die Hände abwehrend aus, weil Luisa sie umarmen will. »Ich weiß nicht, ob ich nicht ansteckend bin.«

Swetlana hat sich letzten Sonntag eine böse Erkältung eingefangen. Sie ist trotzdem zur Arbeit gegangen, weil sie das Geld braucht, aber am Mittwoch war es so schlimm, dass sie im Bett bleiben musste. Da hat sie Luisa gebeten, bei ihren Kunden abzusagen, damit niemand vergeblich warten muss. Michael hat erstaunlicherweise trotz seines unfreiwilligen Bades im Parkweiher nicht einmal einen Schnupfen bekommen – er ist zur Schule gegangen, mittags hat er bei Luisa und Fritz gegessen, hie und da hat man ihn Geige üben gehört. Was er sonst getrieben hat, wissen weder Swetlana noch Luisa.

»Jetzt mach aber einen Punkt, Swetlana«, schimpft Luisa und nimmt sie trotz Gegenwehr in die Arme. »Wenn ich mich bis jetzt noch nicht angesteckt habe, wird auch nichts mehr daraus. Komm rein, ich hab noch Eintopf von gestern, der reicht für uns alle.«

»Ach, du hast so viel für uns gekocht, Luisa, weil ich war krank. Aber morgen koche ich wieder …«

Sie setzen sich im Wohnzimmer an den Tisch. Michael ist ganz zappelig, weil er Fritz seine »Hausaufgaben« vorspielen will, und Fritz, der eigentlich keine Zeit mehr hat, geht mit dem

Jungen hinüber ins Schlafzimmer, um wenigstens noch zwanzig Minuten mit ihm zu arbeiten. Michael ist nach wie vor seiner Geige treu, die erste große Begeisterung ist allerdings verflogen. Er übt zwar täglich, aber nicht mehr stundenlang wie zu Anfang. Immerhin kommt er gut voran, er spielt kleine Lieder, an einigen Stellen sogar zweistimmig, und auch sein Ton hat sich sehr verbessert. Klang es zu Anfang oft nach einer kranken Katze, so hat es nun immer häufiger Ähnlichkeit mit einer leicht verkratzten Geige. Nur die zarten, leisen Töne sind noch sehr verbesserungsfähig – Michael gibt immer noch zu viel Druck auf den Bogen.

»Ich muss dich etwas fragen«, sagt Swetlana leise, während Luisa den Eintopf aus der Speisekammer nimmt und den Topf auf den Herd setzt.

»Schieß los!«

»Nein«, sagt Swetlana stirnrunzelnd. »Ich will nicht schießen. Krieg ist vorbei.«

Lachend setzt sich Luisa zu ihr an den Tisch. Das sei nur so ein Ausdruck im Deutschen.

»Es heißt so viel wie: Fang an! Leg los.«

»Ah, ich verstehe«, sagt Swetlana, und sie zieht ein zusammengefaltetes Blatt aus der Rocktasche. »Bitte lies und sag mir, was du denkst, Luisa.«

Luisa nimmt das Blatt, und noch bevor sie es auseinanderfaltet, weiß sie, was sie da vor sich hat. Es kann nur der Brief sein, den August Koch an Swetlana geschrieben hat.

Sehr geehrte Frau Stammler,
wenn ich mich in dieser Form an Sie wende, so bitte ich Sie, das nicht als Zudringlichkeit zu verstehen. Mein Name ist August Koch, ich bin derjenige, der Ihren Sohn am Sonntag aus dem Parkweiher gezogen hat.
Der Grund meines Schreibens ist folgender: Ich mache mir seit Ta-

gen Vorwürfe über mein Verhalten Ihnen gegenüber. Es war ganz und gar ungerechtfertigt, Ihnen Vorwürfe zu machen, noch dazu in einem solch aggressiven Ton. Ich kann als Erklärung für mein schlechtes Benehmen nur meine Aufregung ins Feld führen, eine Entschuldigung kann es nicht sein.
Daher möchte ich Sie in aller Form für meine Entgleisungen um Verzeihung bitten.
Gerne würde ich Ihnen auch mündlich ein paar erklärende Worte sagen, deshalb wäre ich sehr glücklich, Sie und Ihren Sohn nächsten Sonntag gegen vier Uhr nachmittags im Café Bossong zu einem Kaffee einladen zu dürfen.
Ich werde dort auf jeden Fall auf Sie warten. Wenn Sie kommen, werde ich mir sehr darüber freuen. Wenn nicht, werde ich es Ihnen auf keinen Fall nachtragen, sondern Ihre Entscheidung respektieren.
Mit freundlichen Grüßen
Ihr ergebener
August Koch

Luisa muss lächeln, nachdem sie die Zeilen gelesen hat. Wie gewunden und förmlich er sich doch ausdrückt. Kein Wunder, dass Swetlana mit diesem Brief wenig anfangen kann.

»Und? Was hältst du davon?«, fragt sie nun auch schon und schaut Luisa hilfesuchend an.

»Nun …«, meint Luisa gedehnt, weil sie sich ihre Worte gut überlegen muss. »Das ist doch ein sehr höflicher Brief.«

Swetlana schüttelt den Kopf.

»Er schreibt verrückte Sachen, Luisa. Warum er will sich entschuldigen, wenn er hat gerettet Michael das Leben?«

»Er schreibt, dass er dir Vorwürfe gemacht hat und dass ihm das nun leidtut.«

Swetlana gibt zu, dass der Mann, der Michael gerettet hat, tatsächlich sehr unfreundlich zu ihr gewesen ist.

»Ich war erschrocken und auch schon krank. Deshalb habe ich seinen Namen nicht gefragt. Verstehst du? Wenn er das wirklich ist, dieser … August Koch, dann will ich mich bei ihm bedanken. Sehr viel muss ich mich bedanken, weil Michael das Leben gerettet. Aber dieser Mann hier, der hat geschrieben solchen Brief, der kann auch Betrüger sein. Will uns in dieses Café locken und dann mich anzeigen. Wegen Aufsichtspflicht, die ich habe verletzt …«

Ach du Schreck, denkt Luisa. Wie misstrauisch sie doch ist. Aber vielleicht hat sie ja recht, man sollte nicht gleich jedem angeblichen Lebensretter bedingungslos vertrauen.

»Das glaube ich auf keinen Fall«, sagt sie zu Swetlana. »Ich kenne nämlich August Koch, es ist ein guter Freund von Fritz. Wenn es dieser Mann ist, dann ist er ein sehr liebenswerter Mensch, und du kannst dich getrost mit ihm treffen.«

Vorsichtshalber erwähnt sie nicht, das August Koch der Sohn jener Frau ist, die Swetlana im Café Engel so schnöde fortgeschickt hat. Sie erzählt Swetlana, dass August Koch Student der Rechte ist und dass seine Frau ihn verlassen hat, während er in russischer Kriegsgefangenschaft war.

»Sie ist davongelaufen, als er war ein Gefangener in Russland? Warum hat sie das getan?«, fragt Swetlana betroffen.

Luisa weiß die wahren Gründe auch nicht, denn sie hat Eva nie kennengelernt. Aber sie erzählt, dass Eva während des Kriegs in ihr Heimatdorf zurückging, weil in Wiesbaden Bomben fielen. Dort hat sie sich in einen anderen Mann verliebt.

»So es geht manchmal«, grübelt Swetlana. »Aber vielleicht war es auch von Anfang an nicht richtige Liebe. Wer weiß?«

»Möglich«, gibt Luisa zu. »Auf jeden Fall kannst du ihm vertrauen.«

Swetlana wiegt den Kopf hin und her, sie ist nicht überzeugt. »Und wenn es gar nicht August Koch ist, der Freund von Fritz? Wenn es ein anderer ist? Ein Schwindler?«

Luisa steht auf, um den Eintopf umzurühren, der auf dem Gasherd vor sich hin blubbert.

»Weißt du, was?«, fragt sie. »Ich gehe nachher mit euch zusammen zum Café Bossong. Ich sehe mir den Mann an und sage dir dann, ob er wirklich August Koch ist.«

»Wenn du das tust, dann bin ich sehr, sehr froh!«, sagt Swetlana erleichtert. »Aber nur, wenn es dir macht keine Mühe, ja?«

»Im Gegenteil. Fritz muss zur Probe, und danach hat er Konzert. Ich bin die ganze Zeit über allein und freue mich auf einen Spaziergang mit euch beiden!«

Das ist zwar nur zum Teil die Wahrheit, denn sie hat jede Menge Wäsche zu waschen und Socken zu stopfen, aber das alles ist zweitranging, sie kann es auch morgen noch erledigen.

Drüben im Schlafzimmer ist der Unterricht inzwischen beendet. Michael kommt mit strahlender Miene ins Wohnzimmer, er ist gelobt worden und hat neue Aufgaben bekommen. Wenn er fleißig weiterübt, hat Fritz gesagt, dann kann er im kommenden Jahr schon im Orchester des Konservatoriums mitspielen.

Fritz hat es jetzt eilig. Hastig schlingt er einen halben Teller Eintopf herunter, dann nimmt er seine Geige und eine Tasche, in die Luisa ihm den schwarzen Anzug und die guten Schuhe gepackt hat.

»Mach es gut, Liebster«, sagt Luisa und spuckt ihm dreimal über die linke Schulter. »Toi, toi, toi. Du schaffst es, ich weiß, dass du es schaffst.«

Ein rascher Kuss – dann läuft er davon.

»Du hast guten Ehemann«, sagt Swetlana. »Immer sanft und freundlich. Und immer er hat so viel Mühe, das Geld zu verdienen. Welt ist ungerecht.«

Manchmal schon, denkt Luisa. Aber sie erzählt Swetlana, dass Fritz heute wieder im Theaterorchester einspringt und dass er endlich nach einer festen Anstellung fragen will.

»Dann wollen wir denken an ihn ganz fest«, schlägt Swetlana vor. »Wenn unsere Wünsche sind mit ihm, dann ist er stark und wird haben Erfolg.«

Luisa zweifelt zwar an der Wirkung solch magischer Methoden, aber schaden kann es ja nicht, an Fritz zu denken. Sie tut es sowieso.

Da bis vier Uhr noch Zeit ist, erledigen sie gemeinsam den Abwasch, dann setzen sie sich an den Tisch und spielen »Mensch, ärgere dich nicht« mit Michael. Der Junge ist unkonzentriert, schaut immer wieder aus dem Fenster und macht Fehler.

»Wenn du nicht aufpasst, du wirst verlieren, Michael«, warnt Swetlana.

»Ist mir egal …«

»Willst du lieber Halma spielen?«, fragt Luisa.

»Nö …«

»Was willst du denn?«

Michael schaut zu seiner Mama hinüber, die schon wieder unzufrieden die Augenbrauen senkt. Einen Moment lang zögert er, dann entscheidet er sich, die Wahrheit zu sagen.

»Ich will draußen spielen. Die anderen sind alle draußen und spielen Fußball. Oder Verstecken. Oder ›Die Jungen jagen die Mädchen‹.«

Luisa sieht das zornige Erschrecken in Swetlanas Gesicht. O weh – das scheint ein neues Streitthema zwischen Mutter und Sohn zu sein.

»Du weißt, dass ich das nicht will, Michael. Du bist kein Straßenkind. Du gehst mit mir nachher ins Café, und heute Abend du liest mir aus einem Buch vor. Hast du gehört?«

Michael zieht einen Flunsch. In seinen Augen blitzt die Rebellion gegen die mütterlichen Vorschriften.

»Warum muss ich immer mit dir zusammen sein, Mama? Nächstes Jahr bin ich neun. Ich will auch mal allein draußen spielen. Ich bin doch kein Baby mehr!«

Swetlana schickt Luisa einen Mitleid suchenden Blick. Dieser Junge macht ihr nichts als Sorgen!

»Habe ich dich nicht gebracht zum Kindergeburtstag? Schon vier oder fünf Male. Da hast du gespielt mit Kameraden. Und haben wir nicht gehabt schöne Geburtstagsfeier hier in der Wohnung? Alles tut Mama für dich. Aber du musst immer sein ungezogen und undankbar. Du machst mich sehr traurig, Michael!«

Der Junge senkt den Blick auf das Spielbrett, wo er gerade dabei ist, die Partie zu verlieren. Er wölbt die Lippen und schweigt verdrossen. Er tut Luisa wahnsinnig leid, aber natürlich kann sie auch Swetlana verstehen. Die Freundin hat ihr erzählt, wie die Kinder in der russischen Schule ihren Sohn zugerichtet haben. So etwas kann eine Mutter nicht vergessen. Auf der anderen Seite hat Swetlana vor lauter Überbesorgnis versäumt, ihrem Sohn das Schwimmen beizubringen. Das ist ihm letzten Sonntag beinahe zum Verhängnis geworden.

»Ach, schau einmal, Michael«, sagt Luisa leise und deutet zum Fenster. »Es regnet. Da sind sowieso nicht viele Kinder draußen.«

Es war eindeutig der falsche Trost, denn jetzt springt Michael auf, legt die Arme aufs Fensterbrett und schaut hinunter auf die Gasse.

»Da sind trotzdem welche unten«, vermeldet er. »Und die spielen Abzählen … Sogar ganz kleine sind dabei … die sind noch nicht mal in der Schule!«

»Das sind Gassenkinder!«, sagt Swetlana energisch. »Mit denen spielst du nicht, Michael. Die haben schlechte Erziehung, und sie werden dich prügeln.«

Luisa beißt sich auf die Zunge. Es hat keinen Zweck, sich in diesen Mutter-Sohn-Streit einzumischen. Aber sie nimmt sich vor, mit Swetlana zu reden, wenn der Junge nicht dabei ist. Am besten gemeinsam mit Fritz, der hat schon oft gemeint, dass Michael zu streng gehalten wird und dass ihm das nicht guttut.

»Es ist schon halb vier«, erinnert sie Swetlana. »Gehen wir zu Bossong?«

»In Gottes Namen – ja!«

Sie müssen die Schirme aufspannen, denn der Regen ist stärker geworden. Überall auf dem unebenen Pflaster der Gassen sammeln sich Pfützen an, verrostete Blechdosen rollen herum, der Wind treibt ihnen eine nasse Papiertüte entgegen. Michael muss mehrfach ermahnt werden, nicht in die Pfützen zu springen, aber er ist bockig und tut so, als hätte er nichts gehört. Auf der Langgasse sind nur wenige Passanten zu sehen, ein Schaufensterbummel bei diesem Wetter macht ja auch keinen Spaß. Einen Moment lang bleiben sie vor dem neu eröffneten Modegeschäft stehen, und Luisa erzählt, dass die Besitzerin eine gute Bekannte sei, die bisher als Theaterschneiderin gearbeitet hat. Auch jetzt vermeidet sie geflissentlich, das Café Engel zu erwähnen, wo Julia seit Jahren wohnt. Gerade jetzt, wo Swetlana wegen des anstehenden Treffens nervös ist, wäre das nicht klug.

»Julias Moden. Das Modehaus für Anspruchsvolle«, entziffert Swetlana. »Sie wird haben anspruchsvolle Preise, oder?«

Das vermutet Luisa auch. Hoffentlich findet Julia genügend Kundinnen, die bereit sind, ihre Preise zu bezahlen.

Das Café Bossong ist gerammelt voll, wegen des Regenwetters mag niemand spazieren gehen, also sitzt man gemütlich im Trockenen und gönnt sich einen schönen Kaffee und ein Stück Torte. Rauchgeschwängerte, verbrauchte Luft quillt den dreien entgegen, Stimmengewirr, das Klappern von Tassen und Tellern, der Geruch von frischem Kaffee. Luisa entdeckt August an einem Tisch im Hintergrund; er trägt einen grauen Anzug mit silberfarbener Krawatte und hat das Haar sorgfältig nach hinten gekämmt. Er schaut in dieser Aufmachung so fremd aus, dass sie ihn beinahe nicht erkannt hätte.

»Da drüben ist er«, sagt sie zu Swetlana. »Der Herr im grauen

Anzug am Tisch neben dem Buffet. Das ist eindeutig August Koch, du kannst also ganz beruhigt sein.«

Sie will sich verabschieden, um das Gespräch nicht zu stören, doch Swetlana hält sie energisch am Ärmel fest.

»Bitte«, murmelt sie. »Bleib bei uns. Ich lade dich ein, Luisa.«

Sie hat Angst, denkt Luisa. Meine Güte, wie schwer sie sich das Leben macht! Sie geht voran, zwischen den dicht besetzten Tischen hindurch, und begrüßt August, der ein wenig verwirrt ist, sie hier zu sehen.

»Luisa! Was für eine schöne Überraschung! Frau Stammler? Ich freue mich sehr. Und das ist also der Sohn im trockenen Zustand …«

Er zeigt sich wohlerzogen, steht zur Begrüßung der Damen auf, hilft ihnen aus den Mänteln, stellt ihnen die Stühle zurecht.

»Sagst du mir deinen Namen?«, fragt er Michael.

»Vielleicht …«

»Er heißt Michael«, sagt Swetlana rasch und sieht den Sohn mit strafendem Blick an.

Michaels Miene ist trotzig. Als die Kellnerin nach den Wünschen der neuen Gäste fragt, will er nichts haben, er verschränkt die Arme auf dem Tisch und schaut grimmig vor sich hin.

»Dreimal Kaffee und dazu Kuchen …«

Es stellt sich heraus, dass es nur noch Moccatorte, Käsekuchen und Kirschstreusel gibt. August bestellt von jeder Sorte ein Stück, die Kellnerin notiert die Bestellung und eilt davon, während am Tisch verlegenes Schweigen eintritt. Swetlana ist Michaels Benehmen peinlich, August weiß nicht so recht, wie er die Unterhaltung beginnen soll, und Luisa kommt sich in ihrer Rolle als »Anstandswauwau« reichlich überflüssig vor.

»Ich möchte Ihnen noch einmal versichern, liebe Frau Stammler …«, beginnt August.

Swetlana, die sich im gleichen Moment entschlossen hat, etwas zu sagen, fällt ihm unwillkürlich ins Wort. »Ich muss Ihnen so sehr danken, Herr Koch … Für Leben von meinem Sohn, das Sie haben …«

Sie halten beide inne, weil sie gleichzeitig gesprochen haben, und schweigen irritiert. Luisa fühlt sich bemüßigt, die Lage zu retten. »Meine Freundin war letzte Woche krank«, erklärt sie in Augusts Richtung. »Eine schlimme Erkältung. Zum Glück geht es ihr jetzt wieder besser …«

»Oh«, meint August. »Das tut mir leid. Warst du auch erkältet, Michael?«

»Nö«, sagt der und starrt August an. »Bist du nicht der Mann, der mich aus dem Weiher geholt hat?«

»Stimmt«, gibt August zurück. »Erst habe ich ja gedacht, dass du schwimmen kannst. Aber es hat noch nicht so richtig geklappt, wie?«

Michael schaut blitzschnell zu seiner Mutter hinüber. Die ist ganz in die Betrachtung seines Lebensretters versunken. »Mama ist nur einmal mit mir ins Schwimmbad gefahren, da habe ich nur gelernt, wie das mit den Armen geht. Das geht so: Vor … auseinander … zusammen … vor … auseinander …«

Er führt seine Kenntnisse im Brustschwimmen mit beiden Armen vor, stößt dabei den Ständer mit der Speisekarte um. Luisa rettet eilig die Blumenvase. August verzieht keine Miene. Er nickt Michael bestätigend zu.

»Das ist ganz richtig. Und mit den Beinen machst du das Gleiche. Wie ein Frosch, weißt du?«

Das findet Michael witzig. Wie ein Frosch! Er grinst und meint, das sähe dumm aus. Man könne doch auch anders schwimmen. So mit den Armen rudern …«

»Kraulen meinst du?«, fragt August. »Ja, das geht auch. Da greifst du mit den Armen ins Wasser, die Schulter mitnehmen und die Hände so machen … Wie Schaufeln …«

Er führt es vor und hätte fast der Serviererin das Tablett aus der Hand geschlagen. Die Frau schreit erschrocken auf, sämtliche Kaffeetassen bekommen ein Fußbad, und August wird ganz rot vor Verlegenheit.

»Tut mir sehr leid!«

Luisa sieht das mühsam zurückgehaltene Lachen in Swetlanas Gesicht; auch sie selbst muss sich zusammennehmen, um nicht loszuplatzen, solange die Kellnerin ihnen Kaffee und Kuchen serviert. Kaum hat sich die mit einem »Da wünsche ich guten Appetit« von ihnen abgewendet, da bricht es aus ihnen beiden heraus. Sie kichern und prusten wie alberne Backfische, auch Michael wird von der Heiterkeit angesteckt, und August, der eine Weilchen mit hilfloser Miene dabeisitzt, muss schließlich auch lachen.

»Wir sind schlechte Gäste«, sagt Swetlana schließlich. »Benehmen uns wie die Kinder. Aber es ist schön zu lachen. Sie sind ein glücklicher Mann, der Menschen zum Lachen bringt.«

»Oh, vielen Dank«, gibt er zurück. »Bisher ist mir das nur selten gelungen. Es muss an Ihnen liegen.«

»An mir? Vielleicht. Ich bin froh, dass wir sind gekommen und ich kann Ihnen danken für Leben von mein Sohn.«

»Nein, erst müssen Sie mir meine unfreundlichen Worte verzeihen.«

»Das habe ich schon lange vergessen, Herr Koch. Sie gehen oft spazieren in Kurpark?«

»Ja, ich liebe den Park. Besonders, wenn es regnet und nicht so viele Menschen dort unterwegs sind.«

Das Gespräch zwischen den beiden kommt in Gang, und Luisa wendet sich ihrem Käsekuchen zu. Es ist laut im Gastraum, die Stimmen vermischen sich, Stühle werden gerückt, die Eingangstür knarrt, wenn sie bewegt wird. Luisa achtet kaum noch darauf, was die beiden einander erzählen, stattdessen ist sie von Swetlanas Mimik gefesselt. Wie hübsch sie heute ist! Liegt das daran, dass sich auf ihren Wangen zarte rosige Flecken gebildet haben? Ihr Gesicht hat eine dreieckige Form, die Augen hellgrau, von dichten schwarzen Wimpern umrandet, ihre Lippen wirken heute ganz weich. Hin und wieder legt sie den Kopf ein wenig schräg und lächelt dabei, sehr weiblich, sehr anziehend. Dann wieder schaut sie ernst zu August hinüber, und die Trauer in ihrem Blick ist ebenso faszinierend wie ihr Lächeln.

Und er? Der schüchterne, zurückhaltende August Koch? Der arme Kerl, der seit Monaten unter Schwermut und Angstvorstellungen leidet? Luisa erkennt ihn kaum wieder. Er redet angeregt, nimmt die Hände zu Hilfe, wenn sie nicht gleich versteht, er lacht, macht Scherze, unterhält sich auch mit Michael und scheint vollkommen mit sich und der Welt im Reinen.

»Ein richtiger Junge, der rauft schon mal«, sagt er gerade zu Swetlana. »Aber es hört da auf, wo man dem anderen richtig wehtut. Das darf nicht sein. Ich habe früher mit meinem kleinen Bruder auch oft gerauft. Das war ein Spiel, ein sportliches Kräftemessen und hat uns beiden Spaß gemacht.«

Michael ist von seinem neuen Fürsprecher sehr angetan. »Mama, nächsten Sonntag hat August gesagt … Wollen wir da ins Kino gehen? Oder auf dem Weiher rudern? Bitte!!!!«

»Wenn du die Woche über brav bist, Michael.«

Swetlana lächelt August zu, der behauptet, das sei für Michael doch gar kein Problem. Luisa schaut auf die Uhr und stellt fest, dass es schon kurz vor sechs ist. Der Gastraum ist fast leer. Außer ihnen sitzt nur noch ein junges Paar an einem Fenstertisch, die beiden sind tief in ein Gespräch versunken und nehmen den Rest der Welt nicht wahr. August winkt die erleichterte Kellnerin herbei und bezahlt, die Kollegin ist schon dabei, die Kuchentheke zu reinigen.

Draußen empfangen sie Dämmerung und feiner Nieselregen, der sich kühl auf die erhitzten Gesichter setzt. Man verabschiedet sich, August reicht Swetlana die Hand, und sie schlägt ein, verspricht, am kommenden Sonntag um zwei Uhr am Kurweiher zu sein. Michael hüpft herum, dass das Wasser in den Pfützen aufspritzt, und will Augusts Ärmel nicht mehr loslassen. Luisa denkt an Fritz, der jetzt vielleicht das entscheidende Gespräch führt, und sie schickt ihm in Gedanken all ihre Liebe und ihre Kraft. Gemeinsam mit Swetlana und Michael geht sie zurück ins Bergkirchenviertel, sie reden eifrig über dieses ungewöhnliche und so schöne Zusammentreffen. Und Luisa stellt fest, dass ihre Freundin glänzende Augen hat.

Wunderbar, denkt sie. Der Anfang ist gemacht. Er gefällt ihr.

Vor ihrer Wohnungstür umarmt Swetlana die Freundin und dankt ihr für den wundervollen Nachmittag. »Morgen Abend ich koche für uns alle«, verspricht sie. »Jetzt ich bin müde wie Hund und muss ins Bett.«

Fritz kommt erst nach zehn zurück. Luisa, die auf ihn gewartet hat, kann schon an seinem Gesichtsausdruck erkennen, dass er unzufrieden ist.

»Nichts«, sagt er verdrossen. »Er würde mich gern einstellen, aber es gibt keine Vakanz. Das Theater muss sparen. Bei der nächsten Gelegenheit, hat er gesagt.«

»Das ist doch schon etwas«, meint Luisa.

Fritz zuckt die Schulter. Er hatte sich mehr erhofft.

»Wenn er es bloß nicht wieder vergisst …«

JULIA

November 1951

Es spukt in ihrem Kopf herum. Aber natürlich geht es nicht. Wie käme sie dazu? Zumal sie momentan all ihre Zeit und Energie für ihr Geschäft braucht. Eine solche Verrücktheit begeht vielleicht eine Zwanzigjährige, aber doch nicht sie! Sie wird in diesen Jahr sechsundvierzig. Eine alte Frau. Durch ihr rotes Haar ziehen sich einzelne weiße Fäden, nur wenige, aber sie hat es neulich vor dem Spiegel festgestellt. Wenn er nur nicht so wunderhübsche Briefe schreiben würde, dieser liebe, freche Junge! Er duzt sie einfach, was den Briefen etwas ganz Intimes gibt. Eigentlich sollte sie ihn dafür rügen, aber sie bringt es nicht fertig.

… ich träume immer wieder davon, dass Du in einer der Vorstellungen sitzt, Dich irgendwo unter den Zuschauern versteckst und meinen Auftritten zusiehst. Wenn ich das träume, dann weiß ich, dass ich an diesem Abend ganz allein für Dich spielen werde … nur für Dich mache ich meine Kapriolen, schmachte die schöne Titania an und laufe mit einem Eselskopf herum. Inzwischen liebe ich diese Rolle … das Publikum ist begeistert, ich bekomme sogar Extraapplaus … Ach, ich wünschte so sehr, Du könntest mich sehen …

Sie hat die Briefe in ihrer Wohnung ganz hinten im Schreibtisch gesammelt, ein ganzes Bündel ist es schon, und es werden immer mehr. Hin und wieder schreibt sie ein paar Zeilen zurück, versucht, etwas Nettes zu formulieren, ohne dabei zu weit zu gehen, denn sie will auf keinen Fall falsche Hoffnungen wecken. Er ist ja so naiv, der gute Junge. Auf der anderen Seite ist es aufregend, solche Briefe zu bekommen. Noch dazu von einem so jungen Mann, der – und das weiß sie genau – von den Frauen geradezu bedrängt wird und ganz sicher nicht ausgerechnet auf sie angewiesen ist. Ach, es ist schön. Ein Lebenselixier. Nahrung für zarte, aufregende Träume. Ein Licht in dunklen Tagen. Mehr aber auch nicht. Vor der grauen Realität muss der süße Traum zu nichts zerfließen. Julia Wemhöner ist eine Romantikerin – aber eine mit einem harten Sinn fürs Praktische.

Das frisch gegründete Geschäft läuft nur langsam an. An manchen Tagen kommt keine einzige Kundin in den Laden, da ist sie froh, die Näherinnen nur stundenweise eingestellt zu haben, denn die wenigen Aufträge kann sie selbst erledigen. Dann wieder erscheinen gleich mehrere Damen zugleich, meist sind es Freundinnen, die sich die »Modelle« ansehen wollen. Leider fehlt es noch an Stoffen, sie kann zwar Zeichnungen vorlegen, aber ein Modell bekommt erst Leben, wenn die Kundin den Stoff, aus dem es für sie genäht wird, befühlen und auswählen kann. Gute Kleiderstoffe sind teuer, sie kann sich einen Fundus erst nach und nach zulegen.

Und dann sind diese Frauen so unfassbar fantasielos und konservativ! »Nein, das ist mir zu ausgefallen. Ich mag gerade Linien und die Jacke nicht so lang …«

»Na ja, der Schnitt ist nicht schlecht, aber ich hätte es gern aus englischem Tweed, und da würde ich gern die Qualität vorher prüfen.«

»Sehr hübsch … Und so einfallsreich …. Da wünsche ich Ihnen alles Gute … Ich schaue später mal wieder herein …«

Wenn sie Addi nicht hätte, der sie immer wieder mit Wort und Tat aufmuntert! Gemeinsam haben sie den Laden neu gestrichen, Linoleum auf dem unebenen Fußboden verlegt, und Addi hat Regale für Stoffe und Nähutensilien gebaut. Eine Vorhangstange hat er hinter dem Schaufenster angebracht, sodass sie das Fenster dekorieren kann, das Innere des Ladens von der

Straße aus aber nur schemenhaft zu sehen ist. Zwei geräumige Umkleidekabinen hat er auch eingerichtet und mit Vorhängen ausgestattet. Und die wenigen Möbelstücke, die sie immerhin schon im Laden stehen hat, stammen vom Trödler und haben Addis Werkstatt durchlaufen. Die beiden Nähmaschinen mit Fußantrieb hat sie dem Theater günstig abgehandelt. Aber trotz kluger Sparsamkeit ist nicht zu übersehen, dass ihre Rücklagen rascher dahinfließen als gedacht, die Einnahmen aber sehr auf sich warten lassen.

»Lass es nur erst mal anlaufen«, meint Addi. »Wenn die erste von diesen reichen Weibern von dir eingekleidet ist, wird sie dich als Geheimtipp an ihre Freundinnen weitergeben. Und dann läuft der Laden.«

Er ist rührend wie immer, der gute Addi. Wenn sie am Abend müde und allzu oft deprimiert nach Hause kommt, hat er schon das Essen vorbereitet, ihre Wäsche gewaschen und gebügelt, den Ofen in ihrer Wohnung angeheizt. Nein, sie ist nicht in ihn verliebt. Vielleicht hat sie sich das einmal für kurze Zeit eingebildet, aber das war ein Irrtum. Addi ist ein Freund, der engste und vertrauteste Freund, den ein Mensch nur haben kann, ein Vater und ein Bruder gleichzeitig, ein Beschützer, ein Nothelfer, ein Komplize – all das und noch mehr. Aber kein Geliebter. Damit hat er sich inzwischen auch abgefunden, und wie es scheint, ist er ganz zufrieden. Schließlich ist er in einem Alter, in dem ein Mann die stürmischen Jahre lange hinter sich gelassen hat.

An diesem tristen Novembermorgen hat sie schon Verdruss, kaum dass sie das Licht im Laden eingeschaltet und den Ofen angeheizt hat. Die Ladenklingel ertönt, und als sie erfreut aus dem Schneiderzimmer in den Empfangsraum geht, stehen da ihre ehemalige Kollegin Annelie und die Kostümbildnerin Elke Naab. Beide sehen sich in alle Richtungen um, rümpfen die Nase über das verspielte weiß lackierte Tischchen mit der Glasplatte und die zierlichen Stühle aus Drahtgeflecht, in denen sie ihre Kunden platziert, um ihnen die Modezeichnungen zu präsentieren.

»Schönen guten Morgen«, grüßt Elke Naab. »Wir wollten mal reinschauen, was du so machst.«

Julia ist klar, dass sie nicht mit guten Absichten gekommen sind. »Guten Morgen«, sagt sie und reicht beiden nacheinander die Hand. »Das ist aber nett, dass ihr einmal vorbeikommt.«

»Ach ja«, seufzt Annelie. »Man ist doch miteinander verbunden nach so langer Zeit … Der Sandberg lässt dich schön grüßen. Und der Genzler vermisst dich so schrecklich!«

»Ach, wie nett … Dann grüß die beiden doch ganz herzlich zurück.«

Wahrscheinlich waren die beiden unzufrieden mit den genähten Kostümen, denkt Julia. Aber damit muss Annelie jetzt leben. Sie hat mich erfolgreich rausgeekelt, jetzt sieht sie, was sie davon hat.

Die Kolleginnen gehen ungeniert im Raum umher, besehen sich die Hefte, in denen sie ihre Entwürfe zusammengefasst hat, machen Bemerkungen über den Teppich, schieben die Vorhänge der Umkleidekabinen zur Seite und schauen hinein. Annelie weist auf die Drahtsesselchen, die Addi ebenfalls weiß lackiert hat.

»Ach, wie lustig …«, bemerkt Annelie. »Hast du die aus dem Müll gezogen?«

Julia zieht es vor, nicht zu antworten. Stattdessen fragt sie, ob die ehemaligen Kolleginnen heute freihätten, weil sie so viel Zeit mitbrächten.

»Ach, du weißt doch, wie das ist … Die Produktionen laufen, da musst du nur hie und da was flicken, ansonsten ist nicht viel zu tun.«

»Ja so«, meint Julia lächelnd. »Zu meiner Zeit saßen wir trotzdem pünktlich um acht an der Arbeit.«

Annelie zuckt die Schultern und zieht es ihrerseits vor, keine Antwort zu geben.

»Hast du denn schon viele reiche Kundinnen?«, erkundigt sich Elke Naab, während sie das Heft mit den Entwürfen nachlässig wieder auf das Tischlein wirft. »Neulich hörte ich, du wärst so teuer.«

»Gute Arbeit hat ihren Preis«, antwortet Julia unverdrossen, während sie innerlich kurz vor einem Wutausbruch steht. »Ihr wisst ja selbst, wie viel Mühe man mit manchen Kleidern hat.«

»Vor allem, wenn man sich beim Abmessen irrt«, bemerkt Annelie boshaft und wechselt einen Blick mit Elke Naab. »Aber so etwas passiert dir ja nicht, oder?«

Julia krallt sich an der Rückenlehne eines Gitterstühlchens fest. Noch ein Wort und sie kratzt dieser perfiden Person die Augen aus. Zum Glück ertönt jetzt die Klingel an der Ladentür, und eine Kundin tritt ein. Es ist Alma Knauss, die sie noch aus dem Café Engel kennt und die jahrelang ihre Kleider für wenig Geld bei Julia Wemhöner ändern ließ.

»Guten Morgen!«, grüßt Alma in die Runde. »Ach, die Damen vom Theater! Wollen sich wohl hier was abgucken, wie? Passen Sie nur auf, Fräulein Wemhöner, dass die nicht Ihre Entwürfe kopieren …«

»Wie kommen Sie denn darauf?«, faucht Elke Naab sie an.

Alma Knauss lächelt. Freundlich und immer etwas »von oben herab«. Wie es so ihre Art ist. »Ach, meine Freundinnen, die reden so dies und das. Möglich, dass ich auch etwas durcheinanderbringe …«

»Sehr wahrscheinlich sogar!«, sagt Elke Naab mit Nachdruck. »Wir gucken nichts ab, das haben wir nicht nötig. Nun ja – wir wollten sowieso gerade gehen!«

Julia hält den beiden die Tür auf, während sie auf die Straße hinaustreten. Es regnet, und Annelie braucht ziemlich lange, um ihren Schirm aufzuspannen. Gut so. Soll sie nass werden, die falsche Spinne. Dann kraust sich ihre Dauerwelle, und sie schaut aus wie ein Mopp.

Drinnen hat Alma inzwischen den Mantel ausgezogen, und Julia beeilt sich, das gute Stück an den Garderobenständer zu hängen. Sie kennt den Mantel, hat ihn vor nicht allzu langer Zeit enger genäht und einen Kragen angesetzt.

»Ach, liebe Julia«, seufzt Alma Knauss und lässt sich auf einem Sessel nieder. »Ich habe ein Anliegen …«

Julia weiß genau, was die Knauss im Sinn hat. Die Hungerjahre sind vorbei, es gibt wieder fast alles zu kaufen, Sahne, Butter oder Schokolade sind zwar teuer, aber erschwinglich. Die Knauss hat zugenommen und sucht eine Dumme, die ihre Klamotten jetzt wieder weiter macht.

»Ziehen Sie nicht gleich so ein Gesicht, liebe Julia«, fährt Alma fort. »Ich habe mir das so gedacht: Ich gebe Ihnen ein Frühjahrskostüm in Auftrag und werde damit bei meinen Bekannten und Freundinnen für Ihr Atelier werben. Dafür könnten Sie mir dann doch ein paar kleine Änderungen an verschiedenen Kleidungsstücken ausführen. Wissen Sie, ich habe nämlich ein paar Pfündchen zugelegt …«

Das Leben ist hart, denkt Julia. Für einen einzigen anständigen Auftrag darf ich mit einem Haufen lästiger Flickarbeit bezahlen. Was für eine Erpresserin diese Alma Knauss doch ist! Aber was hilft's, ich muss die bittere Pille schlucken.

»Darüber lässt sich reden, liebe Frau Knauss«, sagt sie liebenswürdig. »Darf ich Ihnen einen Kaffee anbieten? Einen Tee?«

Ein Gutes hat die Knauss ja – sie ist alles andere als konservativ. Sie wird ihr ein zauberhaftes, unkonventionelles, fantasievolles Kostümchen nähen, sie hat schon mehrere Ideen im Kopf. Und für die Flickarbeiten wird sie jetzt, da sie ein Geschäft hat, natürlich mehr verlangen als früher. Alles zusammen ergibt das viel Arbeit, aber immerhin auch Geld in der Kasse.

Gegen elf hat sie der Knauss einen traumhaften Entwurf

untergejubelt und auch den passenden Stoff dazu gefunden. Morgen wird eine Angestellte der Knauss ihr die Sachen vorbeibringen, an denen die paar »winzigen Änderungen« zu machen sind. Sie hat die Maße der Knauss aufgeschrieben, und wie immer hat sie genau und richtig gemessen. Bezahlt wird sie leider erst, wenn das Kostümchen fertig genäht und endgültig angepasst ist.

Addi erscheint gerade richtig, um der Knauss die Tür aufzuhalten. »Ach, Herr Dobscher«, schwärmt sie. »Ich werde niemals Ihren ›Don Giovanni‹ vergessen. Unübertroffen, sage ich. Bis heute und für alle Zeiten – unübertroffen!«

Addi ist in Arbeitshosen und seiner speckigen alten Jacke weil er hinten im Büro die Fensterrahmen lackieren will, dennoch gelingt ihm eine formvollendete Verbeugung. »Gnädige Frau«, sagt er. »Der Künstler in mir weiß Ihre Treue zu schätzen!«

»Hat die etwa ein Kleid geordert?«, fragt er, als er mit Julia allein im Laden ist.

Sie erzählt ihm von dem Handel, auf den sie eingehen musste, und er schüttelt bedenklich den Kopf.

»Hoffentlich kriegst du da auch dein Geld«, meint er. »Es gibt Gerüchte, dass die Knauss seit dem Tod ihres Mannes nur noch die Villa verlebt. Häuft einen Kredit auf den nächsten, und irgendwann gehört die Bude der Bank, und sie landet im Armenhaus.«

»Na, prächtig!«, stöhnt Julia. »Da nähe ich mir die Finger wund für nichts und wieder nichts …«

»Ist ja nur ein Gerücht«, tröstet er. »Hat der Maler den Lack für die Fenster gebracht?«

Nein, hat er nicht. Und ohne Farbe kann Addi keine Fensterrahmen lackieren. Heute ist irgendwie der Wurm drin. Julia lässt sich deprimiert auf einen Sessel fallen und versucht, durch den Fenstervorhang nach draußen zu spähen. Es regnet immer noch, die Passanten gehen vornübergebeugt, stemmen sich gegen den Wind, ein zerzauster schwarzer Regenschirm fliegt vorüber.

»Heute kommt sowieso keiner«, meint Addi. »Geh doch heim, Mädel, und leg dich mal aufs Ohr. Kannst es brauchen. Ich bleib hier und warte auf den Maler.«

Vielleicht hat er ja recht, denkt Julia. Einen Nachmittag einfach freinehmen. Kann ich mir leisten, bin ja meine eigene Chefin.

»Bis später«, sagt sie und küsst Addi auf die Wange. »Vergiss nicht, den Laden abzuschließen und das Licht auszumachen.«

Wenn ich mich beeile, denkt sie, erwische ich noch den Zug um 12.15 Uhr nach Frankfurt. Da steige ich in den D-Zug und bin kurz nach sechs in München. Sie hat sich die Verbindung vor einigen Tagen am Schalter heraussuchen lassen. Nur so, ohne feste Absichten. Weil sie mit Addi zusammen eine Kiste mit englischen Stoffen am Bahnhof abgeholt hat und sie eine halbe Stunde warten mussten. Natürlich wird sie nicht fahren, sie wird jetzt brav durch den Regen nach Hause laufen und sich ins Bett legen. Mit einem guten Buch. Addi ist Stammkunde in der Stadtbibliothek, er hat immer einen Stapel Lesestoff auf der Kommode liegen. Oder sie geht ins Café Engel und isst eine Kleinigkeit – ach nein, das ist noch geschlossen wegen der Renovierungsarbeiten!

Die ziehen sich wirklich lange hin. Rechts und links der Drehtür, dort, wo früher die Fenster waren, gähnen jetzt hohe Löcher in der Mauer, die mit Planen abgedeckt sind. Da sollen Glaserker eingebaut werden, aber bei diesem Regenwetter tun sich die Maurer schwer damit.

Oben in ihrer Wohnung steht sie unversehens vor dem Kleiderschrank. Packt eines ihrer schwarzen Theaterkleider ein, ein Nachthemdchen, Wäsche, seidene Strümpfe, die schwarzen Pumps, das Theatertäschchen … Warum tut sie das? Egal, sie tut es. Zahnbürste, Kamm und Waschzeug nicht vergessen. Handtuch. Geld – sie wird Geld brauchen. Das ist unter der Tischdecke versteckt. Sie legt mehrere Scheine in ihr Portemonnaie, überlegt, steckt noch einen Schein dazu, wirft das Portemonnaie in die Reisetasche. Legt einen Zettel auf den Tisch: *Komme morgen zurück. Julia.*

Dann steht sie auf der Wilhelmstraße, in einer Hand den Regenschirm, in der anderen die Reisetasche. Sie nimmt die Straßenbahn, steigt am Bahnhof aus, geht durch die Halle zum Schalter und kann vor lauter Herzklopfen kaum sprechen.

»Nach München, bitte ... ja, Hauptbahnhof ... dritte Klasse, bitte ...ach, die gibt es nicht mehr ... dann zweite Klasse ...«

Es ist teuer, über vierzig Mark. Und die Rückfahrt wird nicht billiger sein. Aber da sie nun schon einmal am Schalter steht und der Zug auch gleich auf Gleis drei abfährt, bezahlt sie eilig und erhält ihre Fahrkarte.

Nun ist es entschieden. Sie muss fahren. Sie kann die teure Fahrkarte ja nicht verfallen lassen. Sie wird nach München fahren und dort ins Theater gehen. Und wenn sie den »Sommernachtstraum« heute Abend gar nicht auf dem Spielplan haben? Dann wird sie sich eben ein anderes Stück anschauen. Vorher wird sie sich ein Hotelzimmer suchen. Das wird ebenfalls Geld kosten, aber das ist jetzt gleich – wenn sie eine Verrücktheit begeht, dann richtig. Sie zeigt ihre Fahrkarte vor und geht auf den Bahnsteig, wo die Lokomotive schon unter Dampf ist. Es zischt und schnauft erschreckend laut, der graue Rauch hüllt sie ein, während sie die steilen Stufen zu einem der grünen Personenwagen erklimmt. Es riecht nach Teer und Eisen, nach Staub, Maschinenöl und Asche. Sie ist in ihrem Leben kaum verreist, nur als Kind mit den Eltern an den Rhein und einmal sogar an die Ostsee. Aber dieser Geruch ist ihr noch in Erinnerung, der beunruhigende und aufregende Duft einer großen Reise.

Sie sucht sich ein leeres Abteil und setzt sich ans Fenster. Fällt beinahe vom Sitz, als der Zug ruckelnd anfährt, und muss über die eigene Ungeschicklichkeit lächeln. Während sich der Zug langsam aus dem überdachten Bahnhof herausbewegt, spürt sie eine leichte Panik. Jetzt kann sie nicht mehr zurück. Die Maschine, die sie voranträgt, ist nicht aufzuhalten, sie verlässt ihre Heimatstadt Wiesbaden, sie lässt den armen Addi im Stich, der heute Abend mit dem Zettel in der Hand in seiner Küche sitzen wird und sich das Hirn zermartert, wo sie wohl ist. Sie lässt auch ihren Laden im Stich, nicht nur heute, sondern auch morgen. Vielleicht kommt gerade jetzt die erste reiche Kundin, um sich für das kommende Frühjahr von ihr ausstatten zu lassen. Und gerade da ist der Laden geschlossen. Sie schaut aus dem Fenster, an dem die Regentropfen ein dichtes Netz von durchsichtigen Wasserstraßen gebildet haben, und versucht, draußen etwas zu erkennen. Da stehen noch Kriegsruinen, von Unkraut umwuchert, hässliche graubraune Backsteingebäude, weiter hinten liegt die Stadt im Regendunst, graue Häuser, ein paar spitze Kirchtürme, oben blitzen für einen Moment die goldenen Kuppeln der russisch-orthodoxen Kirche auf dem Neroberg auf.

Sie lehnt sich zurück und schließt die Augen. Überlässt sich dem Rhythmus der Eisenbahn, dem gleichmäßigen Rattern und Klappern der Wagen im Vierertakt, dem in unregelmäßigen Abständen erklingenden scharfen Pfeifen der Lokomotive.

Was mache ich da?, denkt sie. Wie konnte ich nur? Ich muss vollkommen durchgedreht sein. Aber zum Glück kann ich in Frankfurt einfach aussteigen und wieder nach Wiesbaden zurückfahren. Vielleicht bekomme ich ja einen Teil des Geldes zurück, wenn ich erkläre, dass ich nur bis Frankfurt und nicht bis München gefahren bin. Ich werde einfach behaupten, ich hätte eine schlimme Migräne bekommen. Oder ein plötzlicher Todesfall … Ach was – das geht den Mann am Schalter doch gar nichts an – er soll mir mein Geld zurückgeben und fertig.

Doch als sie in Frankfurt aussteigt und durch den großen,

belebten Bahnhof geht, die rauchgeschwängerte Reiseluft atmet, die hochbeladenen Kofferträger sieht, die Menschen, die den Zügen zueilen – da hat sie ihren Vorsatz vergessen. Der Zug nach München wartet auf Gleis acht, sie geht durch die Sperre am Eingang des Bahnsteigs und steigt ohne Zögern in den D-Zug. Fühlt sich auf einmal frei wie ein Vogel. Die Welt ist voller aufregender Möglichkeiten, und alle stehen ihr offen, auch die irrwitzigste, fragwürdigste aller Wunschvorstellungen rückt in greifbare Nähe.

Sie sucht sich ein leeres Abteil der zweiten Klasse, setzt sich ans Fenster und bemerkt, dass ihr Magen knurrt. Wie dumm, sie hätte sich doch rasch ein belegtes Brot zurechtmachen und einpacken können. Soll sie in den Speisewagen gehen? Aber das ist sicher sehr teuer, und sie hat ihre Ersparnisse mit dieser Reise sowieso schon schwer strapaziert. Also wird sie hungern, das macht ihr nicht viel aus, sie wird in München vielleicht eine Kleinigkeit zu sich nehmen. In München … Tatsächlich, sie wird in wenigen Stunden in München sein! Dort muss sie sich eine Pension oder ein Hotel suchen, hoffentlich findet sie etwas Passendes, das nicht zu teuer ist. Dann zum Theater, da muss sie den Weg erfragen …

Ein Abenteuer, denkt sie. Wie wunderbar. Was rege ich mich auf? Ich habe heute einen Auftrag reingeholt, die Knauss wird schon bezahlen, bisher hat sie immer bezahlt.

Sie ist allein im Abteil, streckt die Beine aus und lehnt sich zurück. Sehr bequem sind die Sitze nicht, eher hart, und wenn man den Kopf anlehnt, spürt man das Ruckeln und Vibrieren des Wagens. Sie bleibt dennoch in dieser Position, schaut aus dem Fenster auf die vorüberziehenden Gebäude, Wiesen und herbstbunten Wälder, hängt ihren Gedanken nach, gleitet in eine Stimmung hinein, die sich zwischen Wünschen und Träumen bewegt.

Er wünscht sich, dass sie zwischen den Zuschauern sitzt und

ihn auf der Bühne bewundert. Ach, dieser dumme große Junge. Wie eitel er ist. Und wie unbefangen dabei. Wer will ihm etwas übel nehmen? Sie ganz gewiss nicht, sie findet ihn bezaubernd. So viele Briefe hat er geschrieben. Ihr so viele Dinge anvertraut, auch solche, die sehr intim sind. Seine Angst, in der neuen Rolle zu versagen. Den Respekt der Kollegen zu verlieren. Auch seinen Ärger über die Vermieterin, mehr noch über deren Ehemann. Dass er Heimweh nach Wiesbaden hat, dass ihm seine Familie fehlt, vor allem sein Bruder. Und einmal schreibt er sogar, dass er sich sehr einsam fühle, besonders wenn er ganz allein nach der Vorstellung in seinem Zimmer säße, ohne einen lieben Menschen an seiner Seite.

Sie wird nach der Vorstellung zum Künstlereingang gehen, um ihn abzupassen. Vielleicht sogar drinnen vor der Garderobe oder beim Hinausgehen. Überrascht wird er sein. Wird er sie in die Arme nehmen? Sicher wird er das tun, er ist so impulsiv, und sie wird es ihm nicht verwehren. Im Gegenteil, sie wird es genießen. Und dann? Was werden sie mit diesem gemeinsamen Abend anfangen? Sie werden durch den Regen gehen und irgendwo eine Kleinigkeit essen. Ein Glas Wein trinken. Na, in München trinkt man wohl eher Bier. Und dann? Dann wird er sie zu ihrem Hotel bringen. Und dann? Dann werden sie sich voneinander verabschieden. Tatsächlich? Vielleicht wird er auch mitgehen bis zu ihrem Zimmer? Sie zum Abschied umarmen. Wird sie ihm gestatten, sie zu küssen? Bei dem Gedanken spürt sie ein heißes Prickeln am Rücken, und auch andere Bereiche ihres Körpers geraten in Unruhe. Sie stellt sich vor, wie er sie mit beiden Armen an sich zieht, sein lächelndes Gesicht, seinen Mund, der schmal ist, männlich und dennoch weich. Der Duft seiner Haut, sein Atem, sein fragender und zugleich fordernder Blick … Was wird sie tun, wenn er mit in ihr Zimmer geht, wenn er die Nacht mit ihr verbringen will?

Sie kennt seinen Körper. Hat oft für ihn Kostüme genäht, ihn zu Anproben bestellt, den Stoff um ihn drapiert, mit den Fingern die Abstände gefühlt, die Nadeln gesteckt. Er ist schlank, die Schultern nicht allzu breit, die Brust gewölbt, die Hüften schmal, aber muskulös. Er ist sportlich, sein Po ist wie bei einem Tänzer ausgebildet, sein Geschlecht, das sie nur erahnen konnte, ist gut ausgestattet. Wenn ihre Finger ihn berührten, an seiner Brust oder an der Hüfte entlangglitten, hat sie oft seinen Blick unter halb gesenkten Lidern gespürt. Belustigt und zugleich neugierig, abwartend, was sie gleich noch tun würde. Er hat das Spiel genossen, da ist sie sich sicher. Er ist überhaupt ein Spieler, der Wilhelm. Sie sollte sich vor ihm in Acht nehmen. Ach nein – eigentlich sollte sie sich vor sich selbst in Acht nehmen. Sie ist zu alt für solche Spiele. Sie werden etwas essen, ein oder zwei Gläser Bier trinken, und vor der Hoteltür wird sie ihn verabschieden. Mit einem freundschaftlich-mütterlichen Händedruck.

In Stuttgart bekommt sie Gesellschaft, und es ist vorerst aus mit den verbotenen Träumen. Ein Ehepaar mittleren Alters kommt zu ihr ins Abteil, beide schleppen schnaufend größere Gepäckstücke, die der Ehemann nach Anweisung seiner Gefährtin auf das Gepäcknetz heben muss.

»Nein, dahin doch nicht! Da fällt's doch runter. Weiter hinüber, dort, wo die Dame sitzt … Und die Tasche lässt du unten. Nein, doch nicht die. Die andere. Die blaue …«

Wie schrecklich, denkt Julia. Wie sie ihn kommandiert. Und wie unwillig er gehorcht und nicht wagt aufzumucken. Ein ganzes Leben lang werden sie diese Rollen spielen. Können nicht miteinander, aber auch nicht ohne einander.

Inzwischen haben sich die beiden ihr gegenüber eingerichtet, einige Bemerkungen über den unfreundlichen Zugschaffner und den Unrat auf dem Bahnhof ausgetauscht, die Julia zur Kenntnis nimmt, ohne sie bestätigen zu können. Der Ehemann hat große braune Augen, die unteren Lider hängen herab, es ist Julia unangenehm, dass er sie ständig anstarrt.

»Reiset Sie auch nach Augschburg, gnä Frau?«

»Nein, nach München.«

»Ah, so weit doch … mir steiget in Augschburg aus …«

Die Ehefrau ist vollbusig, sie hat schöne Augen, aber eine große Nase, einen richtigen Zinken. Das permanente Starren ihres Mannes auf die schlanke rothaarige Person gegenüber ist ihr ein Ärgernis, kein Wunder. Julia spürt ihre Feindschaft in jeder ihrer Bewegungen.

»Gib mir mal die Tasche dort. Die blaue …«

Jetzt wird der Proviant ausgepackt, Milchkaffee aus der Thermoskanne, Schinkenbrote, Salami, Butterkekse und natürlich hart gekochte Eier. Die Ehefrau versorgt ihren Liebsten reichlich, drängt ihm noch ein drittes Salamibrot auf, reicht ihm die Kekspackung und macht ein zorniges Gesicht, als er die Gelegenheit ergreift, der Rothaarigen einen Butterkeks anzubieten.

Julia, die fast vor Hunger stirbt, nimmt gerne an, greift sogar zweimal zu und spürt, wie die Feindschaft der Ehefrau in Hass umschlägt.

Was denkt sie nur, überlegt Julia. Dass ich ihr diesen feisten, hässlichen Ehemann wegnehmen will? Selbst wenn er Rockefeller persönlich wäre – sie kann ihn behalten.

Eine halbe Stunde vor Augsburg muss der Ehemann die Koffer und Taschen aus dem Gepäcknetz heben und durch den Gang zur Tür schleppen. Er lächelt ihr zum Abschied zu; es ist das traurig-verlegene Lächeln eines freiwillig Gefangenen.

Dann erreicht der Zug die bayerische Hauptstadt München, und Julia funktioniert logisch und klar wie ein Uhrwerk. Ein kleines Hotel in Bahnhofsnähe – Einzelzimmer ohne Bad, für eine Nacht. Umkleiden, Mantel drüber, Hut auf, Geld ins Abendtäschchen – den verschlafenen Portier fragen, wie sie zu den Kammerspielen kommt.

»Da können's die Tram nehmen oder auch zu Fuß geh'n …«

Zu Fuß ist ihr lieber, sie muss sparen. Also über den Stachus, die Neuhauser Straße entlang, an der Frauenkirche vorbei zur Maximilianstraße, dort rechts halten. Gar nicht schwer, eigentlich immer nur geradeaus. Und wenn sie sich doch verläuft, braucht sie nur zu fragen.

Sie stürzt sich auf die nächste Brezelfrau, kauft gleich zwei Stück des lecker duftenden Salzgebäcks und isst im Gehen. Das tut man eigentlich nicht – aber das kümmert sie nicht. Sie ist frei, niemand hat ihr etwas vorzuschreiben, und bis zum Theater hat sie das ohnehin aufgegessen. Dann bleibt sie wie angewurzelt stehen. An einer Litfaßsäule ist ein Plakat angeklebt. »Ein Sommernachtstraum« in den Kammerspielen. Sie mustert die Schauspieler, findet die Kostüme nicht übel, aber zu schlicht, nicht märchenhaft genug. Da ist Oberon mit der Elfenkrone, da das Liebespaar Hermia und Lysander, hier die Elfin Titania und bei ihr – Zettel mit dem Eselskopf. Sie muss lachen. Armer Wilhelm – da ist er nun auf dem Plakat in ganz München als der Mann mit dem Eselskopf abgebildet. Erst jetzt entdeckt sie die Aufführungsdaten, die am unteren Ende aufgedruckt sind. Der 10. November. Das ist heute! Sie hat unfassbares Glück!

Zweimal muss sie noch nach dem Weg fragen, vor allem, weil es dunkel geworden ist und ihr die Orientierung schwerfällt. Dann steht sie vor den beleuchteten Arkaden, geht zur Kasse und ergattert einen Sitzplatz im Parkett. Sie ist am Ziel. Sie wird von ihm unbemerkt im Publikum sitzen und ihn auf der Bühne sehen, sie wird begeistert applaudieren und dem Moment entgegenfiebern, wenn sie ihn am Künstlereingang abfängt.

Es wird ein traumhaft schöner Theaterabend. Die Bühne ist nicht groß, der Raum in grellen Farben bemalt, fast wie im Zirkus. Aber wie anders wird hier inszeniert: härter, einfallsreicher, mutiger als in Wiesbaden. Das Bühnenbild ist karg, aber das Spiel der Darsteller benötigt keine künstlichen Bäume, Elfenschleier oder wabernden Nebel. Liebe und Eifersucht, Verblendung und Irrsinn, plumpe Scherze, verzweifelte Herzen und verirrte Leidenschaft lässt ein boshafter Kobold als farbenprächtigen Traum durcheinanderwirbeln. Julia ist hingerissen, nicht nur von dem grandios spielenden Willi Koch als Zettel, sondern auch von allen anderen. Sie applaudiert mit Hingabe, drängt sich dann, so gut es geht, an den anderen Zuschauern vorbei, um so schnell wie möglich zum Künstlereingang zu gelangen.

Dort steht sie im Dunklen, fröstelt in der nächtlichen Kühle, hält das Theatertäschchen an die Brust gepresst und wartet. Die Mitwirkenden kommen meist grüppchenweise, sie lachen befreit, hängen sich ein, streben ohne Zweifel irgendeinem Lokal zu, um die Anspannung der Aufführung ausklingen zu lassen. Hie und da kommt auch eine einzelne Person, den Mantelkragen hochgestellt, schweigsam, düster vor sich hin blickend und davoneilend. Julia kann die Gesichter im Schein der Straßenlampe gut sehen, während sie selbst im Dunklen steht. Sie ist aufgeregt. Er muss bald kommen, es gibt doch nur diesen Ausgang.

Da ist er. Gestikuliert lebhaft, während er irgendetwas erzählt, bleibt dann stehen, um den Mantelkragen hochzustellen, und schaut in die Dunkelheit hinein. Hat er sie gesehen? Julia ist auf dem Sprung, hebt schon den Fuß, um auf ihn zuzulaufen, da sieht sie das Mädchen. Ist es die Hermia? Oder Helena? Die junge Frau ist schwarzhaarig und trägt einen hellen Mantel. Jetzt will sie die Kapuze hochziehen, doch Wilhelm hindert sie daran. Lachend fasst er ihre Hände, hält sie fest, und die beiden küssen sich. Eng umschlungen gehen sie durch die Arkaden zur Straße hinüber, wo Julia sie nicht mehr sehen kann.

Sie bleibt noch einen Moment lang stehen, fragt sich, ob sie geträumt hat, und weiß doch, dass es die Wahrheit war, dass es gar nicht anders sein kann als eben so. Jugend gehört zu Jugend – sie, die alternde Frau, hat hier nichts zu suchen.

Langsam geht sie durch die nächtliche Stadt zurück zu ihrem Hotel.

Der Traum ist ein Traum geblieben. Aber vielleicht sind unsere Träume ja das eigentliche Leben und alles andere nur … Täuschung?

JEAN-JACQUES

Dezember 1951

Er hat den Brief heute früh ungeöffnet in die Schreibtischschublade gesteckt. Nicht heute, wo seine Jungen Geburtstag feiern. Fünf Jahre sind sie nun alt, machen den Hof und die Spielplätze unsicher, schwatzen deutsch und französisch durcheinander, stürmen die Treppen hinauf und hinunter – seine beiden Goldstücke, seine Augensterne, ses gars. Er will ihnen einen wunderschönen Tag schenken – und dazu passt dieser Brief nicht. Ein Brief aus Villeneuve mit einem Trauerrand.

Schon am frühen Morgen sind sie wie die Wirbelwinde ins Schlafzimmer gestürzt, haben die Eltern aus den Federn geholt, sich Küsschen und Gratulationen abgeholt, eine Kissenschlacht veranstaltet und die Sprungfedern der Matratzen strapaziert.

»Wir sind fünf … nächstes Jahr dürfen wir in die Schule …«

Hilde hat erklärt, dass sie vielleicht noch ein Jahr warten müssen, weil man eigentlich erst mit sechs Jahren in die Schule darf, aber davon wollen die beiden nichts hören.

»Zusammen sind wir sogar zehn!«, behauptet Frank.

Im Wohnzimmer hat Jean-Jacques noch gestern Abend heimlich den Frühstückstisch gedeckt. In der Mitte prangt der Schokoladenkuchen, den Oma Else für ihre Lieblinge gebacken hat. Mit der Aufschrift aus Zuckerguss: *Für Frank und Andi.* Dazu eine große 5. Zehn kleine Kerzen stecken im Kuchen – die müssen sie gemeinsam auspusten.

»Und die Geschenke?«, fragt Frank aufgeregt.

»Die bekommt ihr nachher unten bei den Großeltern«, erklärt Hilde.

Jean-Jacques muss die beiden aufgeregten Burschen zurückhalten, denn sie haben das Wörtchen »nachher« überhört und wollen sofort hinunter zu Oma und Opa rennen. Frühstück mit Schokoladenkuchen im Schlafanzug, verschmierte Münder, umgekippte Milchbecher, aufgeregte Gemüter. Hilde ist streng: zuerst waschen und anziehen, die Haare kämmen – vorher darf keiner nach unten. Das gilt auch für Erwachsene.

Hilde hat sich verändert, sie ist nicht mehr so wie früher. Sie streiten oft, aber die Versöhnung, die früher unweigerlich auf jede Auseinandersetzung folgte, bleibt jetzt aus. Sie gehen sich aus dem Weg, reden zwar miteinander, aber ohne die alte Vertrautheit, ohne das Gefühl, sich dem anderen öffnen, auf ihn bauen zu können. Hilde lebt nur noch für den Umbau des Cafés, geht darin völlig auf, ist manchmal am Ende mit ihren Nerven und deshalb ungerecht. Sie kann harsche, kurze Antworten geben, zornige Forderungen stellen, sie ist ungeduldig mit den Zwillingen, macht Jean-Jacques Vorwürfe, sie nicht genügend zu unterstützen. Dabei hat er sich in den vergangenen Tagen redlich bemüht, ihr zu helfen, denn es ist wirklich viel danebengegangen. Vor allem die Probleme mit der herausgenommenen Wand, die eine zweite Stütze brauchte. Dann auch noch ein Wasserschaden, der es nötig machte, dass auch in der Küche eine Wand freigeräumt werden musste. Das Regenwetter tat ein Übriges; die erweiterten Fensteröffnungen mussten zwei Tage und zwei Nächte lang mit Brettern verbarrikadiert werden, weil die Maurer warten mussten. Mama Else hat sich inzwischen mit dem Chaos abgefunden, sie bemüht sich, so weit wie möglich Ruhe zu bewahren.

»Wir müssen mitten hindurch und am anderen Ende wieder raus«, sagt sie immer. »Ein Nervenzusammenbruch wird die Sache nur verzögern.«

Anders Papa Heinz. Weil ihm sein gewohnter Fensterplatz im Café fehlt, läuft er ruhelos in der Wohnung herum, erscheint auch unangekündigt oben bei ihnen, jammert, dass er nichts mit sich anzufangen wisse und dass dieser Umbau sein Lebenswerk zerstöre. Hilde ist schon mehrfach mit ihrem Vater kräftig zusammengestoßen. Wenn er, Jean-Jacques, nicht vermittelt hätte, wäre es wohl schlimm ausgegangen.

Der Einzige, der in dieser angespannten Lage die Nerven behält, ist August. Hildes Bruder scheint es mit jedem Tag besser zu gehen. Er fährt wieder nach Frankfurt zu seinen Vorlesungen, sitzt am Abend über seinen Büchern und ist trotzdem immer und für jeden ansprechbar, der seine Hilfe benötigt. Jean-Jacques freut sich über diese Entwicklung. Wie es scheint, hat August den Tiefpunkt überwunden, es geht aufwärts mit ihm, und das mit Riesenschritten. Möglich, dass Luisa recht hat. Sie war letzte Woche hier, um mit den Zwillingen auf den Spielplatz zu gehen, und hat Jean-Jacques unter dem Siegel der Verschwiegenheit erzählt, dass da wohl die Liebe im Spiel sei. Weiter wollte sie nichts verraten. Jean-Jacques gönnt August dieses Glück, aber oft macht es ihn auch traurig, weil er selbst schon eine ganze Weile nicht mehr glücklich ist. Seine Liebe, die er noch vor einem Jahr für so stark und dauerhaft gehalten hat, sie scheint ihm zwischen den Fingern zu zerrinnen.

»Ich brauch dich heute Nachmittag unten im Café«, sagt Hilde, als sie die Treppe zur Wohnung der Großeltern hinuntergehen. »Da kommen Lieferungen, es muss Platz frei geräumt werden.«

So ist sie. Das Wörtchen »bitte« ist ihr fremd. Sie fragt auch nicht, ob er Zeit hat. Sie bestimmt einfach. Ich brauch dich. Basta. War sie eigentlich schon immer so, und es ist ihm einfach nicht aufgefallen? Ist er momentan besonders empfindlich? Vielleicht.

»Am Nachmittag kommen die Geburtstagsgäste«, sagt er. »Da will ich mit den Kindern Spiele machen. C'est promis … Das ist versprochen …«

Sie rollt die Augen und behauptet, er könne die Zwillinge ruhig den Großeltern überlassen. »Addi ist heute irgendwie total neben der Kappe, und August ist an die Uni gefahren. Ich brauche dich wirklich, Jean-Jacques.«

»Dann ruf nach mir, wenn die Lieferung kommt!«

Sie stehen schon vor der Wohnungstür der Großeltern, die Zwillinge laufen hinein, werden von Oma Else und Opa Heinz geherzt und geküsst.

»Verflixt noch mal«, faucht ihn Hilde an. »Hast du nicht verstanden? Ich brauche dich, bevor sie kommen. Damit für die Sachen, die sie bringen, genügend Platz ist.«

Er hasst es, wenn sie ihn so anschreit. Noch dazu vor den Eltern und den Kindern. Er sieht die erschrockenen Gesichter der Jungen und bleibt ruhig, weil er nicht will, dass die Situation eskaliert. Nur in seinem Inneren, da spürt er die Verletzung. Und auch den Zorn darüber.

»Es wird schon gehen«, meint er unbestimmt.

Hilde ist nicht zufrieden. Sie will eine verbindliche Zusage, aber die gibt er ihr nicht. Er bemüht sich, aber er ist nicht ihr Hampelmann. *Pantin* heißt das zu Hause.

»Unglaublich, was da für ein Aufwand getrieben wird«, ärgert sie sich, als sie den Geschenketisch sieht, den Mama Else und Papa Heinz für die Enkel aufgebaut haben. Ein nagelneuer Fußball. Pullover und lange Hosen für den Winter. Zwei Paar Schuhe – ebenfalls neu. Ein Kinderfahrrad mit Anhänger – gebraucht gekauft, aber in gutem Zustand. Dafür sind die Tretroller der beiden auf geheimnisvolle Weise verschwunden – die hat Oma Else verkauft. Weil die beiden sie sowieso nicht mehr benutzt haben.

Hilde und Jean-Jacques müssen die Geschenke gebührend bewundern, und weil Andi mit scharfem Blick bemerkt hat, dass der Papa ein schmales Päckchen in der Jackentasche hat, bekommen sie jetzt noch ihre Taschenmesser. Große Begeisterung bei den Knaben, Papa Heinz lächelt gütig, während Hilde und Else ihn entsetzt ansehen.

»Wie kannst du den Kindern solche Mordwaffen in die Finger geben?«, schimpft Hilde.

»Wir sind froh, dass der Krieg vorbei ist!«, regt sich Mama Else auf.

»Ich hatte in dem Alter auch ein Messer«, steht Papa Heinz ihm bei.

»Das waren andere Zeiten!«, behauptet Mama Else.

Sie nehmen den Zwillingen das Versprechen ab, mit den Messern ganz vorsichtig zu sein und höchstens einmal an einem Stock herumzuschnitzen. Niemals das Messer auf einen Menschen richten. Auch nicht auf den eigenen Bruder. Schon gar nicht auf den eigenen Bruder! Jetzt muss das Fahrrad ausprobiert werden, dazu tragen sie es auf den Hof hinunter, und Jean-Jacques bringt seinen Söhnen das Radfahren bei. Es dauert eine ganze Weile, bis beide herausgefunden haben, wie man das Gleichgewicht hält, ohne dabei gegen den Holzschuppen oder die Kellertreppe hinabzufahren. Besonders Andi, der ängstlicher ist als sein Bruder, will, dass der Papa die ganze Zeit neben ihm herläuft und ihn auffängt, falls er vom Rad fällt.

Als sie erhitzt und begeistert von den neu erlernten Künsten wieder in die Wohnung hinaufsteigen, wartet Hilde schon im Treppenhaus.

»Hättest du jetzt einmal zwei Minuten für *mich* Zeit?«, fragt sie ihn anzüglich.

»Aber bien sûr, ma chérie …«, gibt er ironisch zurück.

Sie sind Feinde, als sie nun hinunter ins Café gehen, wo es kalt und feucht ist, das Mauerwerk an mehreren Stellen noch unverputzt, der neue Fußboden mit Zeitung abgedeckt, die eisernen Stützen stehen noch nackt und hässlich im Raum. Er schiebt nach ihrem Kommando das schwere Buffet und zwei Schränke von einer Seite des Raums auf die andere, dann findet sie, dass alles weiter nach links müsse, und er tut schweigend, was sie will.

»Bist du jetzt zufrieden?«

»Es wäre nett, wenn du etwas mehr Interesse für das alles aufbringen könntest!«, schimpft sie.

Dann kommt wieder die alte Leier, dass sie ja doch immer alles alleine machen müsse, keiner würde freiwillig auch nur einen Handschlag tun, aber nörgeln, das könnten sie alle ausgezeichnet.

»Vielleicht liegt es daran, dass hier alles immer nur nach *deinem* Kopf gehen muss«, wendet er ein.

Aber sie ist heute nicht dazu aufgelegt, selbstkritisch über sich nachzudenken. Ganz im Gegenteil, sie blitzt ihn wütend von der Seite an und beginnt, die Tücher wieder auf die Möbel zu legen.

»Wenn es nach dir ginge, hättest du jetzt auch noch einen maroden Betrieb am Hals und wir alle jede Menge Schulden. Dieses Weingut ist doch komplett unrentabel, deshalb wollte der es auch abstoßen.«

Jetzt schießt wieder der alte Zorn in ihm hoch. Das Weingut ist nicht unrentabel, das redet sie sich ein, um ihr Gewissen zu beruhigen. Oh, sie weiß sehr gut, wie weh ihm ihr Starrsinn getan hat. Aber das ist ihr gleich, die Hauptsache ist, sie hat recht, und alles geht nach ihrem Willen. Wie soll er mit so einer Frau leben? Sie tötet ihn! Er schrumpft zu einem Zwerg in diesem Haus!

»Ich gehe jetzt hinauf. Um halb drei kommen die Kinder …«

Sie antwortet nichts, beginnt stattdessen, in der Küche herumzuräumen, und er beeilt sich, nach oben zu laufen. Die Zwillinge spielen mit ihrem Baukasten, Mama Else deckt den Mittagstisch, es gibt Reissuppe, nachher wird Kuchen gegessen, da braucht man jetzt kein üppiges Mittagsmahl. Hilde erscheint spät zum Essen, lässt sich von den Zwillingen erzählen, dass sie jetzt schon Rad fahren können, fragt, ob Post gekommen ist, und hilft ihrer Mutter später, die Geburtstagstafel für acht Kinder vorzubereiten.

»Als *wir* damals klein waren, habt ihr nicht so ein Theater gemacht«, sagt sie zu ihrer Mutter. »Da gab's ein paar Sachen zum Anziehen und nachher im Café eine Runde Kakao und Kuchen. Das war's.«

»Ist doch gar nicht wahr«, widerspricht Else. »In den Taunus sind wir mit euch gefahren. Picknick haben wir gemacht. Mit Würstchen und Kartoffelsalat am Rheinufer.«

»Ja, mit Wilhelm und August«, knurrt Hilde. »Aber nicht mit mir.«

Um halb drei rücken die Gäste an, zwei Mädels und vier Knaben, alle mit Geschenken. Die Mädchen haben weiße Schleifen im Haar. Mama Else gießt Kakao ein, Hilde teilt Kuchen aus, Papa Heinz sitzt im Sessel und schaut dem bunten Treiben zu. Nachdem die Tischdecke vollgekleckert und ein Stück Marmorkuchen versehentlich auf dem Teppich gelandet ist, dürfen alle Kinder aufstehen, und es werden Spiele gemacht. Da es ausnahmsweise nicht regnet, geht er mit der Rasselbande hinunter auf den Hof, organisiert Sackhüpfen und Abzählen, lässt sie abwechselnd auf dem Fahrrad fahren, die Mädchen dürfen in den Anhänger und werden gezogen. Dann kommt der Fußball zu Ehren. Die Mädels müssen ins Tor, weil die Knaben alle Feldspieler sein wollen, was dazu führt, dass die Kleidchen der beiden jungen Damen Flecke bekommen und eine darüber in Tränen ausbricht. Weil sie jetzt von der Mama ausgeschimpft wird.

Frank und Andi haben jede Menge Spaß – und das ist die Hauptsache, findet Jean-Jacques. Oben wartet Mama Else schon mit Kartoffelsalat und Würstchen, alle müssen Händewaschen, einige Pipi machen, danach essen sie mit »Augen zu« und lachen sich schief, wenn sich einer das Würstchen versehentlich in die Nase steckt.

Gegen sechs werden drei der Kinder abgeholt. Die restlichen drei fährt er mit dem VW nach Hause, natürlich dürfen die Zwillinge mit, also quetschen sie sich zu fünft auf den Rücksitz.

»Das war schön, Papa!«

»Dem Kurti ist gar nicht schlecht geworden. Der kotzt doch sonst immer im Auto …«

Als er die beiden vor dem Haus aussteigen lässt, sieht er, dass unten im Café Licht ist. Stimmen sind zu vernehmen, er kann Hilde und Mama Else unterscheiden. Schon wieder Streit, denkt er. Er geht mit den Zwillingen nach oben, räumt ein wenig auf und bringt die müden Helden ins Bett. Der Fußball muss mit, Frank umarmt das kostbare Geschenk beim Einschlafen. Andi hat sich ein Stofftier genommen, das ihm eines der Mädchen geschenkt hat. Vorlesen fällt heute aus, die beiden sind so müde, dass sie kaum die Augen offen halten können.

Hilde ist immer noch nicht da – vermutlich gibt es unten im Café größeren Ärger. Aber davon will er jetzt nichts wissen. Er hat getan, was er sich vorgenommen hat, er hat seinen Söhnen einen schönen Geburtstag geschenkt. Müde setzt er sich auf das Sofa, gießt sich ein Glas Wein ein und hofft, dass sich der Streit unten beruhigen wird. Eigentlich müsste August zurück sein – der wird sicher für Frieden sorgen. Dann fällt ihm der Brief wieder ein, und er steht seufzend auf, um das Schreiben aus der Schublade zu nehmen. Es ist so, wie er schon befürchtet hat: Sein Vater ist gestorben.

Es geschah ganz plötzlich. Er wollte spät am Abend hinüber in die Scheune gehen, um nach der Katze zu sehen. Als er nicht zurückkam, haben wir ihn gesucht, und wir fanden ihn unter der Leiter am Boden liegend, er war schon eine Weile tot … die Beerdigung ist am Mittwoch um zwei Uhr mittags. Es wäre gut, wenn Du kommen könntest, weil es einiges wegen der Erbschaft zu regeln gibt.
Maman lässt Dich grüßen. Sie ist sehr gefasst, obgleich der Ver-

lust sie schwer trifft. Chantal und Céline grüßen Dich ebenfalls, sie freuen sich darauf, Dich hier zu sehen, auch wenn der Anlass ein trauriger ist.
Auf bald
Pierrot

Am Mittwoch! Das ist übermorgen! Wenn er pünktlich sein will, muss er schon morgen losfahren. Er sitzt mit dem Brief in der Hand da und starrt vor sich hin. Sein Vater ist tot. Er wird ihn in diesem Leben nicht mehr wiedersehen. Warum hat er so lange gezögert, die Eltern in Frankreich zu besuchen? Er hätte mit dem Vater reden können, ihm seine Entscheidung erklären, das wäre er ihm schuldig gewesen. Aber er hat es nicht getan, er hatte Sorge, dass ihm die Heirat mit einer Deutschen nicht verziehen würde, deshalb ist er in Wiesbaden geblieben. Er ist feige gewesen. Und nun ist es zu spät.

Im Treppenhaus sind Schritte zu hören, das ist Hilde. Sie schließt die Wohnungstür auf, sieht ihn im Sessel sitzen und stemmt beide Arme in die Hüften.

»Da hockst du also und machst es dir gemütlich. Komm sofort mit mir herunter – ich brauche dich.«

Der übliche Kommandoton stört ihn jetzt ganz besonders. Seine Seele ist wund, er denkt an seinen toten Vater, den er im Stich gelassen hat. Gerade er, auf den der Vater immer so große Stücke hielt.

»Was ist denn schon wieder los?«

»Das fragst du? Interessierst du dich überhaupt noch für mich? Ich hab dir doch gesagt, dass heute eine Lieferung kommt …«

Unten im Café steht eine überdimensionale Kuchenvitrine, aus hellem Holz mit großen Glaseinsätzen gefertigt, ein gutes Stück länger und höher als die alte. Daneben einige Kartons, in denen wohl das Zubehör verpackt ist. Mama Else sitzt auf einem Stuhl und sieht ziemlich angegriffen aus, Papa Heinz steht neben ihr und streichelt ihre Schulter. August hockt vor den Kartons und versucht, anhand der Aufschriften auf den Inhalt zu schließen.

»Das ist mir ganz gleich, ob sie die Lampen mitgeliefert haben oder nicht«, sagt Mama Else. »Das geht alles zurück.«

Opa Heinz nickt eifrig, um sie zu beruhigen, und murmelt, sie habe ganz recht. Dabei wirft er einen ängstlichen Blick auf Hilde, die mit energischen Schritten die Szene betritt, Jean-Jacques im Schlepptau.

»Sag ihnen, dass es Irrsinn wäre, die Vitrine zurückzuschicken«, fordert sie ihn auf. »Es ist genau die Kuchentheke, die wir brauchen. Schau doch, sie passt auf den Zentimeter. Wir können bis zu zehn Torten gleichzeitig hineinstellen. Dazu noch Kleingebäck. Und dazwischen kann man noch dekorieren!«

Was soll er sagen? Er wechselt einen Blick mit August, der hilflos die Schultern zuckt. Was ihn in seiner Vermutung bestätigt.

»Ihr habt die Vitrine doch gemeinsam ausgesucht und bestellt«, sagt er vorsichtig und hat damit genau ins Wespennest gestochen.

»*Ich* habe dieses Monstrum *nicht* bestellt!«, ruft Mama Else zornig aus.

»Das ist doch gar nicht wahr!«, ruft Hilde wütend. »Wir haben die Bestellung gemeinsam gemacht. Alles war genau abgesprochen …«

»Nein«, sagt Papa Heinz. »Da hat Else recht. Du hast ohne unser Wissen einfach die größere Variante anfertigen lassen.«

Es geht hin und her, Hilde gibt zu, die Bestellung »ein kleines bisschen« verändert zu haben, aber ihre Mutter sei damit einverstanden gewesen. Mama Else erklärt, davon nichts zu wissen. Papa Heinz erklärt, überhaupt von gar nichts gewusst zu haben. August zuckt die Schultern – er kann nichts dazu sagen, weil er nicht einbezogen war.

»Die Vitrine kommt weg!«, beharrt Mama Else.

Hilde fängt an zu heulen, wie ein trotziges kleines Mädchen führt sie sich auf. »Wenn das so ist, dann schmeiße ich alles hin«, kreischt sie. »Macht euren Dreck doch alleine. Ein Café mit einer so lächerlich kleinen Kuchentheke, wie Mama sie bestellt hat, das ist ein Witz, da lacht sich der Mayer-Schulte krumm und schief ...«

Dann dreht sie sich plötzlich um und keift ihren Mann an.

»Jetzt sag doch auch einmal was, du verdammter Feigling!«

So lässt er nicht mit sich umspringen. So nicht.

»Was soll ich sagen? Was du gemacht hast, Hilde – ça ne va pas. Tu as triché. Du hast ... geschummelt ...«

»Da hörst du es!«, ruft Mama Else aus. »Sogar Jean-Jacques ist unserer Meinung.«

Hilde starrt ihn mit weit aufgerissenen Augen an. Es ist ein Blick, der ihn erschreckt. So kalt, als sähe sie einen Fremden. Einen Feind. Dabei ist er doch nicht ihr Feind. Er liebt sie ja. Aber was sie da getan hat, das geht nicht. So kann sie nicht mit ihren Eltern umgehen. Sie hat sich da wirklich verrannt.

»Ihr könnt mich alle mal!«, schreit sie.

Sie tritt mit dem Fuß gegen einen der Kartons, der klirrend umkippt, dann läuft sie in heller Wut hinaus. Knallt die Tür hinter sich zu, dass es aus der Türfassung staubt.

»Mein Gott!«, sagt Mama Else unglücklich. »Musste es so weit kommen?«

»Sie beruhigt sich schon wieder, Else«, meint Papa Heinz. »Die Hilde ist impulsiv, aber sie kommt auch wieder runter. Gib ihr ein bisschen Zeit ...«

Jetzt braucht auch Papa Heinz einen Stuhl. August hat es zuerst bemerkt, er schiebt einen der staubigen Korbstühle herbei, die eigentlich schon ausgemustert sind. Papa Heinz lässt sich hineinfallen und stöhnt leise auf. Der Fuß, der verdammte. Und überhaupt.

»Zeit!«, regt sich Mama Else auf. »Wir müssen das Ding so schnell wie möglich zurückgeben. Wenn sie es überhaupt zurücknehmen. Was das wieder kostet …«

Jean-Jacques räuspert sich. Er möchte seiner Hilde schon beistehen, auch wenn sie es ihm schwer macht.

»So ganz hässlich ist sie aber nicht, die Vitrine«, meint er vorsichtig. »Etwas groß. Aber auch très solide …«

Die Eltern schweigen. Papa Heinz lässt den Blick über die Vitrine schweifen, Mama Else schaut verbiestert vor sich hin.

»Das war überhaupt nicht in Ordnung, was Hilde da inszeniert hat«, lässt sich nun auch August vernehmen. »Sie hat euch ja regelrecht ausgetrickst.«

»Genau!«, bestätigt Mama Else. »So geht das nicht. So geht das wirklich nicht. Ich bereue, dass ich dieser Renovierung überhaupt zugestimmt habe.«

Jean-Jacques nähert sich dem gläsernen Streitobjekt, lässt die Hand über das Glas gleiten, streicht über das glatte helle Holz.

»Pas mal …«, sagt er. »Gar nicht hässlich … Zu groß vielleicht … aber doch schön … und auch praktisch …«

»Kostet viel zu viel Strom!«, bemerkt Mama Else.

»Nun ja«, meint August, der Jean-Jacques' Absichten erraten hat. »Dafür leistet sie ja auch etwas. Einen schlechten Geschmack hat Hilde nicht. Diese Vitrine ist sehr eindrucksvoll, finde ich … Wenn man hereinkommt und gleich die beleuchteten Torten sieht …«

Papa Heinz nickt eifrig. »Da hat der Junge recht, Else … Sie ähnelt ja auch unserer alten Kuchenvitrine, findest du nicht? Nur, dass sie ein wenig größer ist.«

Mama Else schweigt verstockt. Es gefällt ihr nicht, dass sie über dieses Monstrum, das die Tochter ihr auf hinterhältige Weise unterjubeln will, auch noch ernsthaft nachdenken soll. Es am Ende sogar schön finden soll.

»Ich verstehe gut, dass du sie nicht haben willst, Mama«, sagt

August. »Nur fürchte ich, dass es schwer sein wird, sie ohne größeren finanziellen Schaden wieder loszuwerden. Ich nehme an, sie wurde nach Maß angefertigt?«

Mama Else tut einen tiefen, schweren Seufzer. Den Argumenten ihres Sohnes kann sie sich nicht verschließen. Sie hört überhaupt gern auf ihre Söhne, viel mehr als auf Hilde. Es ist schon wahr, dass Hilde keinen leichten Stand bei ihrer Mutter hat. Was ihre Trickserei keinesfalls entschuldigen soll.

»Lass es dir noch einmal in Ruhe durch den Kopf gehen, Mama«, sagt August. »Wenn du möchtest, setzen wir uns morgen noch einmal zusammen. Schließlich müssen wir ja eine Lösung finden, nicht wahr?«

Mama Else nickt, schaut zu Papa Heinz und seufzt noch einmal. Papa Heinz streckt den Arm nach ihr aus und fasst ihre Hand. Gemeinsam stehen sie auf und gehen nach oben in ihre Wohnung.

»Wenn diese Renovierung endlich durch ist«, meint August verdrossen. »Dann schlage ich drei Kreuze.«

»Ça c'est vrai!«, sagt Jean-Jacques und haut ihm freundschaftlich auf die Schulter. »Bonne nuit, copain!«

Gemeinsam steigen sie die Treppen hinauf, August verschwindet im ersten Stock in der elterlichen Wohnung, Jean-Jacques geht in den zweiten Stock, wo Hilde ohne Zweifel auf ihn wartet.

Sie sitzt im Wohnzimmer auf dem Sofa, starrt vor sich hin, schaut nicht auf, als er eintritt. Er weiß, dass sie wütend auf ihn ist. Auch er ist zornig auf sie, aber er versucht, die Sache im Guten zu regeln. Schon wegen der Jungen, die nebenan schlafen und nicht geweckt werden sollen.

»Wir haben geredet, Hilde«, sagt er. »Deine Mutter will …«

Sie platzt einfach in seine Rede hinein, will gar nicht zuhören, sondern einfach nur ihren Zorn rauslassen.

»Mir ist gleich, was ihr geredet habt«, faucht sie. »Ich bin fertig mit dir. In den Rücken bist du mir gefallen. Anstatt zu mir zu halten, stellst du dich auf die Seite meiner Eltern. Weißt du, was? So einen wie dich – den brauche ich nicht.«

Er macht beschwichtigende Gesten wegen der Jungen, aber er ist wütend und kann sich nun auch nicht mehr beherrschen.

»Eine tricheuse, eine Betrügerin, der helfe ich nicht! Mit so einer will ich nichts zu tun haben. Ich bin nicht dein Untertan, ich sage, was ich denke und glaube.«

Sie fährt wie von einer Schlange gebissen vom Sofa hoch. Im ersten Moment glaubt er, sie wolle ihn schlagen, aber sie läuft an ihm vorbei ins Schlafzimmer und dreht den Schlüssel von innen herum.

Er rüttelt an der Tür. Betätigt die Türklinke.

»Hilde! Mach auf. Zut! Ouvre-moi!«

Keine Reaktion. Er kann sich gut vorstellen, dass sie jetzt im Bett liegt und ins Kopfkissen heult. Hört er sie nicht schluchzen?

Er lauscht, aber es ist nichts zu hören. Eine Weile wartet er, dann geht er dicht an die Tür und spricht zu ihr.

»Écoute, Hilde. Ich werde morgen nach Frankreich reisen. Mein Vater ist gestorben.«

Er wartet. Wird sie zur Tür kommen und aufschließen? Erschrocken und voller Reue, voller Mitgefühl, weil er seinen Vater verloren hat? Wird sie ihn in die Arme nehmen und sich an ihn schmiegen, wie sie es früher oft getan hat? Die Versöhnung einleiten, die sie doch im Grunde beide so ersehnen?

Er wartet eine ganze Weile. Es bewegt sich nichts.

»Hilde? Tu as entendu? Hast du mich gehört?«

Nichts. Es ist ihr gleich, dass sein Vater gestorben ist. Sie ist kalt und denkt nur noch an sich selbst. Ihre Liebe ist tot. Er nimmt sich eine Wolldecke und legt sich aufs Sofa, um noch ein paar Stunden Schlaf zu bekommen, bevor er abreist.

AUGUST

Dezember 1951

Es ist wieder da. Dieses Gefühl, das er schon für immer verloren glaubte. Diese goldene Leichtigkeit eines Glücksempfindens. Die lichtblaue Hoffnung. Die Vorstellung, über dem Boden zu schweben, statt von einem dunklen Gewicht niedergedrückt zu werden. Wie einfach der Mensch doch gestrickt ist! Eben glaubte er noch, niemals wieder von den grausigen Erinnerungen der vergangenen Jahre loszukommen, und jetzt, auf einmal, sieht er die Welt verklärt, mit den Augen eines verliebten Mannes.

Eine Frau ist in sein Leben getreten. Der Zufall hat sie ihm zugeführt, der Zufall oder ein gütiges Geschick, vielleicht war es auch Gottes Fügung. Obgleich er seit jenen schlimmen Kriegstagen den Glauben an einen gütigen, gerechten Gott längst verloren hat. Swetlana, die Lichtbringerin. Ausgerechnet eine Russin hat dieses Licht in sein Leben gebracht. Und seit dem vergangenen Sonntag ist dieses Licht, das erst nur ein mageres Hoffnungsflämmchen war, zu einem lodernden Flammenmeer geworden. Er ist verliebt, alles zieht ihn zu ihr hin, er bewundert sie, er betet sie an, er begehrt sie, wünscht sich nichts mehr, als sie endlich berühren zu dürfen. Natürlich ist es dazu viel zu früh, er respektiert ihre Zurückhaltung, aber er wäre kein Mann, wenn er nicht auch ihr Entgegenkommen gespürt hätte. Sie ist keineswegs gleichgültig, die schöne Swetlana, sie hat eine bezaubernde, verführerische Mimik, sie kann lächeln und schmollen, sie kann so tun, als wäre sie böse auf ihn, und gleich wieder fröhlich lachen, sie rennt leichtfüßig hinter dem

Sohn her, dreht sich dann zu ihm um, und ihre Augen fordern: Fang mich doch, wenn du kannst!

Welches Zauberwort hat er da ausgesprochen, dass aus dieser zunächst so streng und ablehnend dreinblickenden Person ein so ausgelassenes junges Mädel geworden ist? Aber es geht ihm selbst ja ganz genauso – auch er ist wie verwandelt, es ist Eros, der freche Knabe mit Pfeil und Bogen, der sie beide zugleich getroffen hat. Und der Himmel weiß, was noch daraus werden kann.

Am Sonntag hat er sie, wie ausgemacht, um zwei Uhr mittags abgeholt, und schon als er sie mit dem Jungen am Hauseingang stehen sah, fiel ihm auf, dass sie sich hübsch gemacht hatte. Sie besitzt keine teuren Kleider, woher sollte sie die auch haben. Aber die braucht sie nicht, denn ihre schlanke und dennoch weibliche Figur gefällt ihm auch so: in Rock und Bluse, eine lockere Jacke darüber, ein buntes Tuch um das Haar geschlungen. Es gab keine Verlegenheit, kein Zögern wie noch sonntags zuvor im Café, als sie zum ersten Mal miteinander sprachen – heute trafen sie sich, als wären sie alte Freunde. Der Junge lief begeistert auf ihn zu und schwatzte krauses Zeug, er nahm ihn an der Hand, und von diesem Moment an waren sie so etwas wie eine kleine Familie. Es war ein gutes Gefühl für ihn, und er sah Swetlana an, dass es auch ihr gefiel.

»Ist fast wie Sonntagsspaziergang damals«, sagte sie lächelnd. »Als ich klein war, ging ich mit Eltern und Bruder an Ufer von Dnjepr spazieren.«

Im Kurpark mieteten sie ein Ruderboot, und er hatte alle Mühe, den Kurs zu halten, weil der Junge das zweite Ruder führen durfte und heftig mit dem langen, schweren Teil zu kämpfen hatte. Er ist schrecklich übereifrig, der kleine Michael, ständig muss er beweisen, was er schon alles kann, und leider überschätzt er sich leicht. Ein wenig erinnert er ihn an seinen Bruder Wilhelm, der war auch solch ein Hansdampf, immer auf der Suche nach neuen Herausforderungen, ständig eine verrückte Idee im Kopf, die in die Tat umgesetzt werden musste. Allerdings hatten sie seinerzeit viele Freiheiten, schon weil die Eltern und auch die Großeltern den ganzen Tag über mit dem Café zu tun hatten. Da sind sie oft mit den Fahrrädern losgezogen und haben allerlei Zeug angestellt, das nicht immer ungefährlich war.

»Ich hätte auch gern einen Bruder«, hat Michael ihm gestanden. »Einen großen Bruder wünsche ich mir, Mama!«

Dann hat er erzählt, dass er sich oft, wenn er allein zu Hause ist, einen großen Bruder vorstellt. Er redet dann mit ihm, fragt ihn um Rat, erzählt ihm, was er erlebt hat, und manchmal streitet er auch mit ihm.

»Er heißt Wolodja«, erzählte er. »Und er hat braunes Haar, genau wie August.«

Swetlana saß am Bug und schaute verträumt auf das Wasser und die spiegelnden, herbstlich belaubten Bäume. Jetzt wurde sie aufmerksam, als würde sie das erste Mal davon hören. Zunächst fand sie es lustig, dann schaute sie beklommen drein.

»Seit wann gibt es Wolodja?«, wollte sie wissen.

»Schon ganz lange!«

Natürlich hat auch sie diese seltsame Marotte darauf zurückgeführt, dass der Junge viel zu oft allein ist. August hat rasch reagiert und vorgeschlagen, dass sie Wolodja das nächste Mal mitnehmen sollten.

»Bekommt er dann auch eine Portion Kuchen und Kakao?«

»Natürlich!«

»Dann frage ich ihn morgen mal …«

Als sie das Boot zurückruderten, half er zuerst Michael beim Aussteigen, dann reichte er Swetlana die Hand. Sie brauchte seine Hilfe nicht, war gelenkig und sicher auf den Füßen, aber sie nahm seine Hand trotzdem, fasste sogar kräftig zu.

»Das war für dieses Jahr das letzte Mal«, sagte der Bootsvermieter. »Jetzt ist Winterpause. Die nächste Runde drehen Sie im Frühling.«

Im Frühling! Er wagt gar nicht zu hoffen, dass sie dann wieder zu dritt in einem Boot sitzen würden. Weil das Glück ein wankelmütiges Ding ist und er nicht so recht daran glauben kann.

»Im Frühling setzt ihr beide euch nach vorn, und ich rudere ganz alleine!«, prahlte Michael.

Swetlana lachte. Was für ein schönes Lachen sie hat! Dunkel klang es, ein bisschen kehlig, ein warmes Lachen, fremd und schön.

»Oder du sitzt mit A-ugust vorn, und ich nehme die Ruder«, meinte sie heiter.

Zum ersten Mal hatte sie seinen Namen ausgesprochen. A-ugust. Sie hat mit dem Umlaut Schwierigkeiten, müht sich ein wenig mit dem »au«, das man im Russischen nicht kennt, dennoch klang sein Vorname weich und angenehm aus ihrem Mund.

Sie gingen noch eine Runde um den Weiher, und er hat Bockspringen und Nachlaufen mit Michael gespielt, sie haben bunte Herbstblätter gesammelt, Eicheln und Kastanien aufgelesen, aus denen Michael eine Halskette für seine Mama basteln wollte. Danach war das Kuchenessen mit Kaffee und Kakao im Café Bossong angesagt. Fast war er jetzt froh, dass im Café Engel immer noch renoviert wurde, denn so kam er gar nicht erst in Versuchung, dorthin zu gehen. Es wäre ohne Zweifel im jetzigen Stadium ihrer Bekanntschaft noch viel zu früh, sich als Sohn der Besitzerin vorzustellen. Auf keinen Fall will er diese gerade aufkeimende Vertrautheit zerstören.

Im Café Bossong hatte er vorsorglich einen Tisch reservieren lassen, was sich als kluger Schachzug erwies, denn es war auch an diesem Sonntag ziemlich voll. Dieses Mal hatten sie einen Platz am Fenster und konnten die Vorübergehenden beobachten, was vor allem Michael viel Vergnügen bereitete. Swetlana war redselig, erzählte von ihrer behüteten Kindheit in Smolensk, von ihrem Papa, der Arzt gewesen war und bald nach dem Krieg verstarb. Von ihrer Mutter, die jetzt bei dem Bruder und dessen Familie lebt und von der sie schon seit Wochen keine Post mehr erhalten hat.

»Wenn es wäre möglich, ich wollte meine Mutter zu mir holen«, sagte sie traurig. »Aber sie ist krank, und sie werden sie nicht ausreisen lassen.«

Er meinte, dass man es versuchen könne, er wolle sich erkundigen. Aber da lenkte sie rasch auf ein anderes Thema über, und er begriff, dass sie nicht darüber sprechen wollte. Sie erzählte heitere Geschichten von den Leuten, deren Wohnung sie sauber macht, scherzte über deren Marotten, über Geizhälse und eingefleischte Junggesellen, über die Kolleginnen, mit denen sie gemeinsam bei Linde putzt, über Erlebnisse auf dem späten Heimweg. Er hörte gespannt zu, bewunderte ihr Mienenspiel, ihre Fähigkeit, Menschen nachzuahmen, die Stimme zu verstellen, mit wenigen Gesten große Wirkung zu erzielen. Was für eine wundervolle Mischung aus einer verführerischen Frau und einem Kobold sie doch ist! Da kam er sich schrecklich ernst und karg vor, denn er kann mit solchen Künsten nicht aufwarten. Diesen Part hat immer sein Bruder Wilhelm übernommen, der ja dann auch Schauspieler geworden ist, er selbst war stets der ruhige, vernünftige ältere Bruder.

Fand sie ihn langweilig? Zu einsilbig? Einfallslos? Er ist zu klug, um sich zu verstellen. Er kann sich nur so geben, wie er nun einmal ist, und hoffen, dass er ihr trotzdem gefällt.

Nach dem Cafébesuch lud er sie ins Kino ein. Das war zunächst nicht vorgesehen gewesen, und Swetlana wehrte sich, denn sie fand, er habe jetzt genug Geld für sie und Michael ausgegeben. Aber weil der Junge sie so sehr bat, gab sie nach, allerdings nur unter der Bedingung, dass sie für sich und Michael bezahlte.

»Sie sind Student, A-ugust«, sagte sie vorwurfsvoll. »Sie brauchen Ihr Geld für Studieren, da müssen Sie nicht auch noch Kino für mich und Michael bezahlen!«

Er erklärte sich einverstanden, die Hauptsache war ja, dass sie mitkamen, und in Bezug auf das liebe Geld hat sie leider nicht ganz unrecht. Im Moment lebt er immer noch auf Kosten der Eltern, ein Zustand, den er hoffentlich bald beenden kann. Sie sahen einen Film von Charlie Chaplin, der schon vor dem Krieg gedreht wurde, aber in Deutschland nicht gezeigt worden ist. Es gab viel zu lachen, vor allem der Junge hatte seinen Spaß, aber auch Swetlana hatte Freude daran. Immer wieder beobachtete er sie heimlich von der Seite, bewunderte ihr weiches Profil, das sich im flimmernden Halbdunkel abhob, spürte den Wunsch, zart mit dem Finger über ihre Wange zu streichen, und tat es doch nicht. Swetlana merkte nichts davon, sie verlor sich ganz und gar in dem Filmgeschehen, fieberte mit dem Helden mit, der sich durch Eis und Schnee kämpfte, erschrak, als er einem Bären begegnete, schmunzelte über den hungrigen Vagabunden, der einen gekochten Schuh mit Messer und Gabel verzehrte. Er hätte gern neben ihr gesessen, aber Michael hatte spontan den Platz zwischen ihnen beiden besetzt, und so hatte er nicht einmal die Chance, im Dunkeln vorsichtig ihre Hand zu berühren. Wie albern! Hat er nicht zuletzt als Sechzehnjähriger solche Gedanken gehegt? Aber vielleicht ist das ein Prinzip dieses Lebens, dass ein verliebter Mann immer die gleichen Dummheiten macht. Nach dem Kinobesuch traten sie hinaus auf die dunkle Straße, der kalte Novemberwind blies ihnen entgegen, und die intime Stimmung war fürs Erste zerstört.

»Sie müssen uns nicht nach Hause begleiten, A-ugust«, sagte sie. »Wir kennen den Weg, und dann ich habe doch Beschützer bei mir!«

Michael fand es einerseits großartig, als Beschützer seiner Mutter aufzutreten, andererseits wollte er aber gern, dass sein großer Freund sie bis nach Hause brachte.

»Ich will August noch meine Bücher zeigen. Und auf der Geige vorspielen …«, forderte er.

»Dazu ist es zu spät, Michael«, sagte Swetlana. »Nachbarn werden schimpfen. Ein anderes Mal kannst du vorspielen.«

August gefiel die Formulierung »Ein anderes Mal …«. Sie wollte sich also weiterhin mit ihm treffen, war das so zu verstehen? Er ging dicht neben ihr, während der Junge wie ein kleiner Hund vorausrannte und dann wieder zu ihnen zurücklief.

»Es war ein sehr schöner Tag für mich, Swetlana«, sagte er vorsichtig. »Ich hoffe, es hat Ihnen auch gefallen.«

Sie schwieg eine Weile, und er fürchtete schon, sie täte es, um eine höfliche Floskel zu finden, mit der sie ihn abspeisen würde. Doch er hatte sich geirrt.

»Was soll ich sagen?«, meinte sie nach einer Weile. »Es war ganz besonderer Tag. Glücklicher Tag. Glücklich wie lange nicht …«

Sie gingen unter einer Straßenlaterne hindurch, und er konnte für kurze Zeit ihr lächelndes Gesicht sehen. Gerade als er gerührt ihre Hand nehmen wollte, da kam der Junge zu ihnen gelaufen und zeigte ihnen aufgeregt eine kleine Kupfermünze, die er auf der Straße gefunden hatte.

»Ein Pfennig«, meinte August. »Den musst du gut aufheben, Michael. Weil er dir Glück bringen wird.«

Michael rieb seinen Fund stolz an der Jacke blank und steckte ihn in die Hosentasche. Dann standen sie auch schon vor dem Hauseingang, und es musste Abschied genommen werden.

»Wir danken viele Male«, sagte Swetlana.

»Keine Ursache«, meinte er verlegen. »Ich freue mich, dass es Ihnen gefallen hat. Wenn es Ihnen recht ist, dann könnten wir vielleicht kommenden Sonntag …«

Aber sie schüttelte energisch den Kopf. »Nächste Sonntag – wenn Sie wollen – ich koche für uns Mittagessen. Für uns und für Luisa und Fritz. Und danach wir reden alle zusammen und trinken Kaffee und spielen ›Mensch, ärgere dich nicht‹.«

Er war vollkommen überrascht und unsagbar glücklich. Bedankte sich immer wieder und reichte ihr schließlich die Hand zum Abschied. Was dann geschah, war so wundervoll, dass er danach wie im Traum nach Hause ging und kaum das Pflaster unter den Füßen spürte.

»Lebewohl auf Russisch«, sagte sie und legte die Arme um seinen Hals. Küsste ihn erst auf die rechte, dann auf die linke Wange, dann wieder auf die rechte …

»Sie müssen auch küssen«, verlangte sie, und jetzt konnte er deutlich den verschmitzten Ausdruck in ihren Augen sehen. Es gefiel ihr, wie er so überwältigt und verwirrt vor ihr stand. Aber er tat, was sie verlangte, küsste ihre Wangen und atmete ihren Duft, spürte ihren Körper und dessen heiteres, bereitwilliges Entgegenkommen.

Dann nahm er auf die gleiche Weise Abschied von Michael und versprach, vor dem Haus zu warten, bis sich oben das Fenster öffnete, weil der Junge ihm noch einmal winken wollte. Tatsächlich erschien der blonde Schopf des Knaben schon nach kurzer Zeit am Fenster – Swetlana zeigte sich nicht mehr.

August konnte an diesem Abend nur schwer einschlafen. Hatten ihm früher die schlimmen Bilder aus Kriegszeiten den Schlaf geraubt, so war es jetzt eine glückliche Verwirrung aller Sinne, die ihn wach hielt. Plötzlich erschien ihm die Zukunft lebenswert, ja, kostbar. Swetlana an seiner Seite. Seine Geliebte, seine Frau. Eine Rechtsanwaltspraxis mit mehreren Angestellten, zahlreiche Klienten, erfolgreiches Auftreten bei Gericht, ein Häuschen am Geisberg, eine Villa in der Biebricher Landstaße. Swetlana, die dort wirkt, die ihre Mutter aus Smolensk nach Deutschland geholt hat, Michael als Gymnasiast und vielleicht auch zwei oder drei eigene Kinder. Ein ganz normales Leben führen, den Krieg mit seinen Schrecken hinter sich lassen, seiner Liebe folgen, für sie da sein, für sie arbeiten …

Am folgenden Morgen ist er entschlossen, die ersten Schritte einzuleiten. Er fährt nach Frankfurt an die Universität und hat ein Gespräch mit einem seiner Professoren.

»Ihre Leistungen sind bis jetzt hervorragend, Herr Koch«, bekommt er mitgeteilt. »Gut – im Sommersemester haben Sie krankheitshalber einige Klausuren verpasst. Aber das lässt sich aufholen.«

Es gibt eine Sonderregelung für Kriegsteilnehmer, die aus dem Studium herausgerissen wurden, und die ist auf ihn anwendbar. Die Vorkriegssemester werden auf die Regelstudienzeit angerechnet, er kann sich also schon im Wintersemester 1952/53 zum Abschlussexamen melden.

»Das Land braucht Juristen der neuen Generation«, erklärt sein Professor, der selbst an die sechzig ist und seinen Lehrstuhl im Dritten Reich verloren hatte. »Es sitzen noch viel zu viele alte Nazis in den Gerichten.«

August ist stolz, zu den Ersten zu gehören, die mit dem neuen Grundgesetz der Bundesrepublik im Rücken ihr Examen machen. Eine neue Zeit bricht an, und er nimmt daran teil. Es ist noch viel zu tun, aber er hat neuen Mut gefasst. Es kann nicht sein, dass die Vergangenheit sein Leben für immer beherrscht und zerstört. Es muss auch eine Zukunft geben. Es muss möglich sein, die Wunden zu heilen, die der Krieg den Menschen geschlagen hat. Hat nicht gerade Swetlana, die Frau, die er liebt, es verdient, ein normales, ein gutes Leben in Deutschland zu führen? Er will dafür sorgen, dass auch sie die schlimmen Zeiten vergessen kann, das ist ihm wichtig, es ist sogar das Wichtigste in seinem Leben. Sie und ihren kleinen Sohn glücklich zu machen, dafür will er hart arbeiten.

Voller guter Vorsätze fährt er nach Wiesbaden zurück, sitzt im Zug und schaut aus dem Fenster. Braune Herbstblätter wehen vorüber, der Himmel ist bedeckt, das Grün, das die immer noch vorhandenen Kriegsruinen romantisch verhüllte, ist jetzt verwelkt. Von grauem Gestrüpp umrankt, treten sie hässlicher denn je in Erscheinung und erinnern daran, dass noch vor wenigen Jahren überall hier auf der Strecke Bomben eingeschlagen sind. August spürt auf einmal die herbstliche Tristesse, und seine Hochstimmung sinkt. Ist er nicht zu optimistisch? Geradezu krankhaft zukunftsfroh? Woher weiß er, dass diese plötzliche Genesung anhalten wird? Viel wahrscheinlicher ist doch, dass es nur ein Strohfeuer war und ein kleiner Regen genügt, um es zu löschen. Auch zu Hause steht die Stimmung auf Sturm, man streitet um die neue Kuchenvitrine, die Hilde trickreich an ihrer Mutter vorbei bestellt hat. Er ist nicht begeistert von Hildes Schachzug, muss allerdings zugeben, dass ihre Vorstellungen von dem renovierten Café Engel Sinn machen. Wenn man schon solch einen großen Umbau unternimmt, sollte man es richtig machen, keine Kleinkrämerei, keine faulen Kompromisse, sondern eine großzügige neue Konzeption. Das hat seine Schwester im Sinn, und das möchte er eigentlich unterstützen – nur sieht er auch, wie schwer sich die Eltern dabei tun. Seine Aufgabe ist es, zwischen den streitenden Parteien zu vermitteln – was nicht immer leicht ist.

Am Dienstagvormittag sitzen sie im Wohnzimmer der Eltern beisammen, während unten im Café die Küchenwand neu verputzt und an den Erkerfenstern letzte Hand angelegt wird. Seine Mutter hat den Blick einer tragischen Heldin kurz vor dem dritten Akt der Tragödie, der Vater blickt bekümmert drein, Hilde hüllt sich in düsteres Schweigen. Die Zwillinge sind in Wilhelms ehemaligem Zimmer, das sie als Spielzimmer nutzen.

»Wo ist denn Jean-Jacques?«, erkundigt sich August mit böser Ahnung, denn man hat den Streit gestern Abend durch die Zimmerdecke hören können.

»Nach Villeneuve«, gibt Hilde kurz und knapp Antwort. »Sein Vater ist gestorben.«

»Ach Gott!«, sagt Mama erschrocken. »Der arme Junge!«

»Wie schrecklich für ihn!«, findet auch der Vater.

Hilde sagt nichts, aber ihr Gesicht spricht Bände. Von Mitleid mit ihrem Eheliebsten ist darin nichts zu entdecken.

Man geht zum Thema über, die Fronten sind immer noch verhärtet. Mama will die Vitrine nicht haben – Hilde will alles hinwerfen, wenn das teure Stück zurückgegeben wird. Papa ist kreuzunglücklich, weil er Streitereien nicht ausstehen kann, aber letztlich ist er auf Mutters Seite. August geht behutsam vor, jede Partei bekommt grundsätzlich sein Verständnis. Hildes Aktion war nicht in Ordnung, da muss er seiner Mutter recht geben. Auf der anderen Seite ist die neue Kuchenvitrine eine sehr ansprechende Sache, vielleicht ist es ja klüger, gleich jetzt Geld in die Hand zu nehmen und etwas Anständiges anzuschaffen, als in ein paar Jahren noch einmal von vorne anzufangen.

»Richtig!«, trumpft Hilde auf, die für feine Diplomatie keinen Sinn hat. Klugerweise hätte sie jetzt besser den Mund gehalten, um der Mutter Zeit zu geben, sich die Sache zu überlegen.

»Mag schon sein«, gibt Mama zu. »Aber ich lasse mich nicht von meiner eigenen Tochter betrügen! Auf dieser Basis können wir nicht miteinander umgehen!«

»Das wird nie wieder vorkommen«, verspricht August ins Blaue hinein und sieht seine Schwester eindringlich an. *Ich baue dir eine Brücke*, sagt sein Blick. *Jetzt verpatz es nicht!*

Es fällt ihr schwer, aber wenn es sein muss, kann Hilde sich zusammennehmen. »Es tut mir leid«, sagt sie. »Es ist einfach mit mir durchgegangen, Mama. Es ist doch so, dass wir weiterdenken müssen. Schon wegen König drüben. Aber auch überhaupt. Wir sind nicht irgendein Café hier in Wiesbaden. Wir sind das Café Engel auf der Wilhelmstraße. Im Kurviertel. Gleich gegenüber vom Staatstheater. Ein paar Schritte vom Kurhaus und den Kolonnaden entfernt. Wir sind das erste Haus am Platz – versteht ihr? Und deshalb dürfen wir nicht klein denken – wir müssen groß denken!«

Donnerwetter! Diese Rede hat er seiner kleinen Schwester

gar nicht zugetraut. Damit hätte sie vor Gericht Gegner und Richter überzeugt. Warum kann sie nicht immer so klug argumentieren, statt das trotzige kleine Mädel zu geben?

»Da hat sie recht, Else!«, ruft der Vater auch gleich voller Begeisterung. »Wir sind das erste Haus am Platz! Das dürfen wir nicht vergessen!«

Mama tut einen ärgerlichen Schnaufer. Es passt ihr nicht, dass die dickköpfige Tochter recht bekommen soll. Aus Prinzip gefällt ihr das nicht, das ist August völlig klar. »Na schön!«, sagt sie wütend. »Aber nur, weil wir das Ding nicht mehr zurückgeben können, ohne eine Menge Geld zu verlieren. Und das eine sage ich dir, Hilde: Wenn du mir noch mal auf diese Weise kommst, dann drehe ich den Geldhahn zu. Aus und Ende. Erstes Haus oder nicht. Hier habe immer noch ich das Sagen!«

»Wir, mein Schatz«, sagt Vater Heinz leise. »Wir beide haben das Sagen. Noch sind wir nicht auf dem Altenteil.«

Er legt seine Hand auf ihren Arm und streichelt sie begütigend. Hilde wendet den Blick genervt ab, vielleicht stört sie die liebevolle Einigkeit der Eltern gerade jetzt, da ihr Ehemann vermutlich im Streit abgereist ist. Ach ja – mit der Ehe seiner Schwester steht es nicht zum Besten. Es ist schade, er mag Jean-Jacques gern. Aber vielleicht einigen sich die beiden wieder, das haben sie bisher ja noch immer geschafft.

Er überlegt, ob er das geplante Gespräch mit seiner Mutter schon heute führen soll, verschiebt es aber auf den nächsten Tag. Stattdessen erzählt er von der Unterredung an der Uni, dass er plane, schon im kommenden Jahr sein Examen abzulegen, und erntet erfreute Zustimmung.

»Übernimm dich nur nicht, Junge. Lass dir ruhig Zeit, wir sind ja für dich da!«, meint Mama.

Dann geht sie hinunter, um die verflixte Vitrine mit Tüchern und Packpapier abzudecken. Damit das teure Stück nicht auch noch von den Bauarbeitern verkratzt wird. Papa genehmigt sich auf die ganze Aufregung hin eine Zigarre, setzt sich damit ans Fenster und schaut hinunter auf die Wilhelmstraße, wo der Autoverkehr immer schlimmer wird.

»Als ich damals nach dem Ersten Weltkrieg hierherkam«, erzählt er, »da gab es hier gerade mal vier Automobile. Mehr nicht. Dafür aber umso mehr Droschken und Lastfuhrwerke. War ein ganz anderes Straßengefühl, weißt du. Leiser war's nicht, es klang nur anders. Das Gerassel und Getrappel der Pferdehufe und das Fluchen der Kutscher! Und überall lag der Pferdemist herum …«

August hört ein Weilchen pflichtschuldig zu, dann geht er in sein Zimmer, um einen Brief an Wilhelm zu schreiben. Der hat gerade gestern wieder einen Schrieb geschickt, er scheint weiterhin beruflich sehr zufrieden zu sein, es gibt neue Aufgaben in der kommenden Spielzeit, er freut sich darauf. Privat ist er weniger glücklich, es gab wohl eine heiße Affäre mit einer jungen Anfängerin, aber er hat recht bald die Lust verloren, und das Mädel muss ihm heftig zugesetzt haben. Hoffentlich hat er da nichts angerichtet, sein einfältiger Bruder, sonst wartet in neun Monaten eine böse Überraschung auf ihn.

Wie geht es eigentlich Julia Wemhöner? Ich fange an, mir Sorgen um sie zu machen, weil ich so gar nichts mehr von ihr höre. Sonst schrieb sie hin und wieder ein Kärtchen …

Also hat er tatsächlich immer noch Julia Wemhöner im Sinn. Aber vielleicht ist das gar nicht so schlecht, auf jeden Fall viel besser als ein junges Ding, das geheiratet werden will. Wilhelm ist ein lieber Kerl – aber als Ehemann kann sich ihn August nicht vorstellen. Er wird ihm schreiben, dass es Julia gut geht. Mit ihrem Modegeschäft scheint es aufwärts zu gehen, zumindest wenn man Addi glauben will. Vor allem aber wird er seinem Bruder den vergangenen Sonntag ausführlich schildern. Auch seine Hoffnungen und seine Sorgen wird er ihm anvertrauen, und er weiß, dass Wilhelm in seinem folgenden Brief ausführlich darauf antworten wird.

Das Gespräch mit seiner Mutter am folgenden Tag verläuft nur teilweise befriedigend. Er hat sich vorsichtshalber die Zeit nach dem Frühstück ausgesucht, während sein Vater mit den Zwillingen drüben im Park ist und Hilde unten den Schutt zusammenkehrt, den die Verputzer gestern hinterlassen haben.

»Ich möchte dir etwas mitteilen, Mama.«

Seine Mutter hat ein Bündel Kontoauszüge vor sich liegen, in dem sie herumblättert. Er ahnt, dass diese Beschäftigung ihre Laune nicht verbessern wird, aber er ist jetzt zu ungeduldig, um das Gespräch noch einmal aufzuschieben.

»Ja?«

»Es geht um eine junge Frau, die vor zwei Wochen in mein Leben getreten ist.«

Seine Mutter unterbricht ihre Beschäftigung, hebt den Kopf und setzt sogar die Brille ab. »Du meine Güte, August! Das ist ja … das ist eine wundervolle Neuigkeit. Seit zwei Wochen schon. Und du hast uns nichts verraten, du Schlingel! Kennen wir sie? Doch nicht etwa die Hiltrud Böhm von nebenan?«

»Aber nein … nicht die Hiltrud.«

»Na, Gott sei Dank«, ruft seine Mutter aus. »Die hat doch ein Kind von dem Jörg, der gefallen ist … so was musst du dir ja nicht an den Hals hängen, Junge. Nun sag schon!«

Er versucht es auf die vorsichtige Art. »Nun, sie ist eine sehr liebe junge Frau, die im Krieg ein schlimmes Schicksal hatte …«

Seine Mutter erblasst, dann seufzt sie. »Das ist ja leider vielen Frauen so ergangen …«

Er weiß, dass sie an eine Vergewaltigung denkt. Es ist schon seltsam mit den Frauen. Anstatt solidarisch miteinander zu sein, sehen viele Frauen dieses schlimme Geschehen als einen Makel an und meiden diejenige, der es passiert ist.

»Sie hat einen kleinen Sohn, mit dem ich mich sehr gut verstehe. Er ist acht und ein sehr aufgeweckter kleiner Kerl …«

Er stellt fest, dass seine Mutter nicht gerade begeistert von dieser Nachricht ist, sie bleibt jedoch gefasst.

»Ein Russenkind etwa? Nun ja, auch solch ein Kind hat ein Recht auf sein Leben …«

»Nein, der Vater ist Deutscher.«

»Na, Gott sei Dank!«

Jetzt ärgert er sich, und ganz gegen seine Gewohnheit wird er unvorsichtig. »Allerdings ist Swetlana eine Russin. Du hast schon von ihr gehört, Mama. Sie ist eine gute Freundin von Luisa …«

Es dauert nur wenige Sekunden, dann hat sie verstanden. Die Hand, in der sie ihre Brille hält, fängt an zu zittern.

»Doch nicht diese … diese Frau, die bei uns arbeiten wollte? Die kaum Deutsch reden kann …«

»Genau die, Mama. Swetlana ist die Frau, die ich liebe, und ich mache mir große Hoffnungen, sie und ihren Sohn sehr eng an mich zu binden.«

Seine Mutter sagt erst einmal gar nichts. Starrt auf die Pendeluhr an der Wand, schüttelt dann langsam den Kopf und setzt die Brille wieder auf.

»Was ist nur mit meinen Kindern los?«, sagt sie leise. »Da hegt und pflegt man sie, gibt ihnen eine gute Erziehung, tut alles, was man kann, damit es ihnen gut geht. Und dann machen sie einem nichts als Kummer!«

Solche Sprüche hat sie in letzter Zeit öfter von sich gegeben. August lässt sich davon nicht beeindrucken. Er bleibt ruhig, aber fest in seinem Entschluss.

»Es tut mir sehr leid, Mama, dass du mit meiner Wahl nicht glücklich bist, ich kann daran aber leider nichts ändern. Trotzdem bitte ich dich, Swetlana und Michael höflich zu behandeln, denn ich habe vor, sie in naher Zukunft zu uns einzuladen.«

Sie muss schlucken, aber sie nimmt sich zusammen. Er ist ihr Sohn, ihr Ältester, sie liebt ihn. »Natürlich werde ich das tun, August. Wenn sie dir so am Herzen liegt, werde ich mich bemühen, freundlich zu ihr zu sein. Und der Kleine kann ja sowieso nichts dafür …«

Er verkneift sich die Frage, wofür Michael nichts kann. Dafür, dass seine Mutter eine Russin ist? Wie tief sitzen doch die Vorurteile, die man den Menschen jahrelang eingehämmert hat! Und die dieser elende, sinnlose Krieg leider noch bestätigt hat.

»Ich danke dir, Mama. Ich habe nichts anderes erwartet, ich weiß doch, dass du ein gutes Herz hast.«

Am Abend, als er unten im Café beim Aufräumen hilft, schleicht sich Hilde an seine Seite. »Stimmt es, dass du was mit Swetlana hast?«, flüstert sie ihm zu.

»Wer hat das gesagt?«

»Mama hat es Papa erzählt, da habe ich es zufällig mitgehört.«

»Ja, es ist wahr.«

Sie fällt ihm um den Hals und drückt ihn impulsiv an sich. »Mensch, August! Das ist doch großartig. Luisa sagt immer, sie sei ihre beste Freundin!«

Er freut sich über Hildes überschwängliche Begeisterung. Nach der zurückhaltenden Reaktion seiner Mutter tut ihre offene Art ihm richtig gut.

»Weißt du, was? Du kannst das Auto ausleihen, wann immer du magst. Fahrt damit an den Rhein oder nach Frankfurt ins Senckenberg-Museum. Oder einfach ins Blaue …«

»Ach«, sagt er. »Ist Jean-Jacques nicht mit dem Auto nach Frankreich gefahren?«

»Nein. Er hat den Zug genommen.«

Sie sagt das in einem solch abfälligen Ton, dass ihm bange wird.

WILHELM

Dezember 1951

»Des is do net tragisch, Schatzi …«, sagt sie und streichelt seine unrasierte Wange. »Des kann am jeden amal passier'n …«

Mitleid und mütterliche Zuwendung sind das Letzte, was er jetzt gebrauchen kann. Das Allerletzte. Er ist so am Boden, dass er nicht einmal antworten kann. Was soll er auch sagen?

»Ich war leider sehr zerstreut …« Oder: »Ich habe schlecht geschlafen …« Oder: »Ich war in letzter Zeit total überarbeitet …«

Das ist albern. Es gibt keine Entschuldigung für so ein peinliches Versagen. Es ging halt nichts. Warum auch immer. Sein Körper, auf den er sich bisher immer verlassen konnte, hat ihm einen bösen Streich gespielt.

»Ist erst halber acht … bleibst halt noch a weng liegen, und wir probieren's noch amal …«, säuselt sie zärtlich.

Nur das nicht! Er murmelt eine schlecht verständliche Entschuldigung und steigt aus dem Bett, zieht hastig die Unterwäsche über und verschwindet im Badezimmer. Ein Familienbadezimmer, wie er jetzt in nüchternem Zustand sieht. Drei Zahnbürsten stehen da, mehrere Parfümflacons, Kamm und Bürste, beide voller ausgekämmter Haare, ein gewaltiger brauner Rasierpinsel mit deutlichen Gebrauchsspuren. Besonders Letzterer beunruhigt ihn. Ist dieses harmlos aussehende blonde Geschöpf, das sich gestern Abend nach der Vorstellung an ihn gehängt hat, am Ende gar verheiratet? Er beeilt sich, die notwendigsten Dinge im Bad zu erledigen, und will den engen, mit allerlei Zeug vollgestopften Raum rasch wieder verlassen – da rüttelt jemand an der Tür.

»Ja, Herrschaftszeit'n! Was machst denn schon so früh auf dem Abort, Mizzi?«

Eine Männerstimme. Tief, leicht heiser und sehr unwirsch. Wilhelm erstarrt und preist in Gedanken seine alte Gewohnheit, den Schlüssel an der Badezimmertür herumzudrehen.

»Mizzi?«, ruft es noch einmal, und die Türklinke wird heftig auf- und niedergerissen. Die Stimme klingt nach Bierbauch, Wilhelm tippt auf einen älteren Mann, möglicherweise der Herr Papa. Ob das seine eigene Lage verbessert, ist allerdings sehr die Frage.

»Was willst denn, Papi?«, hört er auch schon Mizzis helle Stimme.

Tapsende Schritte vor der Badezimmertür, Papi trägt Hausschlappen. In selbigen bewegt er sich jetzt zum Zimmer seiner Tochter.

»Wer ist da auf dem Abort?«, forscht der Bass erbost.

»Mei, Papi … Jetzt sei doch net aso … Des is a berühmter Künstler von den Kammerspielen …«

»Hast schon wieder mal einen aufgegabelt? Einen Künstler? Dass i net lach! Rausschmeißen tu i den Haderlump … Gleich machst die Tür auf, Bursch! Aufmachen, sog i!«

Wilhelm verflucht den Moment der Schwäche, der ihn gestern Abend dazu brachte, mit diesem Mädel noch ein oder zwei, vielleicht auch drei Bier zu trinken und sich dann in trunkenem Zustand ihrer Führung anzuvertrauen. Jetzt steht er hier in Unterwäsche in einem fremden Badezimmer, und draußen tobt dieser ungehobelte Kerl von einem Vater herum. Dabei hat Wilhelm seinem Töchterlein gar nichts getan. Zumindest nichts, was zu ernsteren Folgen führen könnte …

»Was schreist dann da herum, alter Saufkopf?«, kreischt jetzt eine dritte Stimme, die vermutlich der Frau Mutter gehört. »Lass aus. Wannst jetzt erst anfangst, die Ehre deiner Tochter zu verteidign, da kimmst gute drei Jahr zu spät.«

Wilhelm ist an weiteren Familiengeheimnissen nicht interessiert, er hofft nur inständig, dass die kluge Mutter ihren zornigen Ehemann von der Badezimmertür wegbringt, damit er endlich das Weite suchen kann. Himmel, das Ganze ist eine perfekte Theaterszene, auf der Bühne würde sie ihm allerdings weit mehr Spaß bereiten als so, im wirklichen Leben.

»Allweil deine verweichlichte Erziehung«, schimpft der Bass. »Da sixt, was dabei rauskimmt. Strafbar kannst di auch noch mach'n. Wegen Kuppelei …«

Dem Klang nach ist der Wutnickel auf dem Rückzug, jetzt klappt eine Tür, wenn er Glück hat, ist die Bahn frei. Wenn nicht, muss er sich seiner Haut wehren, aber schließlich war er im Krieg und hat schon schlimmere Situationen gemeistert. Allerdings nie in Unterwäsche …

Er hat Glück, Mizzi hält ihm die Schlafzimmertür auf und winkt eifrig. Sie hat ein roséfarbenes Nachthemdchen übergestreift, das ihr gerade einmal bis zum Knie geht und ziemlich durchsichtig ist. Aber die Lust auf zärtliche Stunden ist ihm gründlich vergangen. Während sie ohne Punkt und Komma redet, ist er hastig bemüht, in seine Kleider zu kommen.

»Mei, des tuat mir jetzt aber leid, der Papi, der ist sonst ganz stad, i weiß gar net, was dem heut über die Leber glaufen ist. Lass dir nur Zeit, Willi. Ich mach uns no an Kaffee, damit du so richtig wach wirst …«

Wach ist er schon, da braucht er heute ausnahmsweise kein Koffein. Er zieht den Mantel über, entdeckt seinen Hut auf einem Schemel zwischen allerlei seidenen Dessous, befreit das gute Stück von den verräterischen Anhängseln und nickt der bekümmerten Mizzi Abschied nehmend zu.

»Pfüat di …«

»Auf ein anderes Mal, gelt?«, sagt sie und lächelt verheißungsvoll. »Bist mir noch was schuldig, Willi!«

Ohne Antwort zu geben, stürmt er davon, hat einen kurzen Aufenthalt an der verschlossenen Wohnungstür, doch da der Schlüssel steckt, kann er sich den Weg in die Freiheit erschließen. Draußen muss er sich erst einmal orientieren, weil er sich nur schlecht erinnern kann, wohin sie ihn in der nächtlichen Dunkelheit geschleust hat. Zum Glück kommt er irgendwann in der Maximilianstraße heraus und findet sich zurecht. Da hinten ist schon das Theater. Er schaut auf die Armbanduhr und stellt fest, dass es kurz nach acht ist. Für einen Künstler, der am Abend regelmäßig erst gegen Mitternacht ins Bett kommt, ist das eigentlich noch Schlafenszeit. Gegen zehn hat er eine Probe – da kann er grad noch rasch heimlaufen, ein Bad nehmen, frische Sachen anziehen und sich vielleicht noch ein halbes Stündchen aufs Ohr legen. Er hält den Hut fest, den ein Windstoß ihm vom Kopf reißen will, und sieht im gleichen Moment eine Aufschrift über einem Eingang.

Die kleine Freiheit

Das Wort Freiheit hat irgendwie einen verführerischen Klang in seinem Gemüt, er geht näher heran, entdeckt ein Plakat und stellt fest, dass es sich um ein Kabarett handelt. Der Name »Erich Kästner« springt ihm in die Augen, von dem hat er schon gehört. Die anderen kennt er nicht. Seit wann gibt es hier eigentlich ein Kabarett, nur wenige Häuser von den Kammerspielen entfernt? Na, egal, er hat heute Abend nicht viel zu tun, nur im ersten Akt einen kurzen Auftritt – danach hätte er Zeit, sich das Kabarettprogramm anzuschauen. Vielleicht keine üble Idee, da ist er vor eventuellen Versuchungen sicher. Er drückt den Hut tief in die Stirn, weil es nun auch noch zu schneien beginnt: Kleine, durchsichtige Flöckchen werden vom Wind durch die Straßen getrieben und setzen sich als Wassertröpfchen auf die Kleidung.

Seine Vermieterin hat schon auf ihn gelauert, sie erscheint mit gekünsteltem Lächeln im Flur, als er in die Wohnung tritt.

»Ja, der Herr Koch! Grüß Gott. So früh schon unterwegs?

Mei, da schneit's ja schon, das wird einen frühen Winter geb'n. Soll ich das Frühstück wegräumen, oder mögen's noch einen Kaffee?«

Wilhelm grüßt mit harmloser Freundlichkeit. Nein, bitte nicht wegräumen, er hat noch nicht gefrühstückt. Die brennende Neugier im Gesicht der Gruberin ignoriert er und eilt in sein Zimmer. Schweinekalt ist es hier, natürlich hat keiner den Ofen angeheizt, aber für die kurze Zeit bis zur Probe lohnt es sich nicht mehr. Besser den Badeofen anheizen, in der Zwischenzeit rasch frühstücken und dann ein schönes heißes Bad nehmen. Auch wenn er von der Vermieterin gleich zu hören bekommt, dass zweimal pro Wochen Baden der pure Luxus sei und ihm extra berechnet würde. Ach ja, da merkt er doch, wie gut er es daheim gehabt hat. Da konnte er baden, so oft er Lust hatte, und niemand hat genörgelt.

Auf der Flurkommode entdeckt er einen Brief, den er sofort an sich nimmt. Ein wenig enttäuscht stellt er fest, dass er von August geschrieben wurde, also wieder keine Post von Julia. Er gießt sich Kaffee ein, reißt den Umschlag auf und trinkt während des Lesens. Nickt immer wieder, grinst, freut sich, schaut bedenklich drein … Aha, es hat Streit gegeben, weil seine kleine Schwester wieder einmal ihren Kopf hat durchsetzen müssen. Eine Kuchenvitrine mit Beleuchtung und Kühlung. Puh – erinnert ihn an Schneewittchens gläsernen Sarg. Diese Assoziationen wird er aber besser für sich behalten. Er schmunzelt. Dann liest er von der Frau, die ins Leben seines Bruders getreten ist, und ist besorgt. Der gute August scheint ja bis über beide Ohren verliebt zu sein. Das kann gut für ihn sein oder auch nicht. Wilhelm bedauert, dass er sich diese Swetlana nicht einmal genauer anschauen kann. Schließlich ist er Frauenkenner, kann auf eine ganze Reihe mehr oder weniger verunglückter Beziehungen zurückblicken. Eine Russin war bisher allerdings nicht dabei. Luisa ist mit ihr befreundet – nun ja … Luisa ist ein liebes Mädel, aber keine Menschenkennerin. Wilhelm grübelt. Ein Gastspiel in Wiesbaden, das wäre eine Möglichkeit. Oder irgendwo in der Nähe. Frankfurt zum Beispiel. Da könnte er diese slawische Schönheit mal kurz unter die Lupe nehmen. Das wäre ihm wichtig, damit sein Bruder keine Enttäuschung erlebt. August ist aus anderem Holz geschnitzt als er selbst; eine unglückliche Liebe würde ihm schwer auf der Seele liegen. Wieso schreibt er denn nichts von Julia? Ach doch, da ganz am Ende. Wieder nur zwei Sätze. Es geht ihr gut, sie hat viel zu tun. Verflixt noch mal – er hat auch viel zu tun, aber er findet trotzdem die Zeit, ihr lange Briefe zu schreiben. Was ist denn nur los mit ihr? Nicht einmal ein Kärtchen gönnt sie ihm.

Es verletzt ihn. Julia ist die ferne Geliebte, die Frau seiner Sehnsucht, die schöne Unerreichbare. Seine Leidenschaft für sie hat nichts mit solch profanen Geschichten zu tun wie mit jener, die ihm heute Nacht unterlaufen ist. Auch nichts mit seiner kurzen, unglücklichen Beziehung zu Gitti, der hübschen Volontärin, die so etwas ungemein Aufregendes, Exotisches an sich hat. Julia ist ganz etwas anderes. Sie ist das, was im Mittelalter die »hohe Minne« war, die Dame, die er anbetet, für die er in die Welt hinauszieht, um Heldentaten zu vollbringen, für die er ohne Zögern sterben würde. Zumindest so von der Tendenz her. Man lebt ja nicht mehr im Mittelalter, und die Sache mit dem Sterben für die Geliebte ist längst veraltet. Tatsächlich kann sich Wilhelm recht gut vorstellen, die schöne Julia zu verführen. Auch wenn sie ein gutes Stück älter ist als er. Vielleicht gerade deshalb. Weil sie eine ganz besondere erotische Anziehungskraft auf ihn besitzt, die er nur schwer erklären kann. Vielleicht auch, weil sie die Frau ist, die sein unruhiges Wesen, seine Irrwege, seine Verfehlungen verstehen und verzeihen könnte. Aber das alles ist wohl nur ein schöner Traum, eine Idealvorstellung.

Er überlegt, ob er ihr schreiben soll. Er könnte eine seiner guten Kritiken beilegen. Es gibt auch einen Zeitungsausschnitt mit Foto, da ist die Bildqualität allerdings ziemlich schlecht: Je dichter man sich das Bild vor die Augen hält, desto rascher zerfällt es in Tausende schwarzer und grauer Pünktchen. Und überhaupt hat er ihr schon zwei Kritiken geschickt, sie soll auf keinen Fall denken, dass er eitel ist. Die Idee mit dem Gastspiel in Wiesbaden ist vielleicht gar nicht so übel. Zwei Fliegen mit einer Klappe. Sogar mehr als zwei, denn auch seine Eltern würden sich wahnsinnig freuen. Er muss da mal nachhören, in Wiesbaden anrufen, die Sekretärinnen waren ihm immer sehr zugetan, die könnten seine Idee doch dem Intendanten nahebringen … Den Dr. Seitz lässt er natürlich aus dem Spiel, der würde garantiert alles daransetzen, ein solches Gastspiel zu verhindern.

»Wollten's jetzt baden oder net, Herr Koch«, platzt die Gruberin in seine Überlegungen. »Weil, das Badewasser ist nämlich gleich schon verdampft.«

Die Verschwendung von Wasser und Heizmaterial ist eine Todsünde im Hause Gruber, also schmiert er sich rasch eine Semmel, nimmt die volle Kaffeetasse und eilt damit hinüber ins Bad. Läuft noch einmal zurück, weil er den Brief liegen gelassen hat. Das fehlt noch, dass die Gruberin seine Familienangelegenheiten ausspioniert.

Während das Badewasser einläuft, vertilgt er Semmel und Kaffee, dann steigt er in die Wanne und genießt das Gefühl, von sanften, warmen Wellen umschlossen und getragen zu werden. Das warme Wasser versetzt ihn in eine träumerische Stimmung, er grübelt über den Sinn des Lebens, über Gut und Böse, über vertane Zeit und vergeudete Energien nach. Und er kommt zu dem Schluss, dass er sein Leben ändern muss. Solche »Momente der Schwäche« wie gestern Abend dürfen nicht mehr vorkommen, da hat sein Körper ihm ein deutliches Zeichen gesetzt. Überhaupt muss er sich vor den Frauen in Acht nehmen, sie stehlen ihm seine Zeit, fressen seine Manneskraft und bringen zusätzlich nichts als Verdruss. »Der Wahn ist kurz – die Reu' ist lang …«, sagte schon Friedrich Schiller, und der sprach aus Erfahrung, denn der hatte auch allerlei Frauengeschichten. Voller guter Vorsätze steigt er aus der Wanne, trocknet sich ab, rafft Kleider und Brief zusammen und schlüpft, ins Handtuch gewickelt, hinüber in sein Zimmer.

»Des geht aber fei net, dass Sie die Kaffeetass'n mit ins Badezimmer nehmen!«, keift ihm die Wirtin hinterher. »Und das Badewasser brauchen's net ablassen, da kann i die Wäsch' noch drin einweichen und dann den Fußboden wischen.«

Die wird noch mal an ihrer Sparsamkeit ersticken, denkt er. Eigentlich käme ihm jetzt ein Schläfchen recht nach der durchwachten Nacht, aber es ist Viertel vor zehn, er muss rennen, sonst kommt er zu spät zur Probe. Das neue Stück ist eine Komödie, »Der Raub der Sabinerinnen«, in der er – aufgrund seiner Jugend – leider eine recht fade Nebenrolle hat. Dafür bekommt er seine »Paraderolle« im »Eingebildeten Kranken« von Molière, der ebenfalls neu produziert wird. Und er ist in »Mutter Courage« mit einer Hauptrolle besetzt – nein, wirklich, er kann nicht klagen, beruflich steht er gut da. Nicht ganz so, wie er es sich ursprünglich vorgestellt hat, aber doch erfolgreich. Das Publikum liebt ihn – und das ist ihm wichtig. Er mag die Szenen, wenn er sich sein Publikum »nehmen« kann, wenn er spürt, wie ihre Blicke an ihm hängen, wie sie »mitgehen«, wie seine Pointen ankommen. Überhaupt gefällt es ihm, dicht am Publikum zu arbeiten – die große Oper, wo der Orchestergraben die Bühne von den Zuhörern trennt, das wäre nichts für ihn.

Die Probe verläuft relativ eintönig. Er wird nur in einer einzigen Szene gebraucht, sitzt auf den Treppenstufen und schaut zu, beneidet den Schauspieler, der den »Theaterdirektor Striese« spielt, eine Rolle, die jeder Mime fortgeschrittenen Alters ersehnt und für die er selbst leider noch viel zu jung ist. Gitti, die exotisch aussehende Volontärin, stolziert mit einer Kaffeekanne herum, teilt Becher aus und füllt sie mit Milchkaffee.

»Magst auch?«, fragt sie ihn.

Es klingt ziemlich forsch; wie es scheint, hat sie das Ende ihrer »Affäre« gut verkraftet. Auch so ein Strohfeuer. Sie hat ihm völlig den Kopf verdreht, drei heiße Nächte, ein paar schöne Tage, zweimal Oktoberfest – dann hat er genug gehabt. Sie war erschrocken, als er ihr sagte, dass es vorbei ist, hat sogar ein wenig geweint. Aber jetzt ist sie wohl drüber weg.

»Milchkaffee? Ja, gern.«

Er hält ihr den Becher vertrauensvoll hin, und sie gießt schwungvoll ein. Gut die Hälfte des heißen Gebräus landet auf seiner Hose und verbrennt ihm die Haut darunter.

»Au! Kannst nicht aufpassen?«

»Tut mir so leid. Schad um den schönen Kaffee!«, sagt sie mit hämischer Freude und geht davon.

»Müsst ihr eure Geschichten hier im Theater abmachen?«, schimpft der Kollege.

So ein Biest. Jetzt muss er gleich mit nasser Hose auf die Probebühne. Von den Brandwunden darunter gar nicht erst zu reden. Es ist ein Kreuz mit den Frauen, immer gibt es Probleme. Vielleicht sollte er der Liebe ganz abschwören. Nur Julia, die will er im Sinn behalten. Sie ist die Einzige, an die er immerzu denken muss. Die Einzige, an die zu denken sich lohnt …

Die Abendvorstellung verläuft normal, er macht seinen kurzen Auftritt gut, kassiert ein paar Lacher und verlässt dann das Theater. Drüben ist das Kabarett schon im Gange; er geht trotzdem hinein, verhandelt flüsternd mit einer dunkelhaarigen, schlanken Frau mittleren Alters, erklärt, er sei Schauspieler, habe am Abend immer drüben bei den Kammerspielen zu tun, nur heute ginge es mal, er wolle so wahnsinnig gern das Programm sehen.

»Dann mal rein. Wir haben ja ein Herz für Komödianten … Drei Mark kriege ich …«

Der Platzanweiser leuchtet ihm mit einer Taschenlampe ins Gesicht. Er ist sehr jung und Brillenträger, grinst ihn freundlich an.

»Viel Spaß, Kollege!«, flüstert er.

Vorn wird gesungen. Ein forsches und zugleich nachdenkliches Couplet zum Thema »Kleine Freiheit«, und er staunt, wie gut diese Leute singen können. Er staunt überhaupt den ganzen Abend, gerät immer mehr in Begeisterung, schmunzelt, grinst in sich hinein, brüllt vor Lachen, applaudiert, kann nicht genug bekommen und würde das Programm am liebsten noch einmal von vorne sehen. So ein Elend, dass er den Anfang verpasst hat! Wie diese Pointen sitzen. Wie sie sie servieren. Der eine verschmitzt, der andere ganz lässig, die nächste mit Pfiff, eine andere lässt sie einfach fallen. Manchmal ärgert er sich über die Zuhörer, die so spät reagieren und immer nur bei den simplen Scherzen loslachen; die richtig guten Pointen kriegt nur ein Teil von ihnen mit. Und dann die »Mittelstücke«: Da führen sie kurze Szenen auf, agieren wie Schauspieler, einer schiebt dem anderen die Pointe zu. Wer schreibt denen nur diese genialen Texte? Der Kästner wahrscheinlich. Oder schreiben sie die auch selber?

Als er wieder auf die Straße tritt, ist er ganz benommen. Was für ein Unterschied zu dem, was er im Theater treibt. Die hier sind ganz nah am richtigen Leben, am Tagesgeschehen, fühlen sozusagen den Puls der Zeit, weben daraus ihre Couplets, machen Alltag zu Satire, lassen die Leute über sich selber lachen!

Das ist es, denkt er, während er durch das Schneegestöber zu seiner Wohnung läuft. Vor lauter Begeisterung spürt er die Kälte gar nicht, erst vor der Eingangstür stellt er fest, dass er die ganze Zeit seinen Hut in der Hand hält, anstatt ihn aufzusetzen. In seinem Zimmer heizt er den Ofen an und läuft auf und ab, memoriert die Szenen, die er gesehen hat, versucht, sich an die Texte der Couplets zu erinnern. Dann setzt er sich, sucht seinen

Briefblock hervor, den Bleistift, fängt an zu schreiben. Er hat einen Haufen Ideen im Kopf, die alle aufs Papier drängen, nur mit den Reimen tut er sich schwer, da muss er grübeln, umändern, schieben, damit es passt. Er denkt sich Situationen aus, notiert kleine Szenen, ein Nichtraucher im Raucherabteil, die Brezelfrau, die dem amerikanischen Soldaten erklärt, warum ihr Gebäck »verdreht« ist, ein passionierter Angler, der von einem Schwätzer gestört wird. Er beginnt, die Szenen zu spielen, übernimmt gleich beide Rollen, spricht mit hoher und tiefer, mit krächzender, atemloser, heiserer Stimme, ändert den Text ab und notiert es gleich, fängt von vorn an, verbessert, streicht, schreibt neu.

Irgendwann klopft es dumpf an seine Tür.

»Gibst jetzt endlich a Rua! Sonst komm i mit dem Besen ...«

Das ist der Ehemann der Vermieterin, der Korbinian Gruber, dieser amusische Banause! Wilhelm schaut auf die Uhr und stellt fest, dass es fast vier Uhr in der Nacht ist. Außerdem ist das Feuer im Ofen längst niedergebrannt und das Zimmer eiskalt. Na gut – ein kleines Schläfchen kann nicht schaden. Er legt die beschriebenen Blätter sorgfältig zusammen, knickt sie in der Mitte und deponiert sie im Textbuch von »Mutter Courage«. Das braucht er jetzt nicht, weil er die Rolle schon in der Schauspielschule studiert hat und die Proben erst in einem Monat anfangen.

Erschöpft und vollkommen glücklich legt er sich angezogen auf sein Bett, zieht das Federbett über sich ... und kann nicht einschlafen. Er will Kabarettist werden. Aber auch Schauspieler bleiben. Wie soll er das anstellen? Beides gleichzeitig geht nicht. Er ist am Theater viel zu beschäftigt, um Zeit für Kabarettauftritte zu haben. Und dann muss er ja auch Erfahrung sammeln, in einem Ensemble angenommen werden, was für einen vollkommenen Neuling gar nicht so einfach ist. Was die wohl so verdienen, die Leute vom Kabarett? Ob einer davon leben kann?

Er überlegt, wie viele Zuhörer heute Abend da gewesen sind. Es waren lange nicht alle Plätze besetzt, vielleicht waren es achtzig oder neunzig Leute? Dann haben sie zweihundertsiebzig Mark eingenommen, davon geht die Saalmiete ab, der Platzanweiser muss bezahlt werden, die Putzfrauen, Steuern werden sie auch abdrücken müssen. Wenn sie jeden Abend spielen, sind das im Monat … Du liebe Zeit, die nagen ja am Hungertuch!

Er hält es im Bett nicht aus, steht wieder auf, wickelt sich in das warme Federbett und setzt sich an den Tisch. Wo hat er denn jetzt nur Augusts Brief gelassen? Ach, da ist er. Zwischen dem Badehandtuch und der abgelegten Wäsche. Er liest noch einmal alles gründlich durch, rückt die Lampe näher und macht sich daran, dem Bruder zu antworten.

In Liebesdingen kann man nicht vorsichtig genug sein, lass Dir das von einem erfahrenen Mann sagen, Bruderherz. Es ist keine Kleinigkeit, die Richtige zu finden, dazu gehören eine gute Portion Glück und auch einige Menschenkenntnis. Ich hoffe, demnächst zu einem Gastspiel nach Wiesbaden zu kommen, dann werde ich Dir mit Rat und Tat zur Seite stehen.

Was mich betrifft, so habe ich den Entschluss gefasst, neben dem Schauspielerberuf auch ein wenig Kabarett zu machen. Eine völlig neue Perspektive, die heute Abend erst geboren wurde, aber schon fest in meinem Kopf verankert ist. Ich habe bereits mehrere Szenen geschrieben und werde demnächst …

Er weiß recht gut, was sein vernünftiger Bruder ihm zurückschreiben wird. *Verzettele dich nicht, Wilhelm. Du hast eine Neigung zum Sprunghaften, die nicht immer von Vorteil ist. Es wäre schade, wenn Du das Theater jetzt, da Du gerade auf einem guten Weg bist, vernachlässigen würdest, um etwas ganz und gar Neues anzufangen …*

Er steckt den Brief in einen Umschlag, verschließt ihn und klebt eine Marke darauf. Dann sitzt er ein Weilchen still da, spürt, wie langsam die Müdigkeit in ihm hochkriecht, und mag sich doch noch nicht ins Bett legen. Es ist fast fünf Uhr in der Früh, draußen auf der Straße hört man knirschende Schritte, der Zeitungsjunge geht durch den Schnee und tut seine Arbeit. Gleich wird der Milchmann kommen, und die ersten Autos werden angelassen. Wilhelm zögert, nimmt den Briefblock, schiebt ihn wieder von sich, holt ihn zurück, tunkt den Federhalter in die Tinte.

Schöne, untreue Julia,
ich hatte mir geschworen, Dir niemals wieder einen Brief zu schreiben, weil Du Dich während der vergangenen Wochen kein einziges Mal herabgelassen hast, mir eine Antwort zu gönnen.
Das verletzt mich tief!
Wenn ich heute trotzdem zur Feder greife, dann nur, weil ich Dich trotz heftigster Anstrengungen nicht aus meinen Gedanken verscheuchen kann. Schönste Julia, ich bin Dir verfallen, sehne mich nach Dir, nach Deiner Nähe, Deiner warmen Stimme, Deinem kritischen und oftmals spöttischen Blicken, Deinem süßen, verwirrenden Lächeln.
Abgesehen von oben aufgezählten Gründen, Dir zu schreiben, gibt es aber noch einen weiteren. Ich muss Dir von dem heutigen Abend im Kabarett »Die kleine Freiheit« erzählen und Dir meinen festen Entschluss mitteilen, mein Leben zu ändern. Wilhelm, der Irrsinnige, hat vor, ein Kabarettist zu werden.
Bitte, ich brauche dazu Deine Meinung. Deine gut gemeinte Warnung vor dem Hungertod. Dein Lob für den mutigen Entschluss. Dein Mitleid für den armen Verrückten …
Aber zuerst muss ich Dir diesen wundervollen Abend schildern, der mein Leben auf den Kopf gestellt hat …

HILDE

Dezember 1951

Sie spürt es, noch bevor sie erwacht. Dieses flaue Gefühl, das ihr den Magen umdreht. Zunächst weiß sie nichts damit anzufangen, denkt an eine Erkältung, eine Magenverstimmung – dann mit einem Mal bricht die Erkenntnis in ihr auf: Er ist fort. Kilometerweit fort, im Süden Frankreichs, in seiner Heimat. Er ist abgereist, ohne Abschied zu nehmen, und sie weiß nicht einmal, wann er wieder zu ihr zurückkommt.

Der Schmerz über seine Abwesenheit zieht wie ein Krampf durch ihren Körper. Es ist fast so schlimm wie damals, als sie ihm zur Flucht nach Frankreich verhalfen und man eine Weile fürchten musste, dass die Gestapo ihn festgenommen und erschossen hatte. Sie schiebt im Dunklen den Arm hinüber, fühlt das kalte Laken, das frisch aufgeschüttelte, unberührte Kopfkissen, lässt die Hand über die Steppdecke gleiten, spürt die abgenähten Vierecke, den kühlen, seidigen Stoff, das Umschlagtuch aus Leinen. Er ist nicht da. Sein warmer, atmender Körper, der fünf Jahre lang neben ihr gelegen hat, ist nicht mehr in diesem Raum. Es ist still geworden, nur der Wecker auf dem Nachttisch tickt leise, draußen auf der Wilhelmstraße fahren Autos vorbei, irgendwo bellt ein Hund. Sie schluckt, will nicht, dass die Tränen aufsteigen, dreht sich auf die andere Seite.

Trotz regt sich in ihr. Hat sie Grund, um ihn zu weinen? Überhaupt nicht! Hat er sich nicht feige auf die Seite ihrer Eltern gestellt, anstatt zu ihr zu halten? Das wird sie ihm nicht so schnell vergessen. Wäre es umgekehrt gewesen – sie hätte für ihn gekämpft bis zum letzten Atemzug. Auch wenn ihr seine

Mittel nicht gefallen hätten, in der Sache hätte sie ihm zur Seite gestanden. Weil sie seine Frau ist und weil sie ihn liebt. Aber ganz offensichtlich ist ihre Liebe anders als seine. Sie liebt bedingungslos, mit ganzem Herzen und ganzer Seele, aber er liebt nur halbherzig; wenn es eng wird, zieht er sich feige zurück.

Jawohl, so sieht ihre Beziehung aus. Jetzt endlich hat sie die Verhältnisse klar und deutlich erkannt. Traurig, aber wahr. Warum also sollte sie um ihn weinen? Soll er doch wegbleiben, sie kommt ohne ihn besser zurecht!

Sie dreht sich wieder auf den Rücken und lauscht. Alles noch still. Jetzt im Winter sind die Zwillinge zum Glück nicht gar so früh wach, auch unten in der Wohnung der Eltern regt sich noch nichts. Die Geräusche draußen auf der Straße kommen ihr seltsam gedämpft vor. Hat es etwa geschneit? Auch das noch! Dann müssen sie den Bürgersteig freikehren. Eine Arbeit, die sonst ihr Ehemann übernommen hat, die ihm sogar Spaß gemacht hat. Heute wird wohl Addi zur Schneeschaufel greifen, und sie wird ihm dabei helfen müssen. Schließlich ist der gute Addi nicht mehr der Jüngste, und vor einigen Jahren hatte er eine böse Lungenentzündung, an der er beinahe gestorben wäre.

Jetzt sind im Zimmer der Zwillinge Geräusche zu vernehmen, etwas Metallisches fällt scheppernd zu Boden, Frank sagt halblaut: »Manno!«, Andi krächzt verschlafen: »Das warst du!« Gleich darauf wird die Tür aufgerissen, und die Rasselbande in weißen Nachthemden stürzt zu ihr ins Bett.

»Mama, Mama – Andi hat das Feuerwehrauto runtergeschmissen!«

»Gar nicht wahr, Mama! Das ist ganz von selber aus dem Bett gerollt.«

»Aber die Leiter ist abgebrochen!«

»Die macht der Papa wieder dran.«

Und damit sind sie beim Thema. Wann kommt der Papa wieder? Warum ist er weg und hat ihnen nicht *Adieu* gesagt?

»Er musste doch so früh in den Zug steigen, Andi. Und er hat mir gesagt, dass er euch beide ganz, ganz lieb hat und bald wiederkommt.«

Wie Mütter doch lügen können! Gar nichts hat er ihr gesagt, der treulose Patron. Sonst kann er gar nicht genug von seinen Jungen bekommen, geht mit ihnen auf den Spielplatz, in den Zirkus, spielt mit ihnen Fußball im Hof. Und jetzt verschwindet er sang- und klanglos am frühen Morgen und überlässt es ihr, den Kindern sein liebloses Verhalten zu erklären.

»Ist der Papa sehr traurig, weil der *grand-père* gestorben ist?«

»Ja, Andi, ich denke schon, dass er traurig ist.«

Frank zieht rasch den Finger aus der Nase, weil die Mama das Nasebohren nicht ausstehen kann. »Warum ist denn der *grand-père* nicht mal zu Besuch gekommen?«

»Weil die Reise für ihn zu weit war.«

Andi runzelt die Stirn und schaut nachdenklich drein. »Aber Papa ist doch auch hingefahren!«

»Du bist dumm«, sagt Frank. »Für Papa ist so eine Reise nicht weit. Nur für den alten *grand-père*, da ist sie weit. Weil der nicht mehr gut laufen kann.«

Und jetzt ist die Frage fällig, die sie jedes Mal ganz besonders ärgert. Die Jungen stellen sie jeden Morgen, und immer gibt sie die gleiche Antwort. Eine verdammte Lügenantwort, aber was soll sie machen?

»Und warum hat der Papa uns nicht mitgenommen?«

»Weil eine Beerdigung eine traurige Sache ist, da haben Kinder nichts zu suchen.«

Er hat sie die ganze Zeit über systematisch von seiner Familie ferngehalten! Hat sie ihn nicht mehrfach gebeten, mit ihr und den Zwillingen nach Villeneuve zu fahren, damit die Kinder ihre Großeltern kennenlernen? Gut – die Leute dort mögen keine Deutschen. Es gibt auch hier in Wiesbaden eine Menge Leute, die mögen keine Franzosen. Oder keine Russen. Auch die Amis sind nicht überall beliebt. Aber schließlich ist sie seine Frau, die Mutter seiner Kinder! Das ist doch ein Grund zur Versöhnung. Der Krieg ist vorbei, da muss doch auch mit dem Hass und der Feindschaft endlich einmal Schluss sein.

Ach, was regt sie sich auf. Er ist eben ein Feigling, das hätte sie gleich sehen müssen. Nur bei ihr, da kann er den starken Mann spielen, ansonsten geht er Konflikten gern aus dem Weg.

Die Zwillinge haben es sich inzwischen in ihrem Bett gemütlich gemacht, kuscheln sich von beiden Seiten an die Mama und verlangen, dass Hilde sie kitzelt. Es wird gekichert und gestrampelt, die Steppdecke landet auf dem Fußboden, und die Kopfkissen werden zu Wurfgeschossen.

»Schluss jetzt!«, schimpft Hilde. »Mama geht jetzt ins Bad. Ihr könnt ja mal schauen, ob die Großeltern schon wach sind. Aber Hausschuhe und Pullover anziehen! Im Treppenhaus ist es kalt.«

Wie schön und tröstlich das ist, zwei so lebhafte Jungen zu haben. Wie sie das Treppenhaus mit ihren hellen Stimmen erfüllen, an der Wohnungstür der Großeltern den Klingelknopf minutenlang summen lassen und auf den knarrenden Holzdielen herumhüpfen.

»Ihr seid ja schon wach, ihr zwei!«, hört sie die Mutter rufen. »Herein mit euch. Und leise sein! Die Frau Künzel oben schläft doch noch …«

Er kommt ganz sicher wieder, denkt Hilde. Niemals wird er seine Jungen im Stich lassen. Gleich darauf ärgert sie sich über diesen albernen Gedanken. Wie kommt sie darauf, dass er dort bleiben könnte? Was will er denn in Villeneuve? Hat er nicht gesagt, dass sein Bruder den Betrieb übernommen hat? Dann hat Jean-Jacques dort doch nichts mehr zu erwarten.

Das Frühstück verläuft lebhaft wie immer. Mama hat Jean-Jacques' Stuhl diskret weggestellt, auch nicht für ihn gedeckt, weil er ja noch »unterwegs« ist. Die Eltern vermeiden das Thema rücksichtsvoll, nur einmal hat Papa vorsichtig gefragt, wann der liebe Jean-Jacques denn wohl zurückkommen würde. Hilde hat ihm ein kurzes »Keine Ahnung!« entgegengeschleudert, und danach hat Papa nie wieder gefragt. August, der seit einiger Zeit früh am Morgen aufsteht, um mit ihnen zu frühstücken, kümmert sich nach Kräften um die Zwillinge, unterhält sich mit ihnen, denkt sich kleine Ratespiele aus und stellt Scherzfragen.

»Wer hat keine Zähne und kann beißen?«

»Der Bunte ...«, sagt Andi.

»Der hat doch Zähne im Maul!«, widerspricht Frank.

»Das Krokodil.«

»Die Seeschlange.«

Sie sind enttäuscht, als die Lösung einfach nur »der Senf« heißt.

»Mama, es hat geschneit! Dürfen wir einen Schneemann bauen?«

August erklärt sich bereit, vor dem Café Schnee zu schippen, dann kann Addi mit den Zwillingen im Hof einen Schneemann bauen. Er selbst muss danach den Zug um neun Uhr elf nach Frankfurt erreichen, er hat eine Vorlesung an der Uni.

»Und vorher noch Schnee schippen! Ist das nicht zu anstrengend für dich, Junge?«, sorgt sich Mama.

»Im Gegenteil, Mama. Es tut mir gut!«

Hilde verdreht die Augen, sagt aber nichts. Würde *sie* vor dem Café Schnee schippen, hätte die Mutter ganz sicher keine Sorge um ihre Gesundheit. Sie nimmt sich vor, ihre Jungen auf keinen Fall so zu verpimpeln, wie die Mutter es mit Wilhelm und August getan hat.

»Was ich die ganze Zeit über schon einmal sagen wollte«, nimmt sie einen neuen Anlauf. »Wir sollten endlich einen Telefonanschluss beantragen. Schließlich sind wir ein Geschäft, da braucht man so etwas.«

Die Mutter lehnt natürlich ab. Sie hätten das Café jahrzehntelang auch ohne Telefonanschluss geführt, diese Telefoniererei sei doch etwas für Schwätzer und Faulpelze, und außerdem würde so ein Telefon ziemlich viel Geld kosten.

Hilde schaut hilfesuchend zu August hinüber. Der kaut sein Brötchen zu Ende, dann meint er in aller Ruhe, dass er Hildes Vorschlag für eine gute Idee hält. »Die Zeiten ändern sich, Mama. Inzwischen haben sehr viele Leute ein Telefon, und das ist eine sinnvolle Sache. Du könntest zum Beispiel Wilhelm im Theater oder bei seiner Hauswirtin anrufen. Die Bestellungen telefonisch durchgeben. Oder den Arzt anrufen, wenn jemand krank ist. Man kann sogar bis nach Frankreich telefonieren!«

Da hat er sie ertappt, ihr kluger Bruder. Natürlich war das ein Hintergedanke, über den sie sich selbst kaum klar war, der aber trotzdem bei ihrem Vorschlag eine Rolle gespielt hat. Wenn sie einen Telefonanschluss hätten, könnte Jean-Jacques sie anrufen. Vom Postbüro in Frankreich aus muss das möglich sein. Dann könnte er wenigstens durchgeben, ob er gut angekommen ist und wie lange er zu bleiben gedenkt.

»Wir hatten früher schon mal einen Telefonanschluss, Else«, lässt sich jetzt Papa vernehmen. »Erinnerst du dich nicht? Das muss Anno sechs- oder siebenunddreißig gewesen sein. Da waren wir enorm fortschrittlich, wir beide.«

»Und was ist daraus geworden?«, forscht Hilde.

»Ach, so richtig hat das nie funktioniert«, sagt Mama und winkt ab. »Und dann kamen der Krieg und die Bomben …«

Hilde will zur Post gehen und sich beraten lassen, aber damit ist Mama nicht einverstanden. »Da gehe ich lieber selber!«

»Und wann?«, drängelt Hilde.

»Wenn ich dazu Zeit habe!«

Das wird dann wohl erst in hundert Jahren sein, denkt Hilde verärgert. Es ist doch zum Verzweifeln. Was immer sie vorschlägt – es wird erst einmal abgebügelt. Manchmal hat sie das Gefühl, ganz allein einen schweren Wagen ziehen zu müssen, vor den die Eltern unentwegt Steine werfen.

»Ich kann auf dem Weg zum Bahnhof einmal bei der Post vorbeischauen, Mama«, sagt August in harmlosem Ton.

»Wenn du das für uns tun willst«, sagt Mama und lächelt ihrem Ältesten zu. Sie hat immer noch Sorge, dass die plötzlich eingetretene gesundheitliche Besserung nicht anhalten könnte, aber sie schweigt, um niemanden zu beunruhigen.

Hilde ist zufrieden. Sie zwinkert ihrem Bruder dankbar zu und grinst fröhlich vor sich hin. Wenn es stimmt, was Luisa behauptet, dass es nämlich die Liebe ist, die ihren Bruder geheilt hat, dann muss Swetlana eine ganz tolle Frau sein. Wenn er sie doch einmal hierherbringen würde – aber bisher hält August sie eisern unter Verschluss.

Nach dem Frühstück steht sie oben am Küchenfenster und schaut Addi zu, der mit den Zwillingen einen Schneemann baut. Es ist kein leichtes Unterfangen, denn der Schnee, der heute Nacht gefallen ist, liegt nur ein paar Zentimeter hoch. Addi kehrt ihn mit dem Besen zusammen, damit man daraus eine Kugel backen kann. Die Jungen haben die gestrickten Handschuhe ausgezogen, sie schwitzen vor Anstrengung und haben rot gefrorene Ohren.

Hilde starrt auf das Geschehen im Hof hinunter und spürt, wie das flaue Gefühl sie wieder übermannen will. Im vergangenen Winter hat Jean-Jacques dort unten mit seinen Jungen eine Schneeballschlacht veranstaltet. Sie glaubt, seine laute, fröhliche Stimme zu hören, sein Lachen, sein Schimpfen, wenn die Zwillinge nicht auf ihn hören wollten. Nun ist er Hunderte von Kilometern von ihnen entfernt, vielleicht spielt er mit seiner kleinen Nichte, aber vermutlich nicht im Schnee. Schneit es überhaupt jemals in Südfrankreich? Jetzt haben die Zwillinge sie am Fenster entdeckt, sie winken und zeigen auf den Schneemann, der noch keinen Kopf hat. Sie winkt zurück, dann muss sie sich gewaltsam vom Fenster losreißen. Was soll das denn? Will sie vielleicht melancholisch werden, weil ihr treuloser Ehemann mir nichts, dir nichts nach Frankreich verschwunden ist? Das fehlte noch! Wer ist sie denn? Ein Mauerblümchen? Ein Heimchen am Herd, das nichts im Kopf hat außer ihrem Ehemann und den lieben Kinderlein? Nein! Sie ist Hilde Koch, die zukünftige Chefin des Café Engel. Des ersten Hauses am Platz! Jawohl. Und deshalb wird sie sich jetzt um ihr Geschäft kümmern.

Unten im Café schaut es noch wüst aus. Der schöne neue Fußboden – leider nur Linoleum, da hat sie nachgeben müssen – ist voller Staub und Schmutz. Sie haben zwar Zeitungen ausgelegt, aber die Maler und Verputzer haben trotzdem auf den Boden gekleckert. Die Herren stehen schon mit Tapetenrollen und Kleistereimern vor der Drehtür – Hilde macht ihnen Zeichen, dass sie hintenherum, durchs Treppenhaus kommen sollen. Gestern hat sie gemeinsam mit Luisa die Drehtür gewischt und alle Scheiben blank poliert, da will sie jetzt keine dreckigen Fingerabdrücke mehr haben.

»Morgen, schöne Frau … Haben Sie den Schnee bestellt?«

»Ich? Bestimmt nicht!«

Die Tapezierer haben triefnasse Schuhe, sie stellen ihren Tisch auf, holen Wasser aus der Küche, um ihren Kleister anzurühren. Hilde heizt schon mal den Ofen an – eine Zentralheizung wäre ein Segen, aber dazu hätte man das halbe Haus umbauen müssen. Ach ja – es ist immer nur Stückwerk. Ständig hat sie das Gefühl, alles nur halb zu machen, immer zu lästigen Kompromissen gezwungen zu sein. Kann man im Leben niemals eine Sache richtig machen? So ganz und gar perfekt, dass nichts mehr daran fehlt? Oder besteht das ganze Leben aus dieser unablässigen, mühsamen Stückelei?

Luisa kommt ins Café und reißt sie aus den trüben Gedanken. »Ich dachte, ich schaue mal vorbei«, sagt sie und umarmt Hilde zur Begrüßung. »Vielleicht können wir ja ein Stückchen weiterkommen. Wie steht es mit Fensterputzen?«

»O ja. Die Erker!«

Die neuen sechseckigen Erker mit den großen Glasscheiben sind fertig. Sie bringen tatsächlich mehr Licht in den Raum und verleihen dem Café etwas Künstlerisch-Verspieltes. Zumindest hat Papa das gesagt. Sie werden Pflanzenkübel hineinstellen, das gibt eine angenehme Atmosphäre. Luisa und Hilde schleppen Wassereimer, Putzmittel und Fenstertücher aus Leder zum Nachwischen herbei und machen sich an die Arbeit. Oben in der Küche werkelt Mama, sie kocht Kaffee für die Handwerker und macht ihnen einen Imbiss zurecht. Das ist wichtig: Wenn man die Leute gut füttert, kommen sie pünktlich und arbeiten anständig. Einer hat sich neulich das Stück Marmorkuchen eingepackt, er wollte es für Frau und Tochter mitnehmen. Da hat Mama ihm noch zwei Stücke dazugelegt.

Draußen fegt August schwungvoll den Schnee vom Trottoir, dann läuft er hinein, um sich für die Uni umzuziehen. Gleich darauf sieht man Addi mit dem Bunten, flankiert von den Zwillingen, über das gefegte Trottoir laufen. Sie überqueren die Straße und halten auf die Anlage zu, die »Zum Warmen Damm« heißt.

»Gibt es Neuigkeiten von August und Swetlana?«, fragt Hilde.

»Wir hatten einen wunderschönen Sonntag«, erzählt Luisa, während sie einen Farbfleck an der Glasscheibe mit dem Lappen bearbeitet. Dann schildert sie das traute Zusammensein bei Bliny und Borschtsch, wie sie alle fünf Karten und »Mensch, ärgere dich nicht« gespielt haben, wie Swetlana russische Lieder gesungen hat, ihr Sohn Geige spielte und sie sich am Abend alle zum Abschied geküsst haben.

»Geküsst? August hat sie geküsst?«

Luisa lacht sie aus. Das sei die russische Art, einander zu begrüßen und zu verabschieden. Ganz normal. Auch unter Männern würde geküsst.

»Wie eklig …«, bemerkt Hilde und kratzt mit dem Fingernagel an einem Flecken herum.

»Nächsten Sonntag gehen wir auf den Andreasmarkt«, verkündet Luisa, ohne sich um diesen Kommentar zu kümmern. »Allerdings ohne Fritz, der hat ein Konzert zu spielen.«

»Und wann will August uns seine Liebste endlich vorstellen?«, fragt Hilde neugierig.

Luisa hebt die Schultern. Das sei nicht so einfach, weil Swetlana ein wenig … empfindlich sei.

»Du meine Güte«, meint Hilde kopfschüttelnd. »Die soll sich nicht so haben. Mama kann schon ein harter Knochen sein. Aber sie hat ein gutes Herz.«

»Das sie leider nicht immer auf der Zunge trägt …«, bemerkt Luisa.

»Nee«, meint Hilde trocken. »Sie hat es in einem doppelwandigen Safe eingeschlossen.«

Als die Erkerfenster blitzblank sind, packt Luisa ihre Sachen zusammen, um nach Hause zu gehen. Das Geld, das Mama ihr zusteckt, will sie auf keinen Fall annehmen. »Ich gehöre doch zur Familie, Tante Else. Ich habe doch keine Gäste bedient, sondern nur ein wenig ausgeholfen!«

»Nun nimm schon«, schimpft die Mutter. »Ich weiß doch, dass es bei euch nicht so rosig ist. Und wir haben sowieso Schulden gemacht, da ist es jetzt auch schon egal.«

Nach einigem Hin und Her ist Luisa endlich bereit, das Geld anzunehmen. Aber das sei das letzte Mal, sonst käme sie nie wieder hierher, um mitzuhelfen!

Da unten im Café momentan nicht viel zu tun ist, geht Hilde hinauf in die Wohnung, um die Betten zu machen und ein wenig aufzuräumen. Vor allem im Schlafzimmer muss Ordnung gemacht werden, das Chaos im Kinderzimmer müssen die Zwillinge nachher selbst beseitigen. Darauf besteht sie seit einem Jahr, das mussten sie und ihre Brüder damals auch, und Jean-Jacques hat nicht widersprochen. Sie hat ihren Ehemann damals gefragt, wie es in seinem Elternhaus gehalten wurde, aber nur ein Achselzucken zur Antwort erhalten. Jetzt grübelt sie darüber nach, ob er vielleicht als Kind gar keine Spielsachen besessen hat. Was weiß sie denn schon über seine Familie? Dass sie ein Weingut führen – schön. Deshalb müssen sie doch nicht reich sein. Oder?

Sie versucht, es an diesem Morgen zu unterlassen, aber natürlich schafft sie es nicht. Sie schaut wieder in den Kleiderschrank, stellt mindestens zum fünften Mal fest, dass er Unterwäsche, ein Hemd, einen Pullover und eine Ersatzhose mitgenommen hat. Dazu wohl auch zwei Paar Socken, seine wollene Pudelmütze und den warmen Schal. Die Kopfschmerztabletten, die er von Zeit zu Zeit nimmt, hat er im Nachttisch liegen lassen. Dafür fehlt sein Ausweis, den er bald verlängern lassen muss. Sein Portemonnaie – er hat ein ordentliches Sümmchen vom gemeinsamen Konto abgehoben, auch das ist ein Grund, auf ihn wütend zu sein. Den Autoschlüssel hat er dagelassen. Auch die Autopapiere liegen in einem ledernen Mäppchen dabei. Jetzt hat sie ein Auto, kann aber nichts damit anfangen, weil sie keinen Führerschein hat. Wie ärgerlich! Wieso ist ihr das früher nie aufgefallen? Vielleicht, weil Jean-Jacques stets bereit war, Fahrdienste zu leisten. Jetzt steht der Wagen unbenutzt drüben beim Rathaus am Straßenrand, und wenn sie Pech hat, schmieren die Schulkinder mit nassen Lehmklümpchen irgendwelchen Mist auf die Scheiben. Hilde denkt an die Fahrschule, die sich erst vor ein paar Wochen in der Langgasse niedergelassen hat. Wie heißen sie doch? Niemaier. Oder Neumaier? Ob sie da einfach mal hingeht? Warum soll sie eigentlich nicht den Führerschein machen? Weil Frauen angeblich nicht Auto fahren können? So ein Quatsch! Zum Autofahren braucht es schließlich keine Körperkräfte, sondern nur Mut und gute Augen. Beides besitzt sie.

Die Zwillinge sind unten bei Papa, Mama wird gleich das Mittagessen vorbereiten, die Tapezierer können auch ohne ihre Aufsicht arbeiten. Sie hat eine knappe Stunde Zeit.

»Ich geh einkaufen«, ruft sie nach oben. »Soll ich was mitbringen?«

Mama braucht einen Kohlkopf, Schinkenspeck und zehn Eier, der Vater will eine Packung Zigarillos vom Zigarren Engel. Mist, da muss sie die große Runde machen. Sie zieht den Mantel über, nimmt die Einkaufstasche, steckt vorsichtshalber ihren Ausweis ein und steigt aufs Fahrrad. Zum Glück schmilzt der Schnee schon in der Wintersonne dahin. Erst mal Vaters Zigarillos besorgen, natürlich die kleine Packung, er soll ja nicht so viel rauchen. Dann zum Gemüsehändler, wo sie außer dem Kohl auch ein Bündel Karotten und Trockenerbsen kauft. Fast hätte sie die Eier vergessen, zehn Stück, ganz frisch gelegt, noch »popowarm«, wie der Händler es ausdrückt. Dann zum Metzger, ein Viertel Schinkenspeck, dazu Leberwurst am Stück und eine kleine Räucherwurst. Jetzt ist ihr Geld fast alle – die Lebensmittel sind teuer. Höchste Zeit, dass sie das Café Engel wieder eröffnen – nächsten Samstag ist es so weit.

Hoffentlich!

Die Langgasse ist weihnachtlich geschmückt, an den Laternenpfählen hat die Stadt große Weihnachtsbäume aus grün bemaltem Holz anbringen lassen, die mit Glühbirnen beleuchtet werden. Echtes Tannengrün findet sich selten, nur wenige Geschäfte haben ein Weihnachtsbäumchen im Schaufenster stehen. Die Fahrschule ist gleich neben dem großen Kino. Neumüller heißen sie, wusste sie es doch. Das Geschäft schaut von außen recht nüchtern aus, im Schaufenster ist ein Plakat mit einem strahlenden jungen Mann zu sehen, der gerade in sein Auto steigt. Vermutlich nach bestandener Fahrprüfung. Außerdem sind dort ein Spielzeugauto zu bewundern und ein Fichtenzweig mit Lametta und zwei silbernen Kugeln daran. Hilde stellt ihr Fahrrad ab, nimmt die Tasche mit ihren Einkäufen und betritt die Fahrschule. Der Raum erinnert ein wenig an ein Klassenzimmer: Rechts und links stehen sehr unbequem aussehende hölzerne Stühle, in der Mitte ist ein Schreibtisch zu sehen, daneben ein brauner Vorhang.

»Hallo?«, ruft sie und stellt erst mal die schwere Tasche ab.

Ein Herr um die fünfzig, schlank, leichte O-Beine, Halbglatze, Oberlippenbart, tritt hinter dem Vorhang hervor, die Kaffeetasse noch in der Hand.

»Guten Morgen, gnädiges Fräulein. Was kann ich für Sie tun?«

Das fängt ja gut an, denkt sie.

»Schönen guten Morgen. Perrier ist mein Name. Habe ich das Vergnügen mit Herrn Neumüller?«

»Ganz recht«, sagt er und lächelt väterlich. »Bitte sehr, nehmen Sie doch Platz.«

Er zieht ihr einen Stuhl heran und pflanzt sich selbst hinter den Schreibtisch. Stützt die Arme auf und schaut sie an.

»Ich möchte den Führerschein machen«, sagt sie ohne Umschweife und setzt sich. »Und ich würde gerne von Ihnen wissen, was es kostet und wie lange es voraussichtlich dauert.«

»Liebes Fräulein Perrier«, beginnt er mit lehrerhafter Miene.

»Ich bin verheiratet, Herr Neumüller.«

»Oh, Pardon … Frau Perrier, wollte ich sagen. Die Kosten und die Dauer der Vorbereitungszeit für den Führerschein hängen sehr vom Fahrschüler ab. Sehen Sie, der eine braucht nur drei oder vier Fahrstunden, dann kann er zur Prüfung zugelassen werden, die andere braucht zehn oder gar zwanzig Stunden. Dazu fallen die Prüfungsgebühren an, die bei Wiederholung der Prüfung in vollem Umfang noch einmal zu zahlen sind.«

Sie mag diesen Menschen nicht, der sie so herablassend wie eine dumme Schülerin anschaut und gleich von Prüfungswiederholung redet.

»Ich verstehe«, sagt sie. »Wann kann ich anfangen?«

»Sobald die Formalitäten erledigt sind.«

Er öffnet die Schreibtischschublade und zieht ein bedrucktes

Papier heraus, dann will er ihren Ausweis sehen, schreibt einiges daraus ab und schiebt ihr dann das Formular zu.

»Bitte hier, hier und dort oben ausfüllen. Und von Ihrem Ehemann unterschreiben lassen.«

Hilde hat schon den Stift in der Hand, jetzt schaut sie ihn verblüfft an. »Wieso von meinem Ehemann?«

Herr Neumüller lächelt väterlich. Vorn links hat er einen Goldzahn.

»Weil Sie, junge Frau, als Ehefrau nicht vertragsfähig sind. So ist das in unserem Gesetz geregelt, daran kann ich leider nichts ändern.«

Hilde schluckt einen Zornesanfall herunter. Es hat keinen Zweck, diesen o-beinigen Glatzkopf zu beschimpfen, er kann nichts dafür. Auch wenn sein überlegenes Lächeln ihr fürchterlich auf die Nerven geht.

»Mein Ehemann ist momentan verreist. Könnte in seiner Vertretung auch mein Vater unterschreiben?«

Er lehnt sich zurück und runzelt die Stirn. Hilde blickt ihn mit hilfesuchendem Augenaufschlag an, da wird er weich.

»Ausnahmsweise … Wenn Ihr Ehemann zurück ist, sollte er allerdings die Unterschrift nachholen.«

»Gut«, sagt sie und lächelt, obwohl es in ihr brodelt. »Geben Sie mir das Formular mit, ich bringe es morgen ausgefüllt und unterschrieben zurück.«

»Wunderbar«, sagt er, nun doch von ihrer Entschlossenheit beeindruckt. »So machen wir's.«

Sie verstaut den Vertrag zwischen Zigarillos und Trockenerbsen, steigt wieder auf ihr Fahrrad und radelt in wütender Eile durch die Burggasse zurück auf die Wilhelmstraße. Natürlich hat sie gewusst, dass eine verheiratete Frau nicht ohne Einwilligung ihres Ehemannes einen Vertrag abschließen darf. Also, *theoretisch* hat sie es gewusst. In der Praxis war es im Hause Koch immer so, dass Mutter Else das Geschäftliche geregelt hat und

Vater Heinz mehr für das »Gefühlsleben« zuständig war. Mama hat das Café geführt, und Papa hat immer brav alles unterschrieben, was seine Else ihm vorgelegt hat.

Hoffentlich tut er das bei mir auch, denkt Hilde.

Während sie das Fahrrad im Treppenhaus abstellt und die Einkaufstasche herunternimmt, hat sie schon eine Strategie im Kopf, wie sie zu der Unterschrift kommt. Zunächst einmal muss sie Papa allein für sich haben, dann gibt sie ihm die Zigarillos – Mist, sie hätte doch die große Kiste kaufen sollen – und erzählt ihm, wie wichtig es ist, dass jemand das Auto fahren kann, solange Jean-Jacques nicht da ist. Es könnte ja einer von ihnen krank werden. Die Zwillinge. Oder Mama, die es ja am Herzen hat. Das wird Eindruck machen, da unterschreibt er ganz sicher.

Als sie jedoch in die elterliche Wohnung kommt, sitzen dort Papa und Mama am Wohnzimmertisch und schauen ihr mit Grabesmienen entgegen.

»Was ist denn los?«, fragt sie erschrocken und stellt die Tasche mit den Einkäufen auf einen Stuhl.

»Da!«, sagt Mama und weist auf ein Schreiben, das vor den beiden auf dem Tisch liegt.

Hilde zögert nicht, sie greift sich das Papier, beginnt zu lesen. Der Brief kommt von der Stadt Wiesbaden. Darin wird festgestellt, dass die beiden Erker, die sie haben bauen lassen, fünf Zentimeter auf das Trottoir hinausragen, welches städtisches Gelände ist. Da das Trottoir aber für die Fußgänger frei gehalten werden muss, ist es nötig, die Erker zu beseitigen. *Für diese bauliche Maßnahme wird Ihnen eine Frist von sechs Wochen eingeräumt.*

»Ich verstehe das nicht«, sagt Mama. »Wir haben doch genau nachgemessen! Zusammen mit dem Alois Grundmann, dem Baumenschen.«

Hilde wirft das Schreiben wütend auf den Wohnzimmertisch.

»Da steckt doch der Mayer-Schulte dahinter! Der Mistkerl will unsere Neueröffnung sabotieren!«

SWETLANA

Dezember 1951

Natürlich hat es Jekaterina nicht gefallen. Vielleicht lag es an ihrer begeisterten Schilderung, sie hatte ihnen August als einen Menschen ohne Makel oder schlechte Eigenschaften beschrieben. Sie weiß selbst, dass es solch einen Menschen nicht geben kann, dass sie ihn in rosarotem Licht sieht, weil sie verliebt ist.

Tatsächlich, sie ist in August verliebt. Es hat ein Weilchen gedauert, bis sie sich zu diesem neuen wundervollen Gefühl bekennen konnte, schließlich hat sie eine trübe Erfahrung hinter sich, die sie noch längst nicht vergessen hat. Auch damals war sie verliebt. Ganz und gar unsinnigerweise hat sie sich in den Deutschen, den Feind, den Lagerleiter verliebt. Woran deutlich wird, dass Liebe nicht immer Glück verheißt, sondern oft gerade das Gegenteil.

Meine liebe Swetlana,

meine Freundin, die meinem Herzen so nah ist, Du darfst nicht denken, dass ich Dich um das Glück einer neuen Liebe beneide oder es gar zerstören wollte. Um nichts in der Welt wollte ich so etwas tun, denn ich wünsche Dir, meine liebe Freundin, alles Glück dieser Erde. Niemand verdient es mehr, ein gutes, friedliches und zufriedenes Leben zu führen, als Du und Dein kleiner Sohn Mischa. Es vergeht kein Tag, an dem Natalja und ich nicht über Euch beide sprechen. Oft besuchen wir Anna Karlowa und erinnern uns an die schönen Tage, die wir gemeinsam mit Euch verlebt haben und die, ach ja, so schnell vergangen sind.

Aber gerade weil wir uns so mit Euch verbunden fühlen, wollen wir dir unsere Bedenken mitteilen. Natalja und ich sind in Sorge, dass Du Deinen neuen Bekannten allzu positiv sehen könntest, was im Rausch der ersten Verliebtheit ja vorkommen kann. Ach, es ist so schade, dass wir beide nicht bei Dir sein können, denn wir würden Deinen August mit den kritischen, prüfenden Augen der guten Freundin betrachten und vielleicht Dinge entdecken, die Dir nicht auffallen. So lass uns wenigstens einige Fragen stellen:

Glaubst Du, dass er Mischa ein guter Vater sein wird? Nicht nur jetzt, wo er Dein Herz erobern will und sich besondere Mühe mit dem Jungen gibt, sondern auch später? Liebt er den Jungen, oder ist er für ihn nur ein lästiges Anhängsel?

Du schreibst, dass er Student ist. Wird er Euch beide einmal ernähren können? Ist er knauserig mit dem Geld? Oder vielleicht allzu großzügig?

Trinkt er? Das ist eine üble Eigenschaft, die mit der Zeit nicht besser, sondern schlimmer wird. Natalja war einmal mit einem Trinker verlobt, und es war keine Freude. Der Krieg hat ihn verschlungen, Friede seiner Asche.

Will er stets recht behalten? Oder kann er auch nachgeben?

Neigt er zu Gewalt? Hat er schon einmal jemanden geschlagen? Dann solltest Du vorsichtig sein, Swetlana. Vor allem um Mischas willen, aber auch um Deiner selbst willen. Dazu kommt, dass es schwer ist, mit einem Mann zu leben, der sich ständig in Streitereien mit den Nachbarn oder gar mit seinen Vorgesetzten verstrickt.

Und zuletzt solltest Du auch prüfen, ob er treu sein kann. Schaut er nach anderen Frauen? Du schreibst, dass er geschieden ist. Aus welchem Grund? Hat er seine Frau vielleicht betrogen?

Die Liebe kann viel ertragen, Swetlana. Aber trotz allem musst Du Dich und Deinen Freund prüfen, bevor Du ernstere Schritte unternimmst. Er will Dich doch wohl heiraten, oder? Dann musst Du besonders vorsichtig sein, denn seiner Familie wird es nicht gefallen, dass er ausgerechnet eine Russin zur Frau nehmen will.

Oder will er gar keine Heirat? Möchte er Dich nur als seine Geliebte haben, Dich hin und wieder besuchen und vielleicht irgendwann eine andere zur Frau nehmen? Natürlich eine Deutsche …

Sie hat den Brief ärgerlich zurück in den Umschlag geschoben und in den Karton gelegt, wo sie Jekaterinas Briefe aufbewahrt. Was soll diese alberne Fragerei? Nun ja – die arme Jekaterina ist eine alte Jungfer und sieht in allen Männern nur Säufer und Schürzenjäger. Und Nataljas Verlobungszeit hat offensichtlich auch keinen Anlass gegeben, diese Meinung zu ändern. Anstatt ihr solch einen oberlehrerhaften Brief zu schreiben, sollte Jekaterina endlich ihre Bitte erfüllen und sich nach ihrer Mutter erkundigen. Aber sooft sie in ihren Briefen auch fragt – Jekaterina vermeidet dieses Thema.

Zwei Wochen lang hat Swetlana nicht geantwortet, dann hat die arme Jekaterina ihr doch leidgetan. Warum soll sie böse auf sie sein? Sie weiß es nun einmal nicht besser. Und letztendlich meint sie es ja gut mit ihr, wenn auch auf eine etwas verschrobene Weise. Also hat Swetlana ihr einen freundlichen Brief geschrieben und von dem Andreasmarkt in Wiesbaden erzählt, wo sie mit Michael gewesen ist und ihm gebrannte Mandeln gekauft hat. Dass auch August bei ihnen war, hat sie vorsichtigerweise unterschlagen. Dafür hat sie von der neuen Winterjacke berichtet, die sie für Michael gekauft hat, von den Flicken, die sie auf seine Hosen nähen muss. Sie vergisst nicht, den Garten ihrer Freundin zu erwähnen, die eingemachten Früchte, die Kartoffeln und das Wintergemüse, von dem die Schwestern jetzt wohl essen werden, und sie gesteht, dass sie selbst gern einen solchen Garten hätte. Sie legt dem Brief eine Fotografie bei, auf der sie mit Michael im Wiesbadener Kurpark zu sehen ist. Die Aufnahme hat August gemacht; er besitzt eine Kamera und kann die Fotografien selbst entwickeln. Letzten Sonntag hat er ihr vier wunderschöne Aufnahmen mitgebracht, und sie hat gemeint, es würde Zeit, dass sie lernt, mit dem Fotoapparat umzugehen, damit auch er einmal auf einem Bild zu sehen ist. Weil sie gern ein Foto von ihm hätte. Er hat sich darüber gefreut, das hat sie ihm angesehen.

Es fällt ihr überhaupt leicht, seine Stimmungen, seine Gefühle zu erraten. Er kann sehr fröhlich sein, über Scherze lachen, manchmal ist er sogar ausgelassen und macht Späße – aber im Grunde ist er ein ernster Mensch. Das hat sie gleich zu Anfang bemerkt. Wenn er sich unbeobachtet glaubt, gibt es einen ernsten, sogar bitteren Zug in seinem Gesicht. Zu allen Dingen im Leben hat er eine feste Ansicht, er ist klug und vernünftig und denkt viel nach. Aber er ist keiner, der immer recht haben will, ganz im Gegenteil. Er hört ihr aufmerksam zu, wenn sie etwas erklärt, stellt Fragen und bemüht sich, ihre Worte zu begreifen. Und selbst wenn ihm nicht so recht gefällt, was sie sagt, so versucht er niemals, sie von seiner Meinung zu überzeugen. Dann lächelt er nur und schaut sie auf eine so seltsame Weise an: heiter, ein ganz klein wenig spöttisch, aber auch sehr liebevoll. Manchmal sitzt ihr der Schalk im Nacken, dann hat sie Freude daran, ihn in Verlegenheit zu bringen, weil er dann so verwirrt dreinschaut und sie Lust bekommt, ihn in die Arme zu nehmen. Inzwischen begrüßen sie sich immer auf die russische Art und Weise, und der Dummkopf hat noch nicht gemerkt, dass sie ihn sehr viel zärtlicher umfängt und küsst, als sie es zum Beispiel mit Fritz Bogner oder auch mit Luisa tut. Oder lässt er es sich nur nicht anmerken? Auf jeden Fall lächelt er sie dann auf eine besondere Weise an, und in seinen Augen blitzt ein Feuer.

Wann wird er endlich den Mut finden, sie richtig zu küssen? Ach, es ist nicht einfach für sie beide, denn bisher waren sie noch nie miteinander allein. Immer ist Michael dabei, und vor dem Jungen mag sie solche Dinge nicht tun. Auf keinen Fall. Und wie es scheint, ist auch August dieser Ansicht. Er ist ein sehr rücksichtsvoller Mensch, das liebt sie an ihm. Aber er könnte auch ein wenig, ein ganz klein wenig frecher sein. Das ärgert sie an ihm.

Aber trotz dieses wundervollen neuen Glücks, auf das sie nicht mehr gehofft hat, gibt es eine Menge Probleme in ihrem Leben. Das fängt bei den Kunden an, die an ihr herumnörgeln, ihr immer mehr Arbeit aufhalsen, aber nur zögerlich bezahlen. Gerade jetzt, wo es auf Weihnachten zugeht, möchte sie gern ein kleines Sümmchen für Geschenke zurücklegen, aber bisher ist sie froh, wenn sie die Miete zahlen und die nötigen Dinge des täglichen Lebens einkaufen kann. Michael wünscht sich ein Fahrrad zu Weihnachten, ein Wunsch, den sie nicht erfüllen kann. Aber sie möchte eigentlich ohnehin nicht, dass ihr Sohn ganz allein mit einem Fahrrad durch die belebten Straßen von Wiesbaden fährt. Der Autoverkehr nimmt täglich zu, schon als Fußgänger muss man aufpassen, um nicht von einem Auto angefahren zu werden. Michael, der oft so unbedacht, so übermütig ist, wäre ständig in Gefahr zu verunglücken. Mit Schrecken denkt sie an jenen Tag zurück, als er beinahe im Parkweiher ertrunken wäre.

Ein schlimmer Tag – und zugleich auch ein glücklicher Tag. Denn es war das erste Zusammentreffen mit August. Glück und Leid liegen im Leben oft so nah beieinander, das hat sie schon mehrfach erfahren.

Mit Michael gibt es momentan jede Menge Schwierigkeiten. Manchmal ist sie ganz verzweifelt, dann muss Luisa sie trösten, so gut sie kann.

»Er ist eben ein Junge, Swetlana. Er muss sich behaupten, alles ausprobieren, ein Mann werden.«

»Aber doch jetzt noch nicht … Er ist doch gerade erst acht Jahre alt, Luisa! Er ist noch ein Kind und soll seiner Mutter gehorchen.«

»Aber das tut er doch auch … Meistens zumindest. Hast du nicht gesagt, dass er gute Noten in der Schule hat?«

Das ist allerdings richtig. Michael ist ein aufgeweckter Schüler, vor allem das Rechnen fällt ihm leicht, da gehört er zu den Besten in der Klasse. Auch seine Diktate sind besser geworden, was Swetlana ganz besonders freut. Nur seine Handschrift ist mangelhaft, sie schaut aus, als sei eine Krähe über das Papier gelaufen. Nein, in der Schule gibt es gottlob kaum Probleme. Es sind andere Dinge, die ihr Sorgen bereiten.

Michael ist aufmüpfig. Er gibt freche Antworten und will sich nicht einmal dafür entschuldigen. »Ist mir so rausgerutscht, Mama. Kann ja mal passieren.«

»Und es ist dir gleich, dass du mich machst traurig, Michael?«

»Das heißt nicht: *dass du mich machst traurig*, Mama. Man sagt: *dass du mich traurig machst.*«

Naseweis ist er. Gibt damit an, dass er besser Deutsch kann als seine Mama. Nimmt sich heraus, sie zu verbessern. Ach, er weiß ja nicht, wie schwer es gewesen ist, zurück nach Deutschland zu gehen und dort ganz allein den Lebensunterhalt zu verdienen. Alles das tut sie nur für ihn, damit er es einmal besser hat. Aber wenn sie ihm das sagt, mag er es nicht hören.

»Wenn ich groß bin, verdiene ich das Geld, Mama. Dann sind wir nicht mehr arm, und du nähst auch keine Flicken mehr auf meine Hosen.«

Das ist der nächste Streitpunkt. Er sagt, seine Freunde würden über die Flicken an seinen Hosen lachen. Aber sie hat nicht das Geld, ihm neue Hosen zu kaufen, zumal er ständig mit Rissen und Löchern in der Kleidung nach Hause kommt. Auf ihre besorgten Fragen, ob er sich etwa wieder geprügelt habe, gibt er nur ausweichende Antworten.

»Da bin ich hingefallen, Mama. Und da bin ich an einem Haken hängen geblieben …«

»An was für Haken?«

»Der war da in der Mauer …«

»Auf dem Schulhof etwa?«

»Nee … unterwegs … an einem Haus …«

Weil sie arbeiten muss, kann sie nicht nachprüfen, ob er nach der Schule sofort nach Hause geht oder etwa mit seinen Kameraden in der Gegend herumstreunt. Das hat sie ihm streng verboten.

»Ich geh immer gleich nach Hause, Mama. Frag Luisa …«

Aber Luisa ist auch nicht immer ehrlich zu ihr. Sie versucht, sich herauszureden. Michael sei ein vernünftiger Junge, er käme zum Mittagessen zu ihr und würde dann seine Hausaufgaben machen. Außerdem ist Luisa nicht immer zu Hause, sie geht jetzt wieder oft ins Café Engel, um dort zu helfen, und dann ist Michael sich selbst überlassen.

»Hast du heute Geige geübt?«

»Bisschen …«

Seine Begeisterung für die Musik schwindet von Tag zu Tag. Auch wenn Fritz Bogner sie beruhigt und erklärt, das sei ganz normal, er würde trotzdem Fortschritte machen, so bedauert sie inzwischen, das teure Instrument gekauft zu haben.

»Warum du übst nicht mehr, Michael?«

Er tut einen tiefen Seufzer und schaut sie vorwurfsvoll an. »Ich kann doch nicht immer nur Geige üben …«

»Aber wenigstens halbe Stunde am Tag …«

»Das schaffe ich leicht, Mama … Aber die anderen haben Fahrräder und fahren rüber zum Spielplatz. Oder an den Rhein …«

Ach du liebe Zeit! An den Rhein! Damit er ins Wasser fällt und ertrinkt. O nein, sie wird ihm ganz bestimmt kein Fahrrad kaufen, selbst wenn sie das Geld dazu hätte. Ein achtjähriges Kind ist viel zu klein, um allein in der Gegend herumzufahren.

»Aber meine Freunde sind doch dabei!«

»Umso schlimmer. Diese Jungen haben nur Unsinn in den Köpfen. Schau nur an deine Hosen. Schon wieder Riss. Zieh sie aus, damit ich sie kann flicken …«

»Aber August hat erzählt, dass er früher mit dem Fahrrad in

der Stadt herumgefahren ist. Mit seinem kleinen Bruder zusammen.«

»Früher es gab es nicht so viele Autos in Stadt, Michael. Zieh jetzt Hose aus, ich habe nicht viel Zeit …«

Ein neues Problem: Er mag sich nicht vor ihr ausziehen. Stellt sich plötzlich fürchterlich an, wenn er sich in der Küche waschen soll und sie derweil am Herd beschäftigt ist. Sie soll ihn nicht sehen, wenn er nackig ist, das mag er nicht. Weil es in der Wohnung kein Badezimmer gibt, nimmt er die Waschschüssel und geht damit ins Schlafzimmer, schließt die Tür ab und wäscht sich dort. Hinterlässt eine Wasserlache auf dem Fußboden.

»Warum du schämst dich vor deiner Mama? Du bist doch noch ein Kind!«

Er kann es nicht erklären, es ist eben so. Aber sie macht sich Gedanken, wie es wohl weitergehen wird. Einstweilen schläft er noch mit ihr in einem Zimmer, aber vielleicht wird sie bald umräumen müssen. Dann bekommt er das Schlafzimmer für sich allein, und sie wird im Wohnzimmer schlafen. Oft denkt sie, dass sie solche Dinge gern mit August besprechen würde. Gewiss könnte sie auch Luisa und Fritz fragen, aber die beiden sagen bei allen Problemen: »Ach, das ist doch nicht so schlimm.« August ist anders, er nimmt die Dinge ernst, macht sich Gedanken und sagt seine ehrliche Meinung. Allerdings ist er manchmal auch ein begabter Schweiger. Das ist ihr schon öfter aufgefallen, und sie hat sich ihre Gedanken darüber gemacht. Es gibt Fragen, denen er ausweicht, auf die er keine konkrete Antwort geben mag. Zum Beispiel erzählt er sehr wenig von seinen Eltern. Sie weiß nur, dass sie beide noch am Leben sind und hier in Wiesbaden wohnen. Sie weiß auch, dass er einen jüngeren Bruder hat, der Wilhelm heißt. Aber das ist eigentlich schon alles. Es gefällt ihr nicht, und natürlich muss sie auch an Jekaterinas Brief denken. *Du musst vorsichtig sein, denn seinen Eltern wird es nicht gefallen, dass er sich ausgerechnet eine Russin ausgesucht hat …*

Auf der anderen Seite gibt es auch Dinge aus ihrem eigenen Leben, über die sie nicht sprechen will. Vor allem die Sache mit Michaels Vater und der geschwindelten Ehe.

Es ist der dritte Adventssonntag. Ende kommender Woche beginnen schon die Weihnachtstage, wie sie hier in Deutschland gefeiert werden. Sie hat sich daran gewöhnt, Michael kennt es nicht mehr anders, er ist erstaunt, wenn seine Mutter erzählt, dass sie damals mit ihren Eltern am 6. Januar das Weihnachtsfest begangen hat. Heute wollte August mit ihnen eigentlich einen längeren Spaziergang hinauf zum Neroberg unternehmen, aber der Schnee ist längst geschmolzen, die Erde ist aufgeweicht und voller Wasserlachen, zudem regnet es. So beschließen sie, mit Regenschirmen ausgerüstet noch einmal über den Andreasmarkt zu gehen. Sie fahren Karussell, was Michael großartig findet, Swetlana aber behauptet beim Aussteigen, ihr sei ganz furchtbar schwindelig, und August muss den Arm um sie legen, um sie zu stützen.

»Du hältst aber auch gar nichts aus, Mama«, lacht ihr Sohn.

»Jetzt fahren wir beide noch mal, du Frechdachs«, sagt August zu ihm. »Und dann schauen wir mal, wer hinterher fester auf den Füßen steht!«

Michael ist Feuer und Flamme. Er setzt sich neben August auf den Karussellsitz, und es macht ihm gar nichts aus, dass er selber es ist, der nach der Fahrt Schlangenlinien läuft. Im Gegenteil, er ist stolz auf seinen großen Freund, dem das kreisende Karussell scheinbar nichts anhaben kann.

Da der Regen immer heftiger wird und auch die Regenschirme kaum noch helfen, kürzen sie ihren Weihnachtsmarktbummel ab. Es gibt noch eine Tüte gebrannte Mandeln und ein Lebkuchenherz für die Mama, darauf steht: »Für meine Allerliebste«. Das darf Michael seiner Mama umhängen, und August schaut schmunzelnd dabei zu.

Nass, aber in bester Stimmung treffen sie in Swetlanas Wohnung ein, wo heute Kaffee getrunken wird. Luisa hat schon den Wasserkessel aufgesetzt und den Tisch weihnachtlich geschmückt.

»Wie schade, dass Fritz nicht da ist«, meint sie bedauernd. »Aber er hat heute und in der kommenden Woche ein Weihnachtskonzert nach dem anderen zu spielen.«

»Das ist doch gut!«, sagt Swetlana. »Da werdet ihr sein reich, Luisa!«

»Schön wär's«, lacht die Freundin.

Es gibt selbst gebackene Weihnachtsplätzchen, Kaffee, für Michael Kakao, es wird über den Andreasmarkt geredet, der heute leider im Regen versinkt, August erzählt von der Universität in Frankfurt, von dem großen Hörsaal, in dem nur so wenige Studenten sitzen, von den neuen Häusern und Geschäften, die wie die Pilze aus den Ruinen hervorwachsen. Frankfurt hat im Krieg weit mehr Bombenschäden erlitten als Wiesbaden, auch dort sind immer noch Trümmer zu sehen, die langsam vom Unkraut überwuchert werden.

Eine Weile reden sie über das Thema »Fahrrad«, und Michael muss sich anhören, dass auch sein großer Freund August Bedenken hat. Wenn überhaupt, dann muss Michael erst einmal Radfahren lernen, und er sollte zu Anfang nur in Begleitung eines Erwachsenen fahren.

»Damit du lernst, wie du dich im Straßenverkehr verhalten musst«, erklärt August.

»Wirst du dann mit mir fahren, August?«, fragt der Junge vertrauensvoll.

»Langsam!«, bügelt Swetlana ab. »Vorläufig du besitzt nicht mal ein Fahrrad, Michael. Und ich fürchte, das wird noch bleiben eine Weile.«

»Och, Mensch!«, stöhnt Michael und schiebt enttäuscht die Unterlippe vor.

Zum Trost darf er ihnen Weihnachtslieder auf der Geige vorspielen. Dazu müssen sie auf seinen Wunsch die Deckenlampe ausschalten und eine Kerze anzünden. Das ist schöner, und die Lieder kann er sowieso auswendig spielen. So sitzen sie schweigend da und hören seinem Geigenspiel zu, das sich tatsächlich – auch August ist dieser Meinung – sehr verbessert hat. Der Ton ist wärmer geworden, Michael spielt jetzt mit musikalischem Gefühl, man spürt, dass ihm die Lieder gefallen, und auch seine Zuhörer haben Freude daran.

Hat sie es erhofft? O ja, das hat sie. Dennoch kommt es so überraschend, dass es sie wie ein elektrischer Schlag durchzuckt. August legt im Halbdunkel ganz vorsichtig seine Hand auf die ihre, lässt sie dort ruhen, ohne auf ihr zu lasten, warm und voller Zärtlichkeit. Swetlana verspürt eine Art Trommelwirbel in ihrer Brust, sie kann nicht anders, sie dreht ihre Hand sacht, wendet ihm die Innenfläche zu, und ihre Finger verschränken sich ineinander. Sein heiterer Blick, der ihr die Gefühlsaufwallung ansieht, das Spiel ihrer Finger, herausfordernd, neckend und zugleich erregend, das Klopfen ihrer Herzen. Es ist aufregend und zugleich wundervoll, sie wünscht, es möge ewig andauern, doch dann beendet Michael sein Spiel, und Luisa schaltet die Deckenlampe wieder ein. Swetlana löst ihre Hand aus seiner, und der Zauber ist vorüber. Ist er das wirklich? Nein, er dauert an. Beide sind nun Komplizen, spüren das gleiche Feuer, streben zueinander hin, suchen die nächste Gelegenheit, einander zu berühren.

Hat Luisa es bemerkt? Wenn ja, dann lässt sie sich nichts anmerken.

»Dann will ich mal das Abendessen vorbereiten«, meint sie und steht auf. »Michael, magst du mir drüben helfen? Es sind sechs hart gekochte Eier abzupellen und zu halbieren. Die kommen auf den Kartoffelsalat.«

Michael kann gar nicht so schnell die Geige wegpacken, wie es ihn hinüber in Luisas Küche zieht. Hart gekochte Eier sind seine Leidenschaft, und dann macht Luisa doch immer Mayonnaise an den Kartoffelsalat, davon nascht er gern ein Löffelchen. Bereitwillig läuft er hinter Luisa her, die Tür fällt hinter den beiden zu, Swetlana und August sind miteinander allein. Zum ersten Mal.

Zunächst sind beide verlegen. Swetlana trinkt den kalt gewordenen Kaffeerest aus ihrer Tasse, August schiebt die Krümel auf der Tischdecke zusammen.

»Darf ich dir etwas sagen, Swetlana?«, fragt er, ohne sie anzusehen.

»Natürlich …«

»Aber, bitte, erschrick nicht.«

Sie begreift, wie schwer es ihm fällt, und sie muss sich das Lachen verkneifen. »Ich bin nicht schreckhaft …«

Er neigt sich ihr zu, schaut sie eindringlich an, und dann spricht er es endlich aus.

»Ich hab mich in dich verliebt.«

Wie unsicher er ist. Wie besorgt und ängstlich er sie nun anschaut, weil er fürchtet, sie könnte ihn abweisen. Oder gar auslachen.

»Das ist wunderbar, August«, sagt sie leise. »Und ich glaube, mir es geht genau wie dir.«

»Ist das wahr?«, flüstert er beglückt.

»Ich schwöre …«

Sie neigen sich einander zu, und er streicht mit dem Finger ganz sanft über ihre Wange. Erst dann küsst er sie. Zart und sehr vorsichtig, als wäre sie aus Zuckerguss und könnte sich bei der Berührung auflösen. Sie legt den Arm um seinen Nacken, zieht ihn fest zu sich heran und zeigt ihm, wie sie geküsst werden will. Er begreift schnell, so schnell, dass ihr bald der Atem wegbleibt.

»Swetlana«, flüstert er zwischen zwei Küssen. »Swetlana, ich meine es ernst mit dir!«

»Liebe ist immer ernste Sache«, haucht sie ihm ins Ohr. »Ist

Himmel und Hölle. Schönste Sache der Welt und schlimmste Unheil …«

»Kein Unheil«, sagt er und streicht ihr das aufgelöste Haar aus dem Gesicht. »Den Himmel verspreche ich dir, Swetlana. Wenn du meine Frau …«

In diesem Moment hämmert jemand gegen die Wohnungstür, und sie halten sich erschrocken aneinander fest.

»Frau Stammler! Machen Sie auf! Zu Hilfe!«

Gleich darauf wird auch drüben bei Luisa gegen die Tür geschlagen.

»Das ist die Nachbarin Grulich …«, sagt Swetlana und löst sich von ihm. »Ist vielleicht Unglück passiert …«

Diese Frau ist ihr schon immer lästig gewesen, aber heute schafft sie es, im falschesten aller Augenblicke aufzukreuzen. Drüben wird die Wohnungstür geöffnet, man hört Luisas Stimme, dann die Grulich, die aufgeregt redet und dabei schnauft und keucht. Swetlana will zur Wohnungstür laufen, aber August hält sie zurück.

»Warte noch. Bitte«, sagt er hastig. »Du weißt, was ich dich fragen wollte. Bitte, denk darüber nach, Swetlana. Ich werde an Weihnachten wieder hier sein …«

Er küsst sie sacht auf die Wange.

»Ich werde nachdenken«, sagt sie und geht eilig zur Tür.

Draußen steht Frau Grulich im lilafarbenen Morgenmantel, an den Füßen trägt sie graue Filzschlappen. Das Haar hat sie auf Lockenwickler gedreht, darüber ist ein rosafarbenes, durchsichtiges Tuch gebunden. Sie ist ganz aufgelöst und redet ohne Punkt und Komma.

»Da bin ich aufgewacht, weil er so geschnauft hat … und wie ich ihn so daliegen seh, da merk ich, dass er totenbleich ist. Und wie er keucht, wie eine Dampfmaschine …Und wie ich ihn dann frag, Herrmann, hab ich gefragt, Herrmann, so sag doch was … da hat er nur gebrummt, so hmmmmmm, und ich hab nichts verstehen können … O mein Gott, können Sie nicht rasch einen Doktor holen, Frau Bogner? Oder Sie, Frau Stammler? Ich hab so Angst wegzugehen. Nachher stirbt er mir noch, wenn ich nicht dabei bin …«

Luisa sieht erschrocken aus, sie hat den Arm um den neugierig um die Ecke lugenden Michael gelegt und meint: »Natürlich, Frau Grulich. Ich laufe rasch zu Dr. Walter. Allerdings wird es ein Weilchen dauern, und ich weiß auch nicht, ob er am Sonntag kommt.«

»O mein Gott«, jammert Frau Grulich laut durchs Treppenhaus. »Die können ihn doch nicht so sterben lassen! Erst die Stelle gekündigt, dann die Rente gekürzt, und dann lassen sie ihn einfach so verrecken! Einen Mann, der einmal in höchster Position …«

August schiebt sich an Swetlana vorbei, steht jetzt vor der jammernden Frau und legt ihr beruhigend die Hand auf den Arm.

»Gehen Sie zu Ihrem Mann, Frau Grulich. Ich hole einen Wagen und fahre ihn zur Klinik. In zwanzig Minuten bin ich wieder hier, packen Sie schon mal ein paar Sachen zusammen und ziehen Sie sich an.«

Er wirft rasch seine Jacke über und läuft im Eilschritt die Treppen hinunter. Unten schlägt die Haustür hinter ihm zu.

»Ach du liebe Zeit«, stöhnt Frau Grulich. »Gleich in die Klinik. Ich weiß gar nicht, wo mir der Kopf steht. Vielleicht ist er ja schon tot, wenn ich jetzt runtergeh…«

»Ich gehe mit Ihnen«, sagt Luisa. »Bleiben Sie ganz ruhig, wir schaffen das schon.«

Swetlana ruft Michael zu sich, der immer noch ganz erschrocken in Luisas Wohnungseingang steht. Leise erklärt sie ihm, dass Herr Grulich krank geworden ist und dass August ein Auto holt, um ihn zur Klinik zu fahren.

»Zum Paulinenstift?«

»Ja, ich glaube …«

»Da war der Klausi, als sie ihm den Blinddarm rausgenommen haben. Das war schön, hat er gesagt. Hat der Herr Grulich auch einen Blinddarm, Mama?«

Der Junge ist aufgeregt und redet wie ein Wasserfall. Swetlana hört kaum zu und versucht trotzdem, die richtigen Antworten zu geben. Es ist passiert. August hat ihr ein Liebesgeständnis gemacht, er hat sie geküsst und sie gefragt, ob sie seine Frau werden will. Und das alles innerhalb von höchstens einer Viertelstunde. Unfassbar. Was soll sie ihm antworten? Sie weiß es nicht. Ja, sie liebt ihn, und ja, sie möchte seine Frau werden. Aber auf der anderen Seite – sie kennt ihn ja erst ein paar Wochen! Sie wird ihm sagen, dass sie ein wenig Zeit braucht. Ja, das ist eine gute Idee.

»Da ist er, Mama. Das ist ein VW. Er hat ihn vor dem Haus abgestellt. Und jetzt steigt er aus … Puh, wie das regnet!«

Sie fährt aus ihren Gedanken auf und zieht sich rasch eine Jacke über.

»Warte hier, Michael. Ich gehe schnell hinunter, wir müssen tragen den armen Herrn Grulich in Auto …«

»Ich will mit runter!«, jammert er. »Ich will auch helfen …«

»Du bleibst hier oben.«

Im ersten Stock trifft sie auf August und Luisa, die den totenblassen Patienten zwischen sich genommen haben und vorsichtig zum Ausgang führen. Swetlana kommt gerade richtig, um Frau Grulich noch rasch den Mantel umzuhängen und ihr feste Schuhe zu verpassen.

»Haben Sie Tasche gepackt?«

Dafür hat Luisa gesorgt. Swetlana gibt der völlig verwirrten Nachbarin die Tasche in die Hand, nimmt den Schlüsselbund vom Haken und geht mit ihr in den Flur.

»Ich schließe Wohnung besser ab und lege Schlüssel in Tasche, ja?«

Frau Grulich ist mit allem einverstanden; sie läuft nach draußen, wo August und Luisa ihren Mann gerade auf dem Beifahrersitz deponiert haben. August klappt den Fahrersitz nach vorn, damit sie auf den Rücksitz klettern kann, Luisa reicht ihr die Tasche, dann setzt sich August ans Steuer. Er schaut noch einmal zu ihnen hinüber, lächelt Swetlana zu, winkt kurz mit der Hand, dann startet er.

Das Auto steht direkt unter der Straßenlaterne. Sie schaut es jetzt genauer an, weil sie sich wundert, woher August so schnell einen Wagen bekommen hat. Es ist ein Volkswagen, genau wie Michael gesagt hat. Er ist grau oder blau, ganz genau kann sie es im diffusen Licht der Laterne nicht unterscheiden. Auf der Fahrertür leuchtet ein goldener Aufdruck. Ein kleiner pausbäckiger Engel. Und darunter steht etwas geschrieben, was sie gerade noch lesen kann, bevor der Wagen davonfährt.

Café Engel
Wilhelmstraße 75
Kuchen und Torten vom Feinsten

JEAN-JACQUES

Dezember 1951

Es ist eine Reise in die Vergangenheit. In eine Zeit, die er eigentlich hat vergessen wollen. Der Bruderstreit, der ihn beinahe das Leben gekostet hat. Das Kind in Margots Bauch, das nicht seines war. Seine Lieblosigkeit. Margots unglückseliger Tod. Seine Reue. Und dann die Entscheidung, mit der er glaubte, der Schuld, dem Elend zu entkommen. Seine Flucht, die bei Hilde ihr Ende fand.

Bin ich wieder auf der Flucht?, denkt er, während er aus dem Zugfenster in die graue Winterlandschaft starrt. Bin ich einer, der immer davonläuft, wenn es Probleme im Leben gibt? Er führt sich vor Augen, warum er damals, vor sechs Jahren, sein Elternhaus im Morgengrauen verlassen hat. Mit dem festen Vorsatz, niemals zurückzukehren. Es war die unselige Verstrickung in Schuld und Hass, die er mit seiner Flucht durchbrechen wollte. Für die es keine andere Lösung gegeben hätte, als sich zurückzuziehen und dem Bruder das Feld zu überlassen. Nein, es war richtig, was er damals getan hat. Sie haben Frieden geschlossen, Pierrot und er, wenn auch nur auf die Entfernung. Pierrot hat Margots Tod überwunden, er sieht seinen Sohn Marcel aufwachsen, er hat sogar geheiratet und eine Familie gegründet. Und auch er, Jean-Jacques, hat sich ein neues Leben aufgebaut. Er hat seine große Liebe wiedergefunden und sie geheiratet, sie haben zwei Kinder, er sollte glücklich sein. Er ist nur unterwegs in die alte Heimat, um bei der Beerdigung seines Vaters dabei zu sein. Nur deshalb. Gut – es hat einen kleinen Streit vor seiner Abreise gegeben. Das ist in seiner Ehe nichts

Ungewöhnliches, sie sind beide temperamentvoll und streiten oft miteinander, aber sie versöhnen sich auch wieder.

Alles in Ordnung.

Am späten Nachmittag ist er in Paris, dort muss er warten, der Zug nach Montpellier ist ihm vor der Nase weggefahren. Er geht durch den Bahnhof, schaut sich um und stellt fest, dass sich in den sechs Jahren vieles verändert hat. Es gibt Verkaufsstände und kleine Läden, man kann Reiseproviant, Getränke, Blumen oder Tabakwaren erwerben, auch gibt es am Platz eine Bank, wo man Mark in Francs tauschen kann. Seine Mittel sind ausreichend, er hat am Morgen in Wiesbaden das gemeinsame Konto um eine größere Summe erleichtert. Hilde wird vermutlich wütend darüber sein, aber er hat ja nicht die Absicht, das Geld restlos auszugeben. Er wird sparsam sein, aber er braucht eine Reserve für den Notfall, man kann nie wissen, was einem auf solch einer Reise begegnet. Er verlässt den Bahnhof und geht ein wenig in den Straßen herum, gönnt sich ein Baguette mit Salami und einen Café in einem Bistro, dann kehrt er zum Gare de l'Est zurück und setzt sich in den Wartesaal. Es ist kalt und ungemütlich; auch die Weihnachtsdekoration, die aus Papp-Engeln mit Goldrand besteht, kann daran nichts ändern. Außer ihm sitzen in einer Ecke drei Clochards, die sich eine Flasche Rotwein brüderlich teilen, auf der anderen Seite wartet ein älteres Ehepaar mit mehreren Koffern auf die Weiterfahrt. Nach einer Weile kommt ein Bahnbeamter in Uniform und weist die Clochards aus dem Wartesaal. Sie gehorchen, ohne aufzumucken, nehmen auch die leere Flasche mit und gehen hinaus in die Kälte. Er selbst und das Ehepaar mit den Koffern werden nur mit einem höflichen Kopfnicken bedacht – offensichtlich macht er einen seriösen Eindruck auf den Beamten.

Vor sechs Jahren saß er hier mit brüllenden Kopfschmerzen und wusste kaum, wohin er eigentlich fahren wollte. Was für ein armes Schwein er da doch gewesen ist und wie gut es ihm jetzt geht! Das Portemonnaie gefüllt, eine warme Winterjacke am Körper und gute Schuhe an den Füßen, eine Ehefrau und zwei Kinder daheim in Wiesbaden.

Ja, er ist verdammt gut dran, er hat Glück gehabt, sich ins warme Nest gesetzt. Er hat keinen Grund, Trübsal zu blasen. Es ist wohl nur dieses diffuse Licht in dem trostlosen Raum, der ihm auf die Stimmung schlägt. Und der verdammte Streit mit Hilde.

Nicht daran denken. Es wird sich wieder einrenken.

Aber in seinem Kopf arbeitet es weiter. Ihre Sturheit. Ihr Egoismus. Alles muss nach ihrem Willen gehen. Er hat zu funktionieren. Zu gehorchen. Das Café Engel hier, das Café Engel da. Nur immer das verfluchte Café! Seine Wünsche interessieren sie nicht. Er hat das Café Engel geheiratet, nicht die Frau, die er liebt. So geht es nicht weiter, so kann er nicht leben. So kann er nur dahinsiechen, kaputtgehen, verzweifeln. Der Ehemann der Chefin. Der allzeit gehorsame brave Diener des Hauses. Der Idiot des Café Engel.

Fast hätte er seinen Zug verpasst, so sehr hat er sich auf einmal in diese Geschichte hineingesteigert. Im Laufschritt eilt er durch das Bahnhofsgebäude, erwischt gerade noch den letzten Waggon, springt auf und quetscht sich hinein. Setzt sich auf einen freien Platz auf einer der hölzernen Bänke und ist heilfroh, dass er es so eben geschafft hat. Die Reisenden neben ihm gehen den unterschiedlichsten Beschäftigungen nach. Die meisten schlafen, eine alte Frau schnarcht laut mit offenem Mund, ein junger Mann isst Weißbrot mit Käse und trinkt dazu Rotwein aus der Flasche, drüben auf der anderen Seite wiegt eine junge Mutter ihr Kind in den Schlaf. Jean-Jacques muss plötzlich an seine Jungen denken, an Frank und Andi, die ganz sicher nach ihm fragen werden, vermutlich auch nicht verstehen können, weshalb er ihnen nicht Adieu gesagt hat.

Dabei hat er es getan. Allerdings, ohne sie zu wecken. Er ist in aller Frühe auf Zehenspitzen ins Kinderzimmer gegangen, hat kein Licht eingeschaltet, aber das Flurlicht fiel ins Zimmer hinein, sodass er die beiden kleinen Schläfer betrachten konnte. Er hat ein Weilchen an ihren Betten gestanden und konnte sich kaum losreißen. Das Herz tat ihm weh, er kam sich vor wie der schlimmste Verbrecher. Dann hat er beide geküsst, ganz sacht, damit sie nicht aufwachen, zuerst Frank, der auf dem Rücken lag, die Fäuste geballt. Und dann Andi, der das Kopfkissen mit beiden Armen umschlungen hielt. Ihre Wangen waren heiß vom Schlaf, er hat leise, sehr leise die Tür zugemacht und ist aus der Wohnung gegangen. Draußen war es noch dunkel, Schneeflöckchen wehten ihm entgegen, er hat die Mütze in die Stirn gezogen und den Schal fester gebunden. Nein, von Hilde hat er sich nicht verabschiedet. Er hat nicht einmal versucht, ob die Schlafzimmertür noch verschlossen war, er hat auch keinen Zettel geschrieben – wozu? Er hat ihr ja gesagt, was er vorhat. Sie hat dazu geschwiegen, keine Antwort gegeben, also ist es ihr gleich, wenn er wegfährt.

So einen wie dich, den brauche ich nicht!

Der Satz klingt ihm noch in den Ohren. Er hat wehgetan. Sie braucht ihn nicht. Wo ist ihre Liebe geblieben? Die zärtliche Fürsorge, die sie ihm erwies, als er vor sechs Jahren krank und erschöpft in Wiesbaden ankam? Sie hat ihn gefüttert und gepflegt, hat selbst gehungert, um ihm Leckerbissen zukommen zu lassen, in den Nächten hat sie bei ihm gelegen und ihn gewärmt. Wobei er schneller gesund wurde als gedacht und ihr seine Heilung sehr eindringlich bewiesen hat. Wo ist all diese Zärtlichkeit hingekommen? Das Begehren? Die wundervollen langen Nächte miteinander? Ihr glückliches Gesicht am Tag der Hochzeit? Ihre Freude, als er sie mit den beiden winzigen Babys aus der Klinik nach Hause holte. In einem Taxi – was für ein Luxus. Damals war ihre Liebe der Mittelpunkt ihres Daseins, nur sie und er, dazu die Zwillinge – nichts sonst zählte. Aber seit einiger Zeit hat er den Eindruck, dass es für Hilde nur noch das Café Engel gibt und dass er nur noch ein Schatten ist, ein Diener, der keinen eigenen Willen haben darf.

Ihr Egoismus hat ihre Liebe getötet! So und nicht anders ist es gewesen. Jetzt endlich hat er den Kern der Dinge erkannt. Bei ihr liegt die Schuld, nur bei ihr. Er hat alles hinter sich gelassen, ist in ein fremdes Land gegangen, in eine fremde Familie, mit leeren Händen und vollem Herzen ist er gekommen und hat ganz allein auf ihre Liebe vertraut. Ein Idiot ist er gewesen. Wer auf die Liebe einer Frau vertraut, der hat auf Sand gebaut. Erst geht die Liebe, dann die Achtung, und am Ende bleiben nur Hass und Streit. Wenn einer dann die Konsequenzen zieht und sein Bündel packt, ist sein Herz ebenso leer wie seine Hände.

Irgendwann schläft er beim ratternden, schlingernden Rhythmus des Zuges ein, träumt allerlei düsteres Zeug, sieht sich auf einem kahlen Fels stehen, unter ihm das schwarze, tosende Meer, das ihn verschlingen wird. Dann wieder geht er durch wabernde Nebel, folgt jemandem, der ihm unsagbar wichtig ist, den er auf keinen Fall verlieren will, aber er weiß nicht genau, wer es ist. Hin und wieder lichtet sich der Nebel, er sieht eine Silhouette, einen Schatten, er ruft einen Namen, streckt die Arme aus und kann doch niemanden erreichen, weil der graue Dunst gerade in diesem Moment wieder alles verhüllt. Er erwacht sehr plötzlich, spürt einen Aufprall und einen Schmerz im Rücken – er ist von der Bank gerutscht, als der Zug mit einem Ruck gehalten hat. Zwei halbwüchsige Mädchen sitzen gegenüber und können gar nicht aufhören, über ihn zu kichern. Eine ältere Frau fragt besorgt, ob er sich verletzt habe.

»Nein, nein … Ich habe geschlafen …«

Beinahe hätte er auf Deutsch geantwortet, so verschlafen ist er noch. Damit hätte er sich vermutlich wenig Sympathien bei seinen Mitreisenden erworben. Jetzt sind alle freundlich, bedauern sein Missgeschick und zeigen sich hilfsbereit. Die ältere Frau bietet ihm Milchkaffee aus der Thermosflasche an, ein junger Bursche teilt sein Baguette mit ihm, ein älterer Mann schenkt ihm drei Walnüsse. Man redet über das Wetter, über Charles de Gaulle, der Frankreich wieder groß macht, über die Ernte, die »so la la« gewesen ist, über das bevorstehende Weihnachtsfest. Ihm wird bewusst, dass er sechs Jahre lang kaum seine Muttersprache gesprochen hat. Es macht ihm Freude, wieder mit seinen Landsleuten zu reden, die Sprache seiner Heimat zu benutzen, die anders klingt als das Französisch, das man in Paris spricht. Er wird sogar redselig, erzählt, dass er aus der Gegend von Nîmes kommt und zur Beerdigung seines Vaters anreist, man bedauert ihn allseits, und die beiden Mädchen schauen ihn mit dunklen Augen mitleidig an. Als er in Nîmes aussteigt, wünschen ihm alle Mitreisenden viel Kraft und alles Gute, und die beiden Mädchen winken ihm aus den Zugfenstern zum Abschied zu.

Wie konnte er so lange in der Fremde leben? Hier ist seine Heimat, hier spricht man seine Sprache, hier sind wildfremde Menschen freundlich und fürsorglich, teilen ihren Proviant mit ihm, nehmen Anteil an seinem Schicksal, versorgen ihn mit jeder Menge guter Wünsche. Er fröstelt, als er den Bahnhof verlässt, schaut auf die Uhr und stellt fest, dass es schon nach zwölf ist. Er muss schauen, dass er so schnell wie möglich den nächsten Autobus in Richtung Villeneuve erwischt. An der Haltestelle erfährt er zu seinem Ärger, dass der Bus vor zehn Minuten abgefahren ist. Das bedeutet, er wird zu spät zur Beerdigung kommen. Er nutzt die Zeit, um einen Blumenstrauß zu kaufen – eine teure Angelegenheit zu dieser Jahreszeit, aber er will seinem Vater die Blumen auf den Sarg legen, wenn sie ihn zu Grabe tragen. Es ist alles, was er noch tun kann, denn der Vater ist vermutlich mit dem Zorn auf seinen Ältesten im Herzen gestorben. Jean-Jacques hat ihm mehrfach geschrieben, seine Gründe erklärt, aber niemals eine Antwort erhalten. Er hat es fast so erwartet, weil er seinen Vater doch kennt, seine harte Art, seine starre Denkweise, die nur Gut oder Böse, Richtig oder Falsch, Schwarz oder Weiß kennt. Er, der ältere Sohn, den der Vater zum Erben bestimmt hatte, hat den Hof verlassen, hat alles hingeworfen und ist in die Fremde gegangen. Nach Deutschland, um dort eine Deutsche zu heiraten. Damit war er für den Vater so gut wie gestorben.

Als der Bus endlich vorfährt, ist er vollkommen durchgefroren, und sein Magen knurrt wie ein wildes Tier. Er ahnt schon, dass der Mistral wieder unterwegs ist, er spürt es in allen Knochen. Nicht hier in Nîmes, aber daheim in Villeneuve wird der Wind sein Unwesen treiben, in den Nächten an den Dächern und Fensterläden rütteln, die leeren Fässer umstürzen und sie über den Hof rollen.

Mistral, denkt er heiter. Alter Geselle. Wer hätte gedacht, dass ich einmal froh sein würde, dich wieder zu spüren.

Im Bus ist es einigermaßen warm, er setzt sich nach vorn, gleich neben den Ausgang, um nachher in Villeneuve als Erster hinausspringen zu können. Die Wolkendecke ist aufgerissen, zeigt einen klaren eisblauen Himmel und eine kalte Wintersonne. Schon nach einer halben Stunde ruckelnder, schaukelnder Fahrt erblickt er die ersten Weinstöcke. Schwarz sind sie, ohne Laub, knorrig und verzweigt. In schnurgeraden Reihen bedecken sie das flache Land, ziehen dunkle Streifen über den gelblichen Boden, werden hie und da von einem winterkahlen Wäldchen unterbrochen, einer Landstraße, die sich zwischen ihnen hindurchschlängelt, einem Gebüsch. Weit in der Ferne sieht man Strommasten, zarte Strichlein in Grau, noch weiter entfernt die schwachen bläulichen Silhouetten der Berge. Hie und da ein Dorf, ein schlanker Kirchturm, allein stehende Gehöfte inmitten der Weinpflanzungen, ein kleines Schloss, das verlassen aussieht.

Ihm wird weich ums Herz. Hier kennt er die Namen der

Ortschaften, weiß, wem die Weinpflanzungen gehören, welcher Wein dort angebaut wird. Was sind sechs Jahre? Nichts! Hier ist alles noch so, wie er es verlassen hat, im Frühling werden die Weinstöcke das frische Laub austreiben, dann wird sich die Landschaft begrünen, sie werden die Weinstöcke beschneiden, das Unkraut jäten, den kommenden Ertrag schätzen. Das Land ist so geblieben, wie es immer war.

Aber daheim auf dem Hof ist nun alles anders. Sein Vater ist tot. Es hat keine Versöhnung zwischen ihnen gegeben, er hat es versucht, aber es ist nichts daraus geworden. Hat er es wirklich versucht? Konnte ein Brief genug sein, um den Vater zu versöhnen? Hätte er nicht zu ihm fahren müssen, mit ihm reden, sich seinem Zorn stellen und sich erklären? Ihm seine Frau, seine beiden Söhne vorstellen? Und wenn der Vater sie abgewiesen hätte? Zuzutrauen wäre es ihm gewesen. Aber vielleicht wäre es den Versuch wert gewesen? Vielleicht hätte er sich doch besonnen, sich über die Enkel gefreut, vielleicht sogar mit der deutschen Frau Frieden geschlossen. Jean-Jacques wird es nicht mehr erfahren, es ist zu spät, der Vater ist tot. Seltsam, wie schwer es ihm fällt, diese Tatsache zu akzeptieren. Ein Mensch, der von Anfang an in seinem Leben da gewesen ist, dessen Wille Gesetz war, den man gefürchtet hat, auf den man vertrauen konnte, ein Fels in seinem Leben – er ist nicht mehr da. Der Tod hat ihn weggenommen.

Der Autobus hält an jedem Gehöft. Seine Nerven liegen blank. Es ist schon zwanzig nach zwei, als er endlich auf dem Marktplatz von Villeneuve anhält. Gleich neben der Kirche, auf dem kleinen Friedhof, ist die schwarze Trauergemeinde versammelt. Er stürzt aus dem Bus, kaum dass die Tür geöffnet wird, läuft hinüber zum Kirchhof, stellt sich in die hinterste Reihe und versucht, die Worte des Priesters zu verstehen. Es ist nicht einfach, denn der Wind fegt sausend über die Grabsteine, bauscht das weiße Gewand des Priesters und zerrt an den Kleidern und

Kopfbedeckungen der Trauergäste. Die Ansprache scheint jetzt zu Ende, die Träger treten vor, um den Sarg zum Grab zu bringen. Jemand schaut sich um, man erkennt ihn, es entsteht Geflüster, die Freunde und Bekannten lächeln ihm zu, treten beiseite, damit er nach vorn, zum Sarg des Vaters gehen kann. Er bewegt sich mit wild klopfendem Herzen, stellt irgendwo seine Reisetasche ab, dann sieht er seinen Bruder. Fremd ist ihm Pierrot, er trägt einen kurzen Bart, ist kräftiger, runder geworden, hat Tränen in den Augen. Einer der Sargträger weicht zurück, überlässt Jean-Jacques seinen Platz, dann heben sie auf Pierrots leises Kommando an und tragen den Sarg aus hellem Buchenholz zum geöffneten Grab. Stellen ihn dort auf den Querhölzern ab, treten zurück, weil nun der Priester dem Toten den letzten Segen mitgeben wird. Jean-Jacques hört nicht zu, er starrt auf den Sarg, versucht, sich vorzustellen, dass in diesem hölzernen Kasten sein Vater liegt, wächsern, die Hände auf der Brust gefaltet, das Haar sorgfältig zurückgekämmt, die Augen geschlossen. Er denkt an Margot, die nur wenige Schritte entfernt begraben ist, und er fragt sich sinnloserweise, wie es am Tage der Auferstehung der Toten möglich sein soll, die schwere Marmorplatte anzuheben, um aus dem dunklen Grab zu steigen.

Plötzlich sieht er seine Mutter, klein und zusammengefallen steht sie zwischen den Verwandten, ein schwarzes Tuch um den Kopf gebunden, tiefe dunkle Ringe unter den Augen. Sie schaut ihn ungläubig an, als hätte sie Schwierigkeiten, ihren ältesten Sohn wiederzuerkennen.

Die Zeremonie nimmt ihren gewohnten Gang. Trotz des sausenden Windes kann er das Schluchzen seiner Mutter hören, als man den Sarg an zwei Seilen hinablässt. Er sucht seinen Blumenstrauß, schaut sich nach allen Seiten um, eine junge Frau hat ihn gefunden und bringt ihn zu ihm, lächelt ihn dabei freundlich an. Er steht vor der schmalen Grube, in die der Sarg knapp hineinpasst; der Sand auf der Schippe verweht, bevor er den Sarg erreicht. Er bückt sich und wirft die Blumen hinein, dann tritt er beiseite, um seinem Bruder Platz zu machen.

Später gibt es einen Umtrunk für die Beerdigungsgäste vor der Kirche. Bewirtet werden sie nicht mehr, das ist schon geschehen, während der Vater im Elternhaus aufgebahrt war: Da hat man allen, die kamen, um Abschied zu nehmen, einen Imbiss und den Wein aus eigenem Anbau angeboten. Jetzt kann Jean-Jacques seine Mutter begrüßen, sie in die Arme nehmen und mit ihr weinen. Auch den Bruder umarmt er. Die Schwägerin Chantal war es, die ihm den Blumenstrauß gebracht hat. Sie ist ein sanftes, ruhiges Wesen, nicht hübsch, aber auch nicht hässlich, eine brave Gefährtin für ein friedliches, langes Eheleben. Sein Bruder hat eine gute Wahl getroffen. Jean-Jacques begrüßt Verwandte und Freunde, erzählt von den beiden Söhnen, auch von seiner Frau und deren Familie, die ihn liebevoll aufgenommen hat. Gewiss, er sieht das Misstrauen in den Augen einiger Zuhörer, auch das Unverständnis, den verhaltenen Zorn, weil er ausgerechnet eine Deutsche geheiratet hat. Plötzlich steht er innerlich wieder auf Hildes Seite. Er ärgert sich über die dummen Vorurteile, die nicht den Menschen, sondern nur die Nationalität sehen wollen. Er ertappt sich dabei, ein Loblied auf das »Café Engel« in Wiesbaden zu halten, wo es den besten Kuchen weit und breit gibt und wo er, Jean-Jacques, die Pommes frites eingeführt hat. Es beeindruckt die Umstehenden wenig, Pommes frites sind sowieso eine Erfindung der Belgier und werden hierzulande nur selten zubereitet. Jemand fragt, ob man dort auch Wein aus dem Languedoc trinkt, doch darauf bleibt er die Antwort schuldig.

Mit dem neuen Auto seines Bruders, einem grauen 4CV, fahren sie später auf den elterlichen Hof, wo Chantals jüngere Schwester schon das Abendessen gerichtet hat. Die kleine Céline, ein pausbackiger goldblonder Engel, sitzt auf dem Kinderstühlchen und streckt der Mutter jubelnd die Arme entgegen.

Jean-Jacques ist ganz verliebt in seine Nichte. Er hätte gern noch eine kleine Tochter gehabt, aber Hilde ist nach der Geburt der Zwillinge nicht mehr schwanger geworden. Die Kleine fremdelt, als er auf sie zugeht, also beschränkt er sich darauf, ihr hie und da von seinem Platz aus zuzublinzeln, was ihr ganz offensichtlich gefällt. Neben ihr sitzt ihr Halbbruder Marcel, ein schmaler dunkelhaariger Knabe, dessen Gesichtszüge sehr an Margot erinnern. Jean-Jacques begrüßt ihn verhalten, auch der Junge ist scheu, er redet kaum, nur mit der kleinen Céline macht er Scherze und füttert sie mit Leckerbissen. Jean-Jacques hat keine Probleme damit, dass sich Pierrot auf den Platz des Vaters gesetzt hat. Er beansprucht diese Position nicht mehr, er hat sie längst abgegeben, der Hof wird seinem Bruder gehören, der jetzt schon den größten Teil der Arbeit erledigt. Stattdessen sitzt er neben der jungen Simone, Chantals Schwester, die mit auf dem Hof lebt, solange sie noch unverheiratet ist. Im Gegensatz zu ihrer Schwester ist sie ein sehr hübsches Mädchen, blond mit dunklen Augen, die von langen Wimpern beschattet werden. Sie ist ebenso sanft wie ihre Schwester, aber viel lebhafter, sie lacht gern, steht immer wieder vom Tisch auf, um irgendetwas zu holen, wacht darüber, dass jeder mit Brot, Käse, Schinken und Oliven versorgt ist und auch genügend Wein im Glas hat. Nur wenn die Rede auf den Verstorbenen kommt, wird sie traurig und muss sich die Tränen abwischen. Jean-Jacques kann sich gut vorstellen, dass nicht Chantal, sondern ihre kleine Schwester der Liebling seines Vaters gewesen ist, auch ihm selbst hätte Simone besser gefallen. Wenn sie von seinem Vater erzählt, nennt sie ihn »mon père«, als wäre er ihr eigener Vater gewesen.

»Er war gesund und kräftig bis zum letzten Tag«, berichtet sie. »Niemand hätte gedacht, dass er uns so bald verlassen würde.«

Sie muss schlucken und kann nicht weitersprechen. Dafür erzählt nun ihre Schwester, dass der Schwiegervater in den letzten

Monaten mit einem schmerzenden Knie zu tun gehabt hat und dass er beim Gehen einen Stock benutzen musste.

»Das hat ihm schwer zu schaffen gemacht«, sagt seine Mutter bekümmert. »Er war ja sein Leben lang nur ganz selten krank. Er hat gesagt, er sei nun ein Krüppel, und Pierrot musste ihn nach Villeneuve zum Notar fahren.«

»Zum Notar?«

»Er hat sein Testament gemacht und wollte, dass alles seine Richtigkeit hat. Darum hat er es mit dem Notar gemeinsam geschrieben und auch dort hinterlegt.«

Der Vater hat ein Testament geschrieben. Dann war es gewiss nicht nur das Knie, das seine Gesundheit beeinträchtigt hat. Vielleicht hat er auch mit dem Herzen Probleme gehabt, aber nicht darüber gesprochen. Der Vater war keiner, der anderen etwas vorgejammert hätte; er hat viel mit sich allein ausgemacht. Man sagt ihm, dass der Notar sie alle schon für morgen früh zu sich bestellt hat – wegen des nahenden Weihnachtsfestes will er die Testamentseröffnung vorziehen, denn nach Weihnachten besucht er mit seiner Familie die Schwiegereltern in Paris und bleibt zwei Wochen lang dort.

»Das passt ja ganz ausgezeichnet«, meint Jean-Jacques. »Dann kann ich mit euch gehen. Hätte er die Frist abgewartet, wäre ich längst wieder in Wiesbaden gewesen.«

Insgeheim hegt er eine kleine Hoffnung, dass der Vater wenigstens den Zwillingen eine Kleinigkeit hinterlassen hat. Aber er weiß, dass er keinen Anspruch darauf hat, und er ist damit einverstanden.

»Es ist schade, dass du deine Frau und die Kinder nicht mitgebracht hast«, sagt Pierrot, und Chantal nickt eifrig. »Du hast so viel über sie geschrieben, wir würden sie gern kennenlernen.«

Er lächelt, freut sich, dass sein Bruder sich so sehr zu seinem Vorteil verändert hat. Pierrot ist selbstsicher geworden, ähnelt auf einmal dem Vater in seiner bestimmenden Art, aber ihm fehlt dessen Schroffheit, da kommt er eher nach der Mutter. Chantal pflichtet ihm in allem bei, ist immer einverstanden, widerspricht niemals. Was für eine bequeme Ehefrau. Sie ähnelt der armen Margot, die ebenfalls immer bemüht war, es ihrem Ehemann recht zu machen. Insgeheim muss sich Jean-Jacques eingestehen, dass seine Hilde ihm fehlt. Ihre wache Aufmerksamkeit. Ihr rasches, aber meist richtiges Urteil. Ihre Energie. Auch ihre Streitlust – tatsächlich, sogar die fehlt ihm auf einmal. Vor allem aber ihre leidenschaftlichen Versöhnungen …

Sie sitzen noch lange am Tisch, trinken, essen, erzählen. Sechs Jahre sind eine lange Zeit. Chantal berichtet von den Hochzeitsfeierlichkeiten und dass sie so viele Gäste hatten wie selten ein Paar in der Umgebung, Pierrot ist stolz auf seine Weine, die er zwar noch gemeinsam mit dem Vater an- und ausgebaut hat, die aber auch schon seine eigene Handschrift tragen. Man muss mit der Zeit gehen, erklärt er. Er will einen Weinberg neu einrichten, eine andere Rebsorte pflanzen, die einen besseren Ertrag erwarten lässt. Simone bringt die Kinder ins Bett und bleibt noch eine Weile bei ihnen, denn der Mistral, der immer noch ums Haus streicht, ängstigt die Kleine. Erst kurz vor Mitternacht erheben sich auch die Erwachsenen, um schlafen zu gehen. Man hat für Jean-Jacques die ehemalige Knechtekammer unter dem Dachboden gerichtet. Das Dach wurde erst im vergangenen Jahr neu gedeckt, das hat der Vater so bestimmt, und jetzt sind sie froh darüber, weil der Mistral in diesem Winter besonders heftig ist und drüben in Villeneuve mehrere Dächer abgedeckt hat.

In der Nacht liegt er schlaflos auf dem Lager, spürt belustigt den Strohsack statt der gewohnt weichen Matratze unter sich und lauscht auf den Wind, der um Haus und Nebengebäude streicht. Es ist die Nachtmusik seiner Kindheit, dieses permanente Sausen und Pfeifen, das Rütteln und Knarren, Heulen und Schütteln. Damals schlief er mit dem jüngeren Bruder im gleichen Bett, und sie erzählten sich Geschichten vom wilden Mistral, dem geisterhaften Landstreicher, der in der Nacht auf dem Hof sein Unwesen treibt und nach einer Möglichkeit sucht, ins Haus zu gelangen. Findet er eine Öffnung, dann schlüpft er hinein, fällt über die Menschen her, rüttelt sie durch, schlägt sie mit den Köpfen gegeneinander und lässt sie erst in Ruhe, wenn kein Leben mehr in ihnen ist.

Er ist noch nicht eingeschlafen, als er Céline weinen hört. Auch Marcels helle Kinderstimme ist zu vernehmen. Jemand geht unten durch den Flur, läuft eilig die Stiege hinab in die Küche, macht sich dort zu schaffen. Ist das Simone? Bald darauf hört er die Treppenstufen wieder knarren, die Kinder hören auf zu weinen. Auch der Mistral ist plötzlich still geworden, der Wind hat sich gelegt, er geht so unerwartet, wie er kommt. Dafür kann er leise Schritte auf der schmalen Stiege zum Dachboden vernehmen. Jemand klopft an die Tür der Knechtekammer.

»Jean-Jacques? Bist du wach?«

Es ist tatsächlich Simone. Auf einmal wird ihm heiß. Sie gefällt ihm, ist hübsch und lebhaft, ein fröhliches junges Ding. Was will sie nach Mitternacht in seiner Kammer?

»Nein«, sagt er mit gedämpfter Stimme. »Ich schlafe. Was willst du?«

Er kann sie leise kichern hören. Was für ein albernes Mädchen sie ist. Wie alt mag sie sein? Sechzehn? Achtzehn?

»Ich habe heiße Milch mit Honig für die Kinder gemacht, und ich dachte, vielleicht möchtest du auch einen Schluck … Aber wenn du schläfst, will ich dich nicht stören …«

Einen Moment lang ist er in Versuchung, sie zu sich hereinzuholen. Einen Becher Milch mit Honig mit ihr zu teilen. Vielleicht auch andere Dinge. Das Lager zum Beispiel. Aber er ist ein anständiger Ehemann und Schwager, er lässt es bleiben.

»Ich danke dir vielmals«, flüstert er. »Aber leider schlafe ich tief und fest. Gute Nacht, Simone …«

»Gute Nacht … süße Träume …«

Ist sie enttäuscht? Vielleicht. Aber möglicherweise bildet er sich das alles nur ein, und sie wollte ihm wirklich nur einen Becher Milch mit Honig bringen, ganz ohne Hintergedanken, nur um ihm zu einem gesunden Schlaf zu verhelfen. Tatsache ist, dass er auf einmal tiefe Sehnsucht nach seiner Hilde bekommt und daran denkt, dass er jetzt in Wiesbaden neben ihr im Ehebett liegen könnte. Da müsste er nur den Arm ausstrecken, um zum Ziel zu gelangen. Unbefriedigt, aber übermüdet schläft er endlich ein und erwacht erst spät am Morgen von einer wohlbekannten, lange nicht mehr verspürten Berührung. Ein rasches, kühles Huschen, ein zierliches Piepsen, dem vielstimmig aus mehreren Ecken der Kammer geantwortet wird. Eine Maus ist über seine Bettdecke gelaufen. Er bleibt gelassen liegen, hebt nur den Kopf ein wenig, um die kleinen Nager beim morgendlichen Spiel zu beobachten, hat seinen Spaß daran und erinnert sich, dass er die netten kleinen Felltierchen als Knabe mit Mehl und Speck gefüttert hat. Beides heimlich aus Mutters Speisekammer geklaut.

Er kleidet sich an und benutzt das neue Badezimmer, das es früher nicht gegeben hat. War es Chantal, die auf solchem Luxus bestanden hat? Oder Pierrot? Unten steht das Frühstück für ihn bereit, die Mutter sitzt am Tisch, sie trägt schon ihre gute Bluse, der schwarze Mantel hängt noch von gestern am Haken. Simone spielt mit Marcel und der kleinen Céline im Hof, sie füttern das Federvieh, und die Kleine streichelt den grauen Kater.

»Pierrot ist noch unten im Weinkeller, er wird gleich kommen und uns nach Villeneuve fahren«, erklärt die Mutter. »Du weißt ja, der Notar.«

Er rupft sich ein Stück Weißbrot ab, tunkt es in die Marmelade, trinkt dazu den Milchkaffee, den sie ihm einschenkt.

»Hat der Vater dir gesagt, wie er sein Erbe verteilen will?«, fragt er kauend.

Sie schüttelt den Kopf. Nein, er hat es mit niemandem besprochen, nicht einmal mit ihr.

»Ich denke, dass er mir nichts hinterlassen hat«, sagt sie bitter. »Ich habe damals mein Erbteil frühzeitig an Pierrot gegeben, und das hat ihn sehr verdrossen. Deshalb wird er nun Pierrot alles vererben, sodass ich ganz und gar von ihm abhängig bin. So war er eben. Unversöhnlich im Zorn. So habe ich ihn geheiratet, und so ist er geblieben bis zum letzten Tag.«

»Warten wir es ab, Maman«, sagt er, aber im Grunde ist er ihrer Ansicht.

Sie fahren nur zu dritt, Chantal und Simone bleiben mit den Kindern auf dem Hof, weil es dort viel aufzuräumen und auch zu putzen gibt. Der Tote hat zwei Tage und zwei Nächte oben im Schlafzimmer der Eltern gelegen, damit Freunde und Bekannte Abschied nehmen konnten, und der Mistral hat dafür gesorgt, dass viel Staub und Unrat ins Haus getragen wurden. Bis zum Christfest soll das Haus wieder sauber sein. Während der Fahrt überlegt Jean-Jacques, dass er im Grunde nichts mehr hier in seinem Elternhaus zu tun hat. Er wird vielleicht heute und morgen noch bleiben, sich von Pierrot den Weinkeller zeigen lassen, die neuen Weine verkosten und ein paar Bekannte in der Umgebung besuchen. Vielleicht leiht ihm Pierrot ja seinen Wagen für solche Zwecke. Dann könnte er auch die kleine Simone mitnehmen, damit das Mädel mal rauskommt, statt immer nur als Haus- und Kindermädchen auf dem Hof zu sitzen. Ja, das ist eine gute Idee, das sollte er tun. Es würde ihn auch auf andere Gedanken bringen, denn gar so rasch will er nicht nach Wiesbaden zurückkehren. Sie soll schon Sehnsucht nach ihm haben, seine Hilde. Und über sich nachdenken soll sie auch, die sture Person.

Der Notar nennt sich Maître Beaulieux, er hat sich erst vor drei Jahren in Villeneuve niedergelassen und stammt aus Montpellier. Sie werden von seiner Sekretärin empfangen, einer hochgewachsenen Person mit Pferdegebiss und streng nach hinten gebundenem schwarzen Haar. Ihr Lächeln ist einschüchternd.

»Sie kommen im Fall Perrier, Testamentseröffnung?«, fragt sie streng.

»So ist es, Madame …«

Sie bleckt die Zähne und rückt die Brille zurecht.

»Sie sind zehn Minuten zu spät, Monsieur Perrier. Maître Beaulieux hat einen strengen Tagesplan. Bitte, legen Sie die Mäntel ab, bevor Sie hineingehen … Hier sind Kleiderhaken …«

Sie will Jean-Jacques' Ausweis sehen, notiert sich einige Daten daraus und reicht ihm den Pass zurück. Dann steht sie auf, um die Tür zum Allerheiligsten zu öffnen.

»Bitte sehr. Monsieur Beaulieux erwartet Sie …«

Der Notar ist klein und neigt zur Fettsucht. Er hat schütteres blondes Haar und trägt eine goldgeränderte Brille. Im Gegensatz zu seiner Sekretärin ist er ein Mensch mit einer warmen Ausstrahlung.

»Madame Perrier und ihre beiden Söhne!«, ruft er ihnen entgegen und steht von seinem Schreibtischstuhl auf, um sie zu begrüßen. »Kommen Sie herein. Setzen Sie sich. Madame Poulin, bringen Sie bitte Kaffee … Hier, auf diesen Stuhl, Madame Perrier. Und die Söhne zu beiden Seiten … Sie können die Tür jetzt schließen, Madame Poulin … Merci …«

Er strahlt sie an, als wollte er ihnen die sichere Aussicht auf das Himmelreich und das ewige Leben verkünden, setzt sich dann und entnimmt der vor ihm liegenden Akte einen braunen Umschlag.

»Wie Sie alle wissen, hat mich der verblichene Pierre Perrier beauftragt, seinen letzten Willen im Sinne der geltenden Gesetze zu überprüfen und ihn bis nach seinem Tod bei mir aufzubewahren. Dies habe ich getreulich im Sinne unseres lieben Verblichenen …«

Jean-Jacques verspürt bei dem eintönigen Gerede des Notars eine aufkommende Müdigkeit. Kein Wunder, er hatte zu wenig Schlaf in den vergangenen Nächten. Als die Sekretärin ein Tablett mit gefüllten Kaffeetassen hereinbringt, schenkt er ihr ein strahlend-dankbares Lächeln. Sie errötet. Der Notar ist inzwischen bei den wesentlichen Dingen angelangt, er hat das handgeschriebene Testament aus dem Umschlag gezogen und begonnen, es vorzulesen.

»Ich, Pierre Perrier, neunundsechzig Jahre alt und im Vollbesitz meiner geistigen Kräfte, vermache meinen gesamten Besitz, bestehend aus Landbesitz, Immobilien und Ersparnissen auf zwei Bankkonten, außerdem die Wasserrechte am Bach, der durch meinen Besitz fließt, und einen Kraftwagen der Marke 4CV meinem älteren Sohn Jean-Jacques Perrier, zur Zeit wohnhaft in Wiesbaden/Deutschland.«

Die drei Zuhörer sehen sich verwirrt an.

»Können Sie das bitte noch einmal vorlesen«, sagt Jean-Jacques. »Ich habe mich … glaube ich … verhört.«

AUGUST

Dezember 1951

Das Leben ist schön. Voller Licht und Wunder. Voller Hoffnungen und Ziele, um die es sich zu kämpfen lohnt. Er hat die Zeit der Dunkelheit hinter sich gelassen, kein schwarzer Flügel lastet mehr auf ihm, seine Träume sind hellblau, über ihm ist nur der Himmel in seiner unendlichen Klarheit und Weite.

Natürlich weiß er, dass er sich auf diesen Zustand nicht verlassen kann. Oft ist er gerade deshalb in Sorge, weil sich diese wundersame Aufhellung seiner Stimmung so plötzlich eingestellt hat. Könnte die überraschende Heilung nicht eine neue Erscheinungsform seiner Krankheit sein? Nun, wenn es so sein sollte, dann kann er es nicht ändern, er wird damit leben müssen. Aber solange es ihm gut geht, will er die Zeit nutzen. Er will die helle Seite des Lebens genießen, seine Kraft, seine Fähigkeiten einsetzen, spüren, dass er lebt, dass er etwas bewirken kann. Der rasche Entschluss letzten Sonntag, den erkrankten Herrn Grulich mit dem Wagen ins Paulinenstift zu bringen, hat ihm in der Klinik Lob eingetragen. Es war – wie er schon vermutet hat – ein Herzanfall, den die Ärzte erst nach einer Weile unter Kontrolle brachten. August hat sich um die verzweifelte Ehefrau gekümmert, hat sie betreut, während sie im Krankenhausflur saß und nicht wusste, ob sie ihren Mann lebend wiedersieht. Später, nachdem der Arzt sie beruhigt hat und sie ihren Mann im Krankenzimmer besuchen durfte, hat August sie wieder nach Hause gefahren. Es war weit nach Mitternacht, und er hat selbstverständlich keinen Versuch mehr gemacht, Swetlana eine gute Nacht zu wünschen. Leise, um niemanden zu wecken, ist er aus dem Haus geschlichen und zurück in die Wilhelmstraße gefahren.

Es ist zu früh, denkt er mit Unruhe. Ich habe die Frage gestellt, und sie hat versprochen, darüber nachzudenken. Sie soll genügend Zeit haben, um in Ruhe zu einem Entschluss zu kommen. Weder mir noch ihr selbst ist mit einer übereilten Entscheidung gedient.

Die Tage vergehen. Luisa, die ihm vielleicht den einen oder anderen Hinweis auf Swetlanas Absichten geben könnte, hat sich krankgemeldet. Eine Grippe, wie man hört. Inzwischen liegen seine Nerven blank, plötzlich sieht er sein Verhalten an diesem Sonntag mit kritischen Augen. Hat er Swetlana nicht regelrecht überfallen? Durfte er so weit gehen, sie nicht nur zart zu berühren, sondern gleich zu küssen? Auf der anderen Seite hat sie sich keineswegs gesträubt. Ganz im Gegenteil – es hat ihr gefallen. Sie hat ihm sogar deutlich gemacht, dass sie Wünsche hat. Auf die er sofort eingegangen ist. Sehr gern ist er darauf eingegangen. Es war aufregend zu erfahren, dass eine Frau ihm zeigt, was sie erwartet, dass sie auch die Initiative ergreifen kann, wenn es um Liebesdinge geht. Mit Eva war es ganz anders, sie hat sich immer völlig passiv verhalten, und selten hat er das Gefühl gehabt, dass sie bei ihren Begegnungen so etwas wie Lust empfand.

Nun – selbst wenn diese ersten aufregenden Küsse Swetlana gefallen haben sollten, so hätte er doch nicht gleich mit einem Heiratsantrag aufwarten müssen. Liebe braucht schließlich Zeit, um zu wachsen. Oder denkt er in die falsche Richtung? War es nicht vielmehr wichtig, ihr deutlich zu machen, dass er kein Mann für eine schnelle Affäre ist? Dass er es ernst mit ihr meint? Nein, er hat nichts falsch gemacht. Er muss einfach abwarten, geduldig sein, auf eine positive Antwort hoffen.

Drei Tage vor Weihnachten plagt ihn eine neue Sorge. Hat er überhaupt das Recht, Swetlana die Ehe anzutragen? Er ist krank gewesen, vielleicht ist er es immer noch! Soll sie bei allen Sorgen, die sie sowieso schon hat, noch einen kranken Ehemann an sich binden? Einen Ehemann, der möglicherweise nicht in der Lage ist, eine Familie zu ernähren? Der schlimmstenfalls nur eine Last für sie bedeutet? Er nimmt sich vor, falls die Krankheit zurückkehren sollte, von einer Ehe mit Swetlana Abstand zu nehmen. Er wird ihr seine Entscheidung erklären und standhaft bleiben, selbst wenn sie versuchen sollte, ihn umzustimmen.

Aber wer sagt ihm denn, dass sie ihn überhaupt heiraten will? Seine Ungeduld hat einen neuen Höhepunkt erreicht, und die verrückte Idee spukt in seinem Kopf herum, einfach am Abend an ihrer Wohnungstür zu läuten, um nachzufragen. Nein, das wäre schlechter Stil. Auf keinen Fall will er sie bedrängen. Wenn sie ihm ihre Entscheidung mitteilt, dann frühestens an Weihnachten, vielleicht aber auch später. Das muss sie allein entscheiden, er hat darauf keinen Einfluss.

Zum Glück gibt es genügend Beschäftigungen, die ihn von seiner Ungeduld ablenken können. Da ist zum einen die Sache mit der Stadt. Als er das Schreiben gelesen hat, konnte er es kaum fassen. Hat er nicht gemeinsam mit Alois Grundmann nachgemessen? Nicht nur einmal, sondern mehrfach! Sie haben die Messergebnisse mit den Eintragungen im Grundbuch verglichen, auch die Breite des Trottoirs an mehreren Stellen geprüft, und sie sind zu dem Ergebnis gekommen, dass die Erker noch einen halben Meter vom Fußgängerweg entfernt auf dem Grundstück des Café Engel stehen. Und jetzt das.

»Es hilft nichts«, verkündet er der versammelten Familie. »Wir müssen einen unabhängigen Sachverständigen beauftragen und ihn vorerst auch bezahlen.«

Papa lässt einen deprimierten Seufzer hören, Mama schüttelt zornig den Kopf. »Alles nur wegen dieser unnötigen Umbauten. Ein Unglück zieht das andere an!«

Hilde holt Luft, um der Mutter ihre Meinung zu sagen, aber

August ist schneller. Nur kein weiterer Familienstreit, damit ist niemandem geholfen.

»Bitte, Mama, darüber sollten wir jetzt nicht jammern. Wir haben uns für den Umbau entschieden, und wir werden unser Vorhaben zu Ende führen. Und wenn uns jemand Knüppel zwischen die Beine wirft, dann ist das ein Grund mehr zusammenzuhalten. Sehe ich das richtig so, Hilde?«

Sie schaut ihn dankbar an. Blass kommt sie ihm vor, seine sonst so agile kleine Schwester. Übernächtigt. Ob ihr Ehemann ihr so sehr fehlt? »Vollkommen richtig, August! Ich hätte es nicht besser ausdrücken können!«, sagt sie.

»Du hast ja recht, Junge«, meint Mama nach einigem Zögern, und sie fügt einen tiefen Seufzer bei. »Wir haben die Sache angefangen und müssen sie durchziehen.«

»Mitgefangen – mitgehangen«, bemerkt Papa und handelt sich einen zornigen Blick seiner Tochter ein.

Wie viel Geld ein Sachverständiger für seine Arbeit verlangen wird, weiß er auch nicht. Vor allem muss man erst einmal jemanden finden. Hilde will sich bei Alois Grundmann erkundigen, August will beim Amtsgericht nachfragen.

»Und was ist mit der Wiedereröffnung?«, fragt Mama. »Hier im Café ist so weit alles fertig. Bis auf die Beleuchtung der Kuchenvitrine, da müssen neue Lampen geliefert werden!«

Sie blickt ihre Tochter vorwurfsvoll an, und Hilde dreht schuldbewusst den Kopf zur Seite. Bei ihrem Wutanfall hat sie dem Karton, in dem die Leuchtkörper verpackt waren, einen kräftigen Fußtritt verpasst, und dabei sind zwei Lampen zu Bruch gegangen.

»Künstlerpech«, knurrt sie. »Ich könnte mich ja selber dafür ohrfeigen. Aber ihr habt mich so aufgeregt …«

»Wir haben dich aufgeregt?«, entfährt es Mama empört.

»Schluss«, ruft August, und er wedelt mit den Armen. »Aus. Ende. Ruhe. Keinen Streit! Es ist nun einmal passiert und basta!

Vor Weihnachten wird es sowieso nichts mehr mit der Wiedereröffnung, wir können es frühestens zwischen den Jahren machen …«

Der Vorschlag stößt auf wenig Gegenliebe. Hilde hat auf eine richtig große Feier gehofft, mit Künstlerauftritten, Musik und einer Verlosung. Aber zwischen den Jahren hat doch kein Mensch dazu Lust. Schließlich hat man gerade Weihnachten hinter sich und wird an Silvester schon wieder feiern.

»Und wenn wir es an Silvester machen?«, schlägt Papa vor. »So eine richtig schöne Silvesterfeier mit Künstlern und Sekt und einem Feuerwerk …«

»Wunderbare Idee, Papa!«, jubelt Hilde.

»Aber bis dahin ist die Sache mit der Stadt bestimmt nicht aus der Welt«, gibt Mama zu bedenken.

Da hat sie allerdings recht. August wird ein Schreiben verfassen und Widerspruch einlegen, so gewinnen sie Zeit. Das Café muss auf jeden Fall bald wieder eröffnet werden, sonst wird es eng mit den Finanzen. Ein Bankkredit ist eine feine Sache, aber man muss ihn auch abbezahlen.

Immerhin haben sie sich jetzt ein Ziel gesetzt, auf das sie gemeinsam hinarbeiten können. Papa will sich nach Künstlern umsehen, die bereit wären, an Silvester im Café Engel etwas zum Besten zu geben. Mama wird Wilhelm schreiben, ob er vielleicht an Silvester abkömmlich ist, außerdem müssen Luisa und Fritz informiert werden. Wegen der Musik.

»Aber Luisa ist noch krank«, sagt Mama. »Das arme Mädel hat es wohlmöglich an der Galle.«

»Ach … vielleicht kann ich ja mal vorbeigehen«, schlägt August spontan vor.

Aber Hilde schüttelt den Kopf. »Lass nur. Ich hab morgen Fahrstunde, da lasse ich mich dort in der Nähe absetzen und schaue mal nach ihr. Es kann ja sein, dass sie zu Bett liegt …«

Er nickt sofort Einverständnis, beharrt nicht auf seinem Vorschlag. Da war er doch drauf und dran, sich selber ein Schnippchen zu schlagen. Hilde hat vollkommen recht, Luisa wäre es sicher nicht angenehm, ihn im Nachthemd zu begrüßen. Und Swetlana ist sowieso erst am Abend wieder zu Hause, weil jetzt vor Weihnachten überall gründlich geputzt werden muss und sie viel zu tun hat. Nein, er wird nicht bei ihr an der Wohnungstür läuten, in der Hoffnung, sie vielleicht doch anzutreffen, und er wird ihr auch keinen Brief unter der Tür durchschieben. Er wird sich so verhalten, wie er es sich vorgenommen hat. Er wird ihr am Heiligen Abend einen kurzen Besuch abstatten, um Michael sein Geschenk zu bringen. Oder vielleicht besser am ersten Feiertag? Ja, das ist vielleicht geschickter, den Heiligen Abend wird er mit seiner Familie verbringen. Bis dahin wird Jean-Jacques ja wohl aus Frankreich zurück sein, um für die Zwillinge den *Père Noël* zu spielen, wie er es auch im vergangenen Jahr getan hat.

Geduld. Warten. Die Nerven behalten. Er sieht voraus, dass er den Heiligen Abend in großer Unrast verbringen wird, aber daran ist nichts zu ändern. Später, wenn alles nach seinen Wünschen gegangen sein sollte, wenn er seine Verlobung und später den Tag der Hochzeit mit Swetlana bekannt geben kann, dann wird er auch erzählen, weshalb er am Heiligen Abend auf glühenden Kohlen gesessen hat. Und alle werden sich köstlich über ihn amüsieren, am meisten Swetlana. Ja, das würde ihr gefallen, sie neigt dazu, ihn ein wenig aufzuziehen. Sehr liebevoll tut sie das, aber der Schalk sitzt ihr doch im Nacken.

Wenn es doch nur schon so weit wäre!

Er ist froh, dass er über Weihnachten mehrere Klausuren vorbereiten und eine Hausarbeit schreiben muss. Das ist eine gute Ablenkung, denn die Arbeit erfordert volle Konzentration. Das Lernen fällt ihm jetzt wieder leicht, kein Schwindelgefühl mehr, nur selten noch Kopfschmerzen, die Paragrafen und ihre Inhalte setzen sich bereitwillig in seinem Kopf fest und sind abrufbar, wenn er sie benötigt. Er kommt gut voran; wenn er so weitermacht, wird er den von seinem Professor vorgeschlagenen Studienplan erfüllen können. Das Examen ist der erste Schritt. Danach folgen zwei Jahre Referendariat beim Landgericht. Nach dem zweiten Examen kann er endlich ins Berufsleben einsteigen: Er will sich selbstständig machen, eine Anwaltspraxis eröffnen. Drei Jahre also noch? Das ist unfassbar lange. Er wird zweiunddreißig sein, wenn er endlich sein eigenes Geld verdient. Wird Swetlana überhaupt so lange warten wollen? In zwei Jahren ist Michael zehn, dann soll er nach Swetlanas Willen auf ein Gymnasium gehen. Da sind Bücher und andere Lehrmittel zu bezahlen! Woher soll das Geld dafür kommen? Kann er es verantworten, dass seine Frau drei Jahre lang putzen geht, um sein Studium zu bezahlen? Aber nein. Schließlich sind seine Eltern ja noch da, das Café Engel wird sie alle ernähren.

Natürlich wird er seine Braut den Eltern vorstellen. Vorher wird er Swetlana mit der gebotenen Vorsicht erklären, dass er der Sohn der Besitzerin des Café Engel ist. Sie wird zunächst erschrecken, darauf ist er vorbereitet, aber letztendlich wird sie sich damit abfinden. Wenn sie ihn wirklich liebt, dann kann es nicht anders sein. Er hat seine Eltern vorbereitet; sie werden Swetlana und ihren Sohn zwar nicht mit offenen Armen, aber doch immerhin freundlich empfangen. Und wenn sie sie näher kennengelernt haben, wird sich ohne Zweifel ein familiäres Verhältnis entwickeln. Dabei werden ihm vor allem Luisa und Fritz helfen, die ja Swetlana schon lange kennen und lieben.

Er hat an alles gedacht, jetzt muss er nur warten. Mit Swetlanas Entscheidung steht und fällt seine Zukunft. Wie pathetisch das doch klingt! Nie hätte er geglaubt, dass eine Frau in seinem Leben einmal solch eine entscheidende Rolle spielen würde. Was war dagegen die kurze und übereilte Ehe mit Eva? Ein wenig Verliebtheit, eine Liebesnacht, die wenig romantisch war, und die Heirat auf Drängen ihrer Eltern. Der Krieg hatte schon begonnen, man fürchtete, Eva könnte mit einem unehelichen Kind zurückbleiben. Dabei ist sie gar nicht schwanger geworden.

Zwei Tage vor Weihnachten, als August gerade mit den Zwillingen hinüber zum Spielplatz gehen will, erscheinen zwei Beamte der Bundespost im Café Engel, um eine Telefonleitung zu legen.

»Was? Jetzt schon?«, regt sich Mama auf. »Wir haben den Antrag doch erst letzte Woche gestellt.«

»Tja, Frau Koch«, meint der eine belustigt. »Die ›Christel von der Post‹ hat ausgedient. Die Bundespost ist schnell und dynamisch! Wo soll der Anschluss denn hin?«

»Da, wo der alte gewesen ist. Hier unten, gleich hinter der Kuchenvitrine …«

»Ach, Sie hatten schon einmal Telefon? Dann müssen wir ja gar keine Leitung mehr legen …«

»Wir hatten kein Telefon«, erklärt Mama. »Wir hatten einen Fernsprecher.«

»Das ist dasselbe, Frau Koch. Unterm Adolf haben sie doch keine Fremdworte haben wollen, da hieß Telefon auf gut Deutsch Fernsprecher.«

»Richtig«, mischt sich jetzt Papa ein. »Damals kam doch dieser Idiot vom Reichskulturamt und wollte, dass wir aus ›Café Engel‹ ein ›Kaffeehaus Engel‹ machen, weißt du nicht mehr?«

»Ja, richtig … Aber das lange Wort hat nicht aufs Schild gepasst.«

Jetzt kommt Hilde ins Café – seine Schwester hat einen sicheren Instinkt für wichtige Ereignisse.

»Wir brauchen hier im Haus drei Anschlüsse«, meldet sie an. »Einen unten im Café, einen oben bei meinen Eltern und den dritten …«

»Nein, nein!«, widerspricht Mama erschrocken. »Drei Anschlüsse! Was soll das denn kosten? Einer ist mehr als genug!«

»Aber, Mama! Willst du wirklich deine privaten Gespräche mit Wilhelm oder wem auch immer hier unten im Café führen? Damit alle Gäste dir dabei zuhören?«

Mama behauptet, keine Geheimnisse zu haben, damals habe ein Anschluss auch ausgereicht, im Gegenteil, der sei eigentlich schon zu viel gewesen. Jetzt mischt sich auch Frank ins Gespräch ein: Er will ein Telefon im Kinderzimmer haben. Aber niemand hört auf seine Forderung.

»Wenn Sie oben noch einen Anschluss brauchen, müssen wir durch die Decke bohren«, erklärt der dynamische Beamte der Bundespost.

»Nur das nicht!«, stöhnt Papa. »Wir haben gerade einen schrecklichen Umbau hinter uns gebracht; wenn ich noch einen einzigen Bohrer hören muss, bekomme ich einen Schlaganfall.«

Hilde schaut August hilfesuchend an. Er ist mal wieder das Zünglein an der Waage.

»Weißt du, Mama«, meint er vorsichtig. »Wenn die Herren nun schon einmal da sind, sollten wir uns gut überlegen, was wir brauchen. Ich denke, zwei Anschlüsse sind unumgänglich. Einer unten im Café und der zweite bei uns oben in der Wohnung. Was meinst du, Papa?«

»Wir wollen aber auch telefonieren!«, jammert Frank. »Wir wollen Papa anrufen. Dass er endlich heimkommt!«

»Ruhe!«, sagt Hilde nervös.

Papa äußert, dass er Telefongebimmel nicht ausstehen könne, aber auf ihn würde ja sowieso keiner hören.

»Wenn Sie noch Zeit für ein Familiengespräch brauchen, dann machen wir jetzt erst mal Mittag …«, äußert der Postbeamte schulterzuckend.

»Nein, warten Sie«, ruft Mama dazwischen. »Also zwei Anschlüsse. Einer hier unten und einer oben. Aber keine drei. Drei Anschlüsse sind einer zu viel!«

Hilde schnaubt ärgerlich. Dieses Mal ist sie mit Augusts Vermittlung gar nicht zufrieden, aber sie fügt sich. Ausnahmsweise. Weil übermorgen Weihnachten ist, behauptet sie. Und dann hat sie auch gleich eine Fahrstunde.

»Dann mal los!«, kommandiert der Postbeamte, und sein Kollege packt die Stulle wieder ein. »Haben Sie ein paar Zeitungen? Wir müssen hier in die Wand rein. Was ist denn hier obendrüber für ein Raum?«

»Kommen Sie mit in unsere Wohnung«, sagte Mama energisch. »Ich zeige Ihnen, wo der Apparat stehen soll!«

August fasst die Zwillinge bei den Händen und verlässt mit ihnen das Café. Er ist mit sich zufrieden, wieder einmal ist ihm die Vermittlung gelungen.

Wenn er irgendwann verheiratet ist, werden die Verhältnisse komplizierter. Auf keinen Fall kann er mit Swetlana bei seinen Eltern leben, aber auch in Swetlanas Wohnung im Bergkirchenviertel ist es zu eng. Vielleicht ergibt sich ja die Möglichkeit, in die Wohnung von Sofia Künzel einzuziehen, die hat neulich angedeutet, sie denke daran, sich zu verändern. Professor Reinhard Meixner, der Leiter des Konservatoriums, sei in ihr Leben getreten. Der Herr Professor bewohnt eine sehr schöne Vierzimmerwohnung im oberen Stock der Villa, in der sich das Konservatorium befindet.

Wenn er mit Swetlana im Elternhaus wohnen könnte, würden sie vorerst die Miete sparen. Dafür könnte Swetlana im Café aushelfen, und auch er selbst wird nach Kräften den Eltern zur Seite stehen. Sobald er dann die eigene Kanzlei hat, werden sie sich nach einer größeren Wohnung umschauen …

Die Zwillinge hüpfen um ihn herum, er muss aufpassen, dass sie die Passanten nicht versehentlich anrempeln oder gar mit einem Radfahrer zusammenstoßen. Nach mehreren Frosttagen ist es heute einigermaßen mild, sodass man den Spielplatz bei den Reisingeranlagen wieder benutzen kann. Andi trägt den Eimer mit den Sandschippen; die von Oma Else geschenkten

»Backförmchen« verschmähen beide Knaben, so was sei Mädchenkram. Sie vergnügen sich inzwischen mit dem Ausschachten tiefer Löcher, was bei feuchtem Wetter recht gut klappt, im trockenen Sand jedoch die reine Sisyphusarbeit ist. Am schönsten ist es, wenn sich ein wenig Wasser unten im Loch sammelt, dann spielen sie »Brunnenbauer« und »verkaufen« das Wasser an die anderen Kinder. August sitzt meist frierend auf einer der hölzernen Bänke am Rand des großen Sandkastens und schaut den Jungen zu. Eingreifen muss er nur selten, die beiden kommen recht gut mit den anderen Kindern zurecht. Außer zwei großen Sandkästen bietet der Spielplatz nur einige Schaukeln, die jetzt im Winter abmontiert sind, und eine Rasenfläche zum Ballspielen. Trotzdem ist hier immer etwas los, auch jetzt im Winter sitzen dort Mütter mit Kinderwagen und schwarz gekleidete Omas.

Gegen vier Uhr beginnt es zu schneien. Die Mütter rüsten sich zum Heimgehen und rufen ihre Sprösslinge zusammen, die bei dem tollen Schnee gar nicht nach Hause wollen. August stiefelt durch den Sand, bewundert das tiefe Wasserloch seiner Neffen und klopft den beiden Brunnenbauern den Sand aus den Hosen.

»Wo sind deine Handschuhe?«, fragt er Frank.

»Da, im Sand, glaub ich …«

Andi braucht dringend ein Taschentuch, außerdem müssen sie Pipi machen. Das wird am Rand des Spielplatzes bei den neu gepflanzten Akazien erledigt.

»Musst du nicht auch, Onkel August?«

»Erwachsene dürfen das nicht, Frank. Nur Kinder. Und auch nur ausnahmsweise.«

Durch die wirbelnden, tanzenden Schneeflocken gehen sie zurück in Richtung Wilhelmstraße. In der Rheinstraße gibt es noch einige Trümmergrundstücke, die die Kinder eigentlich nicht betreten dürfen, die aber gerade deshalb große Anziehungskraft ausüben. Dort kann man herumwühlen und aufregende Schätze finden. Zerschlagenes Geschirr, Blechtöpfe, kaputte Spielsachen und sogar alte Münzen mit dem Kopf vom Hitler drauf.

»Guck mal, Onkel August«, sagt Frank, und er streckt den Arm aus. »Die haben ein Loch gemacht. Das dürfen die gar nicht, oder?«

Sie sind vor einem der eingezäunten Trümmergrundstücke stehen geblieben. Von dem ehemals dreistöckigen Gebäude sind nur noch drei verkohlte Mauern übrig, im Inneren ist ein wildes Durcheinander aus abgestürzten Dachbalken, Gesteinsbrocken und Dachziegeln. Von der Mauer halb verdeckt sieht er drei Jungen, die mühsam einen verkohlten Balken mithilfe eines Brettes aushebeln, vermutlich, um an verschüttete Gegenstände heranzukommen.

»Nein, das dürfen sie nicht, Frank. Das ist sogar sehr gefährlich.«

Er geht näher heran. Zwei der Knaben sind gewiss schon zwölf oder dreizehn, der dritte ist jünger, höchstens sieben oder acht.

»Heda!«, ruft er laut. »Wollt ihr wohl damit aufhören? Oder muss ich die Polizei holen?«

Sie waren vollkommen in ihre Anstrengungen vertieft; jetzt schauen alle drei erschrocken zu ihm hinüber, und er kann ihre Gesichter erkennen.

»Michael!«

Er hat den Namen nur leise ausgesprochen, aber der Junge hat bemerkt, dass er ihn erkannt hat. Er springt auf und rennt in wilder Flucht seinen Kameraden hinterher.

»Kennst du den, Onkel August?«

»Ja, Andi … Ist der Sohn von Tante Luisas Nachbarin …«

»Sagst du das seiner Mama?«

Eine Gewissensfrage, denkt August. Und momentan sehr unpassend, weil er mit Swetlana ganz andere, lebensentscheidende

Dinge besprechen will. Aber natürlich muss er etwas unternehmen, der Junge scheint an den Nachmittagen eigene Wege zu gehen. Gefährliche Wege.

»Ich werde erst mal mit ihm selber reden.«

Die Zwillinge finden, dass er eine Tracht Prügel verdient hat. Wenn es um andere Kinder geht, sind sie recht streng, bei ihren eigenen Untaten sehen sie die Angelegenheit in anderem Licht.

Als sie die Wilhelmstraße erreichen, dämmert es schon, die Straßenlaternen sind angezündet, und man sieht in ihrem Lichtschein die wild umherwirbelnden Schneeflöckchen. Weiße Weihnacht! Viele freuen sich darüber, andere, vor allem jene, die mit wenig Geld auskommen müssen, denken mit Sorge an die schwindenden Kohlevorräte und hoffen auf einen kurzen Winter. Das Theater ist innen hell erleuchtet, heute Abend wird noch einmal »Lohengrin« gegeben. Drüben im Kurhaus brennen ebenfalls die Lampen, dort findet eine Modenschau statt. Es ist schon ärgerlich, dass das Café Engel immer noch nicht eröffnet ist, denn nachher werden sich viele Theaterbesucher zu einem Glas Wein oder einem Imbiss im Café König einfinden.

Unten im Café Engel packen die Postbeamten ihre Werkzeuge zusammen. Hilde und Mama wischen den Fußboden, Papa sitzt neben der – inzwischen beleuchteten – Kuchenvitrine und hält den nagelneuen schwarzen Telefonapparat auf dem Schoß.

»Stell dir vor, August«, sagt er begeistert. »Ich habe mit unserem Wilhelm telefoniert. Seine Wirtin hat nämlich einen Telefonanschluss, weißt du. Es geht ihm gut, er will an Silvester kommen!«

»Was das wieder kostet«, knurrt Mama, die den Aufnehmer über dem Eimer auswringt. »Ich hätte doch auch schreiben können!«

»Aber es war schön, seine Stimme zu hören, nicht wahr, Else?«

Mutter Else lächelt. Ja, das muss sie zugeben. Insofern ist das Telefon schon eine gute Sache, weil es die Familie wieder zusammenbringt.

»Ach ja«, sagt Hilde zu August. »Da war ein Junge hier, der hat einen Brief für dich abgegeben. Liegt oben auf der Kommode.«

Er fragt nicht, was für ein Junge das wohl gewesen ist. Es kann nur Michael gewesen sein. Sein Herz beginnt, unruhig zu schlagen. Ein Brief? Warum schreibt sie ihm einen Brief? Gibt es etwas, was sie ihm nicht mündlich sagen will? Oder ist sie einfach nur ebenso ungeduldig wie er und will nicht bis Weihnachten warten?

Dann fällt der Groschen. Swetlana weiß, wo er lebt. Also weiß sie auch, wer seine Eltern sind. Wer hat es ihr gesagt? Luisa? Fritz? Irgendein Zufall?

Er gibt die Zwillinge in die Obhut ihrer Mutter und hastet nach oben, findet den Brief auf der Flurkommode und zieht sich damit in sein Zimmer zurück. Ist das ihre Handschrift? Ungelenk wie die eines Kindes? Ja, sicher – sie ist mit dem kyrillischen Alphabet aufgewachsen und hat mit den lateinischen Buchstaben Schwierigkeiten.

Auf einmal weiß er, dass ihn nichts Gutes erwartet. Mit unsicheren Händen reißt er den Umschlag auf, findet ein Blatt Papier, auf dem nur wenige Sätze stehen.

Lieber August,
auf dem Auto habe ich gelesen, was Du mir nicht gesagt hast. Warum? Es ist nicht gut, die Wahrheit verschweigen. Wie soll ich leben mit einem Mann, der schweigt?
Deine Mutter ist eine harte Frau, sie hat mich schlecht behandelt, und ich habe ihr nicht vergeben. Luisa weiß, wie es gewesen ist.

Wenn Du mir gleich Wahrheit gesagt hättest, es wäre gewesen viel leichter. Jetzt ich muss zuerst nachdenken und kann keine Antwort geben auf Deine Frage.

Ich habe Dich gern, August. Aber ich weiß nicht, ob Liebe groß genug ist, damit ich werden kann Deine Frau.

Ich wünsche Dir und Deiner Familie schönes Weihnachtsfest.

Swetlana Stammler

JULIA

Dezember 1951

Was für eine unselige, sinnlose Reise! Wie konnte sie so einfältig sein! Aber so war es immer in ihrem Leben – wenn sie etwas ganz spontan, rein aus dem Gefühl heraus tut, wächst es sich zur Katastrophe aus. So wie damals, als sie nach dem schlimmen Bombenangriff im Abendkleid über die Trümmer kletterte, um das Theater mit den Händen zu berühren. Ein Irrsinn! Während noch die Nazis am Ruder waren – es hätte ihr Ende sein können.

Sie hat eine schlaflose Nacht in dem Münchner Hotel verbracht, das sich als allerbilligste Absteige erwies. Die Geräusche aus den Nachbarzimmern waren so eindeutig, dass sie sich schließlich die Finger in die Ohren steckte. Großer Gott – die fielen wie die Tiere übereinander her, wie erschreckend das war! Wie primitiv. Wie abstoßend. Je länger sie diesen Geräuschen ausgesetzt war, desto mehr schämte sie sich ihrer eigenen, nur halb eingestandenen Sehnsüchte. Es geschieht mir ganz recht, dachte sie. Ich habe mit dem Feuer gespielt, und dafür werde ich bestraft. Wie konnte ich nur hoffen, dass Wilhelm mich zu diesem grauenhaften Hotel begleiten würde? Womöglich sogar bis in dieses Zimmer. Und was wir dann getan hätten … Sie verbot sich weiterzudenken, denn es war einfach zu beschämend. Nur fort von hier. Mit dem ersten Zug zurück nach Hause. Und nie, nie, nie wieder daran denken.

Sie kommt erst am späten Nachmittag in Wiesbaden an, geht zu Fuß durch die Stadt nach Hause und setzt in der Wohnung als Erstes den Badeofen in Betrieb. Addi ist weder bei ihr noch in seiner eigenen Wohnung zu finden – vielleicht hilft er ja unten im Café Engel beim Umbau. Sie badet ausgiebig, wäscht ihre Haare und wickelt ein Handtuch um den Kopf. Dann zieht sie ihren Pyjama an, darüber den Morgenmantel und geht in die Küche. In der Speisekammer findet sie Brot, Kochkäse, Äpfel und ein Stück Wurst. Sie stellt alles auf den Tisch, setzt den Wasserkessel auf, um sich einen Kaffee zu kochen, und fällt hungrig über die Vorräte her. Sie hat die grausige Absteige am Morgen ohne Frühstück verlassen und die ganze Rückreise über nichts zu sich genommen. Es war eine Art Selbstbestrafung, die jetzt ihr Ende findet. Es war ein Fehler, sie hat dafür gebüßt, und jetzt ist es vorbei. Weg. Aus der Erinnerung gestrichen. Ausradiert.

Als Addi im farbbekleisterten Arbeitskittel in die Küche tritt, sieht sie ihm lächelnd entgegen, so als sei es früher Morgen und sie sei soeben aufgestanden. Addi bleibt schweigend in der Türöffnung stehen, starrt sie an, und sie kann sehen, wie hastig sich sein Brustkorb hebt und senkt.

»Da bist du ja wieder«, sagt er schließlich. Seine Stimme klingt gepresst.

»Ja …«, gibt sie zerstreut zur Antwort.

Schweigen tritt ein. Sie bestreicht eine Brotscheibe mit Kochkäse, Addi steht immer noch an der Tür, unschlüssig, was er tun soll.

»Gibt es eine Erklärung für dein Fortbleiben?«

»Möchtest du auch einen Kaffee?«

Er macht eine ungeduldige Armbewegung, dann geht er zum Küchenschrank, nimmt eine Tasse heraus und stellt sie auf den Tisch. Setzt sich ihr gegenüber und wartet, bis sie ihm eingeschenkt hat.

»Nun?«

Sie hebt die Schultern, lächelt abwesend, gießt ihm Milch in den Kaffee. »Was willst du wissen?«

Er nimmt einen tiefen Atemzug; die Hand, mit der er die Kaffeetasse hält, beginnt zu zittern.

»Wo du zwei Tage lang gewesen bist, Julia.«

»Es war nur ein Tag, Addi. Gestern Mittag bis zum Abend und heute bis zum Nachmittag. Dazu die Nacht …«

Sie spürt, dass sie unsinniges Zeug redet, ihre Stimme wird immer dünner, versiegt schließlich. Sie lächelt ihn bittend an. Warum muss er sie mit seiner Fragerei belästigen? Sie hat diese peinliche Sache abgeschrieben. Sie will nichts erklären müssen. Sie will nie wieder daran rühren, weil sie sich schämt.

Aber Addi versteht sie nicht. Er ist leider kein feinfühliger Mensch, und jetzt schlägt er mit der Faust auf den Tisch, dass der Kaffee über den Rand der Tasse schwappt.

»Was soll denn diese Haarspalterei? Du verschwindest einfach, ohne mir etwas zu erklären, bleibst die Nacht über fort und sitzt jetzt mit harmloser Miene hier in der Küche, als sei nichts gewesen. Hältst du mich für einen Idioten? Ich will wissen, wo du gewesen bist! Ich habe ein Recht darauf!«

Julia hasst es, angeschrien zu werden. Addi hat eine Sängerstimme; wenn er laut wird, hört man es bis hinunter ins Café Engel. Sie ist empört über sein ungeschliffenes Benehmen.

»Hör sofort auf, so herumzubrüllen!«

Er keucht, hat sich aufgeregt, aber daran ist er selbst schuld. Warum will er nicht respektieren, dass sie nicht darüber reden kann?

»Na schön!«, sagt er und muss husten. »Schön. Ich habe verstanden. Du willst es nicht sagen. Dann muss ich eben meine Schlüsse ziehen.«

Er steht auf und verlässt die Küche. Sie wartet, dass er die Tür hinter sich zuschlägt, hat schon die Schultern hochgezogen und die Hände auf die Ohren gelegt. Aber er tut es nicht. Er geht einfach durch die Zwischentür hinüber in seine Wohnung, und fort ist er.

Sie bleibt sitzen und versucht, sich zu entspannen, aber es geht nicht. Gerade eben hat sie sich noch wie befreit gefühlt, jetzt ist die schöne Stimmung vorbei, sie kann nichts mehr essen, auch der Kaffee kommt ihr wässrig und bitter vor. Wieso stellt sich Addi so an? Er ist doch sonst immer verständnisvoll, ja, väterlich. Warum schreit er sie an, anstatt zu verstehen, wie es ihr zumute ist?

Vielleicht hätte ich ihm sagen sollen, dass ich jetzt nicht darüber sprechen kann, denkt sie. Ach ja – das hätte ich wohl tun sollen. Und sie nimmt sich vor, es bei nächster Gelegenheit nachzuholen.

Jetzt ist sie hundemüde, räumt noch schnell die Lebensmittel in die Speisekammer zurück, lässt den Kaffee stehen und geht ins Bett. Sie fällt auf der Stelle in einen bleischweren Schlaf, den so erwünschten Schlaf des Vergessens.

Am Morgen erwacht sie von dem wohlbekannten ziehenden Schmerz in der linken Schläfe. O weh – eine Migräne. Da hilft nichts anderes als aufstehen, eine Kleinigkeit essen und so schnell wie möglich zwei Kopfschmerztabletten nehmen. Wenn sie Glück hat, ist es ein leichter Anfall, und die Schmerzen verschwinden. Mühsam klettert sie aus dem Bett, läuft ins Badezimmer, um die Schachtel mit den Tabletten zu holen, stolpert im Flur über ihre Reisetasche und den Mantel, der vom Haken gefallen ist. Es ist schon acht Uhr, draußen ist es noch dunkel, und wenn sie sich nicht täuscht, hängen kleine Regentropfen an den Fensterscheiben. Nur kein Licht einschalten, davon werden die Kopfschmerzen schlimmer. Sie tastet in der Speisekammer nach einem Rest Brot und dem Kochkäse, isst im Stehen ein paar Bissen, damit die Tabletten ihr nicht den Magen ruinieren, und sucht auf dem Küchentisch nach der Kaffeetasse. Da liegt ein kleines Stückchen Pappe, sie schiebt es beiseite, findet die Kaffeetasse und schluckt die Tabletten mit dem kalten Kaffee. Setzt sich hin und hält den schmerzenden Kopf mit beiden

Händen, wartet, dass die Tabletten ihre Wirkung tun. Es dauert erfahrungsgemäß bis zu einer halben Stunde, heute geht es etwas schneller, es scheint glücklicherweise ein leichter Anfall zu sein. Draußen kämpft sich langsam das Tageslicht durch die Wolken. Tatsächlich, es regnet, die kleinen grauen Tröpfchen setzen sich an die Fensterscheiben und laufen daran herunter. Die Küche wächst langsam aus der Dämmerung, der Gasherd, der altmodische Küchenschrank, vor ihr der Tisch mit den Kaffeetassen. Da steht auch noch Addis halb volle Tasse, die hat er gestern nicht ausgetrunken, und daneben liegt das kleine Stückchen Papier oder Pappe, das sie vorhin in die Finger bekommen hat. Es ist braun mit schwarzem Aufdruck. Sie nimmt es in die Hand und stellt fest, dass es eine Fahrkarte der Bundesbahn ist. Wiesbaden – München. Zweiter Klasse. Der Preis ist verwischt gedruckt, kaum noch zu lesen.

Hat sie gestern diese Fahrkarte auf den Tisch gelegt? Nein, bestimmt nicht. Sie steckte vermutlich in ihrer Manteltasche. Und wie kommt sie jetzt auf den Küchentisch? Sie nimmt noch einen Schluck kalten Kaffee, dieses Mal aus der Tasse, die sie Addi zugedacht hatte. Es kann nur so sein, dass die Fahrkarte aus ihrer Manteltasche herausgerutscht ist und auf dem Fußboden im Flur lag. Addi war heute früh hier und hat das braune Stückchen Pappe gefunden. So wird es gewesen sein. Oder? Hat er womöglich ihre Manteltaschen durchwühlt? Tut Addi so etwas? Eigentlich ist sie fest davon überzeugt, dass Addi sich zu schade ist, ihre Sachen zu durchsuchen. Aber sie hat es bisher auch nicht für möglich gehalten, dass er sie so anschreien würde.

Wie auch immer – es ist nicht gut, dass er diese dumme Fahrkarte gesehen hat. Nun wird er irgendwelche unsinnigen Schlüsse daraus ziehen. Ach, wie unangenehm. Sie wird mit ihm reden müssen.

Aber nicht jetzt gleich. Es ist höchste Zeit für sie, den Laden zu öffnen, heute ist Mittwoch – nein, schon Donnerstag! Sie kann nur hoffen, dass sie gestern nicht wichtige Kundinnen verpasst hat. Hastig zieht sie sich an, steckt das widerspenstige Haar auf und geht aus dem Haus.

Im Laden warten mehrere Zettel auf sie, die Addi auf dem weißen Tisch deponiert hat.

Frau Knauss hat Kiste mit Kleidern gebracht, die geändert werden müssen. Steht im Nähzimmer.

Frau Studer und Freundin wollten sich über die Kollektion informieren. Habe Modezeichnungen gezeigt.

Frau Knauss kommt morgen um elf zur Anprobe.

Herr Petermann will Glühweinstand vor unserem Schaufenster machen.

Kohlen geliefert, sind hinten im Schuppen.

Claudia Breimann will dich sprechen. Kommt morgen wieder.

Sie muss sich erst mal hinsetzen. Ach, wie ärgerlich, da war gestern offensichtlich eine Menge los, und ausgerechnet da war sie unterwegs. Wie lieb von Addi, dass er hier im Laden die Stellung gehalten und alles genau notiert hat! Ach, er ist doch eine Seele von Mensch. Wenn er gleich kommt, wird sie ihm sagen, dass … nun sie wird ihm irgendetwas Nettes sagen, etwas, was ihn beruhigt.

Er tut ja so viel für sie! Fast die ganze Renovierung hat er allein gemacht, auch die Möbel gestrichen, die Umkleidekabinen gebaut, hinten die Fenster repariert, die Nähmaschinen angeschleppt und überholt. Wirklich – für einen Musiker hat er eine ungewöhnliche handwerkliche Begabung. Aber natürlich ist er auch aus anderen Gründen für den Laden unentbehrlich. Als ehemaliger Bariton am Staatstheater hat er immer noch eine große Schar von Bewunderern, vor allem die Damen älteren

Semesters schwärmen noch heute von ihm. Die Alma Knauss gehört dazu. Aber auch diese Frau Studer, dic gestern mit ihrer Freundin hier war. Addi schafft es, sogar im Malerkittel den Kavalier zu spielen, und die älteren Damen sind davon sehr angetan. Neulich hat eine ihm sogar zur Eröffnung des Modegeschäfts gratuliert. Sie hat tatsächlich geglaubt, Herr Dobscher sei der Chef und Fräulein Wemhöner seine Angestellte. Ja, er kann schon sehr eindrucksvoll sein, ihr Addi. Hoffentlich kommt er bald, damit sie sich bei ihm bedanken kann.

Zunächst einmal tut sich wenig. Draußen regnet es ohne Unterlass, wegen des trüben Lichts sind die Straßenlaternen noch angeschaltet, hin und wieder gleiten die Scheinwerfer eines Autos am Schaufenster vorbei. Auf Straßen und Fußgängerwegen stehen breite Pfützen, die Passanten haben Regenschirme aufgespannt und die Mantelkragen hochgestellt, ihre Hüte sind feucht und zerdrückt.

Sie tragen alle noch die Sachen, die sie vor dem Krieg gekauft haben, denkt Julia verzagt. Diese Mäntel waren in den Vierzigern modern, auch die Hüte mit der breiten Krempe. Wer hat heutzutage schon das Geld, sich einen neuen Mantel nähen zu lassen? Wenn überhaupt, dann kaufen die Leute von der Stange. Drüben im Kaufhaus Schneider.

Aber nein, sagt sie sich. Das stimmt doch gar nicht. Um elf kommt die Alma Knauss. Und auch die Frau Studer wird bestimmt wiederkommen. Für ihre Figur gibt's keine Kleider von der Stange.

Sie erschrickt fast, als plötzlich die Ladenklingel geht und eine junge Frau eintritt. Sie erkennt sie erst, als Claudia das wollene Tuch zurückschiebt, das sie über ihr Haar gebunden hat.

»Guten Morgen«, grüßt sie freundlich. »Wie schön, dass ich Sie heute antreffe, Fräulein Wemhöner.«

Julia, die auf eine Kundin oder wenigstens auf Addi gehofft hatte, ist nicht ganz so beglückt, aber sie lächelt das Mädchen an.

Es ist nicht sicher, ob Claudia seinerzeit mit Kollegin Annelie im Komplott war – wahrscheinlich nicht. Und außerdem ist die Zeit am Theater vorbei.

»Guten Morgen, Claudia … Verzeihung, ich wollte sagen: Fräulein Breimann.«

Claudia wird rot vor Verlegenheit. Eigentlich ist sie ein hübsches Mädel, blondes Kraushaar, Stupsnase und jede Menge Sommersprossen.

»Ach, nennen Sie mich ruhig weiter beim Vornamen, Fräulein Wemhöner. Ich habe mich so daran gewöhnt …«

Da steht sie nun an der Tür, und zu ihren Füßen sammelt sich eine Pfütze. Julia ärgert sich, weil sie immer noch keine Fußmatte besorgt hat.

»Komm rein«, sagt sie zu ihr. »Stell den Schirm in den Ständer. Gib mir deinen Mantel. Puh – was für ein Wetter!«

Claudia befolgt artig die Anweisungen, setzt sich auf den angebotenen Drahtsessel und ist dann erst einmal verlegen.

»Ich hab ja so viel von Ihnen gehört, Fräulein Wemhöner …«

»Ach ja?«

Die junge Schneiderin bekommt den spitzen Ton in Julias Frage deutlich mit und wird noch verlegener. »Na ja, was halt am Theater so geredet wird … Die Sänger und Schauspieler sind alle traurig, dass Sie nicht mehr da sind.«

Sie macht eine Pause, zupft ein paar Flusen von ihrem Rock, dann lässt sie die Katze aus dem Sack. »Da hat sich in den letzten Tagen viel verändert. Ein paar Intrigen sind gesponnen worden, und mich hat's erwischt. Dabei hatten sie mir schon eine feste Anstellung versprochen. War aber nix. Die Elke Naab, die hat uns rausgeekelt und dafür zwei Neue einstellen dürfen. Natürlich ihre Freundinnen.«

Julia ist heute nicht die Schnellste, aber jetzt hat sie doch gemerkt, was Claudia bisher unterschlagen hat.

»Wen meinst du mit ›uns‹?«

»Na, die Annelie und mich … Nett, was? Bekommst du kurz vor Weihnachten noch die Kündigung auf den Tisch. Die Annelie hat geheult wie ein Schlosshund. Über zwanzig Jahre hat sie am Theater gearbeitet …«

Was für eine Neuigkeit! Julias erste Reaktion ist Mitleid. Was für eine Gemeinheit, eine langjährige Mitarbeiterin so mir nichts, dir nichts vor die Tür zu setzen. Und das kurz vor Weihnachten. Dann denkt sie an Annelies boshafte Intrigen und kommt zu dem Schluss, dass da irgendwas gewesen sein muss.

»So was!«, sagt sie verblüfft. »Ich dachte immer, die Annelie und die Elke wären befreundet.«

Claudia verzieht kurz das Gesicht, dann zuckt sie die Schultern. »Schon. Aber dann kamen eine Menge Beschwerden von den Künstlern, weil die Kostüme nicht gesessen haben. Und dann hat die Annelie ja auch ihr Mundwerk nicht unter Kontrolle. Die hat noch richtig böse Nazisprüche drauf, die Annelie. Das hat ihr dann das Genick gebrochen.«

Julia denkt an das Gespräch mit dem Intendanten, damals vor fünfzehn Jahren, als man ihr mitgeteilt hat, dass sie als Jüdin am Theater nicht mehr arbeiten könne. Sie kann verstehen, wie Annelie sich jetzt fühlt. Aber auf Annelie wartet nur die Arbeitslosigkeit, während ihr selbst damals Abtransport und Konzentrationslager drohten.

Da sie schweigt, fasst sich Claudia ein Herz und bringt ihre Bitte vor. »Ich hab halt gedacht, weil ich doch das Handwerk lernen will, dass ich bei Ihnen vielleicht arbeiten könnte. Nur stundenweise natürlich … und auch nur einfache Arbeiten … weil ich ja noch Anfängerin bin. Aber ich würde sehr, sehr gern bei Ihnen arbeiten, Fräulein Wemhöner …«

Der bittende Augenaufschlag macht Julia zu schaffen. Sie kann nicht gut »Nein« sagen, das konnte sie noch nie, und schon gar nicht bei solch einem netten Mädel. Nun ja, Claudia könnte Knöpfe annähen, Nähte versäubern, auch ein wenig aufräumen, den beiden Näherinnen zuarbeiten. Sie hat sich immer recht geschickt angestellt, die Claudia.

»Ja, weißt du … Viel kann ich nicht bezahlen, weil der Laden ja erst anlaufen muss. Aber nachher um elf habe ich eine Kundin, da kannst du mir zur Hand gehen.«

»Oh, danke, Fräulein Wemhöner! Ich bin ja so froh, Sie wissen gar nicht, wie erleichtert ich jetzt bin!«

Das Mädel strahlt vor Freude, und Julia hat das schöne Gefühl, einen Menschen glücklich gemacht zu haben. Hoffentlich kommt das Geschäft bald in Schwung, damit sie ihre Angestellten auch anständig bezahlen kann. Im Laufe des Tages erweist sich Claudia als geschickte Assistentin, die ein gutes Händchen im Umgang mit der Kundschaft hat. Alma Knauss ist von der »kleinen Claudia« hellauf begeistert, weil das schlaue Mädel ganz nebenbei bemerkt, Frau Knauss habe ja die Figur eines jungen Mädchens. Sie ist mit Maßband und Stecknadeln stets zur Stelle, findet die richtigen Stoffe und weiß, wie man sie präsentieren muss. Eine Naturbegabung, dieses junge Ding. Unaufgefordert legt sie Kohle im Ofen nach, weil es die Kundinnen warm haben wollen, wenn Sie sich umkleiden.

Am Nachmittag erscheint tatsächlich Frau Studer mit Freundin Ottile Weisendonk, beide bereits ein wenig aus dem Leim gegangen, aber gerade solche Fälle sind Julias Spezialität, hat sie doch seinerzeit gewichtige Operndiven in zarte Paminas oder süße Gildas verwandelt. Auch hier ist Claudia hilfreich: Mit ihrer jugendlichen Begeisterungsfähigkeit gibt sie den Damen das Gefühl, ganz neu und fabelhaft eingekleidet zu werden.

»So was gibt's sonst höchstens in Paris, gnädige Frau. Bei Dior …«

Manchmal muss sich Julia das Lachen verbeißen, so unbefangen plaudert ihre neue Angestellte daher. Aber den verwöhnten Kundinnen gefällt es.

»Was für ein nettes Mädel. Komm mal her, Kleine. Das ist für dich.«

Sie stecken ihr doch tatsächlich ein Trinkgeld zu! Und Claudia knickst freundlich und bedankt sich.

»Und grüßen Sie den Herrn Dobscher … Wir haben ihn heute sehr vermisst … Bis nächste Woche dann …«

Addi lässt sich bis zum Abend nicht blicken. Gegen vier Uhr verabschiedet sich Claudia, weist Julias Lohn zurück, weil sie heute ja nur zur Probe da gewesen sei, und Julia verspricht, ihr einen Lehrvertrag zu geben. Bis sieben Uhr am Abend ist sie mit Vorbereitungsarbeiten für die Näherinnen beschäftigt, die für morgen früh bestellt sind, dann löscht sie die Lichter und schließt den Laden ab. Geschäftlich war es heute ein guter Tag. Sie hat nicht nur eine geschickte und willige Angestellte gefunden, sondern auch mehrere größere Bestellungen hereingeholt. Wenn die Damen mit den Kleidern zufrieden sind – und davon geht Julia aus –, dann könnte es bald noch mehr zu tun geben.

Privat jedoch liegt leider einiges im Argen. In ihrer Wohnung herrscht das gleiche Chaos wie am Morgen, als sie zur Arbeit gegangen ist. Das ist neu, denn normalerweise kommt Addi zwischendrin rein, räumt auf, spült das Geschirr und wischt auch mal den Fußboden. Sie hat ihm zwar schon oft gesagt, dass er das nicht zu tun braucht, aber weil er nicht davon abzubringen war, hat sie sich schließlich daran gewöhnt. Nun also herrscht Unordnung – der Herr Kammersänger ist ganz offensichtlich zornig und befindet sich im Streik. Sie muss selbst ein wenig für Ordnung sorgen, räumt die schmutzige Wäsche in die Badewanne, packt die Reisetasche aus, stellt fest, dass die Lebensmittelvorräte knapp sind, aber die Geschäfte haben schon geschlossen, sie muss mit dem vorliebnehmen, was noch in der Speisekammer ist.

Sie sieht den Brief erst, als sie das gebrauchte Geschirr wegräumt, um zu Abend zu essen. Er war also hier. Hat ihr die Post auf den Küchentisch gelegt, direkt auf die Fahrkarte nach München, und ist dann wieder gegangen. Zornbebend vermutlich, denn der Brief ist von Wilhelm. Julia rafft das Schreiben vom Tisch und hat große Lust, es ungelesen zu zerreißen. Dieser scheinheilige kleine Mistkerl! Schreibt ihr zärtliche Briefe voller intimer Geständnisse, jammert herum, dass sie nicht antwortet, dass er sie nicht sehen kann, und gleichzeitig hat er ein Verhältnis mit einer jungen Kollegin. Ein Bett-Verhältnis ohne Zweifel. Natürlich. Wenn er sie schon in aller Öffentlichkeit küsst! Ach, was regt sie sich auf! Sie kennt doch die Künstler, hat sich jahrelang während der Kostümanproben deren Liebesglück und Liebesleid anhören müssen. Aber wenn eine dann selbst betroffen ist, glaubt sie immer, alles sei ganz anders.

Schließlich reißt sie den Brief doch auf, überfliegt die dicht beschriebenen Seiten, die von seiner frisch entfachten Leidenschaft fürs Kabarett erzählen, aber sie hat heute keine Lust, sich darauf einzulassen.

»Addi!«

Sie steht an der Zwischentür, die noch aus der Zeit stammt, als Addi sie hier vor den Nazis versteckt hielt und ihre Wohnung als Abstellkammer deklariert wurde.

»Addi! Ich muss mit dir reden!«

Er kommt aus dem Schlafzimmer, das Haar zerzaust, das Gesicht faltig – wie es scheint, hat sie ihn geweckt.

»Dann los«, sagt er und verschränkt die Arme vor der Brust. »Mach es kurz, ich bin hundemüde. Hab den ganzen Tag unten Möbel geschoben.«

Schon ist ihr Schwung wieder verbraucht. Seine finstere Miene wirkt so abschreckend, und dann diese Art zu reden! Nach dem Motto: Ich weiß sowieso schon alles, also gib dir keine Mühe.

»Es ist nicht so, wie du denkst«, beginnt sie.

Er schweigt. Wölbt den Bauch vor. Wartet.

»Ich war in München und habe mir den ›Sommernachtstraum‹ angesehen. Nichts weiter.«

Er fängt an zu lachen. Ein künstliches Bühnenlachen ist das. Es macht sie wütend, wenn er so lacht.

»Den ›Sommernachtstraum‹ in München. Doch nicht etwa in den Kammerspielen? Ganz zufällig mit einem gewissen Willi Koch als Zettel?«

»Sei nicht albern, Addi. Ich wollte wissen, ob er wirklich so gut in dieser Rolle ist … «

Dieser Blick, den er ihr jetzt zuwirft. Dieses »rede du nur, ich weiß es besser«. Sie könnte platzen vor Zorn.

»Gib dir keine Mühe, Julia. Ich weiß sehr wohl, dass du dich eher in eine Bühnengestalt als in einen wirklichen Menschen verlieben kannst.«

Jetzt reicht es ihr aber. Er hat kein Recht, sie so zu behandeln. So von oben herab. Als würde er sie besser kennen, als sie selbst sich kennt.

»Bitte sehr«, sagt sie böse. »Wenn du mir nicht glaubst, dann kann ich dir leider nicht helfen. Schade um die schöne Zeit, die wir miteinander verbracht haben!«

Sie dreht sich um und streckt die Hand nach der Verbindungstür aus, öffnet sie, und erst als sie schon wieder drüben in ihrer Wohnung steht, hört sie ihn rufen.

»Julia! Warte.«

Aber sie hat keine Lust mehr. Sie hat für heute die Nase voll. Addi und Wilhelm. Wilhelm und Addi. Alles die gleiche Sorte. Ach, sie hat mit den Männern immer Pech gehabt. Ihr Leben lang war das so, und daran wird sich auch nichts mehr ändern.

Sie gibt keine Antwort und schlägt die Verbindungstür zu.

SWETLANA

Dezember 1951

»Liebe Frau Stammler! Ich bin Ihnen zu unendlichem Dank verpflichtet. Das ist nur eine Kleinigkeit …«

Frau Grulich steht im Flur und hält ihr drei Pakete entgegen, alle in Weihnachtspapier eingewickelt mit silbernen und goldfarbigen Schleifen geschmückt. Swetlana versteht zuerst nicht, was sie damit soll, dann begreift sie, dass es offensichtlich mit Herrn Grulich zu tun hat.

»Ihr Mann? Ist er wieder gesund? Oh, das freut mich … sehr freut mich das!«

»Heute früh habe ich ihn aus der Klinik abholen dürfen. Wir haben ein Taxi genommen, weil er doch noch so schwach ist. Und der Doktor hat gesagt, dass er sich schonen muss und keine Aufregung haben darf. Ach, dass er jetzt wieder bei mir ist …«

Swetlana muss ihr rasch die Pakete abnehmen, weil Frau Grulich ein Taschentuch benötigt. Tränen hängen ihr in den Augenwinkeln, und schnäuzen muss sie sich auch. Swetlana ist gerührt. Bisher konnte sie die Grulich wenig leiden, schon weil sie sich immer über Michael beschwert hat. Aber dass sie sich nun so sehr freut und sogar Geschenke bringt, beweist, dass man einen Menschen nie vorschnell aburteilen darf.

»Das ist schön«, sagt sie, und sie ärgert sich, weil sie sehr viel mehr sagen möchte, aber die deutschen Worte dafür nicht findet.

»Ach, ich bin noch ganz außer mir«, seufzt die Grulich und steckt das Taschentuch wieder in die Schürzentasche. »Das war doch schrecklich, so ganz allein in der Wohnung. Und die Unsicherheit, nein, die Unsicherheit … Herrmann hat mir gerade eben noch gesagt, dass er dem Tode nah gewesen ist … Stellen Sie sich das nur mal vor, Frau Stammler …«

Swetlana lächelt und hofft inständig, dass die Grulich bei aller Freude nicht allzu sehr ins Erzählen gerät. Es ist schon halb acht, Michael hat noch nicht gegessen, und sie selbst hat noch einiges zu tun.

»Ist die Frau Bogner immer noch krank? Ich hab eben geklingelt, aber es hat niemand aufgemacht. Ach, wie traurig. Hoffentlich nichts Ernstes, wie? Also, das da ist für Sie, liebe Frau Stammler. Und das da für den lieben Kleinen. Und das ist für Ihren Verlobten. Den tatkräftigen jungen Mann, der uns ins Paulinenstift gefahren hat … Grüßen Sie ihn ganz herzlich von uns …«

Swetlana bedankt sich mehrfach, dann verweist sie auf das Essen, das auf dem Herd steht, und die Grulich verabschiedet sich.

»Mensch!«, ruft Michael, der mit rotem Kopf aus dem Schlafzimmer kommt. »Weihnachtsgeschenke! Darf ich die aufmachen?«

Sie stellt die Pakete schnell auf die Kommode und eilt in die Küche, um den Eintopf umzurühren. O weh – unten schon alles angebrannt. Warum hat sie die Gasflamme bloß nicht heruntergedreht?

»Nicht heute!«, ruft sie hinüber ins Wohnzimmer. »Erst morgen. Wenn ist Heiliger Abend …«

Der Sohn murrt, fügt sich aber. Er isst auch, ohne sich zu beschweren, den leicht angebrannten Eintopf aus Kartoffeln, Karotten, Zwiebeln und einem kleinen Stückchen Rindfleisch. Danach stopft er sich noch zwei Scheiben Brot mit Leberwurst und Kochkäse hinein – wenn das mit seinem Appetit so weitergeht, wird sie noch eine Putzstelle zusätzlich annehmen müssen.

»Kommt August morgen?«, will er wissen.

Swetlana hat ihm schon mehrfach gesagt, dass er nicht kommen wird, aber Michael fragt immer wieder. Es ist anstrengend.

»Nimm Schüssel und wasch dich, bevor du gehst schlafen«, ordnet sie an. »Zeig einmal her – schon wieder Loch in Hose. Und so schmutzig! Hast du wieder geprügelt, Michael?«

»Nein, Mama! Ich schwöre es! Ich bin hingefallen, und da lag ein Stein …«

Sie hat das beklemmende Gefühl, belogen zu werden, aber sie weiß auch, dass es nahezu unmöglich ist, die Wahrheit aus ihm herauszubekommen. Seufzend räumt sie das Geschirr weg, gießt heißes Wasser aus dem Kessel in die blecherne Waschschüssel, gibt noch kaltes Wasser dazu und legt die Seife in die Ausbuchtung, die zu diesem Zweck an der Schüssel befestigt ist. Michael trägt die Waschschüssel mit großer Vorsicht hinüber ins Schlafzimmer, um sich dort – ungesehen von mütterlichen Augen – abzuseifen. Swetlana wischt das Wachstuch auf dem Wohnzimmertisch sauber und nimmt die Briefmappe aus der Kommodenschublade. Jekaterinas Briefe hat sie sorgfältig gebündelt. Den letzten Brief nimmt sie sich vor, um ihn noch einmal zu lesen, bevor sie die Antwort schreibt. Ach ja, noch am Samstag hat sie über die »albernen Fragen« der »alten Jungfer Jekaterina« den Kopf geschüttelt – jetzt sieht sie die Besorgnis der Freundin auf einmal in anderem Licht.

Meine liebste Freundin Jekaterina und Natalja, Du meine Herzensfreundin,
ich freue mich, dass Ihr beide gesund seid und dass Ihr so oft beisammensitzt, um über mich zu sprechen. Oft wünsche ich mir, ich könnte bei Euch sein …

Sie hält inne, weil drüben ein Knistern zu hören ist, als würde ein Stück Zeitung zerknüllt.

»Michael? Was tust du da?«

»Nichts, Mama … Das ist für Weihnachten … Das darfst du nicht sehen!«

Seine Stimme klingt gepresst, vermutlich schiebt er einen Gegenstand tief unter das Bett, damit er vor ihren neugierigen Blicken sicher ist. Sie fragt sich, was es wohl sein könnte. Hat er ihr etwas gebastelt? Im vergangenen Jahr hat sie von ihm einen großen Stern aus Goldpapier bekommen, der hängt jetzt am Fenster und sieht sehr weihnachtlich aus. Sie hat ihm einen teuren Baukasten gekauft, keinen für kleine Kinder, sondern ein System aus Metallschienen und Schrauben von Märklin, mit dem man allerlei Dinge zusammenbauen kann. Eine Windmühle zum Beispiel. Mit dem Anschlusskasten könnte man sogar ein Auto konstruieren – aber sie hat nur das Geld für einen Kasten gehabt. Sie seufzt und wendet sich wieder dem Schreibpapier zu.

… ich habe lange über Deinen Brief nachdenken müssen und alle Deine Fragen gründlich gelesen. Du hast recht, Jekaterina, es ist wichtig, genau zu prüfen, vor allem, wenn man verliebt ist. Nein, er trinkt nicht, und er ist auch keiner, der zuschlägt. Ob er später viel Geld verdienen wird, das weiß ich nicht, das ist mir auch nicht wichtig. Leider hat sich jedoch herausgestellt …

»Mama! Mach die Tür auf!«, ruft Michael drüben im Schlafzimmer.

»Man sagt ›bitte‹, Michael«, gibt sie unwillig zurück

»Bitte, mach die Tür auf. Weil ich gleich die Schüssel fallen lasse …«

Seufzend erhebt sie sich und öffnet, damit der Sohn die immerhin noch halb gefüllte Waschschüssel in die Küche tragen kann. Dort gießt er das Wasser schwungvoll ins Spülbecken und wischt die Schüssel sauber, bevor er sie an die Wand hängt. Er trägt ein gestreiftes Nachthemd, das sie für ihn genäht hat.

»Schreibst du an Tante Jekaterina?«, will er wissen und schaut ihr über die Schulter. »Puh – alles kyrillisch. Wer kann so was lesen?«

»Viele Menschen, Michael. Du wirst auch lernen kyrillisch schreiben, aber erst später.«

Er behauptet, es schon zu können, und malt einige Buchstaben auf Jekaterinas Brief. Dann sagt er, sie solle die Tanten von ihm grüßen und verabschiedet sich.

»Gute Nacht.«

Swetlana wartet, bis er die Tür hinter sich geschlossen hat, dann liest sie das Geschriebene kritisch durch und fährt fort.

… leider hat sich jedoch herausgestellt, dass er nicht ehrlich ist. Daran hast Du nicht gedacht, oder? Er hat mir verschwiegen, dass er der Sohn jener Frau ist, die mich so schlecht behandelt hat. Schweigen ist das Gleiche wie Lügen. Und wenn er jetzt schon lügt, wo wir uns erst ein paar Wochen kennen, dann wird er mich auch weiterhin belügen. Ein Lügner bleibt ein Lügner. Ich habe ihm daher mitgeteilt, dass es mit einer Ehe nichts werden kann …

Sie muss den Stift absetzen, weil sich plötzlich ihre Hand verkrampft. Es klingt so hart, was sie da geschrieben hat. Es gefällt ihr nicht, sie wünschte sich, es wäre anders. Aber wenn sie jetzt darüber nachdenkt, kommt der Zorn erneut hoch. Er hat geschwiegen, weil er Angst hatte, sie könnte ihn um seiner Mutter willen abweisen. Das ist feige. Misstrauisch. Unehrlich. Was glaubt er denn von ihr? Dass sie nicht zwischen Sohn und Mutter unterscheiden kann? Dass sie ihn hasst, nur weil seine Mutter sich schlecht benommen hat? Hält er sie wirklich für so einfältig? Das ist beleidigend. Nein, das kann sie ihm nicht verzeihen. So einer ist er also: Er versteckt die unangenehmen Dinge, weil er Angst hat, Probleme zu bekommen. Was soll das für eine Ehe werden, wenn er ihr nicht die Wahrheit sagt? Ein

Ehepaar muss fest zusammenhalten, so, wie ihre Eltern es damals getan haben. Zwischen ihnen darf kein Schweigen, keine Lüge sein. *Die Frau, der Mann – des Teufels Gespann.* So soll es sein. Aber mit August ist das nicht möglich.

Sie muss ihm bald ihre endgültige Entscheidung mitteilen. Es wird ihr sehr schwerfallen, aber sie wird klug sein. Dieses Mal wird sie klug sein. Auch wenn es wehtut. Weil sie ihn doch so gern hat …

Sie legt den Stift hin und stützt den Kopf mit beiden Händen. Fährt sich mit den Fingern durchs Haar, reibt die Kopfhaut, die Schläfen, seufzt und versucht, die aufkommende Traurigkeit zu verscheuchen. Es gelingt ihr nicht. Es war ein schöner Traum, sagt sie sich. Und jetzt bin ich aufgewacht. So wie damals, als ich mich in Gerhard verliebt habe und wir eine Nacht zusammen waren. Was habe ich mir da nicht alles zusammengeträumt! Ewige Liebe, ewige Treue, das ganz große Glück an seiner Seite. Und was ist daraus geworden? Nur Kummer und Elend. Und so wird es auch dieses Mal sein, wenn ich nicht rechtzeitig Nein sage.

Sie nimmt den Stift wieder in die Hand, um weiterzuschreiben, aber es fällt ihr nichts mehr ein, was sie hinzufügen könnte. Stattdessen steigen Erinnerungen in ihr auf, die sie eigentlich nicht mehr zulassen will.

Wie mutig er ist. Ohne zu zögern, ist er ins Wasser gesprungen, um Michael zu retten. Und doch kann er schüchtern und verlegen sein, fast wie ein kleiner Junge. Er ist großzügig, wenn er sie einlädt, fordert er sie mehrfach auf, noch etwas zusätzlich zu bestellen. Und er ist klug, seine Meinung ist vernünftig, seine Ratschläge haben Hand und Fuß.

Aber er ist ein Lügner, das darf sie nicht vergessen!

Am schwersten ist es, die Erinnerung an seine Küsse zu verscheuchen. Sein schmaler, aber so sehniger Körper, der so viel Männlichkeit ausstrahlt. Es macht sie schwindelig, auch nur daran zu denken. Wie er sie berührt hat, zuerst ganz scheu und vorsichtig, weil er fürchtete, sie könnte ihn zurückweisen, dann voller Leidenschaft, genau so, wie sie es sich immer gewünscht hat. Ein Mann muss wild sein. Und stark. So will sie es, und genau so hat er sie am Schluss geküsst. Ach, sie hatten nur wenige Minuten, dann war es schon vorbei. Hat sie nicht mehr verdient? Seit Michaels Geburt lebt sie wie eine Nonne, ist nur für ihr Kind da, hat nie wieder bei einem Mann gelegen. Sie hat es auch nicht gewollt, so wie manche andere im Lager, die wegen einer kleinen Vergünstigung mit einem der Deutschen geschlafen haben. Sie kann nur mit einem Mann schlafen, wenn sie ihn liebt. August ist dieser Mann, sie liebt ihn, alles zieht sie zu ihm hin. Ihr Körper sagt ihr, dass er der Richtige ist.

Aber er ist ein Lügner, das darf sie nicht vergessen.

Leider ist er ein Lügner, schreibt sie auf das Briefpapier. Dann nimmt sie den Brief und zerreißt ihn. Nimmt rasch die Hände vors Gesicht, weil Michael drüben im Schlafzimmer nicht hören soll, dass sie weint. Das Leben ist ungerecht. Es gönnt ihr nur ein paar Minuten Glück und fordert dafür lebenslange bittere Reue.

Als sie hört, dass jemand die Treppe heraufkommt, wischt sie sich rasch die Tränen ab. Um diese Zeit kann das nur Fritz Bogner sein, der hat heute bei einem Weihnachtskonzert in der Marktkirche mitgespielt und kommt jetzt nach Hause. Eilig geht sie zur Wohnungstür und öffnet sie einen Spalt.

»Guten Abend, Fritz!«

Er steigt heute recht schwerfällig Stufe um Stufe hinauf. Als er ihre Stimme vernimmt, schaut er hoch, und sie sieht erschrocken, dass er sehr blass ist.

»Guten Abend, Swetlana. Du bist ja noch wach.«

»Ich wollte nur fragen, wie geht es Luisa? Ich habe nicht gewollt klingeln, weil sie ist doch krank …«

Er hat jetzt den Treppenabsatz erreicht und schnauft ein wenig, während er den Wohnungsschlüssel aus der Manteltasche nimmt.

»Ach, ich glaube, es geht ihr besser … Komm ruhig mit hinein, Swetlana. Aber komm mir nicht zu nahe, ich glaube, jetzt hat es mich erwischt …«

»Ach herrje«, sagt sie beklommen. »Dann ich will nicht stören …«

Aber da ist Luisa schon an der Tür und nimmt Fritz den Geigenkasten ab. Sie will ihn mit einem Kuss begrüßen, doch er schüttelt den Kopf und schiebt sie beiseite.

»Mir dreht sich der Magen um, Liebling. Ich gehe gleich ins Bett. Morgen früh ist Probe, hoffentlich geht es mir dann besser …«

»Ach du liebe Zeit«, ruft Luisa erschrocken. »Dann habe ich dich wohl angesteckt … Magst du trotzdem mit hereinkommen, Swetlana? Ich habe den ganzen Nachmittag geschlafen und bin jetzt glockenwach.«

Swetlana hat große Sehnsucht nach einem Gespräch mit Luisa. Sie erklärt, gegen Magengrippe immun zu sein, und läuft rasch zurück in die Wohnung, um die Dose mit dem guten Kamillentee zu holen, den ihr Jekaterina geschickt hat. Selbst gesammelt und getrocknet. Mit etwas Pfefferminze gemischt, um den Kreislauf anzuheben. Es gibt nichts Besseres bei Magenbeschwerden. Als sie damit in die Nachbarwohnung kommt, hat sich Fritz schon ins Schlafzimmer zurückgezogen, und so setzen sich die beiden Frauen in der Küche zusammen, wo Luisa schon den Wasserkessel für den Tee auf den Herd gestellt hat.

»Und du bist wieder gesund?«, fragt Swetlana. »Keine Übelgefühl mehr?«

»Seit heute nicht mehr«, erklärt Luisa erleichtert. »Wie viele Löffel nimmst du für eine Kanne? Drei?«

»Vier Löffel ist besser für große Kanne. Und kann es nicht auch gewesen sein Schwangerschaft?«

Luisa schüttelt traurig den Kopf. Nein, leider nicht. Sie hat jeden Monat ihre Regel. Und dann ist es ja wohl doch ein Virus, wenn es den armen Fritz jetzt auch erwischt hat.

»Er hat sich so gefreut, dass er so viel zu tun hat über Weihnachten«, seufzt sie. »Das wäre schlimm, wenn er jetzt alle Konzerte wieder absagen müsste!«

»Ach was!«, beruhigt sie Swetlana. »Morgen früh er ist gesund. Bestimmt.«

Luisa muss über den energischen Tonfall ihrer Freundin lächeln. Sie gießt den Tee auf, und sogleich erfüllt der Duft von frischer Kamille die Küche.

»Erzähl mir, was es Neues von dir und August gibt? Werden wir morgen zusammen ins Weihnachtskonzert gehen und dann noch ein wenig feiern?«

Ach, Luisa hat ja keine Ahnung von dem, was inzwischen geschehen ist, denn sie war krank. Jetzt ist sie über Swetlanas Bericht sehr erschrocken. »Es ist meine Schuld, Swetlana!«, ruft sie bekümmert. »Ach, ich dumme Gans. Ich habe August geraten, es dir nicht gleich zu Anfang zu erzählen.«

»Du hast es ihm geraten?«, sagt Swetlana verblüfft. »Aber warum, Luisa? Warum wolltest du, dass er mich belügt?«

Luisa ist ganz verzweifelt. Das hat sie nicht gewollt. Im Gegenteil, sie wollte diese Freundschaft fördern. Und nun hat sie alles verdorben!

»Doch nicht für immer. Das wäre ja auch gar nicht möglich gewesen. Irgendwann musste er es dir ja sagen. Nur nicht gleich beim ersten Kennenlernen. Ich weiß doch, wie schlimm es für dich gewesen ist, Swetlana. Ich habe mich fürchterlich für Tante Else geschämt und konnte tagelang nicht mehr zu ihnen gehen …«

So war das also, denkt Swetlana. Aber auch wenn es Luisa gesagt hat – er hat doch selbst einen Kopf und kann denken. Er muss nicht tun, was Luisa ihm sagt.

»Ich verstehe, Luisa«, sagt sie. »Und ich weiß, dass du hast gute Absicht gehabt. Aber trotzdem ich bin sehr … enttäuscht.«

»Ach, Swetlana!«, sagt Luisa unzufrieden und gießt den dampfenden Tee in einen Becher, um ihn hinüber ins Schlafzimmer zu tragen. »Das hat August nicht verdient. Es war ungeschickt von ihm, das ist wahr. Aber er liebt dich, Swetlana. Das darfst du nicht vergessen.«

Er liebt sie. Ja, das hat er ihr gesagt, und sie weiß, dass es die Wahrheit ist. Und auch sie liebt ihn. Warum macht sie es sich so schwer? Ist nicht die Liebe das Wichtigste? Das Feuer, das dich wärmt. Das Licht, das dir in dunklen Tagen leuchtet. Die Fackel, die dich voranträgt. Ach, das sind schöne Sprüche, die sie einst im Elternhaus gelernt hat. Die Wirklichkeit sieht anders aus. Da ist Liebe oft nur eine kurze Flamme, die sehr bald in sich zusammenfällt und nur ein Häuflein Asche hinterlässt.

Luisa hat Fritz den Tee gebracht und ihn ein wenig getröstet, jetzt kehrt sie in die Küche zurück.

»Er wird gleich einschlafen«, sagt sie, und dabei lächelt sie auf eine ganz besondere, zärtliche Art. Luisa liebt, und sie wird geliebt, denkt Swetlana traurig. Wie glücklich sind diese beiden Menschen.

»Ich muss schlafen über alle Gedanken«, sagt Swetlana und steht auf. »Ich wünsche euch viel Gutes, Luisa, du meine Freundin. Gute Nacht!«

Sie umarmen einander, und Swetlana spürt, wie die Freundin sie an sich zieht. Eine freundliche, liebevoll gemeinte Aufforderung.

»Schlaf gut, Swetlana«, flüstert Luisa ihr ins Ohr. »Morgen ist Heiliger Abend, und dann ist Weihnachten. Das Fest der Liebe und der Versöhnung!«

In ihrer Wohnung ist es still, und Swetlana fühlt sich plötzlich sehr einsam. Vorsichtig öffnet sie die Schlafzimmertür einen

Spalt weit. Michael liegt auf der Seite, hat das Kopfkissen zusammengeknäult und den Arm daruntergeschoben. Er schläft. Eine blonde Haarsträhne ist ihm übers Gesicht gefallen; wenn er ausatmet, bewegt sie sich vor seiner Nase. Swetlana geht auf Zehenspitzen zum Bett und streicht ihm das Haar aus der Stirn, schaut noch einen Moment auf den friedlichen Schläfer, dann geht sie zurück ins Wohnzimmer. Auf dem Tisch liegen noch die Fetzen des zerrissenen Briefs. Sie sammelt sie ein und steckt sie in den Ofen. Für einen kleinen Augenblick lodert die Glut in der Asche wieder auf, frisst das Papier und fällt dann in sich zusammen. Sie rückt die Lampe zurecht, nimmt den Stift und will den Brief von vorne schreiben, aber irgendwie fällt ihr nichts Gescheites ein. Es ist viel zu spät, schon nach elf Uhr, es geht auf Mitternacht zu, und morgen muss sie früh aufstehen, um noch rasch zwei Wohnungen zu putzen. Hoffentlich bezahlen die Kunden sie endlich, denn sie will noch Kartoffeln, Zwiebeln und Fleisch einkaufen und auch ein paar Kleinigkeiten, die sie Luisa und Fritz schenken möchte. Sie steht auf, um sich bettfertig zu machen, aber während sie sich das Waschwasser einlässt, spürt sie, dass sie nicht müde ist. Sie wird wieder schlaflos neben dem Jungen liegen, sich von einer Seite auf die andere drehen, und natürlich darf sie kein Licht anmachen, um zu lesen, weil Michael dann wach werden könnte. Ach nein – besser, sie geht noch ein Weilchen spazieren. Sie liebt es, wenn es draußen kalt ist und man die Schneeflocken umherwirbeln sieht. Sorgfältig wickelt sie das wollene Tuch um das Haar, zieht die warmen Socken und die festen Schuhe an und schließt die Mantelknöpfe bis unters Kinn. Nur den Wohnungsschlüssel nicht vergessen und dann ganz leise, wie ein Mäuschen, die Treppe hinunter. Ach, dass die alten Holzstufen auch so knarren müssen! Sie probiert, ob es besser geht, wenn sie nicht in der Mitte der Stufe, sondern ganz an der Seite auftritt, aber es macht keinen Unterschied. Draußen ist es sehr dunkel, nur jede zweite Straßenlaterne ist noch angeschaltet, dafür brennt am Ende der Gasse in einer Kneipe Licht, sodass sie sich einigermaßen zurechtfindet. Es ist nicht ungefährlich, nachts durch dieses Viertel zu laufen, daher beeilt sie sich, zur Langgasse zu gelangen, wo um diese Zeit die Kinovorstellungen zu Ende gehen und viele Menschen unterwegs sind. Der Nachtwind zerrt an den hölzernen Weihnachtsbäumen, die die Stadt in der Langgasse aufgehängt hat und deren elektrische Lichter um diese Zeit längst ausgeschaltet sind. Swetlana eilt durch eine Querstraße hinüber zur Wiesbadener Straße. Dort sind ebenfalls Nachtschwärmer unterwegs, im Theater gehen gerade die Lichter aus, aber in den Cafés sitzen noch Gäste bei Wein und Sekt. Sie bleibt zwischen den kahlen Platanen stehen, lehnt sich an einen der knorrigen Stämme und starrt vor sich hin. Es ist sinnlos, was sie tut, sie kann noch so lange hinüber zum Haus Nummer 75 schauen, er wird nicht herauskommen, um sie in seine Arme zu nehmen. Und selbst wenn er es täte – sie müsste ihn zurückweisen. Weil er ja ein Lügner ist.

Trotzdem kann sie den Blick nicht von dem Haus wenden. Unten im Café ist alles dunkel, aber oben rechts im ersten Stock ist eines der Fenster noch schwach erleuchtet. Das könnte eine Schreibtischlampe sein. Oder eine Nachttischlampe. Wer mag in diesem Zimmer wohnen? Ob es das Schlafzimmer der bösen Frau Koch und ihres Ehemannes ist? Finden sie keinen Schlaf, weil drüben bei der Konkurrenz noch so viele Gäste sitzen? Oder ist es seine Schwester, die sie damals eigentlich einstellen wollte? Wie heißt sie doch? Hilde. Aber sie ist verheiratet und hat Kinder, da wird sie nicht bei den Eltern wohnen, sondern in der Wohnung obendrüber. Sie haben ein großes Haus, diese Kochs, darin sind viele Wohnungen. Schöne große Wohnungen mit Bädern und Badeöfen. Sie können ein heißes Bad nehmen, wann immer sie wollen. Und gewiss haben sie genug Kohlen, um alle Zimmer warm zu heizen. August hat zwar im Krieg schlimme Dinge erlebt, aber seine Kindheit muss sehr schön gewesen sein, es hat ihm sicher an nichts gefehlt. Und auch jetzt lebt er hier wie die Made im Speck, der Herr August Koch, er muss weder hungern noch frieren wie andere Studenten, denn seine Eltern sorgen für ihn.

Sie würden mich niemals als Schwiegertochter akzeptieren, denkt sie. Diese Leute sind reich, sie leben hier seit vielen Jahren. Wenn ihre Kinder heiraten, dann sollen es Ehepartner sein, die zu ihnen passen. Geschäftsleute. Beamte. Wohlhabende Hausbesitzer. Nicht eine wie sie, die nichts hat und nichts ist, die ihren Lebensunterhalt mit Putzen verdient. Noch dazu eine Russin. Sie hassen alle Russen, diese Leute. Die Russen haben ihren Söhnen zu viel angetan …

Das beleuchtete Viereck, zu dem sie die ganze Zeit hinaufgestarrt hat, verschwimmt vor ihren Augen. Selbst wenn er sie liebt – sie würden niemals glücklich miteinander werden. Man kann nicht ein Leben lang gegen den Rest der Welt kämpfen – keine Liebe hält das aus. Wenn sie ihm ihre Entscheidung mitteilt, dann tut sie es auch für ihn. Sie gibt ihn frei – gerade weil sie ihn liebt. Er soll eine andere finden, mit der er glücklich werden kann.

Dieser edle Gedanke tröstet sie ein wenig. Sie fröstelt und löst sich von dem Baumstamm, der eine Weile ihren Rücken gestützt hat. Nein, sie wird jetzt nicht auf die Idee kommen, ein Steinchen gegen dieses Fenster dort oben zu werfen. Schon weil es zu hoch ist und sie es vermutlich verfehlen würde. Aber auch, weil sie sich nicht sicher ist, ob sie heute Abend die nötige Festigkeit besitzt, August ihren Entschluss mitzuteilen. Wenn er jetzt dort aus der Tür käme und auf sie zuliefe – sie weiß nicht, was sie tun würde. Vermutlich etwas ganz und gar Dummes und Falsches.

Langsam geht sie zurück zu ihrer Wohnung. Es ist ihr gleichgültig, ob die Straße dunkel oder beleuchtet ist, sie ist in ihren Kummer versunken, sieht weder nach rechts noch nach links.

Als sie an der Kneipe vorübergeht, rempelt sie ein Betrunkener an, bleibt dann stehen und ruft ihr unflätige Dinge hinterher. Sie geht ungerührt weiter, die Worte sind wie Wassertropfen, die an einer Kerze herablaufen, ohne in sie einzudringen. Leise öffnet sie die Haustür, steigt die Treppen hinauf, schließt ihre Wohnung auf.

Das Feuer im Ofen ist längst erloschen, aber ein wenig Wärme hat sich noch im Zimmer gehalten. Sie wäscht sich eilig, macht sich nachtfertig und geht auf Zehenspitzen ins Schlafzimmer. Ohne Licht zu machen, tastet sie sich zu ihrem Bett, rutscht aber auf dem kleinen Vorleger aus und muss sich rasch am Kopfteil von Michaels Bett festhalten.

»Mama?«, krächzt er verschlafen.

»Es tut mir leid. Ich bin gerutscht auf Teppich … Schlaf weiter …«

Als sie schon in ihrem Bett sitzt und versucht, in den winterkalten Kissen ein wenig Wärme anzusammeln, sagt er etwas Seltsames. »Du musst vorsichtig sein, Mama. Weil das, was ich für dich gemacht habe, leicht kaputtgehen kann.«

»Aber ich hab nicht berührt, was du unter dem Bett versteckt hast, Michael.«

»Du darfst auch nicht wackeln, Mama.«

Sie versteht den Sinn dieser Warnung nicht, sie ist jetzt schrecklich müde, und traurig ist sie auch. Tieftraurig, weil das Leben so ungerecht zu ihr ist.

»Gute Nacht, Michael. Spokoinoje notschi … Schlaf gut …«

»Du auch, Mama …«

HILDE

24. Dezember 1951

»So 'ne Kurve schneidet man doch!«, sagt der Prüfer nachlässig. Er dreht sich zu Herrn Neumüller um, der auf dem Rücksitz Platz genommen hat, und grinst. Herr Neumüller lächelt nervös.

Hilde lässt sich nicht beirren. Sie fährt die Linkskurve schön vorschriftsmäßig aus, auch wenn die Straße gut zu überblicken und weit und breit kein Gegenverkehr in Sicht ist. Es geht um ihren Führerschein, da hat sie keine Lust auf Experimente.

»Dann biegen wir hier mal rechts ab und parken drüben in die Parklücke ein«, ordnet der Prüfer an.

Hilde setzt den Winker des VW Käfer und biegt ab. Einparken kann sie ausgezeichnet, sie hat gestern Abend noch mit August auf dem Rathausplatz geübt. Überhaupt liegt ihr das Autofahren, sie hat gute Augen, überblickt blitzschnell jede Verkehrssituation und kann Abstände einschätzen. Es ist wundervoll, sich mit diesem Wagen voranzubewegen, ihn zu lenken, zu beschleunigen, in kürzester Zeit ans Ziel zu gelangen. Schluss mit den Radtouren bei Schnee und Regen, ade, Straßenbahn und Bus, wo man an den Haltestellen steht und friert – wenn sie erst diesen blöden Führerschein hat, brechen ganz andere Zeiten an. Zeiten der Freiheit!

Doch noch ist es nicht so weit. Der Prüfer ist einer jener Männer, die felsenfest davon überzeugt sind, dass Frauen nicht Auto fahren können. Ein grauhaariger Endvierziger mit Schnauzbart und Schirmmütze, der eine speckige, einst teure Lederjacke trägt und stets mit einem überlegenen Grinsen umherläuft.

»Dann wollen wir mal eine Zündkerze wechseln«, meint er lässig und steigt aus.

Hilde stellt den Motor ab und zieht die Handbremse, bevor sie aussteigt. Hat sie alles richtig gemacht? Halt, erst den Knopf unter dem linken Handschuhfach betätigen, damit sie das Werkzeug vorn aus dem Kofferraum nehmen kann. Sie schielt zu ihrem Fahrlehrer; der ist immer noch nervös, aber er lächelt ihr zu. Gut so. Hinten die Motorhaube öffnen, dann rechts am Zündkerzenstecker ziehen, bis er abgeht. Mit dem Zündkerzenschlüssel auf 21 Millimeter Weite so lange fummeln, bis er auf der Zündkerze steckt, dann fest nach links drehen. Da ist das Ding heraus.

»Ist die Zündkerze in Ordnung?«

Hilde beäugt die leicht verschmierte Kerze und findet, dass sie einen normalen Eindruck macht. Blinzelt rasch zu Herrn Neumüller hinüber. Der nickt.

»Ja«, behauptet sie. »Tut noch ein Weilchen ihren Dienst.«

»Dann bauen wir sie wieder ein.«

Gefühlvoll aufsetzen und wieder einschrauben. Bloß nicht mit dem Schlüssel abrutschen, dann fällt die Kerze runter, und sie muss sie aus dem Motorraum herausfummeln. Nicht zu fest einschrauben, das mag sie nicht. Hilde ist schweißgebadet, als sie es endlich geschafft hat.

Der Prüfer schiebt sichtlich enttäuscht die Schirmmütze nach hinten und betrachtet die Schneeflocken, die langsam vom grauen Winterhimmel herabsinken. Sie sind dick wie kleine Wattebäusche und schmelzen, sobald sie den Erdboden erreicht haben.

»Na ja«, sagt er und setzt ein gönnerhaftes Grinsen auf. »Weil heute Heiliger Abend ist, junge Frau. Da will ich mal nicht so sein. Aber schön vorsichtig fahren und nie zu scharf bremsen. Immer mit Gefühl für die Maschine, nicht wahr? Na ja – und die längeren und schwierigen Strecken, die fährt ja sowieso Ihr Mann, wie?«

Hilde schluckt mehrere böse Bemerkungen herunter. Nur keinen Ärger machen, sonst bekommt sie den begehrten Führerschein am Ende doch nicht.

»Wir wechseln uns ab, mein Mann und ich«, behauptet sie.

»Na, wunderbar. Dann fahren Sie uns jetzt mal in die Langgasse zur Fahrschule, damit wir Ihnen das Scheinchen ausstellen.«

Jetzt nur auf den letzten Metern keinen Fehler mehr machen! Sie sitzt ganz steif hinter dem Lenkrad, ihre Fingerknöchel sind weiß, weil sie die Hände so ums Steuerrad krampft. Die Langgasse ist voller dahinhastender Menschen, die alle rasch noch ein Weihnachtsgeschenk besorgen, den bestellten Braten oder den Fisch abholen oder noch rasch die letzten Kleinigkeiten für das Festmahl einkaufen. Die Autofahrer müssen höllisch aufpassen, denn die Leute überqueren ständig die Straße, um von einem Laden zum anderen zu gelangen, dazwischen bewegen sich Radfahrer, Frauen mit Kinderwagen und Kleinkindern, halbwüchsige Lausbuben oder ältere Menschen, die nur langsam gehen können. Als Hilde endlich vor der Fahrschule anhält, würgt sie vor Aufregung den Motor ab.

Aus, denkt sie. Alles umsonst.

Aber der Prüfer ist heute in Gönnerlaune, er lacht nur kurz auf und bemerkt nachlässig: »Frau am Steuer – rette sich, wer kann! … He he he. Dann wollen wir mal …«

Sie erhält ihre nagelneue, frisch gestempelte und unterschriebene Fahrerlaubnis. Graues Leinenpapier mit ihrem Foto darin – ein grässliches Bild, sie sieht ganz ausgemergelt aus wie eine Schwerverbrecherin nach zehn Jahren Zuchthaus. Die Herren schütteln ihr feierlich die Hand, wünschen ihr allzeit gute Fahrt, und Herr Neumüller bietet einen Cognac an. Der Prüfer nimmt gerne einen zur Brust, Hilde lehnt dankend ab. Sie muss noch fahren.

»Sehr löblich, junge Frau. Ja dann – ein Frohes Fest! Und allzeit gute Fahrt!«

Als sie vor der Fahrschule steht, den neu erworbenen Führerschein in der Handtasche, ist sie mit sich selbst hochzufrieden. Vier Fahrstunden hat sie nur gebraucht. Den technischen Kram hat sie zwischendrin gelernt, dabei hat ihr sehr geholfen, dass sie dem »fliegenden Engel« immer wieder unter die Motorhaube schauen konnte. Na, und die paar Verkehrszeichen, die hatte sie schnell im Kopf. Was für ein Gefühl das ist, jetzt das Auto aufschließen und sich ganz allein hinters Steuer setzen zu dürfen. Ohne Fahrlehrer und ohne den albernen Prüfer. Nur sie und der »fliegende Engel«. Und selbst wenn sie noch einmal versehentlich den Motor abwürgen sollte – sie hat ihren Führerschein, den kann ihr so schnell keiner wegnehmen. Jedenfalls nicht wegen solch einer Lappalie.

Sie parkt den Käfer heute frech direkt vor dem Café Engel und steigt aus. Leider ist das Café immer noch geschlossen. Sie haben zwar schon die Fenster weihnachtlich dekoriert, und drinnen brennen einige Lichter, sodass man die neue Kuchenvitrine und die hübsche Säule mit den Spiegeln sehen kann. Außerdem hängt an der Tür ein großes Plakat, das zur Wiedereröffnung mit großem Kulturprogramm an Silvester einlädt. Aber die Gäste sitzen vorerst alle drüben im Café König, natürlich auch ihre Stammgäste, wer wollte es ihnen übel nehmen?

Da sich weiter niemand um sie und ihre neue Errungenschaft kümmert, schließt sie den Wagen ab und geht durchs Treppenhaus in ihre Wohnung hinauf. Gleich stellt sich wieder dieses dumme Herzklopfen ein, diese hoffnungsvolle Erwartung, die leider immer wieder enttäuscht wird. Ist er gekommen? So ganz plötzlich und unerwartet, wie er fortgegangen ist, so glaubt sie, wird er wieder zurückkehren. Dann sitzt er auf dem Sofa, das Wohnzimmer im Chaos, weil er mit den Zwillingen eine wilde Kissenschlacht veranstaltet hat, und grinst ihr frech entgegen. Me voilà – mon petit chou! Da bin ich, mein Schatz! Ach, sie würde allen Zorn, allen Kummer vergessen und sich in seine

Arme werfen. Ihn wieder spüren, seine feste Umarmung, seine Küsse, die leisen, zärtlichen Worte, die er ihr ins Ohr flüstert, wenn sie sich lieben. Französische Worte sind es, und sie fürchtet, dass es sehr ungehörige Dinge sind, die er dann von sich gibt. Deshalb will sie auch gar nicht wissen, was es auf Deutsch heißt …

Als sie die Wohnungstür aufgeschlossen hat, stürzen Frank und Andi aus dem Wohnzimmer in den Flur, Begeisterung in den Gesichtern, die sofort vergeht, als sie Hilde erblicken.

»Ach, du bist das nur«, sagt Frank enttäuscht.

Sie weiß sehr gut, wen die beiden erwartet haben. Die Enttäuschung ihrer Jungen schmerzt sie fast mehr als die eigene zerstörte Hoffnung. Er ist nicht gekommen. Immer noch nicht. Aber heute, am Heiligen Abend, da muss er doch endlich heimkommen! Wenn nicht ihretwegen, dann doch um seiner beiden Jungen willen, die so sehnsüchtig auf ihren Papa warten.

»Wen habt ihr denn erwartet?«, scherzt sie. »Den Nikolaus mit der Rute?«

»Nee«, meint Frank, während Andi beharrlich schweigt. »Wir haben gedacht, es wäre der Papa. Der kommt doch heute, oder?«

»Sicher kommt er«, sagt Hilde im Ton fester Überzeugung. »Der Papa oder der *Père Noël* – einer von beiden kommt ganz bestimmt!«

»Besser der Papa!«, meint Andi.

»Nee – besser der *Père Noël*, weil der hat die Geschenke!«, findet Frank.

»Der *Père Noël* ist doch der Papa!«, sagt Andi.

Sie zieht den Mantel aus und muss nun den Weihnachtsbaum bewundern, der noch recht kahl, aber immerhin schon auf den Ständer geschraubt auf einem Schemel im Wohnzimmer steht. Das hat Addi heute früh mit den Zwillingen gemeinsam zustande gebracht – jetzt fehlen noch die silbernen Kugeln und das

Lametta. Gleichzeitig muss sie ein Mittagessen zubereiten, denn den Kartoffelsalat mit Würstchen und harten Eiern, der am Heiligen Abend verzehrt wird, macht heute die Mutter. Gefeiert wird natürlich oben, weil hier der Weihnachtsbaum steht und weil die Zwillinge ihre Geschenke unbedingt unter dem Baum auspacken wollen. Unten hat Mama nur einen großen Fichtenzweig in einem Tontopf weihnachtlich dekoriert.

»*Ein* Weihnachtsbaum genügt für die Familie«, hat sie behauptet. »Diese Bauern aus dem Taunus verdienen sich mit Fichtenzweigen eine goldene Nase! Wenn ich denke, was ich allein für die Dekoration in den Fenstern des Cafés ausgegeben habe. Das hat man nun von den neuen großen Fenstern – sie kosten nur Geld!«

Hilde hat beschlossen, einfach nicht mehr hinzuhören. Vermutlich wird Mama ihr den Umbau noch bis an ihr seliges Ende vorhalten, und Papa wird ins gleiche Horn stoßen. Weil sich herausgestellt hat, dass wegen der drei Spiegel, die an den Wänden angebracht wurden, nicht alle seine heiß geliebten Künstlerfotos aufgehängt werden können.

Während sie noch rasch in der Küche Kartoffeln und Gemüse schnippelt und den Topf mit dem vorgekochten Rindfleisch aufsetzt, kommt August in die Wohnung. Auch er wird von den Zwillingen begrüßt.

»Ach, du bist das bloß …«

»Ja, ich bin das«, sagt er und lächelt traurig. »Keine Sorge, ihr beiden. Euer Papa kommt schon noch … Wollen wir zusammen den Baum schmücken?«

»Kannst du das denn überhaupt?«, zweifelt Frank.

»Wir können es ja mal versuchen«, schlägt August vor.

»Letztes Jahr hat Mama das gemacht«, sagt Andi traurig. »Und Papa hat in der Küche das Essen gekocht.«

August erklärt, dass man es in diesem Jahr besser anders regeln sollte, weil er leider nicht kochen kann.

»Du kannst ja gar nichts, Onkel August. Papa kann alles! Der kann sogar Pommes machen … Und Fußball spielen …«

August weiß, wie sehr den beiden ihr Papa fehlt. Er versucht nach Kräften, sie von ihrem Kummer abzulenken, aber heilen kann er ihn nicht. In der Küche ergattert er ein paar Karottenschnipsel und erkundigt sich – ganz harmlos – nach Hildes Fahrstunden.

»Fertig«, sagt Hilde kurz und knapp.

»Wie fertig? Hast du etwa …«

Sie wirft die geschnittenen Karotten in den Suppentopf und dreht sich dann zu ihm um. »Heute früh. Bestanden. Mit Brief und Siegel!«, sagt sie stolz.

»Mensch, Schwesterlein!«, ruft er und umarmt sie. »Du bist wirklich ein tolles Mädchen! Die wilde Hilde ist jetzt motorisiert!«

Ach, es ist schön, dass wenigstens einer sie mal lobt. Ihr gratuliert. Sich mit ihr freut. Was täte sie nur, wenn es ihren lieben Bruder August nicht gäbe! Er ist ihre einzige Stütze, ihr Komplize bei allen Neuerungen, und auch jetzt, da es in ihrer Ehe offensichtlich kriselt, ist August für sie da. Sie steht ihm zur Seite, so gut sie kann. Sie weiß um seinen Kummer und leidet mit ihm.

»Und was ist mit Swetlana? Habt ihr beide euch endlich wieder versöhnt?«

Er schüttelt traurig den Kopf. Nein, gar nicht daran zu denken. Er schreibt gerade an einem Brief an sie, aber er ist sich nicht sicher, ob er die richtigen Worte gefunden hat.

»Ich fürchte, Hilde, ich habe alles falsch angefangen. Ich hätte niemals auf Luisas Vorschlag eingehen dürfen …«

Es ärgert Hilde mächtig, dass August so schnell bereit ist, alle Schuld auf sich zu nehmen. Wirklich – diese Russin kann froh sein, so einen wunderbaren Menschen wie ihren Bruder gefunden zu haben. Und da macht sie solch ein dummes Theater.

»Ach was!«, schimpft sie. »Luisas Vorschlag war ganz vernünftig. Niemand fällt gleich mit der Tür ins Haus. Vielleicht hast du ein wenig zu lange gezögert, ihr die Wahrheit zu sagen …«

Er seufzt tief. Ja, gewiss. Genau das sei sein Fehler gewesen. Ein ganz unverzeihlicher Fehler.

»Ich habe immer gefürchtet, dass damit alles zerstört wird, was zwischen uns entstanden ist, darum habe ich es ein ums andere Mal hinausgeschoben.«

»Und dann stellst du ihr den ›fliegenden Engel‹ direkt vor die Haustür!«

Diesen Einwurf kann sie sich nicht verkneifen.

»Ja«, sagt er zerknirscht. »Ich bin schon ein ganz besonderer Idiot.«

»Gar nicht«, sagt sie und legt die Arme um ihn. »Die stellt sich nur an, deine Liebste. Wenn sie sich nicht bald besinnt, gehe ich zu ihr und setze ihr den Kopf zurecht. Aber so, dass es raucht!«

»Nur das nicht!«, stöhnt er, aber er muss trotzdem lachen.

Drüben im Wohnzimmer ist ein Klappern und dann ein klirrendes Geräusch zu vernehmen, Frank lugt mit schlechtem Gewissen durch den Türspalt in die Küche.

»Mama – die gehen kaputt, wenn sie runterfallen …«

»Verflixt noch mal – könnt ihr nicht aufpassen?«, schimpft Hilde.

August eilt mit Handfeger und Kehrschaufel ins Wohnzimmer, Hilde verbietet jegliches Umhergehen auf Socken, bis alle Scherben der silbernen Weihnachtskugel zusammengekehrt sind. Addi klopft an – er hat draußen vor dem Café gekehrt und anschließend im Hof mit dem Besen gewütet; jetzt verspricht er, bis nach Weihnachten keine Hand mehr zur Arbeit zu bewegen. Hinter ihm humpelt der Bunte in die Wohnung, der seit einiger Zeit Probleme mit dem linken Hinterlauf hat. Rheuma, hat der

Tierarzt gesagt. Da wäre nichts zu machen, der Bursche hätte ja auch schon gute zehn Jährchen auf dem Buckel.

»Ein Jammer, dass wir geschlossen haben«, meint Addi, während er die nasse Jacke auszieht. »Drüben bei König …«

»Schon gut!«, knurrt Hilde. »Ich kann's nicht mehr hören!«

Schweigen tritt ein. Hilde wendet sich ihrer Gemüsesuppe zu und hat ein schlechtes Gewissen. Wieso muss sie ihre miese Laune gerade an dem armen Addi auslassen? Der hat selber Kummer genug. Seit Tagen läuft er im Haus herum wie ein Trauerkloß, baut Regale im Keller, repariert den Handlauf im Treppenhaus, wechselt die Glühbirnen aus und was nicht noch alles. Die Julia rennt am Morgen in ihren Laden und eilt am Abend in ihre Wohnung, sagt kaum »Guten Tag« und ist mit ihren Gedanken ganz woanders. Wenn Addi am Treppengeländer herumfeilt, nickt sie ihm nur kurz zu und geht hastig an ihm vorbei. Ach, wie schade! Und dabei sah es vor einigen Jahren so aus, als würden sich die beiden zu einem Paar zusammenfinden. Aber Julia ist eine ungewöhnliche Frau, vielleicht braucht die gar keinen Mann. Wer hätte gedacht, dass sie ihr geliebtes Theater einmal verlassen würde? Und da eröffnet sie plötzlich ein Modegeschäft auf der Langgasse. Hilde findet so etwas enorm. Sie mag die Julia, auch wenn sie dem armen Addi momentan die kalte Schulter zeigt.

»Nicht so wackeln, Onkel Addi«, kommandiert drüben Frank. »Warte – der sitzt immer noch nicht …«

Sie lugt durch den Türschlitz. Addi hockt auf allen vieren auf dem Teppich, während Frank auf seinem Rücken steht und den goldenen Papierstern auf die Christbaumspitze montiert. Andi hockt nicht weit davon auf dem Boden. Er hat alle silbernen Kugeln aus dem Karton genommen und sie nach Größe und Form sortiert. Der Bunte liegt an seinem Lieblingsplatz – gleich neben dem Ofen – und kaut irgendetwas. Vermutlich einen heruntergefallenen Weihnachtskeks. August ist nicht mehr zu sehen – vermutlich ist er hinuntergegangen, um weiter an seinem Brief zu schreiben.

Eine halbe Stunde später sitzen sie gemeinsam um den Esstisch und löffeln Gemüsesuppe mit Rindfleisch. Mama hat Rückenschmerzen, weil sie noch »rasch« den weihnachtlichen Hausputz erledigen musste, Papa beklagt sich über Heiserkeit.

»Ist ja kein Wunder, wenn die ganze Zeit über alle Fenster offen stehen«, seufzt er.

»Ja, wenn du im Dreck leben willst …«, ärgert sie sich.

»Aber, Mama«, sagt August und legt ihr sanft die Hand auf den Arm. »Es ist doch Weihnachten.«

»Und wann kommt denn endlich der Papa?«, drängelt Frank.

Die Erwachsenen wechseln besorgte und vorwurfsvolle Blicke.

»Nachher«, sagt Hilde. »Wenn es die Geschenke gibt.«

»Noch soooo lange?«

Man schweigt, um die Zwillinge nicht zusätzlich mit den Sorgen der Erwachsenen zu belasten. Gestern hat sich Hilde eine gestrenge Befragung durch ihre Mutter gefallen lassen müssen. Mamas Geduld und Rücksichtnahme hat ihre Grenzen, sie will wissen, was los ist. Warum ihr Schwiegersohn ohne Abschied einfach davonfährt. Warum Hilde nicht weiß, wann er wiederkommt. Und wie es überhaupt mit ihrer Ehe steht. Schon um der Enkel willen muss sie Klarheit haben, schließlich fragen die beiden täglich nach ihrem Papa, da muss sie wissen, was sie antworten soll. Hilde hat nur das Allernötigste erzählt: Es hat einen Streit gegeben, die Sache mit dem Weingut spukt ihm halt immer noch im Kopf herum, er braucht wohl ein paar Tage, um wieder zu sich selber zu finden.

»Wenn dein Vater mal solche Anwandlungen hatte, dann hat er einen Spaziergang durch den Kurpark gemacht. Das hat genügt«, hat ihr Mama entgegengehalten.

Auch August hat sich Fragen gefallen lassen müssen. Natürlich auf die sanfte Art, weil er ja so krank gewesen ist und weil Mama ihre Jungen immer mit Samthandschuhen anfasst. Er hat jedoch nur gesagt, dass sein Entschluss unabänderlich sei und er die Eltern wissen ließe, wann er ihnen seine Braut vorstellt.

Die Suppe ist nicht besonders gelungen, das merkt Hilde selbst, sie hat beim Kochen zu viele andere Dinge im Kopf gehabt. August streut Salz nach, die Zwillinge fordern die Maggiflasche, Papa meint begütigend, man solle sich doch freuen, so etwas Gutes auf dem Teller zu haben, es hätte schließlich auch andere Zeiten gegeben. Frank dreht die Augen zur Zimmerdecke, Andi zieht einen schiefen Mund. Immer dieses Gerede von den schlimmen Hungerzeiten. Deshalb schmeckt die Suppe trotzdem fade, und die Karotten sind matschig.

Immerhin freuen sich die Zwillinge, weil die Großeltern den Baum bewundern und Opa Heinz erklärt, noch nie eine schöner geschmückte Weihnachtstanne gesehen zu haben. August verschwindet, angeblich, weil er sich für das Weihnachtskrippenspiel in der Marktkirche umkleiden will, Addi und Mama helfen Hilde beim Abwasch, während Opa Heinz sich eine vorweihnachtliche Zigarre gönnt und für die Zwillinge Rauchringe bläst. Sie hüpfen vergnügt im Zimmer herum, um die Ringe mit den Fingern aufzuspießen.

»Wenn er nicht rechtzeitig kommt«, sagt Addi leise, während er einen Suppenteller abtrocknet. »Dann könnte ich ja auch den *Père Noël* machen.«

»Ich hoffe, dass er kommt«, meint Hilde und beißt sich auf die Lippen. »Aber falls er sich verspätet – das wäre lieb von dir, Addi.«

Mama sagt nichts dazu, sie öffnet den Küchenschrank und stellt den Stapel Suppenteller so schwungvoll hinein, dass es klirrt.

»Unverantwortlich!«, schimpft sie leise. »So was macht man nicht, wenn man Kinder hat!«

»Ist ja gut«, meint Addi und legt ihr den Arm um die Schulter. »Schimpfen hilft jetzt auch nichts.«

Hilde ist froh, dass Addi die Mutter aus der Küche führt, denn um ihre Fassung ist es geschehen. Kaum hat sich die Tür hinter den beiden geschlossen, da heult sie ins Küchentuch. Lautlos, so weit möglich. Wischt sich dann rasch die Tränen aus dem Gesicht und kühlt die verquollenen Wangen mit kaltem Wasser.

Was soll das Theater, sagt sie zu sich selbst. Er kommt bestimmt zur Bescherungszeit. Gegen fünf. Wenn das Krippenspiel vorbei ist und wir wieder nach Hause gehen. Dann sitzt er im Wohnzimmer und hat schon die Geschenke unter den Baum gelegt.

Sie muss die zappeligen Jungen winterfest anziehen, dicke Socken, einen Schal um den Hals – in der Kirche ist es kalt. Der schöne, wattige Schnee von heute Vormittag ist leider nicht liegen geblieben, überall auf dem Trottoir stehen Pfützen, nur an wenigen Stellen hat sich glasiger Graupel angehäuft, der keine Ähnlichkeit mit weihnachtlichem Schnee hat. Sie fröstelt, als sie mit den Eltern und den Zwillingen in Richtung Marktkirche geht. Addi will später nachkommen, August hat sich nicht mehr blicken lassen, auch Julia, die sonst immer mit ihnen gemeinsam zum weihnachtlichen Konzert mit Krippenspiel gegangen ist, scheint heute anderweitig beschäftigt.

Wenigstens ist jetzt auch das Café König geschlossen, sie machen »Weihnachtspause« bis zum 27. Dezember.

»Da!«, sagt Vater Heinz. »Schaut euch das an. Das war doch gestern noch nicht da!«

Drei, vier, nein, fünf Plakate hängen bei der Konkurrenz an den Fenstern. Große Silvesterparty mit Sekt und Kaviar. Zauberkünstler. Zigeunermusik. Überraschungen.

»Dieser hinterhältige, miese …«, entfährt es Mama.

»Wer, Oma?«, will Frank neugierig wissen.

»Ach, nichts«, sagt die Oma erschrocken. »Der Bordstein. Bin fast drüber gestolpert.«

»Du musst immer schön auf deine Füße gucken, Oma«, meint Andi besorgt und fasst ihre Hand.

In der Kirche steht eine hohe Fichte, die mit Kugeln und Strohsternen geschmückt ist. Kerzen brennen, fast alle Menschen haben »Weihnachtsgesichter«, man grüßt Bekannte und Freunde mit gedämpfter Stimme, ruft die Kinder zur Ordnung, damit sie leise sind und brav auf ihren Plätzen sitzen bleiben. Die Zwillinge sitzen zwischen Hilde und Oma Else, sie schauen sich mit großen Augen in dem hohen Kirchenraum um, flüstern miteinander, und Frank beschwert sich bei der Oma, dass er die Krippe vorne nicht sehen kann.

»Wenn es losgeht, darfst du auf meinem Schoß sitzen«, verspricht Oma Else. »Und Andi sitzt bei der Mama.«

Hilde ist froh, als endlich die Orgel einsetzt und das Konzert beginnt. Viel bekommt sie nicht mit von den musikalischen Darbietungen, dafür sind ihre Gedanken zu sehr abgelenkt. Was soll sie tun, wenn er nicht kommt? Wie soll sie das den Kindern erklären? Soll sie etwas erfinden? Der Papa hätte angerufen, er käme erst morgen …

Der Chor singt Peter Cornelius, die Orgel spielt Mendelssohn, dann beginnt das Krippenspiel, und sie hält Andi auf ihrem Schoß. Wie groß ihre Jungen geworden sind! Ihre Glieder haben sich gestreckt, Arme und Beine sind hart und sehnig geworden, es sind Knaben, keine weichen, knuddeligen Kleinkinder mehr. Als die Heilige Maria gerade die Engelein besingt, die vom Himmel hoch kommen und gute Mär bringen, sieht Hilde ihren Bruder August, der sich verspätet hat und so unauffällig wie möglich nach einem freien Platz sucht. Addi und Julia sind nirgendwo zu entdecken.

Wie seltsam, denkt sie. Als wir hier vor sechs Jahren saßen, hat Addi noch so wunderschön gesungen. Wir alle haben wie die

Schneider gefroren, weil die Kirchenfenster zerschlagen waren, und zu Hause gab es nur ein schmales Abendessen. Und trotzdem waren wir unendlich glücklich, weil wir zusammen waren und es wieder Hoffnung gab. Und jetzt? Die Kirchenfenster sind neu verglast, und zu Hause wartet ein schönes Weihnachtsessen, mit dem Café geht es bergauf, eine neue Zeit ist angebrochen. Nur – so richtig glücklich ist keiner von uns.

Es ist tatsächlich der traurigste Heilige Abend, den Hilde je erlebt hat. Als sie zurückkommen, ist das Wohnzimmer genauso, wie sie es verlassen haben. Er ist nicht gekommen. Sie machen das Beste daraus. Addi spielt den *Père Noël* und teilt die Geschenke aus, aber natürlich haben ihn die Zwillinge sofort erkannt. Sie sind beängstigend still, die beiden Rangen, bedanken sich artig für ihre Geschenke, setzen sich damit in eine Ecke und kommen nur widerwillig zum Essen an den Tisch. Sie fragen nicht mehr nach ihrem Papa, sie haben begriffen, dass er nicht kommt, und sie haben auch verstanden, dass sie ihrer Mama mit ihren Fragen wehtun. Brav spielen sie noch zwei Runden Flohhüpfen, dann wollen sie – o Wunder – mit ihren Geschenken ins Bett gehen. Hilde gestattet den Teddybären und den Hampelmann – die Bücher, die beiden Blechautos und die elektrische Eisenbahn, die noch von Wilhelm und August stammt, bleiben vorerst unter dem Weihnachtsbaum liegen. Eine Runde Gute-Nacht-Küsschen bei Oma, Opa und Onkel August, dann geht Hilde mit den beiden ins Badezimmer.

»Du musst vorlesen, Mama«, verlangt Frank, als sie sich zu ihnen auf die Bettkante setzt.

»Natürlich. Eine Weihnachtsgeschichte?«

»Ja. Aber nicht das Buch. Das andere … Ja, das. Daraus liest uns Papa immer vor.«

Sie hat ihre liebe Not, denn es ist ein französisches Kinderbuch, das Jean-Jacques vor einem Jahr von seiner Schwägerin geschickt bekam. Natürlich kann sie ein wenig Französisch, aber mit der Aussprache hapert es doch sehr. Da sind ihre Söhne besser. Sie kichern manchmal, wenn sie gar so heftig danebenhaut, aber die meiste Zeit über liegen sie still und hören zu.

»Er kommt gar nicht wieder«, sagt Frank, als sie fertig ist. »Stimmt's Mama?«

Hilde spürt eine unbändige Wut. Wie kann ein Vater so feige sein? So gewissenlos? Was ist geschehen, dass er seinen Söhnen das antut?

»Doch«, sagt sie. »Er kommt. Und wenn ich sage, dass er kommt, dann kommt er auch!«

Ihre Gute-Nacht-Küsschen fallen sehr energisch aus. Dann löscht sie das Licht und geht hinüber ins Wohnzimmer. Setzt sich zu den Eltern und trinkt mit ihnen und August ein Glas Wein. Redet über die bevorstehende Eröffnung des Cafés, über Wilhelms Weihnachtsbrief, den Mama herumreicht, über die Weihnachtsgrüße von Freundin Gisela auf hauchdünnem Luftpostpapier mit einem glitzernden Bildchen darauf.

Erst als die Eltern hinuntergehen und August ihr die Gläser in die Küche trägt, lässt sie die Katze aus dem Sack.

»Hör zu, Bruderherz. Ich fahre morgen mit dem Auto los und hole ihn. Du musst so lange hier die Stellung halten.«

»Bist du verrückt?«, fragt er erschrocken.

»Kann schon sein.«

AUGUST

25. Dezember 1951

Er macht noch einen missglückten Versuch, ihr diesen Blödsinn auszureden, dann schlägt er vor, sie zu begleiten.

»Du hast doch gerade erst den Führerschein gemacht, Hilde. Was willst du tun, wenn du eine Panne hast? Es ist Wahnsinn, ganz allein diese weite Fahrt zu wagen.«

»Lass uns morgen noch mal drüber reden, August. Ich bin jetzt müde, war ein harter Tag …«

Er nimmt sie fest in den Arm. »Mach keinen Quatsch, Hilde. Versprich mir das!«

»Versprochen, Brüderlein … Gute Nacht.«

Unten in seinem Zimmer sitzt er noch eine Weile am Schreibtisch, liest den Brief an Swetlana ein weiteres Mal durch, ändert ihn ab, streicht die Änderungen und schreibt neue, seufzt entmutigt, schiebt das vollgeschriebene Blatt unter einen Stapel Hefte und beschließt, sich ins Bett zu legen. Natürlich kann er nicht einschlafen, dazu geht ihm zu viel im Kopf herum. Vor allem der missglückte Besuch bei Swetlana beschäftigt ihn. Ach, er hätte besser nicht hingehen sollen, aber er konnte einfach nicht anders. Er musste sie sehen, um ihr wenigstens ein paar Worte zu sagen. Und dann wartete der Junge doch auf sein Geschenk. Aber alles verlief ganz und gar unglücklich. Swetlana saß mit Luisa und Michael bei Tee und russischen Bliny, sie hatten einen kleinen Weihnachtsbaum geschmückt, darunter lagen verschiedene kleinere und größere Pakete. Michael, der ihm die Wohnungstür geöffnet hatte, rief gleich triumphierend aus: »Und ich habe doch recht gehabt, Mama! Da ist er!«

Luisa begrüßte ihn herzlich, erzählte, dass Fritz heute drei Konzerte hintereinander zu spielen hatte, und lud ihn ein, sich mit an den Tisch zu setzen. Swetlana grüßte ihn mit einem Kopfnicken und verschwand sogleich in der Küche. Dort blieb sie und zeigte sich nicht mehr.

»Ich verstehe sie nicht«, sagte Luisa leise zu ihm, als sie ihn an der Wohnungstür verabschiedete. »Es ist unhöflich. Und albern ist es auch.«

»Nur keinen Streit meinetwegen«, hat er geantwortet. »Sie wird ihre Gründe haben, Luisa. Ein frohes Fest für euch alle!«

Er ist zutiefst deprimiert. Später, als er in der vollen Marktkirche noch einen freien Platz ergattert hat, kommt er zu dem Schluss, dass er sie vielleicht falsch verstanden hat. Hat sie darauf gewartet, dass er zu ihr in die Küche kam, um ein paar Worte allein miteinander zu reden? War es das? Hat er die Brücke, die sie ihm gebaut hat, nicht gesehen, und nun ist sie doppelt enttäuscht von ihm? Aber warum hat sie ihm denn keinen Hinweis gegeben? Sie hätte ihn ja auch unter einem Vorwand in die Küche bitten können …

Das Krippenspiel und die anschließende Weihnachtsmusik rauschen an seinen Ohren vorüber, ohne dass er sie bewusst wahrnimmt. Er ist froh, als das Konzert vorbei ist, denn nun hat er keine Zeit mehr zu grübeln, seine Neffen hängen sich an ihn, Hilde hakt sich bei ihm ein, seine Mutter will wissen, warum er so spät zur Kirche gekommen ist. Natürlich ist sein Schwager nicht nach Hause zurückgekehrt – wie Hilde so zuversichtlich sein konnte, ist ihm ein Rätsel. Er hat einen gehörigen Zorn auf Jean-Jacques, den er bisher eigentlich gut leiden konnte. Es ist ja verständlich, dass er zur Beerdigung seines Vaters nach Frankreich fährt. Aber selbst wenn er mit Hilde zerstritten war und ohne Abschied davongereist ist – er kann wenigstens seinen Kindern erklären, wohin er fährt und wann er wieder zurückkommt!

Ich muss Hilde auf jeden Fall daran hindern, mit dem Auto nach Frankreich zu fahren, denkt er und dreht sich im Bett auf die andere Seite. Nicht auszudenken, wenn ihr dabei etwas passiert … Da hat ihn die Müdigkeit übermannt, die Gedanken verselbstständigen sich, werden kraus, verschlingen sich ineinander und verblassen, bis nichts mehr übrig ist als klare, erlösende Dunkelheit.

Er erwacht davon, dass ihn jemand fest an der Schulter rüttelt. »Ich bin so weit, August. Geh bitte hoch, und leg dich aufs Sofa, damit du da bist, wenn die Kinder aufwachen …«

Er fährt hoch und will Hilde noch am Arm packen, aber sie ist schon hinausgelaufen, und gleich darauf hört er, wie unten der Käfer gestartet wird. Fehlstart – er hat noch eine kleine Chance, sie zu erwischen. Er zerrt den Morgenmantel vom Haken, zieht ihn an, während er barfuß die Treppe hinunterrennt. Reißt die Haustür auf, steht im Stockdunklen auf dem Trottoir vor dem Haus und schaut dem davonfahrenden Käfer hinterher. Eine Abgaswolke hüllt ihn ein, er muss husten und ist froh, dass die Haustür nicht hinter ihm zugeschlagen ist. Fünf Uhr früh! Was ist denn los mit dieser Familie? Alle laufen sie davon, folgen ihrem Stern oder ihrem Unstern, und er ist der Idiot, der das hinterlassene Chaos verwalten darf. Dabei hat er selber doch Sorgen genug. Und an die beiden Hausarbeiten für die Uni darf er gar nicht erst denken. Wütend rafft er den Morgenmantel um sich und steigt die Treppe hinauf.

Vor der elterlichen Wohnung bleibt er stehen, denkt an sein schönes warmes Bett und flucht leise vor sich hin. Dann nimmt er den Schlüssel zu Hildes Wohnung vom Haken, schlüpft in seine Hausschuhe und geht so leise wie möglich nach oben. Im Wohnzimmer findet er Kissen und Federbett auf dem Sofa vor und legt sich hin. Wenn das Sofa einen halben Meter länger wäre, könnte er die Beine ausstrecken; so liegt er ziemlich unbequem, aber mit dem Federbett ist es wenigstens warm. Vom

Duft des Weihnachtsbaums umweht, schläft er erschöpft wieder ein.

»Mama? Wo bist du denn? Mama!«

Er fährt erschrocken aus dem Schlaf und setzt sich auf. An der Tür des Elternschlafzimmers stehen die Zwillinge und starren ihn an, als wäre er der Geist der Weihnacht von Charles Dickens.

»Was machst du denn hier, Onkel August?«

»Wo ist die Mama?«

Er räuspert sich, weil er einen Kloß im Hals hat und versucht, seine Gedanken zu ordnen.

»Die Mama ist … die ist weggefahren. Weil sie …«

»Will sie den Papa holen?«, fragt Frank.

August räuspert sich noch einmal. Was zum Teufel soll er ihnen sagen?

»Klar, will sie den Papa holen«, sagt Andi und nickt dabei mehrfach. »Hat sie doch gestern gesagt.«

Wie? Hilde hat den Jungen die Wahrheit gesagt? Und er sitzt hier und überlegt, welche Notlüge er ihnen erzählen kann?

»Nee«, widerspricht Frank. »Hat sie nicht.«

»Hat sie wohl!«, trumpft Andi auf. »Sie hat gesagt, dass der Papa kommt. Weil sie es sagt, kommt er!«

»Aber nicht, dass sie ihn holen geht!«

»Wie soll er denn sonst kommen, wenn sie ihn nicht holt?«

»Er kann ja auch von selber kommen …«

»Tut er aber nicht …«

August sitzt auf dem Sofa und schaut von einem Jungen zum anderen. Er hat keine Ahnung, was Hilde ihnen gesagt oder auch nicht gesagt hat. Eines allerdings wird ihm klar: Die Zwillinge finden es gar nicht so furchtbar schlimm, dass die Mama weggefahren ist. Sie vertrauen mit rührendem Kinderglauben darauf, dass sie den Papa schon wieder nach Hause holen wird.

Wenigstens ein Problem erweist sich als weniger gravierend als befürchtet. Schlimmer wird es sein, wenn er die Eltern über Hildes waghalsigen Alleingang in Kenntnis setzen muss. Vor allen Dingen sollte er das nicht in Gegenwart der Zwillinge tun, weil er sich vorstellen kann, welche Wirkung die entsetzten Gesichter von Oma und Opa auf die Enkel hätten. Die nehmen die Sache vorerst gelassen, ermuntern den noch morgenschläfrigen Onkel zu einer fröhlichen Kissenschlacht im Kinderzimmer, danach muss er ihnen eine französische Weihnachtsgeschichte vorlesen und sich sagen lassen, dass er die Worte noch viel falscher ausspricht als die Mama.

Mit einem Blick auf die Uhr stellt er fest, dass es schon halb neun ist. Unten hat die Mutter sicher den Frühstückstisch gedeckt und den Morgenkaffee gekocht, während im Ofen die Festtagsbrötchen backen.

»Jetzt aber ab mit euch beiden ins Badezimmer«, wird er energisch. »Pipi machen. Zähne putzen, Gesicht und Hände waschen. Dann dürft ihr runter zum Frühstück kommen.«

»Im Nachthemd?«

»Äh – meinetwegen.«

»Bauen wir dann die Eisenbahn auf?«

»Erst wenn wir gefrühstückt haben.«

Während die Zwillinge ihren Tatendrang im Badezimmer ausleben, geht er hinunter in die elterliche Wohnung, um die schlimme Nachricht so schonend wie möglich zu überbringen. Also wirklich – diese Weihnachtstage sind alles andere als ein fröhliches Familienfest!

Mama muss erst einmal die volle Kaffeekanne abstellen, dann sinkt sie auf einen Stuhl. »Ja, um Gottes willen! Wieso hast du sie denn nicht zurückgehalten, August?«

Mit seinem diplomatischen Geschick ist es heute nicht weit her. Es ist aber auch nicht leicht, Hildes plötzliche Abreise als harmlose Spazierfahrt zu verkaufen.

»Das wollte ich ja, Mama. Aber sie ist losgefahren, als ich noch geschlafen habe … Um fünf Uhr in der Früh …«

»Siehst du, Else!«, ruft der Vater. »Ich hab doch nicht geträumt. Um fünf habe ich ein Auto vor dem Haus gehört. Ach du liebes bisschen … Meine Hilde … und auch noch ohne Führerschein …«

Nun, in dieser Hinsicht kann August ihn beruhigen: Hilde hat seit gestern eine Fahrerlaubnis.

»Sie hat den Führerschein gemacht?«, regt sich Mama auf. »Und wieso sagt sie nichts? Was ist denn nur aus unserer Familie geworden? Sie laufen davon, sie machen den Führerschein, sie verloben sich, sie verlieben sich, und man bekommt nichts davon mit. Hätten wir uns das früher erlauben können, Heinz?«

Der Vater zuckt die Schultern und bemerkt, dass er damals in den Krieg ziehen musste, da hätte der Kaiser weder ihn noch seine Eltern vorher gefragt.

»Regt euch nicht auf«, versucht August zu beschwichtigen. »Hilde ist nicht dumm. Vermutlich merkt sie bald, dass sie sich zu viel vorgenommen hat, und kommt wieder zurück.«

»Da kennst du deine Schwester aber schlecht«, sagt der Vater bekümmert, und die Mutter nickt bestätigend.

»Stur ist sie, unsere Hilde«, seufzt Else. »Die geht eher zu Fuß nach Südfrankreich, als dass sie unverrichteter Dinge wieder umkehrt. Ach Gott, was machen wir denn nur? Können wir sie nicht an der Grenze anhalten lassen, August? Natürlich! Ich gehe gleich auf die Polizeistation und erkläre, dass man sie unbedingt aufhalten muss, weil sie nicht bei Sinnen ist …«

»Aber Else!«, ruft der Vater entsetzt. »Willst du wirklich, dass man unser Kind in Handschellen abführt und in eine Gummizelle steckt?«

»Bevor sie einen Unfall baut oder unterwegs vergewaltigt wird …«

»Nur die Ruhe, Mama!«, wirft August dazwischen. »Hilde

kann doch jederzeit bei uns anrufen, wenn sie in Not ist. Wir haben ein Telefon.«

»Ach, das dumme Telefon!«

Im Treppenhaus ist jetzt doppeltes Fußgetrampel zu vernehmen, dann schallt Andis helle Stimme durch das morgenstille Haus.

»Manno! Den hebst du jetzt auf …«

»Das ist aber deiner …«

»Du hast ihn runtergeworfen!«

»Trotzdem deiner …«

August hat gerade noch Zeit, den Eltern zuzuraunen, dass sie sich nichts anmerken lassen sollen, weil die Zwillinge die Sache bisher recht gelassen aufgenommen haben.

»Die armen Würmchen«, seufzt Mama.

Gleich darauf stürmen zwei schwarzlockige Engelein in weißen Nachthemden in die Wohnung. Beide haben eher teufelszornige Gesichter, weil sie gestritten haben. Das Streitobjekt ist Andis neuer Teddy, der auf ungeklärte Weise die Stufen hinuntergepurzelt ist und direkt vor der Wohnungstür der Eltern lag, wo August ihn nichtsahnend aufgehoben hat.

»Mama ist Papa holen gefahren«, fasst Frank die Lage kurz zusammen.

»Hier stinkt's«, ergänzt Andi.

»Um Himmels willen – die Brötchen!«, ruft die Oma und eilt in die Küche. »Verbrannt! So was ist mir seit vierzig Jahren nicht mehr passiert!«

Eine zweite Auflage Festtagsbrötchen muss in den Ofen geschoben werden, die verbrannten Exemplare sollen später bearbeitet und nach kräftigem Abschaben zu Semmelmehl gemahlen werden.

Langsam normalisiert sich die Lage. Man frühstückt, unterhält sich über Erdbeermarmelade und Kakaoflecken in der weißen Tischdecke, Opa Heinz verspricht den Zwillingen, übermorgen mit ihnen Riesenrad zu fahren, August erklärt sich bereit, gleich nachher mit ihnen die elektrische Eisenbahn aufzubauen. Oma Else will Vanillepudding mit Himbeersoße zum Nachtisch kochen. Jeder ist bemüht, den armen Waisenkindern Vater und Mutter zu ersetzen, was die beiden weidlich ausnutzen.

Der erste Feiertag vergeht einigermaßen ruhig. Am zweiten Feiertag schleichen Papa und Mama abwechselnd um den Telefonapparat herum, es ruft jedoch niemand an. Dafür erscheint Addi in der Wohnung und erklärt, dass unten ein Junge sei, der wolle den Herrn August Koch sprechen. August stellt die kleine Lokomotive, an der er herumgeschraubt hat, wieder auf die Schienen und ermahnt die Zwillinge, den Schalter nicht bis zum Anschlag aufzudrehen. Dann eilt er mit wild klopfendem Herzen die Treppen hinunter. Es ist, wie er vermutet hat: Unten steht Michael.

»Fröhliche Weihnachten«, wünscht er dem Jungen und bemüht sich, dabei unbefangen zu wirken. »Na, hat der Weihnachtsmann dir ein Geschenk gebracht?«

Michael nickt. Er wirkt fahrig. So, als ob er etwas Verbotenes vorhat.

»Ich wollte dich etwas fragen, August.«

»Dann frag doch einfach.«

»Ich wollte fragen, ob ich mein Fahrrad bei dir unterstellen kann.«

»Dein … Fahrrad?«

»Ja«, sagt der Junge und grinst. »Hab ich zu Weihnachten bekommen.«

August hat bereits begriffen, dass Michael nicht gekommen ist, um eine Nachricht von Swetlana zu überbringen. Natürlich nicht – wie konnte er auch nur einen Augenblick lang so etwas hoffen! Nun bekommt er Michaels Weihnachtsgeschenk zu sehen. Es ist ein ziemlich jämmerliches Gerät, überall verrostet, die Kette mehrfach geflickt und für den Achtjährigen eigentlich zu groß. Auf den Sattel kann er sich beim Fahren nicht setzen, dazu sind seine Beine noch zu kurz. Trotzdem ist der Junge mächtig stolz auf das Rad.

»Bei uns im Hausflur wird dauernd was geklaut«, erklärt er mit treuherzigem Augenaufschlag. »Deshalb hab ich gedacht, ich könnte es vielleicht hier hinstellen.«

Das scheint August keine gute Idee zu sein, denn der Eingangsbereich zum Treppenhaus ist von der Straße her zugänglich. Er schiebt Michaels Fahrrad in den Hof und stellt es in den Schuppen neben das Fahrrad der Zwillinge.

»Geht es deiner Mama gut?«, fragt er in harmlosem Ton.

»Sie schreibt einen Weihnachtsbrief an die Tanten in Smolensk«, antwortet Michael gleichmütig. »Sonst geht es ihr gut, weil sie erst morgen wieder arbeiten muss.«

»Grüß sie bitte von mir.«

»Mach ich. Und vielen Dank«, sagt der Junge und ist schon an der Tür zur Straße. »Und … Frohe Weihnachten!«

Gedankenvoll steigt August die Treppen hinauf zur elterlichen Wohnung. Seltsam ist die Sache schon. Hat Swetlana nicht einmal gesagt, sie wolle auf keinen Fall, dass Michael mit einem Fahrrad durch die Stadt fährt? Und da kauft sie ihm dann doch ein Rad zu Weihnachten, noch dazu solch eine alte Mühle, der vermutlich gleich an der nächsten Ecke die Kette abspringt. Irgendetwas stimmt da doch nicht. Könnte es sein, dass dieses Fahrrad …

Das Telefon! Himmel, es schrillt so laut, dass man es schon im Treppenhaus hört. Er stürzt in die Wohnung, stößt im Flur mit seinem Vater zusammen, der aus dem Badezimmer gelaufen kommt, aber Mama hat sich längst den Hörer geschnappt.

»Wie? Wer?«, ruft sie laut.

»Mama, du musst nicht so schreien«, flüstert August. »Man hört dich am anderen Ende der Strippe auch so.«

Seine Mutter macht eine abwehrende Handbewegung in

seine Richtung. »Sei doch mal still, August … Was? Wer ist da? … Ach, du bist das, Willi! Meine Güte – und ich hatte schon gehofft, dass es Hilde ist … Wie? Das erkläre ich dir später.«

Sie dreht sich zu Papa um und raunt ihm zu, dass Wilhelm am Telefon sei.

»Weiß er schon, wann er kommt? Wir müssen noch proben und alles vorbereiten.«

»Sei mal ruhig, Heinz. Ich versteh ja kein Wort! Wie? Schon morgen? Das ist ja wunderbar, Junge! Ja, wir sagen Fritz Bescheid. Luisa will sowieso gleich zum Kaffee kommen, dann können wir das alles … Was? Das Gespräch wird zu teuer? Na, weißt du … Bis übermorgen. Wir freuen uns … Was soll ich dir denn kochen, Willi? Ah, er hat schon aufgelegt.«

Morgen kommt also Wilhelm, das ist eine gute Nachricht. August schaut den Zwillingen zu, die die Lokomotive mit drei Anhängern im Kreis fahren lassen. Die Fünfjährigen machen sich wenig Gedanken, wie und warum dieses Wunderwerk funktioniert – sie betätigen den Drehschalter und haben ihren Spaß. Wie sorglos sie sind, denkt er. Sie leben im Augenblick und denken nicht an morgen. Selige Kinderzeit! Dann fällt ihm wieder Michael mit dem Fahrrad ein, und das Grübeln setzt wieder ein. Wie kann es sein, dass Swetlana damit einverstanden ist, das Fahrrad ausgerechnet im Hause Koch unterzustellen? Es kann überhaupt nicht sein. Vermutlich hat Swetlana davon keine Ahnung. Und weiter kann man auch vermuten, dass sie nicht einmal weiß, dass ihr Sohn im Besitz eines Fahrrades ist. Aber wie ist er dann dazu gekommen? Hat es ihm jemand geschenkt? Oder hat er es am Ende – gestohlen? Das mag August nun doch nicht glauben. Auf der anderen Seite fällt ihm ein, dass er den Jungen neulich auf einem Trümmergrundstück mit zwei älteren Kameraden gesehen hat. Ob Michael in schlechte Gesellschaft geraten ist?

Luisas Ankunft unterbricht seine Grübeleien. Sie ist froh gestimmt, weil Fritz heute endlich das letzte Weihnachtskonzert gespielt hat und sie morgen miteinander zu den Schwiegereltern nach Lenzhahn fahren wollen. Das muss sein zu Weihnachten, sie werden ein wenig spazieren gehen, Verwandte besuchen und gewiss mit leckerem Schinken und Würsten beladen zurück nach Wiesbaden kommen. Als sie von Hildes Fahrt nach Frankreich erfährt, ist sie zunächst erschrocken, dann meint sie mit Blick auf die Zwillinge, dass ihre Cousine Hilde diese Aufgabe ganz bestimmt meistern wird.

»Eure Mama ist eine gute Autofahrerin«, erklärt sie den Jungen.

»Schon …«, meint Frank gedehnt. »Aber Papa fährt besser. Der fährt auch richtig schnell!«

»Weißt du, was?«, sagt Andi zu seinem Bruder. »Mama fährt hin, und der Papa fährt zurück. Dann sind sie ganz schnell wieder zu Hause!«

Leichte Beklemmung breitet sich unter den Erwachsenen aus. Mama Else gießt Kaffee nach, Papa Heinz fragt um Erlaubnis, eine Zigarre rauchen zu dürfen. Luisa bedankt sich für die Einladung; sie muss jetzt nach Hause, weil Fritz nachher kommt und sie noch für ihn kochen will.

»Ich gehe ein Stück mit dir«, sagt August und zieht den Mantel über. »Wollte sowieso frische Luft schnappen.«

»Begleite sie ruhig bis zur Haustür, August«, ruft ihm die Mutter hinterher. »Da oben im Bergkirchenviertel sollte eine Frau um diese Zeit nicht allein herumlaufen.«

Es ist schon dunkel, drüben im Theater gehen die Lichter an, die Sänger machen sich bereit, die Tänzerinnen wärmen sich auf, es wird heute Abend »Parzival« von Richard Wagner gegeben. Fritz ist heute nicht dabei, was ihn etwas bekümmert, wie Luisa erzählt, denn er hatte gehofft, dauerhaft für seinen älteren Kollegen einspringen zu dürfen.

»Er macht den Platz noch nicht frei?«, erkundigt sich August.

»Er hat Fritz gesagt, dass er wohl im Laufe des kommenden Jahres in Rente gehen will«, meint Luisa. »Aber ob dann gerade Fritz seine Stelle bekommt, das steht in den Sternen. Es gibt ja ganz sicher noch mehr Bewerber.«

Es sind erstaunlich viele Menschen unterwegs, in der Langgasse strömen sie in die Kinos, auch einige Gaststätten haben geöffnet, und natürlich hat auch das Café König bereits seine aufdringlichen roten Lämpchen angeschaltet. Die Kälte ist beißend, Luisa hat die Hände in den Manteltaschen vergraben, August zieht den Schal hoch, um seine Ohren ein wenig zu schützen, und er bedauert, in der Eile keine Mütze aufgesetzt zu haben.

»Hör zu, August«, sagt Luisa. »Ich muss dir heute leider die Leviten lesen. Es war überhaupt nicht klug von dir, Michael Geld zu geben. Auch wenn er davon ein Geschenk für seine Mutter gekauft hat.«

August bleibt vor Überraschung stehen.

»Was? Ich hätte ihm Geld gegeben? Wer hat das behauptet?«

Jetzt ist Luisa verblüfft. »Das hat er uns erzählt!«, stottert sie.

Michael hat seiner Mama ein teures Parfüm gekauft, und als sie ihn gefragt hat, woher er denn das Geld dazu hatte, hat er behauptet, August habe es ihm gegeben.

»Das war eine Lüge, Luisa. O weh – das bestätigt meine Vermutung, dass er in irgendwelche unsauberen Geschichten verwickelt ist.«

Er erzählt Luisa die Sache mit dem Fahrrad, und nun ist auch sie sehr erschrocken.

»Aber wie kann er denn nur solche Lügen erzählen, August? Swetlana ist furchtbar wütend auf dich!«

Auch das noch. Was mag sie jetzt von ihm glauben? Dass er sie kaufen will oder Ähnliches? Was hat dieser Bengel angerichtet!

»Pass auf, Luisa. Ich warte unten vor dem Haus, und du

schickst mir Michael herunter. Sag ihm, es sei wegen seines Fahrrades …«

Sie nickt, und beide gehen nun schneller, eilen durch die schlecht beleuchteten Gassen, an der Kneipe vorbei, in der laut und hässlich Weihnachtslieder gegrölt werden, dann sind sie am Ziel.

»Viel Glück«, sagt Luisa und läuft die Treppe hoch.

August geht vor dem Haus auf und ab, reibt sich die kalten Finger, zieht den Wollschal dichter um die Ohren. Es ist dunkel hier, die nächste Straßenlaterne ist ein Stück entfernt, daher muss er seine Augen sehr anstrengen, um die Haustür im Blick zu behalten. Was soll er tun, wenn der Junge nicht kommt? Oder wenn Swetlana plötzlich erscheint und ihm zornige Vorwürfe macht?

Dann hört er das leise Knarren der hölzernen Eingangstür, und Michaels blonder Schopf wird sichtbar.

»August?«

»Ich bin hier. Komm, ich muss mit dir reden.«

Natürlich hat der Junge keine Jacke übergezogen. Jetzt steht er schlotternd vor Kälte vor ihm und tritt von einem Fuß auf den anderen.

»Was ist denn los?«, murmelt er unwillig.

August hat wenig Lust, ihn mit Samthandschuhen anzufassen. Dazu ist die Angelegenheit zu ernst.

»Woher hast du das Geld, Michael?«

Der Junge schaut ihn mit gut gespielter Unschuldsmiene an.

»Was für Geld?«

»Hör zu, Michael. Es gibt zwei Möglichkeiten. Entweder du sagst mir jetzt die Wahrheit. Oder wir gehen gemeinsam hinauf, und ich erzähle deiner Mutter, dass du ein Fahrrad bei mir untergestellt hast.«

Michael schaut ihn mit großen, erschrockenen Augen an. Ein Kind und zugleich ein verflixter kleiner Lügner.

»Nein!«, sagt er. »Nicht Mama sagen. Ich sag es dir. Aber du darfst mich nicht verraten. Versprochen?«

»Nein«, sagt August energisch. »Ich verspreche dir gar nichts. Die Wahrheit will ich hören, und dann werde ich entscheiden, was wir tun. Also? Heraus damit!«

Michael macht eine Bewegung, als wollte er ins Haus entwischen, aber August hält ihn am Arm fest. »Wir können gemeinsam hinaufgehen, Michael. Und dann werde ich mit deiner Mutter sprechen.«

»Nein! Ich sag's ja schon ...«

Was August nun zu hören bekommt, ist so unglaublich, dass ihm die Haare zu Berge stehen. Michael hat Bekanntschaft mit einer Gruppe Jugendlicher gemacht, die einen schwunghaften Handel mit allerlei Dingen treiben, die sie auf Trümmergrundstücken, Dachböden oder an anderen Orten finden. Die Abnehmer sind Zwischenhändler, die die Gegenstände vermutlich an amerikanische Soldaten oder andere Besucher verkaufen, die gern ein besonderes Souvenir aus Nazi-Deutschland mitnehmen möchten.

»Die sind ganz harmlos, August. Weil die Zünder ja ab sind ...«

Sie haben Minen am Flussufer in der Nähe der Schiersteiner Brücke ausgegraben, runde und rechteckige Metallkästen, ziemlich verrostet und angeblich ganz ungefährlich. Sie bringen eine Menge Geld, man muss nur vorsichtig damit sein und darf sich auf keinen Fall erwischen lassen.

»Und warum ausgerechnet bei dir zu Hause?«, will August wissen.

»Die anderen haben gesagt, dass es bei ihnen nicht sicher ist. Deshalb habe ich auch mehr gekriegt als die anderen. Ich hab's unters Bett geschoben und am nächsten Tag zu ihnen gebracht, weil dann der Mann gekommen ist, der die Sachen kauft.«

August wird schwarz vor Augen. Michael hat zwei kleine Kastenminen – angeblich ganz ungefährlich – eine ganze Nacht lang unter seinem Bett aufbewahrt. Unfassbar, was dabei hätte passieren können. Alle Hausbewohner können Gott danken, dass sie noch am Leben sind.

»Und hast du dich noch an weiteren Verkäufen beteiligt?«

»Nur so alter Kram. Was wir auf den Grundstücken gefunden haben. Uniformen und Abzeichen. Was die Leute da vergraben haben …«

Michael hat schon blaue Lippen vor Kälte, es hilft niemandem, wenn er sich eine Lungenentzündung holt. August nimmt seinen Schal ab und wickelt ihn um den Jungen.

»Hör zu, Michael«, sagt er. »Was ihr da getan habt, ist verboten. Eigentlich muss ich es der Polizei melden. Ich werde es aber vorerst nicht tun, wenn du mir eines ganz fest versprichst.«

»Ja?«, sagt der Junge mit zitterndem Kinn.

»Du wirst dich in Zukunft von diesen Jugendlichen fernhalten und niemals wieder solche Geschäfte machen. Versprichst du mir das?«

Michael nickt. »Die kann ich sowieso nicht mehr leiden«, sagt er leise. »Weil die immer über mich lachen. Und die sagen, ich sei ein Russkij.«

»Versprochen? Die Hand darauf, Michael.«

Augusts Hand ist kalt, aber die Finger des Knaben fühlen sich an wie Eiszapfen.

»Und noch etwas«, fordert August, und er hält seine Hand fest. »Du wirst die ganze Geschichte deiner Mama erzählen. Alles. Auch, was du mir jetzt versprochen hast.«

Der Junge schaut ihn gequält an. »Aber die regt sich immer so auf!«

»Wenn du es nicht tust, werde ich es tun. Oder Luisa, die weiß ebenfalls Bescheid. Aber es ist auf jeden Fall besser, wenn du es deiner Mama selber erzählst. Klar?«

Er nickt und lässt den Kopf hängen. Fast bekommt August Mitleid mit ihm. Aber er darf jetzt auf keinen Fall nachgeben –

hier ist eine Grenze, die muss der Junge deutlich spüren, und zwar so, dass es wehtut.

»Wenn du das erledigt hast, reden wir weiter!«

»Aber das Fahrrad …«, will der Junge noch einwenden, da knarrt hinter ihm die Haustür.

»Komm sofort hinauf, Michael!«, sagt Swetlana zornig. »Was machst du hier auf Straße? Kein Jacke an …«

Sie zerrt den Jungen ins Haus, dann dreht sie sich um, und August sieht fasziniert, wie ihre dunklen Augen blitzen.

»Ich wünsche, dass Sie lassen Michael in Ruhe, Herr Koch. Wir brauchen nicht Ihr Geld! Gute Nacht!«

Er geht ohne Schal und in völliger Verwirrung nach Hause, denn er kann dieses Funkeln in den fremden schwarzen Augen nicht vergessen. Wie schön sie ist, wenn sie zornig ist!

JEAN-JACQUES

Maître Beaulieux verabschiedet sie mit einer gewissen Besorgnis – er ist ein Mann, den solche Dinge nicht kaltlassen. Er bietet an, bis zum 24. Dezember zur Verfügung zu stehen, auch zur juristischen Beratung, weil der Fall doch gewisse Klippen in sich berge. Dann gibt er der Hoffnung Ausdruck, dass man bei reiflichem Nachdenken und Abwägen aller zu beachtenden Umstände doch schließlich zu einem Ergebnis kommen möge, mit dem alle Beteiligten zufrieden sein könnten. Ganz im Sinne des lieben Verstorbenen.

Weder Pierrot noch die Mutter antworten ihm. Jean-Jacques bringt immerhin einen höflichen Dank zustande. Alle drei sind noch wie erstarrt, können nicht fassen, was der Vater da in seinem Testament verfügt hat. Jean-Jacques, der verlorene Sohn, der den Hof vor Jahren verlassen hat und nie zurückgekehrt ist – er soll der alleinige Erbe sein? Dann bleibt für Pierrot nur ein Pflichtteil, für die Mutter gar nichts.

Sie schweigen auch während der Rückfahrt zum Hof, Pierrot steuert den 4CV mit eisiger Miene, die Mutter sitzt neben ihm und schaut wie verloren in die graue Landschaft. Auch der Mistral schweigt, in den Hügeln schweben graue Nebeldünste und lassen die knorrigen Weinstöcke wie schwarze Geisterreigen erscheinen.

Auf dem Hof angekommen, geht Pierrot sofort in den Weinkeller. Als die Mutter hinter ihm herläuft und ihm etwas sagen will, schüttelt er den Kopf und schiebt sie beiseite. Auch Jean-Jacques hat wenig Lust auf lange Gespräche, er geht hinauf in seine Dachkammer, wickelt sich in die Decke und setzt sich auf das Lager, um gründlich nachzudenken.

Warum? Was hat der Vater sich dabei gedacht? Die Entscheidung ist unvernünftig, wird nur neuen Streit zwischen ihm und Pierrot hervorrufen. Hat der Vater erfahren, wer Marcels Vater ist? Konnte er Pierrot den Ehebruch nicht verzeihen? Hat er Pierrot insgeheim vorgeworfen, den Bruder vom Hof getrieben zu haben? Vielleicht. Dann war dieses Testament dazu gedacht, die Dinge wieder so zu ordnen, wie der Vater sie von Anfang an bestimmt hatte. Sein Erstgeborener soll den Hof haben. Nicht der jüngere, der Liebling der Mutter. War es so? Oder ganz anders? Wenn man ihn doch fragen könnte! Aber er liegt dort in seinem Sarg mit starrem Gesicht und schweigt für immer.

Am Abend ist Jean-Jacques hungrig wie ein Wolf und geht hinunter in die Küche, wo die anderen beim Abendbrot sitzen. Er nickt allen zu und setzt sich auf seinen Platz. Immerhin – man hat ihm ein Gedeck aufgelegt, und Simone reicht ihm mit zaghaftem Lächeln den Brotkorb. Er isst sich satt, schiebt dann den Teller von sich und nimmt einen kräftigen Schluck Wein.

»Ich habe eine Weile über die ganze Geschichte nachgedacht«, verkündet er. »Ich werde nur eines der beiden Konten für mich nehmen, das restliche Geld soll Mama bekommen. Das Land, den Hof und das Auto gebe ich Pierrot.«

Die Mutter bricht in Tränen aus, Pierrot starrt ihn an und mag es kaum glauben. Chantal fällt ihrem Ehemann um den Hals, küsst ihn und sagt immer wieder, nun sei alles gut, er brauche sich nicht mehr zu sorgen, er sei Herr auf seinem Hof für jetzt und für immer.

Pierrot schiebt sie zur Seite und schaut seinen Bruder misstrauisch an. »Ist das nur so dahingesagt, oder meinst du das im Ernst?«

Jean-Jacques muss sich zusammennehmen, weil ihn das Misstrauen seines Bruders verletzt. Aber er ist versöhnlich gestimmt, denkt schon daran, spätestens morgen zurück nach Wiesbaden zu fahren, weil er Weihnachten wieder bei Hilde und seinen Jungen sein will.

»Es ist mein vollster Ernst, Pierrot. Ich brauche den Hof nicht, mein Platz ist nicht mehr hier.«

»Wenn das so ist, dann sollten wir die Sache beim Notar festmachen, Jean-Jacques«, fährt Pierrot fort. »Damit es ein für alle Mal geregelt ist, auch für unsere Kinder.«

»Einverstanden.«

Trotz seiner großmütigen Ankündigung kommt kein rechtes Gespräch mehr zwischen ihnen auf. Die Mutter dankt ihm, bleibt aber dennoch verhalten. Simone wirkt verschüchtert, nur Chantal ist ungewöhnlich gesprächig, berichtet von den Plänen, die Pierrot mit dem Betrieb hat, von den neuen Anpflanzungen, den Veränderungen im Weinkeller, auch davon, dass sie das Wohnhaus umbauen und modernisieren wollen. Marcel schweigt sich aus, wie er es immer tut, er füttert Céline mit schwarzen Oliven, aus denen er vorher die Kerne herausgeschnitten hat.

Jean-Jacques zieht sich gleich nach dem Abendbrot mit einer Flasche Wein zurück, legt sich auf sein Lager und trinkt auf sich und seine edle Gesinnung. Wie gut, dass Hilde ihm jetzt nicht dreinreden kann, denn sie wäre mit der großmütigen Geste ganz sicher nicht einverstanden. Aber seine Hilde ist weit fort, was er gerade jetzt, da er diesen guten Wein trinkt, sehr bedauert. Ach, dieser dumme, überflüssige Streit, es ist schade um die vertane Zeit, um die versäumte Liebe. Wenn er erst wieder daheim ist, noch dazu mit einem schönen Batzen Geld, dann wird die Versöhnung nicht auf sich warten lassen. Das Konto, das er für sich haben will, ist mit vierzigtausend Francs gut gefüllt, wenn er die in Mark umwechselt, ist es ein schönes Sümmchen. Da wird einiges für die Ausbildung der Jungen zurückgelegt, ein Teil soll ins Café investiert werden, und auch für seine eigenen

Pläne wird etwas übrig bleiben. Auf dem Konto, das er der Mutter zugedacht hat, liegen nur zwanzigtausend Francs, und er ist ziemlich sicher, dass Pierrot sie ihr abschwatzen wird, um damit seine großen Pläne zu finanzieren. Soll er ruhig – wenn er für die Mutter sorgt, ist es schon in Ordnung.

Am folgenden Morgen fährt Pierrot gleich nach dem Frühstück allein nach Villeneuve zum Notar – angeblich, damit der Maître alles vorbereiten und man die Angelegenheit so rasch wie möglich unter Dach und Fach bringen kann. Jean-Jacques lässt ihn gewähren, er wird sich die Verträge gut durchlesen, bevor er unterschreibt, damit er nicht übers Ohr gehauen wird. Bei Pierrot kann man nie wissen – er hat da so seine Erfahrungen.

Da er nichts zu tun hat, schaut er sich den Weinkeller an, die Kelteranlage, die noch die alte ist und tatsächlich modernisiert werden sollte. Er kostet von zwei Fässern, schmeckt die Sonne und den Erdboden seiner Heimat im Wein und wird melancholisch. Das alles wäre nach dem Willen des Vaters sein Eigentum, und er? Verschenkt das väterliche Erbe an den Bruder, der es eigentlich nicht verdient hat. In den halbdunklen Gewölben glaubt er, den Geist des Vaters zu spüren, der nun ohne Zweifel zornig auf ihn ist. Er ertappt sich dabei, nach Erklärungen für seine Entscheidung zu suchen. Da ihm jedoch nichts einfällt, was der Vater gelten lassen würde, beeilt er sich, den Keller zu verlassen. Pierrots Wagen steht nicht im Hof, also ist er noch unterwegs. Jean-Jacques ärgert sich, er hätte darauf bestehen sollen mitzufahren, dann wäre die Angelegenheit heute noch geregelt worden und er hätte den Nachtzug von Nîmes nach Paris nehmen können. Morgen ist schon Donnerstag – am Montag ist Heiliger Abend, er will vorher noch Geschenke für die Familie einkaufen. Wie gut, dass er eine größere Summe eingesteckt hat – angesichts des zu erwartenden Geldsegens will er Hilde und die Zwillinge reich beschenken.

In der Küche sind die Frauen mit Backen und Kochen beschäftigt. Er schaut nur kurz hinein und verkündet, einen Spaziergang machen zu wollen. Auf die Geschwätzigkeit seiner Schwägerin hat er wenig Lust. Er zieht die Jacke über, merkt aber bald, dass ihm zu warm wird. Der Himmel ist nicht blau, nicht grau – die Farbe der trüben Wintertage, die er so gut kennt. In den Weinpflanzungen liegt noch wabernder Dunst, der den kahlen Stämmen etwas Trostloses verleiht. Nein, er ist froh, diese ständige harte Arbeit hinter sich zu lassen. In wenigen Wochen muss hier gejätet und beschnitten werden, dazu die Arbeit im Weinkeller, der Ärger mit den Preisen, das immerwährende Gefühl, von den großen Genossenschaften übers Ohr gehauen zu werden, die Sorge um das Wetter, die Traubenfäule, den Mistral, der zur Unzeit kommen kann. Schluss damit! Er hat eine Familie, ihnen gehört ein gut gehendes Café in der besten Lage von Wiesbaden. Warum sollte er diesem Land nachweinen? Höchstens aus einer romantischen Anwandlung heraus, aber die darf er nicht aufkommen lassen. Auf keinen Fall will er solchen Gefühlen nachgeben. Er hat sich entschieden und damit basta! Er kürzt den Rundgang ab, biegt nach links, um zwischen den Weinstöcken hindurch auf die andere Seite der Pflanzung zu gelangen, da sieht er etwas auf dem Boden liegen und hebt es auf. Eine Pfeife aus rötlichem Holz, das Mundstück schwarz, verkratzt von den Zähnen des Rauchers, der die Angewohnheit hatte, auf der kalten Pfeife herumzukauen. Jean-Jacques muss schlucken, hält das von Staub und Feuchtigkeit verkrustete Gerät in der Hand und weiß sofort, wem es einst gehört hat. Der Vater hat im Haus nur selten geraucht, aber wenn er über die Weinberge ging, hat er sich oft ein Pfeifchen angezündet. Ist ihm die Pfeife aus der Tasche gefallen? Sie ist nicht lange in Gebrauch gewesen, vielleicht ein Weihnachtsgeschenk vom vergangenen Jahr? Tabak ist auch noch drin, er hat sie nicht einmal angezündet.

»Jean-Jacques!«

Er ist so versunken, dass er sich erst umwendet, als sie ihn zum zweiten Mal ruft. Simone ist ihm gefolgt, jetzt setzt sie sich in Trab und läuft auf ihn zu, der Umhang flattert wie eine dunkelrote Fahne zwischen den schwarzen Reihen der Weinstöcke. Als sie vor ihm steht, atmet sie schnell vom raschen Lauf, ihre Wangen glühen.

»Ich wollte gern ein Stück mit dir gehen«, sagt sie und schaut zu ihm hoch.

Seltsam, wie die gleiche Mutter zwei so unterschiedliche Kinder in die Welt setzen kann. Chantal ist weder hübsch noch charmant – ihre Schwester aber besitzt beide Eigenschaften in hohem Maß. Jean-Jacques spürt, dass er sich in Acht nehmen muss.

»Schau, was ich gefunden habe …«

Er zeigt ihr die Pfeife, und sie stößt einen kleinen Schrei aus.

»Mon Dieu! Da ist sie ja! Wo hast du sie gefunden?«

Es war tatsächlich der Vater, der die Pfeife verloren hat, vermutlich sogar auf seinem letzten Gang durch die Weinberge, wenige Tage bevor er starb. Man hat die Pfeife im ganzen Haus, im Hof und in allen Nebengebäuden gesucht, weil er sich nicht erklären konnte, wo sie geblieben war.

»Ach, Jean-Jacques!«, seufzt das Mädchen. »Wie traurig das ist. Nun wird er es nie mehr erfahren. Aber ist es nicht ein Zeichen, dass gerade du sie gefunden hast?«

Er weicht ihrem erwartungsvollen Blick aus und steckt die Pfeife in die Jackentasche. Er wird sie der Mutter geben, soll sie das gute Stück zum Andenken an ihren Ehemann aufheben.

»Es war ein Zufall, Simone. Hat nichts zu bedeuten, denke ich. Und du? Gehst du oft in den Weinbergen spazieren?«

»Nein«, gesteht sie und lächelt ihn an. »Ich wollte gerne bei dir sein. Deshalb bin ich hinausgelaufen.«

Schüchtern ist sie überhaupt nicht, aber sie macht dieses Geständnis auf so harmlos-charmante Weise, dass er ihr nicht böse sein kann.

»Dann hast du jetzt dein Ziel erreicht«, stellt er schmunzelnd fest. Sie antwortet nichts darauf, sondern geht dicht neben ihm her, sodass ihr Umhang seinen Arm streift.

»Tut es dir nicht leid, das alles aufzugeben?«, fragt sie.

»Nein.«

Er spürt ihren prüfenden Seitenblick und fühlt sich ertappt.

»Vielleicht doch ein wenig, Simone. Aber im Leben ist es wichtig, sich zu entscheiden. Und ich habe mich nun einmal für das Leben in Deutschland entschieden.«

Wieder schweigt sie eine Weile, läuft wie ein Hündchen neben ihm her, benötigt immer zwei Schritte, wenn er einen einzigen tut.

»Bist du glücklich dort in Deutschland?«

»Natürlich«, gibt er rasch zurück. »Ich habe eine wunderbare Ehefrau und zwei Söhne. Wie sollte ich da nicht glücklich sein?«

Sie nickt. Wie eine brave Schülerin, die zu den Worten des Lehrers nickt. Es gibt zwei Sorten von Antworten, die unglaubwürdig sind: diejenigen, die zu rasch erfolgen, und diejenigen, die zu spät kommen. Diese war zu rasch.

»Chantal hat gemeint, du wärst vielleicht unglücklich.«

Was soll diese Fragerei? Langsam wird er zornig auf dieses Mädel, das offensichtlich keine Grenzen kennt.

»Wie kommt deine Schwester zu dieser Ansicht?«

Simone lächelt wie ein Engelein. Fast so bezaubernd wie die kleine Céline. Naiv und doch durchtrieben wie eine Katze.

»Sie hat deine Briefe gelesen.«

Na und, denkt er. Was ist das für eine Antwort? Ich habe niemals geschrieben, ich sei unglücklich. Auch die kleinen Missverständnisse zwischen Hilde und mir habe ich zu keiner Zeit erwähnt.

»Frauen lesen anders«, erklärt sie altklug. »Wir lesen, was zwischen den Zeilen steht.«

Es verschlägt ihm die Sprache. Sie sind keinesfalls schlichte oder gar naive Gemüter, diese Schwestern. Sie sind gefährliche, schlaue Weiber.

»Da müsst ihr euch verlesen haben«, gibt er zur Antwort und beschließt, rasch das Thema zu wechseln, denn bis zum Hof ist es noch ein gutes Stück zu laufen. »Und du, Simone? Bist du glücklich in der Familie deiner Schwester? Ich glaube, du bist so etwas wie der gute Geist des Hauses.«

Er lächelt sie an, neugierig, was sie wohl antworten wird. Sie sind jetzt auf den Hauptweg eingebogen, rechts und links dehnen sich die Reihen der Weinstöcke wie dunkle Streifen auf gelblichem Grund. Ein Fuhrwerk, von einer Stute gezogen, kommt ihnen entgegen. Nachbar Poirot ist mit seiner Frau und dem verkrüppelten Sohn unterwegs nach Villeneuve. Man grüßt einander, Jean-Jacques bemerkt die neugierigen Blicke, die sie streifen, als das Fuhrwerk an ihnen vorüberrumpelt.

»Ob ich glücklich bin?«, fragt Simone nach einer Weile. »Was soll ich sagen? Es ist besser als bei der Mutter, weil die vom Morgen bis zum Abend nur jammert, seit der Vater gestorben ist. Chantal hat Pierrot überredet, mich aufzunehmen, weil ich sonst ja nirgendwo bleiben kann.«

»Du könntest heiraten«, meint er und fügt hinzu: »Du bist hübsch, Simone. Du findest gewiss einen Bräutigam.«

Er ahnt, dass es sich anders verhält, schließlich kennt er die Verhältnisse. Seit dem Krieg, der so viele junge Männer verschlungen hat, ist es für eine junge Frau ohne Mitgift noch schwieriger geworden, einen Ehemann zu finden.

»Einen Liebhaber – ja«, sagt sie ungeniert. »Die stehen an jeder Ecke. Aber heiraten wird mich keiner. Weil die Mutter den Garten und alles Geld an Chantal gegeben hat, sodass für mich nichts mehr übrig ist.«

Die alte Geschichte, die sich seit Generationen auf dem Land wiederholt. Die unverheirateten Geschwister leben mit auf dem Hof und werden dort wie Gesinde gehalten. Nur, dass sie keine Bezahlung bekommen. Es ist schade um das Mädchen.

»Ich habe schon daran gedacht, nach Nîmes zu gehen und mir eine Stellung zu suchen. Oder nach Paris. Aber ich hab zu viel Angst«, gesteht sie.

Er schweigt. Hinten auf dem Hof bellt schon der Hund, der ihre Ankunft ankündigt. Simone fasst seine Hand und bleibt neben ihm stehen.

»Wenn du hierbleiben würdest, Jean-Jacques. So, wie der Vater es gewollt hat. Dann würde ich deine Frau …«

Er steht vollkommen verblüfft da, kann kaum glauben, was er da zu hören bekommt. War das der Plan? Hat sie das mit dem Vater abgesprochen? Hat der Vater sie dazu überredet oder sie ihn?

»Daraus kann nichts werden, Simone«, sagt er entschieden. »Weil ich schon verheiratet bin und auch nicht hierbleiben werde.«

Sie nimmt es schweigend zur Kenntnis, kneift die Lippen schmal und senkt den Kopf. Weint sie? Hoffentlich nicht, sie macht ihm auch so schon das Herz schwer. Ach Gott, sie schluchzt, das arme Ding. Er kann nicht anders, als sie in die Arme zu nehmen.

»Was hast du dir da für einen Unsinn in den Kopf gesetzt, Simone«, murmelt er vorwurfsvoll, während er ihr über das Haar streicht. Es ist blond und lockig und erinnert ihn fatal an Hildes Haarschopf. Sie schmiegt sich an ihn und schluchzt in seine Jacke hinein.

»Ich … wäre dir … immer … eine gute … Frau gewesen …«

»Daran zweifle ich nicht, Simone«, meint er belustigt und versucht, sich aus der Umklammerung zu befreien. »Aber es ist nun einmal so, dass ich eine andere liebe. Nun komm schon, Mädel. Hör auf zu weinen, du machst meine Jacke ganz nass.«

Sie schnieft gehorsam und versucht, mit einem Zipfel ihres dunkelroten Umhangs seine Jacke trocken zu wischen. Er findet ein frisches Taschentuch in der Hosentasche und tupft damit ihre Wangen ab.

»Auf gute Freundschaft – einverstanden?«, schlägt er vor.

Sie nickt und schluchzt noch ein wenig. Er hat Lust, sie zu küssen, wie man eine verheulte kleine Tochter in die Arme nimmt und tröstet. Aber das wäre brandgefährlich, denn in diesem hilflosen Kind steckt ein verführerisches Weibchen.

Als sie auf dem Hof ankommen, verschwindet Simone eilig in der Scheune, denn ihre Schwester steht am Küchenfenster. Jean-Jacques kann sich wohl denken, dass Chantal mit Simones Plänen nicht einverstanden ist, aber da diese Pläne ohnehin auf Sand gebaut waren, wird es kaum zu einem Streit zwischen den Schwestern kommen.

Der Rest des Tages verläuft ereignislos. Pierrot erscheint gegen Mittag und verkündet, dass Maître Beaulieux sie morgen um elf in seiner Kanzlei erwarte. Dann wendet er sich der Pflege seiner Weine zu. Jean-Jacques sitzt in der Küche bei den Frauen, spielt mit der kleinen Céline und schafft es sogar, den scheuen Marcel zu einer Runde Fußball im Hof zu animieren.

In der Nacht bekommt er Kopfschmerzen und kann nicht schlafen. Ist das diese vertrackte Pfeife, die neben ihm auf dem wackeligen Nachttisch liegt, weil er vergessen hat, sie der Mutter zu geben? Er wird den Gedanken nicht los, dass er ein Dummkopf ist, wenn er das väterliche Erbe so einfach ohne Gegenleistung aus den Händen gibt. Gut – er nimmt das Geld, aber das ist nur ein kleiner Teil des Erbes. Warum soll Pierrot nicht für das Land bezahlen, das er überschrieben bekommt? Nicht mit Geld, aber mit einem kleinen Gegenwert. Zum Beispiel mit diesem hübschen Weinberg, den die Mutter ihm vermacht hat. Die Médouille. Ein Stück Land, das ganz hervorragende Reben hervorbringt. Um das Jean-Jacques den Bruder glühend beneidet hat. Pierrot könnte es ja gern von ihm pachten, aber er wäre der Besitzer. Und ganz weit im Hinterkopf wächst die Idee, diesen Weinberg ein paar Jahre später Simone zu schenken. Als Mitgift, damit sie heiraten und hier in der Gegend bleiben kann und nicht im Getriebe der großen Städte untergeht.

Er behält dieses Vorhaben während des Frühstücks für sich, will es sich nicht zerreden lassen. Erst als sie schon im Vorraum des Notars sitzen, lässt er die Katze aus dem Sack.

»Ich hab's gewusst!«, sagt Pierrot, und seine Augen funkeln böse. »Ich wusste, dass du noch einen Pfeil im Köcher hast. Nein, mein Lieber, darauf lasse ich mich nicht ein. Die Médouille gehört mir, die Mutter hat sie mir überschrieben, sie geht erst nach meinem Tod in andere Hände.«

»Dann kann aus dem Schenkungsvertrag nichts werden, Pierrot.«

»Der Teufel soll dich holen, Jean-Jacques!«, zischt der Bruder und hebt die Faust.

»Schlag zu, wenn du dich traust. Du hast mich schon einmal fast erschlagen, Bruder!«

Es ist, als wären die Jahre nicht vergangen. Vor den entsetzten Augen der Sekretärin stehen sie sich gegenüber, die Fäuste geballt, zwei wütende Knaben, die gleich übereinander herfallen werden.

»Jean-Jacques! Nimm dich zusammen!«, ruft die Mutter entsetzt.

»Wieso ich? Sag das mal Pierrot!«, gibt er zornig zurück.

»Maître Beaulieux! Kommen Sie schnell!«, schreit Madame Poulin. »Sie prügeln sich. Sie bringen sich gegenseitig um!«

Der Notar erscheint an der Tür, aschfahl im Gesicht, die Brille in der Hand, damit sie nicht beschädigt wird.

»Meine Herrschaften, ich bitte Sie! Behalten Sie die Ruhe. Wir werden alle Probleme gemeinsam lösen ...«

Pierrot wendet sich ab und nimmt die Mutter am Arm. »Ich

brauche Luft«, sagt er. »Ich ersticke mit diesem dreckigen Erbschleicher im gleichen Raum.«

Während Jean-Jacques dem Notar die Lage der Dinge erklärt, hört er, wie sein Bruder draußen mit der Mutter davonfährt. Auch gut – er hätte sowieso keine Lust gehabt, sich von Pierrot zurück zum Hof mitnehmen zu lassen. Zumal der Wagen – genau genommen – im Moment noch seiner ist.

»Ich kann Ihren Wunsch durchaus verstehen«, sagt Maître Beaulieux, der stets für alle seine Klienten Verständnis hat. »Es ist nur gerecht, eine kleine Gegenleistung zu verlangen, wenn man ein ganzes Weingut verschenkt. Haben Sie Geduld, junger Mann. Ihr Bruder wird in Ruhe nachdenken, sich mit seiner Mutter und der Ehefrau besprechen, und schließlich werden wir zu einer Einigung gelangen, die für alle Beteiligten …«

»Vielen Dank für Ihre Geduld, Maître.«

Eine schöne Bescherung. Warum hat er nicht gleich daran gedacht, dieses kleine Entgegenkommen zu fordern? Dann wäre alles leichter gewesen. Jetzt muss er sich in Villeneuve in der Auberge einmieten, das kostet Geld und führt dazu, dass wieder einmal über die Brüder Perrier geredet wird. Wenn er klug wäre, würde er dem Notar erklären, dass er das Erbe annimmt, und einfach nach Hause fahren – soll Pierrot doch sehen, wie er zurechtkommt. Leider hat er seine Reisetasche mit einem Teil des Geldes auf dem Hof gelassen, er muss also in jedem Fall noch einmal dorthin zurück.

Bis morgen Vormittag warte ich, überlegt er. Dann ist meine Geduld am Ende.

Mit schlechtem Gewissen denkt er an Hilde und die Zwillinge, von denen er sich nicht einmal verabschiedet hat. Aber seine Hilde wird das schon geregelt haben, sie ist keine, die herumsitzt und jammert, sie packt die Dinge an. Nein, es ist gar nicht so schlecht, dass er länger fortbleibt, als zunächst geplant. Sie soll merken, wie es ohne ihn ist. Die gleiche heftige

Sehnsucht, die er verspürt, soll auch sie fühlen. Sie beide gehören zusammen, auch wenn es hin und wieder zwischen ihnen rappelt – sie brauchen und lieben einander. Verdammt – er wünschte, sie wäre jetzt bei ihm.

Es hat zu regnen begonnen, was seine trübe Stimmung noch zusätzlich niederdrückt. Er geht über den Platz hinüber zum Friedhof, steht vor dem Grab des Vaters, auf dem jetzt die helle Marmorplatte liegt. Eigentlich sollte er für die Seele seines Vaters ein Gebet sprechen, aber er bringt es nicht fertig. Stattdessen starrt er auf das Gesteck künstlicher Blumen, das in einer Schale am Kopfende der Platte steht, und würde gern eine Menge Fragen stellen. Schließlich bückt er sich und legt die Pfeife, die sich in seiner Jackentasche gefunden hat, zwischen die roten und weißen Blüten aus Plastik. Dann geht er davon.

Am Nachmittag hält Pierrots grauer 4CV vor der Auberge, und Chantal klopft an seine Zimmertür.

»Pierrot bittet dich, auf den Hof zu kommen«, sagt sie mit besorgtem Lächeln. »Wir müssen miteinander reden, Jean-Jacques. Und einen Weg finden, nicht wahr?«

Er hätte ihr gern entgegnet, dass sein Bruder ihm das besser selbst gesagt hätte, anstatt die Ehefrau vorzuschicken. Aber schließlich geht er mit ihr hinunter und steigt in den Wagen ein, den sein Bruder wortlos und mit versteinerten Gesichtszügen zum Hof steuert. Dort ist das Elend ausgebrochen. Die Mutter sitzt in Tränen aufgelöst in der Küche, Marcel hat sich neben dem Küchenherd versteckt, Simone hat die kleine Céline auf dem Schoß und hält sie mit beiden Armen umfangen, als müsste sie sie beschützen. Das junge Mädchen wirkt ungewöhnlich scheu, es schaut ihn nicht an, als er eintritt. Es ist klar – sie haben gestritten. Und der Streit geht weiter bis zum Abend. Pierrot will die Médouille auf keinen Fall abgeben, er hat dort neue Weinstöcke gepflanzt, die gerade in diesem Jahr den ersten richtigen Ertrag bringen werden. Jean-Jacques' Argument, er könne das Land ja gern von ihm pachten, wischt er vom Tisch. Nie im Leben wolle er Land pachten, das seinem Bruder gehört. Die Mutter ist – wie immer – auf Pierrots Seite, betont, dass die Médouille ihr Erbe sei, das sie an Pierrot gegeben hat. Chantal versucht verzweifelt zu vermitteln, was sich als ganz und gar unmöglich erweist und ihr schließlich sogar den Zorn ihres Ehemannes einträgt. Simone schweigt zu allem, sie trägt Céline, die zu weinen begonnen hat, hinauf in die Kammer und bleibt dort bei dem Kind.

»Du hast Zeit bis morgen früh«, sagt Jean-Jacques zu seinem Bruder. »Am Nachmittag fahre ich nach Hause.«

»Fahr zur Hölle!«

Er steigt in die Dachkammer hinauf und stellt fest, dass es an einer Stelle durchgeregnet hat. Sein Lager ist feucht geworden, er wird im Sitzen schlafen müssen und die Jacke anziehen, um nicht zu frieren. Er verwünscht den Bruder, der das neue Dach nicht in Ordnung hält, überlegt, ob er unten in der warmen Küche schlafen soll, entscheidet sich aber dagegen. So sitzt er gegen die Wand gelehnt und hört den Regen in den Blecheimer tropfen, den er aufgestellt hat, um das Wasser aufzufangen. Sein Herz kommt nicht zur Ruhe, seine Stirn ist heiß, zugleich friert er am ganzen Körper.

Kommt alles von diesem verdammten Ärger, denkt er. Warum tue ich mir das an? Er sehnt sich nach seinem hellen, warmen Schlafzimmer in Wiesbaden, nach Hilde, die ihn jetzt in die Arme nehmen würde und für die – oh, er kennt sie – die Sache ganz einfach wäre: »Was streitest du dich herum? Du hast geerbt und basta. Und wenn dein Bruder das Land haben will, dann soll er es dir eben abkaufen. Fertig.«

Recht hast du, Liebste, denkt er. Dann umfängt ihn der Schlaf. Es ist kein erholsamer Tiefschlaf, sondern ein unruhiger Schlummer, ein Dahintreiben im Halbdunkel des Unbewussten, eine Folge von beängstigenden Bildern und körperlichen

Schmerzen. Im Traum packt er seine Reisetasche und kann die Geldbörse nicht finden, sucht sie in heller Aufregung, sieht sie mitten auf dem Hof liegen, doch als er sie greifen will, versinkt er in einem schlammigen Gewässer, das den ganzen Hof überschwemmt hat. Dann wieder sieht er sich am Bahnsteig; die Lokomotive ist schon unter Dampf, er will noch rasch auf einen Wagen aufspringen, aber seine Füße sind nicht vom Boden zu lösen. Zugleich spürt er einen pochenden Schmerz im Hinterkopf, der sich so heftig steigert, dass ihm schlecht wird. Er kennt den Schmerz, er packt ihn immer wieder seit jener fatalen Begegnung mit seinem Bruder im Weinberg. In Wiesbaden nimmt er Tabletten dagegen, die recht gut helfen, manchmal muss er aber auch einen Tag im abgedunkelten Zimmer bleiben.

Früh am Morgen erbricht er in den Blecheimer, liegt fiebernd auf dem nassen Lager und verflucht seine Dummheit, denn er hat die Tabletten in der Eile seiner Abreise nicht mitgenommen. Niemand kümmert sich um ihn. Er döst vor sich hin, hofft darauf, dass der Anfall von selbst vorbeigeht, muss sich jedoch immer wieder erbrechen. Es war selten so schlimm wie jetzt, sein Kopf dröhnt, in den Schläfen pocht es, Hände und Füße sind eiskalt. Durst quält ihn, aber bei dem Versuch, aufzustehen und zur Treppe zu gehen, wird ihm schwarz vor Augen. Mit Mühe schleppt er sich zurück auf die Matratze, bleibt dort liegen, und es ist ihm gleich, dass nun das Regenwasser aus der undichten Stelle im Dach auf ihn herunterrinnt.

Wie lange hat er so dahingedämmert? Er hat jedes Zeitgefühl verloren, kämpft gegen den Schmerz, gegen das immerwährende Würgen, die aufsteigende Panik. Was ist, wenn er sterben muss? Wenn er Hilde und die Jungen nie wiedersieht? Wenn sie ihn morgen hier oben in der elenden Dachkammer finden, steif und zusammengekrümmt, mit wächsernem Gesicht und gläsernen Augen?

Das könnte ihm so passen, denkt er und rafft seine schwachen Lebenskräfte zusammen. Er wird es schaffen, das Schlimmste hat er hinter sich, der Anfall muss bald vorüber sein.

Irgendwann spürt er eine Berührung an der Schulter und schlägt die Augen auf. Jemand hält eine Laterne über ihn.

»Jean-Jacques?«, flüstert es. »O mein Gott! Ich hab schon geglaubt, du wärest tot.«

»Noch nicht ganz«, versucht er zu scherzen.

Dann sieht er die blutige Schramme, die sich schräg durch Simones Gesicht zieht.

»Was ist das?«

»Das ist nichts«, sagt sie und weicht zurück. »Nur ein Kratzer. Wir haben gestritten, Chantal und ich.«

Er würde gern weiterfragen, aber er ist zu schwach. Bittet um einen Schluck Wasser, und sie eilt davon. Es wird wieder dunkel um ihn, denn sie hat die Laterne mitgenommen, er dreht den Kopf auf die andere Seite, in der Hoffnung, der Schmerz würde nachlassen. Später spürt er den Rand eines Bechers an seinen Lippen, greift zu, trinkt gierig, bittet um mehr. Seine Hände zittern, als er den zweiten Becher leer trinkt.

»Danke!«

Sie hat einen Krug mit warmem Wasser und eine Schüssel mitgebracht, sie wäscht ihm Gesicht und Hände, zieht ihm das schmutzige Hemd aus und kleidet ihn in ein kariertes Hemd, das seinem Vater gehört hat. Sie schleppt einen frischen Strohsack herbei, ein Kopfkissen, eine warme Wolldecke und bereitet ihm ein Lager an einer trockenen Stelle. Leert den Eimer aus und bringt einen sauberen Kübel.

»Es tut mir leid«, murmelt er. »Ich wollte nicht, dass du solche Dinge für mich tust.«

»Es macht mir nichts aus.«

Sie liegt neben ihm auf einer Decke, gibt ihm zu trinken, reibt ihm die kalten Hände, massiert seine Füße. Es geht ihm etwas besser, das Fieber ist gesunken, er trinkt viel Wasser, hat das Gefühl, halb vertrocknet zu sein.

»Du brauchst nicht hier oben bei mir zu schlafen, Simone. Du kannst ruhig hinunter in deine Kammer gehen.«

»Ich bin lieber hier. Hierher trauen sie sich nicht, weißt du?«

Er begreift, dass man seine Sinnesänderung Simone anlastet und sie dafür büßen musste. Vermutlich wird ihr nichts anderes übrig bleiben, als zu ihrer Mutter zurückzukehren, denn ihre Schwester wird sie nicht länger im Haus behalten wollen. Er fühlt sich schuldig, macht sich Vorwürfe und ist doch nicht bereit, von seiner Forderung abzugehen. Jetzt erst recht nicht. Er will die Médouille, um sie Simone zu geben.

Nach einem langen Schlaf, aus dem er ziemlich benommen, aber doch beinahe frei von Kopfschmerzen erwacht, will er wissen, welcher Tag heute ist.

»Der vierundzwanzigste Dezember. Morgen ist Weihnachten«, sagt sie mit schwachem Lächeln. Die Schramme in ihrem Gesicht geht vom linken Auge quer hinüber zur rechten Wange. Die Wunde ist leicht geschwollen und verschorft. Möglich, dass eine Narbe zurückbleibt.

Er begreift erst nach einigen Sekunden, dass er nicht mehr rechtzeitig in Wiesbaden sein wird. Sie werden den Heiligen Abend ohne ihn feiern. Aber er kann wenigstens ein Telegramm schicken.

»Könntest du mir einen Café bringen, Simone? Und ein Stück Brot?«

Er hat zwar keinen Appetit, aber er muss endlich etwas in den Magen bekommen, und seinen Kreislauf muss er auch anwerfen. In Villeneuve ist jetzt das Postamt noch geöffnet, er braucht eine halbe Stunde zu Fuß dorthin, das muss er schaffen. Er will Hilde und seinen Zwillingen Frohe Weihnachten wünschen. Grüße an alle. Schreiben, dass er so bald wie möglich wieder bei ihnen sein will …

Er nutzt Simones Abwesenheit, um rasch die Wäsche zu wechseln und sich die Hose und den Pullover aus der Reisetasche anzuziehen. Seine schmutzigen Kleider rollt er zusammen und steckt sie in die Reisetasche, das Hemd des Vaters lässt er auf dem Lager zurück.

Simone kommt mit einem großen Becher und einem Stück Weißbrot, sie setzt sich neben ihn und schaut zu, wie er isst und trinkt.

»Du willst fort?«

»Ich muss endlich nach Hause, Simone.«

»Nimmst du mich mit?«

»Das geht nicht.«

Er steigt die Treppen hinunter und geht in die Küche, um ihnen seine Absicht zu verkünden. Die Mutter sitzt beim Ofen und hält Céline auf dem Schoß, neben ihr auf einem Stuhl hockt Pierrot. Er schaut beängstigend aus, fahl im Gesicht, die Hände blutverkrustet, das Haar zerrauft. Als er Jean-Jacques sieht, zieht ein hämisches Grinsen über sein Gesicht.

»Du kannst sie haben«, sagt er. »Die Médouille und das große Konto für dich und ich bekomme den Rest. Bist du nun zufrieden?«

Der Sinneswandel kommt für Jean-Jacques überraschend. Er ahnt, dass etwas dahintersteckt, aber er ist erschöpft und will die Angelegenheit aus der Welt haben.

»Meinetwegen.«

»Dann steig ein, wir fahren zum Notar, und wenn alles geregelt ist, kannst du dich davonmachen.«

Jean-Jacques sieht das gequälte Gesicht der Mutter und denkt daran, ihr ein paar nette Worte zu sagen. Dann aber fällt ihm ein, dass sie ihn zwei Tage lang allein oben auf dem Dachboden hat liegen lassen, und er geht schweigend hinter dem Bruder her. Er steigt zu ihm in den Wagen, und sie starten, fahren die alte Landstraße nach Villeneuve, die durch den Familienbesitz führt.

»Schau ruhig hin!«

Er traut seinen Augen nicht. Der Weinberg, der Médouille genannt wird, sieht aus wie mit einem schwarzen, unregelmäßigen Netz überzogen. Es sind die zerschnittenen Stämme und Äste der Weinstöcke, die Pierrot allesamt zerstört hat, damit sie dem verhassten Bruder nicht in die Hände fallen.

»Idiot!«, murmelt Jean-Jacques. »Du hast dich ins eigene Fleisch geschnitten.«

Pierrot lacht hämisch und parkt den Wagen vor dem Haus des Notars. Steigt eilig aus und läutet schon an der Tür, während Jean-Jacques etwas länger braucht, um sich aus dem Wagen zu quälen. Er hat immer noch Kopfschmerzen, der Anblick der zerschnittenen Weinstöcke hat ihm den Rest gegeben. Als er gerade das Haus des Notars betreten will, kommt ihm Pierrot wutschnaubend entgegen.

»Er ist schon abgereist, der Dreckskerl. Erzählt uns, dass er bis zum vierundzwanzigsten für uns da ist – und dann fährt er weg.«

Die Sekretärin mit dem Pferdegebiss hat ihm gesagt, dass Maître Beaulieux am zweiten Feiertag für ein paar Stunden nach Villeneuve kommt, um den Geburtstag eines guten Freundes zu begehen. Sie wolle ihm eine kurze Nachricht hinterlassen.

»Ich kann nicht länger warten«, sagt Jean-Jacques. »Ich fahre noch heute. Soll er in Ruhe alles vorbereiten, ich komme später wieder.«

Mit hängenden Armen stehen sie sich gegenüber. Sie sind beide erschöpft und krank, haben sich müde gestritten, beide haben Federn gelassen – und jetzt, da sie die Einigung hätten festschreiben können, fehlt der Notar.

»Mach, was du willst!«, sagt Pierrot, steigt in seinen Wagen und wirft dem Bruder die Reisetasche vor die Füße. Dann fährt er davon.

Jean-Jacques geht zum Postamt und stellt fest, dass es wegen Krankheit geschlossen ist. Verdammtes Dreckskaff, wo die Poststelle nur mit einem einzigen Beamten besetzt ist. Nach Nîmes fahren, um dort das Telegramm aufzugeben? Unschlüssig steht er auf dem Kirchplatz. Dann sieht er, dass der letzte Bus nach Nîmes ihm vor drei Minuten davongefahren ist.

Er muss bis übermorgen warten.

WILHELM

27. Dezember 1951

»Ach, Junge!«, ruft Mama aus. »Wie schön, dass du da bist. Dünn bist du geworden. Hast nichts Anständiges zu essen bekommen, wie? Nun komm doch rein, musst doch nicht bei der Tür stehen bleiben, Willi!«

Er kommt überhaupt nicht zu Wort, die Wiedersehensfreude seiner Mutter ist viel zu groß. Sie schiebt ihn in die Wohnung, nimmt ihm den Mantel ab und ruft nach Papa Heinz, der ausgerechnet jetzt runter ins Café gelaufen ist, um noch schnell den Heinz Rühmann aufzuhängen. August kommt aus seinem Zimmer und umarmt ihn, sagt ihm leise ins Ohr, er sei heilfroh, nicht mehr allein als Fels in der Brandung stehen zu müssen. Und als er noch verständnislos zurückfragt: »Wieso das denn?«, stürzen sich schon die Zwillinge auf ihn. Fahrrad fahren, Fußball spielen, elektrische Eisenbahn bewundern, auf den Spielplatz gehen, herumtoben – die Palette der Wünsche ist groß.

»Die Oma hat gesagt, du spielst mit uns, Onkel Willi!«

»Das hat die Oma gesagt?«

Er hat den Nachtzug genommen, ist noch etwas verschlafen und hatte eigentlich vor, gleich nach einer kurzen Begrüßung der lieben Familie hinauf zu Julia zu gehen. Sie hat kein einziges Mal geschrieben, er versteht die Welt nicht mehr. Er offenbart ihr sein Innerstes, gesteht ihr seine berufliche und menschliche Zerrissenheit, hofft auf Verständnis, Rat, liebevolle Zuwendung – und sie antwortet einfach nicht. Er muss herausfinden, was geschehen ist. Schließlich braucht er sie doch!

Er weiß nicht, wie es mit ihm weitergehen soll. Er hat bei Frau Kolman, die das Kabarett gegründet hat, vorgesprochen, ein paar selbst ausgedachte, witzige Sachen hat er vorgetragen, und es hat ihr gefallen. Aber ein festes Engagement am Theater und zugleich Kabarett machen – das geht nicht. Er muss sich entscheiden.

Die Familie hat ihn fester im Griff, als er es sich vorgestellt hat. Mama hat ihm das Mittagessen aufgewärmt, gekochte Klöße mit Fleischsoße und dazu Apfelbrei – allein der Geruch ist ein Gedicht. Während er hungrig Klöße mit Soße in sich hineinstopft, bekommt er die Geschichte von Hilde und Schwager Jean-Jacques erzählt, mit der er erst einmal wenig anfangen kann. Aha – Jean-Jacques' Vater ist verstorben. Traurig, traurig. Und der Schwager ist nach Frankreich gefahren zur Beerdigung. Na ja – gehört sich doch so, oder? Und seine Schwester Hilde ist mit dem »fliegenden Engel« hinterhergefahren, um ihren Mann nach Hause zu holen. Wie? Was? Wieso denn das?

»Moment mal«, unterbricht er den Redefluss seiner Mutter. »Du meist, Hilde ist mit *meinem* Auto nach Frankreich gefahren?«

»Mit deinem *ehemaligen* Auto!«, sagt August. »Du hast es an Jean-Jacques verkauft.«

»Mama hat nämlich den Führerschein gemacht!«, erklärt Frank stolz.

»Aber Papa fährt viel schneller!«, fügt Andi hinzu.

»So was Verrücktes!«, schimpft Wilhelm. »Kaum den Führerschein und schon solch eine Strecke ganz allein. Das ist ja lebensge…«

Er unterbricht sich, weil sich jetzt fünf Augenpaare auf ihn richten. Zwei blicken erstaunt und ein wenig unsicher. Das sind die Zwillinge. Die anderen drei starren ihn warnend an. Pass auf, was du in Gegenwart der Kinder redest! Er ist irritiert, hat das Gefühl, in ein Wespennest gestochen zu haben.

»Na ja – die Hilde, die macht das schon …«, stottert er verlegen.

»Das denken wir auch!«, sagt August in überzeugtem Ton.

»Ganz sicher«, bestätigt Papa.

»Auf jeden Fall«, fügt Mama hinzu.

Die Zwillinge schauen von einem zum anderen und sind nun erst recht verunsichert. Kinder haben ein feines Gespür, da darf man nicht zu dick auftragen.

»Elektrische Eisenbahn«, sagt Wilhelm und grinst verheißungsvoll. »Aber erst später, ich muss noch einen Besuch machen!«

»Den muss du verschieben, Junge!«, sagt sein Vater. »Wenn du deinen Teller leer gegessen hast, gehen wir erst mal runter ins Café. Da werden dir die Augen übergehen!«

»Äh – ich wollte eigentlich schnell hinauf zu …«

»Eine richtige Bühne! Und überall Spiegel an den Wänden. Und Erker mit großen Glasscheiben! Fritz und die Künzel wollen nachher vorbeikommen und schon mal ein paar Stücke proben … Aber iss nur erst zu Ende, Willi.«

Keine Chance, in den zweiten Stock zu Julia zu entwischen. Er muss mit dem Vater hinuntergehen, bekommt den Schaltkasten für die Beleuchtung gezeigt, und als der Papa alle Lichter anmacht, ist Wilhelm tatsächlich begeistert. Eine richtige kleine Bühne, drei Meter tief, zehn Meter lang. Zwei Stufen hoch, links das Klavier und oben an der Decke zwei große Strahler, fast wie im Theater. Nur die beleuchtete Kuchenvitrine stört, die muss ausgeschaltet werden, wenn eine Vorstellung läuft.

»Ganz große Klasse, Papa!«, sagt er. »Bin gleich wieder da, will nur schnell mal nach oben …«

Er sagt nicht, dass er zu Julia will, weil sein Vater das vielleicht falsch verstehen könnte. Papa ist zwar ein großer Freund aller Künstler, aber in einigen Dingen doch recht konservativ.

Er ist schon aufgestanden und will davonlaufen, da pocht es

draußen an der gläsernen Eingangstür. Fritz Bogner steht da, in Jacke und kariertem Schal, den Geigenkasten in der einen, den Notenkoffer in der anderen Hand. So ein Pech aber auch, jetzt kann er nicht mehr entkommen. Zu allem Überfluss taucht hinter Fritz auch noch Sofia Künzel auf, in einen weiten grauen Umhang gehüllt, der ihr das Aussehen einer wandelnden Glocke gibt. Der Vater beeilt sich aufzuschließen, und die Drehtür spuckt einen nach dem anderen ins Café hinein. Die Begrüßung ist herzlich – der Fritz ist ein richtig netter Bursche, ein wenig zu brav, zu anständig, um in diesem Beruf auf einen grünen Zweig zu kommen. Einer, der zum Ehemann und Vater geboren wurde. Ob es bei Luisa mit dem Nachwuchs inzwischen geklappt hat?

Fritz und die Künzel kennen sich schon mit dem Raum aus, erzählen ihm, dass er sich besser vorn an die Rampe stellt, weil die Akustik vermutlich trocken sein wird, wenn alle Stühle besetzt sind. Wenn sie die Reservestühle aus dem Schuppen dazunehmen, können sie achtzig Zuhörer unterbringen. Dann wird es nur mit den Tischen schwierig, die müssen sie stapeln und zuhängen. Wenn nur fünfzig Leute kommen, kann man die Tische stehen lassen, das ist besser, weil sie in der Pause Getränke und kleine Gerichte verkaufen wollen.

Die Künzel wirft den Umhang schwungvoll von sich, fährt sich durch das rot gefärbte krause Haar und nimmt auf dem Klavierschemel Platz. »Auf, junger Mann«, sagt sie zu Wilhelm. »Jetzt will ich mal was hören!«

Er muss nach oben zu seinem Koffer rennen, um die Texte herauszunehmen, dann stellt er ihnen zwei Couplets vor, die er selbst getextet hat und deren Refrain auf bekannte Melodien gesungen werden muss. Die eine ist »Die Gedanken, die sind frei«, die andere »Guten Abend, gute Nacht« von Schubert. Die Künzel verzieht erst das Gesicht, weil sie den Schubert nicht verballhornen mag, aber als er es vorträgt, singt sie schließlich mit und findet es »gar nicht schlecht«.

»Dem Willi, dem saß schon immer ein dicker Schalk im Nacken!« meint sie. »Spiel mal mit, Fritz. Mal hören, wie's klingt. Nachher kommt noch der Benno mit dem Kontrabass, der gibt der Sache den letzten Pfiff!«

Sie proben die Sachen ein paarmal durch, dann spielt Fritz ein Geigensolo, und die Künzel begleitet ihn gefühlvoll. Sarasate und Tschaikowski – alles, was zu Herzen geht. Als Fritz eine Bachsonate vorschlägt, meint sie, das wäre vielleicht zu ernst. Sie streiten ein Weilchen, dann steht Wilhelm Fritz zur Seite, und sie proben den Bach.

»Läuft doch prima … Ich geh dann mal rasch nach oben …«

Ein Bote kommt ins Café. Weil die beiden anderen musizieren, ist er gezwungen, das Telegramm anzunehmen. Da schau an, der verlorene Ehemann hat es in … wie heißt das Kaff? Villeneuve? Da hat er es aufgegeben.

Frohe Weihnachten. Komme bald heim. Liebe euch alle. Jean-Jacques.

Na also – ist doch alles in Ordnung. Wieso fährt dann Hilde, die Verrückte, mit seinem Auto nach Frankreich? Wieder einmal ein Beweis dafür, dass die Ehe eine höchst undurchsichtige und gefährliche Angelegenheit ist. Er rennt die Treppe hoch und wirft Mama das Telegramm auf den Küchentisch. Papa ist inzwischen mit den Zwillingen zum Andreasmarkt, weil er ihnen Zuckerwatte und eine Fahrt mit dem Karussell versprochen hat.

»Er kommt«, stöhnt Mama, nachdem sie die wenigen Worte gelesen hat. »Was ist der Hilde da nur eingefallen, Hals über Kopf nach Frankreich zu fahren? Ach, Willi, wenn ihr nur nichts zustößt …«

»Doch nicht unserer Hilde.«

Er nimmt Mama tröstend in den Arm und ist froh, dass jetzt August aus seinem Zimmer kommt.

August ist der geborene Diplomat. Er liest, lächelt Mama an und meint seelenruhig, das sei eine gute Nachricht. Keine Spur von Ehekrise oder Ähnlichem.

»Und wenn sie sich verpassen? Was dann? Wenn Hilde nach Villeneuve fährt und nach ihm sucht, während er schon längst im Zug nach Wiesbaden sitzt? Wir müssen Jean-Jacques ein Telegramm schicken!«

Wilhelm bewundert seinen Bruder maßlos. August bleibt die Ruhe selbst und erklärt, er wolle sich darum kümmern. Er brauche nur die Adresse von Jean-Jacques' Eltern.

»Ach Gott«, stöhnt Mama. »Die muss ich suchen. Er hat doch Post von daheim bekommen, aber ich weiß nicht, wo er die Briefe aufbewahrt. Es ist mir schrecklich unangenehm, in seinen Sachen herumzuwühlen.«

»Zur Not könnte man ja auch das Postamt in Villeneuve anrufen und dort eine Nachricht für ihn hinterlassen.«

»Meinst du, das geht?«

»Wir versuchen es, Mama.«

August begibt sich zum Telefon, während Mama hinauf in Hildes Wohnung läuft. Von unten hört man Musik – aha, der Kontrabass ist inzwischen angekommen. Wilhelm erkennt blitzartig seine Chance. Eilig steigt er die Treppe hinauf, geht auf Zehenspitzen an der elterlichen Wohnung und an Hildes Wohnung vorbei, dann nimmt er die letzten Stufen zu den Dachwohnungen mit ein paar Sprüngen. Dort bleibt er eine Weilchen auf dem Treppenabsatz stehen, weil er – aus welchen Gründen auch immer – ziemlich außer Atem ist, dann klopft er seine Kleidung ab, entfernt ein paar Fusseln von der Hose, fährt sich durchs Haar und läutet schließlich an ihrer Wohnungstür.

Niemand öffnet. Wie ist das möglich? Hat sie die Klingel nicht gehört? Oder will sie ihn nicht sehen? Er drückt ein zweites Mal auf die Klingel, wartet einen Moment und versucht es hartnäckig ein drittes Mal.

Nebenan geht eine Wohnungstür auf. Addis weißlockiges Prophetenhaupt erscheint, sein Gesichtsausdruck ist feindselig.

»Wenn du zu Julia willst – die ist nicht da!«

Wilhelm weicht einen Schritt zurück. »Ach Sie sind das, Herr Dobscher. Schönen Abend auch … Ist Julia etwa verreist?«

Huh – der schaut ihn an, als wollte er ihn gleich zum Abendbrot verspeisen. Was hat er denn, der gute alte Addi Dobscher? Ist er am Ende eifersüchtig? In seinem Alter?

»Frau Wemhöner ist in ihrem Laden. Schönen Tag noch. Und lassen Sie gefälligst die Klingel in Ruhe. Stört beim Lesen.«

Er schlägt seine Wohnungstür zu, bevor Wilhelm noch »Tschuldigung« sagen kann. In ihrem Laden ist sie also. Hat auch zwischen den Jahren geöffnet, die fleißige Julia. Es ist schon nach fünf, da könnte sie eigentlich Feierabend machen. Er schaut durchs Treppenhausfenster nach draußen und stellt fest, dass es schon dunkel ist. Ohne Jacke und warmen Schal wird die Sache nicht abgehen, schließlich will er an Silvester stimmlich und auch sonst in Form sein. In der Wohnung der Eltern riecht es nach hart gekochten Eiern und Essiggurken – Mama bereitet das Abendbrot vor.

Als er schon die Jacke anhat und noch schnell den gestrickten Wollschal umbindet, kommt August aus seinem Zimmer. Blass schaut sein Bruder aus, kein Wunder, wenn er immer über seinen Büchern hockt und dazu noch an Liebeskummer leidet. Er muss sich dringend mit ihm unterhalten – so geht das nicht weiter. Jetzt allerdings hat er dazu keine Zeit.

»Ich will noch schnell was besorgen«, erklärt er dem Bruder und grinst.

August schaut ihn an. Mit diesem lästigen klugen Blick des älteren Bruders, der immer weiß, was der Kleine im Sinn hat.

»Lass es, Wilhelm!«, sagt er leise. »Es hat doch keine Zukunft. Und fair ist es auch nicht.«

»Bis später!«

Nur raus aus diesem Familienklüngel. Ach, er liebt sie ja alle, aber heute gehen sie ihm fürchterlich auf die Nerven. Er will zu Julia. Er braucht sie, ihre ruhige, ein wenig spöttische Art, ihr Lächeln, ihre sanfte Klugheit, die reife, überlegene Weiblichkeit. Es ist sich sicher, dass sie die Frau ist, die ihn auf den richtigen Weg führt. Und auch sonst. Er mag diese jungen Dinger nicht, die nichts anderes im Kopf haben, als einen Mann ins Bett zu kriegen, die ständig nur Ansprüche stellen, an ihm herumnörgeln oder beleidigt sind. Er kann jetzt keine zusätzlichen Probleme gebrauchen, er muss herausfinden, wie es mit ihm weitergehen soll!

In der Langgasse ist noch erstaunlich viel los. Die Geschäfte sind beleuchtet und voller Kunden, vermutlich tauschen viele ihre Weihnachtsgeschenke um. Beinahe wäre er an Julias Modegeschäft vorbeigelaufen, es ist nicht sehr auffällig, eher klein, eine Leuchtschrift wie bei anderen Läden gibt es auch nicht. Aber ihr Name steht auf der Tür. *Julias Moden*, in schwungvoller Handschrift gepinselt. Er schaut neugierig ins Schaufenster hinein, wo drei Schaufensterpuppen stehen, die modische Frühjahrskostüme tragen. Dazu sind passende Handschuhe dekoriert, mehrere sehr ausgefallene Hüte und zwei kleine Handtaschen aus dem gleichen Stoff wie die Kostüme. Wie nett! Das Schaufenster ist durch einen hellen Vorhang vom Innenraum abgetrennt, man sieht schattenhaft eine Sitzgruppe, in der Mitte einen Durchgang, von einem roten Vorhang verhängt, links scheinen Regale oder Ähnliches zu stehen. Er atmet noch einmal tief durch, wickelt den Schal ab und öffnet die Ladentür.

Ein Glöckchen kündigt ihn an, der rote Vorhang, der den mittleren Durchgang verhängt, wird zur Seite geschoben, und da steht sie ihm gegenüber. Julia! Schlank, in einem dunklen, raffiniert geschnittenen Kleid, das rote Haar aufgesteckt, eine Locke hat sich gelöst und hängt ihr übers rechte Ohr.

»Guten Abend«, grüßt er sie. »Ich hoffe, ich störe nicht …

Ich war gerade unterwegs und habe Ihr neues Geschäft von außen bewundert, und da dachte ich …«

Er ist selbst verblüfft, wie leise und bescheiden er wirkt. In seinen Briefen hat er sie impulsiv geduzt – jetzt, da sie vor ihm steht, wagt er es nicht mehr. Vielleicht liegt es an ihrer gestrengen Miene, der senkrechten Kerbe, die sich zwischen ihren Augen gebildet hat.

»Guten Abend, Wilhelm«, sagt sie schließlich. »Kommen Sie ruhig herein und schauen Sie sich um. Wir machen gleich Feierabend …«

Es klingt eher höflich als begeistert. Was hat er ihr denn nur getan, dass sie so kühl zu ihm ist? Oder liegt es daran, dass sie nicht allein sind? Drüben, zwei Zimmer weiter, rattert eine Nähmaschine.

»Sind Sie heute angekommen?«, fragt sie. »Ihre Mutter hat mir von der bevorstehenden Silvesterfeier erzählt. Ich bin sehr gespannt.«

»Ja, es wird sicher ein schöner Abend …«

Er hat das Gefühl, langweilig und fade zu wirken. Was ihn sonst in ihrer Gegenwart so beflügelt hat, ist vollkommen verschwunden. Sie wirkt kalt und gleichgültig. Warum nur? Jetzt lässt sie ihn stehen und verschwindet hinter dem Vorhang, sagt ein paar Worte zu irgendjemandem, und das Rattern hört auf. Aha, sie hat die Näherin in den Feierabend geschickt. Das lässt immerhin hoffen.

»Setzen Sie sich doch einen Moment«, fordert sie ihn auf und weist auf die Sitzgruppe. Weiß lackierte Möbelchen aus Drahtgeflecht – fast wie auf der Bühne. Er nimmt die Mütze ab und setzt sich brav hin. Harrt der Dinge, die auf ihn zukommen werden.

Zunächst eilt die Näherin an ihm vorbei, ein niedliches Mädel mit blondem Kraushaar und stumpfem Näschen, das ihn mit einem warmen Lächeln bedenkt und dann in den Regen hinausläuft. Julia werkelt in den hinteren Räumen herum, vermutlich räumt sie auf, legt die Sachen zurecht, die morgen in Angriff genommen werden sollen.

Er dreht Däumchen, besieht die Stoffballen, die in dem Regal nach Farben geordnet einsortiert sind. Ob sie wohl auch Herren einkleidet? Ach nein, wohl eher nicht. Schade, er kann sich gut an die Anproben bei ihr erinnern, an die Berührungen ihrer Finger, die so flink und so angenehm energisch waren. Jetzt hört er, wie sie die Lichter ausdreht, auch hier im Raum wird es dunkler, sie hat die Deckenlampe ausgeschaltet. Nur das Schaufenster ist noch hell erleuchtet.

Sie setzt sich zu ihm, lehnt sich im Stuhl zurück und schlägt die Beine übereinander. Betrachtet ihn nachdenklich, nimmt dann die Brille ab und legt sie auf den Tisch.

»Julia, ich weiß nicht, was ich …«, beginnt er zaghaft.

»Still!«, sagt sie. »Ich rede, und Sie hören zu!«

Er verstummt. Sitzt und schaut sie an, weiß nicht, wie ihm geschieht.

»Sie haben mir viele Briefe geschrieben, Wilhelm«, beginnt sie. »Und ich habe sie nicht beantwortet. Ich konnte es nicht, weil ich mich nicht dazu berechtigt fühle.«

Er öffnet den Mund, um ihr zu versichern, dass es anders ist, dass sie sogar der einzige Mensch in seinem Leben ist, der ein solches Recht hat. Aber sie verhindert dieses Geständnis mit einer energischen Handbewegung.

»Es ist nicht Ihre Schuld, Wilhelm. Es liegt an mir. Ich bin eine Frau, die auf die fünfzig zugeht, und ich habe für kurze Zeit geglaubt, meine Jahre vergessen zu können. Eine Dummheit, die ich inzwischen tief bereue. Aus diesem Grund habe ich beschlossen, mich aus Ihrem Leben fernzuhalten. Es ist eine Frage der Selbstachtung, Wilhelm. Und ich bitte Sie sehr, meinen Entschluss zu respektieren.«

Er versteht gar nichts. *Ihre Jahre vergessen zu können … eine*

Dummheit, die sie tief bereut … sich aus seinem Leben fernzuhalten … Die Sätze klingen in seinem Schädel nach, aber sie ergeben keinen Sinn. Höchstens die entfernte Ahnung, dass da etwas ist, eine Zuneigung, vielleicht sogar Liebe, die sie aber nicht zulassen will.

»Das … das begreife ich alles nicht, Julia«, stottert er. »Ich bin gekommen, um Ihnen zu sagen, dass ich Sie lie…«

Sie fährt wie von der berühmten Tarantel gestochen vom Stuhl auf und schreit ihn an. Tatsächlich, sie schreit. Ganz aus der Fassung ist sie. Himmel, was hat er getan?

»Ich will das nicht hören! Bitte, gehen Sie!«

»Aber ich …«

»Gehen Sie!«

Sein Herz krampft sich zusammen. Es ist aus. Er hat sie verloren, noch bevor er sie für sich gewinnen konnte. Weiß der Teufel, warum. Er begreift es nicht. Frauen sind unverständliche Wesen – ein Buch mit sieben Siegeln. Sie ziehen dich an, sie verlocken, verführen, erwecken Hoffnungen, aber wenn du es ernst mit ihnen meinst, wenn du sie lieben willst mit allem, was du bist, mit deiner ganzen Seele – dann schicken sie dich zum Teufel.

Er steht auf und geht zur Tür, bleibt dort stehen, um sie noch einmal anzuschauen, aber sie hat sich zum Durchgang geflüchtet. Es sieht so aus, als wollte sie in den Falten des roten Vorhangs verschwinden. Resigniert öffnet er die Ladentür, steht schon draußen im Dunklen, da fällt ihm sein Schal ein, und er kehrt um. Geht noch einmal zurück, nimmt den Schal vom Sessel und verlässt den Laden. Huh – wie sie ihn jetzt angestarrt hat. Wie eine erschreckte Eule.

Tatsächlich, denkt er, während er sich den wollenen Schal im Kampf gegen den Wind umbindet. Sie hat etwas von einer Eule. Besonders wenn sie die Brille aufsetzt. Er findet den Vergleich jedoch nicht amüsant, er ist am Boden zerstört, hat das

Gefühl, vor einem tiefen Abgrund zu stehen – keine Selbstironie und kein dummer Witz helfen darüber hinweg. Monatelang hat er von dem Gedanken gelebt, dass es sie gibt, dass sie an ihn denkt, an seinem Schicksal Anteil nimmt. Sie war der Stern seiner dunklen Tage, sein Idol, die hohe Dame, für die er in den Kampf gezogen wäre. Jedenfalls hätte er das getan, wenn er im Mittelalter gelebt hätte. Sein Leben gewagt allein für den Lohn der Minne. Was auch immer man sich im Mittelalter darunter vorgestellt hat. Die hohe oder auch die andere. Die niedere, sündige, die hatte er natürlich auch im Sinn. Schließlich ist er ein Mann. War das vielleicht der Grund? Hat sie geglaubt, er wolle sie verführen, in die Reihe seiner Eroberungen eingliedern wie weiland Don Giovanni? Und sie dann verlassen?

Ach, zum Teufel mit den Frauen. Wie man es macht, macht man es falsch! Ab heute wird er der Liebe abschwören. Schluss mit den zärtlichen Gedanken, den langen Briefen, den Seelenergüssen. Er wird nur noch für seinen Beruf leben, Frauen sind ab jetzt entweder Kolleginnen oder Publikum. Sonst nichts. Das erspart Enttäuschungen und setzt Energien frei.

Er stößt mehrfach gegen die Weihnachtsdekorationen, an denen in der Langgasse Wind und Wetter zerren, und weil er inzwischen eiskalte Füße bekommen hat, beschließt er, einen heißen Grog zu sich zu nehmen. Schließlich darf er an Silvester auf keinen Fall heiser sein. Und einen Seelentröster braucht er auch. Er sucht sich eine Bar in der Webergasse, die er noch von früher kennt, und freut sich, als er dort von der Wirtin mit Namen begrüßt wird.

»Der Willi! Nee, dass ich das noch erlebe! Biste zu Weihnachten bei den Eltern?«

Richtig familiär ist es hier, die blond gefärbte Gertie kennt ihre Gäste, weiß, was sie trinken und wo sie gern sitzen. Wilhelm zieht sich an den kleinen Ecktisch zurück, bestellt einen heißen Grog mit Jamaikarum und entspannt sich. Die Wärme, die leisen Stimmen, aus denen immer wieder ein helles Lachen hervorsticht, das dämmrige Licht, der Geruch nach Alkohol und nach Mensch – all das dämpft sein aufgewühltes Gemüt, lässt ihn zur Ruhe kommen. Der Grog tut ein Übriges, er bestellt einen zweiten, plaudert ein wenig mit der Gertie, die ihn und seine Eltern kennt, erzählt von München, von den riesenhaften Bierseideln, den leckeren Brezeln und den gebratenen Haxen, die viel besser schmecken, als man glauben könnte. Die Gertie nimmt sich Zeit für ihn, stellt ihren Schwiegersohn Tobi hinter den Tresen und setzt sich zu Wilhelm, spendiert ihm noch einen französischen Cognac und trinkt selber mit. Geht aufs Haus. Weil sie doch alte Freunde sind.

»Und sonst?«, fragt sie mit mütterlicher Zuwendung.

»Na ja«, murmelt er und nimmt einen Schluck. Guter Cognac. Er könnte noch einen vertragen. Seine Füße sind immer noch kalt. »Probleme halt …«

Sie schenkt noch einmal ein und hört zu. Geduldig und voller Anteilnahme. Sie hat selber zwei Söhne in seinem Alter, einer ist gefallen, der andere hat einen Arm verloren. Die Tochter hilft in der Bar und der Schwiegersohn, der gibt sich ja Mühe, aber er hat halt zwei linke Hände und kommt auch nicht mit den Gästen zurecht.

»Kabarett? Wenns Herz daran hängt – dann tu es. Man lebt nur einmal, Junge. Und mein armer Klausi, der liegt in russischer Erde, für den war das Leben mit fünfundzwanzig zu Ende.«

Er redet sich alles von der Seele und fühlt sich wohl in dieser mütterlichen Geborgenheit, trinkt den dritten Cognac, dann meint sie, dass er genug hat, und stellt die Flasche weg.

»Bist noch ein rechter Kindskopf, Willi«, sagt sie und streicht ihm übers Haar. »Das wird schon. Eines Tages kommt die Richtige, dann ist alles auf einmal ganz leicht.«

»Ach, Gertie«, sagt er und steht auf. »War schön mit dir. Ich fühl mich jetzt schon ganz leicht … Wie auf Wolken …«

Er zahlt und erhält den Rat, gleich nach Hause zu gehen und keine Umwege zu machen. Er umarmt die Gertie zum Abschied, fühlt sich an ihrem weichen, üppigen Busen gut aufgehoben und läuft hinaus in die kalte, feuchte Dunkelheit. Eine Weile kämpft er mit dem Gleichgewichtssinn, der ihn narren will, dabei tritt er neben den Bordstein und wäre um ein Haar hingefallen, wenn ihn zwei Amerikaner nicht festgehalten hätten. Er bedankt sich überschwänglich, schüttelt beiden ausgiebig die Hände und erntet gutmütiges Gelächter. In der Wilhelmstraße steuert er auf die roten Lämpchen in den Fenstern des Café König zu, steht ein Weilchen vor einem Plakat, das eine Silvesterparty mit Zigeunermusik ankündigt, und schüttelt den Kopf. Dann hat er das Café Engel erreicht, das innen nur schwach beleuchtet ist, aber man sieht die neuen Erker mit den Glasfenstern, die ihm gut gefallen. Da hängt auch das richtige Plakat, und sein Name steht darauf. Er tritt zwei Schritte zurück, um es besser sehen zu können, aber da blenden ihn plötzlich grelle Lichter. Er hört noch das Quietschen der Bremsen, dann verspürt er einen heftigen Schlag auf der rechten Körperseite und fliegt wie ein Vogel davon. Mitten hinein in die Schwärze der Nacht.

HILDE

25. bis 29. Dezember 1951

Im Prinzip ist es ja ganz einfach. Immer am Rhein entlang bis Straßburg, dort über die Grenze, einen Schlenker nach Westen – und dann immer nach Süden. Kurz bevor sie das Mittelmeer erreicht, ist sie da. In Nîmes. Eine Stadt, die die Römer vor Jahrtausenden gegründet haben – oder waren es die Kelten? Auf jeden Fall hat Jean-Jacques ihr erzählt, sie müsse diesen Ort unbedingt sehen. Nun ja – dazu hat sie keine Zeit. Von Nîmes ist es dann nur noch ein Katzensprung nach Villeneuve. Und von Villeneuve geht man eine halbe Stunde zu Fuß bis zum Weingut der Perriers.

Wenn er geglaubt hat, sie sitzt zu Hause und wartet wie ein braves Schaf, bis er gedenkt, zu ihr zurückzukommen, dann hat er sich getäuscht. So eine ist sie nicht. Sie hasst es zu warten. Zum Nichtstun verurteilt zu sein, die Stellung zu halten und zu hoffen. Jahrelang war das das Kriegsschicksal der Frauen. Auf Papa haben sie gewartet. Auf August und auf Willi. Und auch auf Jean-Jacques hat sie warten müssen, hatte schon alle Hoffnung aufgegeben, bis er dann doch noch zu ihr kam … Nein, jetzt ist Schluss mit der Warterei. Der Krieg ist vorbei, sie holt sich, was sie haben will.

Die Sache mit den Himmelsrichtungen erweist sich allerdings als schwieriger als gedacht, vor allem morgens um fünf, wenn es noch stockdunkel ist. Am Rhein entlangfahren klappt auch nur dann, wenn man den Fluss sehen kann. Unglaublich, wie leicht man die Richtung verliert, wenn die Straßen sich in Kurven durch die Landschaft winden, mal nach rechts, mal nach links – wo ist denn jetzt überhaupt Süden? Am schlimmsten ist es, wenn man in eine größere Stadt wie Worms gerät, da muss man höllisch aufpassen, dass man auf der richtigen Seite wieder herauskommt und nicht etwa wieder zurück nach Mainz fährt. Immerhin kann man in Worms im Gemeindehaus der katholischen Kirche einen Kaffee trinken. Den Weihnachtsgottesdienst verkneift sie sich, aber es tut gut, sich ein wenig aufzuwärmen, und von den angebotenen Weihnachtskeksen nimmt sie reichlich. Zu dumm, dass heute, am ersten Feiertag, keine Bank geöffnet hat! Sie braucht dringend Geld, vor allem französische Francs, sonst ist sie hinter der Grenze verloren. Das Herumsitzen im Gemeindehaus bekommt ihr nicht, sie muss an Frank und Andi denken, die jetzt vermutlich aufwachen und nach der Mama rufen. Hoffentlich ist August auf dem Posten! Aber wenn nicht, sind ja die Eltern noch da. Ach, in solchen Situationen ist es doch gut, in einer Großfamilie zu leben! Dann ärgert sie sich wieder über ihren Ehemann, der einen ordentlichen Batzen vom Konto abgehoben hat, sodass ihr nicht mehr allzu viel bleibt. Na warte, mein Lieber! So geht das nicht. Das ist unser gemeinsames Geld, da kannst du dich nicht großzügig bedienen, und ich soll sehen, wie ich zurechtkomme! Tanken muss sie auch – der Wagen schluckt Benzin, als sei er am Verdursten. Hoffentlich ist da kein Loch im Tank.

Hinter Worms fängt es an zu regnen, später wird Schneeregen daraus, und sie denkt besorgt daran, dass in Straßburg möglicherweise Schnee liegt. Wäre ja kein Wunder, weil auf der einen Seite der Schwarzwald und auf der anderen Seite die Vogesen sind. Wenn sie bloß schon weiter im Süden wäre, da unten bei Nîmes gibt es bestimmt keinen Schnee.

Wenigstens tuckert der »fliegende Engel« fröhlich vor sich hin, den Motor eines VW Käfer kriegt man nicht so schnell klein, hat Herr Neumüller, der Fahrlehrer, gesagt. Etwas schneller könnte er allerdings sein. Sie fährt bei Neustadt auf die Autobahn und tritt aufs Gas, treibt den Zeiger auf hundert Kilometer pro Stunde herauf. Dabei brummt und rappelt die Kiste so laut, dass man meinen könnte, der Käfer mache sich für den Abflug bereit. Kurz vor Straßburg veranlasst ein seltsames Schlagen und Ruckeln sie, auf einen Parkplatz zu fahren, und da sieht sie die Bescherung. Der Reifen vorne links hat keine Luft mehr, scheint irgendwie kaputt zu sein. Aber es gibt ja einen Ersatzreifen, und sie hat gelernt, damit umzugehen. Also Wagenheber raus, Kreuzschlüssel her, den Ersatzreifen vorn aus dem Kofferraum wuchten …

»Kann ich helfen, junge Dame? Der Reifen ist doch viel zu schwer für Sie.«

Ein Herr um die fünfzig parkt neben ihr und steigt aus seinem Opel Kapitän, bevor sie noch geantwortet hat. Ohne Zweifel ein Geschäftsmann, das sieht man an der Hornbrille und am teuren Anzug. Sie will ihn erst wegschicken, aber dann besinnt sie sich. Soll er sich doch abschuften, der Herr Kavalier. Sie schaut zu und fährt mit sauberen Fingern davon. Während ihr Helfer sich recht ungeschickt mit dem Wagenheber abmüht, halten dicht vor ihr zwei junge Männer in einem ziemlich klapprigen Borgward. Hilde ist etwas misstrauisch, denn die beiden sehen wie Halbstarke aus, tragen Nietenhosen und Lederjacken und haben etwas Provozierendes an sich.

»Grüß Gott, Fräulein. Brauchen Sie Hilfe?«

»Sehr freundlich von Ihnen. Aber der Herr dort hat sich schon bereit erklärt …«

»Bisschen ungeschickt, der Opi … wir machen das schon, Fräulein. Drei Handgriffe und der Reifen sitzt.«

Der Opel Kapitän ist nicht böse über die Hilfe, weil er sich den Daumen am Wagenheber eingeklemmt hat. Er beschränkt sich nun darauf, die Anweisungen zu erteilen, und überlässt der Jugend die Ausführung. Tatsächlich klappt es dieses Mal vorzüglich. Hildes Kavaliere verstauen den kaputten Reifen im Kofferraum, wischen sich die Finger mit dem ölverschmierten Lappen ab und wollen wissen, ob sie ganz allein unterwegs sei. Ach nee – verheiratet? Na, so was!

»Wenn ich Ihr Ehemann wäre«, bemerkt der Opel Kapitän indigniert. »Ich würde meine Frau ja nicht allein in der Gegend herumfahren lassen. Vor allen Dingen nicht, wenn sie so hübsch ist wie Sie.«

Aber Hilde hat keine Zeit für ein Plauderstündchen zu viert. Sie lächelt in die Runde und bedankt sich ganz herzlich. »Dann wünsche ich allseits gute Fahrt, die Herren!«

Das Erlebnis hat ihr gutgetan. Sie wird umschwärmt, Männer in jedem Alter balzen um sie – ihr Selbstwertgefühl, das unter Jean-Jacques' Abreise gelitten hat, steigt wieder auf normales Maß. Sie ist immer noch attraktiv, kann an jedem Finger zehn Verehrer haben, wenn sie nur will. Sie will allerdings nur den einen, und den wird sie sich zurückholen, jetzt erst recht.

Sie schafft es auf dem letzten Tropfen bis in die Nähe von Straßburg, da ist es schon später Nachmittag, es dämmert bereits, sie ist müde und hat keine Lust, im Dunklen weiterzufahren. Schon gar nicht in ein fremdes Land – wer weiß, was die Zöllner an der Grenze von ihr denken, am Ende hält man sie für eine Schmugglerin. Also tankt sie und sucht sich in einem kleinen Ort eine Unterkunft, möglichst einfach und preiswert, Hauptsache, ein flohfreies Bett – man redet in Deutschland so einiges über die französischen Betten. Schließlich wird sie in einem Bistro in einer schmalen Nebengasse fündig, ergattert ein kleines Zimmer mit einer traumhaft schönen Tapete – dunkelblau mit goldenen Sternchen – und eindrucksvollen alten Möbeln zu einem zivilen Preis. Das Bett ist groß und in der Mitte so durchgelegen, dass man Sorge haben muss, in der Matratze auf Nimmerwiedersehen zu verschwinden. Und hinter den schönen alten Schränken entdeckt sie Spinnweben. Tja, oben hui, unten pfui. Wobei sie hier ja eigentlich noch in Deutschland ist, aber die Leute reden ein seltsames Gemisch aus beiden Sprachen, sodass man sich nicht auskennt.

Sie ist so müde, dass sie nach einem schmalen Abendessen sofort in das weiche Bett kriecht und in tiefen Schlaf fällt. Erst gegen Morgen wird ihr Schlummer durchlässig, sie träumt von Jean-Jacques, sieht, wie er in einen blauen Opel Kapitän steigt und davonfährt. Dann wieder geht er eine lange, schnurgerade Straße zwischen kahlen Feldern entlang, sein Körper wird kleiner, entfernt sich immer weiter von ihr, bis er schließlich zu einem Punkt zusammengeschmolzen ist. Als sie aufwacht, stellt sie fest, dass ihr Kopfkissen nass ist. Sie dreht es um.

Am Morgen fährt sie nach Kehl zum Grenzübergang. Dort zeigt sie den deutschen Zöllnern ihren Pass und die Autopapiere und wird prompt gebeten, den Wagen auf die Seite zu fahren und auszusteigen.

»Der Wagen ist auf Jean-Jacques Perrier zugelassen.«

»Das ist mein Ehemann. Ich bin zu ihm unterwegs.«

»Haben Sie Alkohol, Zigaretten oder anderes zu verzollen?«

»Nein.«

Was hat sie nur an sich, dass man ihr nicht glaubt? Die Herren durchsuchen ihren Käfer, klappen Kofferraum und Motorhaube auf, schauen unter die Sitze, beklopfen die Türen, leuchten unter die Karosserie.

»Der Reservereifen ist defekt.«

»Ich hatte gestern eine Panne.«

»Dann sollten Sie sich hier in Deutschland einen Ersatzreifen besorgen. In Frankreich werden Sie damit Probleme haben …«

»Ich werde das umgehend erledigen, Herr Zollinspektor …«

»Eigentlich darf ich Sie so nicht weiterfahren lassen …«

Gleich drehe ich ihm den Hals um, denkt sie entnervt. Laut sagt sie: »Es ist doch Weihnachten, Herr Zollinspektor …«

»Nur hier bei uns, junge Frau. Drüben in Frankreich nicht mehr.«

Sie lächelt ihn an. Sie sei doch unterwegs zu ihrem Ehemann. Und die Kinder würden sehnsüchtig auf ihre Eltern warten.

»Na, ausnahmsweise …«

Er reicht ihr ihre Papiere, und sie steigt wieder ein. Na, wunderbar und jetzt auf der anderen Seite noch einmal die gleiche überflüssige Zeremonie. Doch sie täuscht sich. Die Herren vom französischen Zoll betrachten ihren Pass, lächeln ihr zu und winken sie durch. Großartig, diese Franzosen. Da sieht man's mal wieder, wie kleinkariert der deutsche Beamte daherkommt! Zuversichtlich setzt sie die Reise fort, findet in Mulhouse eine Bank und hebt Geld ab, das man ihr in Franc auszahlt. Jetzt kann eigentlich nichts mehr passieren. Die französischen Hinweisschilder helfen ihr zwar nicht viel weiter, auch der alte Schulatlas, den sie aufgeklappt neben sich auf dem Beifahrersitz liegen hat, ist keine wirkliche Unterstützung, weil er noch aus der Zeit des »Tausendjährigen Reiches« stammt. Dafür hält sie immer wieder an und fragt nach dem Weg. Schließlich hat ihr Jean-Jacques die französische Sprache beigebracht, sie kann sich verständigen. Der Erfolg ist nicht immer der Gleiche, es gibt Franzosen, die sie völlig ignorieren, weil sie keine Lust haben, einer deutschen Frau in einem deutschen Auto Auskünfte zu geben. Doch es gibt auch andere – sie kommt recht gut voran. Sogar das Tanken funktioniert, am frühen Nachmittag ist sie schon fast in Besançon – da brüllt und knattert es plötzlich ganz entsetzlich, und sie muss am Straßenrand anhalten. Der Auspuff! Verdammtes Elend. Und natürlich regnet es in Strömen, und die Franzosen, diese Egoisten, fahren gleichgültig an ihr vorüber. Nicht einmal der Radfahrer im flatternden Regencape kümmert sich um sie. Er radelt schwungvoll durch eine tiefe Pfütze und spritzt sie dabei noch mit Dreckwasser nass. Wütend zieht sie den Mantel über und wickelt ein Tuch um den Kopf, schließt den Wagen ab und macht sich auf den Weg ins nahe Besançon, um dort eine Werkstatt zu suchen. Da hat sie nun den Salat. August, der Schlaumeier, hat mal wieder recht behalten, sie hat eine Autopanne, und jetzt muss sie ganz allein damit fertig werden.

Sie ist kaum zehn Minuten gelaufen, da hat der Regen schon ihren Mantel und auch das Kopftuch durchweicht. Nach weiteren zehn Minuten läuft ihr das Wasser den Rücken herunter und sammelt sich in ihren Schuhen. Und natürlich trifft sie am Stadtrand niemanden, der ihr Auskunft geben mag. Der Regen hat alle Bewohner in die Häuser gescheucht, nicht einmal der alte Herr, der seinen Hund ausführt, mag mit ihr reden. Das kommt davon, denkt sie. Ich musste ja unbedingt nach Frankreich fahren, habe es nicht abwarten können, bis er von selber heimkommt. Jetzt tapse ich klatschnass durch dieses fremde Land, wo niemand mir helfen will, und wenn ich Pech habe, sitzt Jean-Jacques schon im Zug nach Wiesbaden. Ach, ich war wieder einmal zu schnell entschlossen, habe keine Geduld gehabt. Nach einer guten Stunde findet sie endlich ein Bistro, wo man ihr die Adresse einer Werkstatt gibt. Sie trinkt einen Kaffee, der sie stark an den mit Eicheln versetzten Kriegskaffee erinnert, und weil sie gar so nass und unglücklich ausschaut, ruft die Patronne gleich mal die Werkstatt an. Sie ist überhaupt nett, diese schmale dunkelhaarige Person, die fast wie ein Junge aussieht und die Dinge so praktisch angeht.

»Sie sprechen Französisch, Madame … Wie kommt das?«

»Ich bin mit einem Franzosen verheiratet, Madame …«

Da bekommt sie erzählt, dass Madame Grossier einmal mit einem Deutschen verlobt war, das war die große Liebe ihres Lebens, aber der Krieg, der elende Krieg, der hat alles zerstört. Hilde bekommt ein Omelette mit Schinken und Brot, dazu noch einen Kaffee, und weil ihr so kalt ist, dass sie mit den Zähnen klappert, muss sie sich neben den Ofen setzen. Wenig später erscheint der Automechaniker, ein Bruder von Madame Grossier, dem versucht Hilde mühsam zu erklären, was mit ihrem Auto los ist, denn sie kennt das französische Wort für Auspuff nicht. Er ist aber ein helles Köpfchen und versteht, was sie meint. Der »fliegende Engel« wird in die Werkstatt geschleppt, begutachtet und beklopft, und sie erhält die Auskunft, dass die Reparatur morgen im Laufe des Vormittags erledigt sein wird. Sie hat wirklich Glück im Unglück, denn Madame Grossier hat ein Zimmer für sie. Sie kann sich trockene Sachen anziehen, und weil sie vollkommen ausgekühlt ist und auch ein unangenehmes Kratzen im Hals spürt, muss sie an diesem Abend zwei große Cognac zu sich nehmen. Daraufhin schläft sie so tief und fest, dass nicht einmal ein Erdbeben sie wecken könnte.

Am Morgen ist ihr erst einmal schlecht, auch hat sie Probleme beim Schlucken, und ihre Nase ist verstopft. Eine Erkältung! Kein Wunder, sie hat gestern stundenlang in nassen Kleidern gesteckt. Sie zählt ihre Barschaft und macht sich Gedanken darüber, wie teuer wohl die Autoreparatur nebst Übernachtung und Verpflegung sein wird. Wenn Jean-Jacques ebenfalls solch üppige Kosten verursacht, sind ihre Ersparnisse dahin. Gegen Mittag muss sie sich Papiertaschentücher und Hustenbonbons kaufen, dafür ist ihr Auto wieder perfekt in Schuss, mit neuem chromglänzenden Auspuff ausgestattet, und die Rechnung ist moderat. Der Abschied von Madame Grossier gestaltet sich herzlich. Hilde will es heute noch bis Lyon schaffen und dann morgen in einem Rutsch bis Nîmes durchfahren. Wobei sie einen kräftigen Rückenwind benötigen wird, denn es sind ihr nicht allzu viele Francs übrig geblieben. Wenn sie Jean-Jacques tatsächlich nicht in Villeneuve antrifft, wird sie wohl oder übel zu Hause anrufen und August um etwas Geld bitten müssen. Das wäre der Gipfel der Peinlichkeit, aber es bleibt ihr nichts anderes übrig.

Sie übernachtet im Auto auf einem Parkplatz in Lyon, weil sie sich kein Zimmer mehr leisten kann, und fühlt sich am folgenden Morgen wie gerädert. Schüttelfrost, Schnupfen, Halsschmerzen – die ganze Palette. Aber es hilft nichts – die Fahrt geht weiter in Richtung Süden, was Hilde einmal angefangen hat, das führt sie auch zu Ende.

Und wenn ich's nie wieder tue!

Am Nachmittag hat sie Fieber, sie gönnt sich einen Kaffee in Valence, sitzt in einem verrauchten Bistro und starrt in den Regen, hustet vor sich hin und sehnt sich nach ihrem weichen, warmen Bett in Wiesbaden. Sie findet ein Bureau de Poste und lässt eine Verbindung nach Wiesbaden herstellen, aber zu ihrem größten Erstaunen hebt niemand ab, weder in der Wohnung noch im Café. Entweder ist das Telefon nicht in Ordnung, oder sie sind alle ausgeflogen. Wie seltsam. Hoffentlich ist nichts passiert. Aber so hat sie wenigstens Geld gespart und kann den Wagen noch einmal volltanken. In eine Wolldecke gewickelt, verbringt sie eine weitere Nacht im Auto. Selten in ihrem Leben hat sie sich so krank gefühlt. Morgen ist sie in Nîmes, dann hat sie das Ziel ihrer Reise erreicht. Vielleicht wird sie ihn ja dort finden, wenn nicht, dann wird sie wenigstens seine Familie kennenlernen.

In der Nacht kann sie kaum schlafen, weil sie ein Reizhusten quält, dafür haben die Halsschmerzen nachgelassen, und weil sie Fieber hat, friert sie nicht. Es hat eben alles seine zwei Seiten. Sie leistet sich einen Kaffee und ein Croissant, das fürchterlich fettig ist, schluckt zwei Aspirin und steigt wieder in den Käfer. Wie schön es ist, in diesem kalten, fremden Land ein warmes Gehäuse aus Blech um sich zu haben, sich darin einigeln zu können und dabei noch vorwärts zu rollen. Ein kleines Häuschen auf Rädern, das sie vor der Kälte und den fremden Menschen beschützt, ein Refugium vor allen Unbillen der Welt, eben doch ein fliegender Engel. Wenn sie wieder zu Hause ist, wird sie vierundzwanzig Stunden am Stück schlafen. Vorher noch ein heißes Bad nehmen und die Haare waschen. Und sich dann im Bett ankuscheln. An ihren Jean-Jacques. Verdammt, sie will ihn zurückhaben! Heute noch!

Die Landschaft, die sie durchfährt, liegt im graubraunen Morgendunst; schwarz heben sich Zaunpfähle und kahle Bäume ab. Hie und da ein exotisches Gewächs, eine Pinie, eine Palme oder ein Nadelbaum, kleine Höfe, enge Dörfchen, dann wieder weite, leere Felder und Wiesen. In der Ferne, hinter wabernden Nebeln, sind flache Bergketten zu erkennen, vor ihr steht die Sonne, ein gleißender, auseinanderfließender Flecken am graubraunen dunstigen Himmel. Puh – im Winter hat diese Gegend nicht den mindesten Reiz. Vor allem dann nicht, wenn man ständig husten muss. Madame Grossier hat ihr eine Flasche mit Wasser mitgegeben, sie hält immer wieder an, um einen Schluck daraus zu trinken.

Da ist es! Taucht hinter einer Kurve auf, mystisch, wie das Heilige Jerusalem den Pilgern erschienen sein mag. Nîmes, die Stadt der Römer und der Kelten. Nun ja – sie ist momentan nicht in der Lage, die bauliche und geschichtliche Bedeutung der Stadt zu schätzen, sie will einfach nur ein Hinweisschild auf Villeneuve entdecken, schaut sich die Augen danach aus und folgt dann dem üblichen »Toutes directions« Richtung Montpellier. Das könnte stimmen, wenn sie sich nicht geirrt hat, sagte Jean-Jacques, dass Villeneuve westlich von Nîmes liegt.

Sie durchfährt mehrere Ortschaften und ist schon am Verzweifeln, weil das Benzin zur Neige geht und sie fürchtet, in die falsche Richtung gefahren zu sein. Aber dann, nach einem heftigen Hustenanfall, sieht sie das Hinweisschild. Es schwankt vor ihren Augen, weil ihr Blick noch nicht ganz klar ist, aber dort steht eindeutig »Villeneuve«. Sie nimmt einen kräftigen Schluck Wasser und hat plötzlich trotz Erkältung und Husten das grandiose Gefühl, am Ziel angekommen zu sein. Jawohl! Sie hat erreicht, was sie sich vorgenommen hat. Ob das Ganze eine sinnvolle Aktion gewesen ist, steht noch in den Sternen. Aber sie hat es erst einmal geschafft.

Der Ort erscheint ihr ziemlich mickrig. Ein kleines Provinznest mit einer Kirche aus rötlichem Stein, davor ein kleiner Platz mit ein paar Geschäften, eine Auberge, zwei Bistros, ein Coiffeur. Sonst nichts. Sie parkt vor einem der Bistros und steigt aus, weil sie sich nach dem Weingut der Perriers erkundigen will, steht schon vor der Tür und will gerade hineingehen, da hört sie Schritte hinter sich. Eine Hand legt sich auf ihre Schulter. Wütend über diese freche Annäherung fährt sie herum. Da steht er vor ihr. Grinst frech, weil sie solch ein zorniges Gesicht macht, dann muss er schnell zufassen, denn sie kriegt auf einmal weiche Knie.

»O la la«, sagt er und hält sie im Arm. »Was ist denn das? Du willst doch nicht auf einmal schwach werden?«

»Lass bloß die Witze«, flüstert sie und versucht, wieder auf die Füße zu kommen. »Ich … ich bin nur etwas … erkältet.«

Er hält sie trotzdem fest, was ihr gut gefällt, auch wenn die Leute im Bistro durch die Scheiben schauen und sie beobachten. Er ist froh, sie zu sehen, das spürt sie, und das macht sie glücklich. Ach, sie hat doch genau das Richtige getan. Er ist hier, sie hat ihn gefunden, und er hält sie im Arm.

»Allons boire un café«, schlägt er vor.

»Eine heiße Milch mit Honig wäre besser …«

»Was immer du willst …«

Drinnen sind sie zunächst stumm, schauen einander an, können noch gar nicht fassen, dass sie sich hier an dem kleinen Bistrotisch gegenübersitzen. Es ist, als wären sie ein frisch verliebtes Paar. Ohne Kinder, ohne Familie, ohne Verantwortung. Nur sie beide, die sich an den Händen halten, um einander nicht wieder zu verlieren. Dann löst sich das Schweigen. Jean-Jacques ist hier bekannt, er schwatzt mit dem Patron des Bistro, stellt ihm seine Frau vor, die aus Deutschland mit dem Auto gekommen ist, und Hilde wird freundlich und voller Hochachtung begrüßt. Das sind ja über tausend Kilometer. Ganz allein! Das muss man begießen. Eine Erkältung – ach was, ein Pastis kann niemals schaden. Ist gut für den Magen. Jean-Jacques gibt richtig an mit ihr, bestellt Baguette mit Salami und Schinken, Oliven und eine Käseplatte. Sie schmausen zu zweit, und Hilde stellt fest, dass sie fast verhungert war. Später setzen sich Freunde von Jean-Jacques zu ihnen, sie muss von Wiesbaden erzählen, von den beiden Söhnen, von der langen Fahrt mit dem Auto und den Pannen, die sie unterwegs bewältigen musste. Sie spürt, wie stolz er auf sie ist. Immer wieder legt er den Arm besitzergreifend um sie, erzählt allerlei Dinge, die sie nur teilweise versteht, weil er so schnell spricht, wenn er mit den Freunden redet, aber es geht darum, wie sie sich kennengelernt haben und wie sie ihm damals zur Flucht verholfen hat. Irgendwann kommt die Müdigkeit mit aller Gewalt über sie. Als er das merkt, zahlt er rasch, und sie verlassen das Bistro.

»Ich habe drüben in der Auberge ein Zimmer gemietet. Lass uns hinaufgehen, Liebling.«

Sie wundert sich ein wenig, dass er nicht auf dem Weingut der Familie, sondern hier im Gasthof wohnt, aber einerseits ist sie müde, und andererseits sind sie hier für sich und können ungestört ihr Wiedersehen feiern.

»Ich hab auf dich gewartet«, erklärt er, als sie schon oben in dem französischen Bett liegen. »Ich wusste, dass du kommst, ma chérie. Sie haben mir eine Nachricht geschickt.«

Sie will eigentlich noch fragen, ob daheim alles in Ordnung ist, aber da hat er schon mit der Wiedersehensfreude begonnen und ist dabei so leidenschaftlich, dass sie Mühe hat, nicht laut zu werden. Später liegen sie dicht beieinander, halten sich aneinander fest und können nicht begreifen, warum sie so heftig gestritten haben. Flüsternd gesteht sie ihm, dass sie schreckliche Sehnsucht nach ihm hatte, und nun erzählt auch er, wie sehr sie ihm gefehlt hat. In seinen Armen schläft sie schließlich ein, spürt seine Wärme, seinen Atem, den Geruch seiner Haut, und die Welt ist wieder in Ordnung.

Sie wacht von einem Hustenanfall auf – der Platz neben ihr im Bett ist leer. Erschrocken setzt sie sich auf, trinkt einen Schluck Wasser, geht zum Fenster und starrt hinunter auf den Kirchplatz. Dort stehen jetzt bunte Marktstände mit Gemüse, Schinken, Eiern, Kleidern, Bürsten und Küchenmessern, dazwischen laufen Frauen mit Einkaufskörben, Kinder, Hunde, auch ein paar wenige Männer. Jean-Jacques ist nicht darunter. Wo um Gottes willen ist er geblieben?

»Ouvre la porte!«, ruft es vor der Zimmertür. Da steht er, schon vollständig angekleidet, und hält ein Tablett mit zweimal Frühstück in den Händen.

»Wie geht's, chérie? Immer noch Husten? Ich werde dir massieren die Brust mit warmem Olivenöl, das ist ein altes Mittel gegen Husten …«

»Igitt! Untersteh dich!«

»Es geht auch ohne das Öl …«

»Schon besser …«

Sie frühstücken gemeinsam im Bett, teilen sich ein Baguette, klecksen Marmelade darauf, und er erklärt, dass man hierzulande dem Kaffee Zichorie beimengt. Das sei gesünder und schmecke gut.

»Na, ich weiß nicht …«

Nach dem Frühstück kommt noch einmal die Wiedersehensfreude zum Zug, dieses Mal behutsamer, zärtlicher, mit langsam ansteigender Leidenschaft und kleinen Pausen, in denen sie Atem holen. Erst gegen Ende der Zeremonie wird es wild und aufregend.

»Lass uns zusammenpacken und heimfahren, mon ange. Ich habe Sehnsucht nach den garçons, unseren Jungens. Und dann ist ja auch übermorgen Silvester …«

Aber gerade jetzt geht es Hilde wieder besser, das Fieber ist weg, der Kopf beinahe klar und die Lebensenergie ist auf dem gewohnten Höchststand.

»Aber zuerst fahren wir bei deinen Verwandten vorbei, Jean-Jacques. Wenn ich schon einmal hier bin, will ich sie unbedingt kennenlernen. Und das Grab deines Vaters möchte ich auch besuchen.«

Sie begreift nicht, warum er jetzt ein solches Theater macht, ihr eine ganze Serie dummer Ausreden auf die Bettdecke packt und erst einwilligt, als sie verspricht, auf keinen Fall länger in seinem Elternhaus bleiben zu wollen. Nur einmal »Bonjour« sagen, sich bekannt machen und dann vielleicht später einmal mit den Jungen wiederkommen. Im Frühling, wenn es hier überall grünt und blüht.

»Also gut. Parce que tu ne me laisses pas la paix …«

Sie müssen zuerst tanken, aber dieses Mal bezahlt er, und sie entlockt ihm das Geständnis, dass er eine gut gefüllte Börse mit sich herumträgt. Die Vorhaltungen, die sie ihm in dieser Hinsicht machen will, verschiebt sie erst einmal auf später. Bevor sie losfahren, geht er mit ihr auf den Kirchhof, und sie stehen am Grab seines Vaters, einer tristen Marmorplatte mit einer Schale künstlicher Blumen darauf.

»Es tut mir sehr leid für dich«, sagt sie und legt tröstend den Arm um ihn. »Wie traurig, dass ich ihn nie kennenlernen durfte …«

Dann entdeckt sie etwas zwischen den Blumen und will es aufheben, aber er zieht sie weg.

»Lass uns fahren, sonst wird es zu spät.«

Sie überlässt ihm freiwillig das Steuer und findet es angenehm, von ihm chauffiert zu werden.

»Die Weinstöcke hier überall – gehören die euch?«, fragt sie, während sie auf einer staubigen Landstraße in östlicher Richtung fahren.

Er nickt, bleibt recht wortkarg. Als sie wissen will, ob er einen Teil des Weinguts geerbt hat, weist er auf einen Hügel voller zerhackter Äste und Stämme.

»Und sonst nichts?«

»Non!«

»Und warum sind die Weinstöcke dort alle kaputt?«

»Wir pflanzen neue an.«

Seltsam kommt ihr das schon vor. Aber sie fragt nicht weiter, weil sie spürt, wie sich sein Gesicht verdüstert. Ihr fällt das Weingut bei Eltville ein, das er kaufen wollte, und sie begreift, dass seine Sehnsucht nach einem Stück Land, einem Weinberg, hier ihre Wurzeln hat.

Der Hof seiner Eltern erscheint ihr malerisch, aber sehr renovierungsbedürftig, vor allem das Wohnhaus. Er fährt mit dem Wagen bis vor die Scheune, wo sich drei gackernde Hühner vor dem blauen Käfer eilig in Sicherheit bringen. Beim Aussteigen beschnüffelt sie ein gelber Hund.

»Fass ihn nicht an, Hilde. Er mag keine Fremden.«

»Ich bin keine Fremde. Ich gehöre zur Familie.«

Der Gelbe lässt sich, ohne zu knurren, von ihr streicheln, es gefällt ihm sogar besonders, dass sie seine Ohren krault. Ein junges Mädel kommt aus dem Haus, ein schlankes blondes Kind mit schönen braunen Augen, die etwas erschrocken wirken.

»Das ist Simone, die Schwester meiner Schwägerin …«

Hilde geht auf sie zu und begrüßt sie, erzählt, dass sie die Hilde aus Deutschland sei, und wird in die Küche gebeten. Dort sitzt seine Mutter, eine schmale Frau mit ältlichem Gesicht, die den Besuch anstarrt wie ein Weltwunder. Hilde radebrecht, so gut sie kann, sagt, wie sehr es ihr leidtut, dass der Vater gestorben ist, dass sie leider zur Beerdigung nicht mitkommen konnte, aber nun ist sie da, und sie freut sich so sehr, ihre Schwiegermutter kennenzulernen. Gleich darauf kommt eine weitere Frau, eine jüngere, recht fade aussehende, etwas verhuschte Person – das also ist seine Schwägerin, na ja, wenn sie seinem Bruder gefällt, ist es ja gut. Der Bruder erscheint als Letzter, er ist kleiner als Jean-Jacques, sieht ihm aber sehr ähnlich. Er hat Ringe unter den Augen, und seine Hände sind voller Pflaster. Wird im Winter denn auch auf den Weinbergen gearbeitet?

Sie bekommt einen Kaffee und Gebäck vorgesetzt, man redet miteinander, sie lacht viel und erzählt, wobei Jean-Jacques aushelfen muss, denn ihr fehlen oft die französischen Worte. Sie sind freundliche Menschen, etwas zurückhaltend, vor allem die Mutter, aber mit der Zeit tauen sie auf. Der Bruder ist sogar charmant, er lächelt über ihre Scherze, zeigt ihr den Weinkeller und freut sich, als sie alles bewundert. Dann darf sie die kleine Céline bestaunen, die Simone inzwischen aus dem Schlafzimmer heruntergeholt hat, und sie erzählt, dass sie eigentlich noch ein Mädchen haben wollten, aber es klappt einfach nicht …

Jean-Jacques hält sich nicht viel bei seinen Verwandten auf; er rennt auf dem Hof herum und spielt mit seinem Neffen Marcel Fußball.

»Wie schade, dass eure garçons nicht mitgekommen sind«, meint die Schwägerin, und Hilde findet, dass diese Chantal zwar fade, aber doch sehr liebenswert ist. Als Jean-Jacques schließlich zum Aufbruch drängt, umarmt sie die Schwägerin und deren Schwester, und auch die Mutter steht auf, um sie in ihre Arme zu schließen.

»Du bist eine gute Frau«, sagt sie auf Französisch. »Ich weiß nicht, ob er dich verdient hat.«

Mutterliebe geht in Frankreich offensichtlich seltsame Wege. Sie umarmt auch ihren Schwager Pierrot, küsst die kleine Céline und streicht Marcel übers Haar. Auch der Hund wird nicht vergessen. Gerne hätte sie dem grauen Kater die Ohren gekrault, aber der springt auf den Misthaufen, faucht sie an und macht einen Buckel.

Als sie mit zwei Kisten Wein beschenkt davonfahren, stehen alle im Hof und winken ihnen nach. Hilde lässt eines ihrer Papiertaschentücher im Wind flattern und ist mit sich und der Welt zufrieden.

»Sind doch reizende Leute, Jean-Jacques. Ich verstehe gar nicht, dass wir sie nicht schon früher besucht haben.«

»Parfois … Wir haben alles geregelt, da ist es leicht, freundlich zu sein.«

»Was meinst du, mit ›alles geregelt‹?«

Er schweigt sich aus, drückt aufs Gas, und sie entfernen sich in einer Staubwolke Richtung Villeneuve. In Nîmes wollen sie kurz Pause machen, damit er ihr die Stadt zeigen kann.

»Du fährst zu schnell, Liebling. Das verbraucht zu viel Benzin.«

»Möchtest du fahren, ma chérie?«

Der kleine Streitteufel verschwindet so rasch, wie er gekommen ist. Sie räkelt sich neben ihm auf dem Beifahrersitz und erklärt, keine Lust aufs Fahren zu haben. Vielleicht später.

»Ich habe das Mädchen zu uns eingeladen«, erzählt sie. »Sie könnte eine Weile bei uns wohnen und im Café bedienen. So ein hübsches Ding!«

Er sagt nichts dazu, dann fasst er ihre Hand und drückt sie fest. »Du hast mir gefehlt, Hilde. Du hast mir so sehr gefehlt …«

»Das hoffe ich!«, lacht sie. »Aber das nächste Mal laufe *ich* weg, und du fährst hinterher!«

»So machen wir das!«, knurrt er heiter.

JULIA

27./28. Dezember 1951

Ich bin hysterisch, denkt sie. Wie konnte ich ihn so ankeifen? Was wird er nun von mir denken? Für eine durchgeknallte alte Schreckschraube wird er mich halten. O Gott – ich habe mich unmöglich benommen.

Sie steht an der Ladentür und versucht, seine davoneilende Gestalt im unsteten Licht der Weihnachtsbeleuchtung zu erkennen – umsonst. Er ist fort, sie kann ihn nicht zurückholen, will es auch nicht, und dennoch hat die Reue sie gepackt. Die Reue und auch etwas der Wunsch, ihn in die Arme zu nehmen. Weil er so einsam und verzweifelt durch die Dunkelheit rennt und sie Angst hat, er könnte sich am Ende etwas antun.

Als sie zehn Minuten später die Ladentür abschließt und mit Tasche und Bündel nach Hause geht, hat sie sich schon wieder im Griff. Gut – sie hat unbesonnen und sehr emotional reagiert, aber das lag vor allem daran, dass er so überraschend im Laden auftauchte. Natürlich hat sie während der vergangenen Tage immer wieder darüber nachgedacht, was sie ihm sagen würde, wenn er an Weihnachten nach Hause käme. Natürlich würde sie ihren peinlichen Besuch in München mit keinem Wort erwähnen. Stattdessen wollte sie ihm in aller Ruhe, mit der nötigen Distanz und viel Feingefühl ihre Sicht der Dinge erklären: Sympathie – ja. Freundschaft – gern. Liebe – nein. All die gut ausgeklügelten Formulierungen hat sie abrufbereit im Kopf – und da schneit dieser Mensch ohne Vorwarnung in ihren Laden und macht ihr, kaum dass er »Guten Abend« gesagt hat, eine Liebeserklärung. So ganz schlicht, ohne Umschweife und schnörkellos sagt er, dass er sie liebt. Da ist es mit ihr durchgegangen. Die Zärtlichkeit, die Leidenschaft, die Enttäuschung – alles kam auf einmal hoch, und sie musste sich wehren. Es ging nicht anders. Wer weiß, was noch geschehen wäre, hätte sie ihn weiterreden lassen.

Sie weiß doch, dass er in München eine andere hat. Ach was – mehrere andere wird er haben. Schließlich war er auch hier in Wiesbaden kein Kostverächter, der charmante Willi. So gesehen, hat er die Abfuhr mehr als verdient. Jawohl, es war sogar höchste Zeit, dass er einmal auf den Boden der Tatsachen zurückgeholt wird. Ein notorischer Schürzenjäger sollte nicht mit Samthandschuhen angefasst werden. Auch dann nicht, wenn er ein ausgesprochen liebenswerter Bursche ist. Dann erst recht nicht …

Als sie die Treppe zu ihrer Dachwohnung hinaufsteigt, steht dort Addi mit Feile und Hobel und tut so, als hätte er mit dem Treppengeländer zu tun. Aber sie durchschaut ihn – er spielt nur Theater, weil er sie abfangen will. Das ärgert sie, deshalb geht sie mit kühlem Kopfnicken an ihm vorbei und will ihre Wohnung aufschließen.

»Deine Post!«, sagt er laut, als sie schon den Schlüssel ins Schloss gesteckt hat. Ärgerlich dreht sie sich um und nimmt ein Bündel Briefe aus seiner Hand entgegen. Sie hat vor einigen Tagen eine Kommode vor die Verbindungstür geschoben, weil es ihr nicht gefällt, dass er freien Zugang zu ihrer Wohnung hat. Früher hat er ihr immer die Post auf den Küchentisch gelegt und sich dann in ihrer Wohnung zu schaffen gemacht, aber damit ist jetzt Schluss. Schließlich ist er nicht ihre Putzfrau.

»Danke …«

Sie ist schon in der Wohnung, stellt die schwere Tasche ab und will die Tür hinter sich schließen, da sagt er noch etwas.

»Hat er dich besucht, dein schöner Kavalier?«

Sie hat große Lust, einfach die Wohnungstür zuzuschlagen, aber sie will sich wenigstens jetzt zusammennehmen.

»Du hast schlecht geträumt, wie?«, gibt sie zurück.

»Keineswegs. Er war hier und hat nach dir gesucht. Ganz aufgeregt ist er gewesen. Ungeduldig. Wie verliebte Kerle so sind ... Ich hab ihm gesagt, wo er dich finden kann ...«

Was für ein Ton ist das denn! Beleidigt und hämisch zugleich, provozierend, vorwurfsvoll und dazu noch eifersüchtig! Himmel – wie hat er sich verändert, der Addi Dobscher. Von dem überlegenen Herzensbrecher Don Giovanni ist nicht mehr viel übrig. Auch nicht von dem gutmütigen väterlichen Beschützer, der im wirklichen Leben immer für sie da gewesen ist.

»Träum weiter, Addi«, faucht sie ihn an. »Aber sei vorsichtig, dass es nicht irgendwann ein böses Erwachen für dich gibt!«

»Da pass du lieber selbst auf. Wie kann eine erwachsene Frau nur so verblendet sein!«

Jetzt reicht es ihr. Sie schluckt die Erwiderung, die ihr auf der Zunge liegt, hinunter und schließt rasch die Wohnungstür. Lehnt sich gegen die Wand und muss erst einmal durchatmen. Verblendet! Wer ist hier wohl verblendet? Er selbst! Addi Dobscher mit dem Holzbrett vor dem Schädel. Sie geht in die Küche, um sich eine Kleinigkeit zu essen zu machen, aber natürlich hat sie wieder einmal vergessen einzukaufen, mehr als ein halbes vertrocknetes Brötchen, ein Rest Käse und zwei Eier, die schon länger in der Speisekammer herumliegen, ist nicht zu finden. Macht nichts – morgen wird sie in der Mittagspause rasch zum Markt laufen, am besten gleich fürs Wochenende mit einkaufen, dann hat sie diese lästige Angelegenheit fürs Erste erledigt. Sie brät sich Spiegeleier, zerteilt die Brötchenhälfte in kleine Stücke und legt sie mit in die Pfanne, noch ein paar Käsescheiben dazu – fertig. Sie kocht nicht gern, es hält auf, man bekommt fettige Finger, und die Wohnung riecht noch stundenlang nach Essen, was sie als störend empfindet. Sie will nachher noch arbeiten, hat einige halb fertige Kleidungsstücke mit nach Hause genommen, um ihnen hier den letzten Schliff zu verpassen.

Wenn es mit den Aufträgen so weitergeht, kann sie zufrieden sein. Sie wird eine dritte Näherin einstellen müssen, Claudia ist zwar eifrig bemüht, aber ihr handwerkliches Geschick hält sich in Grenzen. Dafür hat sie andere Qualitäten, kann ausgezeichnet mit der verwöhnten Kundschaft umgehen, was für den Laden sehr wichtig ist. Ob sie Luisa fragen soll? Sie hat sich damals recht geschickt angestellt, und Geld kann sie gewiss brauchen. Fritz Bogner ist ein ungemein lieber Mensch und ein guter Musiker – aber viel verdienen wird er nicht.

Sie hat gerade die Küche aufgeräumt und durchgelüftet, da hört sie Musik. Ach ja – unten im Café proben sie für Silvester. Ist das nicht Bach? Du meine Güte – Fritz Bogner spielt wirklich auf hohem Niveau, hoffentlich wissen das die Silvestergäste zu schätzen … Wollte Wilhelm nicht an Silvester als Kabarettist auftreten? Vielleicht ist er ja unten! Wahrscheinlich sogar. Sollte sie hinuntergehen, so ganz unverbindlich? Fragen, ob es noch Eintrittskarten gibt, und sich ein wenig hinsetzen …

Besser nicht, denkt sie. Es könnte ja so aussehen, als liefe ich ihm nach. Auf der anderen Seite wäre es eine Möglichkeit, sich versöhnlich zu zeigen. Ein paar freundliche Worte mit ihm wechseln, vielleicht sogar kurz unter vier Augen miteinander sprechen, sich für ihren Ausbruch vorhin entschuldigen. Ein Treffen für ein erklärendes Gespräch ausmachen. Ja, das wäre gut. Nicht, dass er in seiner Aufregung noch eine Dummheit anstellt ….

Also lässt sie die Näharbeit liegen, zieht sich eine Strickjacke über und geht hinunter. Die Tür zum Café ist offen, sie muss nur aufklinken und steht dann ganz überrascht in den renovierten Räumen. Ach, denkt sie, das ist ja alles ganz anders als früher. So groß und so modern. Aber auch kühl; das Heimelige, das ihr früher an diesem Café so gefallen hat, ist verschwunden. Die gemütlichen Ecken, der alte Ofen, die heiß begehrten Tische am Fenster, die vergilbten Fotos an den Wänden, die

Standuhr, die kein Schlagwerk mehr hatte, weil die Gäste nicht an die davoneilende Zeit erinnert werden sollten – das alles gibt es nicht mehr. Dafür prangt gleich vorne eine gewaltige Kuchenvitrine, und der erweiterte Raum mit den Spiegeln an den Wänden wirkt großzügig. Nun ja. Ist das eine Bühne im Hintergrund? Tatsächlich. Dort sitzt Sofia Künzel am Klavier, Fritz Bogner spielt Geige, und ein unbekannter, groß gewachsener Mensch bearbeitet den Kontrabass.

»Julia!«, ruft eine männliche Stimme. »Haben wir es endlich geschafft, Sie aus Ihrem Bau zu locken? Kommen Sie her und hören Sie zu.«

Es ist Heinz Koch, er sitzt mit anderen an einem Tisch und streckt den Arm nach ihr aus. Gleich fühlt sie sich nicht mehr so fremd, ein Rest der früheren Geborgenheit ist geblieben, Heinz Koch, die Seele des Café Engel, ist noch hier. Sie setzt sich dazu, begrüßt Else Koch, die ebenfalls zuhört, auch Luisa ist da, wie schön, da kann sie sie gleich einmal beiseitenehmen und fragen.

»Wissen Sie, Julia«, sagt Else Koch. »Am Anfang fand ich diesen ganzen Umbau ja fürchterlich. Aber jetzt fängt es an, mir zu gefallen. Ach, Sie hätten den Wilhelm heute Nachmittag erleben müssen, was für freche Sachen der vorträgt. Alles selbst geschrieben, nur die Musik, die gibt's schon …«

»Ach, wie schade«, meint sie. »Wird er heute Abend noch einmal proben?«

Sie erfährt, dass Wilhelm unterwegs ist, um Freunde zu treffen. Er ist ja so selten in Wiesbaden, da muss er die kurze Zeit nutzen. Er sei ja so umtriebig, der Willi. Ganz anders als der August, der sitze jeden Abend zu Hause über seinen Büchern, weil er doch so viele wichtige Klausuren schreiben muss …

Heinz Koch regt sich auf, weil sie eine Eintrittskarte kaufen will. »Sie sind selbstverständlich eingeladen, das ist doch klar, liebe Julia!«

Bei Luisa rennt sie offene Türen ein. Ja, sie habe auch schon daran gedacht, aber sich nicht zu fragen getraut. Weil das Geschäft ja wohl erst anlaufen musste. Julia erklärt mutig, dass sie im Frühjahr eine kleine Modenschau für ihre Kundinnen plane. Ob Luisa sich auch zutraue, neue Modelle vorzuführen. Sie habe doch eine gute Figur und könne sich bewegen …

»Das muss ich erst mit Fritz besprechen.«

Als die drei Musiker die Probe beenden, bringt Else Koch Gebäck, und Heinz Koch steigt in den Weinkeller, um ein gutes Tröpfchen zu holen. Es wird richtig gemütlich, fast so wie damals, als sie an den Abenden zusammensaßen, um Else Kochs »Gemeinschaftssuppe« miteinander zu essen. Der Kontrabassist ist ein schweigsamer Mensch, Fritz ist heiter und gesellig, Sofia Künzel schwatzt das Blaue vom Himmel herunter. Julia trinkt ein Glas Wein und fühlt sich im Kreis der Freunde so wohl wie lange nicht mehr. Ach, es ist schade, dass man sich während der letzten Jahre auseinandergelebt hat. Das macht der beginnende Wohlstand. Man muss nicht mehr zusammenhalten, um überleben zu können, jeder rafft für sich allein, man wird reich, aber einsam und vergisst die alten Freunde. Auch Addis Erscheinen stört ihre frohe Stimmung nicht – er schaut hinein, sieht sie bei den anderen sitzen und erklärt, er wolle rasch mit dem Bunten eine kleine Runde drehen. Damit schließt er die Tür wieder.

»Was ist eigentlich mit Addi los?«, fragt Else Koch. »Er kommt mir in letzter Zeit so düster …«

Sie kann den Satz nicht beenden, weil man plötzlich kreischende Bremsen und einen dumpfen Schlag vernimmt. Alle verstummen und blicken sich erschrocken an. Fritz Bogner springt als Erster vom Stuhl auf und läuft nach draußen.

»Das wird doch nicht Addi sein …«, ruft er.

Jetzt stehen auch die anderen auf, um nachzuschauen, was da geschehen ist. Julia ist schlecht geworden. Um Gottes willen – er wird doch nicht in ein Auto gelaufen sein? Doch nicht Addi! Und nicht gerade jetzt, wo sie zerstritten sind …

Sie sind noch nicht alle draußen, da kommt Fritz schon wieder zurück. Er fasst Else und Heinz Koch an den Händen, bittet sie, ganz ruhig zu bleiben.

»Es ist Wilhelm. Ein Auto hat ihn angefahren …«

Wilhelm! Julia muss sich gegen die Briefkästen im Hauseingang lehnen. Von einem Auto angefahren. Ist er tot? Ach, lieber Gott, lass ihn nicht tot sein. Sie stolpert hinaus auf die Straße, sieht einen Körper bewegungslos auf dem Pflaster liegen, er blutet an der Schläfe, sein Arm ist seltsam verdreht. August Koch ist plötzlich da, er kniet neben Wilhelm, fühlt ihm den Puls, ruft seinen Namen.

»Der Dreckskerl ist weggefahren«, ruft Fritz wütend. »Hast du dir die Nummer gemerkt, Addi?«

»Es ging so schnell … Ich hab nur einen dunklen Wagen gesehen. Einen Mercedes, glaub ich …«

Sie ist wie gelähmt, steht im Weg herum, während August und Fritz den Verletzten ins Haus tragen und Luisa die verzweifelten Eltern tröstet. Der Kontrabassist nimmt sie schließlich am Arm und führt sie hinein, damit sie sich nicht erkältet. Das aufgeregte Treiben, die Gespräche, die Rufe – alles gleitet wie in einem Film an ihr vorüber.

»Sie schicken einen Krankenwagen, Mama. Ich habe angerufen.«

»Ach, Heinz … Unser Willi … Da ist er heil aus dem Krieg zurückgekommen, und dann fährt ihn so ein Idiot direkt vor unserer Haustür zuschanden … Nein, ich verstehe die Welt nicht mehr … Wie kann der Herr im Himmel das zulassen …«

»Sei ganz ruhig, Liebling … Setz dich hierher … Vielleicht ist es ja gar nicht so schlimm.«

»Er ist wieder bei Bewusstsein, Mama.«

»Willi! Willi, kannst du mich hören?«

Sein bleiches Gesicht, das Haar klebt an der blutverschmierten Stirn, die Augen tief in den Höhlen … Sie schluchzt, als die

Sanitäter ihn auf eine Trage legen und fortbringen. Sie wird ihn niemals wiedersehen. Er wird sterben. Und es wird ihre Schuld sein. Sie hat dieses junge Leben zerstört.

Später steigt sie die Treppen zu ihrer Wohnung hinauf, die Tränen laufen ihr über die Wangen, sie muss immer wieder stehen bleiben und sich am Geländer festklammern.

»Nun komm schon«, hört sie Addis tiefe Stimme. »Mach dich nicht so fertig, Mädel. Es ist doch nicht deine Schuld …«

Er hat den Arm um sie gelegt und führt sie hinauf, wartet, bis sie die Wohnungstür aufgeschlossen hat, und will dann gehen, aber sie hält ihn zurück. Auf einmal bricht alles aus ihr hervor, was sie die ganze Zeit über nicht hat sagen wollen.

»Es war nichts, Addi, ich schwöre es dir. Ich bin nur hingefahren, weil ich ihn auf der Bühne sehen wollte. Er weiß gar nicht, dass ich in München war, er hat doch eine Freundin …«

Addi schiebt sie sacht in die Wohnung hinein, damit nicht das ganze Haus ihre Geständnisse zu hören bekommt.

»Ich hab ihm gesagt, dass ich … dass ich seine Gefühle … nicht erwidere«, heult sie an seiner Brust. »Und da rennt er in ein Auto …«

Addi ist wieder der alte, liebevolle, fürsorgliche Helfer. Er tröstet sie, streicht ihr übers Haar, sagt, dass sie keine Schuld träfe …

»Ich dummer alter Esel habe mir wer weiß was eingebildet. Ach, Julia, es tut mir so leid … Verzeih mir!«

Während unten der graue Krankenwagen davonfährt, schiebt Addi die Kommode beiseite, um in seiner Wohnung einen Rest Wein zu holen. Sie sitzen noch lange in der Küche, trinken und reden, gehen dann gemeinsam hinunter, um nachzufragen, ob es Neuigkeiten gibt, und erfahren von Heinz Koch, dass Else und August mit ins Paulinenstift gefahren sind.

»August hat gerade angerufen. Er wird operiert. Der rechte Arm ist kaputt. Gehirnerschütterung. Und Prellungen.«

»Wird er überleben?«, fragt Julia voller Angst.

»Unkraut vergeht nicht, hat August gesagt. Mein Gott – wie gut, dass wir dieses Telefon haben!«

Wie sie ins Bett gekommen ist, weiß sie am folgenden Morgen nicht mehr. Sie hat geschlafen wie eine Tote, was ohne Zweifel am Wein gelegen hat, doch schon während des Erwachens hat sie wieder das Bild des Verunglückten vor Augen. Er ist in ein Auto gelaufen! Sie erinnert sich, wie verzweifelt er war, als sie ihn fortschickte, wie er in die Dunkelheit hinausstürzte und zwischen den Passanten verschwand. Warum hat sie ihn nicht zurückgerufen? Ihm erklärt, dass sie die Nerven verloren hat. Dass sie ihn gern hat. Sehr sogar. Dass sie immer seine mütterliche, schwesterliche Freundin sein will. Hätte ihn das beruhigt? Vielleicht. Vielleicht auch nicht. Vielleicht gab es gar keine Möglichkeit für sie, dieses Unheil zu verhindern … Sie zieht den Morgenmantel an und schleppt sich in die Küche, wo das Frühstück für sie bereitsteht – der Kaffee ist gekocht, zwei Brötchen, Marmelade, frische Butter.

Ein Zettel liegt auf dem Teller.

Besuchszeit ab 14 Uhr. Ich hole dich im Laden ab. Addi

Eine Welle der Zärtlichkeit überflutet sie, als sie das Stück Papier in die Hand nimmt, um es zu lesen. Addi – wie konnte sie vergessen, dass er sie liebt. O ja – sie war wirklich verblendet. Sie hat über dieser späten, unzeitigen Gefühlsverwirrung den treuesten aller Menschen verletzt, ihn sogar angefeindet, ihm die kalte Schulter gezeigt. Und das Wunderbare ist, dass er ihr vergeben hat.

Getröstet macht sie sich über ihr Frühstück her, zieht sich an und geht in den Laden. Claudia, ihre unentwegte Angestellte, wartet schon vor der Ladentür, fröstelt in der morgendlichen Kälte, tritt von einem Fuß auf den anderen.

»Ich habe ein Idee, wie wir das Nähzimmer besser einrichten«, sprudelt sie heraus. »Die Nähmaschinen an die eine Seite und den großen Tisch nach links unter die Lampen …«

Julia ist froh über dieses lebhafte Mädel, das sich so für den Laden einsetzt. Ja, die Idee ist nicht schlecht. Sie schaffen die Umräumaktion gerade noch, bevor die erste Kundin den Laden betritt, dann steckt sie schon mitten in der Arbeit, nimmt Maß, probiert, macht Vorschläge, holt weitere Aufträge ein. Zwischendurch weist sie die beiden Näherinnen ein, während sie Claudia für kleine Hilfsdienste stets in ihrer Nähe behält. Das Mädchen ist bei der Kundschaft beliebt, es schafft eine Atmosphäre entspannten Wohlbehagens, die den Damen guttut und sie zu Bestellungen anregt. Mittagspause wird gemacht, wenn dazu Zeit ist; heute setzen sie sich gegen halb eins zusammen, Claudia kocht Kaffee, und sie essen mitgebrachte Brote. Julia, die wieder einmal nichts dabei hat, wird von einer der Näherinnen mit selbst gebackenem Kuchen versorgt.

Warum fällt es ihr so leicht, dieses Geschäft aufzubauen und zu führen, während sie in ihrem privaten Leben nichts als Chaos anrichtet? Kann man das verstehen? Nein, das kann man nicht.

Sie kündigt an, dass sie gegen halb zwei für eine Weile abwesend sein wird, eine dringende Familienangelegenheit, die sich nicht verschieben lässt. Um vier ist sie wieder zurück, dann kommen noch zwei Kundinnen, bis dahin müssen folgende Kleidungsstücke fertig genäht sein …

Erst als Addi im Laden erscheint, beginnen ihre Nerven wieder zu flattern. Wie wird es Willi gehen? Hat er Schmerzen? Denkt er an sie? Ist er überhaupt bei Bewusstsein? Ist er wütend auf sie? O Gott – was soll sie ihm sagen? Was erwartet er? Sie wird wieder alles falsch machen, so falsch, wie sie es immer macht.

»Nur Mut, Mädel«, sagt Addi, als sie an der Straßenbahnhaltestelle warten. »Die Else Koch hat heute Vormittag schon wieder im Paulinenstift angerufen – es geht ihm den Umständen entsprechend gut. Sie hat sich eine ordentliche Abfuhr eingehandelt, die Else, weil sie so oft anruft, ist ihr aber egal …«

Julia ist erleichtert und aufgeregt zugleich, denkt darüber nach, ob Willi am Ende einen steifen Arm zurückbehalten wird, und überlegt gleich wieder, dass sie im Laden einen Telefonanschluss braucht. Sie ist so durcheinander, dass sie beinahe vergisst, in die Straßenbahn einzusteigen. Ach, sie hasst Krankenhäuser. Vor allem dieses, in dem Addi so lange gelegen hat. Täglich ist sie zu ihm gegangen, wusste zu Anfang nicht, ob er die Lungenentzündung überleben würde … Wie imposant das Gebäude doch daherkommt, wie eine christliche Kapelle, an die zu beiden Seiten Gebäudeflügel angebaut wurden. Hohe, altmodische Fenster, dicke Wände, das Schweigen auf den Fluren, die Krankenschwestern, die mit so wichtigen und unnahbaren Gesichtern herumlaufen und im Kommandoton reden.

»Sie können auf keinen Fall alle auf einmal ins Krankenzimmer gehen. Bitte, die Eltern zuerst. Zehn Minuten, nicht länger, der Kranke braucht Ruhe …«

Vor Wilhelms Zimmer wartet eine Menschenmenge. Vermutlich ist er der meistbesuchte Kranke in der Klinik, es sind fast zwanzig Personen, und alle sind fürchterlich besorgt, haben Blumen und kleine Geschenke mitgebracht und reden aufgeregt miteinander. Julia erkennt Annelie und Elke Naab, Hans Reblinger und die Zeitungsschreiberin Gerda Weiler. Sind da nicht auch die Kollegen Sandberg und Genzler? Und jetzt kommt auch noch der Dr. Seitz die Treppe hoch. Woher wissen die das alle?

»Stille Post …«, knurrt Addi.

Luisa und Fritz haben den Kontrabass mitgebracht, der eigentlich Benno Olbricht heißt und trotz seiner Größe recht schüchtern wirkt. August ist mit den Eltern gekommen, zu dritt sind sie die Ersten, die das Krankenzimmer betreten dürfen, die anderen müssen warten, stehen in kleinen Gruppen um den Sandberg, der den Unfall aus der Ferne gesehen hat, weil er gestern Abend gerade aus dem Theater kam, als es passierte.

»Ein dunkler Wagen war das. Ist viel zu schnell gefahren. Nein, kein Armeefahrzeug. Ein Opel. Oder Mercedes … Ich hab nur die Bremsen kreischen gehört und bin am Theaterausgang stehen geblieben. Da seh ich, wie der Wagen einen Schlenker macht und davonrast. So ein Schwein!«

Eine Tür öffnet sich, zwei Krankenschwestern treten auf den Flur, die jüngere trägt ein Tablett mit allerlei Gläschen und Pillen, die ältere bleibt stehen und ruft die Gesellschaft zur Ordnung.

»Ruhe bitte! Wir sind hier nicht in einer Bahnhofshalle! Wenn Sie weiterhin solchen Lärm machen, müssen Sie das Krankenhaus verlassen!«

Man schweigt beeindruckt. Als sich die beiden entfernt haben, wird wieder leise getuschelt, der Sandberg macht die Krankenschwester nach, Elke Naab kichert albern.

»Setzen wir uns«, schlägt Addi vor. »Das kann noch dauern.«

Julia würde am liebsten gleich wieder zurück in ihren Laden fahren. Was für ein Menschenauflauf! Wie soll sie da auch nur ein einziges Wort mit ihm wechseln? Vermutlich werden sie heute überhaupt nicht mehr vorgelassen. Luisa setzt sich neben sie und erzählt, sie habe kein Auge zugetan, die ganze Nacht, es sei ihr immer noch schlecht von dem Schrecken. Fritz läuft davon, um ihr ein Glas Wasser zu besorgen. Dann erscheint wieder eines dieser Dragonerweiber im weißen Häubchen, geht ins Krankenzimmer und erklärt, die Besuchszeit sei gleich zu Ende.

»Der Kranke ist geschwächt, ich kann nur noch zwei weitere Besucher erlauben. Wer ist Julia Wemhöner? Bitte, kommen Sie – Herr Koch hat nach Ihnen gefragt.«

Julia fährt so hastig von ihrem Sitz auf, dass ihr schwindelig wird. Der Moment ist gekommen. Er will sie sehen. Sie muss klug sein. Nicht den Gefühlen nachgeben. Aber auch nicht hartherzig sein … Sie wird wieder alles falsch machen …

Während sie unter den erstaunten Blicken der Wartenden hinüber zum Krankenzimmer geht, hört sie Else Koch, die ganz aufgelöst mit ihrem Sohn August redet.

»Richtig überirdisch ist er, der arme Junge … Ach Gott, als wollte er von dieser Welt Abschied nehmen …«

»Aber nein, Mama. Die haben ihm ein Schmerzmittel gegeben …«

Da steht sie schon auf der Türschwelle, die Krankenschwester schiebt sie hinein, sie solle voranmachen und den Betrieb nicht aufhalten. Dann wird hinter ihr die Tür geschlossen.

Wilhelm liegt in einem Metallbett an der linken Wand. Neben ihm steht ein mit grauem Stoff bespannter Wandschirm, der den restlichen Teil des Krankenzimmers abteilt. Fremd und sehr jung schaut Wilhelm aus, so rührend hilflos in diesem weißen Krankenkittel, dass sie ihn am liebsten in die Arme nehmen würde. Aber er lächelt sie an, als sie näher kommt, und streckt ihr sogar den Arm entgegen. Den linken. Der rechte ist vom Handgelenk bis zur Schulter eingegipst und wird von einer Halterung gestützt.

»Julia!«, sagt er. »Ich hab von dir geträumt. Ach, ich weiß ja, du willst das nicht hören. Ich sag es dir trotzdem. Komm her, setz dich zu mir … Julia … Ich bin so froh, dass du gekommen bist!«

Was haben sie ihm für ein Zeug gegen die Schmerzen gegeben? Er wirkt tatsächlich etwas überirdisch, so glücklich, und er hört nicht auf zu reden. Sie fasst die Hand, die er ihr entgegenstreckt, und er zieht sie zu sich heran, will, dass sie sich auf das Bett setzt, was ganz bestimmt verboten ist.

»Wie geht es dir, Wilhelm? Ich hatte solche Angst um dich.«

Was redet sie denn da? Sie wollte doch klug und besonnen

bleiben, aber es geht wieder einmal alles anders als geplant. Er strahlt sie an, als sie das sagt, sie hat ihn glücklich gemacht.

»Mach dir keine Sorgen um mich, Julia … Das ist nur ein Kratzer … Der Kopf ist noch dran … Hör zu, ich muss dir erklären … Du hast mich ja nicht ausreden lassen, Julia … Es war meine Schuld, ich habe dich überfallen, aber ich konnte nicht anders … Es ist so, dass ich ohne dich nicht leben kann …«

Nun ist es passiert. Sie sitzt neben ihm, berauscht sich an seinen Worten, ihr Herz rast, ihre Wangen sind heiß, und sie weiß doch, dass sie ihm eigentlich verbieten müsste weiterzusprechen. Aber jetzt, da er krank und noch dazu unter dem Einfluss des starken Medikaments ist, kann sie das auf keinen Fall tun.

»Das glaubst du nur, Wilhelm. Aber in Wirklichkeit brauchst du eine Frau in deinem Alter.«

Es hat keinen Sinn, er hört ihr gar nicht zu. Schwatzt, dass er mit den jungen Dingern nichts anfangen könne, nicht einmal im Bett und auch sonst nicht, überhaupt nicht. Dann redet er wieder wirres Zeug vom Mittelalter, erklärt, für sie in den Kampf ziehen und auch sterben zu wollen, weil sie die Dame seines Herzens sei.

»Aber ich bin …«

»Du bist Mutter und Schwester, Freundin und Geliebte. Meine Vertraute und meine Ratgeberin. Alles das. Und noch mehr. Versprich mir bitte, dass du mir schreiben wirst.«

Das verspricht sie ihm. Jeden seiner Briefe will sie beantworten. Fast jeden. Und ihn nie wieder fortschicken. Nein, nie wieder. Das hat sie nur getan, weil er sie so erschreckt hat mit seinem Liebesgeständnis. Aber nun ist ja alles gesagt, nun ist alles geklärt zwischen ihnen, sie haben einander verstanden, alles ist gut.

»Übermorgen darf ich hier raus. Vielleicht schon morgen. Über Silvester passiert hier sowieso nicht viel, und ich will doch im Café auftreten. Du bist doch da, Julia? Ohne dich schaffe ich es nicht, du musst zuhören und mir sagen, wie du mich findest, ja? Ach, Julia, ich bin so glücklich, dass wir beide uns ausgesprochen haben, dass du nun für immer die Königin meines Herzens sein willst …«

Hinter ihr geht die Tür auf, und die strenge Stimme der Krankenschwester keift: »Stehen Sie sofort von dem Krankenbett auf! Unglaublich! Verlassen Sie das Krankenzimmer!«

Sie kann aber nicht aufstehen, weil er ihre Hand festhält und sie mit solcher Sehnsucht anschaut, dass sie sich zu ihm herunterbeugt, um zart seine Stirn zu küssen. Dann geht sie an der wutstarren Schwester vorbei, dreht sich an der Tür noch einmal um und lächelt ihm zu. »Bis übermorgen!«

Vor der Tür warten Luisa und Fritz, der Klaus Sandberg hat sich dazugemogelt, die anderen haben Geschenke und Blumen abgegeben und sind heimgegangen. Die letzte Besuchergruppe erhält den Befehl, nicht länger als fünf Minuten zu verweilen.

»Der arme Junge hat gestern einen schweren Schock erlitten – er braucht jetzt seine Ruhe.«

Julia wird den Verdacht nicht los, dass die Schwestern um den armen Wilhelm ganz besonders besorgt sind, und es ärgert sie ein wenig.

An Addis Arm geht sie die Treppe hinunter. Unten in der Eingangshalle treffen sie auf den Korrepetitor Alois Gimpel und die Sängerin Jenny Adler, die ebenfalls den armen Willi Koch besuchen wollen. Als sie erfahren, dass er heute keine Besucher mehr empfangen darf, wollen sie mit Addi und Julia einen Kaffee trinken, doch Julia winkt ab. Sie muss in ihren Laden, gleich kommen zwei Kundinnen, die sie nicht warten lassen kann.

»Und?«, fragt Addi, als sie an der Straßenbahnhaltestelle stehen.

»Er ist tatsächlich ganz durcheinander«, sagt sie und seufzt. »Ich bin seine Mutter, seine Schwester, seine Geliebte, seine vertraute Freundin und was weiß ich noch alles …«

»Aha«, sagt er. »Und was ist er für dich?«

Sie sieht Addi ins Gesicht, seine groben Züge, die ehrlichen Augen, die Faltenwellen auf seiner Stirn.

»Ich hab ihn gern, Addi.«

Die Straßenbahn nähert sich, sie steigen ein und lösen beim Schaffner ihre Fahrkarten. Finden zwei freie Plätze nebeneinander und lassen sich nieder.

»Was auch immer, Mädel«, sagt Addi. »Ich bin der Letzte, der dir Vorschriften macht. Kann dich ja gut verstehen. Nur die Heimlichkeiten, die mag ich nicht. Das muss nicht sein zwischen uns. Nach all den Jahren …«

SWETLANA

29. Dezember 1951

»Nein!«, sagt Luisa, und sie macht eine abwehrende Bewegung mit beiden Händen. »Nichts. Gar nichts. Bitte, Swetlana. Ich bin abergläubisch.«

Das kann Swetlana zwar verstehen, aber trotzdem findet sie, dass man solch eine Nachricht feiern muss. Deshalb hat sie am Samstagnachmittag Watruschki mit süßem Quark und Marmelade gebacken und zu Luisa und Fritz hinübergetragen.

»Essen musst du, Luisa«, sagt sie und stellt das Gebäck auf den Tisch. »Bist noch so dünn. Wie kann das sein, dass du bist in fünfte Monat? Wo ist Baby? Ich sehe nichts!«

»Das habe ich auch gesagt«, ruft Fritz aus der Küche herüber. »Aber der Doktor hat es so ausgerechnet. Fünfter Monat, fast schon der sechste …«

Swetlana freut sich unsagbar für die Freundin. Hat sie es nicht gesagt? Und sie hat recht behalten. Obgleich Luisa bis vor vier Wochen regelmäßig ihre Blutung hatte, trägt sie ein Kind.

»Oh, ich merke es schon«, meint Luisa nun und streicht sich über den Bauch. »Alle Röcke sind zu eng, ich muss den Haken offen lassen oder den Rockbund höher schieben.«

»Du musst einnähen Gummiband«, rät Swetlana. »Und Bluse trägst du über den Rock, nicht einstecken. Fritz, du hast ja gekocht Tee und keinen Kaffee! Wie ist das schön! Wie daheim bei mein Eltern in Smolensk …«

»Ja, Luisa bekommt Sodbrennen von Kaffee!«

Es ist so warm und gemütlich hier bei Luisa und Fritz. Swetlana fühlt sich geborgen, sie kann die Freude der beiden teilen, ihnen sogar russisches Gebäck schenken – das alles lenkt sie von den eigenen Sorgen ab. Drüben in der Kommodenschublade liegt ein langer, umständlich geschriebener Brief von August. Sie hat ihn schon dreimal gelesen, aber sie hat das Gefühl, dass er nicht ehrlich ist, und das tut ihr weh. Gut, er hatte Sorge, sie könnte ihn ablehnen, weil seine Mutter sie schlecht behandelt hat. Das kann sie ihm nun verzeihen, weil sie oft genug mit Luisa darüber gesprochen hat. Luisa ist immer auf Augusts Seite, sie mag ihn sehr, redet Swetlana ständig zu, dass er ein ehrlicher, anständiger Mensch sei und dass sie ihm vertrauen könne. Luisa kann sich nicht vorstellen, dass er Michael heimlich Geld zugesteckt hat. Das müsse ein Irrtum sein, so etwas würde August niemals tun. Aber Swetlana kann Luisa nicht glauben. Woher sollte Michael sonst so viel Geld haben? Ihr Junge belügt sie doch nicht, Michael ist ein ehrliches Kind, sie hat ihn so erzogen, darauf ist sie sehr stolz. Viel wahrscheinlicher ist, dass August der Lügner ist, dass er auch seine Cousine Luisa beschwindelt. Nein, das ist unverantwortlich von ihm und nicht zu verzeihen. Was denkt er sich dabei? Glaubt er wirklich, dass sie sich über teure Geschenke von fremdem Geld freut? Glaubt er, sie kaufen zu können?

»Wir waren heute noch einmal in der Klinik«, berichtet Luisa. »Es geht Wilhelm viel besser. Stell dir nur vor – er will unbedingt morgen nach Hause! Aber ich fürchte, die Ärzte werden ihn nicht gehen lassen.«

Ach, das tut Swetlana sehr leid. Sie kennt Augusts Bruder nicht, aber sie weiß, dass er ihm viel bedeutet, und trotz ihres Zorns fühlt sie mit ihm. Es ist schlimm, wenn so ein junger Mensch von einer Minute auf die andere zuschanden gefahren wird. Zum Glück hat Wilhelm überlebt – aber es ist noch unsicher, ob der mehrfach gebrochene rechte Arm nicht steif bleiben wird. Ach, wenn August nicht solch ein Lügner wäre, sie würde ihn gern tröstend in die Arme nehmen. Wie kommt sie jetzt nur auf solche Gedanken? Das ist unsinnig – ein Lügner ist ein Lügner. Man darf kein Mitleid mit ihm haben.

»Nimm noch eine Watruschka«, sagt sie zu Luisa und schiebt ihr den Teller zu. »Du musst essen, dein Kind hat Hunger.«

Sie lachen alle drei, und Luisa teilt sich noch eine der leckeren Pasteten mit Fritz. Weil der Vater schließlich auch Hunger hat.

»Geht es Michael wieder besser?«, will Fritz wissen. »Ich hätte Lust auf eine Runde ›Mensch, ärgere dich nicht‹.«

»Er schläft«, erklärt sie. »Ich habe gemacht Halswickel mit warme Kartoffeln, das hat geholfen gegen wunden Hals. Aber er ist müde und mag nicht aufstehen.«

»Hat er noch Fieber?«, erkundigt sich Luisa besorgt.

»Nein, Fieber ist weg, Gott sei Dank.«

»Armer kleiner Kerl«, meint Luisa. »Ausgerechnet in den Ferien wird er krank. Wo die anderen draußen spielen, muss er im Bett liegen.«

»Oh, er spielt mit seinem Baukasten«, meint Swetlana stolz. »Er hat zusammengebaut ein Auto und auch ein Maschine, die kann heben schwere Sachen. Ein Kran. Und er hat gelesen ›Emil und die Detektive‹, was ihr ihm habt geschenkt. Da hat er immer nur gelesen und wollte nicht aufhören, bis das Buch war zu Ende.«

Luisa freut sich darüber, denn sie hat lange überlegt, was sie Michael wohl schenken könnten.

»Sag ihm aber nichts von der Schwangerschaft, Swetlana«, bittet sie die Freundin. »Er ist noch klein und wird es herumerzählen. Das möchte ich nicht. Nur meine engsten Freunde dürfen es wissen. Ich habe es noch nicht einmal den Verwandten erzählt …«

»Gut, ich will schweigen«, verspricht Swetlana. Es gefällt ihr, dass sie die große Neuigkeit erfahren hat, bevor Luisa es ihrer Familie erzählt. Das ist viel Vertrauen, sie ist ganz gerührt. Und natürlich wird sie heimlich Wolle kaufen und kleine Schuhe häkeln für das Baby. In Weiß. Oder in Gelb. Weil man ja nicht wissen kann, ob es ein Junge oder ein Mädchen wird. Das wird ihr große Freude machen, aber sie wird auch traurig sein, weil damals, als Michael geboren wurde, niemand für sie Geschenke gehäkelt hat. Umso schöner ist es, nun andere zu beschenken. Sie wird auch Anna Karlowa, Jekaterina und Natalja schreiben, denn Natalja macht wunderschöne Handarbeiten. Ja, das ist eine gute Idee. Weil sie ansonsten in ihrem Weihnachtsbrief nach Smolensk wenig Neues zu berichten hat. August wird sie mit keinem einzigen Wort erwähnen. Sie werden sich ihr Teil denken, die Freundinnen. Aber sie werden höflich sein und keine Fragen mehr stellen.

»Ich schaue mal nach Michael und frage, ob er mag kommen und mit uns essen …«

Michael sitzt drüben im kalten Wohnzimmer, hat die Ellbogen auf den Tisch gestützt und das Kinn in die Hände gelegt. Als Swetlana eintritt, macht er sich hastig an den Metallteilen zu schaffen, die er vor sich ausgebreitet hat. Wie es aussieht, hat er den Kran wieder auseinandergenommen, um etwas Neues zusammenzuschrauben. Eigentlich braucht er jetzt schon einen der teuren Erweiterungskästen. Wenn sie bis Ostern sehr sparsam ist, könnte sie ihm einen davon kaufen. Man kann richtige Maschinen zusammenbauen, das erscheint ihr sehr lehrreich für einen Jungen. Vielleicht wird es ihm sogar in der Schule zu guten Noten verhelfen.

»Warum hast du nicht Kohlen im Ofen nachgelegt, Michael!«, sagt sie vorwurfsvoll. »Es ist kalt, und du bist noch nicht gesund!«

Er schaut sie ganz verblüfft an, offensichtlich hat er die Kälte gar nicht gespürt.

»Geht schon, Mama …«

Wortkarg ist er in letzter Zeit. Liegt das daran, dass er noch

Halsschmerzen hat? Oder ist das eine neue Macke von ihm, dass er ihr nur noch das Nötigste erzählt? Wird er schon erwachsen, ihr kleiner Junge? Er ist doch erst acht! Bisher hat er allen Kummer und alle Freude mit ihr geteilt, oft konnte er am Abend gar nicht aufhören zu schwatzen, sodass sie ihm schließlich sagen musste, er solle nun still sein, sie brauche ihren Schlaf.

»Magst du hinüberkommen zu Fritz und Luisa? Ich habe gemacht Watruschki mit süßem Quark und mit Kirschmarmelade.«

Er schüttelt den Kopf und schraubt etwas zusammen, nimmt es wieder auseinander und beginnt von Neuem. Da er hierbleiben will, geht sie zum Ofen und entfacht das Feuer neu, legt Kohlen nach und schließt die Ofentür.

»Ist dein Halsweh besser?«, fragt sie, ohne sich umzuwenden. Da sie keine Antwort bekommt, redet sie weiter. »Das ist nur die Schuld von August. Weil er dich hat stehen lassen in Kälte, da bist du geworden krank. Ich will, dass du nie wieder redest mit ihm, hast du gehört, Michael? Und nie, nie, nie wieder sollst du nehmen Geld von ihm.«

Er schweigt. Schön, sie hat ihm diese Vorhaltungen bereits mehrfach gemacht, da ist es kein Wunder, wenn er nicht antwortet. Aber sie findet, dass es Dinge gibt, die kann man nicht oft genug sagen. Sie geht in die Küche, um sich den Ofenruß von den Händen zu waschen, und wiederholt laut: »Niemals wieder, Michael. *Nikogda – ponimajesch?*«

Jetzt ist sie unwillkürlich ins Russische geraten, das ist ihr schon lange nicht mehr passiert. Gerade will sie hinzufügen, dass er seine russische Sprache nicht ganz und gar vergessen sollte, da hört sie seine leise Stimme.

»Ich habe kein Geld von August genommen.«

Was soll das jetzt sein? Fängt er nun auch noch an zu lügen? Ach – warum hat sie es bloß so schwer mit diesem Jungen? So viele schlimme Angewohnheiten. Was soll eine Mutter da tun?

»Du hast *kein* Geld genommen?«, fragt sie, als hätte sie nicht richtig verstanden. »Aber das hast du gesagt, Michael.«

Er hat wieder die Ellbogen aufgestützt und schaut sie nicht an, während er spricht.

»Ich habe kein Geld von August genommen, weil er mir keines gegeben hat. Das hab ich nur so gesagt …«

Swetlana starrt ihn an, den gekrümmten Rücken, den gesenkten blonden Schopf, und sie kann es nicht glauben. Sie muss sich erst einmal hinsetzen.

»Du hast … du hast nur so gesagt? Was heißt das? Was heißt ›nur so gesagt‹?«

Er atmet tief ein und aus. Setzt sich gerade hin und dreht sich zu ihr um. Sein Gesicht ist verkniffen, Zorn ist darin, Abscheu, aber auch Verzweiflung. Nein, er ist kein Kind mehr. Die Unschuld des Kindes hat er längst hinter sich gelassen.

»Das war … eine Notlüge«, erklärt er mit gepresster Stimme. »Weil … du wolltest doch wissen, woher ich das Geld für das Parfüm habe. Da musste ich schnell etwas erfinden, weil du dich sonst wieder aufregst.«

Sie spürt, wie ihr der Atem ausgeht.

»Warum ich soll mich aufregen, Michael?«, fragt sie leise. »Woher hattest du Geld, wenn nicht von August?«

Wieder schweigt er eine Weile, und sie starrt ihn angstvoll an, ist kurz davor, ihn zu packen und zu schütteln, damit er endlich, endlich redet.

Er hustet, zieht die Nase hoch, räuspert sich. »Also … Ich mach es nie wieder. Das hab ich August versprochen. Deshalb musst du dich auch nicht mehr aufregen, Mama. Ich hab denen auch schon gesagt, dass ich nicht mehr mitmache.«

Sie versteht nichts. Aber sie spürt, dass hinter seinen Worten etwas Ungeheuerliches wartet. Ein Zug seines Wesens, der ihr unbekannt ist, den sie in ihrem geliebten kleinen Jungen niemals vermutet hat.

»Wem hast du das gesagt?«, haucht sie.

Was er jetzt erzählt, erscheint ihr wirr, kaum zu glauben, das kann nicht ihr Sohn sein. Er ist jeden Nachmittag nach der Schule draußen unterwegs gewesen, trotz ihres Verbots. Hat sich einer Gruppe Jugendlicher angeschlossen, die in den Trümmergrundstücken nach brauchbaren Dingen gegraben haben. Wahrscheinlich haben sie auch gestohlen, das sagt er nicht, aber er deutet es an. Ihre Beute haben sie ihm gegeben, damit er sie versteckt. Weil sie angeblich bei ihm sicher ist. Ihr Sohn ist ein Verbrecher. Mitglied einer jugendlichen Diebesbande. Sie ist verstummt vor Entsetzen, ihr Herz will aussetzen, sie möchte sich die Ohren zuhalten, um nicht noch Schlimmeres hören zu müssen. Aber da ist noch mehr.

»Es war nur einmal, Mama. Ganz ungefährlich, haben sie gesagt. Ist ja auch nichts passiert. Aber trotzdem mache ich das nie wieder.«

Er hat Blindgänger unter seinem Bett versteckt. Minen, die nicht losgegangen sind und die sie irgendwelchen Leuten als Andenken verkaufen. Der Herr hat seine Hand über sie beide gehalten, anders kann es nicht sein, sonst wären sie jetzt nicht mehr am Leben. Vermutlich hätte eine Detonation auch Luisa und Fritz getötet, ihr Kind wäre nie geboren worden …

»Es ist alles wieder gut, Mama. Und jetzt, wo ich dir die Wahrheit gesagt habe, wird August auch mit mir zufrieden sein. Er hat das alles gleich gemerkt. Wegen dem Fahrrad, das ich bei ihm untergestellt habe …«

Was er da von August und einem Fahrrad redet, begreift sie nicht mehr. Sie ist wie gelähmt von dem Gedanken, dass sie alle hätten sterben können. Ihr geliebtes Kind, der wichtigste Mensch in ihrem Leben, ihr kleiner Sohn – er ist zum Verbrecher geworden. Wochenlang, monatelang hat er sie belogen. Sie schluchzt. Nimmt die Hände vors Gesicht und weint bittere Tränen der Verzweiflung.

»Nicht weinen, Mama … Ich hab doch die Wahrheit gesagt. So, wie August es wollte. Jetzt ist doch alles wieder gut.«

Er schlingt die Arme um sie und will sie auf die Wangen küssen, aber sie stößt ihn von sich.

»Geh! Geh in Schlafzimmer! Ich will dich nicht sehen!«

Aber er fängt nun selbst an zu weinen, reißt an ihren Armen, will, dass sie ihm verzeiht, weil er doch nun endlich die Wahrheit gestanden hat. Sie wehrt ihn ab, schreit ihn wütend an.

»Geh weg. Verbrecher bist du. Hast beinahe getötet alle Menschen in diese Haus … Lass mich!«

Sie ist laut geworden, hat ihm einen festen Stoß versetzt, sodass er auf den Boden gefallen ist. Dort sitzt er jetzt und heult, sein ganzer Körper zittert dabei; wenn er Luft holt, klingt es beängstigend, so als müsse er gleich ersticken. Swetlana weiß nicht, was sie tun soll. Ihn aufheben und trösten? Ihn schlagen? Beim Ohr nehmen und hinüber ins Schlafzimmer ziehen, um ihn dort einzusperren? So hat es ihre Mutter immer mit ihr gemacht. Sie wollte Michael so etwas nie antun, wollte ihn niemals schlagen. War das falsch? Soll sie ihm jetzt eine Tracht Prügel verpassen? Ihn einsperren. Hungern lassen?

»Ich … hab … doch … die Wahrheit … gesagt«, heult er.

So einfach denkt er sich das. Ein Lügengebäude hat er errichtet, das er nun mit ein paar Sätzen zum Einsturz gebracht hat. Und damit soll alles, was er angerichtet hat, vergeben und vergessen sein. Weiß er überhaupt, was er getan hat? Vermutlich nicht. Die ganze Tragweite seiner Untaten wird er vielleicht erst in einigen Jahren begreifen. Was soll sie tun? Sie steht auf, wäscht sich in der Küche das Gesicht mit kaltem Wasser, trocknet sich ab. Versucht, ihre Gedanken zu ordnen. Nein, sie sieht viel zu schwarz. Er ist kein Verbrecher. Er ist ein Kind. Sie haben ihn verführt, und er ist umgekehrt. Es darf nicht sein, dass er Prügel bekommt, wenn er die Wahrheit sagt. Weil er sonst immer weiter lügen wird.

»Steh auf!«, befiehlt sie. »Hör auf mit weinen. Wasch dir Gesicht.«

Er gehorcht auf der Stelle. Wie ein armer Sünder schleicht er mit eingezogenem Kopf an ihr vorbei, dreht den Wasserhahn auf und lässt sich das kalte Wasser über das Gesicht laufen. Spritzt den Herd und die Bodenfliesen dabei nass, aber das ist jetzt nicht mehr wichtig.

»Setz dich!«

Sie ist noch ganz fahrig, ihr Herz klopft wild, ihre Hände zittern. Aber in ihrem Kopf ist jetzt Ordnung. Er hat etwas Schlimmes getan, er hat es bereut, er muss eine Strafe bekommen, erst dann kann sie ihm vergeben. All das muss in dieser Reihenfolge geschehen. Nur so kann sie ihn auf den rechten Weg zurückführen.

»Versprich mir, dass du niemals wieder …«

Er ist zu allem bereit, schwört ihr hoch und heilig, diese verbrecherischen Jugendlichen niemals wiederzutreffen, an den Nachmittagen brav zu Hause zu bleiben, die Hausaufgaben zu machen und Geige zu üben. Ja, er weiß doch, dass sie nur seinetwegen so viel arbeiten muss, dass sie spart, weil er aufs Gymnasium gehen soll, um später ein Doktor zu werden. Nein, er will ihr nie wieder solchen Kummer machen, sie soll niemals wieder seinetwegen weinen müssen.

»Hast du noch Geld übrig?«

Er kramt einige Groschen und zwei silberne Markstücke aus der Hosentasche und legt sie vor ihr auf den Tisch.

»Das ist schmutziges Geld, Michael. Wir werden nicht behalten. Wir gehen in Marktkirche und werfen in Opferstock … Was hast du geredet von Fahrrad?«

»Das steht im Hof bei August. In dem Haus, in dem er wohnt.«

Eine neue Angst steigt in ihr auf. Was redet er da immer von August?

»Hat August etwa gewusst von Jugendliche und von Sprengkörper? Hat er Fahrrad für dich versteckt?«

»Nein, Mama. August war böse mit mir und hat gesagt, ich muss dir alles sagen. Weil sonst er es tun will. Aber es ist besser, wenn ich es selber sage.«

Sie ist wie vor den Kopf geschlagen. August hat es herausbekommen. Er hat mit dem Jungen gesprochen. Hätte er es nicht getan, dann würde Michael sie wohl immer noch belügen. O Gott! Hat Luisa doch recht gehabt? August ist ein anständiger Mensch. Michael, ihr geliebter kleiner Junge – er ist der Lügner.

Da seine Mama schweigt, glaubt Michael, der Sturm sei vorüber, und er versucht zu verhandeln.

»Warum in den Opferstock, Mama? Wir können das Geld doch auf die Bank tragen. Du hast doch gesagt, du sparst für mich …«

Sie muss jetzt hart bleiben. Nur so wird er verstehen, wie ernst es ihr ist. Nicht mehr weinen, auch wenn ihr Herz blutet. Jetzt ist Zeit für eine Strafe. Eine harte Strafe.

»Nein, Michael!«, sagt sie und nimmt die Münzen an sich. »Ich will nicht solches Geld. Weißt du nicht, was hätte sein können mit Sprengkörper in unserem Haus? Wir wären alle tot. Du und ich. Luisa und Fritz und auch Frau Grulich und ihr Mann. Alle wären gestorben.«

Sie sieht ihm an, dass er beeindruckt ist. Aber gleich darauf schürzt er die Lippen und meint: »Aber ist doch nichts passiert, Mama. Die gehen nicht mehr hoch, haben sie gesagt. Weil die Zünder kaputt sind.«

»Und du hast Lügen geglaubt? Warum sie haben die Minen nicht selber genommen? Warum sie haben dir gegeben? Weil sie selbst haben gehabt Angst …«

Er sitzt still und schaut vor sich hin. Hat er endlich verstanden, oder hat sie wieder umsonst geredet?

»Zieh dir Jacke und Schuhe an, Michael. Wir gehen hinunter in Stadt.«

Es ist kalt und feucht, ein feiner Nieselregen weht durch die Gassen, dringt durch die Kleidung, tropft von den Fensterläden herunter. Die Straßenlaternen brennen schon, obgleich es noch nicht dunkel ist. In ihrem diffusen Licht schaut die Stadt schmutzig und traurig aus. Die Weihnachtsdekoration ist nass und wenig festlich, die Menschen haben die Kopfbedeckungen tief heruntergezogen, an den aufgespannten Schirmen zerrt der Wind. In einigen Geschäften gibt es Feuerwerkskörper zu kaufen, eine Gruppe Kinder schart sich um einen Böller, der brennend und knallend auf dem Pflaster herumspringt. Morgen ist Silvester.

Michael läuft schweigend neben seiner Mutter her. Auch er hat die Mütze tief in die Stirn gezogen, sodass sie seine Augen nicht sehen kann. Sein Mund ist fest zusammengekniffen, der Regen tropft von seinem Kinn. Sie erreichen die Kirche eine halbe Stunde bevor die Abendmesse beginnt, gehen durch das Langschiff, finden den Opferstock rechts des großen Altaraufbaus, gleich neben einem kleinen Marienaltar. Eine große hölzerne Truhe aus alter Zeit; dicke Messingbeschläge und ein gewaltiges Schloss sollen vor Diebstahl schützen. Swetlana gibt Michael die Münzen, und er wirft sie eine nach der anderen in den Schlitz hinein, der oben an der Truhe angebracht ist. Man hört, wie die Münzen auf den hölzernen Boden auftreffen. Für den letzten Groschen kaufen sie eine Kerze, die sie vor dem Marienbild anzünden. Dieses Mal ist ihr Sohn sehr ernsthaft bei der Sache, er stellt die Kerze so nah wie möglich zu dem Gemälde und bleibt einen Moment lang andächtig davor stehen.

»Glaubst du, die Madonna freut sich?«, flüstert er seiner Mutter zu.

»Ja«, sagt sie.

»Es tut mir leid, Mama …«

Er fasst ihre Hand, und sie zieht ihn an sich. Streicht ihm über den Kopf und kann nicht verhindern, dass sie wieder weinen muss. Es ist gut. Sie fangen neu an. Sie hat ihm vergeben.

»Jetzt gehen wir Fahrrad holen, Michael.«

Es ist nicht mehr weit zur Wilhelmstraße, aber jeder Schritt erscheint ihr unendlich schwer. Sie hasst dieses Haus, in dem man sie beleidigt und fortgewiesen hat, aber sie muss dorthin gehen, weil sie August Abbitte leisten will. Sie muss ihm sagen, dass sie sich geirrt hat, dass sie ihn in einem ganz falschen Verdacht hatte. Das wenigstens will sie tun, auch wenn sie nicht weiß, wie er es aufnehmen wird. Es kann sein, dass er zornig auf sie ist und nichts mehr von ihr wissen will. Dann wird sie zum zweiten Mal fortgeschickt werden, und dieses Mal ist sie daran nicht unschuldig. Aber was auch immer dabei herauskommt – sie will ihrem Sohn zeigen, dass man zu seinen Fehlern stehen muss. Er zu seinen und sie zu ihren.

»Und … was machen wir mit dem Fahrrad, Mama?«, fragt Michael beklommen, als sie vor dem Café Engel stehen.

»Das wir werden besprechen zu Hause. Wir gehen jetzt und läuten an Tür.«

»Wir müssen nicht läuten«, mault er. »Das Fahrrad steht hinten im Hof, und die Haustür ist offen. Schau, da geht einer hinein. Ein großer Mann mit einem riesigen Geigenkasten.«

Es wird Musik gemacht im Café Engel. Richtig, Luisa hat ihr ja erzählt, dass auch Fritz dort musiziert, sie proben für morgen, da gibt es ein Silvesterkonzert zu Wiedereröffnung des Cafés nach dem Umbau.

»Das ist keine Geige, Michael. Ich glaube, es ist Cello. Oder Kontrabass. Wir machen es so: Du gehst in Hof und holst Fahrrad, und ich gehe in Haus zu August.«

»Gut«, meint er. »Aber sag August, dass ich dir jetzt alles erzählt habe. Die ganze Wahrheit. So, wie er es gewollt hat. Ja?«

»Das ich will ihm sagen.«

Michael zieht die Mütze noch etwas tiefer ins Gesicht und marschiert so eilig auf sein Ziel los, dass sie Mühe hat, mit ihm Schritt zu halten. Die breite Eingangstür, die zu den Wohnungen führt, ist tatsächlich nur angelehnt. Sie kann sie aufdrücken und steht in einem dämmrigen, überdachten Durchgang. Geradeaus geht es in den Hof, links beleuchtet eine Wandlampe drei Stufen und eine weitere Tür, die zu den Wohnungen führen. Dort sind auch sechs Briefkästen angebracht, auf denen die Namen der Bewohner stehen. Sie steigt auf die erste Stufe und studiert die Aufschriften. Ganz unten ist der Briefkasten des Cafés. Auf dem Briefkasten gleich daneben steht: »Familie Heinz Koch«, das sind seine Eltern. Und gleich darunter hat jemand ein kleines Schild geklebt. »August Koch«.

Sie hat es geahnt: Er wohnt bei seinen Eltern in der Wohnung. Wenn sie jetzt dort läutet, kann es gut sein, dass seine Mutter ihr öffnet. Diese Frau, die sie niemals wiedersehen wollte. Zum zweiten Mal muss sie als Bittstellerin zu ihr gehen – das kann sie nicht. Nein, das kann niemand von ihr verlangen.

Sie geht die Stufe wieder hinunter und muss warten, bis sich ihr aufgeregter Herzschlag etwas beruhigt hat. Michael ist nicht zu sehen, aus dem Innenhof dringen fröhliche Kinderstimmen, man hört das Geräusch, das ein Lederball macht, wenn er gegen eine Mauer geschossen wird. Swetlana atmet tief durch – es muss sein. Sie darf sich jetzt nicht feige zeigen. Nicht vor dem Jungen. Sie steigt die Stufen wieder hinauf, besieht die Klingelknöpfe an der Wand und läutet entschlossen im ersten Stock, wo auch an der Tür »Familie Heinz Koch« steht. Dann steht sie und wartet. Wie eine Verurteilte auf die Hinrichtung.

Es tut sich nichts. Ist die elektrische Klingel defekt? Aber da sie nun schon einmal den Mut gefasst hat, Augusts Mutter gegenüberzutreten, drückt sie ein zweites Mal auf den Klingelknopf. War das falsch? Wird seine Mutter nun doppelt zornig sein, weil sie so beharrlich klingelt? Da nähern sich Schritte. Ihr Herz setzt einen Schlag lang aus, dann wird die Tür geöffnet.

»Guten Abend«, sagt ein völlig unbekannter Mensch. »Sie wollen zu Kochs, nicht wahr? Ich habe zufällig das Läuten gehört. Die sind wohl nicht da, sonst hätten sie aufgemacht. Kann ich etwas ausrichten?«

Was für ein seltsamer Mann. Er schaut aus wie *Djed Moros*, das Väterchen Frost aus dem russischen Märchen. Weißes Lockenhaar und dichte, buschige Augenbrauen. Aber weil er sehr freundlich zu ihr ist, schöpft sie ein wenig Mut.

»Oh, bitte«, sagt sie. »Ich wollte zu Herrn August Koch. Wenn Sie ihm sagen, dass Frau Stammler wollte mit ihm sprechen …«

»Aber gern doch«, meint Väterchen Frost leutselig. »Frau Stammler? Hab ich schon mal gehört. Ich sag's ihm, wenn ich ihn sehe.«

»Ich danke Ihnen vielmals …«

»Keine Ursache!«, ruft er. »Entschuldigen Sie mich jetzt, ich muss kurz in den Hof und die Bengels zur Ordnung rufen, bevor wieder ein Fenster zu Bruch geht …«

Er läuft an ihr vorbei in den Hof, gleich darauf hört sie seine tiefe, kräftige Stimme. »Schluss jetzt, ihr Rasselbande. Rauf und Hände waschen. Abendessen, und dann geht's husch ins Körbchen.«

Mehrstimmiger Widerspruch ist zu vernehmen, wie es scheint, lässt sich *Djed Moros* überreden, eine letzte Runde Fußball mitzuspielen. Wo in aller Welt ist Michael geblieben?

»Michael?«

»Ich komm schon, Mama!«

Er schiebt ein ziemlich altes, verrostetes Damenfahrrad, die Kette ist abgesprungen und hängt herunter, der Gepäckträger sitzt schief. Ob es überhaupt eine funktionierende Bremse gibt, ist sehr fraglich.

»Was hast du bezahlt für kaputten Schrott?«

Er hat drei Mark dafür ausgegeben und behauptet, man könne das Rad leicht reparieren.

»Wo ist August?«, will er wissen.

»Er ist nicht zu Hause. Wir müssen kommen ein zweites Mal. Sei vorsichtig mit Fahrrad, Michael. Wir stellen es bei Kneipe an Wand, und wer will, kann es mitnehmen.«

Er ist traurig, und sie muss sich zusammennehmen, um hart zu bleiben. Ach, sie wird ihm ganz sicher ein Fahrrad kaufen. Sobald sie das Geld dazu hat. Ein richtiges, das für ihn passt, kein kaputtes Damenrad. Aber das sagt sie ihm nicht. Jetzt ist Zeit für Strafe, nicht für Versprechen. Sie wechseln die Straßenseite, weil sie nicht direkt an dem beleuchteten Café vorbeigehen mag, wo die Musiker proben.

Langsam bewegen sie sich zwischen den laublosen Platanen, Michael muss immer wieder stehen bleiben, weil das Hinterrad blockiert und er die Kette lösen muss. Swetlana steht und wartet auf ihn; sie vermeidet es, zum Haus Nummer 75 hinüberzusehen, dann aber tut sie es doch.

Im ersten Stock ist ein Fenster beleuchtet. Das gleiche Fenster, das sie schon einmal betrachtet hat. Ist August dort? Hat er die Türklingel nicht gehört? Oder wollte er sie nicht hören? Will er nichts mehr von ihr wissen?

»Beeil dich, Michael«, sagt sie und schüttelt die beklemmenden Gedanken ab. »Mir ist kalt.«

AUGUST

Silvester 1951/52

Das Telefon! August dreht sich im Bett auf die andere Seite und schaut flüchtig auf den Wecker. Schon acht Uhr. Er ist todmüde, ist erst gegen vier ins Bett gekommen, weil er an einer Hausarbeit geschrieben hat. Und als er endlich lag, ging ihm so viel im Kopf herum, dass er nicht einschlafen konnte. Jetzt also reißt ihn dieser elende Fernsprecher aus dem Schlaf. Wahrscheinlich wieder irgendein Mensch, der noch rasch eine Karte für den Abend vorbestellen will. Hätten sie doch bloß nicht die Telefonnummer in die Zeitung gesetzt!

»August!«, schreit seine Mutter. »Heb doch mal eben ab, ich bin im Bad.«

Immer er. Mühsam steigt er aus dem Bett, kippt versehentlich einen Stapel Bücher vom Schreibtisch, die polternd zu Boden gehen, zieht noch rasch den Morgenmantel über, da hört er schon die helle Stimme seines Neffen Frank.

»Papa? Non, c'est moi, Frank. Papa, où es-tu?«

»Lass mich auch …«, drängelt Andi.

»Geh weg! Papa, was ist Straßburg? Comment? C'est une ville. C'est loin d'ici? Weit weg, ja?«

»Ich will auch mit Papa sprechen!«

»Lass los!«

»Gib jetzt her!«

Ein Stuhl fällt um. August eilt herbei, um das neue Telefon zu retten. Im Wohnzimmer hat sein Vater schon eingegriffen und den Hörer erobert, jetzt hält er sich das schwarze Gerät ans Ohr und wehrt mit der freien Hand die Enkel ab.

»Hallo? Wer ist da? Hier ist Heinz Koch … Ich kann Sie leider nicht verstehen, es ist zu laut hier.«

»Das ist Papa«, schreit Frank. »Sie sind in Straßburg, das ist nicht mehr weit.«

»Ruhe!«, ruft Mama Else, die jetzt im Morgenmantel mit Lockenwicklern auf dem Haupt aus dem Badezimmer tritt. »Man versteht ja sein eigenes Wort nicht mehr! Gib her, Heinz.«

August packt die aufgeregt umherhüpfenden Neffen und befördert sie zurück in ihr Zimmer. Drüben schreit seine Mutter, so laut sie kann, ins Telefon. Wenn die Eltern doch endlich einmal verstehen würden, dass man nicht besser gehört wird, wenn man in den Hörer brüllt.

»Wer fährt das Auto?«, fragt Andi seinen Bruder.

»Papa, glaub ich.«

»Dann sind sie bald da.«

August schlägt den beiden vor, rasch ins Bad zu gehen, solange der Opa nicht mehr drin ist. Schließlich wollen sie Papa und Mama nicht im Nachthemd empfangen. Es ist keine gute Idee, denn sein Vater hatte den Rasierschaum schon angerührt, und jetzt probieren Frank und Andi aus, wie man sich die Wangen mit dem Rasierpinsel einschäumt.

»Wie schaut ihr denn aus?«, regt sich Mama auf. »Wie zwei Gespenster! August! Wisch ihnen die Gesichter ab. Hilde und Jean-Jacques sind in Straßburg, sie wollen gegen Abend hier sein. Mein Gott, nichts als Aufregungen. Ich hab gedacht, das wird mal besser, wenn die Kinder erwachsen sind. Aber es wird nur immer schlimmer!«

Das Frühstück ist heute eine recht ungemütliche Angelegenheit, denn die bevorstehende Veranstaltung wirft ihre Schatten voraus. Mama überprüft immer wieder die Liste der verkauften Karten, Papa wird schwer getadelt, weil er zu viele Freikarten herausgegeben hat. Bei fünfundsiebzig verkauften Karten und neun Freikarten stoßen sie an ihre Grenzen, wissen gar nicht, ob sie genügend Stühle für so viele Leute haben. Addi hat gestern noch die gelieferten Klappstühle aufgestellt, die Tische müssen gestapelt und zum Teil in die Remise getragen werden, sonst ist kein Platz für die Garderobe.

»In dieser Jahreszeit kommen alle in Mantel und Hut, schlimmstenfalls regnet es, dann müssen wir die nassen Schirme auch noch unterbringen!«, stöhnt Mama.

»Es gibt auch noch Leute, die tragen Gamaschen …«, wirft Papa ein. »Und dann die nassen Pelzmäntel, das riecht …«

»Lass uns die nächste Silvesterfeier im Sommer ansetzen«, sagt August mit Galgenhumor. »Da brauchen wir keine Garderobe.«

Niemand findet den Scherz komisch. Mama erklärt, dass sich Julia Wemhöner bereit erklärt habe, auf die Garderobe achtzugeben, und Addi Dobscher wolle draußen vor der Drehtür die Eintrittskarten kontrollieren. Finchen, Marlene und Luisa servieren Getränke, in der Pause auch Schnittchen und frisch gebackene Brezeln.

»Hast du auch alles für den Silvesterpunsch beisammen, Heinz?«

»Natürlich. Und wenn nicht, wäre es jetzt am Sonntag zu spät zum Einkaufen, mein Schatz.«

Mama stößt einen Seufzer aus und trinkt einen Schluck Kaffee. Die Zwillinge sitzen ungewöhnlich brav am Tisch, Andi wischt sich immer wieder die Augen, der Rasierschaum ist ihm hineingekommen. Frank dreht Kügelchen aus dem weichen Inneren des Brötchens, um die Enten damit zu füttern. Normalerweise verbietet die Oma solche Verschwendung, aber heute ist sie mit anderen Dingen beschäftigt.

»Einer von uns beiden muss die Gäste begrüßen, Heinz.«

Der Vater legt das angebissene Marmeladenbrötchen zurück auf den Teller. »Was meinst du mit ›einer von uns beiden‹, mein Schatz?«

Mama runzelt die Stirn über so viel Einfalt.

»Ich bin in der Küche nicht abkömmlich, das weißt du ja. Und dann liegt es mir auch nicht, lange Reden zu halten.«

»Mir liegt das auch nicht, Liebste. Du bist doch die Chefin vom Café Engel.«

Mama entgegnet, dass es aber einen besseren Eindruck mache, wenn ein Mann die Gäste begrüßt. Außerdem sei er überall bekannt und habe im Café selten Probleme gehabt, Reden zu halten.

»Ja, unter Freunden … So dahingesagt … Aber eine richtige Rede … Nein, Else das ist nicht meine Sache. August, wie wäre es denn mit dir?«

August wehrt ab, so etwas ist Chefsache. Erklärt dem Vater, dass er keinen stundenlangen Vortrag halten muss, sondern nur die Gäste begrüßen und vielleicht ein paar Worte über den Umbau sagen soll. Und dass Wilhelm Koch leider erkrankt ist. Höchstens vier oder fünf Minuten – nicht länger.

»Und wer sagt die Künstler an?«

»Das kann ich gerne tun, Mama. Allerdings wäre es charmanter, wenn das eine junge Dame macht. Hilde wird ja leider nicht rechtzeitig hier sein. Wie wäre es mit Luisa?«

Die Eltern sehen sich bedenklich an.

»Das Mädel ist doch so schüchtern«, meint Papa.

»Fragen können wir ja mal«, sagt Mama und macht sich eine Notiz auf ihrem Laufzettel. »Weiter im Text. Wo sind die Programme, die ich habe drucken lassen? Angeblich wurden sie gestern gebracht.«

Schulterzucken ringsum. Papa vermutet, dass der Karton irgendwo unten im Café herumsteht.

»Heilige Einfalt! Die Programme sollen doch auf den Stühlen liegen!«

Vater und Mutter lassen ihr Frühstück stehen und eilen über die Küchentreppe hinunter ins Café. Gleich darauf hört man Mamas erleichterten Aufschrei.

»Da sind sie ja! Frank, Andi, kommt mal runter. Ihr könnt uns helfen …«

August ist allein am Tisch zurückgeblieben. Er stellt fest, dass der Kaffee ihn kein bisschen munter macht, im Gegenteil, nach zwei großen Tassen des starken Gebräus fühlt er sich müder als zuvor. Er muss diesen Tag und die Nacht irgendwie durchstehen, das ist er der Familie schuldig, sie brauchen ihn, und es ist selbstverständlich, dass er für sie alle da ist. Seine eigenen Sorgen das Studium betreffend sind jetzt unwichtig. Auch die tiefe Enttäuschung darüber, dass Swetlana nichts von sich hören lässt, darf er nicht hochkommen lassen. Möglich, dass der Junge noch nicht den Mut gefunden hat, der Mutter von seinen zweifelhaften Freunden und den damit verbundenen Geschäften zu erzählen. Wenn Michael weiterhin schweigt, wird er selbst mit Swetlana reden müssen, aber wie er das anstellen soll, ist ihm noch unklar. Einstweilen scheint sie zornig auf ihn zu sein, sie wird sich vermutlich weigern, überhaupt mit ihm zu sprechen. Er seufzt und bedauert zum wiederholten Mal, dass er nicht den Charme und die offene Art seines Bruders mitbekommen hat. Für Wilhelm sind solche Situationen gar kein Problem, er redet, was ihm gerade in den Sinn kommt, und schon fliegen ihm alle Herzen zu. Er selbst aber ist ein Grübler, der sich jedes Wort dreimal überlegt, daher wirkt er auf andere Menschen langsam und umständlich. Inzwischen zweifelt er daran, Swetlana jemals für sich gewinnen zu können. Er kann tun, was er will, es wird immer eine Mauer zwischen ihnen geben, die er nicht durchbrechen kann. Eine Mauer aus Ungeschicklichkeiten und Missverständnissen, die auf sein Konto gehen.

Er lauscht nach unten, wo Großeltern und Enkel fleißig zu Werk gehen. Einen Moment lang überlegt er, ob er sich rasch noch einmal aufs Ohr legen soll, entscheidet sich aber dagegen. Nur nicht einschlafen und dann wieder aus dem Tiefschlaf gerissen werden, besser einen kleinen Spaziergang an der frischen

Luft unternehmen, das bringt den Kreislauf in Schwung, und man kommt auf andere Gedanken. Als er auf die Straße tritt, hat sich eine ferne, schräge Wintersonne zwischen den Wolken hindurchgeschoben, die kahlen Platanen werfen bucklige Schatten auf die Fahrbahn, der Teich drüben am Warmen Damm glänzt wie flüssiges Silber.

»Schönen guten Morgen, Herr Koch!«, tönt es neben ihm.

Ach je – den kann er jetzt überhaupt nicht gebrauchen. Egon Mayer-Schulte steht mit leutseligem Lächeln vor ihm, verstellt ihm den Weg und streckt ihm auch noch die Hand entgegen. So ein falscher Hund. Erst die Nachbarn bei der Stadt anschwärzen und dann so ganz harmlos jovial daherkommen.

»Morgen, Herr Mayer-Schulte«, sagt er und zieht sich die Mütze weiter in die Stirn. Die ausgesteckte Hand ignoriert er. Man muss nicht auf jeden faulen Zauber eingehen.

Mayer-Schulte nimmt ihm diese Zurückweisung offenbar nicht übel, aber er bleibt stocksteif an der gleichen Stelle stehen, sodass August genötigt ist, um ihn herumzugehen.

»Auf ein Wort, Herr Koch … Darf ich Sie zu einem Käffchen einladen …«

Das fehlte noch.

»Danke vielmals, ich habe gerade gefrühstückt.«

»Dann zu einem Sektchen … was Sie wollen, Herr Koch. Ich wollte etwas mit Ihnen besprechen. Es geht um den Unfall am Donnerstag. Sie erinnern sich doch?«

August bleibt verblüfft stehen. Am Freitagmorgen waren zwei Polizisten da, haben sich den Hergang des Unfalls schildern lassen und auch die Nachbarn befragt.

»Was für eine Frage! Mein Bruder liegt in der Klinik.«

»Mein Beileid, Herr Koch. Meine aufrichtige Anteilnahme. Es heißt ja, der junge Mann sei nur knapp mit dem Leben davongekommen, nicht wahr?«

Will der Kerl ihn aushorchen? Und wenn ja – warum? August entschließt sich, nun doch ein Gespräch mit Mayer-Schulte zu führen, allerdings nicht in dessen Café.

»Gehen wir kurz in den Hauseingang, hier stehen wir ja im Weg herum …«

Der Nachbar kommt tatsächlich mit in den überdachten Eingang, scheint sich dort allerdings nicht wohlzufühlen. Verständlich, es ist recht staubig hier und Mayer-Schulte trägt – wie üblich – den schwarzen Anzug mit Kellnerfliege.

»Haben Sie den Unfall etwa beobachtet?«, will August von ihm wissen.

»Nein, nein … das nicht. Aber einige unserer Gäste, die waren wohl im Theater und haben es aus der Ferne gesehen …«

»Nur aus der Ferne?«

Mayer-Schulte nickt eifrig. Die Aufführung sei kurz vorher zu Ende gegangen, sodass die Leute noch in den Kolonnaden standen.

»Darf ich fragen, wie es Ihrem Bruder geht?«, erkundigt er sich. »Mein Gott, so ein junger, begabter Mensch. Und immer noch ungemein beliebt in Wiesbaden, einige Damen sind in Tränen ausgebrochen, als sie davon erfuhren.«

August lässt ihn reden. Diese plötzliche Anteilnahme ist ungewöhnlich. Entweder steckt ganz tief in Mayer-Schultes schwarzer Seele doch ein guter Kern. Oder es ist etwas faul. August neigt zur zweiten Möglichkeit, deshalb lässt er durchblicken, dass sein Bruder fürs Leben gezeichnet sein wird.

»Ob er je wieder seinen Beruf ausüben kann, ist fraglich.«

Mayer-Schulte wirkt bekümmert, er schüttelt den Kopf und seufzt. »Wissen Sie, Herr Koch. Was ich Ihnen schon längst sagen wollte. Die Sache mit den Erkern … Da hat die Stadt ja doch übers Ziel hinausgeschossen. Ich denke mal, da wird es zu einer gütlichen Einigung kommen.«

Das wird ja immer merkwürdiger. Wie kommt er jetzt auf die Erker? Woher weiß er überhaupt davon? Aha – dann war

Hildes Verdacht also berechtigt. Dieser Lump hat sie bei der Stadt angezeigt.

»Das denke ich auch, Herr Mayer-Schulte. Nett von Ihnen, dass Sie solchen Anteil nehmen …«

Der andere bemerkt die Ironie nicht, sondern versichert August, dass so etwas unter Nachbarn doch eine Selbstverständlichkeit sei.

»Ich wünschte, ich könnte Ihnen helfen, Herr Koch. Sie haben den Fahrer des Unglückswagens nicht erkannt, wie? Oder sich das Nummernschild merken können? War ja viel zu dunkel …«

August beschließt, ihn im Ungewissen zu lassen. Ganz sicher hat dieser Mensch Dreck am Stecken. Möglicherweise weiß er sogar, wer dieser Autofahrer gewesen ist, der Wilhelm angefahren hat. Vielleicht war er es sogar selbst, und jetzt will er wissen, ob er erkannt wurde.

»Nun – wir haben einige Zeugen, Herr Mayer-Schulte. Die Polizei arbeitet an dem Fall. Wenn es um solche Delikte wie Fahrerflucht geht, ist oftmals ein freimütiges Geständnis vorteilhafter als ein langer Indizienprozess …«

Mayer-Schultes Gesicht zieht sich in die Länge; wenn August sich nicht täuscht, dann ist er auch um eine Nuance blasser geworden. August geht in die Offensive.

»Könnten Sie denn irgendwelche Angaben mach…«

In diesem Augenblick unterbricht ein starkes Bremsgeräusch das Gespräch, und beide schauen erschrocken durch die offen stehende Eingangstür zur Straße hin. Dort hat ein schwarzer Wagen angehalten, ein Taxi, wie man jetzt erkennt. Jetzt eilt der Taxifahrer zur Beifahrertür, öffnet und ist dem jungen Menschen behilflich, der sich mühsam aus dem Sitz herausquält.

»Das ist ja …«, stammelt August. Unglaublich. Und dazu noch genau im falschen Moment.

»Nee, so was!«, sagt Mayer-Schulte. »Da freut man sich ja.

Quicklebendig wie eh und je, der junge Herr Koch. Da wünsche ich doch …«

Mehr hört August nicht, weil er seinem Bruder zu Hilfe geeilt ist. Wilhelm steht noch etwas wackelig auf den Füßen, die Jacke hat er übergehängt, den eingegipsten Arm trägt er in einer Binde.

»Was machst du denn hier?«, regt sich August auf. »Wieso bleibst du nicht in der Klinik? Du bist schwer verletzt!«

»Nimm mal die Tasche«, sagt Wilhelm. »Und dann schick mir Julia. Sie muss sofort kommen. Ich brauche sie …«

August lässt den Taxifahrer die Tasche ins Haus schleppen und stützt seinen Bruder, während sie langsam die Treppe hinauf in die Wohnung der Eltern steigen.

»Was willst du mit Julia?«, schimpft August. »Jetzt musst du erst mal Mama beruhigen. Die bekommt einen Herzschlag, wenn sie dich sieht!«

»Ach, Quatsch. Ich hab unseren alten Herrschaften doch gesagt, dass ich nicht über Silvester in der Klinik bleibe …«

»Wieso haben die Ärzte dich gehen lassen?«

Wilhelm muss einen Moment verschnaufen. Er ist wirklich noch ziemlich wackelig, aber er grinst schon wieder. »War ein hartes Stück Arbeit, August«, seufzt er theatralisch. »Aber ich habe die barmherzigen Schwestern überzeugen können, meine Bitte zu unterstützen.«

»Verstehe!«

Oben steht der Vater an der Wohnungstür, weil der Taxifahrer geklingelt hat. Papa starrt mit entsetzten Augen auf Wilhelm.

»Um Gottes willen, Junge! Else! Else, komm her! Der Willi ist da. Mach mal das Sofa zurecht, er muss sich gleich hinlegen …«

Der Aufruhr ist perfekt. Mama muss sich an der Badezimmertür anlehnen, dann stürzt sie ins Eheschlafzimmer und schleppt Steppdecken und Kopfkissen herbei.

»Leg dich nur gleich hin, Willi … Ganz vorsichtig … Ach ja, es ist doch viel schöner, dich daheim zu haben …«

Und Wilhelm, dieser kleine Gauner, genießt die elterliche Fürsorge in vollen Zügen. Er lässt sich auf dem weich gepolsterten Sofa nieder, bekommt einen frischen Kaffee vorgesetzt, zwei Brötchen mit Butter, Wurst, Käse, Marmelade zurechtgemacht. August kann die Mutter gerade noch daran hindern, ihm einen Sekt zum »Willkommen daheim« einzugießen.

»Nicht doch, Mama. Er hat sicher ein Schmerzmittel genommen, da darf man keinen Alkohol trinken …«

Papa zahlt indessen den Taxifahrer und gibt ihm ein großzügiges Trinkgeld. Weil ja doch Silvester ist. Auch die Zwillinge haben sich eingefunden und betrachten andächtig Wilhelms eingegipsten Arm.

»Merkst du das, wenn ich das anfasse?«, erkundigt sich Andi und streicht vorsichtig über den Gips.

»Nee. Ist doch hart. Wie der Putz an der Wand«, erklärt Wilhelm.

»Und wenn ich feste draufhaue?«, erkundigt sich Frank.

»Dann tut es weh. Und zwar dir, weil ich nämlich zurückhaue. Verstehst du?«

»Äh – ja …«

»Geht mal zur Seite, Kinder«, sagt Mama. »Er soll meine weiche Strickjacke überziehen, sonst ist es zu kalt.«

Wilhelm wehrt sich energisch gegen die mütterliche Strickjacke. Er sähe damit aus wie der Wolf im Weihnachtsmärchen, wenn er sich als Großmutter verkleidet. Die Zwillinge lachen sich schief.

»Ich brauche Julia!«

»Julia? Was willst du denn mit Julia?«

»Sie soll etwas mit meiner Anzugsjacke anstellen. Damit ich den Gipsarm durch den Ärmel bekomme …«

»Willst du etwa … auftreten?«, fragt die Mutter verblüfft.

»Ja, selbstverständlich! Ich stehe doch auf dem Plakat, oder?«

Der Tag nimmt seinen weiteren chaotischen Verlauf. Während August seinem Vater beim Verfassen der kurzen Ansprache zur Seite steht, wirkt Mama in der Küche, um ein rasches, nahrhaftes Mittagessen zu zaubern. Die eiligst herbeigerufene Julia schnippelt und näht an Wilhelms guter Anzugsjacke herum, Wilhelm muss sie immer wieder anprobieren, was ihm – trotz der Schmerzen im Arm – großes Vergnügen zu bereiten scheint. Unten im Café proben die Musiker ein letztes Mal, die Künzel stimmt das Klavier nach, an Fritzens Geige ist die E-Saite gerissen, der Kontrabass vermisst ein Notenblatt. Auch der Hans Reblinger, der seine Erinnerungen an goldene Theaterzeiten zum Besten geben will, hat sich eingefunden, und Sigmar Kummer schaut herein und macht schon mal ein Foto für die Zeitung. Hie und da pressen sich neugierige Gesichter von außen gegen die Scheiben, drei Karten werden zurückgegeben wegen Grippe, fünf späte Anfragen werden noch mit »da haben Sie aber Glück gehabt« beantwortet.

Gegen zwei Uhr sitzen alle Beteiligten im Wohnzimmer der Eltern bei Eintopf mit Speck. Es ist eng, jeder muss schauen, dass er dem Nebenmann nicht versehentlich den Löffel aus der Hand schlägt. Luisa isst mit schmerzverzerrter Miene – sie hat einen plötzlichen Ischiasanfall erlitten und wird allgemein bemitleidet. Trotzdem will sie die Künstler ankündigen – das ist doch Ehrensache.

Als Mama gerade den Schokoladenpudding auf den Tisch stellt und die Zwillinge Glasschälchen und Löffel austeilen, klingelt schon wieder das verflixte Telefon.

»Ich schneid diesem Teufelsding gleich die Strippe durch!«, schimpft Mama, nimmt aber stattdessen den Hörer ab.

Es ist Hilde. Sie sind in Worms und haben eine Panne. Es kann dauern. Küsschen an Frank und Andi. Der Papa hat ihnen ein Weihnachtsgeschenk gekauft.

»Nur eins? Wir sind aber zwei!«

»Ruhe!«

Mama Else lässt sich erschöpft auf ihren Stuhl fallen. »Wenn das alles nur schon vorbei wäre …«

»Das ist nicht die richtige Einstellung, Frau Koch«, kritisiert die Künzel und nimmt sich eine dritte Portion Schokoladenpudding.

»Wir halten jetzt Mittagsruhe!«, verkündet Papa.

»Die Ruhe vor dem Sturm«, meint Addi grinsend.

Natürlich kann von Ruhe keine Rede sein. Fritz und Luisa sind noch einmal nach Hause gegangen und haben den Kontrabass mitgenommen, Julia näht mit fliegender Nadel, Addi fegt noch schnell das Trottoir vor der Eingangstür, Mama sortiert die vorbestellten Karten, Vater Heinz memoriert seine Rede, während er unten in der Küche den Silvesterpunsch ansetzt. August hilft hier aus, ermutigt dort, repariert den Zwillingen die defekte Lok der elektrischen Eisenbahn und ärgert sich, weil er in dem ganzen Trubel nicht dazu kam, Luisa nach Swetlana und Michael zu fragen. Der Einzige, der sich tatsächlich ausruht, ist Wilhelm. Er schläft sanft und selig in Mutters Steppdecke auf dem Sofa, von Julia und Mutter Else abwechselnd liebevoll betreut. Armer Kerl, denkt August. Nach all dem Unglück hat er es verdient, ein wenig verwöhnt zu werden.

Und dann ist der Abend gekommen.

Schon gegen sieben erscheinen die ersten Gäste. Man schaut sich um, bewundert den großzügigen Innenraum, Finchen und Marlene bieten Sekt und Punsch an, Addi heizt den Ofen hoch, Hans Reblinger sucht seine Brille. Vater Heinz ist jetzt in seinem Element. Er begrüßt die alten Freunde, schwatzt mit ihnen, führt sie persönlich zu ihren Plätzen, versorgt sie mit Getränken und guten Wünschen für den Abend. Kurz vor acht ist das Café zum Platzen voll, drei Luftschlangen haben sich von der Decke gelöst und dekorieren jetzt das Klavier. Wenn die Künzel in die Tasten haut, zittert das bunte Papier, als wären die Schlangen zum Leben erwacht und wollten zu Bachs und Sarasates Musik tanzen.

Ach, es ist einfach großartig. Papa wird mit tosendem Applaus empfangen, er redet mit warmer Begeisterung zu seinen Freunden und Gästen und erntet neuen Beifall. Von dem, was er mit August gemeinsam geprobt hat, ist kein einziges Wort übrig geblieben. Aber wen stört das? Die Musiker wachsen über sich selbst hinaus, Hans Reblinger gibt sich launig und wird später aufgefordert, seine Erinnerungen doch unbedingt in einem Büchlein zu veröffentlichen. Luisa macht ihre Sache wunderbar, sie wirkt trotz Ischias ungemein glücklich, und dieses Glück strahlt auf alle Anwesenden aus. Sogar jetzt, da sie den Zuhörern eine traurige Mitteilung machen muss, bleibt doch ein kleines Lächeln in ihrem Gesicht, das ihr bezaubernd steht.

»Meine Damen und Herren«, sagt sie und schaut bekümmert in die Runde. »Viele von Ihnen haben es ja bereits gehört – unser Willi Koch, der heute Abend hier auftreten wollte und auf den sich so viele von Ihnen gefreut haben – er hat leider einen Unfall erlitten und muss sich schonen …«

Im Publikum entsteht enttäuschtes und unwilliges Gemurmel.

»Hat man den Dreckskerl wenigstens erwischt, der den Willi angefahren hat?«, ruft eine Frau empört.

August glaubt, die Stimme von Alma Knauss erkannt zu haben. Der Ausruf erntet beifälliges und aufgeregtes Gemurmel, weitere Unmutsäußerungen machen sich Luft.

»Ein Verbrecher ist das!«, schimpft ein Mann. »Fährt einen jungen Menschen zusammen und haut dann ab!«

»Unsern Willi!«, schluchzt die Ida Lenhard. »Was für ein Unglück! Er wird niemals wieder auftreten können …«

Luisa macht beschwichtigende Gesten, um die Leute zu beruhigen, denn es wird nun wirklich laut im Raum.

»Bitte, meine Herrschaften …«, versucht sie, sich hörbar zu machen, doch ihre Stimme ist viel zu leise. Zumal sich jetzt im rückwärtigen Teil des Zuschauerraums ein weiterer Unruheherd breitmacht. Dort hat sich ein ungeladener Gast Zutritt verschafft, ein zerlumpter alter Mann mit einem Bauchladen. Offensichtlich macht sich der Alte Hoffnungen, in dem überfüllten Raum seine Ware loszuwerden, denn man hört seine schrille Altmännerstimme, die etwas von einem krähenden Gockel hat.

»Raritäten … nie Gesehenes … heute schon zum Preis vom nächsten Jahr … Greifen Sie zu, meine Herrschaften …«

»Wer hat denn den hier reingelassen?«, wundert sich Hans Reblinger.

»Ja, ist denn die Eingangstür nicht abgeschlossen?«, regt sich einer der Musiker auf.

»Natürlich nicht«, sagt die Künzel. »Könnte ja ein Brand ausbrechen oder so was …«

»Addi!«, flüstert Mama Koch im Hintergrund. »Bring den Kerl unauffällig raus …«

Hinten, wo der Alte mit dem Bauchladen steht, erhebt sich jetzt leises Gelächter. Man hört den Mann laut reden und seine Waren anpreisen.

»Ein Schuhlöffel – eine gute Wahl, gnädige Frau«, krächzt er. »Mit diesem unscheinbaren Löffelchen kommen Sie in jeden Schuh. Wer immer zuvor darin gegangen ist – jetzt passt er Ihnen wie angemessen. Sogar jene Schuhe, die Ihnen zu groß sind, fügen sich bereitwillig an Ihren Fuß. Hätten seinerzeit Aschenputtels Schwestern solch einen Schuhlöffel besessen – sie hätten den Prinzen geheiratet anstatt den Rest ihres Lebens zehen- und fersenlos herumhumpeln zu müssen …«

August kneift die Augen zusammen, um auf die Entfernung besser sehen zu können, aber der Händler mit dem Bauchladen hat den Hut tief in die Stirn gezogen, sodass sein Gesicht halb verdeckt ist.

»Zwei fuffzig, der Herr!«, kräht er durch den ganzen Raum. »Das ist nicht zu viel für diese einzigartige Kleiderbürste. Eichenholz poliert. Die Borsten aus echtem Schnauzhaar. Ein Material, das vor ein paar Jahren in ungewöhnlicher Menge anfiel … herrenlose Schnauzbärte allerorten … niemand wusste, wo sie alle herkamen … aus welchen Gesichtern sie gefallen waren … die jetzt nackt und schnauzlos herumliefen … Greifen Sie zu, gnädige Frau. Greifen Sie hinein. Fühlen Sie die Borsten? Stramm und widerstandsfähig. Sie biegen sich, aber sie brechen nicht …«

»Das ist ja der Willi«, wispert Mama aufgeregt. »Mit der Holzschachtel für die Serviettenringe aus dem Wohnzimmerschrank! Großer Gott! Ich glaub' fast, er hat meine alte Wolldecke übergehängt!«

Inzwischen haben fast alle Zuschauer mitbekommen, wer unter der Wolldecke steckt. Gelächter brandet auf, die vorne Sitzenden drehen sich um, einige stehen sogar auf, man rückt beiseite, so gut es in der Enge geht, um Willi den Weg nach vorn zur Bühne frei zu machen.

»Der Willi! Es ist der Willi!«

»Pssst! Man versteht ja nichts!«

»Jetzt rücken Sie doch mal beiseite!«

»Ich kann ja nicht. Ihr Stuhlbein steht auf meinem Mantel!«

»Ruhe da vorn!«

Willi hat Mühe, sich zwischen den Stühlen hindurchzuzwängen, er schwankt manchmal ein wenig, aber es finden sich überall helfende Arme, die ihn führen und stützen. Unfassbar! Sein Bruder spielt den alten Bauchladenhändler so gut, dass er zu Anfang sogar die eigene Familie getäuscht hat. Wenn er sich nur nicht überfordert! Die Eltern schauen beide mehr besorgt als begeistert drein.

»Danke schön … besten Dank, junge Dame. Wissen Sie, in

meinem Alter, da geht's nicht mehr so flott wie seinerzeit im Mai …«

Jetzt nimmt er den Hut ab und schwenkt ihn grüßend in alle Richtungen, die Leute applaudieren begeistert. Auf dem Weg zur Bühne macht er immer wieder halt, um seine Waren anzubieten.

»Extra für Sie, mein Herr … Eine Muschel, sagen Sie? Das ist nur der äußere Schein. Halten Sie sich dieses Wunderding ans Ohr. Bitte schön … Was hören Sie?«

Der Hans Reblinger erklärt, gar nichts hören zu können. Weil es hier zu laut sei. Daraufhin schaut Willi stirnrunzelnd in die Runde, und es wird mucksmäuschenstill. Nur hinten an der Tür hat jemand einen Schluckauf.

»Es rauscht …«, behauptet der Hans Reblinger.

»Und was könnte das sein?«, fragt Willi.

»Ein Volksempfänger …«

»Falsch, mein Herr. Was Sie hören, sind die Wellen des Atlantiks.«

»Des Atlantiks? Und wieso gerade die? Könnte es nicht auch der Pazifik sein? Das Mittelmeer? Die Nordsee?«

Willi schüttelt den Kopf.

»Es ist der Atlantik, weil ich Atlantik eingestellt habe. Sehen Sie hier, diesen Knopf? Einmal drücken – Atlantik. Zweimal drücken – Pazifik …«

Der Hans Reblinger dreht die roséfarbige Muschel in den Händen und sucht den Knopf. Jetzt sieht August, dass es ein Reiseandenken ist, das Mama einmal von einer Jugendfreundin geschenkt bekommen hat.

»Drücken Sie dreimal, mein Herr«, schwatzt Willi ungeniert weiter. »Und schließen Sie dabei die Augen … Sehen Sie das blaue Meer, den Sandstrand, die kleinen weißen Häuser, die sich auf dem malerischen Felsen drängen? Spüren Sie die Wärme, den Duft der Glückseligkeit? Sie schwimmen in einer Blase des

Wohlbehagens. Keine Vergangenheit, keine Erinnerungen – nur schillernde schwebende Freude, Lebenslust, Genuss …«

Alle sind seiner Rede gefolgt, der Hans Reblinger, der drei Gläser Punsch intus hat, sitzt mit geschlossenen Augen, hält sich die Muschel ans Ohr und lächelt selig.

Willi schlägt mit der Hand fest gegen den Kasten, den er zum Bauchladen umfunktioniert hat. Hans Reblinger fährt erschrocken zusammen.

»Ach, wie schade«, meint Willi grinsend. »Jetzt ist die Blase geplatzt!«

Gelächter und Applaus – der Hans Reblinger droht ihm mit dem Finger und nennt ihn einen Lausejungen. August springt rasch herbei, weil sein Bruder jetzt die Stufen zur Bühne hinaufsteigt, aber Willi ist so in Fahrt, dass er keine Hilfe benötigt. Er wirft die Decke ab, Sofia Künzel befreit ihn von dem improvisierten Bauchladen, und das Programm nimmt seinen Fortgang. Im eleganten dunklen Anzug steht Willi Koch vor seinem Publikum, lehnt sich nur ein wenig mit dem Rücken ans Klavier, während er seine Couplets zum Besten gibt, und es fällt kaum auf, dass er einen Arm stets angewinkelt hält. Weil der Gips es halt so will.

Witzig, frech und zugleich nachdenklich lässt er seine Zuhörer schmunzeln, fordert sie heraus, überrascht mit unerwarteten Wendungen und bringt es fertig, dass sie sich immer wieder vor Lachen auf die Schenkel klopfen. Den Arm in der Schlinge bindet er einfach in seine Sketche ein, er kann spontan auf Zurufe reagieren, ist schlagfertig, versprüht Charme und reißt die Zuhörer zu Begeisterungsstürmen hin. Ja, er sollte Kabarett machen, das ist seine Berufung. Wer hätte gedacht, dass sein Bruder, der früher immer für seine Aufsätze schlechte Noten bekam, so witzige, geistreiche und zugleich phantasievolle Texte schreiben kann? In der Pause wird August immer wieder auf seinen wundervollen Bruder angesprochen, wie glücklich seine Eltern sein können, einen so hochbegabten Sohn in die Welt gesetzt zu haben, und jemand behauptet, eine so außergewöhnliche Begabung würde sich in einer Familie nur alle hundert Jahre manifestieren.

Der zweite Teil des Programms verläuft in gelockerter Form, weil das Publikum inzwischen genügend Sekt und Silvesterpunsch intus hat. Dann geht es auf Mitternacht zu, die Spannung steigt, draußen auf der Wilhelmstraße geht schon hie und da ein verfrühter Böller los. Die Zwillinge werden in Jacken und feste Schuhe verpackt und dürfen mit hinaus auf die Straße. Dort herrscht schon munteres Treiben, Theater und Kurhaus sind hell beleuchtet, auch die Straßenlaternen sind angeschaltet. Man wartet gespannt, denn am Warmen Damm soll ein Feuerwerk abgebrannt werden.

Kurz vor zwölf sind fast alle Gäste auf die Straße gelaufen. Mama sitzt in der Küche und bewacht die Abendkasse, Addi hat den Bunten auf dem Schoß, weil der Hund an Silvester immer völlig aus dem Häuschen gerät. August hilft dem Vater, die Stühle zusammenzuklappen und mehrere Tische aufzustellen. Wahrscheinlich werden nachher noch einige Gäste im Café weiterfeiern wollen, da muss man gewappnet sein. Sie sind gerade fertig, da schlägt es zwölf, man hört die Kirchenglocken von allen Seiten, und wenig später knattert das Feuerwerk los. August umarmt seine Eltern, wünscht Addi und dem zitternden Bunten ein Frohes Neues Jahr, dann läuft auch er hinaus, um sich das Feuerwerk anzuschauen. Die Wilhelmstraße ist voller Menschen, die begeistert auf die gleißenden Sterne und bunten Leuchtkugeln schauen, die am Himmel aufsteigen, zerplatzen und wieder niedersinken. Drüben stehen Luisa und Fritz dicht aneinandergeschmiegt – was für ein glückliches Paar sie doch sind! Nicht weit von ihnen kann er seinen Bruder Wilhelm sehen, der den gesunden Arm um Julia Wemhöner gelegt hat. Ihr roter Haarschopf leuchtet im Schein der Straßenlaterne. Haben sich die beiden gerade eben geküsst? Ach nein, sicher hat er sich getäuscht. Jetzt kann er sie auch nicht mehr sehen, weil sich andere Personen vor sie geschoben haben.

»Glück zum Neuen Jahr!«, sagt neben ihm eine bekannte Stimme, und August spürt, wie sein Herzschlag aussetzt.

Wie hingezaubert steht Swetlana plötzlich vor ihm. Sie lächelt ihn an, der Schein eines aufsteigenden Leuchtkörpers liegt hell auf ihrem Gesicht.

»Das wünsche ich auch dir«, stottert er. »Euch beiden.«

»Ich danke dir, August«, sagt sie mit ihrem weichen russischen Akzent, den er so liebt. »Ich muss so viel sagen und so sehr bitten deine Verzeihung, August. Ich habe geirrt …«

»Unsinn …«, meint er und schüttelt den Kopf. »Gar nichts musst du sagen und auch nichts bitten. Wenn du nur verstehst, dass ich es gut mit dir meine …«

Ein lauter Böller dicht neben ihnen lässt sie beide zusammenfahren. Unwillkürlich hat er die Arme um sie gelegt, und er spürt mit wildem Herzklopfen, dass sie ihm entgegenkommt.

»Doch muss ich etwas sagen, August«, hört er wieder ihre weiche Stimme. »Ich muss sagen, dass ich hab Heimweh nach dir … Wie sagt man auf Deutsch? Sehnsucht? Ist das richtige Wort?«

»Sehnsucht ist ein schönes Wort«, murmelt er. »Ich habe auch Sehnsucht nach dir, Swetlana …«

Es ist nichts Besonderes, sich an diesem Abend hier draußen beim Silvesterfeuerwerk zu küssen. Viele tun es, Verliebte, Verlobte, auch altgediente Ehepaare, es ist ein schöner Brauch an Silvester. Nur, dass er Swetlana gar nicht mehr loslassen mag und dass auch sie sich an ihn klammert, als hätte sie Angst, ihn wieder zu verlieren – das ist ein wenig ungewöhnlich, fällt jedoch in der Menge der glücklichen Menschen nicht weiter auf.

»Hast du Mut?«, fragt er sie leise.

»Wenn du bist bei mir – ich bin mutig wie Löwe!«, sagt sie und lacht.

»Dann lass uns hinübergehen. Zu meinen Eltern.«

Er spürt sogar durch die Mäntel hindurch, dass sie zittert. Aber sie nimmt die Hand, die er ihr reicht, und folgt ihm. Erst nach einigen Schritten bleibt sie stehen und schaut sich suchend um.

»Michael?«

»Da ist er doch!«, ruft August und zeigt mit dem Finger zum hell erleuchteten Café hinüber.

Dort steht Luisa und hat den Korb mit den übrig gebliebenen Brezeln in den Händen, aus dem sich die Zwillinge und Michael hungrig bedienen. Luisa hebt den Kopf und erkennt August und Swetlana. Lächelnd winkt sie ihnen zu.

HILDE

Mitte Januar 1952

»Wie die kleinen Kinder!«, sagt Mama kopfschüttelnd. »Wenn nur drüben bei Mayer-Schulte nichts zu Bruch geht.«

Hilde steht mit Luisa und ihrer Mutter am Küchenfenster, um das große Fußballturnier zu beobachten. Unten im Hof hat August das Spielfeld mit weißer Kreide aufs Pflaster gemalt, das linke Tor ist die offen stehende Tür des Schuppens, rechts wurden zwei Mülltonnen als Torpfosten zweckentfremdet. Es ist winterlich kalt, aber trocken, eigentlich müssten die Spieler Mützen und wollene Handschuhe tragen, aber sie verzichten aus sportlichen Gründen darauf. Nur Wilhelm, der den Schiedsrichter gibt und zu diesem Zweck eine Trillerpfeife benutzt, hat eine rote Pudelmütze aufgesetzt, die eigentlich Andi gehört.

»Wenn der Willi bloß nicht hinfällt mit seinem Arm«, stöhnt Mama. »Nee, nee – ich versteh das nicht. Man denkt, nun sind sie erwachsen, und dann machen sie nichts wie Blödsinn …«

Addi und Papa haben sich im Hauseingang postiert, wild entschlossen, den teuren französischen Fußball – Jean-Jacques' Weihnachtsgeschenk – auf keinen Fall auf die Straße rollen zu lassen.

»Es geht los!«, ruft Luisa. »Fritz, pass auf deine Hände auf … Dass du dir keinen Finger brichst …«

Luisas fortschreitende Schwangerschaft ist jetzt nicht mehr zu übersehen. Unglaublich, wie sich das während der vergangenen zwei Wochen entwickelt hat. Hilde hat ein paar Kleider herausgekramt, die sie damals getragen hat, aber die sind noch zu weit. Kunststück – sie hatte ja auch zwei von der Sorte im Bauch.

Luisa stellt sich immer noch schrecklich abergläubisch an, sie will weder Hemdchen noch Strampelhose anschaffen, auch die blecherne Kinderbadewanne und das süße Körbchen mit dem Himmel, die wohlverpackt auf dem Dachboden stehen, will sie keinesfalls jetzt schon haben.

»Ich sehe schon kommen, dass du dein armes Kind in Windeln wickeln und in eine Futterkrippe legen wirst«, hat Mama gelästert. Hilde sagt nichts dazu, dafür organisiert sie heimlich die Beschaffung der notwendigen Dinge. Alle Freunde, Verwandte und Bekannte steuern etwas bei – wenn Luisa mit ihrem Kind aus der Klinik kommt, wird sie zu Hause eine komplette Babyausstattung vorfinden. Mit viel Rosa – das war nicht zu ändern, denn alle sind der Ansicht, dass in der Familie Koch jetzt langsam mal ein Mädel dran ist.

Unten hat inzwischen der erste Ballkontakt stattgefunden. Jean-Jacques spielt mit Fritz und Andi in einer Mannschaft – ihre Gegner sind August, Michael und Frank. Auf Tormänner wurde verzichtet, weil alle lieber spielen wollen, als das Tor zu hüten.

»Andi, Andi!«, schreit Hilde, um ihren Sohn anzufeuern. Aber da hat ihm Michael schon den Ball abgenommen, er scheitert jedoch an Jean-Jacques, der der absolute Fußballkönig auf dem Platz ist. Höchstens Wilhelm könnte ihm gefährlich werden, aber der ist momentan noch eingegipst und darf keinen Sport treiben. Zu Mamas größter Befriedigung bleibt Wilhelm vorläufig in Wiesbaden, da er für sechs Wochen krankgeschrieben ist.

»Wie gut sich der kleine Russe mit unseren Zwillingen versteht«, seufzt Else. »Sie hängen ja aneinander wie die Kletten. Ich habe nur manchmal das Gefühl, dass er ihnen lauter dummes Zeug beibringt.«

»Er heißt Michael, Tante Else«, tadelt Luisa. »Sag nur nicht ›der kleine Russe‹ zu ihm, das mag er gar nicht hören.«

»Das sagt die Künzel immer«, verteidigt sich Mama. »Die hat doch einen Narren an dem Jungen gefressen. Ein Wunderkind sei er. Weil er schon so gut Geige spielen kann …«

»Er könnte noch viel besser sein, wenn er öfter üben würde«, bemerkt Luisa.

»Toooor!«, schreit Hilde. »Eins zu null. Hast du das gesehen, Luisa? Wie Frank das Leder zwischen die Mülltonnen gedonnert hat?«

Unten muss Wilhelm eingreifen, weil Andi sich beschwert, sein Bruder habe ihm ein Bein gestellt. Es gibt eine kurze, aufgeregte Diskussion, in die sich auch Opa Heinz einmischt, dann erhält Frank eine Verwarnung, die er mit kopfschüttelndem Unverständnis entgegennimmt. Er hat doch den Ball treffen wollen – was kann er dafür, wenn sein Bruder das Bein dazwischenhält?

»Ich glaube, wir brauchen die Hausapotheke, Tante Else«, meint Luisa besorgt. »Auf jeden Fall sollten Jod und Pflaster bereitgehalten werden.«

Unten strebt das Spiel einem neuen Höhepunkt entgegen. August setzt sich gegen Fritz durch, Michael jagt ihm das Leder ab, dribbelt geschickt an Andi vorbei und scheitert an Jean-Jacques. Konter. Der Fußballkönig haut den Ball gegen die linke Mülltonne, die scheppernd umkippt und ihren Inhalt auf den Hof entleert. Der Bunte kläfft sich die Seele aus dem Leib, das Spiel ist erneut unterbrochen, weil Addi und Opa den lädierten Pfosten wieder instand setzen und den Müll zusammenkehren müssen.

»Sauerei!«, hört man Addi schimpfen. »Hol mal die Schippe, Jean-Jacques!«

»Ausgleich!«, kommentiert Jean-Jacques grinsend und geht in den Schuppen, um die Schaufel zu bringen. Auf dem Rückweg schaut er rasch zu Hilde hinauf und zeigt die Faust mit dem Daumen nach oben. Wir gewinnen, heißt das.

Kindskopf, denkt sie zärtlich. Sie hatten einen kurzen, aber heftigen Streit, als der Reifen rechts hinten kurz vor Worms platzte und sich herausstellte, dass das Reserverad ebenfalls defekt war.

»Wieso hast du nicht sofort ein neues besorgt?«

»Weil ich keine Zeit hatte!«

»C'est pas vrai! Du hattest genug Zeit!«

»Aber kein Geld!«

»Wieso kein Geld?«

»Denk mal darüber nach, Jean-Jacques Perrier!«

Sie haben schließlich eine Werkstatt gefunden, die ihnen aus der Not half, aber wegen des Zeitverlustes kamen sie erst gegen Morgen des Neujahrstags in Wiesbaden an. Oh, wie hat sich Hilde geärgert, dass sie die große Eröffnungsfeier verpasst hat! Aber die Wiedersehensfreude der Zwillinge war so beglückend, dass darüber alles andere vergessen war. Es ist einfach schön, dass sie beisammen sind, Vater, Mutter und Zwillinge. Es soll niemals wieder zu solch einem schlimmen Streit kommen, das haben sie sich gegenseitig fest versprochen. Vor lauter Aufregung ist sogar ihre Regel dieses Mal weggeblieben …

Unten wogt das Spiel hin und her, Michael hat ein Tor gemacht, das August vorbereitet hat, während Frank den Papa auf Abstand hielt. Jean-Jacques will den Rückstand nicht hinnehmen, er wagt einen Weitschuss, der prompt von der Hauswand abprallt und über das Spielfeld hinweg in den Schuppeneingang zischt. Eigentor. Unten wird vor Zorn und Begeisterung gebrüllt, Wilhelm betätigt die Trillerpfeife in kurzen Abständen, die ersten neugierigen Zuschauer versammeln sich im überdachten Eingang.

»Jetzt reicht es langsam!«, meint Mama. »Ich geh mal Kaffee kochen. Machst du den Kakao, Luisa? Hilde, du musst den Kirschkuchen schneiden …«

»Jawoll, Frau Oberfeldmarschall«, sagt Hilde und salutiert

grinsend. Mama ist in ihrem Element. Das Café Engel ist wiedereröffnet, es läuft zwar nicht glänzend, aber das kommt schon noch, wenn es erst wieder Frühling wird. Vor allem aber hat Mama alle ihre Kinder nebst Anhang um sich versammelt, und wenn sie auch ständig seufzt, die jungen Leute würden nur Unsinn anstellen, so ist sie doch im Grunde sehr glücklich.

»Nimm die Stoffservietten, Hilde«, ruft sie aus der Küche. »August hat neulich gesagt, dass Swetlana aus einer vornehmen russischen Familie stammt. Ihr Vater war Arzt. Für eine Russin ist sie ja doch sehr nett und wohlerzogen …«

August hat es endlich wahrgemacht und den Eltern seine Braut vorgestellt. An Silvester ist es passiert, und auch das hat Hilde leider verpasst, dafür hat Papa es ihr in leuchtenden Farben geschildert. Er ist von Swetlanas exotischer Schönheit ohnehin begeistert und findet, dass sein Sohn keine bessere Wahl hätte treffen können. Mama hat sich gut gehalten, aber man merkt schon jetzt, dass ihr Verhältnis zu der künftigen Schwiegertochter mühsam sein wird. Willi ist natürlich ganz auf der Seite seines Bruders. Es ist gut, dass er jetzt eine Weile in Wiesbaden bleiben wird, denn er schafft es, die zurückhaltende Swetlana aus der Reserve zu locken. Wenn sie lacht, kann sie ungemein bezaubernd sein, das hat Hilde schon gemerkt.

»C'est une beauté!«, hat Jean-Jacques gemeint. Eine Schönheit. Aber seine Hilde brauche sich keine Sorgen zu machen, er sei seiner Ehefrau mit Haut und Haaren verfallen und käme nie auf die Idee, an eine andere zu denken.

Im Hof hat man nach kurzem Disput beschlossen, das Spiel zu beenden. Die drei Knaben sind traurig, auch Jean-Jacques hätte gern weitergespielt, aber den Rest lockt der Duft des frisch gekochten Kaffees ins Haus. August verschwindet eilig im Bad, Fritz braucht ein Pflaster um den rechten Zeigefinger, Andi hat eine Platzwunde am Schienbein, Michaels rechtes Knie blutet. Luisa verarztet die Veteranen und macht ihrem Fritz Vorhaltungen, dass er leichtsinnig seine kostbaren Finger der Gefahr ausgesetzt hat.

»Wer blockiert denn schon wieder das Badezimmer?«, schimpft Papa. »Komm endlich raus, August. Bist schön genug für deine Donna!«

August eilt mit rotem Kopf in sein Zimmer, um noch schnell den guten Anzug anzulegen.

Es klingelt an der Wohnungstür.

»Das ist Mama!«, ruft Michael.

Hilde begrüßt die zukünftige Schwägerin mit einer schwesterlichen Umarmung. Küsschen rechts, links, rechts, das hat sie schon gelernt.

»Komm rein, Swetlana! Du hast das Fußballturnier verpasst«, lacht sie. »August hat seiner Mannschaft zum Sieg verholfen!«

»Ja, sie sind wie kleine Kinder«, erwidert Swetlana lächelnd.

Dann geht sie auf August zu und begrüßt ihn auf die russische Art. Sehr lange und sehr zärtlich tut sie das. Und August erwidert ihre Küsse mit Andacht.